Салли
Боумен

Тайна Ребекки

роман

Москва
эксмо
2003

УДК 820
ББК 84(4 Вел)
Б 72

Sally BEAUMAN
REBEKKA'S TALE

Перевод с английского *Л. Синицыной*
Серийное оформление художника *С. Киселевой*
Серия основана в 1999 году

Боумен С.
Б 72 Тайна Ребекки: Роман / Пер. с англ. Л. Синицыной. — М.: Изд-во Эксмо, 2003. — 416 с. (Серия «Лучшие романы о любви»).

ISBN 5-699-02746-7

Смерть Ребекки де Уинтер, прекрасной хозяйки Мэндерли, окутана тайной. Яхта с символическим названием «Я вернусь», на борту которой Ребекка вышла в море, затонула недалеко от берега, поврежденная неизвестным злоумышленником.

Прошло двадцать лет, и случилось необъяснимое. Люди, близко знавшие Ребекку, получили по почте в день годовщины ее смерти вещи, когда-то принадлежавшие ей, — детскую фотографию, тонкое колечко с бриллиантами, эмалевую брошку и ее дневник...

УДК 820
ББК 84(4 Вел)

ISBN 5-699-02746-7

Copyright © Sally Beauman, 2001
© ООО «Издательство «Эксмо», 2003

Посвящается Алану

Часть 1

ДЖУЛИАН

12 апреля 1951 года

1

Ночью мне вновь приснилось, что я оказался в Мэндерли. Этот кошмар постоянно преследовал меня и вызывал необоримый ужас. Все сны, связанные с Мэндерли, были страшными, но этот, безусловно, был самым жутким.

В вязкой дреме я беспрерывно выкрикивал имя Ребекки так громко, что сам проснулся из-за этого. Резко выпрямившись, я смотрел перед собой в темноту, не в силах даже протянуть руку к выключателю настольной лампы из боязни, что маленькая рука тут же схватит меня, и прислушивался к легким шагам в коридоре. Это означало, что мне еще не удалось вырваться из паутины кошмара и я упустил момент, когда небольшой гроб устрашающе двинулся ко мне. Но как я смогу уместиться в нем?

Дверь отворилась, слабый свет озарил стены, и смутно очерченная фигура осторожно шагнула ко мне. Сдавленный стон сорвался с моих уст. И только тогда я осознал, что призрак с растрепанными ото сна волосами одет в обыкновенную ночную сорочку. Кто это — моя собственная дочь или все еще продолжение кошмара?

Наконец я признал, что это и в самом деле Элли, после чего сердцебиение прекратилось и чары сна окончательно развеялись. Чтобы оправиться от испуга, Элли, по обыкновению, принялась хлопотать вокруг меня: принесла теплого молока с аспирином, зажгла газ, взбила подушки и начала поправлять сбившееся пуховое одеяло.

Минут через пятнадцать, когда мы оба немного пришли в себя и успокоились, стало ясно, что виной кошмарных видений стала моя несносная привычка есть перед сном хлеб с сыром.

Элли хваталась за это объяснение, как за соломинку, чтобы затем иметь возможность расспросить, нет ли у меня болей в области сердца, затруднено ли у меня дыхание.

— Нет, черт возьми! — отозвался я. — Ведь это всего лишь дурной сон, Элли, и ничего более. Ради бога, перестань волноваться из-за пустяков, перестань суетиться, будто я..

— В мышеловке, — закончила моя любящая, заботливая — быть может, потому, что еще не успела обзавестись мужем, — дочь. — Ну почему ты никогда меня не слушаешь, папа? Я тебе тысячу раз говорила и предупреждала...

В самом деле, предупреждала. Но, к сожалению, я никогда не слушал ничьих советов и ничьих предостережений, в том числе и своих собственных.

Что мне еще оставалось делать? Пришлось согласиться, что всему виной мои поздние — после одиннадцати часов — ужины, в основном сыр чеддер.

После того как я в очередной раз согласно кивнул головой, возникла пауза. Страх постепенно отступил, но вместо него снова навалилось привычное чувство одиночества. Элли стояла у кровати, держась за ее спинку, и смотрела на меня своими ясными глазами. Было уже далеко за полночь. Моя дочь была искренней, неискушенной, бесхитростной, но она не была дурочкой.

Посмотрев на часы, Элли негромко спросила:

— Снова Ребекка? Тебе всегда бывало не по себе в день ее смерти, так что не будем притворяться.

Делать вид, будто все происходящее не имеет никакого отношения к Ребекке, намного безопаснее, должен был бы ответить я. Прошло двадцать лет со дня смерти Ребекки, так что за два десятилетия я уже привык обманывать. Но вслух я, конечно, ничего не сказал, лишь почувствовал укол в сердце — быть может, из-за выражения, промелькнувшего в глазах Элли, или потому, что в ее тоне не слышалось ни укора, ни упрека, а быть может, потому, что моя дочь, которой исполнилось тридцать один год, все еще называла меня папой. Я отвернулся, и очертания комнаты стали расплываться.

Я прислушался к шуму моря, который в тихие безветренные ночи доносился до моей спальни очень отчетливо. Волны накатывались на валуны во время прилива в негостеприимной бухточке, что располагалась за садом.

Тайна Ребекки

— Приоткрой немного окно, — попросил я.

Элли выполнила мою просьбу, не спрашивая ни о чем, и выглянула наружу, окидывая взглядом озаренный луной берег — мыс напротив, где и располагался Мэндерли. На месте огромного дома де Уинтеров теперь остались руины. По прямой до него не более мили. По дороге приходилось добираться намного дольше из-за того, что надо было все время петлять, огибая многочисленные прихотливые изгибы заливов и бухточек, но на лодке до мыса рукой подать. В юности я вместе с Максимом де Уинтером часто плавал туда на ялике. И мы обычно пришвартовывались в том самом месте, где десять лет спустя при таинственных обстоятельствах умрет его молодая жена Ребекка.

Элли сделала вид, что не заметила глухого стона, сорвавшегося с моих уст, и продолжала смотреть в ту сторону, где на холме некогда стоял Мэндерли, на камни, возле которых росли деревья, некогда защищавшие особняк от посторонних взглядов. Мне показалось, что она собирается что-то сказать, но Элли промолчала, только вздохнула, приподняла раму чуть повыше, как я просил, отодвинув занавеску в сторону, и отошла, когда свежий воздух устремился в комнату. Бросив на прощанье в мою сторону озабоченный и полный сочувствия взгляд, она вышла.

Поток лунного света озарил помещение, повеяло морской свежестью, и перед моим мысленным взором вновь возникла Ребекка. Я увидел ее такой, какой она была в первую нашу встречу, когда еще не представлял, какую власть она приобретет над моей жизнью и насколько завладеет моим воображением. Я видел, как она вошла в мрачную гостиную особняка Мэндерли, похожую на мавзолей, — гостиную, которую она сумела преобразить, когда стала хозяйкой дома. Она не просто вошла, она вбежала вместе с потоками солнечного света, не подозревая о том, что кто-то ждет ее появления. На белое платье Ребекка приколола голубую эмалевую бабочку — как раз в том месте, где находилось ее сердце.

Годами это видение преследовало меня. Снова и снова, как будто это происходило наяву, она входила и замирала вдруг, когда я выступал из тени. И снова я не мог оторвать взгляда от ее необыкновенных глаз. Печаль и сожаление терзали мою душу.

Я отвернулся от потока лунного света. Ребекка, как и все те, кто умер молодым, навсегда осталась юной. А я сильно постарел за прошедшие годы. И сердце мое уже начало давать сбои. По мнению нашего семейного доктора Джонаха, причиной тому был сердечный клапан и сузившиеся артерии — я не очень-то вникал в термины, которыми он любил щегольнуть. Я мог бы протянуть еще какое-то время, а мог однажды утром и не проснуться. Одним словом, времени в запасе у меня оставалось не так много, и, как считал доктор, мне не следовало ничего откладывать в долгий ящик, а постараться привести все дела в порядок.

Поразмыслив над этим и вспомнив про свой ночной кошмар, я вынужден был признаться самому себе, что все эти годы не решался взглянуть правде в глаза, все время уклонялся и, как прямо заявила Элли, притворялся десятки лет; настало время рассказать всю правду о Ребекке де Уинтер.

Во мне произошли какие-то изменения, и назрела готовность умереть со спокойной совестью. Времени у меня оставалось не так уж много, и на меня подействовало осознание того, что я в любой момент могу присоединиться к ушедшим в мир иной.

Как бы там ни было, но я впервые решил не оставлять все как есть, а собрать воедино, что мне известно о Мэндерли, де Уинтерах, Ребекке, о ее таинственной жизни и загадочной смерти, поскольку знал обо всем более, чем кто-либо еще. Это намерение пришло ко мне в комнате, в которую вливался лунный свет, обладавший способностью превращать обыденное в неординарное.

Часы показывали два часа ночи. И когда мои веки вновь сомкнулись, я боялся, что кошмар настигнет меня вновь. Какое-то время я еще прислушивался к шуму моря — это отступал прилив, а потом неожиданно крепко заснул.

2

Сработала моя военная привычка — раз уж я на что-то решился, то должен довести начатое до конца.

— Элли, — сказал я за завтраком, который, по обыкновению, представлял собой бекон с яйцом, — сегодня после обеда мы отправимся погулять в лес возле Мэндерли. Я позвоню

Тайна Ребекки

Теренсу Грею и приглашу его присоединиться к нам. Ему давно не терпелось побродить по округе, так что, уверен, он не откажется от прогулки.

Последовала непродолжительная пауза, а потом Элли, проскользнув между плитой и кухонным столом, поцеловала меня в висок.

— Ты сегодня гораздо лучше выглядишь! — заметила она. — И очень решительно настроен. Осенила какая-то новая идея? Тебе в самом деле получше? Во всяком случае, у меня создалось такое впечатление. Но ты уверен в том, что...

— Я чувствую себя прекрасно, — решительно проговорил я. — Так что не будем больше к этому возвращаться. Теренс столько раз рвался туда, а я делал все, чтобы удержать его. Сегодня настал его час.

— Если ты так считаешь, — задумчиво ответила Элли. Она села напротив меня, аккуратно сложила салфетку, а затем принялась разбирать утреннюю почту. Щеки ее порозовели. — Может быть, сначала пригласить его к ленчу? — предложила она. — Ой, посмотри, тебе пришла бандероль. Какой-то странный пакет. Что это может быть?

Испытал ли я какое-то предчувствие в тот момент? Наверное, поскольку предпочел почему-то не распечатывать пакет в присутствии Элли, хотя в нем, собственно, ничего примечательного не было. Или я в тот момент успел убедить себя? Самый обыкновенный коричневый плотный конверт, проштемпелеванный жирными печатями, внутри которого, судя по размерам, лежал какой-то буклет или что-то в таком же духе.

Он был адресован А.Л. Джулиану, полицейскому судье, «Сосны», Керрит. И вот это было необычно, поскольку большинство моих адресатов все еще продолжали писать: полковнику Джулиану, хотя я вышел в отставку почти четверть века назад. В определении «полицейский судья» крылась неточность, поскольку я занимал эту должность пятнадцать лет назад. Почерк мне был незнаком, и я бы не мог сказать, принадлежал он мужчине или женщине, хотя женский почерк я, как правило, легко определял с первого взгляда. Женщины не могли удержаться, чтобы не прибегать ко всякого рода завитушкам и росчеркам, которые мужчины почти не использовали.

Но, должен сознаться, я был рад получить послание. Не так уж много писем приходило на мое имя в последнее время — в основном от моих прежних друзей и товарищей по работе, большинство из них уже ушли в мир иной. Правда, моя сестра Роза — преподаватель в Кембридже — время от времени писала мне, но ее характерный стремительный и очень неразборчивый почерк ни с кем не спутаешь. Так что пакет явно не от нее.

Я отнес его к себе в кабинет, как собака утаскивает кость. Мой старый пес Баркер, совсем одряхлевший и беззубый, для того чтобы лакомиться костями, брел за мной по пятам. Он улегся на коврик, а я сел за отцовский письменный стол, упиравшийся в подоконник, откуда открывался вид на растрепанную пальму и араукарию, кусты роз и — за маленькой террасой — на море.

Взяв ручку, я принялся расписывать утренние дела. Эту привычку я завел с тех пор, как служил младшим офицером, и сохранил ее по сей день. И продолжал заполнять чертов список каждый день, хотя все обязанности и дневные заботы зависели исключительно от меня самого и от моего настроения. Я мог написать: «Привести в порядок письменный стол» или «Просматривать «Дейли телеграф» до тех пор, пока новости, происходящие в современном мире, не вызовут приступа сердечной слабости», только чтобы не написать: «Валять дурака» — то, чем я на самом деле все время занимался и каким образом проводил большую часть времени.

Но на этот раз я поставил перед собой совершенно определенную, не оставлявшую никаких лазеек, задачу:

1. Смерть Ребекки: собрать все существующие, наиболее яркие факты. Наметить, что еще осталось невыясненным.

2. Составить список очевидцев из Мэндерли, семейства де Уинтер, и т. д.

3. Собрать все сведения относительно Ребекки и подшить их к делу.

4. Позвонить Теренсу Грею.

5. Вскрыть полученный конверт. Если его содержимое требует срочного ответа, заняться им в первую очередь.

Просматривая список, я ощутил прилив энергии. А потом меня охватили самые противоречивые чувства. Само по себе написание слова «Ребекка» вызывало печаль. А «факты» вызвали ступор. Когда бы я ни задумывался о недолгой жизни Ребекки и странных обстоятельствах ее смерти, всякий раз осознавал, насколько мне трудно сохранять привычную объективность, и терял присущий мне душевный покой. Конкретных фактов все равно оказывалось очень мало, оставались только бесчисленные слухи, толки и домыслы и, как следствие, — предубежденность.

Решившись избавиться от нее, я взял чистый лист и принялся писать. В школе я научился составлять краткие конспекты — этого требовал от нас меланхоличный наставник по имени Ханбери-Смит, который прошел подготовку в министерстве иностранных дел. Его успешной карьере помешала одна слабость — к выпивке, о чем мы, естественно, понятия не имели. Он считал, что нет такой ситуации — какой бы сложной и запутанной она ни выглядела, — которую нельзя бы выразить в трех предложениях, благодаря чему все само собой становилось намного яснее и понятнее. К слову, как мне кажется, именно эта уверенность, когда он работал в дипломатическом представительстве на Балканах, сильно повредила ему. Что касается меня, то я стал приверженцем методики своего наставника и весьма успешно пользовался ею во время службы в армии.

И сейчас я решил прибегнуть к этому приему. И вскоре — примерно через час — мне удалось ужать всю имеющуюся информацию и свести ее к следующим пунктам:

Тайна последних часов жизни Ребекки.
12 апреля 1931 года миссис де Уинтер вернулась из поездки в Лондон в загородный особняк Мэндерли приблизительно часов в восемь вечера. Около девяти вечера она одна ушла из дома и пешком отправилась на берег моря, к тому месту, где на причале стояла ее яхта. С тех пор Ребекку больше никто не видел.

Спустя год и три месяца в результате того, что некий корабль едва не потерпел крушение и сел на рифы, водолазам пришлось заняться проверкой состояния его обшивки. Они совершенно случайно наткнулись на пропавшую яхту Ребекки и обнаружили тело ее владелицы внутри каюты. Выдвинутая версия о самоубийстве вызвала сомнения, но в результате тщательного расследования выяснилось, что миссис де Уинтер в день своего исчезновения узнала от врача, что у нее неизлечимая болезнь. Таким образом, стал ясен неизвестный до той поры мотив, подтолкнувший ее к самоубийству. И дело было закрыто.

Перечитав конспект, я убедился, насколько грубая схема несовершенна. Отчет выглядел очень топорным, хотя все факты я перечислил правильно. Но уже сейчас я мог бы отметить штук восемь оговорок и по крайней мере одно сомнительное утверждение, в результате все вместе и каждый пункт по отдельности вызывали массу вопросов. Конспект выглядел пародией на истинные события. Ханбери-Смит — пьяница и дурак, и его метод бесполезен. Разве таким способом можно выявить истину? Ребекка заслуживала более внимательного отношения к себе.

Открыв ящик письменного стола, я вынул сложенные в папку газетные вырезки с сообщениями сначала об исчезновении Ребекки, затем о ее смерти. Тоненькая пачечка со временем стала заметно толще: в этой трагедии существовало нечто, что не давало покоя газетчикам. Многим из них казалось, что правосудие совершило оплошность, большинство из них были уверены, что имел место сговор (при том что имя истинного виновника они, конечно же, не смели называть). Привлеченные красотой Ребекки и ее известностью, журналисты провели свое собственное расследование.

Я тщательно просмотрел вырезки заново: пусть методика Ханбери-Смита не дала мне ничего путного, зато я получил толчок в нужном направлении. Благодаря этому конспекту я понял, отчего вопреки наивности предположений слухи и толки относительно исчезновения, а потом и смерти Ребекки никогда не затухали. Напротив, время от времени появлялась очередная статья, где предлагалась своя версия событий. Большинство авторов статеек, как презрительно называл их Грей, пытались поставить «последнюю точку» в деле. Следом за ними — быть может, как следствие — вышли в свет две книги, авторы которых также хотели добраться до сути. И в той, и в другой излагались новые — сенсационные — версии. На мой взгляд, их следовало бы отнести скорее к романтическим измышлениям.

В конечном итоге «Тайна Мэндерли» превратилась в своего рода классическую детективную головоломку. На мои слова тоже неоднократно ссылались. Так Эрик Эванс в своей книге цитировал и меня в том числе — я был настолько глуп, что дал согласие встретиться с ним. В те дни — это было незадолго до Второй мировой войны — мои высказывания вызвали такую бурю и так долго продолжали вызывать возмущение, что я наконец решился нарушить обет молчания. Ведь именно мне удалось выяснить, какой недуг поразил Ребекку, именно я обнаружил запись в регистратуре. Но ни одного из этих всезнаек-репортеров не интересовала истинная причина трагедии. Они предпочитали копаться во всяком мусоре.

Мистер Эванс представился мне как опытный репортер уголовной хроники, как человек, который чует, где «собака зарыта». Письмо, направленное мне, было напечатано на фирменном бланке «Дейли телеграф» (как я потом догадался, он его просто стянул). Я не мог не обратить внимания на то, что письмо, изобилующее ошибками и опечатками, производит несолидное впечатление, но отнес все это к небрежности машинистки. Каким же я был дураком, когда поверил, что передо мной истинный «борец за правду». Тогда мое служебное положение так сильно пошатнулось из-за незатухающих слухов в Керрите, что мне пришлось подать в отставку. Но именно поэтому мне следовало быть в тысячу раз осмотрительнее. Через две минуты после встречи с Эвансом я раскусил его и понял, что передо мной просто взбалмошный человек, тут же выставил его вон и сразу же нажил в его лице еще одного врага.

Он описал нашу встречу следующим образом:

1936 год. Ноябрь. Полдень. Полковник Джулиан, до недавнего времени полицейский судья Керрита и Мэндерли, импозантный мужчина, восседал за столом. Его жена Элизабет, болезненного вида женщина, открыла дверь, приглашая посетителя войти, и тотчас исчезла. В комнату вошел Эрик Эванс — мужчина пятидесяти лет, сухощавый, в круглых очках, с северным акцентом и фанатичным блеском в глазах. Он нес саквояж, который тотчас открыл. В саквояже лежали газетные вырезки, фотографии Ребекки де Уинтер, купленные в местных киосках, и рукопись книги, которую, как заявил автор, он назвал «Тайна Мэндерли». Эрик сел в кресло и посмотрел на Баркера — молодо-

го пса полковника. Пес зарычал. Не вынимая ни блокнота, ни ручки, гость тотчас принялся задавать вопросы:

Э в а н с. Это ведь было убийство?

П о л к о в н и к (после паузы). Я надеялся, что вы ознакомились с вердиктом суда: самоубийство.

Э в а н с. Это сделал ее муж. Любому дураку это ясно.

П о л к о в н и к (спокойно). Вам известен закон нашей страны о клевете, мистер Эванс?

Э в а н с. Кто был любовником Ребекки? Муж застал их на месте преступления?

П о л к о в н и к (еще сдержаннее). Вы утверждаете, что работаете в «Телеграфе»?

Э в а н с. Здесь явно имел место сговор, и преступника покрывали. Вы находили только те факты, которые подтверждали невиновность вашего друга де Уинтера. Я не стану молчать! Это бесчестно! (Эванс удаляется, преследуемый собакой.)

В этом описании все выглядит преувеличенно напыщенным (но на то и существуют романы), тем не менее многое в нем достаточно близко к истине. И Эванс действительно не стал молчать. Он шел напролом. Из года в год он публиковал статью за статьей — их набралось около шестнадцати, потом написал книгу «Тайна Мэндерли», тотчас ставшую бестселлером.

Эванс отравил мне жизнь, поставив на конвейер, превратив в своего рода индустрию — такого рода публикации, пока не умер в своей постели от попавшего в дом снаряда. (Есть же бог на свете!) Он кропал свои пасквили и натворил много бед. Горючим для его произведений неизменно становились секс и смерть, он, не задумываясь, сплавлял их воедино. Что получалось? Фейерверк. Он превратил Ребекку в легенду, а ее смерть — в миф.

В папке нашлись его первые опусы, вышедшие вскоре после нашей встречи, которые относились к 1937 году. Кто-то — подозреваю, что это был Джек Фейвел, — много чего наговорил Эвансу. Несмотря на явную предубежденность, площадную вульгарность, желание очернить любого без всяких на то доказательств, непристойную похабщину и полнейшую глупость, статья произвела сильное впечатление. Она обрекла Ребекку, Максима и меня на вечное любопытство. Его описания весьма отдаленно соответствовали тому, что мы на самом деле говорили и как мы поступали. Они стали кривым зеркалом, перед которым я — единственный из всех, кто остался в живых, — теперь стоял и смотрел на отраженную в нем картину и не узнавал на ней никого. Но кому было дело до того, что я думаю?

«И если я собрался рассказать правду, то это задание под силу только Гераклу», — подумал я, пробежав глазами по измышлениям Эванса. Вся беда в том — этого я не мог не признать, — что кое-какие вопросы назойливого репортера имели под собой основание. И его приемы в чем-то были намного действеннее, чем мои. «О времена, о нравы!» — подумал я. Мое намерение возникло и под влиянием «расследований» Эванса, и я собирался воспользоваться статьей, с которой начался миф о Ребекке.

«Ночью 12 апреля 1931 года произошло то, что до сих пор остается неразгаданной тайной. События той ночи и последовавшая за ними драма предоставили исследователям классическое загадочное преступление: кем была прелестная Ребекка, хозяйка легендарного загородного особняка Мэндерли? Что произошло перед тем, как она исчезла столь таинственным образом в тот апрельский вечер, и кто виновник ее смерти?

К моменту исчезновения Ребекка де Уинтер уже пять лет была замужем. Ее муж Максимилиан (известный как Максим) из старинного рода — он мог проследить генеалогические корни до XI столетия и даже дальше. Мэндерли — достопримечательный особняк — располагался в уединенном месте на берегу моря. Он возродился заново благодаря энергии и вкусу его новой хозяйки: она устраивала вечеринки, маскарады, на которые гости являлись в фантастических костюмах. Многие мечтали получить приглашение на эти балы, и в списках гостей числились весьма известные — нередко печально знаменитые — имена.

Миссис де Уинтер слыла красавицей, элегантной и обаятельной, о ней часто писали в светской хронике. Она ходила под парусом на своей яхте (и выиграла немало призов на местных гонках), проявляла интерес к садоводству, и за те годы, что провела в Мэндерли, прилегающий к дому парк преобразился до неузнаваемости. Арендаторы и местные жители боготворили ее. Но некоторые представители знатных семей имели особое мнение: они не могли принять ее прямоту, считая ее неприемлемой, не могли смириться с ее взглядами и поражались тому, что Максим де Уинтер выбрал себе в жены подобную женщину. Они воспринимали ее как нечто чужеродное, тем более что ее происхождение оставалось под покровом тайны. Кто ее родители? Где она росла? Об этом ничего не известно.

Несмотря на существенную разницу между мужем и женой в происхождении, интересах и возрасте, брак оказался удачным, хотя после исчезновения Ребекки у многих развязались языки. Окрестные жители намекали, что семена трагедии были засеяны значительно раньше, чем появились всходы. Слухи росли, молва распространялась все дальше, но толки вспыхнули с новой силой только через год, когда последовала череда шокирующих открытий — и правда начала выходить наружу. Разразился шумный скандал. Но совершенно очевидно, что подробности происшествия не удалось выяснить, поскольку их тщательно скрывали: Мэндерли защищал секреты семьи де Уинтер... и оберегает их и по сей день.

Так давайте же проследим, что произошло 12 апреля и какие вопросы вызывают эти события. Той ночью Ребекка де Уинтер вернулась из недолгой поездки в Лондон — цель ее поездки так окончательно и не была выяснена. Отправилась ли она туда на свидание к любовнику, как считают некоторые? Почему, несмотря на то что у нее там была собственная квартира, где она часто жила, миссис де Уинтер снова отправилась в дорогу, достаточно долгую и утомительную (шесть часов туда и столько же обратно), в тот же день? Почему после возвращения (как отметили горничные, она выглядела утомленной) тотчас отправилась в домик, стоявший на берегу, после девяти часов вечера? Была ли у нее там назначена с кем-то встреча? Или она хотела поплавать на яхте — как потом утверждал ее муж — одна в ночи?

Как бы там ни было, одно остается неоспоримым: прекрасная Ребекка де Уинтер, которой исполнилось тридцать лет, больше никогда не переступала порога своего дома после того фатального плавания. И спустя год и три месяца яхта с символичным названием «Я вернусь» была найдена. Когда ее подняли со дна, обнаружилось, что яхту кто-то специально повредил. А в каюте обнаружили тело женщины, разложившееся за это время в воде.

Тайна Ребекки

Точную причину смерти установить так и не удалось, и, поскольку очевидцы, которые могли бы доказать обратное, отсутствовали, сочли, что Ребекка де Уинтер утонула. Когда тело доставили на берег, его опознали по двум кольцам, которые владелица никогда не снимала с руки, — одно из них было обручальным...

За этим событием последовала некая пародия на справедливое правосудие. Вердикт: самоубийство — вынесли только по той причине, что влиятельное семейство де Уинтер, не желая запятнать свое имя, сделало все возможное, чтобы скрыть правду о муже покойницы. Следователь отвел сорокадвухлетнему Максимилиану де Уинтеру только роль свидетеля. А полковник Джулиан — давний друг мужа Ребекки, о котором местные жители отзывались как о большом снобе и который жаждал общества сильных мира сего, постарался как можно быстрее замять дело. Он настаивал на том (и до сих пор продолжает оставаться при своем мнении), что следствие закончено и дело можно считать закрытым. И никакое дополнительное расследование проводить нет смысла. Но, учитывая перечисленные ниже семь пунктов, его решение представляется несколько поспешным и причина трагедии — самоубийство — выглядит натяжкой:

1. Несколько месяцев спустя после исчезновения Ребекки мистер де Уинтер опознал выброшенное на берег тело некоей утопленницы. Как показали дальнейшие события, он совершил «ошибку».

2. Не прошло и года после смерти Ребекки, как де Уинтер женился на девушке вдвое моложе его, которую он встретил в Монте-Карло.

3. Никто не пытался досконально выяснить, чем именно Максим де Уинтер занимался в ту ночь, когда исчезла его жена. Он поужинал с управляющим поместья Фрэнком Кроули, который жил поблизости, но у него нет алиби на самый важный момент — 10 часов вечера.

4. Упорные слухи, циркулировавшие в Керрите и за его пределами, связывали случившееся с тем, что Ребекка была бездетна. Именно это предвещало трагедию.

5. Супруги не спали вместе в Мэндерли, и миссис де Уинтер очень часто уезжала жить в Лондон или ночевала в коттедже на берегу океана, на что Максимилиан смотрел сквозь пальцы.

6. *Бесконечно преданная Ребекке миссис Дэнверс, которая исполняла роль горничной при хозяйке дома, утром первой забеспокоилась о том, что ее госпожа так и не появилась. Кто знал, что в ту ночь миссис Дэнверс не будет в особняке (что случалось крайне редко)? И связано ли как-то ее отсутствие с исчезновением Ребекки?*

7. *Накануне своего исчезновения миссис де Уинтер консультировалась с лондонским врачом-гинекологом Бейкером. Это было ее второе посещение доктора Бейкера. С чем связано ее первое посещение? Доктор Бейкер поставил миссис де Уинтер диагноз — неоперабельный рак. Сейчас он живет за границей.*

Все эти вопросы и еще много других остались без внимания и по сей день. И миссис Ребекка де Уинтер не может покоиться с миром, как считают местные жители. После окончания следствия ее похоронили в усыпальнице де Уинтеров, рядом с предками мужа. Через несколько часов после этой недоступной для посторонних лиц церемонии в особняке вспыхнул пожар, и он сгорел дотла... Случайность? Или воздействие сил зла? Может быть. Ребекка — совершенно очевидно, ставшая жертвой своего мужа, — не дождавшись правосудия, решила отомстить по-своему? Может быть, она восстала из могилы, как сумела восстать со дна морского? Не будем забывать, что яхта носила символическое название «Я вернусь».

Оставшиеся без ответа вопросы и побудили меня месяц назад прибыть в Керрит — небольшой городок рядом с Мэндерли. В общественных заведениях и во многих обычных домах нашлось немало людей, преклонявшихся перед Ребеккой де Уинтер. И, недовольные тем, как повернулись события, эти люди проявили желание обсудить со мной случившееся.

И через несколько дней, вооруженный новыми подробностями, я уже не имел ни малейшего сомнения в том, что было предпринято очень многое для того, чтобы тайна осталась нераскрытой. Стоя на берегу, откуда открывался вид на руины Мэндерли, я смотрел на бушующее море, где Ребекка нашла свою смерть, и у меня уже не оставалось и тени сомнения на этот счет: миссис де Уинтер умерла не своей смертью. Почему Ребекку убили? Может быть, ответ кроется в ее прошлом? Оставив в покое руины Мэндерли, я решил искать истину, изучая ее происхождение...»

К счастью, он так и не завершил начатое. Снаряд настиг его раньше. Но Эванс все же успел натворить немало бед.

Я положил голову на руки. В искаженном зеркале воспоминаний на меня смотрели смутные фигуры. Истерзанное сердце дрогнуло. Мне стало плохо.

3

Закрыв папку с вырезками, я смотрел сквозь оконное стекло на араукарию — дерево скорби. Баркер во сне принялся перебирать лапами, и я вспомнил о том, что привиделось мне самому этой ночью. И снова ночной кошмар, как туманное газовое свечение, предстал перед моим мысленным взором. Как меня сдавливает руль зловещей черной машины, которая движется вперед помимо моей воли и желания. Сквозь снежную бурю она неумолимо приближается к Мэндерли. И как я ни пытаюсь тянуть на себе тормоз, он не слушается меня. А рядом, на пассажирском сиденье, стоит маленький гробик, который вдруг начинает придвигаться ко мне.

Встав с кресла, я раза два прошелся по комнате, глядя на книги, которыми завалена вся моя комната, чтобы изгнать неприятные воспоминания. А потом сел к столу и вдруг ощутил себя старым, немощным, запутавшимся, ослепленным ложными сведениями, которые навалились на меня через двадцать лет.

Эрик Эванс объявил, что он обнаружил «нового потрясающего очевидца», но что это означало на самом деле? Пустая похвальба, скорее всего. Подобно всем репортерам, которые бросились на лакомый кусочек следом за ним, он всего лишь выуживал очередную выдумку жителей Керрита, а потом носился с ней, как пес с мозговой косточкой. Но и он, и его последователи не сумели найти никаких доказательств тому, что на самом деле случилось с Ребеккой в ту последнюю ночь ее жизни. Ничего не удалось выяснить им и относительно ее прошлого — того, чем и как она жила до своего появления в Мэндерли. Даже тщательные изыскания Теренса Грея — историка, а не журналиста, не дали ничего. Во всяком случае, ничего такого, чего бы я не знал сам. И это меня не удивило. Я был другом Ребекки и знал лучше других, как хорошо она

умеет скрывать от взора посторонних свою личную жизнь, как умеет хранить свои тайны.

Стоит ли мне браться за все это, вопрошал я себя, возвращаясь к столу, не попал ли я под влияние Теренса Грея — странного молодого человека, недавно приехавшего в Керрит, который по необъяснимым причинам столь серьезно заинтересовался загадочными обстоятельствами жизни и смерти Ребекки де Уинтер.

Скорее всего, нет. Правда, ночные видения стали страшнее с тех пор, как он появился и взялся за расспросы.

Я придвинул к себе телефон: настало время позвонить и договориться о прогулке в Мэндерли, которую я так долго откладывал, воспринимая ее как своего рода испытание или проверку. Как поведет себя Грей, когда наконец увидит руины особняка, завладевшего его воображением? И чем, хотелось бы знать, вызван его повышенный интерес?

Подняв трубку, я вновь положил ее на место. Часы показывали десять. Я поднялся на заре; мы с Элли очень рано завтракали, так что с приглашением можно было повременить. Молодой, энергичный человек вызывал во мне смутное беспокойство. Не последнее место в этом занимало то, что я так и не выяснил причины его интереса к давней истории. Тем не менее я готов теперь был смириться с тем, что Грей окажется весьма небесполезным сопровождающим. Но, прежде чем начать разговор с ним, мне следует все хорошенько продумать.

Взяв в руки конверт, прибывший сегодня утром, я взвесил его на ладони и решил, что не стану вскрывать его прямо сейчас, а обратился к странице, которую озаглавил «Свидетели».

В отличие от репортеров и Грея, я считал, что не нуждаюсь в чьих-либо показаниях, если собираюсь писать правду о Ребекке. Я был ее другом, быть может, самым близким, или считал себя таковым. И я знал Максима с самого детства. Подростком я бывал в Мэндерли, и в семействе де Уинтер не таили от меня секретов. Именно я, как считал Грей, остался единственным источником ценных сведений. Единственным после смерти Максима. И все равно, как показал разговор с Греем, даже в том, что мне было известно, оставалось несколько пробелов. Не очень существенных, но они вызывали сомнение у других. Мне всегда нравились книги о великих сыщиках вроде Шерлока Холмса или патера Брауна, которые умели добывать факты и анализировать их, — так что же мне мешает снова самому пройтись по следам событий? Итак, мои «свидетели». Кто мог бы знать нечто, чего не выяснил я сам?

«Сосредоточься, сосредоточься», — повторял я самому себе. Необходимо строго следовать судебным предписаниям. Благодаря самодисциплине я умел собираться и действовать стремительно. Сказывалась и моя военная подготовка, о которой я уже упоминал, но не так давно я заметил кое-какие тенденции, огорчавшие меня, связанные, видимо, с возрастом: мне исполнилось семьдесят два года, что в какой-то степени служило оправданием. И очень часто я ощущал себя несчастным, одиноким, неуверенным, раздражительным, подозрительным — выбирайте сами, что более привлекательно. Встряхнувшись, я быстро вывел на листе:

1. Ребекка.
2. Максим де Уинтер.
3. Беатрис (его сестра).
4. Старшая миссис де Уинтер (бабушка, которая воспитала его).
5. Миссис Дэнверс (домоправительница при Ребекке).
6. Джек Фейвел (якобы кузен Ребекки, единственный из известных нам родственников).
7. Прислуга (горничные, лакеи и так далее, многие из них все еще жили поблизости).
8. Фриц (прежний дворецкий, прослуживший в доме много лет).

Не очень длинный список. Кого-то (только не меня) могло привести в замешательство, что четверо из перечисленных в списке уже умерли, но у меня сохранились не только письма от них, но и собственные воспоминания. Мертвые тоже умеют говорить.

Тем не менее после того, как я написал эти имена, мне стало очень грустно. Я знал Беатрис, которая умерла в конце войны, еще девочкой. А Максим — он был на восемь лет младше меня — рос на моих глазах. Я был свидетелем того, сколь деспотично воспитывала их бабушка. Когда Максим женился на Ребекке, старая миссис Уинтер еще была жива, и она обожала невестку. И если Ребекка кому-то могла поверять свои тайны, то только ей, как мне казалось. Иной раз у меня возникало ощущение, что она знает о жене Максима больше, чем он сам. Но я, наверное, ошибался.

Написав эти имена, я словно вызвал из небытия призрачные тени. Баркер поднял большую голову, шерсть на загривке вздыбилась, он встревожился, а потом затих и посмотрел на меня задумчивым ласковым взглядом. Мы оба думали с ним о моем давнем друге Максиме, который пять лет тому назад погиб в автокатастрофе. Желал ли он, чтобы свершилось нечто в этом духе? Возможно. Автомобиль врезался в железные створки ворот Мэндерли. Он погиб через месяц после возвращения из-за границы, где провел несколько лет со своей второй женой. Срок его пребывание в Англии оказался коротким.

Я знал, что это такое, когда тебя преследуют фурии. А они не оставляли Максима ни на миг с того момента, как он покинул Мэндерли, хотя он прекратил всякое общение со мной и не отвечал на письма, так что мои утверждения чисто умозрительные. На его похороны меня не пригласили, что действительно по-настоящему задело меня тогда и продолжает задевать и сейчас. Я был преданным другом Максима, возможно, слишком преданным.

Вторая его жена, «печальный маленький фантом» — так ее описали мне сестры моего друга Бриггса, — рассыпала прах мужа в заливе возле Мэндерли, как я слышал. Потому что ей представлялось немыслимым поставить гроб Максима рядом с гробом Ребекки? Меня бы это не удивило: притягательная женщина притягивает к себе и после смерти.

Сейчас вторая жена Максима, насколько я знаю, живет в Канаде. Сначала я собирался внести ее в список свидетелей, но потом отказался от этой мысли. Встречаясь с ней несколько раз, я всякий раз находил ее слишком пресной и скучной. Наверное, я был небеспристрастен, так как всегда восхищался Ребеккой. И все же вторая миссис де Уинтер могла знать о смерти Ребекки больше других. Уверен, что Максим доверял ей. Но согласится ли она открыться мне? Скорее ад замерзнет, чем разомкнутся ее уста. И, будучи практичным человеком, я осознавал, что вряд ли сумею отыскать ее следы. По словам осведомленных во всех местных делах старых дев Элинор и Джоселин Бриггс, ни с кем из местных обитателей она не поддерживала никаких отношений. Она отгородилась от всех, уехав в Торонто (или Монреаль?), никому не оставив адреса.

Я снова пробежал по списку взглядом: осталось не так уж много людей, знавших о происшествии из первых рук... Из тех, что остались, часть можно сразу вычеркнуть. Ни малейшего желания общаться с одряхлевшим Фрицем, который из мальчика на побегушках дослужился до лакея, а затем и дворецкого, я не испытывал. Да, он был дворецкий что надо, но лез в чужие дела, и его всезнающий взгляд всегда раздражал меня. Сейчас он жил в доме престарелых и почти наверняка выжил из ума. Тогда почему я внес его в список? Наверное, по той причине, что Теренс Грей особенно интересовался им, сообразил я. Тем хуже для него. В своем списке я вычеркнул это имя тонкой линией. Кто еще?

Во времена Ребекки, когда Мэндерли находился в зените славы, когда каждую субботу дом наводняли гости, существовал штат прислуги, бо́льшая часть которой оставалась для нас невидимой, безмолвной и глухой — главные качества хороших слуг, как известно. Многие из них еще живы, и кое-кто продолжал жить в окрестностях Керрита. В отличие от Эванса и его последователей, которые с жадным любопытством выпытывали у горничных, какая мебель стояла в спальне, какие там висели шторы, и так далее и тому подобное, я не считал нужным выслушивать их. Одни горничные были завистливыми гусынями, другие — глупыми сплетницами, которым доставляло удовольствие рыться в чужом белье. Но вот Роберт Лейн... Кое-что он мог знать.

Время от времени мне доводилось сталкиваться с Робертом — в маленьком провинциальном городке это неизбежно. И всякий раз у меня оставалось впечатление, что он славный малый. Он поступил в Мэндерли лакеем, ушел служить во время войны и согласно сведениям моей справочной службы — сестрам Бриггс — уже давно женился и обзавелся четырьмя детишками. Он мазал волосы бриллиантином и работал в баре при отеле «Трегаррон», в нескольких милях отсюда, где всегда останавливались туристы купить сувениры.

Роберт слыл словоохотливым человеком, но разговаривать о серьезных вещах в баре с официантом, который подает

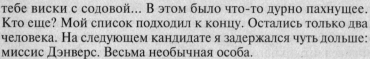

тебе виски с содовой... В этом было что-то дурно пахнущее. Кто еще? Мой список подходил к концу. Остались только два человека. На следующем кандидате я задержался чуть дольше: миссис Дэнверс. Весьма необычная особа.

Самый нужный, наверное, свидетель. Самый близкий к Ребекке человек. Но, поколебавшись, я сделал уточнение — все же самым близким человеком была не она. Конечно, миссис Дэнверс лелеяла Ребекку с детства. Но где, когда, при каких обстоятельствах — о том не проведала ни одна душа. Миссис Дэнверс была истеричной особой, это я отметил сразу, едва увидел ее в первый раз, именно поэтому ее свидетельским показаниям нельзя доверять.

Она исчезла из Мэндерли в ту ночь, когда вспыхнул страшный пожар. С тех пор о ней не было ни слуху ни духу. Теренс Грей считал, что миссис Дэнверс еще жива, но с той же степенью вероятности могла и покоиться в могиле.

Таким образом, оставался единственный человек — Джек Фейвел, так называемый кузен Ребекки, довольно гнусная личность, хам и бездельник. Его вышвырнули из флота (как он туда вообще попал — загадка), и он нашел себе теплое местечко нахлебника при Мэндерли, когда стали приглашать гостей, заявившись туда без приглашения, как я полагаю. Я встретился с ним накануне трагических событий в 1928 году, через два года после появления в Мэндерли Ребекки, и мы еще не успели пожать друг другу руки, как он вызвал у меня отвращение. Тогда, увы, я понятия не имел, что пожал руку Немезиде.

Мне всегда казалось, что он обладает какой-то властью над Ребеккой и что это имеет отношение к ее прошлому. Именно он — единственный человек — знал Ребекку в детстве. Наша антипатия была взаимной, и вряд ли мы обменялись даже парой фраз после смерти Ребекки. И еще у меня осталось впечатление, что Ребекка тоже не очень любила своего кузена, хотя репортеры придерживались иного мнения.

Сначала Максим терпел его присутствие и не пытался выставить вон. Но, пьяница, бабник, болтун, Фейвел всегда был нежелательным гостем в Мэндерли. Однако, думается, причины неприязни к нему крылись в чем-то ином — они были значительно глубже.

Ревновал ли Максим свою жену к Фейвелу? Элизабет считала, что да. И не сомневалась в том. Быть может, женщины лучше распознают такие вещи, чем мужчины. Тем более что я сам вообще не ревнив. Думается, при своей несдержанности Фейвел что-то наговорил Максиму о прошлом Ребекки, что наложило на их и без того непростую супружескую жизнь какой-то отпечаток, тянулось долгие годы и в конце концов привело к смерти Ребекки. Атмосфера в Мэндерли все последние годы оставалась напряженной, и даже при всем умении Ребекки ей не удавалось скрыть явные шероховатости. Долго такие вещи утаивать невозможно.

После очередной безобразной пьяной выходки Фейвела Максим выгнал его, но тот продолжал слоняться в округе. У меня создалось впечатление, что Ребекка ссужает его деньгами. И если дело обстояло именно таким образом, то должен был найтись кто-то, кто обязан был предупредить ее.

Когда я заговорил с ней на эту тему (а все, что касалось Фейвела, раздражало меня, и, судя по всему, я говорил слишком напористо), она улыбнулась. Ее всегда забавляло то, как я пытался опекать ее и старался избавить даже от тени неприятностей. Она ответила, что очень хорошо знает, что представляет собой ее кузен. А затем добавила с каким-то загадочным выражением лица (она обладала способностью оставаться одновременно и сфинксом, и озорницей), что, несмотря на все свои недостатки, Фейвел очень щепетилен. Лично я не заметил ни малейших признаков щепетильности у этого типа. Но впоследствии — уже после ее смерти — я начал догадываться, что она могла иметь в виду.

Даже воспоминания о Фейвеле взбудоражили меня, но, поскольку мой врач — пессимист по натуре — советовал мне избегать любых тревожений, я встал и начал ходить по комнате. Призраки прошлого расселись по углам, и Баркер начал рычать на них. Я пытался не обращать на них внимания, но мне это не удавалось. Пришлось снова вернуться к столу. Руки слегка дрожали, когда я поднял листок.

В каком же году я в последний раз видел Фейвела? Когда шло расследование причин смерти Ребекки. Фейвел не желал смириться с выводом: самоубийство. Впрочем, как и я сам. Мне это казалось заблуждением, для самоубийства не было весомого мотива: она не оставила записки. И та Ребекка, которую я знал, никогда не могла покончить с собой. Поэтому я старался найти хоть какую-то зацепку, какое-то разумное объяснение. Я считал, что надо проследить все перемещения Ребекки в тот день, и был уверен, что имеет смысл тщательно все проверить. Но Фейвелу это и в голову не пришло.

Мы просмотрели записную книжку, которую, к счастью, сохранила миссис Дэнверс, и выяснилось, что Ребекка тайно, не обмолвившись об этом ни одному человеку, консультировалась с лондонским гинекологом в два часа дня в последний день своей жизни. Она зашифровала запись и заставила меня поломать голову над ее разгадкой. Почему Ребекка обратилась к столичному специалисту, а не к кому-то из местных врачей? И что он сообщил ей?

На следующий день я отправился в Лондон по указанному адресу. Со мной ехал Максим, его новая жена и Джек Фейвел — он настаивал на том, чтобы присутствовать при встрече, и как родственник Ребекки имел на то полное право. Правда, он отпускал грязные и непристойные намеки, что их отношения выходили за пределы родственных. Верить отъявленному лжецу я не собирался, но его гнусные заявления могли подтолкнуть Максима на убийство. Меня это беспокоило. И у меня возникли подозрения, что Максим и в самом деле мог быть причастным к ее смерти.

Нам повезло, мы застали доктора Бейкера дома. Он жил в довольно приятном доме, как мне помнится, где-то в северной части Лондона. После короткого разговора с доктором мы вышли на улицу, усыпанную опавшими листьями. Какой-то инвалид еще Первой мировой войны играл на шарманке модную в его времена песенку «Розы на Пиккадилли» — мелодию, которую я и до сих пор не могу слушать без душевного волнения. Как мы выяснили, доктор Бейкер встречался с Ребеккой дважды. В первый раз он сделал рентген и всевозможные анализы. Во время второй встречи он сообщил ей результаты обследования. Он был вынужден сказать ей, что она больна неоперабельной и неизлечимой формой рака матки. Впереди Ребекку ожидали мучительные боли. И жить ей оставалось три или четыре месяца.

Эта новость стала для всех нас полной неожиданностью. Стоя на улице, я пытался справиться с потрясением. Тещу себя надеждой, что мне удалось собрать все свои силы, чтобы не выдать переживаний и сдержать слезы.

Догадывалась ли Ребекка о том, что смертельно больна? Или слова доктора застали ее врасплох? Мне причиняла боль мысль о том, как она восприняла это известие. Я был настолько оглушен известием, что не мог в первый момент думать ни о чем другом. И только потом осознал всю важность расследования этой информации.

Теперь мотив самоубийства прояснился. И теперь решение, принятое следствием, никогда нельзя будет опровергнуть. Дело можно закрывать, несмотря на требования Фейвела или кого бы то ни было. И с Максима де Уинтера снимались все подозрения. Я повернулся и посмотрел на своего давнего друга. Его молоденька жена ободряюще сжимала его руку. К моему разочарованию, даже ужасу, я увидел выражение величайшего облегчения на их лицах.

И тогда ко мне пришла уверенность — раз уж я решился писать правду, не стану скрывать, — у меня и раньше возникло сомнение относительно невиновности Максима по двум причинам. В первый раз, когда обнаружили тело несчастной Ребекки, Максима пригласили для опознания, и я увидел выражение его лица. В другой раз, когда состоялась пародия на похороны Ребекки и мы оказались у ее гроба рядом в фамильном склепе.

Никогда и ни с кем я не обсуждал эти похороны, ни с Элли, ни с женой. Но не потому, что забыл про них. Они прорывались в мои сны. Даже само слово «похороны» вряд ли уместно употреблять в данном случае. Это было погребение — поспешное, скрытное, состоявшееся тотчас после опознания тела. Слишком стремительное и тайное — все, как отозвался о них Эванс, — истинная правда.

В тот вечер шел сильный дождь. Усыпальница — ряд сводчатых помещений, забранных железными решетками, — была выстроена даже раньше церкви, расположенной неподалеку от реки, и вросла в землю до половины. Гробы представителей рода де Уинтер располагались друг за другом. Недавние гробы выглядели целее, более древние несли на себе отпечатки времени. Это было место, которое хотелось покинуть как можно скорее. И поэтому... впрочем, не стоит задерживаться на том, что я переживал. Я сказал всего несколько слов: что питал глубокую симпатию к Ребекке и что я глубоко опечален ее кончиной.

В склепе стоял холод, стены были влажными от сырости, кабель, видимо, из-за этого давал замыкание, и свет то вспыхивал, то гас, пока шла церемония прощания. Священник, смущенный происходящим не меньше меня, торопливо прочел молитву. Я стоял, опустив голову, но в какой-то момент почувствовал движение Максима, стоявшего рядом, и повернулся в его сторону.

На очень краткий миг, как раз тогда, когда свет снова вспыхнул, я встретился с ним взглядом. Он был бледным как мел, и, несмотря на холод, пот выступил у него на лице. И, как я понял, он смотрел куда-то сквозь меня. И что бы это ни было — увиденное потрясло его и буквально приковало к месту. Никогда не забуду выражения, застывшего на лице Максима, и муку, которую прочел в его глазах. В моих словах нет преувеличения, потому что я был на войне и знаю, о чем говорю.

Увиденное поразило меня — и тогда я догадался, хотя уже давно мучился подозрениями. Но тут с шипением и треском свет погас и только через какое-то время вспыхнул вновь. И еще до того, как священник произнес заключительную фразу: «Пусть она покоится с миром», Максим попытался выйти из усыпальницы. Я положил руку ему на плечо, чтобы удержать, и почувствовал, как он дрожит. Он не смотрел мне в глаза: он боялся выдать себя.

Я тогда отчетливо осознал: Ребекка не покончила жизнь самоубийством. И догадался, что каким-то образом Максим причастен к ее смерти. Но я счел, что дикая мысль, пришедшая мне в голову, — следствие пережитого шока, что мой разум отказал мне.

В склепе я почти явственно увидел, как все могло произойти. Спор, перешедший в скандал. Вспышка ярости. Быть может, Максим ударил или толкнул Ребекку, и она упала. Поверить, что Максим способен на предумышленное убийство, я не мог. Мой друг — человек чести... Тогда я еще верил в такие понятия, как честь.

До сегодняшнего дня я продолжаю думать, что, если бы в ту минуту я отвел Максима в сторону и спросил его, что произошло на самом деле, он бы признался мне. Он выглядел таким потерянным и потрясенным. Притворяться у него уже не было сил.

Несколько минут мы стояли молча. Теперь-то я отчетливо понимаю, что оказался на распутье и сделал окончательный моральный выбор. Я принял решение, которое и по сей день продолжает терзать меня. И сомнение в том, правильно ли я поступил, продолжает мучить меня. Если бы Фейвел держал язык за зубами, быть может, все обернулось бы иначе. Наверное. Впрочем, я не уверен.

Но Фейвел не стал молчать. Это было не в его правилах. Пытаясь сохранить объективность, я все же обязан отдать ему должное — видимо, и его тоже потрясло случившееся... Он по-своему был очень привязан к Ребекке. И тоже искал ответа. Однажды он задал вопрос, вызвавший у меня отвращение. Он спросил: считается ли заболевание, которое обнаружили у Ребекки, заразным? Вопрос, который мог задать только такой человек, как он. Ему казалось, что заключение врача обрадовало меня, поскольку тем самым снимались всяческие подозрения с Максима. И делал все возможное, чтобы никто не заподозрил его самого.

Сопоставив все имеющиеся у меня факты, я вынужден был сказать себе, что теперь мы выяснили мотивы поступка Ребекки. А поскольку свидетелей случившегося нет и какие-то другие доказательства тоже отсутствуют, не остается ничего другого, как признать эту версию. Нельзя привлекать человека к суду только на основании своих личных впечатлений, на основании того, что ты увидел чувство вины в его глазах. Тогда я решил оставить все так, как есть, постарался сделать все возможное, чтобы заключение врача стало известно как можно большему кругу людей, и подвел черту под расследованием.

Все репортеры, собирая сплетни в округе, в один голос обвиняли меня в том, что я старался покрыть своего друга де Уинтера. Они не сомневались, что я стоял на страже его интересов, а потому и не могли увидеть правду: я стоял на страже интересов Ребекки, а не ее мужа.

Поскольку я ясно представил себе, что произойдет, если расследование продолжится. Пострадает ее репутация. На Ребекку обрушатся голословные обвинения в том, что она заводила грязные любовные интрижки. И первым, кто не пощадил бы ее, кто стал бы обливать ее имя грязью, — Джек Фейвел. Ведь, если ее убил Максим, значит, у него должен быть мотив. И таким мотивом могла послужить только неверность Ребекки. Не будь какого-то очень серьезного повода, Максим никогда не причинил бы жене вреда.

Когда суд вынес решение, слухи постепенно затихли. Что бы там ни утверждали журналисты, но сплетни о «любовниках» и «тайных свиданиях» рассеялись сами собой. Во всяком случае, до меня они перестали доходить. Я был бесконечно рад, что наконец-то Ребекка действительно может «покоиться с миром». И всячески поддерживал версию о том, что Ребекка сама сделала выбор: вместо долгой, мучительной смерти она предпочла быструю. Мне хотелось, чтобы она осталась в памяти людей такой, какой всегда восхищала меня. Я хотел, чтобы тот образ, который я взлелял, навсегда остался нерушимым.

Ее представления о добродетелях не совпадали с моими представлениями. Она была намного практичнее, чем я. Она знала: чем сильнее пытаешься что-то скрыть, тем больше об этом будут чесать языки. Джек Фейвел успел позвонить своим друзьям, с которыми он обычно выпивал, еще до того, как я вернулся из Лондона. И я понял, насколько трудно преодолеть человеческую потребность вывернуть все наизнанку и насколько сложно остановить толки. Это все равно что пытаться удержать прилив или отлив.

Нет закона, нет адвокатов и нет присяжных, которые могли бы оградить Ребекку от порочащих ее имя сплетен. Она не могла сама замолвить за себя слово, выступить в свою защиту, чтобы опровергнуть грязные домыслы, рассказать все, как есть, объяснить, что произошло на самом деле. Теперь, состарившись, я понял это с особой ясностью. Люди могут копаться в твоей могиле, а ты вынужден лежать и молчать. И ничего не сможешь сказать им в ответ... До тех пор, пока кто-то не осмелится взять слово от твоего имени. Пока какой-нибудь мудрый человек не возьмет на себя труд изложить случившееся и сказать о тебе всю правду.

Должен ли именно я оказать такую услугу Ребекке? Прошлой ночью, при лунном свете, я счел, что да. Я решил, что обязан признать свою ошибку. Но сейчас сомнения вновь одолевали меня. Семидесятидвухлетний неудачник с больным сердцем. Неуверенный в себе и не уверенный в своей правоте. Имею ли я право писать о Ребекке? Не лучше ли оставить ее в покое? Разве я похож на рыцаря Ланселота в сверкающих доспехах?

Размышлять о том, насколько преступным было мое решение закрыть дело, мучительная боль при воспоминании о прошлом — разве так я хотел начать сегодняшний день? На глаза наворачиваются слезы, сердце щемит и ноет, и давление наверняка повысилось. Баркер заскулил, поднялся и положил морду мне на колени. Чтобы успокоиться, я снова просмотрел свой список «свидетелей» и разорвал его на мелкие клочки. Если я собираюсь очистить от наветов имя Ребекки, то должен следовать не таким рутинным путем.

Забыв и про звонок Теренсу Грею, и про пакет, полученный утром, я поднялся и подошел к окну. Пасмурный апрельский день — еще одна годовщина смерти Ребекки.

Я распахнул застекленные двери, спустился в сад и двинулся по дорожке. Мой четвероногий друг как тень тотчас последовал за мной. Я миновал заросли жимолости, розарий и, оказавшись на площадке в самом дальнем конце, присел на полуразрушенную каменную кладку ограды. Передо мной простиралось море. За ним — сосны, скрывавшие Мэндерли, а по другую сторону залива когда-то стоял дом, где я провел свои детские годы.

«Вытри слезы, Артур», — услышал я негромкий голос дедушки. И меня ничуть не удивило то, что я его слышу, хотя он умер полвека тому назад. Мертвые довольно часто теперь разговаривали со мной — одна из особенностей моего возраста. И, еще не успев осознать, что произошло, я позволил событиям прошлого увлечь меня туда, куда им хотелось увести меня, — в Мэндерли, который я узнал мальчиком.

И там очевидцы, которых я занес в свой список, уже поджидали меня, чтобы ответить на мои вопросы. Ребекка еще не приехала, она еще не появилась на сцене жизни. Но мне показалось, что, если я внимательнее присмотрюсь к тому, что происходило в доме де Уинтеров, мне это поможет кое-что выяснить. Я осознавал, что не смогу разобраться в том, что произошло с Ребеккой, пока не пойму семью, в которую она вошла. И если уж искать ключ к ее судьбе, то его надо искать в первую очередь в Мэндерли.

4

В «Соснах», которые стали моим домом, я оказался в возрасте семи лет. Я приехал с матерью и своей няней Тилли. Это произошло в середине 1880-х годов. Мы намеревались остановиться у нашего дедушки-вдовца в его доме на берегу моря, в удаленной части Англии — страны, о которой я составил какие-то самые фантастические представления, поскольку еще ни разу не бывал в ней.

Тогда я не понимал, почему мы уехали из Индии, почему отец остался там. Я только знал, что он не имеет права покинуть Индию еще какое-то время, а моей матери необходимо срочно сменить климат. Теперь-то я знаю, но тогда не догадывался об этом, такие вещи дети не замечают, что моя мать была беременна и должна была родить второго ребенка — мою младшую сестру Розу.

Сначала я страшно скучал по Индии, по ручному мангусту, по моей айе и все время вспоминал колыбельные, которые она мне напевала, я их помню и по сей день. Дом деда после нашего бунгало казался очень странным. Мне все время было холодно. Проснувшись от крика чаек, я дрожал от озноба и смотрел из окна комнаты на залив, по другую сторону которого находился Мэндерли.

«Ничего, скоро он привыкнет, — уверенно говорил мой дед, — здесь вырос его отец, и здесь выросло целое поколение Джулианов. Здесь много семей, которые имеют давние корни», — объяснял он, потому что это было место, удаленное от центра, где, как в котле, все кипит и перемешивается. В этой части Англии дома переходят от деда к отцу, а от него к внукам и так далее. Здесь издавна жили Гренвилы и Ральфы, но семейство де Уинтер считалось самым древним, их родословная насчитывала не менее восьмисот лет. «А разве не все могут сказать то же самое о своих предках?» — спрашивал я деда. «Нет, — отвечал он, — потому что семья непременно должна иметь наследников-сыновей. В противном случае она исчезает».

Тогда я не знал, что он преподал мне первый урок по генеалогии. Мы относились к младшей ветви Джулианов, объяснял он, но я должен гордиться своими предками, в моих венах струится их кровь. Он показал мне генеалогическое древо, которое нарисовал сам, и я принялся с интересом рассматривать многочисленные ответвления: вот кто-то из нашей семьи женился на представительнице рода Гренвилов в 1642 году; вот заключен брачный союз с сестрой де Уинтеров в 1820 году. И вот все эти люди: владельцы земель, судьи, воины, священники — завершаются тоненькой веточкой — мною.

Мой дед — Генри Лукас Джулиан — был приходским священником в Керрите и Мэндерли. Мы с ним подружились с первого же дня моего приезда. Он был одним из самых замечательных людей, которых я знал в жизни, — добросердечный и вместе с тем знающий, умный и проницательный. Прежде чем принять сан священника, он получил классическое образование в Кембридже, где встретил Дарвина, который стал его другом. Генри Лукас жил скромно, питался очень просто, совершал долгие прогулки, писал, читал и терпеть не мог выставляться или хвастаться. Он отличался немногословием. И я, судя по всему, пошел в него: такой же молчаливый, непрактичный и старомодный.

Любитель-ботаник, он привил мне любовь к систематизации, к описанию признаков того или иного вида растений еще до того, как закончилось недолгое лето. Я успел составить небольшую коллекцию окаменелостей и увлечься бабочками — дед научил меня безболезненно усыплять их хлороформом. Красный «адмирал», «махаон», «парусник» — вся эта коллекция сохранилась у меня в целости и сохранности. Особые ящички по-прежнему занимают немало места в кабинете, но, как недавно выяснилось, я не могу заставить себя снова рассматривать их.

Дедушка брал меня с собой в долгие походы вдоль берега, мы исследовали отмели, бухточки, вересковые заросли и рощи, где водились бабочки. И в особенности много их было в лесах поблизости от Мэндерли.

Дедушка поведал мне, что де Уинтеры поселились в этих местах со времен Конкисты, хотя замок перестраивался и много раз ремонтировался с тех пор. Необычность их фамилии объяснялась тем, что состояла из франко-норманнских корней и в переводе выглядела весьма неблагозвучно, что-то вроде «желудка» или «утробы». С Лайонелом де Уинтером, нынешним главой семейства, мой отец дружил в школе, они были ровесниками и одноклассниками, но со временем их товарищеские отношения сошли на нет, потому что мой отец уехал в Индию.

В первое же лето я побывал в Мэндерли, видел Лайонела и его жену Вирджинию — одну из трех известных своей красотой сестер Гренвил, которых называли «Три грации». Это тоже рассказал мой дед. Старшая, Евангелина, вышла замуж за сэра Джошуа Бриггса — судостроительного магната. Младшая, Изольда, оставалась еще незамужней, и, встречаясь с нею, я всякий раз поражался ее красоте и обаянию. Средняя, Вирджиния, которая больше всех нравилась дедушке, вышла замуж за Лайонела. Крепким здоровьем Вирджиния не отличалась, но зато была очень добрая и нежная.

«Бедная Вирджиния» — почему-то моя мать всегда называла ее только так — разговаривала едва слышным голосом, словно тяжело больной человек, и проводила большую часть времени в постели. Я не знал, почему. И всегда, когда бы я ни встречался с Вирджинией, мне казалось, будто она всего лишь гостья в Мэндерли. И меня не покидало ощущение, что вот-вот кто-нибудь скажет, что она собрала свои вещи и уехала.

Вирджиния никогда не вникала в домашние дела. Все решения принимала свекровь — миссис де Уинтер, урожденная Ральф, — ужасная особа. Когда меня представили ей, она тотчас окинула меня критическим взглядом и заявила, что у меня слишком длинные волосы и из-за этого я похож на девочку, что я непременно должен пойти в парикмахерскую. Тем не менее меня снова пригласили в Мэндерли, чтобы я поиграл с единственным ребенком Лайонела и Вирджинии, их дочерью Беатрис — пухленькой девочкой, у которой была одна-единственная страсть — лошади. Мы с ней питали друг к другу взаимную симпатию, но у нас было очень мало общего.

Со временем меня стали приглашать все чаще и чаще, но я до сих пор не могу сказать, нравилось мне бывать в Мэндерли или нет. Наибольшее удовольствие мне доставляли прогулки в лесу с дедушкой, а вот особняк производил гнетущее впечатление. Слишком большой, слишком темный и очень старый. Со всех сторон его окружали высокие деревья, отчего в комнатах стоял полумрак. В заставленных старинной мебелью комнатах невозможно было свободно передвигаться.

Порой мне с трудом удавалось преодолеть страх и заставить себя пройти мимо маленького столика, я боялся ненароком задеть и уронить какую-нибудь вычурную фарфоровую безделушку. В Мэндерли везде подстерегали опасности такого рода, и портреты предков, висевшие на стенах, пристально следили за тобой, чтобы ты ничего не задел и не разбил. За гобеленами тоже мог кто-то спрятаться, и, по рассказам Беатрис, в доме водилось одно привидение — кто-то из предков бродил по запутанным лабиринтам коридоров и мог незаметно подкрасться к тебе. Но тому, кто осмелился бы посмотреть на него, грозила немедленная слепота.

Особняк в Мэндерли казался мне отвратительным, безобразным, я там задыхался, все там подавляло меня. Мать и другие жены британских офицеров в Индии, беспрерывно обсуждавшие «дурной воздух» или «хороший», невольно сделали меня знатоком в этой области, и мы всей семьей очень часто в самое пекло выезжали на север, где было значительно прохладнее, чтобы избежать изнуряющей лихорадки и болезней, которые следовали за жарой.

И поэтому, когда Тилли, подмигивая мне, сообщала, что ее зовут в особняк де Уинтеров, мне казалось, что я понимаю, почему они нуждаются в ее услугах. По моим понятиям, им надо было что-то сделать с «воздухом». Несмотря на огромного размера окна и на то, что особняк стоял на берегу моря, там было нечем дышать. Неудивительно, что бедная Вирджиния постоянно недомогала. Мне казалось, что она тоже задыхается из-за спертого воздуха, напоенного тайнами столетий. Любой на ее месте тоже заболел бы, оказавшись там. Из-за духоты я, всякий раз оказавшись у них, звал Беатрис к морю, на берег.

В самом деле, особняк надо было «проветрить», как повторяла Тилли. И мне казалось, что им надо непременно впустить к себе зефир — западный ветер, — каким я видел его на картинках дедушки. И, стоя в громадной душной гостиной, я невольно представлял, как сюда врывается стремительный прозрачный зефир и вырывает меня из рук грубоватого, пугавшего меня Лайонела, которому нравилось теребить мои волосы, но еще хуже, если меня начинала допрашивать его мать — Мегера, как называла ее Тилли.

На мое счастье, Лайонел редко оказывался дома, чаще всего он находился в отъезде. В Мэндерли у него портилось настроение, он начинал скучать и однажды при мне высказался, насколько его тяготит жизнь в родном доме. «Замшелые нравы, будто в болоте гниешь, — буркнул он, — делать совершенно нечего, все время идут дожди. Нет, на следующей неделе я собираюсь снова в Лондон — там есть с кем поиграть в карты, каждый день получаешь приглашения на вечеринки, где подают отличную еду и вино. Советую тебе, парнишка, избегать женских сетей, не держаться за фартук... Надеюсь, ты когда-нибудь поймешь, что я имел в виду, верно, парень?»

В таких случаях он даже подмигивал или похлопывал меня по плечу, как мужчина мужчину. Я отвечал: «Да, сэр», не имея понятия, о чем он говорит: какие сети, какой фартук? Кого он имел в виду: Вирджинию или свою мать? Ни та, ни другая не носила фартука. И я думал, что красномордый щеголь и фат Лайонел на самом деле какой-то придурок. Мне не нравился тон, которым он разговаривал со своей женой, — всегда грубо и презрительно, как начальник с подчиненным. Никогда и ни при каких обстоятельствах мой отец не позволил бы себе заговорить с моей матерью таким образом. Лайонела волновало только собственное благополучие, и ничье больше.

Мегера была в тысячу раз умнее сына — я это сразу уловил со свойственным детям чутьем. Она все держала в своих руках и не собиралась отходить от дел, как сказала Тилли, всей душой сочувствовавшая несчастной миссис Лайонел из-за того, что муж и свекровь обращались с ней подобным образом. И она бы ни за что не хотела оказаться на месте этой бедняжки, ни за какие чайные плантации.

Высоченного роста и громогласная, Мегера вызывала у всех трепет. Разве только сын служил исключением, но, как известно, исключения только подтверждают правило. У меня создавалось впечатление, что она умеет либо резко отдавать приказания, либо обрушивается на тебя с вопросами: «Сколько тебе лет? Почему твоя мать не подстригает тебе волосы? Ты умеешь кататься верхом? Ты читаешь книги? Лайонел умирал от скуки, когда брал в руки книгу. Что с тобой? Тебе надо побольше бегать. Расскажи мне про Индию — ты скучаешь по ней? Почему? Когда вернется твой отец? Он что, болен? Все в Индии заболевают рано или поздно. Он еще не болеет? Значит, ему пока повезло...»

После чего следовала обличительная речь в адрес Индии, и, как мне казалось, только по одной причине: эта страна находилась вне пределов ее досягаемости, и она не имела возможности оказать какое-либо влияние на нее. Мегера не терпела того, что не давалось ей в руки, — любую «заграницу».

Как-то сестры Вирджинии приехали к ней в гости и пили чай в саду. Евангелина заговорила о том, какая чудесная страна Франция, прелестная Изольда вздохнула и сказала, что она обожает путешествовать. Мегера тотчас обозвала их дурочками и, обведя рукой лужайку и залив, твердо проговорила: «Вы никогда не увидите ничего красивее, чем эти места, как бы далеко ни заехали. Так что лучше оставаться здесь».

Евангелина, приподняв брови, окинула ее ледяным взглядом, бедная Вирджиния вздохнула, а прелестная Изольда, отвернувшись, слегка поморщилась. Когда старшую миссис де Уинтер позвали по каким-то делам в особняк и она ушла, все трое рассмеялись.

— Чудовище! Как только ты выносишь ее? — спросила Изольда, тряхнув своими кудрями.

— Моя дорогая, ты хоть осознаешь, что она настоящий монстр? — прямо спросила Евангелина.

— Не будем об этом, — пробормотала бедная Вирджиния, посмотрев в сторону Беатрис, рядом с которой стоял я, и добавила по-французски: — У детей есть уши, не стоит говорить такое при них...

Я был всецело согласен с Изольдой. Мегера — настоящий монстр. Меня раздражало, как она отзывалась об Индии. И мне кажется, она чувствовала мое несогласие с ней и потому намеренно заводила разговор на эту тему: о том, какая в Индии грязь, какие там болезни и нечистоплотность. Более всего она делала упор на болезни и смотрела на меня так, словно на моей одежде остались заразные микробы, которые я привез оттуда. Она смотрела на меня с высоты своего роста бледно-голубыми, холодными, как лед, глазами, и мои дивные воспоминания о сказочной Индии застывали, словно замерзали, и даже покрывались изморозью под ее пристальным взглядом.

Тогда я начинал молиться, обращаясь к моему стремительному Зефиру, после чего мне удавалось опустить глаза, чтобы она не могла заглянуть в их глубину и прикоснуться к самому дорогому, что у меня имелось. Мой Зефир обладал поразительным сходством с Изольдой, потому что, как я сейчас понимаю, я без памяти влюбился в нее и хранил это чувство с семи до девяти лет. Более всего меня пленяли ее длинные волнистые волосы. Войдя в дом, она первым делом распахивала окна, двери и раздвигала тяжелые занавеси, впуская свежий воздух, который вытеснял застоявшийся пыльный запах ковров и гобеленов. Зефир обладал властью развеивать чары Мегеры.

Мой дедушка пытался убедить меня, что миссис де Уинтер, в сущности, неплохая женщина и пытается сделать все как лучше, но он был святой и, как все святые люди, видел только хорошее и не замечал плохого. В отличие от Тилли, которая пребывала в уверенности, что старшая миссис де Уинтер — исчадие ада и настоящий тиран и что яблоко падает недалеко от яблони, поэтому ее сынок как кот рыскает повсюду. И я пытался представить ее сына в виде черного кота, вынюхивающего добычу.

— Мне про него такое рассказывали, — говорила Тилли, округлив глаза, нашей домоправительнице, миссис Тревели, которая сама служила источником многих слухов о мистере Лайонеле, ведь она была уроженкой этих мест.

Я придумывал самые разные предлоги, только чтобы остаться и послушать эти россказни, и они все больше и больше занимали мое воображение. Почему-то в этих таинственных похождениях черного кота присутствовало шерстяное одеяло. Что кот мог делать с ним? И чем плохо это одеяло?

Что касается Мегеры, то ее допросы, независимо от моих ответов, повторялись с завидным постоянством. Завидев меня в очередной раз, она начинала задавать те же самые вопросы, как бы обстоятельно я ни ответил на них в предыдущий раз. Своего рода наказание, которое Мегера накладывала даже на меня — еще ребенка. И ей было интересно, как долго я буду терпеть его, когда же наконец решусь взбунтоваться.

Но мятежник из меня не получился. Вежливость и боязнь

проявить неуважение к старшим настолько глубоко въелись в мою душу, что, даже когда она доводила меня до слез, я проливал их втайне от своих близких. Мегера мучила меня по привычке, она со всеми разговаривала таким тоном, а еще потому, что ей все равно удавалось что-то выуживать из моих ответов, она собирала сведения по крохам, чтобы использовать их в нужный момент. Со мной она без труда добивалась своей цели.

Однажды — правда, это случилось много позже, в Первую мировую войну, в 1915 году, и я до сих пор вспоминаю об этом не без стыда... Но к этой истории я вернусь позже.

Таким образом, она оказалась намного осведомленнее обо всем, чем мне казалось и в чем я имел возможность убедиться. Мой отец действительно заболел, что от меня тщательно скрывали. Он подхватил лихорадку в Кашмире, выздоровел, оказавшись в военном госпитале в Дели, но потом снова — несколько недель спустя — занемог и умер за месяц до того, как родилась Роза.

Целую неделю никто ничего не говорил мне о его кончине. Я чувствовал: что-то не так, что-то произошло. И атмосфера, воцарившаяся в доме моего дедушки, чем-то напоминала мне обстановку в Мэндерли: все перешептывались, но разговор тотчас прерывался при моем появлении, хлопали двери, быстрые шаги раздавались в коридоре, глаза Тилли покраснели и распухли от слез, лицо деда омрачилось, и мне не разрешали видеться с матерью. Я только слышал, как она рыдает, но мне говорили, что она больна, и закрывали передо мною двери в ее комнату.

Наконец дед взял меня за руку, вывел на площадку у моря и все рассказал. Он потерял своего единственного сына. Меня — при детском эгоизме — это мало заботило. Но сейчас, когда мне почти столько лет, сколько ему было тогда, я представляю, насколько трудно ему было сохранять спокойствие. Когда мои слезы просохли, дедушка взял мою ладонь в свою и мягко спросил, согласен ли я остаться здесь с мамой и моим будущим братом или сестрой, которые должны вот-вот появиться на свет и которым я когда-нибудь сам буду рассказывать, что помню об отце.

Это вызвало у меня очередной приступ слез, но тем не менее я кивнул в знак согласия. Вот так мы остались в этих местах. И вот таким образом постепенно я привязался к родным краям. Я знал, каким все было до появления Ребекки и как преобразился Мэндерли после ее приезда.

Помню, с какой гордостью укладывала Вирджиния в колыбельку своего новорожденного сына. Максимилиан де Уинтер. Тилли уверяла, что имя внуку придумала Мегера и что она сама будет заниматься его воспитанием и не подпустит к нему Вирджинию.

Предсказание Тилли сбылось. Бедная Вирджиния недолго радовалась появлению на свет сына. Она увядала с каждым днем, становилась все печальнее и грустнее, и ее лицо озарялось только в те минуты, когда ей приносили ненаглядного сыночка. Максиму исполнилось три года, когда его мать умерла.

Как считала моя сестра Роза, Максим бережно хранил смутные воспоминания о днях своего детства. Его сестра Беатрис унаследовала фамильные черты де Уинтеров. Максим же тонкими чертами лица и задумчивым взглядом темных глаз поразительно напоминал мать. В нем текла кровь Гренвилов. Он унаследовал не только внешнее сходство, но и многие черты ее характера. Даже в детстве он был очень тихим, задумчивым и стеснительным, явно побаивался отца, а бабушка внушала ему страх. Я очень хорошо запомнил его, когда дедушка занимался с Максимом в летние каникулы. Несмотря на врожденный ум, он не выказывал особенных успехов в учебе, быть может, потому, что бабушка не придавала особого значения образованию и всегда считала, что чтение книг — напрасная трата времени. В Мэндерли была прекрасная библиотека, которую собирали из года в год предки Максима, но она не притрагивалась к ним. За исключением тех книг, где речь шла о лошадях.

Старшая миссис де Уинтер намекала, что книги, университетское образование и все прочее необходимы для таких людей, как я: у меня не было обширных земель, и я должен был сам зарабатывать себе на жизнь. Но Максим мог сказать, сделав широкий жест рукой: «Это мой дом, это мои поля, мои фермы, это мое море», — они доставались ему по наследству. И его образование, которое получали все мужчины рода де Уинтеров, в сущности, заключалось в том, как научиться вести унаследованные от предков дела, как управлять Мэндерли.

Тайна Ребекки

И Максим неизбежно должен был усвоить эту премудрость днем раньше или днем позже. Я знал это благодаря своему дедушке, он внушил мне понимание того, что за пределами тех мест, где мы живем, существует иной мир. В отличие от Максима, который воспринимал как нечто отстраненное все, что лежит за пределами ограды Мэндерли.

Как-то летом, когда я приехал на каникулы домой, мне стало его очень жаль. Максим старательно долбил латинские глаголы под присмотром моего дедушки, лицо его было незагорелым, он выглядел удрученным и подавленным. И тогда я позвал его покататься на ялике и пообещал научить грести веслами. Это было первое из наших многочисленных плаваний по заливу.

Мы давно знали друг друга, но этим летом, несмотря на разницу в возрасте, подружились. Тогда Максиму исполнилось то ли десять, то ли одиннадцать лет. Мне кажется, он пытался подражать мне, и я тоже привязался к мальчику, советовал ему, что надо читать, беседовал с ним. Дед одобрительно относился к нашей дружбе. Его тоже беспокоило, что Максим очень одинок.

А потом проявились признаки болезни у его отца — проявились они в весьма неприятной форме. И до тех пор, пока не удалось запереть больного в его комнате, в Мэндерли не принимали никого из посторонних, и во время каникул Максим томился в полном одиночестве. Вскоре я уехал и поступил служить в армию, и тогда Роза, его сверстница, заняла мое место, подружилась с Максимом и до самой войны оставалась самым близким ему человеком. Роза неустанно повторяла — и продолжает твердить это по сей день, — что Максим всегда был очень одинок.

Моя жизнь очень тесно переплеталась с жизнью Мэндерли — сейчас я так ясно вижу это по письмам, по пригласительным карточкам, по фотографиям, по тем обломкам, которые остались от прошлого, собранные вместе, они о многом могут поведать. Сидя на площадке у моря, я очень отчетливо это понял. И если в прошлом существовали какие-то белые пятна, моя память в состоянии восполнить их.

И картину случившегося с Ребеккой тоже можно восстановить, если извлечь из памяти воспоминания об этой семье и доме.

— Кто ты? — спросил я как-то Ребекку незадолго до ее смерти. — Кто ты, Ребекка?

— Возлюбленная Мэндерли, — ответила она, посмотрев на меня своим пронзительным долгим взглядом.

Это происходило зимой. Мы шли по берегу. Ребекка задержалась возле утеса. Она всегда очень тщательно выбирала слова, когда говорила о чем-то важном.

— Очередная выдумка, — продолжала она с улыбкой. — Думаешь, это меня устраивает? Считаешь, что эта роль мне подходит? Я считаю, что да. Когда я умру, скажи Максу: мне бы хотелось, чтобы на моей могиле выбили надпись: «Здесь покоится Ребекка — возлюбленная Мэндерли» или «Ребекка — последняя из Мэндерли». Мне бы хотелось простую гранитную плиту, на которой честно читалась бы эта надпись. И мне бы хотелось покоиться на церковном дворе, откуда будет видно море. Не позволяй им запереть меня в этой ужасной усыпальнице де Уинтеров, обещаешь?

— Что еще? — спросил я, зная, что она все любит доводить до совершенства. Я не принял этот разговор всерьез, хотя должен был. Ребекке нравилось дразнить меня, и я никогда не мог различить, говорит она серьезно или шутит — тогда она была так молода, ей исполнилось только тридцать лет. А я был на двадцать лет старше ее, и если чьи-то похороны и могли состояться раньше, то скорее мои собственные. — А цветы? — допытывался я. — Каким должен быть гроб? И надо ли мне облачиться в мантию?

— Да, мне нравится твоя судейская мантия. А что касается остального... — она посмотрела вдаль и нахмурилась. — То меня это не волнует на самом деле. Но вот каменную плиту пусть положат обязательно, и не забудь про церковный двор. Не поддавайся уговорам Максима, если он станет твердить, что это вульгарно и не соответствует моему положению...

— А если он сумеет убедить меня? — спросил я с улыбкой.

— Тогда ты пожалеешь об этом: я ненавижу усыпальницу. И ненавижу людей, которые там покоятся. Я вернусь и буду преследовать тебя. Я никогда не смирюсь с этим...

Какой смысл вкладывала она в эти слова? Почему ей не хотелось быть похороненной в склепе? Она ведь не знала, кого там похоронили: даже самых близких родственников — родителей Максима. Их похоронили до того, как она вышла замуж, задолго до того, как ее нога ступила на землю Мэндерли. Спросил ли я ее об этом? Если да, то она, скорее всего, промолчала в ответ.

А пять месяцев спустя Ребекка умерла. Потом, когда наконец нашли ее тело на дне моря, ее похоронили в фамильной усыпальнице в миле от Мэндерли. Я уже описал, как отвратительно обставили этот обряд. Никаких цветов, никаких прощальных церемоний. Викарий просто торопливо пробормотал положенную молитву. Гроб несли мы с Максимом и еще один так называемый могильщик, приехавший на машине. Мы хоронили ее вечером, когда разыгрался шторм. Небо затянули тучи, так что терялась линия горизонта. Ее положили не туда, куда должны были: рядом с родителями Максима, рядом с бедной Вирджинией и Лайонелом. Максиму почему-то пришла в голову другая идея. Он предложил положить ее в самом темном углу усыпальницы, в том месте, где не стояло никаких гробов, в отдалении от остальных представителей рода де Уинтеров, возле столба, который подпирал низкий свод.

Никогда не прощу себе того, что не настоял на своем. Быть может, это было моим первым предательством по отношению к ней. И Ребекка исполнила свою угрозу, она не оставила меня в покое. Как я потом не раз убеждался, она всегда умела держать слово.

5

Сидя на площадке у моря и мысленным взором окинув последние десятилетия своей жизни, я осознал, что, если прислушаюсь к словам умерших, они выведут меня на правильный путь. И даже несколько воодушевился, хотя успел замерзнуть, сидя на каменной кладке. Несмотря на теплое течение Гольфстрим, весна в этих местах была довольно прохладной, и мой ревматизм давал себя знать. Поднявшись на ноги, я решил вернуться домой, открыть присланный утром пакет и позвонить Грею. Баркер зевнул и вяло потянулся, вставая, и мы с ним вместе двинулись по дорожке к дому. Из кухни до нас донесся аппетитный запах. Это Элли пекла хлеб.

По дороге я смотрел на кусты роз, за которыми так старательно ухаживал: появились ли на них почки, и обрадовался, увидев, как отозвались они на мою заботу. Это были так называемые «старые» розы — гордость садоводов. Их посадила моя мать еще в 1900 году, чтобы отметить наступление нового столетия. Они выросли из побегов, которые срезали в саду Гренвилов, — из их коллекции. Мать получила этот драгоценный подарок от одной из сестер. Явно не от «бедной Вирджинии» и не от Изольды, похитившей мое сердце в девятилетнем возрасте. Впоследствии она уехала отсюда, вышла замуж, но не очень удачно, как утверждала молва. Значит, это могла быть только Евангелина.

И моя мать, и жена обожали эти розы и пеклись о них. У меня создалось впечатление, что эти кусты, сохранившие французские названия, которые, однако, в переводе теряли свое обаяние, когда-то привезли предки Гренвилов из Франции. Несмотря на мои протесты, обе женщины не обрезали кусты, и те давали свободные побеги — того и гляди захватят все пространство сада. Иной раз, улучив момент, я все же срезал кое-какие отростки, но так, чтобы мои женщины не застали меня за этим занятием.

В июне — лучшее их время, когда розы цвели наиболее пышно, — к нам в сад приходили многие для того, чтобы полюбоваться ими. Однажды Ребекка, вдыхая аромат пурпурных роз, — не помню, как назывался этот сорт, — заметила, что, наверное, именно так пахнет в раю.

— Божественный запах, — сказала она. — А их цвет намного глубже, чем померальское вино.

— Правда? И какой же марки? — сдержанно спросил я.

Тогда я еще не очень хорошо знал ее — только что вернулся в свой родной дом вместе с семьей из Сингапура. Это произошло в июне, значит, Ребекка вышла замуж за Максима месяца за четыре до того. И мы встречались с ней всего раза два. Она меня заинтересовала, как самая юная особа из тогдашнего окружения. И мне показалось, что ее восторг несколько преувеличен и предназначен, чтобы поддеть меня. А когда она кого-нибудь поддразнивала, этот человек обычно выглядел довольно глупо, так что с ней следовало держаться настороже.

В тот день они с Максимом приехали под вечер. Я полагал, что Элизабет, которой нравилась Ребекка, захочет показать свой сад. Молодожены приняли наше приглашение, но показать Ребекке розы поручили мне. Максим, который видел их тысячу раз, остался разговаривать с Элизабет. Это поручение не доставило мне радости: в тот вечер я был не в настроении и размашисто шагал по дорожкам, перечисляя французские названия сортов. Меня почему-то сковывало присутствие молодой жены Максима. Она произвела на меня впечатление манерной и странной, ее высказывания всегда звучали неожиданно.

Когда она остановилась возле розового куста, вдыхая аромат прекрасных цветов, я украдкой рассмотрел ее. Ничего не понимая в женских нарядах, я все же отметил элегантность и изысканность ее на вид простого платья. Позже Элизабет со вздохом сказала, что оно от парижской фирмы «Шанель» и сшито по последней моде. Изящную шейку Ребекки облегало знаменитое ожерелье де Уинтеров — розовый жемчуг, который почти совпадал по цвету с ее кожей. Я пристально смотрел на это ожерелье, пытаясь найти самое точное определение его цвета. И наконец выудил в памяти нужное слово — «нимфа».

Смутившись, я двинулся дальше, собираясь продолжить прогулку по розарию, но Ребекка не торопилась следовать за мной. Она медленно переходила от одного куста к другому, любуясь цветами и наслаждаясь их запахом. Она показалась мне чересчур серьезной, напряженной и... очень юной. Я вдруг обратил внимание, какая она при ее высоком росте тоненькая и хрупкая. Она вдруг стала похожа на ребенка, на опечаленного ребенка, которого каким-то образом занесло в чужие края, где никто не знает ее родного языка, обычаев ее страны и не понимает ее.

И в тот же самый миг во мне вспыхнуло необъяснимое желание защитить ее, и это обескуражило меня. Ребекка подняла голову и посмотрела в мою сторону. И меня неприятно поразила мысль, что она умеет читать мысли и способна видеть и мою глупость, и абсурдные желания. Ни единым словом или жестом она не выказала своего понимания, но я почему-то испытал желание отомстить. Поэтому холодно и резко спросил, какое именно вино она имеет в виду, чтобы поставить ее на место. Ребекка слегка нахмурилась. Взгляд ее необычных глаз задержался на мне, и она произнесла название

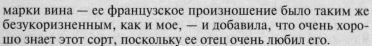

марки вина — ее французское произношение было таким же безукоризненным, как и мое, — и добавила, что очень хорошо знает этот сорт, поскольку ее отец очень любил его.

Это был один-единственный раз, когда Ребекка при мне упомянула про своего отца, но я тогда не представлял, насколько неожиданным было ее признание. И она ушла, оставив меня в некоторой растерянности.

Спустившись в свой винный погреб, я нашел бутылку того самого вина, которое она назвала, откупорил ее, наполнил бокал и поднес к кусту роз, возле которого мы стояли. Вино по цвету оказалось точно такого же оттенка. Очень немногие женщины умеют точно выражать свою мысль, как я имел возможность убедиться. Но еще меньшее число из них могло высказать что-то дельное относительно вина. И с того момента я стал обращать на Ребекку гораздо больше внимания, чем прежде.

— Вы проверили? Я оказалась права? — спросила она при нашей следующей встрече.

Это произошло уже на приеме в Мэндерли несколько недель спустя. День выдался довольно жарким. На Ребекке снова было очень изысканное белое платье, ее лицо, плечи и руки немного загорели. Это меня удивило. В те времена женщины не любили загорать и старались сохранить белизну кожи, что считалось признаком аристократичности. Со временем эта мода изменилась, но Ребекка уже тогда поступала так, как считала нужным, как ей нравилось самой. Например, не надевала перчаток и шляпы. И это меня тоже поражало.

— Да, проверил. И вы оказались правы, — ответил я.

Сначала я хотел сделать вид, что не понимаю, о чем идет речь. Она задала вопрос неожиданно, без какой-либо подготовки или преамбулы, но каким-то образом я почувствовал, что это испытание, и мне захотелось пройти его.

— Хорошо. — Она едва заметно кивнула, но я не понял, что именно она одобрила: то, что я признал ее правоту, или то, что счел нужным проверить ее утверждение. — Вы решили, что я притворяюсь, — сказала Ребекка и взяла меня под руку. — Не стоит отрицать. У вас имелись на то все основания. Ведь вы совершенно не знаете меня.

Я ответил что-то в весьма напыщенном тоне. Не помню, что именно, и даже не хочу вспоминать, но, кажется, похвалил ее с отеческим видом, добавив: «моя дорогая» таким тоном, каким мог говорить человек весьма преклонных лет. В то время мне исполнилось сорок шесть, и я был, в сущности, ненамного старше ее мужа, но почему-то мне казалось более безопасным, если я буду делать вид, будто гожусь ей в отцы. И этой маской я пользовался в течение десяти лет, общаясь с ней.

— Рада, что не ошиблась, — продолжала Ребекка, делая вид, что не заметила моей высокопарности. — Если бы я ошиблась, вы бы постарались высвободить свою руку. Отныне, надеюсь, вы уже никогда не будете подозревать меня в притворстве. Иначе каким же образом мы станем друзьями? А мне не хочется напрасно терять время. Мне очень нужны друзья, но, посмотрите сами, кроме вас, здесь нет ни одного достойного претендента.

С насмешливым видом она кивнула в сторону гостей, стоявших на террасе рядом с Максимом и его сестрой Беатрис. Там был Фрэнк Кроули — друг Максима со времен Первой мировой войны, а теперь управляющий поместьем, несколько старых дев, в том числе и мои нынешние хроникеры Элинор и Джоселин Бриггс — дочери Евангелины Гренвил, и, конечно, несколько выводков из семейств местных обитателей. Еще я заметил там Бишопа и других мужчин — все в панамах и костюмах, которые носил я по привычке, приобретенной в Сингапуре. И, кажется, мне здесь в этом подражали, что меня несколько раздражало.

Я хорошо помню их всех и сейчас. Многие из них были довольно скучными, и я старался избегать разговоров с ними, гуляя в саду. Наверное, Ребекка заметила, что я прячусь от ее гостей. Польстив мне (хотя знаю, что не в ее правилах льстить кому бы то ни было), она ушла к гостям, поскольку обязана была уделять и им свое внимание. С того дня — благодаря моим розам — мы стали друзьями.

И сейчас я поискал глазами этот куст с «божественным запахом». С какой стороны тропинки он располагается: слева или справа? Таблички с названиями сортов давно исчезли, и я уже не знал наверняка, где они. Благодаря моим собственным правилам ухода кусты розы с тех пор сильно видоизменились. Там, где прежде ветви гнулись под тяжестью бутонов, теперь стояли невысокие, мне до колена, ровно подстриженные, вы-

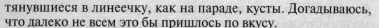

тянувшиеся в линеечку, как на параде, кусты. Догадываюсь, что далеко не всем это бы пришлось по вкусу.

Но я не позволил себе отвлекаться на поиски заветного куста, который я сейчас расценивал как своего рода знамение в наших отношениях. В последнее время я очень многое воспринимал как предзнаменование и обращал внимание на приметы. Время от времени я ловил себя на том, что стараюсь не проходить под лестницей или что стучу по дереву, словно дятел. Это меня огорчало. Я становился суеверным, что могло свидетельствовать о размягчении мозгов (до чего неприятно даже мысленно произносить такую фразу). Мне не хотелось превращаться в потерявшего способность мыслить старика. И поэтому я, не замедляя шага, прошел к себе в кабинет и скомандовал:

— Баркер, лежать.

Пес отвернулся, всем своим видом демонстрируя независимость от хозяина, но затем лег и тотчас задремал.

Сначала я намеревался поговорить с Греем — учитывая мой нынешний настрой, я мог бы воспользоваться его интересом к Мэндерли и приобрести в его лице помощника. Но, уже протянув руку к трубке, я передумал и решил сначала посмотреть пакет, полученный утром. Почему-то, словно догадываясь, что произойдет, когда я взломаю печати и вскрою конверт, я медлил и оттягивал этот момент.

В конверте лежала небольшая тетрадь для записей в черной обложке — очень похожая на привычные общие школьные тетради. Только одна необычная деталь бросалась в глаза. Тетрадь была крепко обвязана кожаным шнурком, опутавшим ее, как паутиной.

Отчего уже тогда, когда я даже не успел прикоснуться к ней, она показалась мне до странного знакомой?

Наконец я распутал узел, и изнутри выпала открытка с видом Мэндерли. На открытке не было ничего написано, как и в самой тетради. Я нахмурился. Очень странное послание от анонима.

Кто мог прислать пустую тетрадь и зачем?

Положив тетрадь на стол, заваленный бумагами, чтобы перелистать ее с самого начала, я сразу же обнаружил на первой странице фотографию, на которой была запечатлена маленькая девочка лет семи или восьми. Ее пышные волосы беспорядочно падали на плечи, как у цыганки. Огромные глаза смотрели прямо на меня. Губы — явно подкрашенные — казались ярче, чем обычно бывают в жизни.

Я ничего не имел против того, чтобы женщины пользовались косметикой. Но девочка с накрашенными губами? Я тут же сообразил, что ее, наверное, нарядили для какого-то любительского спектакля или костюмированного бала. Рассмотрев фотографию в лупу, я заметил за спиной девочки два прозрачных крыла, украшенных блестками.

Фея? Ангел? Трудно определить, кого именно изображала эта девочка, но выражение ее лица было далеко не ангельским. Когда сделали эту фотографию? Судя по заднику (холст с нарисованной пышной листвой и вазой — такие пользовались популярностью в фотостудиях по крайней мере сорок лет назад), маленькая фея надела свои крылышки году в 1910-м или 1912-м, перед Первой мировой войной

Я не узнал ее. И обязан снова написать об этом. *Я не узнал ее*. Трудно понять, почему я не сразу заметил сходство, тем более что за эти двадцать пять лет не прошло и дня, чтобы я не думал о ней. Тем более что эти глаза и волосы не похожи ни на чьи другие.

Но осознал я это только в тот момент, когда мой взгляд упал на выведенный детской рукой заголовок на пустой странице с росчерком и завитками — «История Ребекки».

Я даже вздрогнул. Кому пришло в голову мучить меня сейчас и почему? Стыдно признаться, но сначала я подумал, что это сама Ребекка прислала мне пакет, что это послание из могилы. И на какое-то мгновение застыл, как статуя. Я смотрел на заголовок в тетради и на лист бумаги, на котором вывел те же самые слова своей собственной рукой.

Когда мне удалось успокоиться и удары сердце стали чуть ровнее, я снова принялся рассматривать открытку. Она была приклеена на последней странице. Но клей высох, и открытка выпала из тетради. Я повидал немало открыток с видами Мэндерли, но такая мне попалась впервые. Непонятно только, почему она оказалась в этой тетрадке. Ребекка никогда не бывала здесь в детстве, с какой же стати она приклеила ее к своим запискам?

Адрес на конверте был написан другой — не ее рукой, это я отметил после того, как прошел первый шок. Марка и конверт самые обычные. Такие можно приобрести в любом почтовом отделении, в любом сельском магазине, точно такие же лежали и на моем письменном столе. Я снова взялся за лупу. Одна из букв на почтовой марке могла читаться и как Е и как К.

Вдруг меня осенила догадка, и я тотчас позвонил Теренсу Грею. Мне никак не удавалось определить, какие чувства я испытываю по отношению к этому «настойчивому следопыту», как иной раз, придя в дурное расположение духа, я называл его. Не он ли отправил конверт? Если да, то почему?

— Что-нибудь случилось, полковник Джулиан? — спросил Грей после того, как мы обменялись традиционными замечаниями о погоде. — Надеюсь, ничего дурного? Вы чем-то взволнованы?

Оставив его вопрос без ответа, я предложил ему прогуляться после обеда. Я не обмолвился ни словом о конверте, который прислал мне аноним, ничего не поведал ни о крылатой девочке, ни о своих снах. Грей, как я и предполагал, охотно принял мое предложение.

— Я буду у вас сразу после ленча, — сказал он. — Я думал, что вы уже в курсе. Элли мне позвонила утром. Так что увидимся в двенадцать тридцать. Жду встречи с нетерпением, полковник Джулиан. Мне надо рассказать вам кое-что очень важное. Сегодня мне из Лондона позвонил Джек Фейвел. Наконец-то он дал согласие встретиться. А еще я повидался вчера с Фрицем, съездил к нему в дом престарелых, о котором вы упоминали...

— Куда вы съездили? — переспросил я.

— К Фрицу. Он очень слаб, но вы ошибались насчет его памяти. Он не впал в маразм. Тот, кто рассказывал вам это, ошибался. Фриц все помнит очень отчетливо. Мы проговорили с ним около двух часов, и я узнал кое-что очень важное...

Нет, пережить еще один шок за столь короткое время — это уж слишком. Только сегодня утром я вычеркнул Фрица из списка свидетелей — человек, которому исполнился девяносто один год, никогда не любил Ребекку. Он оставался слишком консервативным, и ее новшества были ему не по нутру. И если он еще не выжил из ума, то его наветы, намеки и обвинения нельзя принимать на веру.

Какое право имел Грей встречаться с Фрицем без меня?

То, что он решился на такой шаг, внушало мне беспокойство. Грей и без того уже побывал в Лондоне, чтобы найти дом Ребекки, и я до сих пор не знал, зачем это ему понадобилось. А теперь он договорился с этим лжецом Фейвелом. Мало ему одного Фрица! Фриц очень многое знал обо мне, как и о семействе де Уинтер. Проговорить с ним два часа? Можно представить, сколько вздора тот успел намолоть.

Меня не раз охватывали сомнения: не хитрит ли со мной Грей. Конечно, Элли я старался не сообщать о своих подозрениях. Она полагает, что я читаю слишком много детективных историй, и находит меня чересчур мнительным. К тому же ее так радуют визиты Грея. Не потому, что он такой привлекательный молодой человек, не потому, что он все еще холост, а, как она уверяет, потому, что он очень хорошо ко мне относится.

— Он принимает тебя таким, какой ты есть, — как-то сказала Элли, — и это очень кстати. У тебя появилась возможность поговорить с кем-нибудь о прошлом Мэндерли. Тем более что и его самого это интересует. Он поможет тебе встряхнуться — ты сам так говорил мне.

Утром она снова повторила эти же самые слова... А еще я заметил, что Элли успела переодеться. Ради Терри она преобразилась, стала вдруг на десять лет моложе и выглядела в десять раз привлекательней, чем вчера. Но каким образом она так быстро преобразилась? Каким образом с женщинами случаются такого рода превращения? Во-первых, она сняла брюки, которые обычно носит, и надела короткую юбку и легкую блузку, достала жемчужные бусы моей жены. Чистая свежая кожа, прямой, открытый взгляд производили впечатление невинности и легкого озорства. Она вся так и светилась.

Мне так хотелось видеть свою дочь счастливой. И я очень боялся, что ее что-нибудь ранит.

Элли, моя милая Элли — единственное, что у меня осталось в жизни. Элизабет умерла во время войны после долгой болезни. Самолет моего сына Джонатана упал во время сражения, за две недели до прекращения военных действий, и его тело не было найдено. Старшая дочь Лили, которая начала самостоятельную жизнь, умерла в Австралии во время родов. И ее сын пережил мать всего на две недели.

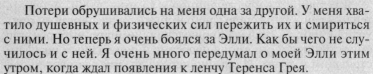

Потери обрушивались на меня одна за другой. У меня хватило душевных и физических сил пережить их и смириться с ними. Но теперь я очень боялся за Элли. Как бы чего не случилось и с ней. Я очень много передумал о моей Элли этим утром, когда ждал появления к ленчу Теренса Грея.

Остаток времени я провел довольно бестолково: то пытался писать у себя в кабинете, то шел в сад, то путался на кухне у Элли под ногами. Мне никак не удавалось ни на чем сосредоточиться. Беспокоило будущее Элли. Девочка на фотографии заставила меня еще острее ощутить свой возраст, почувствовать бремя лет. Прав ли я, задумав написать записки? Быть может, мне стоит больше думать не о прошлом, а о нынешнем, о настоящем?

Вдруг мне пришла в голову мысль: если я приступлю к исполнению задуманного, то благодаря этому Грей будет чаще навещать нас. И Элли сможет видеться с ним. Мало удовольствия для меня, но доставит радость ей: мы жили довольно уединенно, и Элли редко выходила из дома. Идея показалась мне привлекательной..

И тут-то я увидел, как в дом входит Грей. Когда я вошел следом за ним, Элли, которая все утро хлопотала на кухне, пригласила его разделить нашу скромную трапезу. Глядя, с каким радушием она приглашает гостя, я обрадовался еще больше. «Ах ты, старый дурак! — обругал я сам себя. — Как же ты раньше не догадался?»

В тот день я держался с Греем намного приветливее и постарался удержаться от едких замечаний.

В конце концов, мне не составит труда выяснить, что ему наплел Фриц, решил я, и это меня утешало. Я угостил Грея вишневой настойкой — она, как мне кажется, была довольно вкусной. И после этого, взяв его под локоть, провел в кабинет, чтобы успеть поговорить перед ленчем.

6

— Сегодня довольно прохладно, как мне показалось, и Элли даже разожгла камин. Как вам настойка? — спросил я и, не желая ходить вокруг да около, продолжил: — И как поживает старина Фриц? Узнали что-нибудь интересное? Встреча прошла с пользой?

Я устроился в кресле спиной к камину, чтобы ощущать тепло. Грей — это вошло у него в обыкновение, когда он приходил к нам, — сначала прошелся по комнате, выбирая, где ему устроиться. Его взгляд пробежал и по книжным шкафам, стоявшим у стены. И обычно перед началом разговора Грей любил пройтись мимо, разглядывая корешки книг на полках.

В это утро ритуал повторился. Я улыбнулся про себя. Как я заметил, кое-кто из гостей, осмотрев полки, пытался на основании подборки книг судить о характере владельца, его пристрастиях и вкусах. Грей относился к их числу. К его приходу я кое-что переставил в шкафу — проверить его, и мне было интересно, пройдет ли он этот тест, заметит что-нибудь.

В шкафу слева стояли толстые тома в кожаных переплетах — с них дед начал собирать свою библиотеку. Грей, проходя мимо, бросил на них заинтересованный взгляд. За ними, ближе к окну, стояли книги по естественной истории, истории войн, а за ними в сафьяновых переплетах — произведения классиков Греции и романы. Элли тщательно вытирала с книг пыль, но их брали в руки для чтения не так уж часто с тех пор, как дедушка, прививая мне любовь к познанию, занимался со мной. Лишь изредка я доставал их с полок и нараспев вслух декламировал строки из «Илиады» моему единственному слушателю — Баркеру, и ему, судя по всему, они нравились.

Грей на какой-то момент задержался возле них, а затем прошел в дальний угол, где стояли переводы на английский, а затем и классики нашей литературы — Чосер и Мэлори, его «Смерть Артура» — любимая книга моей матери и моя тоже, когда я был ребенком. Ему я обязан своим именем — Артур и Ланселот. Мельком посмотрев на «Камелота», Грей прошел мимо выстроившихся в ряд Шекспира, Мильтона, Драйдена, Попа — поэтическая подборка, которую так любил мой погибший сын. В самом отдаленном шкафу стояли писатели XIII века: Стерн, Филдинг, Вальтер Скотт, собрание Джейн Остен, и заканчивались они томами Диккенса и Томаса Гарди. С ними соседствовала русская классика, немецкие романтики и несколько переводов с французского — писатели, с моей точки зрения (которую я не пытался навязать никому), слишком много внимания уделявшие вопросам секса.

Далее шли книги «Округ Мэндерли и Керрит» и издания,

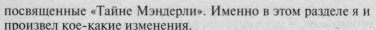

посвященные «Тайне Мэндерли». Именно в этом разделе я и произвел кое-какие изменения.

Угадает ли он, на что я намекаю? И тут я заметил удивление, промелькнувшее в глазах Грея. Вынув одну из книг (и тем самым пройдя испытание!), он улыбнулся и прошел к моему столу, на котором я не успел навести порядок и на котором оставил распечатанный конверт и рядом ту самую черную тетрадь, правда, закрытую и завязанную.

Я внимательно следил за Греем. Никакой реакции. Наблюдение за ним ничего мне не дало: либо он ничего не заметил, либо очень хорошо владел собой.

Он сел рядом со мной у камина, потрепал Баркера, и тот в ответ лизнул ему руку. В отличие от меня пес тотчас выразил свое отношение к Грею, я же отложил окончательное суждение до того момента, пока мы не закончим ленч и не прогуляемся по Мэндерли.

На мои вопросы Грей отвечал так, словно слышал только часть из них. Например, он пропустил все, что я спрашивал про Фрица, и ответил только на вопрос про вишневую настойку. Взяв бокал в левую руку, он сделал глоток, задумался и протянул:

— М-м-м... очень необычно. Как вам этого удалось добиться?

— Рад, что вам понравилось, — кивнул я. — Этот рецепт мне дали сестры Бриггс.

— Замечательно. — Грей отпил еще один глоток. — Вкус напоминает... даже не могу подобрать наиболее подходящее определение. — Он снова потрепал Баркера.

Но мне хотелось удовлетворить свое любопытство, и я снова повторил, уже более настойчиво, вопрос, оставленный им без ответа:

— Так что насчет Фрица? Жаль, что вы не предупредили меня о том, что собираетесь к нему, я был бы рад присоединиться к вам. В последний раз я виделся с ним лет пятнадцать назад. Рассказал ли он что-нибудь о Лайонеле? Фриц преданно ухаживал за ним во время болезни до самой смерти. Лайонел умер в 1914 году.

— В 1915 году, как мне кажется, — уточнил Грей.

— Верно, верно. Какое-то психическое расстройство, как я уже упоминал. А сам Фриц, он не страдает старческим слабоумием?

— Не заметил. Он упоминал раза два про Лайонела, но мимоходом. У меня создалось впечатление, что, несмотря на физическую слабость, у Фрица сохранилась хорошая память. Он уже не встает с кресла-каталки, но у него бодрое настроение, и он шутит с санитарками, которые ухаживают за ним. Хотя и чувствует себя одиноким.

Я помнил, как Фриц держал прислугу Мэндерли в ежовых рукавицах, требуя от них безукоризненного следования установленным правилам, и представить его «веселым»? Слова Грея меня удивили. И еще эта оговорка: «одинокий». Наверное, и обо мне он тоже так думает. Я взял второй бокал густой настойки и пригубил его.

— Вспомнил ли он Ребекку? — спросил я как бы между прочим. — Думаю, что да. У него было свое мнение о ней, как мне кажется.

— Что значит «свое мнение»?

— Это означает, что она ему никогда не нравилась. Я ведь уже говорил об этом. И если быть более точным, он ее терпеть не мог. Ведь она привезла с собой миссис Дэнверс в качестве домоуправительницы, и Фрицу пришлось передать ей бразды правления. Он был чрезвычайно недоволен этим, хотя миссис Дэнверс вела хозяйство наилучшим образом. Но это приводило Фрица в еще большее уныние. Так мне казалось. А что касается этого ублюдка Джека Фейвела — вы в самом деле собираетесь переговорить с ним?

— Да. Он наконец-то дал согласие. Решил вдруг, что нам надо встретиться как можно скорее. И поэтому я собираюсь в пятницу поехать в Лондон.

— Что ж, надеюсь, вы не забудете про мои советы. Не стоит доверять тому, что говорил Фриц, но еще меньше вы можете доверять словам Фейвела. Он наговорит массу гадостей, и вам придется разгребать громадную навозную кучу, чтобы найти крупицу правды. Будьте более пристрастны к тем, кого считают главными свидетелями происшествия.

—Да, вы уже говорили об этом, — ответил Грей. — И я всегда помню ваши слова. Признаться, я и сам придерживаюсь такого же мнения.

Он говорил сухо и сдержанно. Настолько сухо, что это уже можно было счесть иронией. Но я не мог понять, откуда она?

И сам собирался перейти на такой же сдержанный тон, если бы в этот момент дочь не позвала нас к столу.

— Элли, дорогая, позволь, я налью и тебе вишневой настойки. Я уже начал ломать голову, куда ты запропастилась, — сказал я.

Мне нечего было ломать голову, поскольку я доподлинно знал, что она на кухне и готовит еду. Элли считала, что нам незачем делать вид, будто этим занимается кто-то другой, а не она сама. Приготовить еду на двоих — много ли усилий для этого надо? Но мне было неловко, что дочь вынуждена обходиться без прислуги.

Быть может, если бы я вырос в другое время, меня бы меньше смущало то, что моей пенсии не хватает на то, чтобы содержать кухарку, и я бы не так стыдился того, что дочь сама ведет хозяйство. Но мне не хотелось, чтобы посторонние догадывались о таких вещах.

Элли, слегка порозовев от смущения, внимательно посмотрела на Грея. Она очень заботилась обо мне и пыталась понять, не насмехается ли наш гость надо мной.

— Не думаю, что мне стоит начинать с настойки, папа. Она, конечно, очень вкусная, но...

— А я бы вам посоветовал попробовать ее, — сказал Грей и улыбнулся Элли.

— В самом деле? — заколебалась она. — Ну что ж, тогда только один-два глоточка, чтобы я не опьянела.

Она произнесла это очень мило, и мне показалось, ее слова тронули Грея — я заметил выражение, промелькнувшее в его глазах. Его сдержанность и сухость тотчас исчезли, на смену им пришла теплота. Он начал шутить, и я, несмотря на его возражения, подлил настойки в его бокал.

Минут через десять Элли сказала, что пирог не может больше ждать, и мы все вместе направились к красиво сервированному столу.

И все время, пока мы пробовали стряпню Элли, я думал о том, что Грея трудно заставить рассказать то, что ему хочется утаить. Наверное, еще труднее, чем заставить меня открыться собеседнику. И еще о том, что он явно что-то скрывает. Вопрос в том, что именно...

7

Все, что произошло после ленча, мне представляется очень значительным и важным. Поэтому я счел нужным записать все по свежим следам, чтобы не упустить деталей.

Сначала я отводил Грею не очень значительную роль в моих изысканиях — что-то вроде секретаря. Своего рода доктор Ватсон при Шерлоке Холмсе. Но последующие события показали, что, напротив, именно он занял ведущее положение в расследовании. И мне пришлось смириться с этим. Поэтому я считаю нужным именно сейчас рассказать о нем поподробнее.

Грей появился в Керрите примерно полгода назад, когда мои дела пошли наихудшим образом. У меня вдруг закружилась голова, и я даже потерял сознание. Наш врач, прекрасный диагност, но любитель поднимать тревогу по пустякам, пришел к выводу, что произошел сердечный приступ. Я не согласился с ним и до сих пор остаюсь при своем мнении, но разве кто-то прислушивается к тому, что говорит пациент?

Врач выписал мне кучу лекарств, которые я должен был принимать и которые мало что меняли в моем состоянии. Поскольку я никогда не относился к числу послушных пациентов, все это только усложняло дело. Необходимость следить за своим здоровьем раздражала меня, беспокойство только усиливалось, меня стали преследовать кошмары по ночам, и все это привело к жесточайшей депрессии. Да и зима выдалась в этот год ненастная: все время шли дожди — день за днем, и я почти все время был вынужден сидеть у камина. Мне не оставалось ничего, только вспоминать Ребекку, размышлять, какие ошибки я совершил, и сожалеть о них.

Я доставил массу хлопот моей бедной, заботливой Элли и осознавал это. Казалось бы, болезнь должна была пробудить во мне великодушие, но, к сожалению, вышло наоборот. Характер мой заметно испортился. Я сам себе не нравился, и я видел, что Элли это очень огорчает. Она обратилась за советом к моим старым друзьям — сестрам Бриггс, дочерям Евангелины Гренвил. Они не остались равнодушными, и в результате в один прекрасный день, в середине декабря, в Керрите появился Теренс Грей.

В кабинет вошел высокий темноволосый молодой человек и крепко пожал мне руку. В его произношении угадывался едва уловимый шотландский акцент. Как он признался, его интересовала история этого края. Он, по словам сестер Бриггс, давно мечтал встретиться со мной и услышать из моих уст рассказы о Мэндерли. Они были рады, что могут познакомить нас. Я не очень поверил их словам, потому что заметил, как порозовела Элли, когда они знакомились. И то, что сестры Бриггс тоже заметили ее смущение, меня рассердило. Я сделал вывод, что они пригласили Грея не для беседы со мной, а чтобы оказать услугу Элли, поэтому держался с ним предельно сухо, если не сказать хуже.

После ухода Грея мы с Элли едва не поссорились, что случалось крайне редко. Я отозвался крайне презрительно об акценте нашего гостя, о его костюме, стрижке, его манерах и так далее. Мои замечания почему-то вывели Элли из себя. Она заявила, что я сноб, что я отстал от времени и что стыдно так поспешно и свысока судить о людях. Элли пережарила хлеб к завтраку, и он был испорчен. Целую неделю она не готовила своего знаменитого пирога, пока наконец не сменила гнев на милость и не изволила простить меня.

Появление Грея в Керрите всполошило весь местный курятник. Немалую роль в этом сыграли его приятная внешность, хорошие манеры, но наибольшее волнение вызывало то, что он не женат. Холостяков после войны в стране водилось мало, а достойных холостяков — меньше, чем зубов у кур.

Он побывал у нас еще пару раз, не больше. Погода улучшилась, я наконец-то начал выходить из дома, и меня с большим торжеством встретили в местном историческом обществе. Секретарша Марджори Лейн — ужасная особа передовых взглядов, только что приехавшая из Лондона, считала себя знатоком тех предметов, о которых не имела ни малейшего понятия, включая в том числе и Мэндерли. Эта дамочка поселилась в коттедже с видом на залив, где занималась мазней, которую выдавала за живопись, и лепила горшки.

— Как хорошо, что мистер Грей согласился прийти на нашу встречу, — заявила она мне, хватая продовольственную книжку, которую я выложил (они придерживали цыплят для Элли, но выдавали их из-под прилавка). — Мы с ним стали добрыми друзьями, и мне удалось убедить его стать членом нашего исторического общества. Нам ведь необходимо привлекать молодых, вы согласны со мной, полковник? Мистер Грей и все мы надеемся услышать ваш доклад. Вы уже продумали тему? Мистер Грей надеется, что это будут «Воспоминания о Мэндерли».

Я прочел свой доклад на очередном заседании общества. И, как мне кажется, даже блеснул эрудицией, указав, в каких местах за чертой города ставились виселицы. Грей тоже пришел на доклад, и если я скажу, что он стал настоящим гвоздем вечера, это не будет преувеличением.

В конце заседания присутствовавшие, по обыкновению, пили кофе с кексом. Мы с Элли стояли по одну сторону стола, Грей — по другую. Его все время окружали наши дамы. Думаете, они обсуждали то, что я рассказывал о местных достопримечательностях? Конечно же, нет. Их одолевало любопытство: как это он до сих пор не женился?

И первой задала этот вопрос, чуть ли не в лоб, Элинор Бриггс, она всегда была, как я заметил, более решительной, чем ее сестра. Престарелые матроны заулыбались, обнажив свои вставные зубы. Я тоже стал ждать ответа Грея не без интереса. Каким образом он сумеет выкрутиться? Начнет отшучиваться или постарается отделаться туманными замечаниями? Ни то и ни другое. Он покраснел и промолчал. Потеряли они к нему интерес? Отнюдь нет. Скромность и сдержанность молодого человека мгновенно их покорили.

Даже месяц спустя сокровенный вопрос, волновавший всех, так и остался нераскрытым, но кое-что из биографии Теренса Грея мне удалось узнать. Он был родом из Шотландии — как мне кажется, из Бордера. После окончания средней школы поступил в Кембридж, где получил степень по истории. Потом Грей стал преподавать там, видимо, до 1939 года, до начала войны. Мне кажется, что Грей ушел добровольцем, но он предпочитал не обсуждать эту тему, и, уважая его желание, я больше не расспрашивал его об этом. Похоже, что вскоре в его жизни наступил какой-то перелом, по-моему, здесь была замешана женщина: что именно произошло, сказать трудно, но это заставило его резко переменить образ жизни.

Он оставил работу, оборвал свои прежние связи и начал искать занятие на новом месте, поблизости от Керрита. Несмотря на свое образование, он согласился на смехотворную должность, которая из-за ничтожной платы оставалась большую часть свободной, — в библиотеке при архиве города Лэньона. Единственным ее достоинством для кого-то могло показаться только наличие свободного времени: работа считалась почасовой. И к тому же приходить можно было не каждый день.

Грей и работал там три дня в неделю, составляя каталоги деловых актов поместья де Уинтеров — их сдали в этот архив после смерти Максима. Грей снял небольшой коттедж на окраине Керрита и все свободное время посвящал «изысканиям», как он сам говорил, но по его глазам я понял, что это не все, мне показалось, что он еще и пишет и что все его нынешние изыскания потом войдут в книгу. У меня тоже имелись замыслы на этот счет... но я, кажется, забегаю вперед.

Мы встречались с Греем довольно часто, и я постепенно оттаял по отношению к нему. Он был отличным слушателем, проницательным, умным, и я был рад, что молодой человек может воспользоваться моими сведениями. И мне представлялось, что он напишет нечто вроде того, что написал мой дед, — «Историю округа Мэндерли и Керрита. Прогулки по достопамятным местам».

Только после этого я стал с ним более открытым. А потом меня стало беспокоить: не слишком ли он сужает тему? У меня создалось впечатление, что его все больше и больше начинает занимать исключительно Мэндерли. Но и тогда я пребывал в наивной уверенности, что Грей — типичная архивная крыса и его больше всего интересует средневековый период, я не очень беспокоился из-за его расспросов и позволил ему забраться довольно глубоко.

А потом я обнаружил, что его не очень-то волнует Средневековье, его вообще мало занимала древняя история семейства де Уинтер. Хотя она изобиловала колоритными сюжетами: амурными похождениями, незаконнорожденными детьми, в особенности те, что имели отношение к порочной Каролине де Уинтер и ее развратному брату, но Грей остался глух. Его явно интересовало только то, что относилось к недавнему времени.

И когда я с большим опозданием пришел к такому выводу, то сам начал задаваться вопросами: почему Грей согласился на такую низкооплачиваемую работу? Почему он стремится подружиться со мной? Правда ли то, как уверяла Элли, что он испытывает ко мне расположение? Его мотивы и намерения стали вызывать у меня весьма сильные сомнения.

Сестры Бриггс и Марджори Лейн рассказывали, что Грей вырос сиротой, что он потерял родителей в детстве или при рождении и рос в приютах. Что потом его усыновила тетушка Мэй — очень добросердечная и милая женщина, которая жила недалеко от Пибла (а может быть, Перта), она приходилась ему дальней родственницей и привозила на каникулы сюда. Гуляя в окрестностях, он полюбил Керрит и его обитателей..

После войны тетушка Мэй умерла, оставив Теренсу небольшое наследство. И эти деньги дали ему относительную независимость, позволили вернуться в места своего детства, о которых он всегда вспоминал с теплотой. Вот почему его мало заботила чисто символическая зарплата, кое-кто даже считал, что он в состоянии купить дом, который арендовал. Сестры Бриггс делали особенное ударение на этой части повествования. Почему-то они считали: предположение, что Грей может стать владельцем дома, вызовет во мне особенное доверие к нему.

— Ну, конечно, мы стараемся поддержать его! — восклицала младшая из сестер. — Нам кажется, что это правильно. Он с таким вкусом обставил домик — и от него всего десять минут ходу до вашего дома. Это так удобно!

— Удобно для чего? — спросил я холодно.

— Для чего угодно, дорогой Артур, — ответила Джоселин, смешавшись.

— Мы имеем в виду, — подхватила Элинор, — что было бы замечательно, если б он навсегда поселился здесь. И ты тоже был бы доволен, Артур. У вас так много общих интересов... — Она помолчала. — Неужели он никогда не рассказывал тебе о своем детстве? И никогда не упоминал про тетушку Мэй? Как странно! А мы с Джоселин думали, что ты сможешь добавить кое-что к его рассказам.

Да, я знал эту историю, читал ее во многих вариациях в различных новеллах. Больше всего она напоминала мне что-то из Диккенса. Особенно в том, что касалось тетушки Мэй — копия Бетси Тротвуд, героини одного из романов. Я не так легковерен, как старые девы Бриггс, и догадывался, почему

Грей не пытался рассказывать про свое детство: меня не так просто ввести в заблуждение, как двух престарелых мягкосердечных дам.

И в связи с этим мои подозрения усилились. Что скрывает Грей? Зачем? Может быть, он был женат? А что, если у него тайная жена и дети в Керрите? И с того момента я стал намного осторожнее и внимательно следил за тем, что он выспрашивает у меня. И вот тогда окончательно понял, насколько далеко лежит его интерес от средневековой истории. Какой же я дурак! Ну конечно же, Грей норовил выведать как можно больше о де Уинтерах, но сильней всего его занимала Ребекка.

Это открытие только прибавило новые вопросы. Есть ли что-то личное в его исследованиях? То, что Грей бывал здесь на каникулах, могло быть правдой. Если он впервые появился в этих краях в 20-х годах, Ребекка еще была жива, и ее популярность достигла тогда пика. Если он и в десять лет продолжал наведываться сюда, то мог слышать про ее исчезновение. Об этом судачили все на побережье, об этом писали в газетах. И Грей, конечно же, не мог не знать о происшествии. Таинственная история наверняка осела у него в памяти, и со временем у него появилось желание дать свой ответ. Преступление и наказание виновных — тема, которая волнует многих.

В конце концов однажды я прямо спросил его об этом, изложив свою версию. Но он стал отрицать все. Да, сказал он, в детстве Мэндерли притягивал его внимание, да и как было устоять, когда в каждом, даже самом захудалом, магазинчике округи продавались открытки с видами. Они с тетушкой жили в отдалении, обычно снимали домик на берегу реки недалеко от старинной церквушки в Пелинте. Несколько раз Грей подумывал о том, чтобы срисовать старинные надписи на гробах в усыпальнице де Уинтеров, но удобного случая так и не представилось. А поскольку они с тетушкой не относились к высшему свету, то ничего не слышали о происшествии с Ребеккой и Максимом. Вполне возможно, что он читал статьи, связанные с трагическими событиями в семье де Уинтер, но они не оставили особого следа в его памяти. К тому времени ему уже исполнилось семнадцать, и они перестали бывать в этих местах.

Грей помолчал, считая, что набросанный быстрыми мазками рисунок сиротского детства не стоит обременять подробностями, и перевел разговор на другую тему. Из всего рассказа я поверил только в одно: что ему хотелось перерисовать рисунки и надписи на могильных плитах в усыпальнице. Он пронес свое увлечение и до нынешнего времени. В любую непогоду Грей готов был отправиться в какую-нибудь старую гробницу, чтобы расшифровать надписи. И это детское увлечение шло рука об руку с его любовью к старым книгам и документам. Целые дни он проводил в архивах, листал старые газеты и наведывался в букинистические лавки.

Этот человек любил всякого рода *свидетельства*, ему нравилось воссоздавать прошлое из отдельных фрагментов: церковно-приходских книг, записей о рождении детей, свадьбах и похоронах, завещаний, из пыльных, забытых всеми писем, дневников и записных книжек. И на мой взгляд, такого человека непременно должен был заинтересовать Мэндерли. Почему? Да потому, что в его истории существовал провал, пробел, который любой историк тут же загорелся бы желанием восполнить.

Во время пожара сгорело все, что имело отношение к Мэндерли. Огонь вспыхнул через тридцать шесть часов после окончания следствия. Пожар начался ночью и быстро охватил все здание. Дотла сгорела изящная мебель, собранная Ребеккой, все фамильные портреты, так пугавшие меня в детстве, и все документы.

Но имущественные договоры сохранились, потому что в тот момент хранились у управляющего — Фрэнка Кроули. И они все были переданы в библиотеку, в которой работал Грей. И надо сказать, что он не замедлил сразу же ознакомиться с ними. Его интерес к этим покрытым пылью бумагам сначала изумил меня. Мне казалось, что молодой человек не способен с таким энтузиазмом изучать, какие суммы получали владельцы поместья от сдачи в аренду того или иного участка земли от фермеров, какие средства находились в обороте, а какие нет, и так далее.

Мой интерес к прошлому носил скорее романтический оттенок: кто в кого тогда влюблялся, кто убежал из дома, чтобы тайком жениться или выйти замуж, кто с кем враждовал и почему. По недомыслию я покровительственно отно-

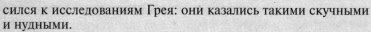

сился к исследованиям Грея: они казались такими скучными и нудными.

Я думаю, этим самым он подготавливал меня к главному. А может быть, просто отвлекал внимание. Он незаметно начал расспросы о де Уинтерах и Карминов — их я помнил очень хорошо еще с детства и сам собирал сведения: история этой семьи печальна — три сына погибли во время Первой мировой войны, с их прелестной овдовевшей матерью остались младшие дети. Один из них — Бен — был идиотом от рождения.

Грей разузнал, что Бен облюбовал бухту неподалеку от Мэндерли и часто проводил там время, а также то, что он умер в приюте для умалишенных. Именно тогда он начал более подробно расспрашивать меня о людях, которые знали что-либо о семье де Уинтер. И я объяснил этот его интерес тем, что ему надоело листать пыльные документы и захотелось как-то освежить их рассказами очевидцев о бедной Вирджинии, Лайонеле и Мегере, о том, каким был в детстве Максим, как он дружил с моей сестрой Розой и как все считали, что они непременно поженятся.

— Как раз перед Первой мировой войной? — переспрашивал он меня.

— Видимо, да, — отвечал я, задумавшись. — Но, как известно, люди очень любят строить предположения, кто на ком женится. Так что это чистая фантазия. Но как бы то ни было, одно время они были большими друзьями, что меня, признаться, удивляло.

— Почему?

— Потому что Роза обожала читать, а Максима совсем не интересовали книги. Почти все представители рода де Уинтеров были обывателями, и Максим в этом не отличался от них. Ему нравились долгие пешие прогулки. Он любил плавать в море, кататься верхом. Он был смелым, отважным, решительным. И в то же время на нем лежала какая-то печать меланхолии. Наверное, это и вызывало у Розы интерес к нему.

— К тому же Максим был очень богат. И рано или поздно должен был унаследовать Мэндерли.

Тут я возмутился и горячо возразил:

— Чушь! Розу это вряд ли могло привлечь к нему. Потому что она была необыкновенной девушкой. Больше всего на свете Роза мечтала поступить в Кембридж и писать научные статьи, чего и добилась в конце концов. Теперь она доктор Джулиан и вскоре может стать профессором. Она настоящая феминистка и всегда смущала все семейство своими эксцентричными выходками.

— Я вижу, что вы любите ее, — заметил Грей с улыбкой. — Был бы рад познакомиться с вашей сестрой. Интересно, согласится ли она встретиться со мной?

Его простой вопрос заставил меня смешаться, и я поспешно ответил:

— Вряд ли. Во-первых, потому, что она переехала в колледж Гиртон и по сию пору живет там. Во-вторых, Роза чрезвычайно рассеянна и с головой погружена в науку. А в-третьих, она живет настоящей затворницей..

— Затворницей? В самом деле? Со слов Элли у меня создалось другое впечатление...

— Она почти ни с кем не общается, — торопливо перебил я его, — так что оставьте эту затею, Грей. Итак, на чем же мы с вами остановились? Напомните мне..

— Мы говорили о Ребекке, после чего перешли к ее мужу и к тому, какой тип женщин привлекал его... Так что мы не настолько уж далеко отошли от темы. Но, как всегда, это кое-что прояснило.

Я внимательно посмотрел на него, но лицо Грея оставалось невозмутимым. Сцепив пальцы, он заметил:

— Загадочная жизнь и такая же загадочная смерть. Одно бы мне хотелось понять, полковник Джулиан...

Я указал на часы:

— Мне пора вздремнуть. Продолжим наш разговор в следующий раз. Лежать, Баркер, лежать! Грей собирается уходить.

Мы продолжили беседу на следующий день и встречались впоследствии еще не один раз. И постепенно я разговорился. Привычка молчать и все копить в себе вырабатывалась в течение двадцати лет, и отказаться от нее было не так-то легко. Порой мне казалось, что я вообще никогда не смогу говорить с кем-либо на эту тему. Тем более что меня раздражали местные обывательницы своими домыслами, которыми они, наверное, делились с Греем: о том, где и когда впервые встретились Ребекка и Максимилиан де Уинтер, хотя только я знал

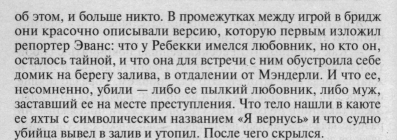

об этом, и больше никто. В промежутках между игрой в бридж они красочно описывали версию, которую первым изложил репортер Эванс: что у Ребекки имелся любовник, но кто он, осталось тайной, и что она для встречи с ним обустроила себе домик на берегу залива, в отдалении от Мэндерли. И что ее, несомненно, убили — либо ее пылкий любовник, либо муж, заставший ее на месте преступления. Что тело нашли в каюте ее яхты с символическим названием «Я вернусь» и что судно убийца вывел в залив и утопил. После чего скрылся.

Грей пересказал мне версию, изложенную Марджори Лейн — она была самой неумной фантазеркой из всех местных кумушек. Марджори считала, что виновник смерти Ребекки ее муж, и Макс убил ее потому, что Ребекка догадалась о том, что он гомосексуалист и находился в связи со своим управляющим Фрэнком Кроули. И когда она потребовала развода, муж убил ее, боясь скандала. В ее рассказе никак не состыковывались детали, например, тот факт, что Максим и его вторая жена спали вместе, о чем свидетельствовала горничная, которая заправляла постели.

Рассказ просто ошеломил меня. Никогда не мог представить, что женщины способны сочинять такие грубые и непристойные истории. И Марджори не постеснялась говорить о таких вещах при Грее. Мне бы она никогда не посмела даже намекнуть.

— Поговорите об этом с сестрами Бриггс, — ответил я ему. — Они все расставят по своим местам, так как хорошо знали Максима.

Сестры Бриггс, как я и ожидал, изложили Теренсу Грею мою авторизованную версию. Они обожали Ребекку и тут же бросились на ее защиту. Бедная женщина узнала, что у нее неизлечимая болезнь, и, чтобы избежать мучительной смерти, в ту же ночь одна вышла на яхте в море. Она всегда была храброй и решила умереть быстро, а не гнить заживо. Так что следствие пришло к выводу, что она покончила с собой и это не подлежит сомнению.

Конечно же, этот вариант сложился в их головах отчасти и без моего влияния. Но, к сожалению, сестры Бриггс не умели подавать факты как следовало. И многое путали, например, они считали, что диагноз подтвердил суд, хотя его установил врач.

Я не надеялся, что более проницательный Грей примет целиком эту трактовку. И не ошибся.

— Как странно, что Ребекка решила покончить с собой таким образом, — заметил он. — Пробить дырку в яхте и ждать, когда она затонет. Это уж слишком. Гораздо проще перерезать себе вены в теплой ванне или прыгнуть со скалы. Здесь так много подходящих утесов. Неужели присяжные ни разу не задались такими вопросами? Насколько я в курсе, они даже не знали о том, что Ребекка была у врача и что она неизлечимо больна. Так ведь?

— Да. Вы правы.

— В таком случае вердикт, который они вынесли, выглядит неубедительно. Не кажется ли вам вся эта история слишком странной?

— Отчасти да. Следователь пытался найти очевидцев ее смерти, но таковых не оказалось. К тому же у Ребекки не было врагов, которые могли желать ее смерти. И на теле не обнаружили никаких признаков насилия...

— Но тело пробыло в воде больше года,— вполне резонно возразил Грей.— Оно успело разложиться. И кое-кто требовал дополнительного расследования, насколько мне известно. Ведь вы в тот момент, когда обнаружили ее тело, находились на яхте..

— Да, как местный судья, я обязан был проводить и... послушайте, Грей, мне бы не хотелось обсуждать этот вопрос. Он до сих пор причиняет мне боль, даже сейчас.

— Понимаю вас, — негромко проговорил Грей, но не прекратил своих расспросов. — Вы были другом Ребекки и другом ее мужа. Но, простите меня, я что-то не могу разобраться. Диагноз лондонского врача в какой-то степени объяснил причины самоубийства Ребекки, но ведь множество других вопросов остались нерешенными. Она не оставила посмертной записки. Все в ее жизни покрыто завесой тайны. Никто ничего не знает даже об обстоятельствах ее замужества, но у всех имеется готовое суждение. Одни настаивают, что Ребекка — святая и убила себя. Другие, что ее убили, потому что она грешница. Где же правда?

— Мне не хочется обсуждать это. Мы с вами говорим о женщине, которой я всегда бесконечно восхищался.

— В таком случае просто напомню о том, что она имеет

право очистить свое имя. А это можно сделать, только если довести расследование до конца.

— Расследование уже было проведено.

— При всем моем уважении к вам, полковник Джулиан, позвольте не согласиться с вами. Если Ребекку де Уинтер убили, убийца вышел сухим из воды. На нее пала тень — самоубийство. Ее обвиняют в том, что она оказалась неверной женой.

— Все это произошло двадцать лет назад, — ответил я после очень долгой паузы. — Мне очень жаль, что с именем Ребекки связано столько домыслов, но не в моей власти остановить эти слухи. Сейчас уже ничего нельзя доказать. Ребекка мертва. Максима де Уинтера тоже нет на свете. Да и мне самому уже немного осталось. Все в этом мире течет, все изменяется. Вы молоды, Грей. Вы ничего не знаете об этих людях. И я не могу понять, почему вас это интересует.

— Потому что мне хочется узнать правду, — ответил он упрямо. — Меня это волнует, и мне кажется, что это должно волновать и вас тоже.

— Уходите. Вы упрямы как мул и вывели меня из себя. Я сыт по горло всем этим. Вы мне напомнили... — Я замолчал.

Боже мой, я едва не проговорился, но вовремя прикусил язык, Грей иной раз напоминал мне Джонатана. Он задавал такие вопросы, которые стал бы задавать мой сын, если бы остался жив. И в тот момент я заметил странное сходство между ними, вызывавшее у меня подспудную тревогу. Видимо, поэтому я не сразу смог принять Грея.

Прошла неделя после той встречи, и постепенно я вынужден был признаться, что его слова подействовали на меня. Его вопрос оказался решающим: имеет ли для меня значение правда? Да, конечно, имеет, если вы хотите жить в мире с самим собой. А в моем случае — когда жить осталось не так уж много — это тем более важно.

Во время ленча, приглядываясь к гостю, я пытался оценить его. И выставил ему девять баллов из десяти за манеру вести себя за столом (достаточно высокая оценка, которую, наверное, заслужили тетушка Мэй и средняя школа), семь из десяти за манеру одеваться (рубашка выглажена, но не отутюжена как полагается, и галстук выбран наугад), пять из десяти за умение вести беседу (как и большинство шотландцев, он предпочитал хранить молчание) и десять из десяти за терпение — мы уже добрались до пудинга, когда он впервые упомянул о Мэндерли.

Я надеялся, что, пока буду выставлять ему оценки, мне попутно удастся выяснить еще что-нибудь, но этого не произошло. Манера выставлять баллы, которой я пользовался всю свою жизнь, смущала и меня самого. Самые обычные пункты, ничего, что по-настоящему говорило бы о человеке. И сейчас эти оценки не дали никаких дополнительных сведений. Они оказались бесполезными.

Погрузившись в раздумья, я не заметил, с чем был пудинг: с яблоками или с кактусами. Меня настолько занимал вопрос — могу ли я довериться этому молодому человеку, станет ли он моим Ватсоном или нет и займет ли он какое-то иное место в моем доме в будущем... А потом вдруг меня осенило. Теренс Грей — это мое сознание. Воплощенное сознание, которое сидит напротив в костюме, купленном в магазине готовой одежды, и ест яблочный пудинг с кремом.

Это открытие тем более поразило меня, что оно пришло в тот момент, когда Элли и Грей обсуждали маскарад, устроенный Ребеккой в Мэндерли. Еще до того, как Элли упомянула про костюм Каролины де Уинтер, который Ребекка скопировала со старинного портрета.

И тут я получил возможность вмешаться:

— Такие балы становились тяжким бременем для прислуги. И больше всего о них мог бы рассказать Фриц. Кстати, Грей, что он вам рассказал во время вчерашней встречи?

— Фриц? Просил передать, что он очень уважает вас. Он очень просил меня не забыть передать вам его слова.

— Уважает? — Я пристально посмотрел на Грея. — И это все, что он просил передать мне? Больше ничего?

— Нет, — удивился Грей. — А что он мог еще передать? Может быть, я чего-то не понял.

— Нет, нет. Это не имеет значения. Ну а сейчас настала пора прогуляться. — Я поднялся. — Элли, ради бога, оставь эти тарелки на месте. Ими найдется кому заняться. Мы перейдем в другую комнату, чтобы выпить кофе. Баркер! Где ты! Куда запропастилась эта чертова собака?!

Салли Боумен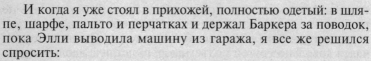

И когда я уже стоял в прихожей, полностью одетый: в шляпе, шарфе, пальто и перчатках и держал Баркера за поводок, пока Элли выводила машину из гаража, я все же решился спросить:

— Скажите, Грей, это не вы прислали мне конверт? Этим утром? Довольно большой, коричневого цвета?

— Нет. — Грей нахмурился. — Если бы я захотел вам что-то послать, я бы принес конверт сам. И приложил записку...

— Ну, конечно, просто я подумал, что, быть может, вы забыли вложить записку. Впрочем, это неважно. Забудьте об этом...

Он помог мне сойти с крыльца и добраться до автомобиля. Это была последняя проверка: как он будет вести себя в Мэндерли. Но его ответная реакция на вопрос удивила меня.

Когда я сообщил ему, что мне надо что-то спросить, он напрягся. Но когда я задал вопрос, я увидел, что он ответил честно. И испытал явное облегчение.

Почему? Наверное, не любил, когда его расспрашивают. Подумал, что я хочу задать вопрос о чем-то другом... И это его встревожило. В первый раз я увидел, что он занервничал.

8

Элли вывела наш старенький «Моррис Оксфорд» к воротам, и я устроился в машине с помощью Грея. Из-за моего ревматизма и слабости это выглядело как небольшой цирковой номер, но в конце концов все закончилось довольно благополучно. Грей сел на заднее сиденье за спиной Элли, а Баркер устроился позади меня. Время от времени он лизал мне ухо и тяжело дышал.

День выдался хороший, и настроение мое вполне соответствовало погоде. Элли — прекрасный водитель — вела машину легко и плавно. Мы преодолели пару холмов, откуда открывался прекрасный вид на окрестности: на раскрашенные в разные цвета коттеджи, дамбу, за которой расположились домики деревенских жителей и где мог останавливаться в детстве Грей.

А по другую сторону залива, сверкающего в лучах солнца, напротив города, раскинулись земли Мэндерли. Элли умело вписывалась в повороты, пользовавшиеся дурной славой. Однажды Максим, вскоре после женитьбы на Ребекке, чуть не разбился на одном из них на своем автомобиле, но, к счастью, тогда все для него обошлось благополучно. После этого начался довольно крутой подъем, дорога петляла вдоль излучины реки, пока не показалась дубовая роща, затем заросли бука и, наконец, сосны, откуда начиналась граница владений Мэндерли.

Грей всю дорогу молчал. Все внимание Элли было сосредоточено на переключении скоростей, а я по своей привычке снова погрузился в воспоминания о прошлом.

В три пятнадцать мы достигли перекрестка, где когда-то, как я докладывал на заседании исторического общества, стояла виселица и где собиралась публика, привлеченная бесплатным представлением. Мы припарковались возле сторожки у ворот Мэндерли. И я начал отыскивать — еще одно небольшое представление — ключи, которые могли храниться в одном из моих многочисленных карманов и которые, конечно же, оказывались в самом последнем и самом труднодоступном.

Никто не знал, что у меня хранятся ключи от ворот, и Грей дал слово, что сохранит это в тайне. Ключи передал мне дед, который получил их от Мегеры, наверное, для того, чтобы он имел возможность в любое время беспрепятственно бродить в поисках бабочек по здешним лесам. Мы очень редко пользовались ими. Обычно в домике оказывался сторож, который сам открывал нам ворота. Несколько раз и я пускал их в ход: Ребекка, зная мою любовь к этим лесам, предложила мне приходить, когда только вздумается. После того как пожар уничтожил особняк, я думал, что замки на воротах сменят, но никому это не пришло в голову, поэтому я по-прежнему мог войти внутрь, когда мне или Элли хотелось прогуляться с Баркером в уединенном месте. В последнее время Керрит наводняли отдыхающие, и приходилось искать места, где можно побыть в одиночестве, к чему я привык с детства.

Но где же этот чертов ключ? В брюках? Нет. Элли вздохнула. Грей всматривался в густую чащу леса, который стоял за воротами... Карманы пиджака тоже пусты...

Грей подошел к покосившейся табличке, что болталась на воротах все эти двадцать лет, ее повесил нанятый Максимом смотритель. После того как Максим отправился в добровольное изгнание за границу, он отчитывался перед ним. После смерти Максима, поскольку обе жены его оказались бездетными, смотритель писал отчеты наследникам из боковых ветвей рода де Уинтеров. Кто они? Владельцы обширных полей в Йоркшире, уютных холмов во Франции или собственных замков в горах Шотландии, но к Мэндерли они не проявляли ни малейшего интереса, и ни разу нога никого из них не ступала на эти земли.

Судя по всему, их вполне удовлетворяла арендная плата фермеров, которые успешно вели свое хозяйство. А руины бывшего замка Мэндерли новых владельцев не волновали. Агенты по продаже недвижимости, побывав здесь, поняли, что не смогут извлечь для себя никакой выгоды. Скорее всего, они ограничивались тем, что наведывались сюда раз или два в году, но не обращали никакого внимания на леса и рощи, не пытались восстановить удивительной красоты сад или сохранить остатки дома. Последний кусок сохранившейся кровли мог рухнуть в любой момент.

Табличка, которую рассматривал Грей, сильно пострадала от времени и непогоды, но все же еще можно было прочесть на ней: «Частная собственность. Вход воспрещен».

Эти слова я никогда не относил к себе лично. Как старого друга семьи, меня радушно принимали в доме. Максим всегда зазывал в гости, Ребекку тоже радовали мои визиты. И тут я наконец нащупал искомый ключ, который зарылся на самое дно кармана моего пальто, которое я накинул на плечи. Издав торжествующий возглас, я шагнул к воротам, но Грей опередил меня. Он подошел к воротам, с усилием толкнул их, и створки со стоном и скрипом отворились.

Похоже, Грей не слишком удивился этому, но я был поражен до глубины души.

— Что за напасть? Неужто я совершил промашку? Элли, разве я...

— Нет, конечно. Мы приезжали неделю назад, я хорошо помню, потому что в этот день мистер Грей уезжал в Лондон. И, уходя, мы закрыли ворота. Разве ты не помнишь, папа? Ключ поворачивался с трудом, и мне пришлось помочь тебе...

Не закончив фразу, она повернулась к воротам, вглядываясь в извилистую дорогу, и в ее взгляде проскользнуло беспокойство. Признаться, и меня охватило какое-то дурное предчувствие. Сначала я решил, что приехал смотритель, и если так, то мне не из-за чего волноваться. Я чувствовал себя вправе появляться здесь, когда мне вздумается, и не собирался давать отчет какому-нибудь хлыщу, который годится мне во внуки. Но ведь он мог не знать, кто я такой и какое имею право ходить сюда, и в таком случае мне придется растолковывать ему. Я замешкался, и меня начали одолевать сомнения: стоит ли нам продолжать намеченную прогулку.

Облака закрыли солнце, и все вокруг как-то сразу померкло. И меня снова охватил суеверный страх, который я пережил на рассвете, когда из маленького гробика послышался тоненький настойчивый голос: «Выпусти меня. Подними крышку — мне надо поговорить с тобой».

Я вздрогнул, пес, застывший рядом со мной, заскулил, шерсть на его загривке вздыбилась. Сегодня очередная годовщина смерти Ребекки, и мне стало не по себе. А что, если сюда заявился не смотритель, который не представлял никакой опасности, а кто-то незваный и нежеланный.

И, глядя на туннель, который образовали густые ветви над дорогой, и заросшую травой колею, я заколебался. Но сегодня темные тени под деревьями словно бы таили скрытую угрозу.

Я уже было собирался предложить своим спутникам отложить наш поход, но Грей распахнул ворота пошире и подошел к нам.

— Кто-то опередил нас, и совсем недавно, — сказал он. — Посмотрите — даже отсюда можно увидеть на дороге отпечатки колес.

Он указал на следы от протекторов в нескольких ярдах от ворот. Элли двинулась следом за ним, чтобы убедиться в правильности его слов.

— Значит, там кто-то сейчас есть, — сказала она, немного помедлив. — Может быть, нам лучше приехать в другой раз? Это очень странно. До сих пор мы никогда не встречали здесь ни души...

Она вопросительно взглянула на меня, но я промолчал в ответ.

— К чему нарываться на скандал? — Элли понизила голос, словно кто-то мог услышать ее слова. — В сущности, мы вторгаемся в частное владение. И если нам кто-то встретит-

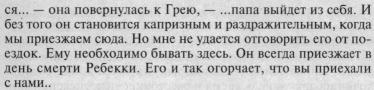

ся... — она повернулась к Грею, — ...папа выйдет из себя. И без того он становится капризным и раздражительным, когда мы приезжаем сюда. Но мне не удается отговорить его от поездок. Ему необходимо бывать здесь. Он всегда приезжает в день смерти Ребекки. Его и так огорчает, что вы приехали с нами..

— Не думаю, что для тревоги есть какие-то основания. — Грей оглянулся и посмотрел на меня. — Может быть, следы остались еще со вчерашнего дня, а если и не так и мы кого-то встретим, я уверен, что я смогу объяснить причину нашего появления. В конце концов, мы не совершаем ничего дурного, и я беру на себя всю ответственность. Меня только беспокоит расстояние. Как далеко до особняка от ворот?

— Довольно далеко. Туда лучше добраться на машине. И мы очень давно не подъезжали к дому. — Элли помедлила. — Обычно мы немного проходили по дороге вперед, где уже слышно море. Зимой отсюда можно увидеть особняк. В прошлом году мы почти доехали до дома и прошлись по Счастливой долине, где Ребекка высадила азалии. Они тянутся почти до самого моря... Но это было тогда, когда отец чувствовал себя намного лучше.

— Значит, нам надо доехать до самого дома, — сказал Грей. — А если полковник Джулиан захочет, то мы пройдемся немного, а потом сразу вернемся назад. — Он понизил голос, наклонился и что-то сказал ей. Похоже, что его слова убедили мою дочь.

Элли повернулась ко мне, ее лицо порозовело — это означало, что ей предстоит нелегкий разговор со мной. Но я не стал доставлять трудностей. Слова «капризный и раздражительный» засели у меня в голове. Трудно сказать, что я испытал, глядя, как Элли и Грей, доверительно наклонившись друг к другу, составляют заговор. Обрадовало это меня или, напротив, огорчило? Сейчас меня больше волновало другое: увижу я особняк или нет. Раз уж мы приехали, имеет ли смысл откладывать поездку? Все равно пешком мне не осилить такой долгой дороги.

Грей еще шире распахнул ворота, а когда мы проехали, закрыл их и сел на свое место. Элли нажала на газ, и машина нырнула в темный прохладный туннель, края которого утопали в изумрудных зарослях папоротника, примулы и мха.

Мои страхи тотчас рассеялись. И как только мы тронулись вперед, прошлое, словно я повернул волшебный бинокль, начало придвигаться мне навстречу — возраст подарил мне волшебные окуляры, позволявшие видеть невидимое. Мне оставалось только повернуть голову или перевести взгляд с одной точки на другую, как время и расстояние переставали иметь значение. И я мог бы протянуть руку и коснуться того, что открывалось моему внутреннему взору. Оно никогда и никуда не исчезало, оно всегда оставалось тут, и мне вдруг почему-то стало жаль Элли и Грея — еще таких молодых и не обладавших такой способностью.

Вот я в матросском костюмчике бегу мимо деревьев, и мне никак не удается догнать бабочку и накрыть ее сачком. Краем глаза я увидел мать, задумчивую и печальную, в черном платье — она никогда не снимала траура. Она сидела на скамье и рассматривала дикую орхидею: рыжеватые веснушки покрывали ее лепестки, яркие, будто выкрашенные анилиновой краской.

Она окликнула меня, а затем повернулась, для того чтобы в одно мгновение очутиться в другом времени и через восемнадцать лет улыбнуться моей сестре, которая шла нам навстречу в бледно-розовом платье и размахивала стопкой книг, перетянутых бечевкой. Она смеялась, глядя на Максима, который шел за нею.

— Меня часто спрашивают, почему я вышла замуж за Максима, — проговорила Ребекка, остановив машину, на которой она мчалась по дороге — новенький дорогой автомобиль с мощным двигателем.

Она затормозила очень резко как раз на этом повороте или, быть может, на следующем и повернулась в мою сторону. Ее волосы растрепал ветер, ее кожа светилась, а в удивительных глазах отражалось солнце, но, как только тень от ветвей скрыла его, выражение их изменилось... как апрельский день — всегда непредсказуемый и неожиданный.

— Я всегда говорю им неправду — презираю тех, кто лезет с такими вопросами. Говорю, что вышла из прихоти, в один ненастный день или из-за денег — в зависимости от того, какой ответ они ждут от меня. Им хватает этого, чтобы сплетничать всю зиму. Но, поскольку ты никогда не спрашивал, скажу тебе правду. Я вышла за него замуж из-за *этого*. Прислушайся! Слышишь — море?! Оно вон там, за деревьями. И сколько цветов вокруг! А сколько птиц ты узнаешь по голосам? На той ветке гнездо дроздов. В нем шесть яиц небесно-голубого цвета. А как-то раз я видела ястреба. Вот почему я вышла замуж за Максима. Все это принадлежит мне, и я принадлежу этим местам. И я сразу это почувствовала. С первой минуты.

— Но сначала ты обвенчалась с ним, прежде чем оказалась здесь, — возразил я скучным тоном — мой своеобразный щит. Я так страшился, что она посмотрит на меня, и тогда... тогда рухнет все, из чего состоит моя жизнь. — Вы уже обвенчались. Максим рассказывал мне. Так что ты приняла решение под влиянием каких-то других обстоятельств, а сейчас немного преувеличиваешь.

— Ошибаешься, — упрямо тряхнула головой Ребекка.— Я знала эти места с самого детства. Они снились мне. И теперь это стало моим.

— Благодаря Максиму.

— Если хочется, можешь считать так. Какой ты прозаичный и скучный сегодня. — Она потянулась к ручке и распахнула дверцу. — Можешь идти дальше пешком. Когда ты прекратишь перекидывать косточки на счетах — если ты когда-нибудь способен остановиться, — угощу тебя чаем. Так что выходи. Мне не нужен бухгалтер в машине, и я не потерплю их в Мэндерли...

— Ребекка... — начал я.

Элли протянула руку и положила ее на мою

— Ты задремал, папа. Посмотри, мы уже приехали.

Сидевший рядом со мной пес снова протяжно заскулил. Грей напрягся. Гравий заскрипел под колесами, густая тень деревьев вдруг расступилась, перед нами предстали выщербленные полуразрушенные стены Мэндерли, освещенные апрельским солнцем. В кустах беззаботно распевали птицы, и даже сквозь их щебет я слышал, как шумят волны.

Мы остановились на площадке — теперь уже не такой ровной, как прежде, где во времена моего далекого детства останавливались экипажи. Позже автомобили стали подъезжать к дому с северной стороны, к богато украшенному порталу. По ступенькам торжественно спускался Фриц, чтобы приветствовать гостей. На этих ступеньках молодоженов

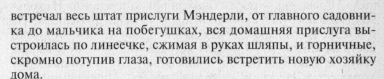

встречал весь штат прислуги Мэндерли, от главного садовника до мальчика на побегушках, вся домашняя прислуга выстроилась по линеечке, сжимая в руках шляпы, и горничные, скромно потупив глаза, готовились встретить новую хозяйку дома.

— Мне кажется, Фриц надеялся, что мы станем друзьями, — сказала Ребекка, посмотрев на меня с легким удивлением. — Он берег родовые могилы и всегда страстно желал, чтобы я совершила какую-нибудь оплошность. Время от времени я доставляла ему это маленькое удовольствие, чтобы посмотреть, что он будет делать. Но я дала обещание Максу — никаких фокусов! И я держала данное ему слово. Всякий раз это был безупречно исполненный спектакль — мне бы хотелось, чтобы ты как-нибудь понаблюдал за этим зрелищем.

— Я слышал, что ты уронила перчатки, так что Фрицу пришлось остановиться и поднять их, — сказал я. — И сделала это намеренно.

— Конечно, нет. Эти перчатки — первый подарок Максима: очень красивые, из тончайшей мягкой кожи — у моей мамы когда-то были такие же. И мне было бы жаль испортить их даже для того, чтобы рассердить Фрица. Я случайно выронила одну, когда увидела этот склеп с разукрашенным порталом. Чистая случайность, правда!

Сейчас я снова посмотрел на вход.

Фронтон перекосился, и в трещинах проросла трава. Одна из колонн, почерневшая от огня, все еще стояла прямо, другие угрожающе кренились. Стоило мне спустить Баркера с поводка, как пес тотчас бросился следом за Греем и Элли. Я медленно пошел за ними.

В это время года, когда ежевика и сорняки вылезают из-под снега после зимы и пускают новые ростки, очертания Мэндерли как бы расплываются. Но из-за того, что нынешний апрель оставался сырым и холодным, его стены не успели зарасти, разрушенный дом виделся таким, как есть. Опираясь на палку, осторожно огибая кроличьи норы, я медленно обходил развалины с севера на запад, откуда открывался вид на море.

Центральная часть дома была самой красивой, там вопреки традициям поселились Максим и Ребекка — им полагалось занимать, как всем хозяевам, более роскошные покои в южном крыле дома. Здесь, внизу, находилась огромная гостиная, где я впервые после возвращения из Сингапура увидел Ребекку. Она, поразительно юная, вбежала из сада в белом платье. Здесь же, на первом этаже, находились комнаты, в которые я никогда не заходил, и там была ее спальная. «Я могу спать только там, — призналась она мне, — когда широко распахиваю окна. Даже шторы я оставляю открытыми, потому что слышу шум моря и чувствую его запах. Это действует успокаивающе».

Теперь от этих комнат не осталось и следа. И мне кажется, что огонь в первую очередь вспыхнул в этой части дома — так мне рассказывали, — и благодаря сильному ветру он так быстро распространился по всему дому. Я прикоснулся к обгоревшим камням. Под ногами у меня валялся обломок, выпавший из угловой кладки окна. И я потер его, словно надеялся, как в сказке, что некий волшебник тотчас отзовется и восстановит все таким, каким оно было некогда: вот тут появится камин, здесь будут двери... Но нагромождение камней мешало мне представить, где что находилось, и я опечалился.

Отвернувшись, я принялся разглядывать лужайку: здесь под деревьями маленький мальчик в матроске сидел и пил чай с сестрами Гренвил и влюбился в хорошенькую Изольду. Отсюда я увидел, как Ребекка сорвала несколько белых лилий. И сейчас она направлялась ко мне. Столь реальное для меня прошлое оставалось невидимым для остальных. Картинка дрогнула и расплылась, когда я посмотрел на море и на небо.

Ощутимая тяжесть лет снова легла мне на плечи. Мои руки дрожали, и шаги стали неуверенными. Пес, всегда угадывавший мое состояние, подбежал ко мне и положил тяжелую голову на ноги. Свежий морской воздух помог мне восстановить силы. Как хорошо, что я решился приехать сюда. Каждый раз в этот день я совершал, по сути, бессмысленное путешествие в прошлое. Спрашивается, ради чего? Из чувства раскаяния? Как дань уважения? Из чувствительности? Боюсь, что нет, я лишен сентиментальности. Но в этом году у меня особая цель, о которой я на какое-то время забыл.

— Идем, Баркер, — позвал я, шагая по траве к дочери и Грею.

Они вышли мне навстречу, обогнув дом с другой — западной стороны, где находилась комната Лайонела, в которой он просидел взаперти до самой своей смерти. Эта часть пострадала чуть меньше, тем не менее и в этой половине крыша рухнула, и увитые плющом руины оставляли впечатление каких-то нагромождений скал. А вон и его окна, откуда выглянул я сам, одетый в униформу.

1915 год. Я как раз приехал в Англию на два дня, чтобы повидаться со своей женой и только что родившимся сыном. В этот же день я должен был вернуться, чтобы отправиться на фронт, во Францию, где меня могли убить в любой момент, как убили очень многих моих товарищей по оружию. Тем не менее меня вдруг пригласила в Мэндерли старшая миссис де Уинтер. Я должен был выступить в роли свидетеля при подписании нового завещания, которое составил ее сын Лайонел. Фриц, которого вскоре должны были перевести в дворецкие, выступал в качестве второго свидетеля.

Почему пригласили именно меня? Потому ли, что миссис де Уинтер все еще пыталась понять, как долго я не смогу сопротивляться ей? Или потому, что статистика подсказывала ей, что я могу погибнуть, а потому и не стану говорить лишнего? Лайонел был болен и не понимал, что за документ он подписывает, хотя его мать утверждала обратное. И он умер буквально на следующий же день. Вопреки статистике я выжил и через столько лет, что прошли с того момента, вспомнил об этом факте. Второй раз меня против воли вовлекли в трагические события, происходящие в семье де Уинтер.

Эту часть особняка я никогда не любил. Беатрис как-то привела меня туда и сказала, что тут бродят духи, и мы с ней наткнулись на них: безголовый призрак какого-то мужчины и бледное видение Каролины де Уинтер. Наверное, на самом деле мы ничего не видели, но я почувствовал их присутствие. Я тогда дрожал от ужаса и едва сдерживал крик. И уже собирался снова пережить детский страх, но, на свое счастье, увидел Элли, поджидавшую меня. Но Грея не оказалось рядом с нею. Он быстрыми шагами направлялся по тропинке к морю. Я замер.

— Как все это красиво при таком освещении, правда? — спросила Элли, присоединяясь ко мне. — Иногда мне даже кажется, что сейчас особняк выглядит намного привлекательнее, чем прежде. Конечно, он был великолепен тогда, но сейчас в нем появилось нечто таинственное. А вот под той башней лисья нора, и там выводок малышей. Я слышала, как они пищат. Через какое-то время от стен ничего не останется. Природа возьмет свое. Птицы совьют в развалинах гнезда, лисицы и барсуки устроят себе норы... Плющ затянет все зеленым ковром, повсюду вырастет папоротник.

— Наверное, — пробормотал я. — Баркер, сидеть!

Элли положила руку мне на плечо. Легкий свежий ветер разметал ее волосы, на щеках заиграл румянец. Какое-то время мы оба хранили молчание. Элли продолжала смотреть на деревья, которые только начали покрываться листвой, и солнечный свет без труда пробивался сквозь ветви. Вдали весело играли волны. Во всем чувствовалось дыхание приближающейся весны. И я ощущал ее присутствие и в глазах дочери; их нежность тронула мое сердце и в то же время причинила боль. Мы с ней составляли единое гармоничное целое, и она осознавала это. Элли вздохнула и отогнала мечтательную задумчивость.

— Хорошо, что мы никого здесь не встретили.

У меня создалось впечатление, что она произнесла эту фразу только для того, чтобы вернуть меня к действительности.

— А вдруг теперешние хозяева наняли сторожа, чтобы он охранял лес? Или смотрел за домом? К нему опасно подходить, этот смотритель давно должен был заняться им. Мне кажется, что рано или поздно они поймут это. Но кто-то явно здесь побывал. Ты заметил, папа?

— Нет. А с чего ты взяла?

— Ну, посмотри сам, кусты примяты. А здесь — возле башни, — ты помнишь, окна комнаты Лайонела были забиты досками еще год назад. А сейчас доски сорваны...

— Наверное, ураганом. Зимой налетали штормовые ветра и сорвали доски.

— Нет, тут явно поработал не шторм. Кто-то пользовался инструментом, чтобы вырвать гвозди, — на подоконнике остались свежие отметины и следы грязи. Кто-то вскарабкался на окно — и плющ сорван... Терри решил, что это детишки подзадоривали друг друга и наконец отважились залезть... Но я ответила, что дети никогда не ходят сюда..

Она замолчала, нахмурившись. Я посмотрел в ту же сторону, на окно, и понял, что кто-то и в самом деле забирался в дом. Элли права, вряд ли это были дети. Ни случайные прохожие, ни влюбленные парочки, ни любители уединения, тем более ребятня не смели пересекать границу частного владения, такой суеверный страх внушал им особняк. Ни одна душа не отважилась бы сломать ветку дерева или сорвать цветок.

Древние силы, дыхание предков защищали Мэндерли. Зайти сюда — все равно что войти в святилище, иногда я это очень явственно ощущал. Нечто похожее я переживал во время своих поездок на Дальний Восток или когда осматривал египетские пирамиды, бродил по священным греческим рощам и руинам итальянских храмов.

Только твердолобые и неумные люди могли не верить в силу, которая исходила от такого рода мест. Чувство, которое просыпалось здесь, можно назвать инстинктом или сверхинтуицией, но я бы никогда не отважился явиться сюда в полном одиночестве, особенно глубокой ночью, и ни в коем случае не отпустил бы Элли. Глядя на окно, на которое указывала дочь, я думал о том, что она назвала Грея по имени. До сих пор она никогда не называла его Терри. В какой момент они перешли на «ты»?

Легкий ветерок долетел с моря, и дрожь прошла по моему телу. Я отвернулся от окна. Что-то поднималось в моей душе, и оно вызывало гнев. Я еще мог видеть Грея, хотя он почти скрылся в лесу.

— Куда он направляется? И почему так спешит? Мог бы подождать нас.

— Ему хотелось... ну... побывать у домика Ребекки на берегу, я думаю. В бухте. — Элли растерянно посмотрела на меня. — Он знал, что тебе трудно будет добраться туда, и не хотел огорчать, поэтому сказал, что успеет быстро обернуться туда и обратно, а затем мы поедем домой.

— Трудно добраться? Да это всего четверть мили! — рассердился я. — О чем вы там шептались за моей спиной? Какое он имеет право решать, трудно мне или легко?

— Но, папа...

— Кто-то счел, что можно не считаться со старым сморчком? В конце концов, именно я привел его сюда. Черт побери... «не хотел огорчать»! Конечно, огорчусь. И именно из-за него. Шныряет здесь повсюду, уезжает то и дело в Лондон. И одному богу известно зачем. Сам идет к Фрицу, не спросив совета. Кто сказал ему, где находится Фриц? Я. Он списался с Фейвелом и договорился о встрече с ним. И вот теперь ушел рыскать один, бросив тебя. Невоспитанный, неотесанный тип. Я сыт по горло. Слишком далеко? Я покажу ему...

Я наговорил еще много чего. Возмущался все сильнее и сильнее, так что гнев совершенно ослепил меня. Все это время я осознавал, что Грей прав. Туда мне не добраться пешком. И понимал, что если даже и доберусь до бухты, то ее вид расстроит меня еще больше — я уже два года не ходил туда. Но чем более я осознавал правоту Грея, тем сильнее раздражался. Над разумным и практичным полковником Джулианом взял верх король Лир.

— Пожалуйста, не волнуйся, папа, не надо, — пыталась успокоить меня в паузах между вспышками Элли. — Как странно, — наконец проговорила она, и было видно, насколько она расстроилась и начала терять терпение. — Почему ты такой упрямый? Ты же помнишь, что произошло, когда ты вздумал в последний раз пройти туда. Мы едва дошли до конца Счастливой долины, как ты так ослаб, что упал. Врач предупреждал тебя, я предупреждала тебя, твое собственное тело предупреждало тебя. Ты еще не набрался сил, это слишком далеко...

— Оставь меня в покое, Элли! — воскликнул я. — Не мешай мне. С каких это пор ты начала приказывать мне?

— Я не приказываю, а прошу. Я умоляю тебя, ради тебя самого, послушайся меня, будь разумнее...

— Отпусти мою руку, черт побери! И прекрати хныкать. Тебя не украшают красные глаза и распухший от слез нос. Если тебе хочется выглядеть привлекательной в глазах мистера Грея, а мне кажется, что так оно и есть, то не стоит распускать нюни, поверь мне.

— Папа... прекрати. — Элли отпустила мою руку и отступила на шаг.

Я готов был возненавидеть самого себе за ту муку, которую причиняю ей. Но отчего-то разъярился еще сильнее.

— Так хлопотать над ленчем — только потому, что он должен был приехать к нам! И все время строить ему глазки. Думаешь, я ничего не вижу? Эти застенчивые взгляды в его сторону. Ты выглядишь полной дурочкой, Элли. Мне больно видеть тебя такой — ведь ты его совершенно не интересуешь. Посмотри, с какой радостью он умчался отсюда. «Папа сюда», «папа туда», да его тошнит от этого. Даже я сам устал от твоей заботливости, оставь меня в покое и похнычь в другом месте..

Элли залилась краской. И когда она наконец заговорила, ее голос дрожал, настолько она рассердилась:

— Ты сейчас наговорил столько несправедливых вещей. Это ужасно, что ты говоришь! Как ты смеешь? Я помню, как ты стенал и вздыхал, не обращая ни на кого внимания, отдавшись воспоминаниям о Ребекке — только о Ребекке. Ты не думал ни о ком другом, разбил сердце мамы и заставил меня страдать из-за этого. Я веду себя как дурочка? А ты не вел себя как дурак все эти годы?.. Что ж, иди, если хочешь. Мне все равно. Она никогда не хотела видеть тебя там, на берегу. И не захочет видеть и сейчас. Может быть, ты наконец поймешь это, глупый старик?..

Она резко отвернулась, сдерживая рыдания и закрыв лицо ладонями. Элли вся дрожала. На какое-то время воцарилась тишина. Моя бедная любимая девочка рыдала. И это я довел ее до такого состояния — старый осел! Слезы навернулись мне на глаза, но я справился с ними. И, упрямо сжав губы и тяжело опираясь на палку, двинулся прочь.

9

Мне бы хотелось написать, что в последнюю секунду я одумался, вернулся к Элли, попросил прощения и успокоил ее, но, увы, я не сделал ни того, ни другого. Я продолжал упрямо идти вперед. Я впал в раж и не мог справиться с собой. Сердце в груди билось, как птица в клетке, и каждый вздох давался все с бо́льшим трудом. Сейчас мне даже трудно описать, как все это выглядело. Какой-то приступ слепого безумия. Обвинения, брошенные дочерью, все еще продолжали звучать в моих ушах. Они привели меня в еще большее смятение, как ядра, сокрушив все возведенные мною бастионы.

«Неправда! Неправда!» — твердил я самому себе, но одна башня рушилась следом за другой.

До чего же ты был глуп, полковник Джулиан! Моя бедная

жена, повернув ко мне бледное изможденное лицо, закрыла глаза в ответ на мою мольбу о прощении и сказала: «Пожалуйста, замолчи, Артур. Я умираю, и меня это больше не волнует...» Мне хотелось сделать что-нибудь, чтобы заглушить этот голос в памяти. Я не хотел слышать его. Никогда Элизабет не позволяла себе ни взглядом, ни жестом выразить упрек, даже когда сердилась.

— Убирайся! — прикрикнул я на Баркера, путавшегося под ногами и мешавшего идти. Я уже не понимал, где нахожусь, пот заливал глаза. И вдруг я увидел, что цветы передо мной задвигались.

Я замер, провел ладонью по влажному лицу и понял: это не цветы, а вспорхнувшие бабочки, но откуда им было взяться в такую пору? Пройдя еще несколько шагов, я вынужден был снова остановиться из-за того, что у меня закружилась голова. Тропинка, что вела вдоль берега, не успела зарасти, я различал ее, но я шел не по ней, а прямо по траве.

Впереди уже виднелся песчаный пляж и две скалы, торчащие из воды. В детстве мы с Максимом окрестили их Сциллой и Харибдой.

Море было неспокойным. Волны с шумом бились о скалы, это начался прилив. Я не видел Грея, о существовании которого совершенно забыл в эту минуту. Моему взору открылась небольшая бухта, где мы обычно причаливали наш ялик. А потом и Ребекка оставляла именно здесь свою яхту. В последние месяцы своей жизни она проводила здесь большую часть времени. Иногда ненадолго выезжала в Лондон, но после возвращения снова шла сюда, а не в Мэндерли. Какие бы оскорбительные слухи ни ходили об этом домике, я верил, что только здесь она чувствовала себя спокойной: это было ее убежище.

Сердце в груди дрогнуло, когда я посмотрел на небольшой коттедж. Из груди вырвался невнятный стон, заставивший Баркера снова подбежать ко мне. Земля вдруг начала крениться, а море вздыбилось вверх. Все передо мной расплывалось. Когда становилось влажно и сыро, из трубы домика поднимался дымок, а в темноте издалека я видел, горит ли огонь в окнах. Мне нравилось, стоя на другой стороне залива, смотреть: там ли она. И всю зиму Ребекка прожила здесь. Каждую ночь свет вспыхивал в ее окнах.

Я часто задавался вопросом: почему она предпочитает оставаться там на ночь, хотя до особняка рукой подать? Всего двадцать минут быстрой ходьбы. И там ее ждала армия слуг, в комнатах стояли мягкие кресла и диваны, там готовили изысканную еду, к ее услугам были теплые душистые ванны и шелковые простыни. Особняк вызывал всеобщее восхищение своим продуманным убранством, везде в вазах стояли цветы, каждая декоративная вещица подчеркивала общую атмосферу уюта и красоты.

Пять лет Ребекка потратила на то, чтобы довести дом до совершенства, и теперь Мэндерли представлял собой хорошо налаженный часовой механизм, не дававший сбоев. Она рассылала приглашения на балы-маскарады, отмечала, когда и кого надо встретить на станции, продумывала меню, чтобы блюда не повторялись, чтобы угощение всегда удивляло гостей, даже если они приезжали всего два раза в год, еда всякий раз была новой и неожиданной, даже кольца для салфеток менялись в зависимости от предстоящего угощения, каждая комната убиралась на свой лад, не говоря про ухоженный сад. Ребекка помнила, какая комната нравилась ее гостям, и там стояли именно те цветы и те книги, что отвечали их вкусам и привычкам. Все это продумывала она сама, и все с такой тщательностью и тактом, что многие гости даже и не подозревали, что все это — дело ее рук, и они считали, что Максиму и Ребекке повезло с прислугой, которая предугадывает все желания.

Почему же она избегала бывать в доме, который довела до совершенства? И приходила туда лишь изредка, в торжественных случаях, всегда продуманных, как все, что она делала. Но, как только гости разъезжались, возвращалась сюда — в одноэтажный уединенный домик без всяких удобств. Мне хотелось узнать, в чем дело, и мне казалось, что я знаю ответ. И как-то в ранний апрельский вечер, когда уже стемнело, за неделю до ее смерти, я подошел к домику, заметив свет, струившийся из окон, и зашел, чтобы прямо спросить ее об этом. Ее любимый пес Джаспер остался вместе с нею, и либо он, либо сама Ребекка услышала шорох шагов по гальке, во всяком случае, мое появление ничуть не удивило ее и не испугало.

Постучав, я вошел. И сегодня, стоя на этом же самом берегу, я мысленно еще раз распахнул дверь и шагнул в дом. Прищурив глаза, я всматривался все пристальнее и пристальнее, и, уверен, ни одна деталь не ускользнула от меня. В доме пахло деревом и турецкими сигаретами. Ребекка недавно начала курить и курила одну сигарету за другой. На полу лежал ковер красного цвета — самый обычный и ничем не примечательный, слева от меня — узкая кровать, служившая одновременно и софой, покрытая шотландским пледом. На одной из книжных полок в ряд стояли модели парусников — еще не законченные, но удивительно красивые. Здесь же стоял и другой шкаф — с книгами, с чашками и тарелками, и на небольшом столике — примус для приготовления еды. Рядом с камином — потертое кресло. Такое впечатление, что оно уже отслужило свою службу в одной из комнат какой-нибудь горничной в Мэндерли.

По другую сторону от камина, напротив софы-кровати, — письменный стол, заваленный книгами, где лежали ручки, пресс-папье с розовой, испещренной чернилами промокашкой, чернильница и пепельница с еще дымившейся сигаретой. Там же стояла тщательно начищенная масляная лампа. Мягкий полукруг света создавал атмосферу безыскусной безмятежности. Даже сейчас, двадцать лет спустя, я продолжал всматриваться в увиденное тогда и снова восхищался изысканной простотой убранства. Что-то в ней — быть может, запах дерева, или модели парусников, или чистота, — вызвало ощущение детской комнаты, вроде той, где мы играли с Розой и моей няней.

Ребекка сидела за письменным столом. На ней была ее обычная одежда для плавания в море — простая и очень удобная: брюки и вязаный гернзейский свитер. Она коротко отрезала по моде свои некогда длинные волосы, что сильно изменило ее наружность. Я все еще не мог привыкнуть к ее новому обличью и всякий раз заново поражался. В ней появилось что-то мальчишеское, и в то же время стрижка придавала ей еще больше женственности и подчеркивала ее красоту.

Подняв глаза, она не улыбнулась и не поздоровалась. Ее руки лежали в кругу света: тонкие, длинные пальцы с красиво очерченными ногтями. Руки успели покрыться легким загаром под лучами раннего весеннего солнца. Ребекка сидела совершенно неподвижно, но ее рука как бы непроизвольно протянулась вперед, чтобы положить ручку на чернильницу.

Тайна Ребекки

И я не мог оторвать взгляда от этой изящной руки. Она никогда не носила перчаток, когда работала в саду, или гребла на лодке, или скакала верхом.

На левой руке у Ребекки были два кольца: тоненькое золотое обручальное и еще одно колечко с бриллиантами. На правой — только чернильные пятнышки.

Я видел, что Ребекка занята и мой визит помешал ей. И потому задержался ненадолго, минут на десять-пятнадцать. Тепло от камина сразу согрело меня. Пристально — до головокружения — я продолжал вглядываться, и мне казалось, что еще немного, и я увижу то, что хотел увидеть, о чем думал целый день. И стоит мне как следует сосредоточиться, как оно появится у меня перед глазами.

И мой взгляд снова пробегал по книжному шкафу, по шотландскому пледу, огню, пылающему в камине. Пес вдруг заскулил — и в этот миг я увидел. Рядом с чернильницей и розовым пресс-папье лежала черная тетрадка, в которой Ребекка писала что-то перед моим приходом. Промокнув страничку, как только я переступил порог, она со вздохом закрыла тетрадь, отодвинула ее и встала...

— Я помешал тебе. Ты писала дневники?
— Какой у тебя острый взгляд. А может, письмо!
— Ты пишешь письма в тетради? — удивился я.
— Ну хорошо. Историю моей жизни. Сегодня у меня день воспоминаний. И я успела исписать целую страницу. А завтра наверняка вырву эти страницы и выброшу их. А может, и сохраню. Для своих внуков... Или для своих детей. И в какой-нибудь дождливый день они сядут и прочтут мою автобиографию, на это у них уйдет час или два, как ты считаешь? Я рада, что они смогут что-то узнать обо мне...
— В любом случае они будут помнить тебя.
— Надеюсь...

Я открыл глаза и посмотрел на домик, стоявший прямо передо мной. Головокружение прошло. Сердце еще учащенно билось, но ум прояснился. Мне хочется это особенно отметить, учитывая, что я увидел в следующее мгновение. Вспоминая разговор, интонации голоса Ребекки, я смотрел на домик. Теперь я не сомневался, что на столе лежала тетрадь.

И точно такая же тетрадь сейчас лежала на моем столе — вот почему она сразу показалась мне смутно знакомой, и отчего-то мне сразу стало не по себе. Точно такая же и в то же время другая: та, что я получил, была пуста. А та, которую я видел тогда, была исписана.

Где же она сейчас? Сгорела в пожаре? Или же не пострадала? И мне в голову пришла догадка.

Кто-то окликнул меня. Я обернулся и увидел спешащую ко мне Элли, я посмотрел на берег и увидел Грея, шедшего к домику. Он остановился, посмотрел на Элли, на меня, развернулся и побежал к нам.

Я снова смотрел на домик. Несмотря на возраст, мне удалось сохранить хорошее зрение, и при своей дальнозоркости я вынужден был надевать очки только для чтения. И я совершенно отчетливо увидел — стекла были достаточно чистыми. Я видел, как чей-то силуэт промелькнул за стеклом. Кто-то поднял руку, взял что-то и отошел в глубь комнаты. Не просто так колыхнулась тонкая занавеска. В коттедже кто-то был. И этот кто-то не хотел, чтобы его заметили, я продолжаю настаивать на своем, несмотря на недоверие Элли и Грея.

Вот что я увидел тогда — и мог бы дать удостовериться спутникам, что не ошибаюсь, если бы не случилось нечто предельно глупое. Словно какое-то обезумевшее животное лягнуло меня прямо в сердце. Я подумал: «Она не умерла! Мы похоронили кого-то другого. Она жива. И наконец-то она вернулась». И тут же вспомнились слова из кошмарного видения: «Выпусти меня, мне надо поговорить с тобой».

— Ребекка... — сказал я, и тут Элли подбежала ко мне, а потом случилось что-то непонятное.

Я не знаю, что именно, но вдруг понял, что лежу на земле, пиджак Грея находится у меня под головой, воротник рубашки расстегнут, шарф размотан, а пуговицы пальто расстегнуты. Грей стоит на коленях, склонившись надо мной, а Элли держит мою руку за запястье и говорит: «Пульс очень слабый и неровный»...

— Хватит, Элли, — услышал я свой собственный голос. — Не начинай все опять. Через минуту я окончательно приду в себя..

— Боже мой, боже мой! — воскликнула Элли и всхлипнула.

Как мы добрались до машины, я не помню. На это ушло

изрядное количество времени, это было очень трудно, и нам с Элли никогда не удалось бы справиться с этим, не окажись рядом Теренса Грея. Должен сказать без экивоков, он вел себя безукоризненно. Женщины в такого рода ситуациях теряются, способны только глупо охать и ахать. Грей сохранил спокойствие. На наше счастье, он оказался очень сильным и выносливым. Наконец им удалось устроить меня на заднем сиденье автомобиля, и мне стало намного лучше, когда Грей сел рядом. Я поблагодарил его. Кажется, я проговорил даже: «Спасибо, Терри».

Когда мы вернулись домой, приехал доктор. Элли сразу стала такой строгой, что я не посмел спорить с ней, к тому же мне бы просто не хватило на это сил. Мне повезло в том, что доктор не был паникером. Он внимательно обследовал меня, прослушал, потом вышел в соседнюю комнату переговорить с Элли и Греем, после чего вернулся и высказал свое мнение:

— Это всего лишь обморок. Самый заурядный обморок. Обычное переутомление...

— Я же говорил, что ничего страшного, — сказал я убежденно.

Мне необходимо было набраться сил, а для этого необходимо было провести в кровати какое-то время. Но я уже не слушал перечисление того, что мне придется делать: какую диету соблюдать, какие пилюли принимать и сколько часов в день спать, и, конечно, ни в коем случае не волноваться. Меня утешало то, что это не был инфаркт или инсульт. И это не скажется на моих умственных и физических способностях. Всего лишь обморок, вызванный той вспышкой гнева, с которой я обрушился на ни в чем не повинную Элли, затем переутомление и, наконец, фигура, которую я увидел сквозь оконное стекло.

Я, разумеется, не стал упоминать об этом при враче. Он человек без воображения, и мне не хотелось, чтобы он думал, будто я выжил из ума.

— Позаботься о себе, Артур, — сказал он, уходя. — Тебе надо поменьше работать, не нагружать себя. Считай, что это еще одно предупреждение. Им нельзя пренебрегать.

Конечно же, постараюсь. Мне не хотелось именно сейчас сесть на мель, когда впереди столько дел. Я ведь только приступил к ним. Я упустил массу времени, прежде чем собрался записать свой рассказ. А для того чтобы его закончить, потребуется немало трудов, и мне надо беречь силы.

Итак, первое, что я сделал: попросил прощения у Элли, и между нами воцарился мир. Элли тоже извинилась, но я ответил, что она говорила правду и мне нечего прощать.

Второе: я понял, что могу довериться Теренсу Грею и теперь готов считать его своим помощником в моем начинании. Забыть то, как он был внимателен и заботлив, нельзя. Третье: теперь мы могли говорить друг с другом вполне откровенно и обсуждать все от начала до конца.

Грей навестил меня через день, когда я несколько оправился, и мы с ним распределили обязанности. Он признался, что успел наметить несколько важных «пунктов» — как я их назвал для себя — после разговора с Фрицем, чтобы уточнить кое-что из них с Фейвелом в ближайшее время в Лондоне. Грей перезвонил Джеку и перенес встречу на следующую неделю, когда я окрепну. Он сказал, что непременно учтет мои предупреждения относительно этого типа и, если будут возникать какие-то сомнительные моменты, сразу постарается обсудить их со мной, чтобы сразу прояснить все до конца.

А мне, в свою очередь, предстоит открыть свои заветные тайники, порыться в памяти и выложить всю историю — а если мне будет так удобнее, то записать ее. Это будет выглядеть лишь как показания свидетеля. И ничего более.

Мы пожали друг другу руки, чтобы скрепить договор. Грей пересказал, что он успел узнать за это время, что обнаружил на запылившихся надгробных плитах усыпальницы (ничего нового для себя я не услышал) и что он нашел в Лондоне в Соммерсет-хаузе и Паблик рекорд офисе — вот это удивило меня.

А я показал ему присланную мне черную тетрадь с фотографией девочки с крыльями. И наконец вручил ему ключ от ворот Мэндерли.

— Сходи туда завтра, — попросил я. — И непременно загляни в домик на берегу. Там кто-то был, я видел. И что самое главное — я догадываюсь, кто это мог быть.

— Конечно, зайду, — пообещал Терренс. — Не волнуйтесь. Выбросьте это из памяти. Таблетки, которые прописал врач, помогут вам заснуть и отдохнуть как следует.

— Я и сам собирался заснуть. Но, Грей, послушайте, кто-то идет по тому же самому следу, что и мы. Вот что мне пришло на ум. Не говорите об этом Элли. Она сочтет, что у меня разыгралось воображение, что мне чудится заговор, что я подозреваю всех и вся... так вот, она ошибается. Нет-нет, Грей, дослушайте... Кто бы там ни был, но именно этот человек отправил мне конверт с фотографиями и тетрадь. Кто-то, кто хочет вызвать у меня беспокойство, я это чувствую. И если я прав, то это могут быть всего два человека...

Я назвал ему два имени.

— Как странно, полковник Джулиан, — вежливо проговорил Грей, — очень оригинально. Я никогда бы не подумал на них. Ну а теперь я не имею права дольше задерживаться у вас. Вы сегодня устали. Элли волнуется. Я пообещал, что не задержусь у вас больше пяти минут... Вам действительно необходимо заснуть.

Его мягкость и забота тронули меня. Мне казалось, что Грей не очень любит выказывать свои чувства. Он вдруг наклонился, словно хотел поправить одеяло. Меня к этому времени уже успели уложить в постель, так что разговор происходил в спальне. Пожелав мне спокойной ночи, он уже собрался уходить.

— Погодите, Грей, — остановил я его у порога.
— Да?
— Это очень важно. Помните, что если вам надо будет о чем-то поговорить и вдруг окажется, что я задремал, поговорите тогда с Элли. У нее доброе сердце.
— Я уже успел это заметить, — кивнул Грей. — При первой же встрече.

Его ответ меня успокоил, и то, как он тотчас же ответил, более всего. В этот момент все мои последние сомнения отпали. И меня уже более ничто не смущало в нем, ничто не вызывало подозрений: ни напряженность, которая временами проявлялась в нем, ни суховатость тона, даже средняя школа, которую он заканчивал.

— Вот теперь все, — сказал я.

Когда Грей ушел, я устроился поудобнее на подушке и прислушался к шуму моря. И почти сразу же задремал, чтобы в тот же миг очутиться в лесу Мэндерли. Мне навстречу в белом платье с голубой эмалевой брошью в виде бабочки легким шагом шла... Ребекка.

Часть 2
ГРЕЙ

13 апреля 1951 года

10

Четверг, 13 апреля. Час ночи. Порывистый ветер изменил направление на северо-западное. Значит, будет дождь. Я вернулся слишком поздно и не стал зажигать огонь в камине, поэтому в доме довольно холодно. Пришлось надеть три свитера и выпить виски, купленное на черном рынке в Лондоне. Полковник Джулиан и Элли наконец отвезли меня в Мэндерли — первый мой законный визит туда, но поездка закончилась печально. Из-за этого я не смогу покинуть в ближайшее время Керрит. Придется внести небольшое изменение в свое расписание. С Джеком Фейвелом я смогу встретиться в лучшем случае только на следующей неделе, не раньше понедельника.

Я ушел от полковника Джулиана в половине двенадцатого и, поскольку мне пришлось возвращаться пешком, довольно сильно устал. Надеялся, что благодаря этому смогу сразу заснуть. Но не получилось, поэтому решил сразу описать происшедшее. Элли несколько раз повторила, что врач предупреждал: это может произойти в любой момент. Я был бы рад согласиться с ней, что причиной приступа стала ее ссора с полковником. Но не могу. Это моя вина.

Слишком настырно я задавал вопросы, следовало догадаться, что пора остановиться. И конечно, я не должен был торопиться и идти к домику на берегу. Но так хотелось взглянуть на него днем, и мне даже в голову не пришло, что полковник пойдет следом.

Только сегодня вечером, после его признаний, я наконец осознал, как много для него значит вся эта история. Именно этим объясняется, почему он так тщательно умалчивал обо всем. До этого он и словом не обмолвился о том, сколько времени проводила Ребекка последние месяцы своей жизни на берегу. Не говорил он и о том, что домик стал для нее своего рода последним убежищем. Как жаль, что я не имел об этом представления месяц назад. В свете того, что я услышал от полковника Джулиана и что он показал мне, многое придется перетолковывать заново.

И все равно я обязан был догадаться, насколько его может расстроить мой самовольный поход. Ведь я уже не раз имел возможность убедиться, как он оберегает Ребекку. А она умерла именно в этом месте. Какая-то внутренняя глухота подтолкнула меня вперед. Сначала я должен был получить его разрешение. Идти туда без его ведома — все равно что совершить святотатство.

Я не успел войти в домик, как услышал голос Элли. Обернувшись, я увидел, что полковник медленно оседает на землю. Она подоспела к отцу раньше и совершенно обезумела от тревоги. Не сомневаюсь: она решила, что он умер. Сначала и мне тоже так показалось, но потом я заметил, что он дышит, хотя и едва заметно. Его губы посинели, левую сторону тела парализовало, что сразу было заметно по его лицу. А потом, когда он начал приходить в себя, и по речи — он говорил невнятно. Правая рука действовала, и он схватил меня с неожиданной силой, но левая рука и нога оставались неподвижными.

Надо было немедленно принять решение, что хуже: оставить его с Элли и бежать за подмогой или попытаться донести до машины? Мэндерли — уединенное место. Ближайший дом, откуда я мог позвонить, был дом Карминов — почти в трех милях отсюда. Мы могли напрасно потерять драгоценное время, ожидая помощь. Я боялся оставить их — вдруг полковник умрет на руках Элли, и она останется с ним одна. Мне хотелось быть с нею рядом в этот момент. И тогда я пошел на риск.

Я нес его на себе, и это было не так трудно. Он высокий мужчина, когда-то был довольно плотным и весил почти столько же, сколько я сейчас, — Элли показывала мне фотографии прежних лет. Но за последнее время полковник сильно сдал. Я осознал, насколько он похудел — в одежде это было не так заметно, — когда поднял его. Он оказался не тяжелее подростка или женщины.

После того как мы уложили его на заднее сиденье, я начал бояться, что мы не успеем довезти его до дома. Ближайшая больница находилась дальше Керрита, но Элли твердо проговорила: «Я отвезу его домой. Он не захочет никуда ехать».

Я знал, что она права. И не спорил. Баркера мы посадили впереди. Он положил голову на спинку сиденья, и всю дорогу — могу поклясться — этот удивительный пес ни разу не отвел глаз от своего хозяина.

Элли прекрасный водитель и вела машину на предельной скорости. Мы в одну секунду домчались до ворот. И когда я закрыл их, случилось невероятное: как только мы выехали на дорогу, полковнику сразу стало лучше. Сначала его пальцы сжали мою руку, потом щеки его порозовели, он открыл глаза и огляделся. Я понял, что он старается заговорить, и попытался успокоить его, не зная, слышит он меня или нет.

Посмотрев в его ясные голубые глаза, я вспомнил те игры в кошки-мышки, что он вел со мной. Вспомнил, как это выводило меня из себя, как я, возвращаясь к себе, клял его обидчивость, лукавство и упорство.

Теперь все это отступило и уже не имело значения. Меня уже не волновало то, что он один из самых трудных, не поддающихся убеждению стариков. Нет, в эти минуты я любил его и очень хотел, чтобы он выжил, и сила этого желания удивила меня. У меня никогда не было отца. Никки со свойственной ему веселостью и озорством говорил, что я не просто незаконнорожденный ребенок, но «преднамеренно родился незаконнорожденным», но в ту минуту я понял, что такое сыновнее чувство. На меня нахлынули такие неожиданные и такие сильные эмоции, что я даже отвернулся. И полковник Джулиан догадался, что я испытываю. Сжав мою руку, он поблагодарил меня. И назвал меня именем... своего погибшего сына: «Спасибо тебе, Джонатан».

Я вынужден был оторваться от записей: одну ставню сорвало ветром. Пришлось поднимать и закреплять ее. Продолжаю. Еще один важный момент — это произошло перед самым моим уходом. Полковник Джулиан сделал вид, что поверил словам врача насчет обычного обморока, ради спокойствия Элли, но я уверен, он знал, что это не так. И прекрасно понимал: ближайшие двое суток станут переломными, он мог умереть этой ночью, поэтому приложил огромное усилие, чтобы не заснуть сразу, пока не переговорит со мной, пока не доведет до конца задуманное.

Врач сказал, что дал ему лошадиную дозу снотворного, от которой полковник немедленно заснет. Мы с Элли уложили его в постель, и он попросил ее оставить нас наедине. Она заколебалась: врач настаивал на том, что полковнику нельзя волноваться. Но он оставался предельно спокойным, и она послушалась.

— Садитесь, Грей, — сказал Джулиан, указывая на кресло, стоявшее рядом с кроватью. — Садитесь и слушайте.

Я сел. В распахнутое окно струился свежий воздух. Уютный свет настольной лампы создавал доверительное настроение. Громадный пес — нечто среднее между медведем и овцой — лег на полу, будто кто-то постелил мохнатый ковер, и внимательно наблюдал за мной. Из окна виднелась другая сторона залива, где располагался Мэндерли и где в усыпальнице покоилось тело Ребекки. Я уже догадывался, что полковник был влюблен в нее, — мне кажется, я сразу догадался о его чувствах по выражению его глаз, как только мы заговаривали про нее.

Убеленный сединами полковник в пижаме, с заострившимся носом (он имел слабость считать свой профиль орлиным), нахмурив брови, смотрел на меня своими ясными пронзительными голубыми глазами. Он мог не дожить до следующего утра, и я невольно гадал, о чем он собирается говорить со мной. Ему пришлось для этого собрать все свои силы, что не могло не вызвать во мне уважения и глубокого чувства приязни, словно он стал мне родным и близким человеком.

То, что он начал рассказывать, выглядело сильным преувеличением. Я не мог заставить себя поверить, что в домике на берегу кто-то находился, когда мы туда пришли, хотя полковник несколько раз повторил, что, если бы не его обморок, мы бы имели возможность сами в этом убедиться. Голос его стал тверже, речь отчетливее, и я невольно поддался внушению.

С того момента, как мы подняли его, он проникся ко мне каким-то новым чувством — особенного доверия. Словно я прошел некую проверку, а опасение, что он может в любую секунду уйти в мир иной, усилило его желание наконец-то открыться мне. «Теперь нам надо объединить наши силы, — проговорил старый солдат. — Хватит ходить вокруг да около».

Я коротко изложил ставшие мне известными факты, хотя, если бы он начал расспрашивать про тетушку Мэй и мое сиротское детство, мне было бы значительно труднее проявить откровенность. Но, к счастью, он не стал тратить на это времени, а тотчас приступил к главному.

Его рассказ был недолгим. И хотя я знал, что полковнику нельзя волноваться и что ему надо как можно скорее заснуть, не смел перебивать его. Если бы он не поведал того, что кипело в его душе, он бы не смог уснуть со спокойной совестью. Это тревожило бы его больше.

Примерно минут через двадцать я встал. На прощание он торжественно вручил мне ключи от ворот Мэндерли и коричневый конверт, который, как я догадывался, занимал его мысли весь этот день. И теперь я понял почему. Там лежала школьная тетрадь Ребекки.

После долгих месяцев бесплодных поисков я держал в руках нечто, имевшее самое непосредственное отношение к ней. От волнения мои пальцы дрожали, и мне не без труда удалось сдержать нахлынувшие на меня чувства. Внутри тетради я увидел ее фотографию — девочка в странном костюме. А на последней странице — открытку с видом особняка. Смазанная печать могла бы подсказать, какого числа ее отправляли. Сама тетрадка оставалась чистой. Кроме первой страницы.

Заголовок состоял из двух слов «История Ребекки». Полковник уверил меня, что эти строчки написаны ее рукой. Девочке на фотографии исполнилось лет семь-восемь, но запись, по моим предположениям, свидетельствовала о том, что она написана в возрасте лет двенадцати. Последняя буква «и» заканчивалась росчерком, уходившим вниз.

Неужели она в столь юном возрасте уже собиралась описать свою жизнь? А потом, наверное, отказалась от своего замысла, поэтому тетрадь осталась чистой. И мне почему-то вспомнилась сценка из шекспировской пьесы «Двенадцатая ночь», где Орсино спрашивает Виолу — Цезарио, чем заканчивается история женщины, про которую начался рассказ, и Виола ответила: «Ничем, мой господин. Она не посмела признаться в своей любви».

Что-то похожее произошло и с этой женщиной.

Фотографию делал явно профессионал. Глаза девочки... теперь я бы узнал ее в любом обличье. Открытка голубовато-коричневого цвета, как все открытки того времени — на плотном картоне, сделана в ателье, которое располагалось в Плимуте в промежутке между 1907 и 1915 годом.

Детская фотография Ребекки и вид Мэндерли. Это сразу дало толчок моим мыслям. Это могло означать, что Ребекка имела какое-то отношение к Мэндерли задолго до того, как познакомилась с Максимом и стала его женой, о чем я не подозревал прежде.

Я попросил разрешения взять фотографию. И теперь она лежит на моем письменном столе рядом с ключом от ворот Мэндерли. Теперь он стал моим.

Разумеется, мне он не очень нужен. В Мэндерли можно пройти другим путем, мимо ворот. И я ходил этой дорогой, о чем полковник не догадывался. Но я с торжественным видом принял ключ, потому что это был символичный акт. Полковник Джулиан в эту минуту поступил не как военный, передавший ключ от крепости, а как истинный романтик, как человек, следовавший рыцарским правилам в духе Мэлори. Сэр Ланселот вручал ключ, чтобы я исполнил задание, порученное ему, ответить на вопрос: «Кто ты — Ребекка?»

И в этой роли, следуя автору рыцарских романов, я принимал на себя роль его сына — Галахада? Это тронуло и опечалило меня одновременно. С моей точки зрения, полковник Джулиан походил скорее на другого литературного героя — Дон Кихота, а это означало, что, в сущности, он никогда не хотел узнать истинную правду о Ребекке.

Он создал в своем воображении собственную Ребекку. Сегодня я пришел к выводу, что он действительно знает о ней больше, чем другие (в чем сомневался прежде), и поэтому ищет только факты, которые способны обелить ее имя. Любые другие сведения он отторгнет, сочтет их ложными или ненадежными. Но я в отличие от него хочу открыть истину, сохранить объективность. А это означает, что я могу отыскать нечто такое, что может причинить ему боль.

Разумеется, я ничего не сказал ему об этом. У меня на языке вертелось тысяча вопросов, которые хотелось задать ему, но их можно было отложить до лучших времен. Полковник уже явно устал от нашего разговора. И был взволнован тем, что доверил мне самое дорогое, что у него было. Теперь я окончательно понял, что у меня не получится, как я планировал, просто прибыть в нужное место, расспросить тех, кто мог дать ответы, и уехать. С каждым днем меня затягивало все глубже и глубже. И становилось все труднее оставаться всего лишь сторонним наблюдателем. Против своей воли я сближался с людьми, стал их другом, что сначала не входило в мои планы. И полковник Джулиан, и Элли, и сестры Бриггс принимали меня так радушно, с таким открытым сердцем, что я чрезвычайно не нравился самому себе в роли следователя.

Еще одна вынужденная пауза. Сильный ветер с дождем снова сорвал чертову ставню. Придется утром покупать новую задвижку.

Усталость наконец одолела меня. Я лег в постель. Но какое-то время продолжал размышлять: что означают две эти фотографии? Кто прислал их? Имелась ли другая тетрадь, о которой так настойчиво твердил полковник Джулиан? И существует ли она сейчас? Если да, то как отыскать ее?

Мне предстояло очень многое сделать завтра: написать несколько писем, чтобы начать поиски миссис Дэнверс (существовала слабая надежда, что Джек Фейвел знает, где она), еще раз поговорить с Фрицем о любвеобильном Лайонеле и причинах его смерти. Мне предстояло еще раз написать Фрэнку Кроули, тот отвечал мне вежливо, но отказывался сотрудничать, а мне надо было кое-что уточнить насчет Бретани. И я размышлял, подходит ли для моего расследования Никки. Сейчас он в Париже, так что ему проще доехать до Бретани — подвиг, который ему вполне по плечу.

Поскольку я должен задержаться здесь на неделю, надо использовать ее с наибольшей пользой. Помимо Фрица, надо будет еще раз побывать у сестер Бриггс, с которыми мне удалось подружиться, а также переговорить с Джеймсом Таббом — лодочником, который ремонтировал яхту Ребекки, — он не очень охотно соглашался разговаривать со мной.

И главное — выполнить обещание, данное полковнику, — побывать в Мэндерли, в домике на берегу залива. Мне хотелось сделать это незаметно. Основная особенность здешних мест, как я понял, заключается в том, что ты всегда находишься на виду. Мне еще не доводилось жить там, где каждый твой жест и каждое твое слово становится всеобщим достоянием. Такое впечатление, что за каждым твоим шагом следят даже птицы. И весьма почтенные матроны тоже превращаются в сыщиков. «Беспроволочный телеграф» Керрита работал безотказно.

И мне бы не хотелось, чтобы мои нынешние перемещения становились предметом обсуждения. Так что надо было продумать, в какое время лучше всего добираться до залива. Наверное, самое подходящее — раннее воскресное утро, сразу на рассвете.

11

16 апреля, воскресенье. Я поставил будильник на пять часов, но проснулся сам в четыре тридцать: плохо спалось в эту ночь. Ванная в моем коттедже отсутствовала. Каждое утро я ходил купаться в море. И сегодня не изменил своей привычке, хотя еще стояли сумерки и темная холодная вода выглядела не очень заманчиво.

Залив казался относительно спокойным, но я знал, что во время прилива и отлива возникают опасные течения, с которыми шутить не стоит. Но я уже изучил их и холода тоже не боялся.

Добравшись до скал, я разделся, сделал легкую гимнастику, чтобы разогнать кровь. Оттуда, где я стоял, мне был виден викторианский дом полковника Джулиана. И в одном из окон горел свет. Это было окно в комнате Элли.

Наверное, она не спит, хотя, по заверениям врача, самочувствие полковника с каждым днем постепенно улучшалось. Каждое утро я заходил к ним: осведомиться о его здоровье. Он еще не настолько оправился, чтобы мы могли вести продолжительные беседы, но он явно шел на поправку. Ему доставляло радость, что теперь я выполню не завершенное им, хотя я считал, что он сам уже проделал всю необходимую работу.

И, глядя на светящееся окно, я думал: чем она занимается — читает? И если читает, то что именно? Элли для меня во многом оставалась загадкой.

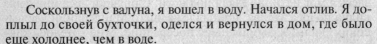

Соскользнув с валуна, я вошел в воду. Начался отлив. Я доплыл до своей бухточки, оделся и вернулся в дом, где было еще холоднее, чем в воде.

Сначала, когда я обнаружил, что в доме нет ванной с горячей водой, я даже восхитился тому, что мне самому придется ее греть. Но потом высчитал, сколько котелков придется кипятить, и отказался от этой затеи. Я умывался и брился в тазике. Готовил еду на керосинке, вернее, то, что с трудом можно назвать едой. Повар из меня никудышный. Но все эти неудобства скрашивало то обстоятельство, что я мог наслаждаться тишиной и одиночеством. Мне нравился шум моря, на которое я мог смотреть прямо из окна, как я смотрел на него из дома тетушки Мэй. И мне нравилось встречать рассвет, смотреть, как медленно начинает розоветь небо, как солнце постепенно озаряет макушки деревьев в лесу Мэндерли.

Надев на себя все теплые вещи, которые привез с собой, я зашнуровал походные ботинки, спрятал журнал с заметками в укромное место и отправился в путь. Полковник Джулиан хотел, чтобы я осмотрел домик на берегу залива, но я не надеялся найти там что-нибудь важное и не верил, что кто-то недавно побывал в нем.

Я шел своим обычным путем вдоль берега. Местами тропинка выглядела непроходимой: она то упиралась в скалы, то скрывалась в воде. Но я уже знал, как обойти препятствия. В первый мой поход на это ушло довольно много времени. Но сейчас я шел быстрым шагом и вскоре уже мог видеть маленький городок как на ладони. В центре его возвышалась церковь с колокольней.

А впереди открывался вид на океан. Я не сомневался, что в такую рань не найдется никого, кто мог бы наблюдать за мной. Все еще спали. Только одна посудина застыла в центре залива. Несколько странно — ведь в воскресное утро обычно никто не выходил на рыбалку. Как и в моей родной Шотландии, это почиталось за грех.

Отойдя в укромное место, я достал бинокль и попытался разглядеть, кто находится на палубе. Но она была пуста. Лишь за штурвалом стоял, спиной ко мне и явно не обращая на меня внимания, шкипер с трубкой в зубах.

Наконец я дошел до тропинки, что уходила в лес. Отсюда меня не могли видеть со стороны Керрита даже в бинокль, и здесь я мог идти, не глядя под ноги. С опушки леса мне была видна полоса залива, принадлежавшего Мэндерли, и две высоких скалы, вздымавшиеся посередине. Мне хотелось как-нибудь дойти до них и взобраться наверх, но без соответствующего снаряжения это было бы рискованным делом.

В призрачном рассветном освещении эта часть Мэндерли оставляла сказочное впечатление. Обитатели леса — птицы и животные — чувствовали себя вольготно и не прятались при виде меня. Местные жители считали лес зловещим, но я не ощущал его скрытой угрозы.

Когда я приехал в Керрит, у меня было тревожно на сердце. Я не мог смириться со смертью Джулии и с горестными переживаниями Ника, не мог избавиться от собственного чувства вины, которое овладело мной в последние месяцы ее болезни. Вот почему я отправился в Керрит и занялся наконец поисками и расследованием, которые откладывал несколько лет, потому что они тоже требовали от меня известных душевных сил, я очень надеялся, что красота и уединенность этих мест исцелят меня. И постепенно я и в самом деле начал приходить в себя.

Показалась Счастливая долина, где Ребекка когда-то высадила азалии. Часть из них сохранилась, и в воздухе распространился особенный аромат. И, сопровождаемый этим тонким, едва уловимым запахом, я начал спускаться к заливу. Солнечные зайчики прыгали по волнам и слепили глаза. Зато именно отсюда отчетливо вырисовывалась темная полоса рифов, которые и таили в себе опасность для судов, входивших в гавань. Устроившись на валуне, я достал бинокль и начал вглядываться в эту темную полоску.

В жизни Ребекки оставалось много тайн, которые мне предстояло разгадать. И в первую очередь — обстоятельства ее смерти. Эти рифы тоже имели отношение к ее гибели. Если бы не они, яхту никогда бы не удалось найти. Целый год прошел со дня исчезновения молодой женщины, а никаких следов яхты, на которой она уплыла, не удавалось обнаружить.

И вот однажды во время шторма немецкое торговое судно напоролось на эти скалы. Были вызваны водолазы, чтобы проверить, какие именно повреждения нанесены обшивке.

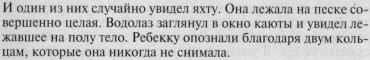

И один из них случайно увидел яхту. Она лежала на песке совершенно целая. Водолаз заглянул в окно каюты и увидел лежавшее на полу тело. Ребекку опознали благодаря двум кольцам, которые она никогда не снимала.

Миновало год и три месяца со дня ее исчезновения. И за это время произошли два знаменательных события. Первое: Максим де Уинтер опознал и успел похоронить другую утопленницу, приняв ее за свою жену (как выяснилось, это была ошибка). И второе: он успел жениться, хотя еще не прошло и года после смерти Ребекки.

Местные жители считали, что ошибку с опознанием еще можно понять и оправдать: Максим находился в отчаянии после исчезновения жены. В таком состоянии любой мог обознаться, и все искали и находили разумные объяснения тому, что он вскоре внезапно покинул Мэндерли и уехал в Европу. И вдруг, ко всеобщему изумлению, он вернулся назад с невестой. И даже мне — стороннему человеку — трудно было поверить, что муж, потерявший при столь трагических обстоятельствах любимую жену, мог так быстро влюбиться в другую девушку.

Жители Керрита и его окрестностей и по сей день пожимали плечами, рассказывая об этом. А двадцать лет назад это выглядело необъяснимым поступком. У меня создалось впечатление, что Максим хотел, чтобы о нем судачили. Если да, то ему удалось добиться желаемого. Или это его совершенно не волновало? Действительно ли он настолько влюбился в «печальное маленькое привидение», как называли его вторую жену сестры Бриггс, что не задумывался о последствиях? Вполне возможно, поскольку он женился через неделю после знакомства, встретив девушку в Монте-Карло.

Трудно поверить во внезапную пылкую любовь с первого взгляда. Максиму тогда исполнилось сорок два года — он был вдвое старше своей юной жены. Он уже не был порывистым молодым человеком. Неужели Максим не осознавал, что ставит молодую жену в очень трудное положение? Его могла не заботить собственная репутация, но если он действительно любил ее, то не мог не осознавать, что привлечет своим поступком скандальное внимание.

Что ему стоило подождать несколько месяцев и потом привезти ее в Мэндерли? Тогда бы это не вызвало такой бури возмущения. Окажись я на его месте, то поступил бы именно так. Во всяком случае, надеюсь, что так. С другой стороны, ни за что нельзя поручиться. Разве влюбленные способны рассуждать здраво? Я уже однажды пережил подобное состояние и еще не оправился после него, и не хотел бы снова оказаться в пучине страсти. Могу ли я считать, что вел себя разумно? Нет, скорее напротив.

Каждый фрагмент этой истории сам по себе представлял загадку, но самым странным в ней выглядело поведение Максима. Одни утверждали, что он никогда не любил свою первую жену, даже скорее ненавидел ее, но если так, то зачем он после ее смерти отправился в поездку, которая повторяла маршрут первого свадебного путешествия?

Другие настаивали на том, что он обожал Ребекку и преклонялся перед ней. Но тогда как он мог так скоропалительно жениться, не дождавшись окончания траура? Если он убил ее — как не уставали твердить большинство журналистов, — тогда почему вел себя так вызывающе? Зачем опознал другую женщину? И даже похоронил ее в усыпальнице де Уинтеров? Почему в тот момент, когда все сочувствовали ему, повел себя наиглупейшим образом и своей женитьбой вызвал массу толков? Почему оставил тело Ребекки на яхте и затопил ее так близко от берега? Буквально на виду у Мэндерли. Рассматривая план дома, я обнаружил, что из окон его спальни, куда он переселился с молодой женой, Максим мог видеть залив и эти злосчастные скалы, возле которых лежала затонувшая яхта. Но, может быть, именно поэтому он перебрался на другую половину после приезда с новой женой (как сообщил мне Фриц), чтобы видеть их.

Я продолжал рассматривать темную полоску рифов. И у меня почему-то появилась уверенность в том, что Ребекку убили и что, скорее всего, это дело рук ее мужа. И, как мне кажется, в глубине души полковник Джулиан тоже так считал. И если Максим затопил яхту вблизи от берега, быть может, он хотел, чтобы Ребекку нашли? И сделал все, чтобы привлечь к себе внимание, пробудить подозрения. Словно хотел сказать: «Я виноват, я убил, арестуйте меня».

Вопросы, вопросы и снова одни только вопросы. И я понимал, что смогу ответить на них, когда пойму, кто такая Ребекка, когда смогу больше узнать про нее. Но каким-то образом она не оставила никаких свидетельств о своей жизни, словно была бестелесным призраком. Сунув бинокль в футляр, я двинулся по тропинке к заливу, чувствуя непонятное нетерпение.

Почти все архивы Мэндерли уничтожил огонь, но этим нельзя было объяснить отсутствие каких бы то ни было официальных документов и даже самых обычных записей. Мне удалось найти документ о смерти Ребекки довольно быстро. Но, к своему изумлению, мне до сих пор не удалось обнаружить ни свидетельства о ее рождении, ни свидетельства о заключении брака. И как только мне казалось, что я вот-вот смогу добраться до них, всякий раз я оказывался в тупике.

И с каждым новым заходом мои подозрения росли. Сегодня я уже не сомневался, что это не случайность, что все следы были стерты преднамеренно. Кто-то старательно зачищал их.

Галька захрустела у меня под ногами, когда я ступил на берег и направился к небольшому скромному домику с узкими окнами, который, как считал полковник, служил убежищем красивой и несчастной женщине в последние месяцы ее жизни. Злостные клеветники утверждали обратное: здесь она назначала свидания своему любовнику (или любовникам), здесь совершалось прелюбодеяние и грехопадение. Порочность Ребекки возбуждала сильнее, и поэтому эта версия возобладала над другими.

Ее защитники были убеждены, что она предпочла быструю смерть долгому мучительному умиранию. Она встретила смерть лицом к лицу. А когда женщина готова умереть, всегда найдется кому убить ее. «В конце концов, — заявил мне без тени смущения один из жителей городка, — она ведь сама того хотела, если вспомнить, как она себя вела».

Такие доводы меня не убеждали. И моя точка зрения на прелюбодеяние несколько отличается от той, которой придерживались в таком месте, как Керрит. Поэтому я пока не отдавал предпочтения ни одному из вариантов. Трудно собрать достоверную информацию, если ты не сохраняешь дистанцию. Так я превратился в «милого мистера Грея». Мой нынешний облик — такое же тайное убежище, как и этот дом на берегу...

И вдруг я резко остановился. Слабый, едва уловимый знакомый запах заставил меня замереть на месте. Неужели рассказы о таинственных явлениях в Мэндерли все же оказали на меня свое действие? Иначе что заставило меня насторожиться?

Перед входом в домик была небольшая площадка, вымощенная тонкими корнуольскими гранитными плитами. И почти в самом ее центре лежал венок. Не то ужасное уродливое сооружение, которое в нашей памяти тотчас вызывает воспоминание о похоронах. А венок, который надевают на голову поэтам и героям, и опять же не из лавра, само собой разумеется, а из цветущих азалий, что в изобилии произрастали в Счастливой долине.

Азалии, как уверяли страстные цветоводы сестры Бриггс, служили парфюмерам основой для создания изысканных духов. И, по их мнению, Ребекка всегда душилась особенными, неповторимыми духами, которые чем-то напоминали аромат азалии. И по их словам, проходя мимо зарослей этих дивных цветов, они неизменно вспоминали ее. Даже мне запомнился этот запах, когда я прошелся по Счастливой долине, они оставляли какой-то особенный аромат свежести и чистоты. Именно этот неожиданно возникший запах заставил меня резко остановиться. Я ощутил его раньше, чем увидел венок.

Ветви азалий были искусно сплетены в своего рода гирлянду. Я наклонился, и запах стал сильнее. Гирлянда лежала в тени, и я не заметил и следа увядания, но к обеду головки цветов поникнут. Если бы их положили сюда вчера, они бы уже успели поблекнуть и утратить запах. Значит, кто-то оставил их совсем недавно.

Часы показывали семь. Я слишком долго рассматривал прибрежные рифы. Час тому назад вся бухта была видна как на ладони, и я бы мог узнать, кто оставил здесь этот венок. Кто это был? Тот, кто любил ее, конечно же. Тот, кто по-прежнему — через двадцать лет — сохранил к ней свою привязанность.

Мне стало не по себе. Я выпрямился и почувствовал еще большее смятение: небольшой замок и такие же легкие петли, на котором он висел, сорваны. Отсыревшая от непогоды дверь осталась приоткрытой.

Кто-то заходил внутрь. И когда мои глаза привыкли к полумраку, я заметил следы на пыльном полу и сдвинутые занавески на окнах. Я прошел к окну и раздвинул их. Выходит, полковник Джулиан не обманулся: кто-то был здесь в тот самый день, когда мы приехали в Мэндерли. И этот человек видел, как я шел к домику, или услышал хруст гальки у меня под ногами. На обоих окнах занавески были свежими — они появились здесь совсем недавно, быть может, в то же самое время, что и венок перед домом.

С нарастающим недоумением я огляделся. Я ожидал, что дом будет совершенно пустым, но теперь, когда в комнате стало больше света, увидел, что мебель, описанная Джулианом, осталась стоять на своих местах. Она располагалась вдоль стен, как бы для того, чтобы посередине осталось свободное пространство.

Я узнал каждый предмет, упомянутый полковником. Письменный стол. Софа-кровать, металлические части которой успели заржаветь, на кровати лежали полусгнившие коробочки. Все покрыто пылью и плесенью, в том числе и стены, но что самое удивительное — через двадцать лет после смерти Ребекки все, что она собрала здесь, осталось нетронутым.

Меня это воодушевило, я подумал: никто не убирал этот дом после смерти хозяйки. И его не пытались привести в порядок и после пожара. Максим уехал за границу. Оставшаяся прислуга не вспоминала про домик на берегу, никто не прикоснулся к ее вещам.

Неужели такое возможно? Все рассказчики сходились в одном: насколько стремительным был отъезд Максима за границу. Когда огонь вспыхнул в Мэндерли, он и его вторая жена как раз возвращались из Лондона, где они встречались с врачом и получили от него сведения о смертельном заболевании Ребекки. Они ехали ночью и первыми — за шесть миль до поместья — заметили зарево. А потом огонь из-за ветра, дувшего со стороны моря, распространился от западного крыла и охватил все здание. Рев пламени, по сообщениям в газете, слышался даже за пределами Керрита. К тому моменту, когда де Уинтеры добрались до Мэндерли, особняк уже нельзя было спасти.

Представляю, каким опустошенным почувствовал себя Максим: здесь жили его предки, начиная со времен Конкисты. Поколения де Уинтеров рождались, женились и умирали здесь. И все это исчезло в один миг. С такой потерей трудно смириться.

Тайна Ребекки

Максим задержался в городе всего лишь на два дня, чтобы оставить самые срочные распоряжения, а потом уехал с женой в Европу. Управляющий поместьем Фрэнк Кроули остался, чтобы выполнить данные ему указания, а потом уехал и он.

«Так что мне не удалось выразить мистеру де Уинтеру последнюю дань уважения, — сказал мне Фриц, — после стольких лет службы в их семье. О чем я жалею до сих пор. Мне исполнилось четырнадцать лет, когда я впервые пришел в Мэндерли. Я помню день, когда родился мистер де Уинтер, я знал его мать и отца и думал, что он придет попрощаться со мной перед отъездом. Не для того, чтобы сказать спасибо — я не ждал слов благодарности, потому что всего лишь исполнял свои обязанности. Но я надеялся, что он скажет мне: «До свидания». Он был очень щепетильным в этих вопросах. Конечно, тогда он был потрясен, хотя держался очень мужественно. У меня нет к нему претензий, я получил хорошую пенсию, как и все остальные слуги. Нас об этом оповестил мистер Кроули после отъезда мистера де Уинтера. Но я надеялся, что он мне напишет. Но не получил ни строчки. Утрата Мэндерли разбила ему сердце. Невозможно оставаться в тех местах, где... Мне кажется, что и другой человек вряд ли смог бы. Как вы думаете?»

Что я думал? Я думал, что объяснение Фрица верно только отчасти: это походило на добровольную ссылку. На кару, наложенную на самого себя. Но сейчас я думал несколько иначе. Поспешное бегство за границу и передача земель в руки агентов... Я успел ознакомиться с официальными документами, связанными с поместьем, читал письма управляющего Фрэнка Кроули, которые тоже сохранились: он давал отчет о том, какую плату будут взимать с фермеров, что пойдет на содержание Максима, а какие суммы будут отчисляться как налог и так далее — отчет был составлен очень скрупулезно и тщательно. Но при всей его дотошности Фрэнк ни разу не упомянул про домик на берегу. Словно его не существовало.

Возбуждение нарастало. Абсурдная радость, но я ничего не мог с собой поделать. Черная тетрадь Ребекки со всеми записями должна сохраниться. Скорее всего, в последние дни она держала ее здесь. А что, если она и по сию пору лежит где-то в доме?

И я принялся ее искать. Просмотрел ящики, папки —

везде, где ее можно было положить. Под софой, под книгами и на книжных полках. И, не доверяя себе, прошел по второму и третьему разу. И не только в комнате, но и за ее пределами. Я обнаружил еще одно небольшое помещение, где хранилось снаряжение для плавания. И там тоже перерыл все, заглянул в самые укромные уголки, перекладывая то в одну, то в другую сторону мотки веревок, истлевшую во многих местах парусину, канаты, заржавевший запасной якорь. Ничего похожего на черную тетрадь.

Я обнаружил свидетельства прежней жизни, отвечавшие описаниям полковника: остатки шотландского пледа, подушку с торчавшими наружу перьями, посуду, книги, которые она читала, покрытые толстым слоем пыли, разорванную морскую карту, две еще вполне сохранившиеся модели парусников и обломки остальных. В жестяной банке я наткнулся на чай, который превратился в черный спрессованный комок. Нашлась поломанная ручка и то, что некогда было пресс-папье. В одной коробке из-под печенья — она оказалась неожиданно тяжелой, и мое сердце взволнованно забилось — оказались книги. Все они были на одну тему: предыстория Мэндерли и среди них — книга деда полковника Джулиана.

Собственное волнение и лихорадочность поисков смутили меня. Какой же я дурак! Тетрадь не может быть здесь, и, как я понял, ее никогда здесь и не было. С чего я поверил полковнику, будто она должна быть?

Тем не менее я попытался успокоиться и привести мысли в порядок. Все же этот домик не был неприступной крепостью. Один помешанный малый — Бен Карминов — частенько бродил по этому пустынному берегу и не раз заглядывал сюда, иногда забирался в сарай, где лежало снаряжение. И любой человек мог войти сюда, когда ему вздумается, про этот домик знали все. А вдруг влюбленные парочки облюбовали его? Где еще можно найти более удобное место для свиданий? Возможно, хотя тут слишком уж грязно и неуютно. Но, во всяком случае, сюда кто-то заходил, и совсем недавно. Тот, кто оставил венок? Тот, кто помыл стекла? Пытался ли он что-то найти здесь? Что именно? Зачем?

И я не смогу узнать это, пока не найду тетрадь. Придя к этому выводу, я расставил вещи по местам, вышел наружу и тщательно прикрыл дверь. Над головой у меня сияло солнце, от моря пахнуло свежестью. Оставив венок на прежнем месте, я отряхнулся от пыли, которая покрывала меня с ног до головы, и зашагал по тропинке.

Невероятно, но я провел в домике больше двух часов. Стрелки часов показывали половину десятого. Мне потребуется не меньше часа, чтобы вернуться к себе. И я окажусь на виду у всех наблюдателей Керрита. Мне необходимо привести себя в порядок, чтобы превратиться в скромного симпатичного мистера Теренса Грея, которого ждали в доме полковника. А затем я должен нанести визит сестрам Бриггс.

В этот момент я от всей души возненавидел мистера Грея, личину которого мне предстояло надеть. Именно его я обвинял в том, что он залез в домик и перерыл там все от пола до потолка, словно гнусный воришка. Он мне до смерти надоел, этот мистер Грей, и мне вдруг захотелось немедленно уехать из Керрита, вернуться в Лондон и оказаться в стенах родного Кинга.

Я уже сыт по горло, твердил я себе на обратном пути. Пора бросить эту затею. Ведь я занимался поисками по собственной воле и мог остановиться в любой момент. Все равно мне никогда не удастся выяснить правду насчет Ребекки, да и как она будет выглядеть, эта правда? В моем понимании не существует чего-то совершенно определенного, что можно понимать только так или эдак. Правда изменчива. Если на нее смотришь под одним углом, она кажется одного цвета, а чуть сместишься в сторону — и заиграют новые оттенки. Кто такая Ребекка? Бессмысленный и бесполезный вопрос. Полковник Джулиан знал ее столько лет, как и сестры Бриггс, и Фриц тоже — и уж если они не в состоянии ответить, то на что рассчитывать мне?

Я остановился на излучине. Солнце уже начинало припекать. Я посмотрел в сторону залива и затем обернулся назад. Нет, я не смогу оставить поиски на полпути. Ничего не получится. Это выше моих сил.

Шагнув в тень, чтобы спрятаться от жары, я вдруг краем глаза отметил непонятный блик света и машинально обернулся. Рыбацкий баркас, который я заметил утром, уже успел пришвартоваться. Забравшись поглубже в тень, я достал бинокль. Но на судне уже никого не было, так что оттуда никто не мог наблюдать за мной в бинокль, и шкипер, стоявший ко мне спиной, смотрел тогда в другую сторону, не проявляя ни малейшего интереса к моей персоне. Так что я принял отблеск воды за блик от стекла.

Вернувшись домой, я переоделся и, прежде чем отправиться к полковнику, закончил начатое письмо Нику. Я предложил ему съездить в Бретань и навести там кое-какие справки, что для него не составит труда. Мой французский очень даже неплох, но Ник был настоящим лингвистом. Я очень тщательно выбирал слова, когда писал ему, мне не хотелось, чтобы он догадался об истинных причинах. Как бы он повел себя, если бы понял, что скрывается за моими словами? Впрочем, его характер, привычки, образ жизни настолько отличались от моих, что Никки вряд ли догадается, какими мотивами я руководствовался. «Ты знаешь, кто ты есть, — как-то сказал я ему. Дело происходило в Кембридже, в моей комнате, в Кинге, кажется. А может быть, мы в тот момент гуляли в парке, впрочем, это не имеет значения. — Ты знаешь, кто ты и откуда родом, Ник. Вот в чем разница между нами». — «Только одна, — ответил он. — Но не самая главная».

Письмо я опустил в ящик по пути к полковнику. Его не вынут оттуда до завтрашнего дня, но я боялся оставлять его при себе — а вдруг передумаю и не отошлю его? И несмотря на то, что я терпеть не могу обременять других своими просьбами, сейчас у меня не оставалось другого выхода: мне требовалась помощь Ника.

12

По дороге к дому полковника я пришел к еще одному важному выводу: что мне необходимо освободиться от рабской привязанности к фактам. Слишком много времени я провел в библиотеках, работая с документами, слишком привык к дисциплине мысли. Теперь навыки и приемы академической работы сковывали меня, словно я писал главу очередного своего исторического исследования. Но такой метод не всегда годится. Он неплох, когда ты пишешь о давно — лет четыреста тому назад — умерших людях, но, когда ты всматриваешься в события недавнего прошлого, когда имеются живые свидетели... в обращении с ними требуются другие приемы. Мне совершенно ясно, как читать документы, но как читать в душах людей — в этом я преуспел значительно меньше.

Но за последнее время я многому научился: знаю, как должен выглядеть и как надо слушать. Очень часто имеет значение не то, что мне говорят, а каким образом это делается, в чем именно проявляется несказанное.

Приступы пессимизма, наверное, были бы реже, если бы у меня было с кем поговорить по душам, с кем бы я мог посидеть за рюмкой в конце дня. Если бы здесь вдруг оказались мои кембриджские друзья, если бы Мэй еще была жива, я бы не ходил с таким подавленным и унылым настроением, какое иной раз нападало на меня. Но в Керрите я никому не мог довериться, и поэтому меня охватывало чувство одиночества.

Это не одно и то же — оставаться одному или оставаться в одиночестве. В приютах я очень быстро научился ценить возможность уединиться, остаться наедине с собой. Если ты целый день проводишь среди таких же, как ты, подростков, если любое действие ты совершаешь вместе с другими, на глазах у них, если ты ложишься спать и слышишь колкости, которые отпускают в твой адрес, и просыпаешься от того, что кто-то дразнит тебя, то возможность побыть одному очень скоро начинаешь воспринимать как величайший подарок. И таковой она осталась для меня навсегда.

Между желанием обрести уединение и чувством одиночества — огромная дистанция, как я выяснил на своем примере. Но теперь-то я не ребенок, слава богу, и не тот замкнутый, подозрительный молодой человек, который впервые появился в Кинге. Сейчас я нуждался в друзьях и даже способен был признаться в том самому себе. Я настолько продвинулся вперед, как считает Ник, что стал нормальным человеком, хотя осталось еще несколько «непроветренных комнат», добавлял он. «Ты уже почти научился говорить с людьми, как с людьми, а не роботами — это уже громадный скачок. И вскоре сможешь окончательно «развить эмоциональные мускулы», шутливо уверял он меня.

«И, быть может, мне удастся развить их скорее благодаря полковнику Джулиану, — подумал я, приблизившись к его дому, — если стану с ним более открытым. Хотя это и трудно, надо будет попробовать уже сегодня». Я полюбил старика и с нетерпением ждал встречи. Он пообещал открыть все коробки и ящики, чтобы отыскать письма, которые собирался показать мне. Трудно сказать, содержал ли «архив», как он называл его, что-то полезное, или там накопился бессмысленный хлам. Мне достаточно было бы только пробежать по его подборке одним глазом, чтобы понять, есть ли в них жемчужное зерно. В особенности я надеялся извлечь что-то в том случае, если он отыщет затерявшиеся куда-то папки, где лежали записки Ребекки и письма Максима.

Даже после того, как мы заключили договор и я считался его помощником, он не мог позволить мне рыться в его бумагах. И прежде чем показать мне очередную «драгоценность», он непременно сначала должен рассмотреть это сам. Но он уже больше доверяет мне, и сегодня будет сделан первый шаг дальше. При мысли об этом мое настроение заметно улучшилось. Но это длилось недолго.

Меня встретила Элли и, проводив на кухню, сообщила, что отец с утра оделся, хотел разобрать бумаги и коробки, но вскоре впал в раздраженное состояние, она уложила его в постель, и полковник заснул. Наверное, мне не удалось скрыть своего разочарования. Умевшая все подмечать Элли тотчас угадала мои чувства и тоже расстроилась, но сумела не подать виду.

— Не огорчайтесь, — попросила она с улыбкой, — отец очень хотел повидать вас, но, если вы поговорите со мной пять минут, это будет не такой уж большой потерей времени. Я приготовлю кофе, и мы попьем его в саду — сегодня такой чудесный день. Пожалуйста, не торопитесь так. У нас не было возможности поговорить наедине с того дня, как мы вернулись из Мэндерли.

Элли приготовила кофе, а я взял чашки, на которые она указала, и поставил их на поднос. У них была очень уютная кухня. Возникало впечатление, что в ней ничего не менялось годами. Наверное, с самого детства Элли. И я даже мог явственно представить, как она сидела за столом вместе с братом и старшей сестрой. Все, что касается семейных отношений, глубоко задевает меня.

На столе лежала сложенная воскресная газета и книга, которую Элли, очевидно, читала перед моим приходом. Мне захотелось посмотреть, что она читает, но для того, чтобы увидеть заглавие, надо было отодвинуть газету. И я дождался момента, когда она повернется ко мне спиной. Не знаю, что я ожидал увидеть: какое-нибудь дамское чтиво — любовный роман или Джейн Остен, которую ей могла вручить тетя Роза, или же Шарлотту Бронте. Но это оказался роман Камю «Чужой». Я быстро подвинул газету на место.

Мы вышли в сад, прошли мимо араукарии, спустились к террасе и прошли в ее дальний конец. Звонили колокола, призывавшие на службу. Из-за легкого ветерка, дувшего с моря, яхты, стоявшие на якоре, ритмично покачивались, словно исполняли какой-то своеобразный танец. Вид гавани оставлял впечатление покоя и радости. Время и пространство вдруг расширились, и все, что мне помнилось, вместилось сюда, включая и удаленный отсюда домик Мэй и Эдвина. И я полюбил Керрит всей душой, потому что он связался по ассоциации с первым истинным ощущением свободы и счастья в моем детстве.

Элли, как кошечка, наслаждавшаяся солнцем, села на невысокую каменную стену, подобрала под себя ноги и тоже стала смотреть на воду. И я никак не мог решить, то ли она настолько изменилась за тот месяц, что я впервые увидел ее, то ли я взглянул на нее другими глазами.

Какое-то время я, глядя на нее, видел только дочь полковника Джулиана, и ничего более. Прошло немало времени, прежде чем я заметил, какая она привлекательная девушка, хотя в ее облике было что-то мальчишеское. Наверное, то, что была тоненькая, как подросток. А сегодня она еще и подобрала вверх мягкие каштановые волосы, так что лицо оставалось открытым. На ней были блузка с короткими рукавами и узкие брюки, туфли она сбросила, и я мог видеть ее ступни — маленькие и узкие. Свет слепил ей глаза, и она надела солнцезащитные очки. И тотчас ее лицо опять изменилось. Оказывается, для меня очень много значит, вижу я выражение ее глаз или нет. У нее чудесные светло-карие глаза. Очень искренние... А сейчас она спрятала их за дымчатыми стеклами, и я сразу смешался, потому что не понимал, как разговаривать с нею.

Элли снова со свойственной ей проницательностью угадала мое состояние и, чтобы облегчить мне положение, сама взяла инициативу в свои руки, начала рассказывать, насколько лучше стало отцу. А я задумался о том, как мало знаю про нее. Сестры Бриггс рассказывали мне, что в детстве Элли была умной девочкой, и все считали, что она пошла в тетю Розу. Элли заняла первое место в Гиртон-колледже и поехала изучать литературу в Кембридж. Но ее мать заболела, и Элли была вынуждена прервать свое образование и начала ухаживать за ней. А теперь ухаживает за отцом. И я не мог понять, жалеет ли она о том, что посвятила свою жизнь другим. Мне показалось, что нет. В ее характере не чувствовалось оттенка горечи и сожаления о своей судьбе. Она была щедрой, умной, преданной и заботливой. И ее тонкие замечания в первое время поражали меня. Воспринимал бы я ее иначе, если бы она закончила Кембридж и получила докторскую степень? Я понял, что да, и устыдился собственных мыслей. Теперь я знал ее лучше и понимал, что долго недооценивал.

— Мне бы хотелось вам сказать насчет моего отца, — начала Элли после короткой заминки. — Нет-нет, не по поводу его здоровья. Мне бы хотелось, чтобы вы не осуждали его.

Я удивился: если бы Элли знала меня лучше, она бы поняла, что я никогда и никого не осуждаю.

— А почему вам кажется, что я могу его осуждать?

— Можете. Многие из тех, кто приходил сюда, только тем и занимались. И журналисты в том числе, что чрезвычайно огорчало отца. Он научился мириться с этим, но вы ему нравитесь, это делает его уязвимым. Как вы уже могли бы, наверное, заметить, он очень гордый и никогда не оправдывал себя. Поэтому я и хочу заранее защитить его.

— Элли, вам не придется...

— Мне хочется, чтобы вы поняли. Многие обвиняют отца за то, что он не стал добиваться правды, что он многое утаил. Вам это, наверное, уже успели сказать. Да и статьи в газетах вы читали, как и дурацкие книги. Там написано, что расследование не довели до конца. Но все, что болтают и что написано, такая чепуха! Некоторые пытаются уверить остальных, что свидетельство о болезни Ребекки — подложное и что это дело рук моего отца. Так вот, это неправда. Только благодаря отцу удалось отыскать врача, к которому обращалась Ребекка. Ее болезнь оказалась неизлечимой. Надеюсь, в этом вы не сомневаетесь. Доктор Бейкер написал письменное заключение, и я его видела.

— Ни на секунду не сомневался в этом, Элли. — Я замолчал, выбирая подходящие слова. Она готова была защищать отца до последнего, и я ступил на зыбкую почву. Полковник сам обвинял себя в том, что не был безупречен. Имею ли я право указать Элли на это? И решил, что могу. — Я часто спрашивал у полковника Джулиана, — нерешительно начал я, — ведь очень многое в этой истории осталось невыясненным. Что он сейчас думает? Кого винит в глубине души?

Она посмотрела на меня взглядом, выражения которого из-за темных очков я не смог разобрать. Быстро опустив ноги, Элли достала пачку сигарет из кармана. До сих пор я никогда не видел ее курящей, но в отсутствие отца я вряд ли перебросился с ней за все это время парой фраз.

— В глубине души? — спросила она, закуривая, и снова посмотрела на меня. — В душах людей трудно что-либо прочесть. Но он знает. Он, вне всякого сомнения, знает. Не с самого начала — какое-то время отец пребывал в уверенности, — как и все остальные, — что произошел несчастный случай. У него не возникло никаких подозрений, когда нашли тело какой-то утопленницы и Максим опознал в ней Ребекку. Он очень — опять же, как и все, — сочувствовал Максиму.

Элли выпустила дым.

— Только позже, когда Максим вернулся из-за границы с женой... Это вызвало скандал. Мама была в шоке. И сестры Бриггс тоже. Многие местные жители были потрясены, я думаю. Видите ли, они все считали, что Максим обожал жену. Но ее тело еще не успело остыть в могиле — как повторяла Элинор, — а он уже вернулся из Франции с девочкой-невестой. Как в «Гамлете» — вы понимаете, что я имею в виду?

— Что мать Гамлета «еще не успела износить башмаков» после смерти мужа?

— Вот именно. Отец пытался найти оправдание для Максима. Хотя знаю, что он тоже был потрясен, потому что принадлежит к людям другого поколения. Для него очень много значат условности. Но из чувства преданности Максиму он обрывал всякого, кто пытался осудить его друга... Сомнения зародились в отце — я могу это точно сказать, — когда нашли яхту Ребекки. Ее причалили, после того как подняли со дна, неподалеку от мастерской Джеймса Табба. Приливная вода всегда приносит туда много мусора и грязи, поэтому никто не пользуется этой бухточкой. С тех пор туда вообще никто не входил. Вы знали об этом?

— Нет, упустил.

— Они искали тихое и уединенное место. — Элли снова посмотрела на воду. Тонкая струйка дыма от сигареты тянулась немного в сторону. — Отец присутствовал при этом как судья. Там были Максим, врач — доктор Филиппс, инспектор полиции и Табб, как мастер, который занимался ремонтом яхты. Все по закону. Поскольку все считали, что тело Ребекки уже найдено, никто не имел представления, кто окажется в каюте: мужчина или женщина. Когда тело вынесли на берег, Максим подошел для опознания, и тут все увидели два кольца, которые никогда не снимала Ребекка. Отец не рассказывал об этом долгие годы, но я знаю, что именно в этот момент — быть может, увидел какое-то выражение в глазах Максима — он начал испытывать сомнения в его невиновности. После допроса он ходил как потерянный.

— Потому что Табб доказывал, что яхта не разбилась о рифы, а ее нарочно продырявили?

— Очевидно, — ответила Элли сдержанно. — Следователь — полный дурак — превратил допрос в какой-то фарс, но дело не только в этом. Просто в воздухе постоянно витало что-то неосязаемое и неощутимое. Отец вам когда-нибудь рассказывал про похороны Ребекки?

Я покачал головой. Это была запретная тема для полковника, как я понимал.

— Отец чуть не поссорился с Максимом из-за того, — продолжила Элли, — что тот настаивал на погребении жены в фамильном склепе. А отец знал, что Ребекка этого не хотела. Но Максим ничего не желал слушать и настоял на том, чтобы похоронная церемония состоялась сразу после допроса...

— А как насчет другой женщины, чье тело Максим опознал ошибочно? Она все еще похоронена там?

— Нет, ее гроб вынули из усыпальницы де Уинтеров. Наверное, пока шел допрос. Видимо, Фрэнк Кроули всем распоряжался, как обычно. Я знаю, что это совершилось в присутствии полисмена. Ее вынесли как можно быстрее, чтобы никто не видел, в особенности журналисты, которые столпились в полицейском участке. Но что произошло потом — мне

Тайна Ребекки

неизвестно. Никого не интересовала эта бедная женщина. — Элли стряхнула пепел.

Я тоже замолчал, и тогда она, отвернувшись, принялась смотреть на воду под нами.

— Почему все это проводилось почти тайно — мне понятно. Вы читали отчеты журналистов о происшествии. Мой отец тоже не выносил такого рода публичности. На голову Максима посыпались проклятия. Но вообще-то и я не понимаю, почему похороны Ребекки выглядели так убого и проводились столь поспешно. Она была женой Максима. В здешних местах много людей, которые любили Ребекку, восхищались ею, а ее похоронили, как нищенку, чуть ли не как преступницу.

— И это вызвало много толков, — подтвердил я.

— Это вызвало обиду, — резко ответила Элли. — Никто в Керрите не знал, что похороны состоялись, мы узнали об этом только после возвращения отца. Мне запомнилась эта ночь: мать была расстроена и моя сестра Лили тоже. Лили преклонялась перед Ребеккой и специально приехала из Лондона, чтобы присутствовать на ее похоронах, но они не состоялись вообще. Потому что называть похоронами торопливое, вороватое погребение нельзя. Отец вернулся с пепельно-белым лицом. Таким я его ни разу не видела. Он даже не мог разговаривать с нами. Ушел в кабинет и закрыл за собой дверь.

И я уверена, что именно в ту ночь отец поверил, что Максим виновен в смерти жены. Но он никогда не обсуждал это ни со мной, ни с кем бы то ни было. Он словно бы запер в кладовую свои воспоминания. Не сомневаюсь, что вы уже успели заметить, как он умеет отмалчиваться, когда не хочет касаться каких-то тем. — Элли повернула голову в мою сторону. — И надеюсь, что вы простите его. Он глубоко любил Ребекку. И как человек старомодный, готов даже горы сдвинуть, только бы защитить ее посмертный образ. Тем более что она сама не может ничего сказать в свое оправдание.

В голосе Элли я услышал мольбу и был тронут до глубины души.

— Здесь не может быть и речи о прощении, — ответил я. — Мне понятны чувства вашего отца, и я отношусь к ним с уважением. Не могу не признаться, что порой меня очень сердили его попытки уйти от вопросов, но вы видите сами, как все изменилось...

Сохраняя выбранный ею сдержанный тон, Элли перебила меня:

— Как я вижу, вы по достоинству оценили, насколько уклончивым умеет быть мой отец. Но и вы сами весьма преуспели в этом деле. Так что вам проще найти общий язык. Еще кофе?

Она придвинула к себе мою чашку, улыбнулась и, не дожидаясь моего ответа, наполнила ее. И пока она, опустив глаза, смотрела на кофейник, у меня возникло ощущение, что Элли расстроена, потому что я дал не тот ответ на ее вопрос, которого она ждала. Видимо, надеялась на бо́льшую искренность с моей стороны. Я должен был ответить откровенностью на откровенность — ведь она изложила мне во всех подробностях то, чего я не мог добиться от полковника.

— Примерно через час или чуть позже, после того как отец вернулся с похорон, его снова пригласили в Мэндерли. И там, но я не уверена в этом, он провел очную ставку: Максима, его второй жены, вездесущего Фрэнка Кроули и пьяного Джека. Фейвел обрушил на присутствующих разорвавшуюся, как бомба, новость. Во-первых, предъявил записку Ребекки, которую не показал на допросе в участке. Эту записку Ребекка оставила портье незадолго до своего отъезда из Лондона. А во-вторых, Джек без стыда и зазрения совести объявил, что он был любовником Ребекки, что она собиралась бросить мужа и уехать с ним и непременно сделала бы это, если бы не умерла.

Я с недоверием воззрился на Элли:

— Что вы говорите?

— Именно так он и заявил. Отец заговорил об этом только после сердечного приступа и после того, как появились вы. Сейчас он о многом говорит более определенно и открыто.

— Мне не совсем понятно: зачем пригласили вашего отца? Разве Максиму хотелось иметь лишнего свидетеля при такой сцене?

Элли бросила в мою сторону быстрый взгляд, который я мог счесть одобрительным, и пожала плечами.

— Я согласна с вами, но что ему оставалось делать? Фейвел заявился в Мэндерли с этой запиской не для того, чтобы оплакивать Ребекку, а чтобы начать вымогать деньги — он это умел делать. Вы сами убедитесь, когда встретитесь с ним. Эта записка — последняя, сделанная рукой Ребекки. И, конечно, эта записка вызывала новые вопросы, поскольку в ней Ребекка просила Фейвела приехать в домик на берегу этим вечером, потому что ей необходимо поговорить с ним... Но если ты собираешься выйти на яхте в море и покончить жизнь самоубийством, то зачем приглашать человека к себе?

— И Фейвел приехал к ней, как она просила?

— Очевидно, нет. Не знаю почему. Но содержание этой записки ставило под сомнение решение, вынесенное следствием. Фейвел надеялся получить в обмен на записку деньги. Ему казалось, что Максим заинтересован в том, чтобы решение не пересматривалось и чтобы дальнейшее расследование не проводилось. Тут он ошибся, как мне кажется. Максим обозвал его лжецом. И вызвал моего отца — не столько как друга, но как официальное лицо. Фейвелу предложили показать записку и изложить свои обвинения.

— Ваш отец видел эту записку собственными глазами? — уточнил я.

— Конечно. Фейвел рвал и метал, доказывая, что у него была любовная связь с Ребеккой. И обвинял Максима в убийстве жены. Утверждал, что тот ревновал Ребекку. — Она помолчала. — Представляю, как это было отвратительно. Мой отец не мог поверить, что Максим позволит этому негодяю бросать такие чудовищные обвинения. Но затем появилась миссис Дэнверс и тоже стала утверждать, что Ребекка изменяла мужу. Можете себе представить, что пережил мой отец? Вызвали прислугу, и пришлось всем им задавать вопросы относительно неверности покойной. Как ни омерзительно все это выглядело, но отец пришел к выводу, что необходимо провести дополнительное расследование. И решил, что должен проследить все передвижения Ребекки в последние дни ее жизни. Если выяснится, что Ребекка делала в Лондоне, то они смогут понять, почему она так настойчиво просила Фейвела, не откладывая, приехать в Мэндерли. У миссис Дэнверс оказался еженедельник Ребекки.

— У миссис Дэнверс? — удивился я. — Но с какой стати домоправительница хранила у себя еженедельник Ребекки?

— Не знаю, никогда не задумывалась над этим, — нахмурилась Элли. — Это было что-то вроде записной книжки, где указывались намеченные встречи. А миссис Дэнверс хранила все вещи Ребекки после ее смерти, убирала ее комнату, проветривала и снова вешала в шкаф ее одежду. Она все оставила, как было. Беатрис, насколько мне помнится, рассказывала об этом моей матери. Но, в сущности, в том не было ничего странного, миссис Дэнверс преклонялась перед Ребеккой, как перед божеством, и, насколько мне помнится, знала ее с детства. Уверена, что отец успел вам рассказать о том.

— Как-то упоминал, — кивнул я. — Но все же еженедельник, ее личные записи — это уже чересчур. Впрочем, это неважно. Продолжайте, Элли.

— И, просмотрев расписание на этот день, они обнаружили запись на прием к доктору. Отец настоял на том, чтобы поговорили с врачом... Это был врач-гинеколог...

История, которую я до сих пор слышал только из десятых рук, наконец-то предстала передо мной в своем первозданном виде. И я обнаружил то, чего не замечал прежде: что телескоп был перевернут. И надо смотреть с другого конца: проследить их последовательность! Сначала обнаружено тело, а затем открывается, что она назначала встречу у гинеколога.

— Ребекка и Максим прожили вместе пять лет, — продолжала Элли, — но детей у них не было. Отсутствие наследника вызывало толки у местных жителей. Так что, когда отец обнаружил запись на прием к врачу — и не местному специалисту, а лондонскому, — представляете, что он подумал в первую очередь?

— Что Ребекка ждала ребенка?

— Да. Тогда прежнее расследование выглядело бы полной нелепостью. И поскольку выяснилось, что яхта не перевернулась, а была затоплена, оставалось одно: ее убили. И по дороге в Лондон, думаю, мой отец не мог избавиться от зрелища Максима, висящего в петле. — Она помолчала. — Но это еще не все... Вы ведь понимаете, возникали подозрения о причастности...

— Понимаю.

Я поднялся, прошелся до конца площадки и посмотрел на стоявшие на якоре яхты. По дороге в Лондон полковник Джулиан думал о том, что на Максима сейчас может лечь обвинение не только в убийстве жены, но и в убийстве ребенка. Одним словом, не мог ли он убить ее, узнав, что она беременна? Кошмарное подозрение, но оно само просилось на ум. И где тогда это произошло? На берегу? Нет. И не на яхте. Скорее всего, в домике, где я сегодня побывал. Я пришел к этому выводу каким-то неизъяснимым образом.

Эта сцена вдруг словно всплыла в моей памяти, словно я сам был ей свидетелем. И мое отношение к Максиму тотчас изменилось. Я попытался убедить себя в том, что у меня нет никаких доказательств и что это чистой воды вымысел. Но картина продолжала стоять у меня перед глазами.

Знала ли Ребекка, чем она больна, и догадывалась ли о серьезности своего состояния? Или новость обрушилась на нее внезапно?

— Ту ночь отец провел в Лондоне, — продолжала Элли, и я понял, что почти не слышал ее последних слов. — Он выглядел опустошенным и потерянным. Целый день пытался собраться с мыслями и отправился к Розе. Мне кажется, ему хотелось поговорить с сестрой обо всем случившемся.

Темные очки повернулись в мою сторону.

— У Розы в Лондоне был дом. И до сих пор остался. Она сейчас там, работает над очередной книгой. По воскресеньям у нее нет лекций в Кембридже. Отец говорил вам?

Мне с огромным трудом удалось заставить себя вернуться к реальности.

— Нет. Почему-то полковнику не хотелось, чтобы я встречался с Розой. Он уверял меня, что она ведет очень замкнутый образ жизни, чуть ли не монашеский. Но я представляю, что такое академическая научная работа, и про вашу тетю многие знают. Она известная личность. — Я замолчал.

— Ах да, — подхватила Элли прежним суховатым тоном, — вы ведь тоже учились в Кембридже. Как я могла позабыть?

Я не сомневался, что она ни на секунду не забывала об этом. И злился на себя, что допустил такую промашку. Мне не хотелось распространяться насчет моего прошлого в Кембридже и тем более настоящего. Пришлось перевести разговор на другие темы, мы снова заговорили о том, в каком положении оказался отец и как ему пришлось принять решение: поставить точку в расследовании.

— Если бы расследование проводилось в Шотландии, то и следователь, и судья имели бы возможность прийти к заключению: «Нет доказательств», но этот пункт отсутствует в английском законодательстве.

— Правда? Неужели шотландские законы так сильно отличаются от английских? — удивилась Элли. — Как бы мне хотелось узнать Шотландию получше — я никогда не бывала там. Как и мой отец. Так что мы совершенные невежды относительно ее обычаев. И до тех пор, пока я не посмотрела на карту, я не понимала разницы между Пертом и Пиблом.

Она говорила с невинным видом. Пыталась поймать на удочку или просто поддразнивала меня? И тогда, и сейчас я не могу ответить на это со всей определенностью.

Я посмотрел на часы: пунктуальный мистер Грей не имел права опаздывать на ленч сестер Бриггс.

Мы вернулись в дом, и я вдруг понял, что мне не хочется уходить. Мне так не хотелось пить чай в обществе престарелых дам, хотя они мне и нравились. Сколько людей мне пришлось опросить за это время — и все они были по крайней мере вдвое, а то и втрое старше меня. И я начал забывать, каково это — говорить с человеком твоего поколения. А еще я понял, что мне следовало бы поговорить с Элли обо всем значительно раньше. Вот кого мне следовало расспросить про Ребекку. Элли была очень внимательна и наблюдательна, и за время разговора с ней мне не приходилось проделывать нудную работу — счищать с правды шелуху домыслов и предубежденности.

— Сколько лет вам исполнилось, когда вы вернулись в этот дом? — спросил я, когда мы огибали его с другой стороны по дорожке, что вела к воротам.

— В шесть лет я впервые оказалась в Англии. — Элли сорвала травинку и начала растирать ее между пальцев. — Я росла сначала в Малайе, затем в Сингапуре... — Она искоса посмотрела на меня. — Но это вряд ли вам интересно. Так что, возвращаясь к вашему вопросу, скажу, что мне исполнилось шесть лет, когда я впервые увидела Ребекку. Она умерла, когда мне было одиннадцать. Не смею утверждать, что я хорошо знала ее, но я привыкла наблюдать за ней все это время. Она приходила сюда, и мы часто бывали в Мэндерли на всех этих многочисленных приемах. Чаще всего я приходила, когда устраивались празднества в саду. А остальные, на которые приглашались только взрослые, мне со всеми подробностями описывала мама. Множество людей прибывало из Лондона — большинство из них представители богемы. Маму такие многолюдные сборища пугали, она была человеком стеснительным, не умела себя вести с ними, но это не имеет отношения к делу. Главное, что я видела Ребекку довольно часто. А я была наблюдательной девочкой. И не сводила с нее глаз. Она завораживала меня.

— Почему?

— Во-первых, потому, что она была красавица. Все говорят об этом, я знаю, что она поражала людей красотой, умом и обаянием. Но все это пустые слова. Понять, что стоит за ними, трудно. Благодаря им возникает впечатление легковесности. Телесная красота и светское поведение — нет, это далеко не все. — Элли сделала нетерпеливый жест. — Словно Ребекка не думала больше ни о чем другом, как о развлечениях и вечеринках. Но это ошибочное впечатление. Насколько я помню, наиболее счастливой она была, когда оказывалась на яхте или бродила по лесу со своими собаками. И что еще более необычно — в полном одиночестве. Я помню ее именно одну. — Элли помолчала. — Но я никого не видела красивее ни до, ни после. Забыть ее глаза просто невозможно. Она буквально околдовывала людей, очаровывала и захватывала в плен. Я была тогда еще девочкой, но сейчас могу представить, какое впечатление она производила на мужчин. Они смотрели и смотрели — и Ребекка ничего не могла с этим поделать. Мне кажется, что они даже не слушали, что она говорит. Это сердило ее. И вызывало скуку.

— Ей не нравилось, что ею восхищались? — усомнился я. — Большинство женщин только и мечтают об этом.

— Правда? — За темными стеклами я не видел выражения ее глаз. — В таком случае должна сказать, что Ребекка не походила на остальных женщин, — проговорила Элли таким тоном, словно делала мне выговор.

Я немного растерялся. Как я уже успел заметить, Элли умела вводить людей в смущение.

— Что вы хотите этим сказать? — решился уточнить я.

— Я хотела сказать, что ее красота могла ослепить любого. Сначала я видела только ее обаяние. — Элли нахмурилась. — Я тоже была очарована ею. И пыталась понять почему еще и из-за того, что мой отец бесконечно восхищался Ребеккой. Из детского упрямства я не хотела поддаваться ее чарам, но не смогла устоять. У нее была необычная манера говорить.

Салли Боумен

Люди обычно не говорят того, что у них на уме, а Ребекка не умела ничего таить. И говорила, что думает, не заботясь о том, какое это производит впечатление. С другой стороны, она не была безразличной к тому, что говорится, к теме разговора. Она умела шутить, была остроумной — и достаточно жесткой, если имела дело с притворщиками. И еще мне казалось, что она была печальной. Это состояние нельзя путать со словом «несчастной». Это разные вещи, ведь так?

— Это не одно и то же, — подтвердил я. — Печаль — более продолжительное состояние, более протяженное во времени. А несчастье — временное.

Элли не отозвалась на мою фразу, но мне показалось, что она оценила сказанное. Мы помолчали. Легкий бриз поднял пыль на дороге.

— А вы догадывались, что ее печалило? — спросил я и тут же пожалел о заданном вопросе. Наверное, мне не стоило так настойчиво расспрашивать про Ребекку. Но это произошло потому, что я привык относиться к разговору с людьми исключительно с точки зрения сбора сведений. Иной раз у них это вызывало негодование или возмущение. У меня создалось впечатление, что я упустил какую-то благоприятную возможность при разговоре с Элли.

— Нет. — Девушка посмотрела на часы. — Я ведь говорила, что была еще маленькой девочкой. Лили знала ее намного лучше, чем я. Но Лили жила в Лондоне, она там училась, мечтала стать художником, хотя мне кажется, что самое главное заключалось в том, что ей просто хотелось уехать из Керрита. Там были гольф-клубы, теннисные площадки, парусные гонки. Она искала повод, чтобы вырваться отсюда. Лили снимала комнату в Челси, на Тайт-стрит, возле реки, недалеко от лондонской квартиры Ребекки. У них даже имелись общие друзья — художники, писатели, актеры. Но Лили уже нет на свете...

Мы снова замолчали, а у меня как раз появилось множество вопросов, которые хотелось задать Элли. И далеко не все из них имели отношение к теме моих изысканий.

— Еще один вопрос, перед тем как я уйду. Показал ли вам отец ту тетрадь, которую ему прислали?

— «История Ребекки»? Да, показал. — Элли закрыла ворота и заперла их. Ее тон изменился, и она быстро проговорила: — Прошу прощения, но мне уже пора возвращаться домой.

— Только скажите, вы помните открытку с видом Мэндерли? Мне бы хотелось кое-что разузнать про нее. И я знаю, кто мог бы мне помочь в этом в Лондоне. Мне кажется, что эта открытка...

— Возможно, — холодно кивнула она, — но я не могу ничего сказать про нее. Эту открытку мог вложить в тетрадь кто угодно. В том числе и тот, кто отправил тетрадь отцу.

— У меня сложилось другое впечатление, — возразил я. — Штемпель на открытке очень старый. Скажите, Элли, у вас не возникало впечатления, что Ребекка имела какое-то отношение к Мэндерли? Быть может, она бывала ребенком в этих краях?

— Как и вы? — Темные очки повернулись в мою сторону. — Нет, я об этом не думала.

Сейчас я не сомневался, что каким-то образом обидел ее. Но, несмотря на это, продолжал настаивать:

— Но, быть может, вы слышали предположения, откуда она приехала? Ведь кто-то мог обсуждать это, а вдруг вы случайно запомнили, откуда она родом? Кто ее родители?

— Я никогда не слышала. И вам нет смысла допытываться. Ребекка терпеть не могла, когда расспрашивали о ее жизни. А сейчас мне действительно надо идти. Заходите вечером, если надумаете повидаться с отцом. Я знаю, что он будет рад поговорить с вами.

Она повернулась и быстро пошла к дому. Чем-то я невольно огорчил ее. Только сейчас я осознал, что ничего не рассказал ей о том, как ходил к домику на берегу, где увидел венок, и пожалел, что умолчал об этом. Элли описала мне Ребекку так, как никто еще до сих пор не описывал. И я мог бы заранее догадаться о том, что может задеть Элли.

По дороге к коттеджу сестер Бриггс я продолжал думать о том, кто мог положить у порога домика венок из азалий. Бывший любовник или тот, кто мог бы им стать? А потом переключился на Элли, на книгу, которую она читала, и обнаружил, что прошел целую милю, ничего не замечая вокруг, и что я уже стою перед дверьми. Сестры Бриггс встретили меня радостными возгласами:

— Дорогой мистер Грей! Как мы рады вас видеть, проходите! Вы сейчас от полковника? Как Артур? И как наша дорогая Элли?

— Мы только что вернулись из церкви. Какая была чудесная служба! И пастор пришел к нам на ленч. Дорогой пастор, это мистер Грей, о котором я вам рассказывали... Да, это наш новый сосед, наш местный историк! А сейчас, если вы позволите, я ненадолго удалюсь на кухню. Джоселин, дорогая, побудь с гостями.

— Конечно! Мистер Грей, позвольте угостить вас нашей настойкой...

Пастор, к моему удивлению, сказал, что с удовольствием отведает напиток. И я понял, что не имею права отказываться, и, взяв бокал, мысленно накинул на плечи моего Теренса Грея ученую мантию.

13

Сестры Бриггс были в восторге от службы и еще больше от проповеди и чуть ли не хором процитировали мне ее главную мысль: «Отпускай хлеб твой по водам, потому что по прошествии многих дней опять найдешь его». Она представлялась им очень значительной и глубокой. Проповедь на эту тему я очень хорошо помнил с детства. По субботам нас водили в церковь три раза, и тема добывания хлеба насущного звучала довольно часто. Но вечно голодные сироты воспринимали слова из Библии превратно. Мы думали не о переносном, а о реальном значении слова. Поэтому я промолчал. Пастор не стал допытываться, почему я пропустил службу, наверное, сестры успели предупредить его, что я пресвитерианец, и ближайшая от нас церковь находилась милях в трех отсюда. Пастор, только недавно получивший сюда назначение, выглядел дружелюбным. Он сказал, что слышал про мой интерес к старине и готов, будь на то мое желание, свозить меня в Мэндерли и показать средневековую церковь, где есть очень интересные надгробия и откуда с колокольни открывается прекрасный вид на город. И тамошняя усыпальница, конечно, заслуживает внимания исследователя: она очень интересна с точки зрения архитектуры и намного старее главного церковного здания. Теренс Грей вежливо ответил, что будет рад побывать там.

С кухни в этот момент чем-то сильно запахло, и сестры Бриггс покинули нас. Пастор посмотрел на меня поверх бокала.

— Что это? — спросил он.

Я объяснил, что, наверное, сестры приобрели эту наливку на черном рынке.

— Дорогой полковник купил ее и для нас тоже, — объяснила Элинор, успевшая к тому моменту вернуться и захватившая только конец фразы. — У Роберта Лейна. Когда-то, в молодости, Роберт служил ливрейным лакеем в Мэндерли, а сейчас он и его жена открыли несколько сомнительных заведений в Трегарроне. Его жена — в девичестве Манак. Это семейство с незапамятных времен занималось контрабандой. Мы сомневались: ведь это незаконно, но полковник убедил нас. И теперь у нас есть выпивка. Позвольте добавить вам еще немного...

В устах полковника эта версия выглядела несколько иначе.

Наконец сестры Бриггс закончили все хлопоты и провели нас в столовую. Все комнаты в их домике были обставлены с большим вкусом, а из окон открывался красивый вид на гавань. Сестры переехали в этот дом лет двадцать пять тому назад, но выросли они в другом доме, который сейчас отдали под дом престарелых — тот самый, где сейчас находился Фриц и куда я намеревался зайти после обеда.

Их отец, сэр Джошуа Бриггс, слыл судостроительным магнатом и был родом не из этих мест, в отличие от их матери — Евангелины, известной своей красотой, урожденной Гренвил. Их тетушка Вирджиния была матерью Максима де Уинтера. После смерти отца обнаружились крупные долги, и все наследство ушло на их покрытие. Сестры неожиданно для себя оказались в весьма стесненных обстоятельствах.

Этот коттедж по настоянию Ребекки им сдали внаем владельцы Мэндерли в самый критический момент их жизни. Маленький коттедж был не в состоянии вместить все, что досталось сестрам из отчего дома. И в результате в столовой размером всего лишь десять на восемь футов помещались стол и кресла красного дерева Георгианской эпохи, буфет того же времени и шкаф для вина, похожий на саркофаг. На стенах висели картины, включая портрет юной Евангелины Гренвил в полный рост, написанный маслом, две небольшие пастели ее сестер Вирджинии и Изольды, несколько громадных картин — морских видов, — которые к нынешнему времени потемнели и корабли на них стали почти неразличимы.

Мне очень нравились и сестры Бриггс, и их дом, но там все время надо было соблюдать осторожность, вытягивая ноги под столом, чтобы не удариться об очередную завитушку. А кроме того, надо было постоянно делать вид, как и в доме полковника, что на кухне есть невидимый повар и невидимые служанки, которые накрывают стол к приходу гостей.

Ни одна из сестер готовить, конечно же, не умела. Их не учили этому, их готовили к благополучному замужеству. Старшая из них — Элинор, повыше ростом и более проницательная, — в юности имела какие-то виды на полковника Джулиана... А жених Джоселин — более пухленькой и более наивной — погиб в окопах. Обе сестры всю свою нерастраченную любовь вкладывали в садик — действительно ухоженный и изысканный. А теперь обратили свой пыл на меня. Но, к сожалению, их воспоминания о Мэндерли, уходившие в те же годы, что и воспоминания Джулиана, были слишком ненадежными.

За едой — либо переваренной, либо недожаренной — мы разговаривали на отвлеченные темы. За пудингом, промазанным неровным слоем джема, мне удалось незаметно повернуть разговор к Мэндерли. Сестры заговорили о костюмах, в которых появлялась Ребекка на своих балах-маскарадах и тех, в какие предпочитали наряжаться гости. Как выяснилось, Максим всегда отказывался надевать маскарадные костюмы, он выходил в обычном смокинге. Полковник Джулиан, боявшийся выглядеть глупо, каждый год надевал один и тот же костюм: Оливера Кромвеля — лорда-защитника, тем самым выказывая преданность Ребекке, и я не мог не отметить этот факт. Сестры несколько лет подряд надевали костюмы Клеопатры и королевы Шебы, но на последнем — за год до смерти Ребекки — они выбрали другие. Джоселин — костюм Медузы, а Элинор появилась в оранжевом платье Нелл Гвин.

— А в чем выходила Ребекка? — словно бы невзначай спросил я.

И сестры принялись распутывать бесконечную нить воспоминаний.

— Ах да, — спохватилась вдруг Джоселин, — четыре бала-маскарада шли один за другим. На первом она появилась в наряде французской аристократки, готовой взойти на гильотину, — всех поразил ее выбор. На следующий год она выбрала наряд пажа времен Елизаветы — очень милый. Она выглядела, как прелестный молодой человек того времени. И я сказала Ребекке, что, окажись здесь Шекспир, он бы непременно посвятил ей сонет... А что она сшила для третьего?

— Нет, ты все перепутала, — возразила Элинор. — Она нарядилась в костюм героини из «Двенадцатой ночи» или принцессы из «Ричарда III». Забыла, что именно, но это был явно Шекспир. На другом балу она остановилась на греческом. Медея? Нет! Ифигения? Не помню точно, но на ней была тога...

— Тогу носили римлянки, а на ней был хитон.

— Ладно, хитон. И венок из свежих цветов на голове.

Я не выдержал:

— Венок? Из каких цветов? Вы не помните?

— У нее были такие дивные волосы — до того, как она их остригла. Розы! Потому что бал проходил в июне. На ней было белое платье, а ее темные волосы украшал венок из винно-красных роз с таким сильным ароматом...

— А затем, на последнем маскараде, перед ее смертью, — перебила сестру Джоселин, — Ребекка нарядилась Каролиной де Уинтер. Все говорили, что она никогда не была более привлекательной, чем тогда, только слишком худенькой. Мы ведь не знали, что она уже была тяжело больна, и никто не знал о том. Все гадали, какой диетой ей удается добиться такой талии...

— Это ты гадала, дорогая. Тогда ты сильно располнела. Но Ребекка и в самом деле выглядела тоненькой, как прутик. Впрочем, она всегда отличалась хрупкостью.

— Ни жиринки. Я всегда ей завидовала.

— И мы обе заметили, какая она изможденная. Но костюм имел грандиозный успех. Но вот что странно! Ребекка скопировала его с портрета знаменитого художника из галереи Мэндерли, который висел перед главным входом на парадную лестницу. Каждая деталь костюма была тщательно продумана — все совпадало до мельчайших подробностей. К сожалению, она не предупредила, кем собирается нарядиться... Максим остался недоволен ее выбором. Мне кажется...

— Элинор, ты выбираешь не те выражения! Да он просто пришел в ярость. И когда я сказала ему, как сегодня чудесно выглядела Ребекка, он едва сумел сдержать себя. Боюсь, что он был не в настроении...

— Ну, конечно, Каролина считалась несравненной красавицей, к тому же она прямая родственница Максима, так что вроде бы оснований для недовольства не могло быть. Но на самом деле это дерзкий выбор. Максим счел его вызовом...

— Дерзкий? — переспросил пастор.

Я не переспрашивал, поскольку знал историю Каролины де Уинтер. И догадывался, почему сестры Бриггс сочли костюм вызывающим.

— К сожалению, Каролина, как и ее брат Ральф, пользовалась дурной славой, — ответила Джоселин и искоса посмотрела на свою младшую сестру. — У нее был жених — видный политик из вигов, не так ли, Элинор? Но перед замужеством Каролины разразился ужасный скандал, нечто из ряда вон выходящее...

— Мы, разумеется, не собираемся обсуждать это происшествие, — добавила Элинор. — Я не помню всех подробностей, как и Джоселин. Наверное, только Артур знает — у него поразительная память...

Конечно, полковник знал и еще в первые дни нашего знакомства пересказал скандальную историю. Портрет Каролины был написан по заказу ее брата — известного распутника. И белое платье незамужней Каролины, в котором запечатлел ее художник, подчеркивало расплывшуюся фигуру. Как утверждала молва, вина за то лежала на ее брате, к которому юная Каролина испытывала отнюдь не сестринские чувства. Впрочем, она испытывала влечение ко всем привлекательным мужчинам в округе Мэндерли. По одним преданиям, когда художник спросил Ральфа: «В каком виде я должен запечатлеть вашу сестру?» — тот ответил: «Потаскухой, какой она и является. Это же настоящая кобыла». По другой, более привлекательной версии — торжественно произнес: «Как мою самую великую любовь и мое величайшее проклятие».

Странный выбор костюма для бала-маскарада. Как я заметил — это было свойственно полковнику, — он рассказал мне, так сказать, предысторию, но упустил то, что касалось современности. Я смотрел на сестер Бриггс и думал, как они будут выкручиваться, поскольку говорить подобные вещи у них за столом было неприлично. Джоселин, как мне казалось, скорее была готова поведать миру о давнем прошлом, чем ее сестра.

— Все это пустые россказни, — бросила Элинор.

— Напрасно ты не веришь, — настаивала на своем ее сестра. — Беатрис всегда повторяла, что Каролина и все, что связано с ней, приносит несчастье. Как видишь, она оказалась права. Ребекка надела костюм Каролины и вскоре умерла. Господь да упокоит ее душу. И вторая миссис де Уинтер выбрала этот же самый костюм для своего единственного бала-маскарада, который она решилась устроить в Мэндерли после своего появления. Мы не приняли приглашения и не пришли..

— А те, кто может смотреть на все сквозь пальцы и способен забывать, явились...

— Но нам все рассказали в подробностях. Беатрис нам рассказала. И представляете, какой ужас! Миссис де Уинтер тоже тайком готовила этот костюм, никто о нем ничего не знал и не мог предупредить бедняжку. И когда она появилась перед гостями — на какую-то долю секунды все решили, что это привидение Ребекки. Максим побелел как полотно. Его жене пришлось уйти и переодеться в обычное платье. Беатрис описывала, как она заливалась слезами. Максим обошелся с ней слишком жестко. И я понимаю, почему она даже сначала вообще отказывалась выходить из своей комнаты.

— В ней отсутствовала изюминка, — размышляла вслух Элинор. — Волосы мышиного цвета, никакого стиля и никакого характера.

— Но главное, что произошло потом! Она надела этот костюм... и на их голову посыпались несчастья. Водолазы обнаружили яхту Ребекки, началось следствие, а потом Мэндерли сгорел дотла. Мы не могли прийти в себя от потрясения. А все из-за того, что она потревожила потусторонний мир, — я не сомневаюсь в этом ни секунды. Я чувствую, что каким-то образом мы связаны с другим миром. И мне кажется, что это было послание... Я хотела устроить спиритический сеанс,

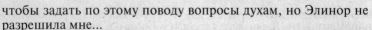

чтобы задать по этому поводу вопросы духам, но Элинор не разрешила мне...

— Одно время Джоселин очень увлекалась верчением стола, — сухо заметила Элинор. — Потом увлеклась картами Таро. Но все это теперь позади. Такими вещами очень опасно увлекаться, и я уверена, что вы разделяете мое мнение, не так ли, пастор?

— Согласен, — кивнул тот, — очень опасно.

Добившись осуждения сестры, Элинор тотчас переменила тему разговора. Я дождался, когда мы вернемся в гостиную, где, как это было принято в Керрите, пили кофе, прежде чем снова заговорил о Мэндерли. Мне это не сразу удалось, потому что наступил заветный момент, когда сестры пустились в рассуждения о преимуществах семейной жизни, при этом обмениваясь многозначительными улыбками, явно направленными в мой адрес.

Но тут пастор решил повести беседу и начал обсуждать обряды крещения, свадьбы и похороны, к которым он имел непосредственное отношение. И я подхватил эту тему и заставил сестер вспомнить другую свадьбу — бракосочетание Ребекки и Максима де Уинтера. Я тысячу раз спрашивал их об этом и прежде, но им всякий раз удавалось уйти от ответа.

— Разве мы не говорили? — удивилась Джоселин. — Мы, к сожалению, пропустили ее. Это произошло вскоре после того, как скончалась наша дорогая матушка, и мы оказались в очень затрудненном положении. Мы отправились навестить свою кузину в Кении. Мы ездили на сафари, видели львов... Четыре месяца провели там или пять, не помню. Мы пропустили торжество в Мэндерли, а когда вернулись, Ребекка и Максим уже были женаты. Мы рассказали, где успели побывать и что видели, в том числе и о Счастливой долине. Ребекка назвала точно так же один из пологих оврагов. Она была такая милая, ты помнишь, Элинор, в тот первый день, когда мы встретились с ней? Многие считали, что ее манера говорить сбивает собеседника с толку, но мы так никогда не думали...

— Выводит из себя! — так говорили некоторые. Конечно, нет. Все дело в том, что Ребекка высказывалась очень откровенно. Это было непривычно...

Высказываться прямо, откровенно... Я вздохнул. То один, то другой упоминал об этом. Но когда я начинал расспрашивать конкретно, то оказывалось, что Ребекка очень редко говорила то, что думала. Но я боялся проявить нетерпение, потому что сестры могли тут же замолчать.

Они не единственные, кто пропустил свадьбу. Полковник Джулиан тоже не присутствовал на торжестве, правда, он в этот момент находился в Сингапуре. Но, сколько я ни пытался найти хотя бы одного очевидца, который присутствовал при торжественном обряде, мне не удавалось найти никого. Даже газеты не откликнулись ни единой строкой. Только «Таймс», но там об этом написали как об уже свершившемся факте, что само по себе выглядело очень странно: в то время свадьба такого человека, как Максим де Уинтер, должна была привлечь и внимание людей в обществе, и внимание репортеров.

И я решился спросить у сестер, как спрашивал и остальных: доводилось ли им видеть какие-то свадебные фотографии в Мэндерли. Они вдруг смешались и принялись повторять, что своими глазами этих фотографий не видели, зато Ребекка в таких подробностях описала, какой длины был шлейф ее свадебного платья, что у них создалось впечатление, что они сами присутствовали на торжественной церемонии. И тогда я совершил еще один заход, несмотря на то, что пастор уже начал выказывать недовольство. Я спросил, знают ли они, где именно проходило бракосочетание.

— Кто-то говорил, что в Лондоне, — сказал я, — но я не помню точно.

— Скорее всего, не в Лондоне, — задумчиво протянула Элинор. — А если бы здесь, то наша кузина Викхем должна была бы присутствовать. Значит, не здесь. Дайте подумать. Как странно, что я не помню таких вещей, но это произошло так давно! Наверное, родственники со стороны Ребекки организовали свадьбу... Но разве ее родители тогда еще были живы?

— Не имею представления.

— Это произошло зимой. Я уверена, поскольку мы ездили в Кению именно зимой. Это так необычно, мне всегда казалось, что лучшее время для свадьбы — лето. Значит, в феврале или в марте?

— За границей! — воскликнула Джоселин так, что я едва не подпрыгнул от неожиданности. — Уверена — они поженились за границей. В Италии? Это так романтично... Они, кажется, что-то говорили про каналы? Или речь шла про Венецию?

— Нет, они поженились не в Венеции. Там они провели медовый месяц. В этом я не сомневаюсь. Сначала они поехали во Францию — там вроде бы жили родственники Ребекки. Я точно помню, что в разговоре упоминался какой-то замок. И еще я точно знаю, что они были в Монте-Карло, почему-то у Максима этот город вызвал отвращение, а потом они отправились в Венецию. И Ребекка описывала гондолы...

— Ах, эти гондолы, — вздохнула Джоселин, — мне всегда так хотелось покататься на гондоле. С детства мечтала побывать в Венеции. Но так и не съездила туда.

— Там одна грязь, и более ничего, — попыталась охладить ее восторг сестра. — Здесь намного спокойнее и приятнее. Правда, дорогая?

К сожалению, я в какой-то момент устал и упустил возможность вовремя спросить про «родственников во Франции». Пастор откровенно утомился от этой, с его точки зрения, пустой болтовни. Я все же задал вопрос о Шотландии, но, когда увидел, что пастор готов сжечь меня на костре вместе с пресвитерианской церковью, понял, что мне пора уходить.

Сестры вышли меня проводить и в комнате, где висели портреты их предков, обменялись многозначительными взглядами. Порозовев, они сказали, что будут ждать моего звонка сразу после возвращения из Лондона.

— Мы хотим устроить ужин, — призналась Джоселин.

— В узком кругу, — поправила ее Элинор. — Вместе с Артуром, если он придет в себя. И Элли, конечно... — Они обменялись многозначительными улыбками.

— Буду с нетерпением ждать встречи, — ответил я. — А я привезу вам шоколадных конфет из Лондона.

— Шоколадных конфет! Не хотим даже слышать об этом!

— Со сливочной начинкой, — пообещал я.

Элли сказала мне про слабость, которую сестры питают к конфетам со сливочной начинкой. Солодовый виски, вишневая настойка, кофейные зерна — всех этих признаков цивилизации так не хватало в Керрите. Обе сестры еще больше порозовели от смущения, словно я уличил их в преступной слабости.

Из дома сестер Бриггс, который, как и дом полковника, располагался в восточной части Керрита, я отправился к реке, к их бывшему дому в миле от города, отданному для дома престарелых. Рядом с особняком находилась рыбачья деревушка Пелинт.

Прогулка доставила мне удовольствие. Узкая дорога вилась вдоль реки, и привлеченный хорошей погодой народ устремился на природу. По воде скользили яхты и ялики тех, кто готовился к гонкам в Керрите — огромное событие местного масштаба. Миновал небольшую бухточку, куда подогнали яхту и где на песок вынесли тело Ребекки. И на несколько минут я задержался у дома лодочника Джеймса Табба.

Именно он во время допроса заявил, что яхта Ребекки оказалась не поврежденной бурей, что в ней проделали дырки и спустили кингстоны. Его заявление наделало много шума, но честность этого малого только нанесла вред его делу. Слухи и толки, что поползли потом, закончились тем, что Джеймс Табб лишился заказчиков, — во всяком случае, так считали сестры Бриггс. Через несколько лет он полностью обанкротился. В его семье все — из поколения в поколение — занимались судостроительством, а ему пришлось оставить дело.

Табб по-прежнему отказывался разговаривать со мной, и, глядя на полустершуюся надпись на доме: «Табб и сыновья. Судостроительная фирма», я понимал почему. Сын, чье имя было выведено на вывеске, погиб во время войны, а Джеймс Табб арендовал маленький гараж, где открыл мастерскую по ремонту машин. Разговоры о прошлом могли вызвать в нем горечь, и ему не хотелось возвращаться к тем временам, когда этот знающий и умеющий молодой человек ремонтировал яхту, вывезенную из Бретани.

Меня охватил приступ меланхолии. Почему-то вспомнился росчерк пера, который шел от конечной буквы «и» в заголовке «История Ребекки». И через двадцать лет после ее смерти история так и осталась неразгаданной. Она все еще продолжалась. Огромный дом лежал в руинах, ее муж умер, сломленный и с разбитым сердцем, по мнению местных старожилов. Ее друг, Артур Джулиан, вынужден был уйти со своего поста и многие годы выслушивал поношения в свой адрес. Фриц теперь ездит в инвалидной коляске и бормочет что-то несвязное. И даже Джеймса Табба, имевшего весьма косвенное отношение к истории, даже его беда не обошла стороной: он потерял дело, которое знал так хорошо. Вся его жизнь обрушилась, как рухнул особняк Мэндерли.

И, стоя на этой, некогда судостроительной пристани я убеждал себя, что мое расследование можно считать завершенным и что я оказался здесь в то самое время, когда оно подошло к концу, чтобы успеть ухватить самый кончик. Еще несколько лет, и все, кто знал Ребекку, все, кто так или иначе был связан с нею, уйдут из жизни.

Но так ли это? Сомнения не оставляли меня, поскольку я видел, что эта история продолжала сказываться даже на Элли: ее отец уединился в своем доме, прервав всякое общение даже с обитателями Керрита, и ей приходилось вместе с ним вести уединенную жизнь. Они виделись с очень небольшим кругом людей, в который входили и сестры Бриггс. Таким образом, молодая, образованная, привлекательная, умная девушка оказалась в заключении, и кандалами на ее руках и ногах стали события двадцатилетней давности. Словно это имело отношение не только к ее отцу, но и к ней самой.

Если бы кто сказал ей об этом, Элли, несомненно, начала бы все отрицать, но и пальцем бы не пошевелила, чтобы разрушить крепостные стены, воздвигнутые ее отцом. Да и кто бы отважился на это? Вторая жена Максима де Уинтера? Его вдова? Наверное, она все еще сравнительно молода, но вряд ли она считала, что это история закончилась. После смерти мужа она перебралась жить в Канаду, но разве это означало, что ей удалось убежать от прошлого?

События давних лет продолжали отзываться в днях нынешних. И пример тому я сам: мне и в голову не приходило, что эта история опутает меня по рукам и ногам. Иной раз у меня возникало впечатление, что и я сам стал ее частью. И тоже забился в какой-то глухой уголок, подальше от расспросов. Что я каким-то образом вписался в нее. Эта мысль вызвала во мне беспокойство.

Я прошел сквозь ухоженный сад. Фриц, как и другие обитатели дома, выкатил свое кресло на террасу, откуда открывался прекрасный вид на море. А в некотором отдалении отсюда, как он сам сообщил мне в прошлый визит, находился Мэндерли.

Проверив, захватил ли я с собой копию свидетельства

Тайна Ребекки

о смерти Лайонела де Уинтера, я поднялся на террасу к Фрицу. У меня не было сомнений, что он вряд ли помнил, кто я такой, но, судя по всему, это его не смущало: он запомнил мой первый приход к нему и, похоже, обрадовался, что я снова решил навестить его.

14

Полковник Джулиан описывал мне Фрица весьма безжалостно: ему почти девяносто пять, он пребывает в маразме, сторонник железной дисциплины: доводил горничных до слез, любитель совать нос в чужие дела, человек, который ждал своего звездного часа: «Он поступил мальчиком на побегушках и вскоре дослужился до дворецкого, — говорил полковник. — Так что судите сами».

Но Фриц никогда не был мальчиком на побегушках, и остальная часть описания полковника тоже выглядела сильной натяжкой. Фриц не страдал маразмом, я проверил: он родился в 1867 году, и сейчас ему исполнилось восемьдесят пять, хотя он сам уверял, что ему девяносто. Его отец был в услужении где-то в западной части Англии, и Фриц приехал в Мэндерли мальчиком. До того, как стать дворецким, он работал ливрейным слугой, одно время числился камердинером Лайонела де Уинтера. Фриц знал досконально историю семьи и гордился этим. В какой-то степени, как обмолвился старик, он тоже был частью истории.

Сварливый маленький старик. Наверное, он сильно сгорбился и съежился по сравнению с тем, каким был когда-то. Голову его покрывал белый пух, а плохо вставленная челюсть причиняла массу неудобств. Наверное, в отдаленном прошлом ему приглянулась какая-то девушка, но он получил отказ. Во всяком случае, он ревниво и желчно отзывался о нынешних нянях, которые оказывали внимание более молодым людям. По имеющимся у меня данным, Фриц оставался холостяком всю свою жизнь, и детей у него не было. «А зачем мне было жениться? — спросил он. — Зачем мне надо было заводить семью, когда она у меня уже была? Семья де Уинтер».

Пенсия, назначенная Максимом, покрывала расходы на его содержание в доме престарелых, но его никто никогда не навещал, о чем мне поведала рыжеволосая няня, к которой Фриц питал наибольшую симпатию. Фриц полагал, что он по-прежнему на особом счету. И сегодня тоже держался особняком, в некотором отдалении от остальных обитателей дома. На дальнем конце веранды собрались женщины, кое-кто из них вязал. С другой стороны — возле радиоприемника — собрались мужчины, они слушали комментарии ведущего к соревнованиям по крикету. Фриц не пытался пристать ни к той, ни к другой группе. Он остался посередине, в тени навеса, откуда мог наблюдать за плывущими яхтами и лодками, смотреть на городок и пытаться найти взглядом места, где когда-то возвышался Мэндерли, хотя у него на обоих глазах развилась катаракта, так что все ему виделось в туманной дымке. В сущности, он ничего не видел.

Старик немного вздремнул после ленча, так что сейчас было самое лучшее время обсудить с ним дела прошлых лет.

— Я словно снова побывал в прошлом, — обрадованно сказал он, вцепившись мне в руку и заставляя сесть рядом с ним. — То, о чем я старался не думать много лет, теперь снова предстало передо мной. Сэр Лайонел — еще совсем молодой — и его жена Вирджиния с сестрами мисс Евангелиной и мисс Изольдой. Сейчас все изменилось. И отношение к работе тоже. Я как-то сказал здешним няням: жаль, что им не довелось поработать в Мэндерли. Каждый день — минута в минуту — я спускался в кладовую, где хранилось столовое серебро. И если замечал хоть одно пятнышко на приборе... О, тогда я устраивал головомойку!

Он глубоко вздохнул:

— Да! И если бы на моих белых перчатках, когда я являлся к обеду, вдруг обнаружилось хоть пятнышко, хоть одна порванная ниточка... мне бы тоже досталось. У миссис де Уинтер, наверное, были глаза на затылке. Она все видела и все слышала, ничто в доме не ускользало от ее взгляда. Правда, это не мешало мистеру Лайонелу время от времени выкидывать свои штучки, и он все время втягивал меня в свои дела. Подмигнув, он говорил: «Это между нами, Фриц. Надо, чтобы наша большая девочка не узнала про это». Но она всегда была в курсе всего. Иной раз делала вид, что не замечает, но иной раз... Никогда нельзя было заранее сказать, что она сделает в следующую минуту. Но если сын заходил слишком далеко, что случалось, и не раз, — он обращался к ней. И тогда она сама устраивала все...

Я слушал самым внимательным образом. И последняя фраза меня сразу насторожила. С Фрицем, как и с сестрами Бриггс, имелась одна и та же трудность: разговор невозможно было направить в нужное русло, их следовало просто слушать и ждать. И мне приходилось ждать, выслушивая тысячу подробностей о том, как надо чистить серебро, чем и в какой последовательности, как полагается хранить кларет, чем натирать мебель, пока наконец Фриц выбирался на нужную мне дорогу.

В свой прошлый визит я пытался подвести разговор к событиям, случившимся в Мэндерли, но безуспешно. У него в памяти не сохранилось никаких воспоминаний о второй миссис де Уинтер — такое впечатление, что он напрочь вычеркнул ее. Отказывался он говорить и о Ребекке, заявив, что эта женщина принесла несчастье Максиму и его бабушке. Ее появление удивило Фрица только потому, что он ожидал активного сопротивления со стороны бабушки, она не могла принять в дом невестку, которую выбрал Максим.

«Красивая, умная, воспитанная», — неожиданно дала оценку Ребекке старая миссис Уинтер. И с первой встречи она приняла Ребекку. Хотя Максим обожал жену, тем не менее бабушка по-прежнему могла оказать на него влияние, так я считаю. Если бы захотела. Потому что после смерти матери она занималась им. А он, бедный мальчик, остался без матери в три года.

И больше я ничего не мог выдавить из Фрица. Он отказывался что-либо говорить о первой жене Максима, отдавая предпочтение более ранним временам, временам своей собственной юности. И, рассказывая что-либо о Лайонеле, он становился более говорливым.

Сегодня мне как раз очень хотелось обсудить кое-какие подробности из жизни отца Максима. И не терпелось начать сразу после ленча у сестер Бриггс. Почему Ребекка выбрала то же платье, что на портрете Каролины? И почему ее муж при виде этого наряда вышел из себя? Вот что мне хотелось прояснить для себя, а еще я хотел понять, что означали слова: «Когда мистер Лайонел заходил слишком далеко» — и что «устраивала» его мать. Сначала я дал возможность Фрицу просто потоптаться на месте, вспоминая золотые денечки, а потом спросил:

— Фриц, а почему ты ничего не рассказывал мне про Карминов?

К моему величайшему облегчению, Фриц не замкнулся в себе, а сразу же отозвался:

— Джон Карминов... — начал он. — ...у них был очень милый коттедж. Я приглядывался к нему, думая о том времени, когда уйду в отставку. Но мне пришлось спуститься с облаков на землю...

— А миссис Карминов?

— Сначала она нанялась служанкой. Хорошо ее помню. Милая девушка, высокая, стройная, хорошая работница — я ей это говорил. У нее были красивые волосы, она умела нравиться.... Джон Карминов бросил на нее один-единственный взгляд и тут же попался. Они начали прогуливаться вместе, а потом поженились — ей еще не исполнилось и шестнадцати. Потом пошли детишки, три здоровых мальчика. А после перерыва еще двое ребятишек. С этими ей не повезло. Одна слабенькая девочка, а другой — местный дурачок Бен.

Он разбил ее сердце. Все его братья работали в Мэндерли. Кто на конюшне, кто в саду — в то время всем находились занятия в Мэндерли. А Бен слонялся повсюду. Это всех раздражало: и его неопрятный вид, и то, что он любил за всеми подсматривать. То он стоял у дверей, то заглядывал в окна. И еще он постоянно торчал на берегу, неподалеку от домика. Мистер Лайонел выходил из себя, если сталкивался с ним. И стал грозить, что изобьет его кнутом при следующей встрече. Он всегда носил с собой кнут. И непременно пустил бы его в ход... Характер у мистера Лайонела был горячим. Трудно представить...

Я представил. И даже понимал почему. Свидетельство о его смерти объясняло все странности характера.

— А почему его так раздражал Бен? — спросил я. — Только неопрятный вид или что-то еще?

— Что-то еще? — к моему удивлению, Фриц хихикнул. — Я же вам рассказывал про миссис Карминов, забыли? Даже овдовев, она не утратила привлекательности. Черные волосы, черные глаза, черное платье — ей не исполнилось тридцати, когда она осталась без мужа. И вполне могла бы еще раз выйти замуж, как мне кажется. Охотники бы нашлись. Мистер Лайонел не остался равнодушным к ее красоте, и она поселилась в коттедже. И жила там до своей смерти, мистер Лайонел заботился о ней, а потом и его мать... Ее звали Сара... Сара Карминов. Ее похоронили в церковном дворе Мэндерли.

Мне это уже было известно. И я успел побывать на могиле Сары Карминов и ее мужа. И, просматривая документы поместья, отметил, сколько денег выделили де Уинтеры на ее содержание. После того как ее три сына погибли в Первую мировую войну, Сара осталась с придурковатым сыном и болезненной дочерью. Арендаторы в таком случае обычно покидали свой дом, чтобы найти средства к пропитанию, но Сара осталась. И продолжала жить и получать пособие еще при жизни Максима, тогда ей было пятьдесят, а ее муж умер двадцать лет назад. Де Уинтеры продолжали помогать ей растить детей. Бена отправили в психиатрическую лечебницу только после ее смерти. Тогда Максим уже был за границей. Сейчас умер и Бен. А что случилось с дочерью, мне неизвестно.

Я с благодарностью посмотрел на Фрица, он помог мне заполнить существенный пробел. Меня очень интересовала Сара Карминов. И не столько ее красота и обаяние. Мне показалось, что некоторые события ее жизни имеют большое значение для истории де Уинтеров. Она вышла замуж в 1893 году в возрасте шестнадцати лет, через три года после рождения Максима. Ее первые три сына — три крепких парня — родились один за другим в течение пяти лет. После чего последовал перерыв. Девочка и мальчик родились в 1905 и 1906 году. Они носили фамилию Карминов, хотя ее муж умер в 1904-м. Кто-то решил утешить хорошенькую вдовушку.

— Расскажите про ее последних детей, Фриц, — попросил я. — Кто их отец?

Наступило молчание. Фриц пристально смотрел на меня из-под густых бровей. Он знал ответ, но я не мог угадать, какое желание в нем победит: говорить или утаить.

— Они были болезненными с самого рождения, — наконец сказал он. — Мальчик остался идиотом. А девочка... Она медленно росла и в умственном развитии отставала от своих сверстников. Тощая, как обглоданная косточка. С огромными черными глазищами. А у Бена глаза были голубые...

— Фриц. — Я решился рискнуть. — И Бен, и его сестра

родились после смерти Джона Карминов. Девочка спустя десять месяцев, а Бен через два года. Кто их отец? Лайонел? Поэтому де Уинтеры помогали вдове? — Я помолчал. — И почему дети родились нездоровыми?

— Незаконнорожденные. — Фриц посмотрел прямо на меня. — «Незаконнорожденные, — вот как отзывалась о них миссис де Уинтер-старшая. — Поэтому мы должны заботиться о них, Фриц», — как-то раз сказала она. И больше мы не говорили на эту тему. Мистер Лайонел всегда привлекал женщин, не только здесь. И в Лондоне, и за границей, они просто висли на нем. И он всегда проявлял к ним щедрость. И когда я перешел к нему в камердинеры, то завел небольшую книжечку, где записывал их дни рождения и напоминал об очередной дате. И мы выписывали из лондонского магазина подарки — всякие безделушки, красивые вещицы. У него был хороший вкус. — Фриц снова хихикнул. — Особенную слабость он питал к актрисам. Их дерзость, так я думаю, привлекала его. А его бедная жена... нет, она не отличалась смелостью... Она была настоящей леди...

На веранду вышла рыжеволосая няня со столиком на колесах, на котором стоял чай и тарелки с сандвичами и печеньем. И я понимал, что, как только она доберется до нас, разговор прервется. Мне следовало поторопиться, но так, чтобы Фриц не заметил моей настойчивости:

— А чем болел Лайонел?

— У него болели ноги, — вздохнул старик. — Они причиняли ему массу беспокойства. Сначала на бедрах появились темные пятна, потом они превратились в язвы. И ничто не помогало, они не проходили. Мы промывали и смазывали их, бинтовали, но становилось только хуже и хуже. Максим не понимал, что с отцом. Он потерял мать, она любила сажать его на колени, она обожала своего мальчика. И после ее смерти ему так хотелось ласки. И даже когда ему исполнилось шесть лет, он все еще не забывал, как она баюкала его, прижимая к себе. И, завидев отца, он бросался к нему и просил взять на руки, посадить на колени. Мистер Лайонел злился, потому что не мог поднять такого большого мальчика и ему было бы больно посадить его на колени, поэтому он тут же выходил из себя и кричал, что мальчик изнежен и избалован. Он кричал на малыша, и тот в конце концов стал бояться его.

Но, в сущности, мистер Лайонел был добрым человеком. Просто в то время у него наступило ухудшение, и ему даже было трудно ходить. Ему не хотелось, чтобы кто-то заметил это и чтобы об этом болтали.

Он задумался, но я подсказал:

— Язвы потом все же прошли?

— Да. — Он оживился. — Через год или два они полностью сошли. И мистер Лайонел снова стал, каким был прежде, — уезжал в Лондон каждый месяц, гулял там напропалую. Когда боль проходит, забываешь об осторожности. Когда мой артрит начинает донимать меня...

— А когда наступило очередное ухудшение? — Я смотрел на рыжеволосую няню в белой форме. Она уже подошла к группе женщин на другом конце веранды. Нам оставалось минут пять, не больше.

— Намного позже. Когда Максиму исполнилось лет двенадцать. Он неважно учился, и летом с ним занимался пастор, дедушка полковника Джулиана — прекрасной души человек. Максим его очень любил. И вот тогда у мистера Лайонела начались приступы головной боли. И зубы тоже стали болеть. Они его очень мучили. Он принимал ртуть, и зубы начали портиться. Они почернели и все сгнили. А потом наступило ухудшение. Даже со мной он становился то мягким, как ягненок, то бушевал без всякого повода...

Его взгляд невольно обратился в сторону Мэндерли, и, казалось, Фриц погрузился в прошлое.

— Иной раз ему становилось чуть лучше, — продолжал он. — Даже на месяц. И тогда он говорил: «Ну вот, Фриц, я снова выздоровел». Но головные боли потом становились еще сильнее, появились и другие симптомы. И, мне кажется, они пугали его. Наконец наступил момент, когда он стал совершенно непредсказуемым, когда уже нельзя было заранее угадать, что он сделает в следующую минуту. И мать делала все, чтобы избежать толков. К ней на чай приходили дамы из местного общества...

Фриц покачал головой:

— Надо было что-то предпринимать, и старшая миссис де Уинтер пригласила врача из Лондона. Мистеру Лайонелу начали делать уколы, после которых он затихал. Морфий. От боли. Но из-за морфия по ночам его стали преследовать кошмары — он так кричал от ужаса. И последние четыре года не выходил из своей комнаты. У меня был ключ, и я не позволял горничным судачить на эту тему. Никогда. И миссис де Уинтер знала, что на меня можно положиться. У нее самой была железная воля. Ее сердце могло разрываться от горя, но вы бы никогда не догадались о том. И даже при мне она не позволяла себе слабости. И когда дело шло к концу, она взяла меня под руку и попросила оказать услугу. Последнюю. И тогда я засвидетельствовал его волю, его завещание. Вторым свидетелем стал полковник Джулиан. После этого меня перевели в дворецкие. То, о чем я мечтал.

Женщины получили чай и печенье, и теперь рыжеволосая няня двинулась в нашу сторону. Я слышал легкий звон — дребезг чашки о блюдце. И Фриц тоже услышал. Мне осталось задать последний вопрос. О завещании Лайонела, которое он сделал в 1915 году.

— А почему он написал завещание так поздно? Он серьезно болел, и это продолжалось довольно долго. Почему он не написал его заранее?

— Он написал. Вот в чем все дело. За десять лет до того, когда у него наступило улучшение. И по секрету признался мне в этом. Мать его ничего не знала. А когда она нашла завещание, незадолго до смерти сына, — это так обеспокоило ее! Миссис де Уинтер места себе не находила, пока не переписала его. Я так и не узнал, кто ей рассказал про его завещание. Я не обмолвился о нем ни словом. Так что и для меня это осталось тайной... Там несут чай?

— Нет, еще нет. Но скоро няня подкатит столик.

Рыжеволосая няня остановилась поговорить с какой-то медсестрой и тем самым подарила мне несколько минут.

И я, понизив голос, спросил:

— А почему мать Лайонела не хотела, чтобы осталось прежнее завещание? Зачем ей нужно было подписывать новое, что ей не нравилось в прежнем?

— Не помню, — вдруг заупрямился Фриц. И начал сердиться: — Это случилось так давно. Еще во время Первой мировой войны. Максим служил во Франции, и его могли убить в любой момент. Полковник Джулиан тоже был в военной форме... Почему мне не дают чай? Я хочу чай. Сегодня воскресенье. И по воскресеньям нам дают печенье. Я его люблю...

Пожилая медсестра вернулась в дом, а рыжеволосая няня толкнула столик. Мне хотелось выяснить еще один пункт:

— А что стало с дочерью Сары, ее звали Люси? Я нашел свидетельство о ее крещении в церкви.

— Она умерла. Они все умерли! — Он заговорил с истерическими нотками в голосе. Я понял, что зашел слишком далеко и это сердит его. — Они все уже давно умерли. Остался только я. И я хочу чай. Няня! Няня! Где мое печенье? — Фриц пытался повернуть колесики кресла. А потом вдруг повернулся ко мне: — Кто вы такой? И что вам от меня надо? Я вас не знаю. И никогда не видел вас прежде. Няня! Няня, пусть он уйдет, пусть оставит меня в покое!..

— Ну, ну! — Девушка подошла к нам и погладила руку старика, потом выпрямилась и посмотрела на меня с сочувствующим видом. Но было ясно, что мне надо уходить. Я поднялся и попрощался с Фрицем, хотя вряд ли он нуждался в этом.

— Что это с вами? — принялась увещевать старика няня. — Посмотрите, какой симпатичный молодой человек пришел вас навестить. И вот ваш бисквит, не волнуйтесь так.

Спустившись по ступенькам, я вышел на тропинку ухоженного сада и, когда кусты роз полностью скрыли меня из виду, вынул из кармана свидетельство о смерти. Лайонел умер в июне 1915 года. От сифилиса, как теперь называли эту болезнь.

Сам не ведая о том, Фриц описал все признаки страшного недуга. Заразное заболевание, которое подкосило и его жену, и любовницу, и... детей.

Мне захотелось какое-то время побыть одному. И уже не в первый раз я пожалел о том, что у меня здесь нет машины. Но, как мне представлялось, у Теренса Грея не могло быть машины, и поэтому я не приехал сюда на своей. И снова пожалел о том. Будь у меня автомобиль, я бы мог сейчас доехать до церкви Мэндерли и снова посмотреть на могилу Карминов. Не потому, что хотел что-то снова перепроверить, — я все запомнил прекрасно: Джон и его жена покоились в тихой уединенной части церковного двора, под ветвями тиса. Их троих сыновей похоронили где-то на полях войны, но их имена,

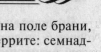

как и имена многих других воинов, павших на поле брани, были высечены на мемориальной стеле в Керрите: семнадцать, восемнадцать и двадцать лет. Я посочувствовал несчастной женщине, которая осталась жить в коттедже с двумя своими младшими детьми. Но могилу Люси я не смог найти, как и запись о ее смерти.

Поддавшись внезапному порыву, я направился в сторону коттеджа Пелинта, который снимали Мэй и Эдвин в тот год, когда мы приехали сюда. Он стоял в некотором отдалении от деревушки, у самой воды. Он еще сохранился, несмотря на минувшие годы. Но дом стоял пустой, двери его были заперты. Садик выглядел запущенным.

Я сел на ступеньках дома и принялся задумчиво бросать камешки в воду, стараясь пустить блинчики, как в детстве. И злился на самого себя, потому что снова попался в привычную ловушку, которой стараются избежать историки: не имея нужных фактов, я пытался дополнить их своими домыслами.

Лайонел мог стать отцом двух детей Сары, слова Фрица служили достаточным основанием, чтобы прийти к такому выводу. Большой волокита — отец Максима оставил ему много побочных братьев и сестер. Знал ли Максим о том, что местный дурачок — его сводный брат? И то, что Бен родился умственно неполноценным, — результат болезни Лайонела? Максим родился явно до того, как отец заразился сифилисом. Но если он догадывался, что за болезнь свела отца в могилу, разве не пугала его возможность заполучить ее по наследству? Даже если он не замечал никаких признаков?

И почему я так охотился за сестрой Бена? Особенно в последние дни? Я знал ответ: потому что полковник получил конверт с тетрадью и открыткой Мэндерли. Потому что я догадывался, что у Ребекки с детства существовала какая-то связь с семейством де Уинтер. Вывод, к которому я пришел после безуспешных попыток найти какие-то свидетельства о прошлом Ребекки.

Именно это было полнейшей глупостью с моей стороны. И все под влиянием разговора за ленчем с сестрами Бриггс. Я пытался найти связь между событиями, которая на самом деле отсутствовала. Свидетельство о смерти Ребекки датировано 1931 годом, ей исполнилось тридцать лет. Это означало, что она родилась в 1900 году или 1901-м, на переломе века. А Люси родилась в 1905-м. Между двумя девочками не существовало никакого сходства. Люси умерла в подростковом возрасте и не имела никакого отношения к той Ребекке, которую я знал по описаниям. Если я как следует пороюсь в церковных записях, то рано или поздно непременно найду нужную. А если нет, то это могло означать, что ее удочерил кто-то, как усыновили меня самого. И на своем опыте я знал, насколько сложно в таком случае проследить дальнейшую судьбу.

Как произошло, что я не только потерял объективность, я утратил способность мыслить здраво и логично? Сплетни, слухи, недомолвки вдруг оплели меня по рукам и ногам. Легенды и фантазии, продолжавшие бытовать в Керрите, затуманили мне мозг. «Нужно непременно на время уехать в Лондон, чтобы прийти в себя, — сказал я. — Хорошо, что поездка состоится уже завтра».

Швырнув еще один камешек, я долго смотрел, как расходятся круги по воде.

А потом снова повернулся к домику, где прошло наше первое лето с Мэй и Эдвином. Тогда меня ужасно мучил вопрос о моем рождении. Мальчик из сиротского дома заявил, что мой отец был нищим, а моя мать зачала меня в пьяном виде, и я был ей не нужен. Я поверил ему — и это стало частью меня, и даже по сей день заноза, засевшая очень глубоко, так и осталась, хотя я уже перестал задумываться о том, кем были мои родители. «Это ложь! — заявила мне Мэй, когда я признался ей в маленькой комнате, которая стала моей спальней. — Наглая ложь и выдумка! Тогда почему же она плакала, когда отдавала тебя в приют? Настоятельница рассказывала мне, как она рыдала. Кем бы ни была твоя несчастная мать, она очень любила тебя. Так же, как и я».

Это тоже была ложь, но ложь во спасение моей души. Мэй никогда не обсуждала этот вопрос с настоятельницей, поскольку та настоятельница и в глаза не видела моей матери. Тем не менее это тоже стало частью меня самого. Остановившись под окном, в которое заглядывали ветки ивы, я подумал, что Мэй оставила мне богатое наследство, в котором я так нуждался в тот период.

Я мог выискивать все, что относилось к жизни Бена и

Люси, но в моих собственных бланках графы о родителях оставались незаполненными, и можно было вписать только одно слово: «неизвестно», где обычно писали имена отца и матери. И, как все незаконнорожденные дети, я носил это клеймо. Вот почему я так дотошно пытался установить истину в истории, которая не имела ко мне отношения. Профессия историка, которую я выбрал, давала мне такую возможность.

Вернувшись в Керрит, я позвонил Элли, и договорился о встрече. Полковник Джулиан после дня отдыха немного приободрился, чего я не мог сказать о себе. Он, конечно, вполне мог угадать, что я немного не в себе, но со свойственным ему тактом не стал расспрашивать меня о причинах.

Я прошел в его кабинет. Пес, так тонко угадывавший настроение хозяина, теперь, казалось, пытался понять, что со мной: положил громадную голову ко мне на колени и даже лизнул руку. Мне нравилось, что он оказывает мне внимание.

Мы заговорили про Джека Фейвела, поскольку полковник решил подготовить меня к беседе с этим прохиндеем. А потом я поведал ему про домик и про венок из азалий. Это почему-то вызвало у него сначала растерянность, а потом он принялся размышлять вслух и пришел к выводу, что все это дело рук того человека, которого он увидел в окне. И что полученный им конверт тоже как-то с этим связан. Но тотчас засомневался.

— Фейвел мог прислать конверт, — покачав головой, сказал полковник. — Могу представить, как он это делает для того, чтобы огорчить меня. Даже через двадцать лет после случившегося. Но он бы никогда не оставил венка из азалий. Никогда!

Мы оба считали, что конверт мог быть делом рук Фейвела. Либо Ребекка, либо миссис Дэнверс могли отдать ему эту тетрадь. Но мне казалось, — после того, как я узнал, что он настаивал на любовной связи с Ребеккой, — что и оставить венок как знак любви Фейвел тоже мог. И мне было непонятно, почему полковник столь решительно отвергает такую возможность, даже не дав себе труда задуматься.

— Подождите, пока не встретитесь с ним, Грей. И тогда сами поймете. Но уверяю вас — это невозможно.

Он даже решился пригласить дочь, чего никогда не делал, чтобы она высказала свое мнение. Элли выслушала мой рассказ, задумалась, а потом проговорила:

— Нет, Фейвел не мог оставить венка.

Полковник был доволен, что дочь пришла к такому же выводу, что и он, но я опять не поверил. Элли видела Фейвела всего лишь один раз, когда ей было десять лет, на большом приеме в Мэндерли, на который кузен Ребекки заявился без приглашения. Почему же тогда она почти без колебаний отрицала его причастность? И еще мне показалось, что Элли не верила, будто Фейвел послал конверт.

Они оба предлагали мне остаться поужинать с ними, но я отказался. Хотелось написать отчет о случившемся за день, пока все детали были еще свежи в моей памяти. Но еще и потому, что знал: сегодня из меня получится плохой собеседник. Полковник спросил меня, как я намереваюсь добираться до станции, и, когда узнал, что я собираюсь ехать автобусом, предложил дочери подвезти меня.

— Я заеду за вами в семь утра, — кивнула Элли и вышла меня проводить.

Я искоса смотрел на нее, и меня снова охватило странное волнение. Мне она казалась загадочной, как принцесса в замке. Захотелось сказать что-то заключительное, но я никак не мог понять, в каких именно выражениях.

— Этот венок из азалий... — проговорила после паузы Элли. — Почему-то никому из нас не пришла в голову мысль, что его могла сплести женщина. Вы думали об этом?

Нет. Мне это не приходило в голову. Элли попрощалась и вернулась в дом. У меня создалось впечатление, что она была уверена: такая мысль не придет мне в голову. И это тоже огорчило меня. Если бы Мэй была здесь, она бы прочитала мне лекцию о женской интуиции.

Но сейчас мне хотелось выбросить все это из головы. Надо было уложить вещи. И, слава богу, в Лондоне меня ждала моя одежда, и я мог на время забыть про костюмы мистера Грея.

15

17 апреля, понедельник. Поезд пришел вовремя, но поездка, казалось, длилась целую вечность. Вагоны для некурящих были переполнены, и мне пришлось сесть в вагоне, где курили трубку и где одна из женщин всю дорогу до Лондона ела сандвичи и сыр. Мне не удалось позавтракать, поэтому я

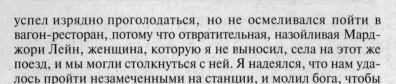

успел изрядно проголодаться, но не осмеливался пойти в вагон-ресторан, потому что отвратительная, назойливая Марджори Лейн, женщина, которую я не выносил, села на этот же поезд, и мы могли столкнуться с ней. Я надеялся, что нам удалось пройти незамеченными на станции, и молил бога, чтобы она не заметила ни меня, ни Элли в зале ожидания.

Но на вокзале в Паддингтоне эта дама все же набросилась на меня.

— Мистер Грей! — воскликнула она. — Я так и подумала, что это были вы. Я даже помахала вам, но вы так были заняты разговором с Элли... Я приехала сюда на день или два, чтобы сделать кое-какие покупки. Мы с вами вместе наймем такси? Вам куда?

— Мне рядом. Я доеду подземкой, — ответил я, быть может, несколько резче, чем это позволяли приличия.

Но мне и в самом деле было рукой подать. Через две остановки — Бейкер-стрит, потом небольшой переход через Риджент-парк, и через двадцать минут я оказался на месте, в своей комнате с видом на парк. Вишневые деревья уже зацвели, на траве лежали белые лепестки.

В первый раз Ник привел меня сюда, чтобы познакомить с родителями. И мне тогда показалось, что это самый красивый домик из всех, когда-либо виденных мною. Это было еще до войны, и с тех пор многое переменилось. Но я по-прежнему оставался при том же мнении. Мое сердце дрогнуло, когда я увидел знакомые стены и окна. Несмотря ни на что, мои воспоминания о доме Осмондов, в отличие от Ника, окрашивались в розовые тона. Это счастливейшее время моей жизни.

Миссис Хендерсон явно обрадовалась моему приезду еще и потому, что сейчас, когда все члены семьи разъехались, она частенько ощущала себя одинокой. Она заново перестелила постель в той комнате, которая считалась моей, несмотря на все мои протесты, потому что считала, что на бельe не должно быть ни единой складочки.

Миссис Хендерсон с торжествующим видом провела меня по дому, чтобы показать телевизор — последнюю покупку отца Ника. Его всегда обуревала жажда новшеств, и, видимо, миссис Хендерсон разделяла эту страсть. Телевизор с довольно большим экраном поставили в углу гостиной на комод красного дерева. Миссис Хендерсон продемонстрировала телевизор в действии, включила, дала ему нагреться, затем экран засветился, и появилось изображение, — точно так же всплывают в памяти воспоминания или сны.

А потом она угостила меня сандвичем. После отчаянных споров я добился привилегии — разрешения есть на кухне. И, пока я поглощал еду, она рассказала о последних событиях. В основном это касалось Ника — у нее имелись более свежие, чем у меня, новости: он собирался задержаться в Париже еще на месяц. Его мать все еще путешествовала на корабле по Карибским островам. Я пришел к выводу, что она была с последним своим любовником, миссис Хендерсон не стала уточнять. Отец Ника, похоже, еще ничего не знал о смерти Джулии, хотя прошел уже почти год с того дня. Мне нравился сэр Арчи, и я надеялся свидеться с ним, но миссис Хендерсон сообщила, что он редко выезжает из своей оксфордской квартиры. Несмотря на обещание приехать в Лондон, он так ни разу и не выбрался.

— Он никогда не считал Джулию невесткой, — заметила миссис Хендерсон. — Всегда относился к ней как к своей дочери. Ему так хотелось иметь дочь. — Она помолчала и добавила, глядя на меня: — Бедняга. Он еще не теряет надежды. Даже сейчас.

Так же, как и Ник — вот почему, собственно, он так надолго задержался в Париже — почти на три месяца. Мы догадывались с миссис Хендерсон, но не заговорили на эту тему.

Мы с ней еще поболтали с четверть часика, но меня снедало беспокойство из-за предстоящей встречи с Джеком Фейвелом в шесть тридцать в офисе его компании, которая располагалась в Мэйфер. Оттуда, как выразился Фейвел, мы зайдем в местную забегаловку выпить чего-нибудь, а если я пройду испытание, то он позволит мне угостить его ужином.

Я напал на след Фейвела без особого труда, его фамилия оказалась в лондонском телефонном справочнике, квартира находилась в квартале Мейда-Вэл. Но уговорить его встретиться оказалось намного сложнее. На первое отправленное мною письмо он не дал ответа. Когда я позвонил, никто не поднял трубку.

Второе письмо я направил уже не на домашний адрес, а в офис и вместе с уведомлением о вручении получил записку, в которой Фейвел давал обещание увидеться, но в каких-то неопределенных и туманных выражениях, не называя даты. И когда я счел, что наше свидание вряд ли состоится, вдруг раздался телефонный звонок. В голосе Фейвела слышался то ли испуг, то ли непонятное мне раздражение, но он дал согласие поговорить со мной в самое ближайшее время. Я ломал голову над тем, что вынудило его назначить встречу. Не исключено, что он решил выудить из меня деньги. Целый месяц Фейвел уклонялся от разговора, а теперь у меня возникло такое впечатление, что он даже готов на этом настаивать.

Я уже заказал столик во французском ресторане в Сохо, где и вино, и еда были достаточно приличные: это все, на что я готов был раскошелиться ради него. Давать ему взятки я не собирался и, если он снова заупрямится, попытаюсь найти другой способ заставить его разговориться. Тем не менее предстоящая встреча заставила меня внутренне собраться.

Мне не хотелось срывать подметки в ближайшие полтора часа, поэтому я позвонил Саймону Лангу, который работал в главном справочном агентстве по редким книгам и манускриптам. После бесконечных расспросов, где я провел последние шесть месяцев, почему нигде не показывался, он наконец дал мне очень полезный совет.

— Есть один малый в книжном магазинчике поблизости от твоего дома, — сказал он. — Большой знаток в своем деле. Сошлись на меня. Он собирает такие штуки. У него целая комната забита ими. А еще есть каталог. Никто не ответит на твои вопросы лучше его. А с чего это ты вдруг заинтересовался таким мусором? Это ведь не твой период? Ага, не хочешь говорить! Ну ладно. Все равно узнаю. Передай Нику от меня привет. Да, кстати, нам удалось продать экземпляр твоей книги на следующий же день. Что это было? Вальсингам? Нет, Сидней. Какой том! Первое издание. И в таком прекрасном состоянии. Судя по всему, его ни разу так и не раскрыли. Нам неплохо заплатили за него. Сколько же экземпляров всего напечатали?

— Двадцать, — ответил я. — Может быть, двадцать один. И все они находятся в библиотеках.

Саймон засмеялся:

— Тогда все понятно. Раритет, и ты знал, что это дорогая штучка.

Такси подошло вовремя, и через двадцать минут я уже

входил в букинистическую лавку. Она выглядела пыльной и запущенной. Не питая особых надежд на удачу, я все же заставил себя войти внутрь. В руках у меня была открытка с видом Мэндерли.

Фрэнсис Браун стоял у прилавка и производил еще более удручающее впечатление, чем его лавчонка. Высокий, худой мужчина с мрачным выражением на лице, с седой бородой, в потрепанном пиджаке, который видал лучшие времена, и плохо завязанным галстуком. Он смотрел на меня с таким видом, словно вошел не посетитель, а полисмен.

Узнав о цели моего визита, он заговорщицки понизил голос и сообщил, что у него в задней комнате есть обширная коллекция открыток, и там я найду все, что мне нужно. Не без удивления я осмотрелся, не понимая, неужели кто-то покупает или коллекционирует подобный хлам.

Наверное, если бы я начал перебирать все стоявшие открытки, то рано или поздно отыскал нужную, но сколько бы на это ушло времени — один бог знает. Лавка была довольно большой, но настолько заставленной, что там просто невозможно было повернуться. Там хранились тысячи и тысячи открыток. Ряды ящиков, в которых они находились, занимали все пространство от пола до потолка. Коробки с открытками стояли на подоконнике и на столах. И я прочитал написанные от руки указатели: «Авиация — Локомотивы — Религия — Церкви — Озера — Разное — Театр — Разное». Кроме того, виды, начиная от южной оконечности и кончая севером. На одном из ящиков красовалась надпись: «Забавное».

Имя Саймона Ланга, как я и подозревал, не оказало на продавца никакого магического действия.

— А, этот легкомысленный господин! Я даже и говорить не желаю о нем, молодой человек. Скажите ему, пусть он свернет свою открытку в трубку и раскурит ее. Ах, это ваша. Ну, давайте тогда посмотрим. Так это Мэндерли! У меня целая пачка таких где-то хранится. Кажется, я куда-то отложил их — кто-то недавно ими интересовался. Так, так. Подождите немного. А чья это фотография? Джона Стивенсона. Ну, конечно, это его рука. Я знаю его манеру. Кое-кто из моих коллекционеров очень ценит его. Хорошее качество. Он должен лежать отдельно. Сейчас, сейчас...

Мне казалось, что Браун копался в своих ящиках целую вечность. То заглядывал в книгу, то откладывал ее и начинал поиски с самого начала. И когда я решил, что уже не смогу больше выдержать в этом затхлом помещении ни секунды, мой взгляд вдруг упал на коробки, стоявшие передо мной: «Озера». Проглядев открытки, я тотчас узнал эти места. Меня не интересовали такие разделы, как «Церкви», «Локомотивы» и «Авиация». Я пропустил их и принялся просматривать «Театр».

Некоторые из открыток были очень старыми, концы их успели разлохматиться и погнуться. Я никак не мог понять, по какой системе владелец лавки их расставлял: рядом с Колом Портером стояла Лили Лэнгтри, Айвор Новелло соседствовал с Сарой Бернар, а Генри Ирвинга я нашел за Ноэлем Ковардом. Среди известных и по сей день имен находились портреты давно забытых и никому не известных личностей — красотки и красавцы в странных костюмах, шуты и разбойники, влюбленные.

Полнее всего здесь были представлены шекспировские постановки: молодой Гилгуд в роли Ричарда II, Доналд Вольфит в роли короля Лира. Я пробегал взглядом по Ромео и Джульеттам, которым можно были идти на пенсию, по Гамлетам и Офелиям, которых следовало бы отправить работать посудомойками и поварами. Но продолжал терпеливо перебирать открытки, пока не увидел то, что искал...

«Отелло», «Сон в летнюю ночь»... Я остановился и начал рассматривать внимательнее. Что это? Возможно ли? Передо мной были фотографии теперь уже никому не известной труппы сэра Фрэнка Маккендрика. Он был снят в роли Ричарда III — с густо намазанными черным бровями, для устрашения он подвел и глаза, а рядом с ним стояли два принца, которых он заключил в Тауэр. Я еще внимательнее всмотрелся в одного из принцев, которого, без всякого сомнения, играла девочка, что меня нисколько не удивило. Фотография сделана в 1909 году, а в те годы девочки часто исполняли юношеские роли. У принца были черные волосы и глаза, которые невозможно забыть, — те же самые глаза, что и у девочки на открытке, присланной полковнику.

Я вынул открытку из коробки, подошел к двери и рассмотрел ее при свете дня. Теперь мне уже не казалось, что две эти девочки так похожи друг на друга. Тогда я снова вернулся к коробке и торопливо начал перебирать ее содержимое. Когда мы в первый раз рассматривали открытку, полковник высказал предположение, что на девочке костюм для бала-маскарада. И следом за ним я тоже решил, что ее нарядили для какого-то детского представления. Но что, если на ней театральный костюм? Мне вдруг вспомнился разговор сестер Бриггс насчет костюмированных балов в Мэндерли. И Ребекка выбирала... Нет, Джоселин, ты ошиблась! Ребекка всякий раз выбирала костюмы из шекспировских пьес.

— Нашел! — воскликнул Фрэнсис Браун, в последний раз перелистав свой гроссбух. — Я знал, что у меня должна быть запись: «Студия Джона Стивенсона, Плимут — специалист по пейзажам западной части страны, сцены деревенской жизни, красивые виды, пейзажи и особняки». Он сделал себе имя на особняках. Первые сувениры, мой дорогой. Посмотрите: студия Стивенсона открылась летом 1913 года, закрылась в январе 1915-го. Думаю, он ушел добровольцем на фронт. Затем снова открылась в 1920-м, и вскоре он начал печатать цветные открытки. Так что мы сможем определить время, когда сделана эта открытка. Явно не послевоенная, значит, в период между летом 13-го и зимой 15-го года. Настоящий раритет. С удовольствием куплю ее у вас, если вы захотите продать. У меня есть целое собрание открыток Мэндерли, начиная с 1920 года, все цветные, но довольно скучные. И я никогда не видел эту. Если не продаете, тогда чем могу вам помочь?

— Мне бы хотелось купить вот эту. — Я показал ему открытку с «Ричардом III». — Вы можете мне что-нибудь рассказать про нее?

— Бог мой! — Браун удивленно вскинул брови. — Чем это она приглянулась вам? Эта труппа существует и по сей день. Ужасный старик и плохой актер, конечно, но я питаю слабость к таким самодеятельным труппам. Дайте мне еще раз взглянуть — неувядаемый Фрэнк Маккендрик. Выступал в основном в провинции. Ставил исключительно шекспировские пьесы. И продолжал играть Ромео в свои пятьдесят лет — разве это не восхитительно? Сейчас никто и не слышал о нем, а в свое время он был достаточно известен. Девочка? Эта девочка? Боюсь, что о ней я ничего не слышал. А что касается Маккендрика, то это большая редкость. У меня осталось всего две штуки. «Ричард» и «Сон в летнюю ночь», так что, боюсь, цена вам может показаться достаточно высокой: полкроны — и она ваша. К тому же вы друг этого мистера Шутника.

Заплатив немыслимую цену за старую фотографию, я вышел из лавочки Фрэнсиса Брауна в пять пятнадцать. Идти в книжные магазины или в библиотеку было уже слишком поздно. Маккендрик мог подождать до завтрашнего дня. Глядя на фотографию с печальным принцем, я думал о том, что теперь знаю, какие должен задать вопросы Джеку Фейвелу, которые помогут мне выяснить прошлое Ребекки. Теперь я уже не охотился вслепую, а знал, что искать.

Вернувшись домой, я принял душ, переоделся и отправился к назначенному месту.

Фейвел был старше своей кузины — я все время невольно запинался, когда называл Ребекку его кузиной, — ему уже было за пятидесят. Его возраст я выяснил из газет. Карьеру его тоже нетрудно было проследить: в юности его выгнали из королевского флота. Очевидно, уличили в каких-то незаконных торговых сделках. Вскоре после смерти Ребекки его обвинили в сокрытии доходов от подпольных игорных домов, и он даже получил за это срок — три года.

А потом Фейвел исчез из виду, и о нем долго не было ни слуху ни духу. Фирма «Фейвел — Джонстон», где он, по его словам, стал директором и совладельцем, находилась в списке компаний, но не сдавала ежегодных отчетов. Я решил, что его «компаньон» — вымышленное лицо, и не думал, что эта фирма процветает. Возле выставленных на продажу автомобилей не было ни души. Рынок продажи дорогих машин был достаточно насыщенным. И я вспомнил предупреждение полковника насчет того, что Фейвел всегда занимался только махинациями и что с ним надо держаться осторожно. Но я не очень доверял пристрастным очевидцам. С его слов выходило, что Фейвела не интересовало, отчего и как умерла кузина. До тех пор, пока не началось расследование, он ни разу не пытался сделать какое-либо заявление. А когда поднялась шумиха в газетах, Фейвел тотчас объявился в Мэндерли с запиской Ребекки с обратным лондонским адресом.

— Можно вычислить, когда она ее написала, — сказал полковник. — К врачу она пришла в три часа дня. После чего вернулась к себе, написала эту записку, отвезла ее Фейвелу и тотчас уехала в Мэндерли. Дорога занимает шесть часов, если гнать без остановок, а, как известно, она приехала в Мэндерли в девять вечера.

Я внимательно слушал его. Фейвел мог бы представить записку следователю, но вместо этого заявился к Максиму.

— Когда я приехал в Мэндерли, Фейвел успел напиться, — продолжал полковник, — и вел себя самым непристойным образом. Он размахивал этой бумажкой у моего носа и твердил, что они с Ребеккой состояли в любовной связи, что она собиралась уйти от мужа и сбежать с ним в Париж и что Максим убил ее в приступе ревности.

Но текст записки еще ни о чем не свидетельствовал. Ребекка всего лишь просила Фейвела приехать в Мэндерли и зайти к ней в домик. Конечно, некоторые сомнения это могло вызвать. Но Ребекка не имела возможности встретиться с Фейвелом в Мэндерли, поскольку Максим выставил его вон. Разумеется, эта записка также не свидетельствовала о том, что женщина собирается покончить жизнь самоубийством, но еще меньше она походила на любовную записку. Только общие фразы и тон очень холодный. Точнее — повелительный, вот самое подходящее определение.

Полковник Джулиан помолчал и окинул меня быстрым проницательным взглядом:

— Мне кажется, Фейвел и сам понимал, как мало эта записка может пролить света на случившееся. Но он считал, что убийство — дело рук Максима, и надеялся, что таким образом обнаружится мотив убийства. Глупец. Не забывайте об этом при встрече с ним.

Я спросил полковника, поверил ли он словам Фейвела хоть отчасти. Месяц назад он бы ушел от ответа, если бы я отважился задать такой вопрос. Но теперь он после некоторой заминки ответил, что никогда не верил, будто Ребекка собиралась оставить мужа и уйти к кузену. И сразу почувствовал, что Фейвел придумывает все на ходу. То, что Ребекка могла искать утешения, — это было правдой. Но уж, конечно, не в объятиях Фейвела.

Слишком жесткий тон. Ребекка никогда бы не написала

записку любимому человеку в такой манере. Тогда зачем она написала ее? Почему хотела, чтобы Фейвел приехал этим же вечером? Собиралась сообщить про диагноз? И ради этого он должен был ехать в Мэндерли? Она могла бы дождаться его возвращения домой в Лондоне. Нет, у нее имелась какая-то другая причина. Ее-то и надо понять, чтобы поставить точку.

Меня заинтересовало его предположение. Раньше полковник Джулиан не был таким искренним. И теперь я понимал, почему он не скрывал своего отвращения к Фейвелу. Полковник был преданным другом Ребекки, и ему претила мысль о том, что подобный тип претендует на близость с ней. Но это не означало, что он прав. Я не забыл, насколько ошибочными оказались его предположения относительно Фрица. И его попытки настроить меня против Фейвела тоже могли помешать добыть истину. Во всяком случае, обвинение в том, что убийца — Максим, могло соответствовать истине. Приготовившись выслушать Фейвела без предубеждения, я открыл входную дверь фирмы и впервые увидел кузена Ребекки.

Он смотрел на свое отражение в ветровом стекле «Ягуара». Галстук его был завязан на особый — виндзорский — манер. При виде меня Фейвел тотчас пошел навстречу. Высокий мужчина, довольно привлекательный, но что-то порочное таилось в чертах его лица и особенно рта. Светловолосый, светлоглазый. На первый взгляд лет на десять моложе своих лет, а когда присмотришься — на десять лет старше, чем ему было на самом деле. Мы поздоровались и обменялись любезностями.

И я тотчас выяснил несколько важных вещей относительно Джека Фейвела: что он любит прикладываться к бутылочке, как он сам выразился, что «местная забегаловка» находится в Дорчестере и что процесс «прикладывания» редко прерывается.

16

Бар оказался наполовину пуст — рабочий день еще не кончился. За одним из столиков сидела группа американцев, за другим — две женщины громко обсуждали только что сделанные покупки. Пианист бренчал какой-то модный мотивчик. Терпеть не могу таких мест. Но Фейвел уверенно про-

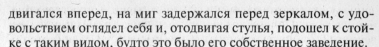

двигался вперед, на миг задержался перед зеркалом, с удовольствием оглядел себя и, отодвигая стулья, подошел к стойке с таким видом, будто это было его собственное заведение.

— Сегодня нет Уолтера? — спросил он, усаживаясь.

Бармен с невозмутимым видом ответил, что Уолтер ушел отсюда полгода назад. Фейвел тотчас вышел из себя:

— Он обслуживал меня позавчера, что вы мне морочите голову. Я здесь завсегдатай, а ты, наверное, новичок. Что будешь пить, Грей? Скотч? Бармен, скотч для моего друга из Шотландии и солодовый виски для меня — двойную порцию. Тебе безо льда, старина? А мне со льдом. Соду? Нет. Убери это подальше от меня. Угощаться так угощаться. Где мы припаркуемся?

— Подальше от пианиста, — предложил я, отмечая промахи Фейвела: во-первых, я терпеть не могу, когда меня называют шотландцем, а во-вторых, я заметил, с какой поспешностью он вернул на место бумажник, едва только попытавшись его вынуть. Что меня, в общем, совсем не удивило. Я приготовился к этому.

Мы устроились за самым отдаленным столиком. Фейвел провел рукой по волосам, приглаживая их, потер кольцо на пальце, одним глотком опорожнил половину своего стакана. И после этого посмотрел мне в лицо. Я заметил, что у него слегка дрожат пальцы, но не понял, следствие ли это длительного пьянства или он нервничает. Наверное, и то, и другое, решил я. Ему было явно не по себе, и он настроился довольно воинственно. Но только в конце вечера я выяснил, чем это было вызвано.

Сразу перейдя в наступление, он спросил, отправлял ли я письмо. Я ответил, что отправил два: одно на квартиру, другое — на работу, когда не получил ответа на первое послание. Фейвел уклончиво сказал, что редко бывает дома. После еще двух глотков виски он несколько приободрился, зажег сигарету, выпустил дым мне в лицо и, глядя в глаза, предложил:

— Что ж, попробуем поворошить старое? Кстати, что у тебя за интерес?

Я приготовился к этому вопросу, понимая, что скромный библиотекарь Теренс Грей, который так всем приглянулся в Керрите, здесь будет выглядеть ряженой фигурой, и без сожаления распрощался с ним. Теперь я выступил в роли журналиста, собирающего криминальные истории — особенно те, в которых были допущены юридические ошибки. Памятуя, что Фейвел уже не раз говорил с этой братией, я в общих чертах набросал план будущей книги «Тайна Мэндерли», в которой имелось все для того, чтобы привлечь внимание публики: действие происходит в живописном месте, главная героиня — красивая молодая женщина, ревнивый муж, таинственная смерть и любовная страсть...

— Конечно, об этой истории уже написано немало, — продолжал я, — но, как ни странно, новых сведений о Ребекке почти никому не удалось раздобыть.

Фейвел слушал меня очень напряженно, затем что-то сверкнуло в его глазах.

— Если раскошелиться, то можно выудить любые сведения.

— Может быть, — отозвался я. — Но мне требуется действительно то, что до сих пор осталось никому не известным. Все, что касается де Уинтеров, — ясно как день. А вот Ребекка: кто она, откуда, где родилась, в какой семье — в этом вы мне можете помочь. Я слышал, что вы знали ее с детства и понимали лучше других.

Глаза Фейвела застыли на моем лице, и я подумал, что он совсем не так глуп, как его выставлял полковник. Так что мне надо стараться не переигрывать — он еще продолжает изучать меня. Я видел, как он оглядел мой костюм, рубашку, носки, ботинки. У меня возникло ощущение, что он мысленно даже обшарил мои карманы. Его бокал уже успел опустеть.

— Есть еще миссис Дэнверс, — задумчиво проговорил он, не сводя с меня глаз. — Домоправительница Мэндерли. Она тоже знала Ребекку с самого детства. Что ты слышал про нее, когда рыскал в Керрите?

— Пока еще мне не удалось отыскать ее следов. Как бы там ни было, но сначала я хочу поговорить с вами. Быть может, она сможет мне помочь. Но ведь она сейчас уже очень стара. И она женщина. А мне бы хотелось услышать точку зрения мужчины, особенно если этот мужчина настаивал на том, что он был ей близким человеком.

— В этом можете не сомневаться. Ближе меня никого не было. Самый близкий друг. — Джек засмеялся. — Хочешь сигарету, старина?

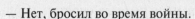

— Нет, бросил во время войны.
— Хорошо повоевал? Где служил?
— В летных частях, но выше лейтенанта не поднялся. И ни в чем не отличился, в основном корпел над бумажками да еще строчил заметки. Давайте я сделаю еще заказ.

Мне не следовало говорить, что я служил, тут я сплоховал. Фейвел явно относился к числу людей, которым нравится выказывать свое превосходство, и лишь последняя фраза спасла меня, вызвав его расположение.

— Что ж, мы не из числа героев, — хохотнул он. — Я добился, чтобы меня направили в отдел снабжения, где много возможностей для предприимчивого человека. Мне удалось обзавестись дружками в Штатах. Столько всего сразу само поплыло в руки. Так что война для меня была хорошим времечком. Самое лучшее время моей жизни, так иной раз мне кажется...

Я почувствовал, что мне удалось немного продвинуться в наших отношениях, а может быть, помогла еще одна порция виски. Фейвел перестал наблюдать за мной и воодушевился. Теперь мне надо было дать ему возможность выговориться о том времени, не делая попыток направить разговор в нужное русло.

Большинство собеседников, как я успел заметить, не нуждаются в том, чтобы их подталкивали, они только и ждут человека, которому можно выговориться. При этом все настаивают, что им известно то, чего не знают другие, даже если на самом деле прячут в кулаке две-три сухие крошки. Но, сопоставляя уже известное со сказанным, легко понять уязвимые места собеседника. Иногда его желания продиктованы тщеславием, иной раз — попыткой самооправдания, а то и просто болтливостью. А что движет Фейвелом? Пока он говорил, я следил за ходом его мыслей.

Он был алкоголиком, и у меня создалось впечатление, что он принял на грудь еще до нашей встречи. Полон самомнения, тщеславен и падок на лесть. Но что-то было еще — и я наконец понял, когда в его глазах промелькнула глубоко спрятанная обида. Вот он — крючок, на который его можно поймать. Я заказал еще виски, но столько, чтобы он не опьянел окончательно.

И только после этого начал расспрашивать про смерть Ребекки и про то, как следователь пытался спрятать концы в воду. Это привело к тому, что мне пришлось минут десять выслушивать его обвинения в адрес Макса, как его называл Фейвел, и старого сноба — полковника Джулиана, который покрывал своего друга. Обвинения, которые Фейвел повторял все эти годы.

— Это Макс убил ее, — подытожил он. — Свидетельство врача ничего не стоит, я и пенса бы не дал за него. Какой дурак поверит в самоубийство? Да, Ребекка узнала, что больна, и захотела повидаться со мной в ту ночь. — Он помедлил, взвешивая, что стоит говорить, а что нет. — Но я слишком поздно получил записку. В тот вечер я кутил со своими друзьями, домой вернулся поздно, уже под утро. Потом только понял, чем это обернулось. Если бы Макс застал нас вдвоем, он бы мог убить и меня вместе с ней. Он ревновал как черт. О том, что касалось Ребекки, он не умел рассуждать здраво.

А потом Фейвел переключился на другое — на то, что к нему относились несправедливо, начал жаловаться не только на Макса, но и на своего отца, на учителей в Кении, на своих инструкторов в морском училище в Дартмуте, на офицеров на корабле, где он был курсантом, и на офицеров королевского флота, куда его потом направили служить, и на так называемых дружков, которые отказались помогать ему, когда его вышвырнули на улицу, и на всех остальных, которые и сейчас не желают протянуть ему руку помощи. Но он и словом не обмолвился о своих годах заключения, но я и не ожидал его признаний. И он ни разу не упомянул о том, что кузина Ребекка в этом смысле мало отличалась от других.

Я слушал очень внимательно. И отметил кое-что интересное: упоминание о Кении. Единственным человеком, на которого не легла даже тень обиды или негодования, была его мать. Она была святой, экономила на всем, чтобы наскрести денег на его обучение, сама собрала нужную сумму, чтобы оплатить ему билет до Англии. Ее муж — отвратный тип, смотрел на нее сверху вниз и унижал как мог, даже занимался рукоприкладством, пока Фейвел был маленьким, превратив жизнь своей жены в пытку. Все ее надежды и мечты были связаны с ненаглядным сыном, а он не оправдал их и тем самым предал ее.

— Я ничего не сделал для нее, — сказал Фейвел, и глаза

его увлажнились. — Как уехал из Кении в 1915 году, так больше никогда и не видел ее. Я писал ей — не так часто, как мог бы, но я не большой охотник до писем. Пытался скрыть от нее, что меня выперли с флота, но до матери дошли слухи об этом. Или кто-то из моих дружков написал. Если бы я тогда вернулся в Кению, то смог бы все объяснить ей — мне всегда удавалось убедить ее в своей правоте, но меня тошнило от Африки. Ехать туда добровольно — нет уж! Не оказалось меня рядом, и когда она умирала — в двадцать восьмом году. Худшие годы моей жизни. Вот тогда я и встретился с Ребеккой.

Вынув еще одну сигарету, он принялся описывать, что произошло, когда он вернулся в Англию. И что же обнаружилось? Что маленькая кузина, о которой он почти позабыл, стала хозяйкой шикарного особняка, а ее муж — один из богатейших людей Англии.

— Я порадовался за нее, старина. Должен признаться, я навел сначала кое-какие справки. Ведь мы не виделись столько лет, и я ни строчки не написал ей за эти годы — я уже говорил, что не большой мастак в этом деле. Но она всегда любила меня. Мы были очень близки в детстве года два, пока не расстались. И я решил, что она войдет в мое положение. Приглядел небольшую квартирку на Кадоган-сквер, принарядился соответствующим образом и, задрав хвост, поскакал в Мэндерли.

Не могу сказать, что меня там приняли с широко распростертыми объятиями. Ее муж смотрел на меня глазами дохлой рыбины. Да и сама Ребекка, став хозяйкой поместья, сильно переменилась. Помогла она мне? Нет. Она даже не предложила остаться, поскольку дом заполонили гости. И на денежном фронте у меня все осталось на прежних позициях. Она сказала, глядя мне прямо в лицо, что у нее нет личных средств, хотя любое ее колечко стоило намного больше, чем моя квартира.

С мрачным видом погасив одну сигарету, Фейвел тут же закурил другую, словно подробности, всплывшие в памяти, продолжали сердить его. Я спросил его, чем он недоволен.

— Нет, ничего особенного. Так о чем я говорил? Ах да, о том, что пытался найти сочувствие у кузины и получил от ворот поворот. Мало приятного. Язык у нее был острый, как бритва, старина.

Он снова помолчал.

— Не пойми меня превратно — я не держал на нее зла. Через пару месяцев Ребекка нашла способ поддержать меня: купила мне машину — шикарный «Бентли». Он летел как ветер. Ребекка придумала, как расплатиться за нее, выкрутилась, одним словом. Наверное, считала, что таким способом поможет мне, не унижая моей гордости. Она все же была щедрая душой.

Усмехнувшись, Фейвел продолжил:

— С другой стороны, она могла считать, что откупилась от меня. Видишь ли, ей не хотелось видеть меня в Мэндерли. Мне удалось лишь хитростью да уловками добиться еще пары приглашений, чтобы познакомиться с ее лондонскими приятелями из высшего света. — Он искоса посмотрел на меня. — Прорвался на несколько вечеринок, но она не радовалась моим визитам. И не пыталась скрыть своего недовольства.

— А с чем это было связано? — спросил я. У меня был свой ответ, но Фейвел дал иное толкование.

— Потому что я хорошо знал ее, старина, — ответил он. — Ее прошлое. Ребекка ничего не скрывала от меня. Все толкуют о том, как они были влюблены с Максом друг в друга, как она была счастлива. Идеальная супружеская пара, несмотря на то что они уже три года были женаты и медовый месяц давно миновал... Но меня не обманешь. И, войдя в дом, я сразу почуял, что дело неладно, что ей тут не по себе. Да и он тоже не выглядел счастливым. И, увидев их вместе, я уже не сомневался: что-то там не так. В сердцевине завелась гниль...

Взгляд его устремился вдаль. И снова у меня возникло ощущение, что он забыл о моем существовании, что воспоминания полностью захватили его. После паузы Фейвел вернулся в настоящее и пожал плечами:

— Я не успел зачерпнуть с самого дна. Тайна осталась, как мне кажется. Но скажу одно: их брак был фиктивным. С самого начала до самого конца. Они не спали вместе. Никакого секса — готов поспорить на любую сумму.

Видимо, я не смог скрыть своего недоверия, потому что Фейвел продолжил с раздраженным видом:

— Можешь не верить, мне какое дело? Но я знаю наверняка. И даже сомневаюсь, что Макс вообще спал с ней. Но не сомневаюсь, что он хотел ее. Каждый раз, как он смотрел на нее... это было ясно как божий день. Он умирал от желания, что меня не удивляло. Ребекка поражала мужчин в самое сердце, еще когда была подростком. Она выросла бесстыжей и умела играть на страстях мужчин, пользоваться их восхищением, водить за нос. Я смотрел на Макса как в зеркало. И знал, каково это — получить отставку.

Он вдруг замолчал.

— Так что у нас было много общего с Максом. И однажды я совершил крупную ошибку, сказав ему об этом. Этого не стоило делать, я думаю: фамильная гордость и все прочее имели для него первостепенное значение. Но меня бесило двусмысленное положение Ребекки, если говорить начистоту. И в тот день я, наверное, слишком много выпил и выложил ему правду в глаза...

Для него все это не было новостью, как я понял. Меня поразило, как много ему известно, поскольку Ребекка умела держать язык за зубами. Зато ворота Мэндерли навсегда закрылись для меня. Но все это дела давно минувших дней, старина. Сейчас они не имеют ни малейшего значения. Нельзя ли повторить? Что-то у меня в горле пересохло. Эта неделя выдалась тяжелой. Одно навалилось за другим, а тут еще срок аренды истек. Я продал «Ягуар», но все равно... Так что не откажусь от еще одной порции.

Мне хотелось знать, что именно он сказал де Уинтеру: правду или выдумку. Но я видел, что Фейвел уйдет от вопроса и не скажет, как оно все произошло на самом деле.

И тогда я попросил его назвать кое-кого из приятелей Ребекки из высшего света и из богемы, а также рассказать, где впервые она встретилась с Максимом. На первый вопрос он ответил, но на второй дал расплывчатое описание. И я предложил ему перейти в ресторанчик Сохо.

— Неплохая идея, — кивнул Фейвел, забыв, как решительно отказывался пойти туда, когда мы говорили по телефону. — Немного проветримся. Меня все равно дома не ждут с ужином. Моя дамочка закусила удила — сам понимаешь, как это бывает. Ты женат, Грей?

— Нет. — Я поднялся. Фейвел, невольно бросив взгляд в сторону бара, тоже отодвинул свой стул следом за мной.

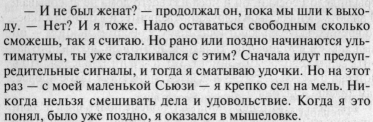

— И не был женат? — продолжал он, пока мы шли к выходу. — Нет? И я тоже. Надо оставаться свободным сколько сможешь, так я считаю. Но рано или поздно начинаются ультиматумы, ты уже сталкивался с этим? Сначала идут предупредительные сигналы, и тогда я сматываю удочки. Но на этот раз — с моей маленькой Сьюзи — я крепко сел на мель. Никогда нельзя смешивать дела и удовольствие. Когда я это понял, было уже поздно, я оказался в мышеловке.

— Хотите сказать, что ваш компаньон Джонстон — женщина? — Мы как раз вышли на Парк-лейн и стояли на тротуаре, поджидая такси.

— Попал в яблочко, — кивнул Фейвел. — Надо совсем выжить из ума, чтобы спать со своим деловым партнером. Сначала все идет как по маслу — лучше не бывает. А потом женщины начинают меняться. Когда я встретил ее в первый раз — настоящий нераспустившийся буточник, хорошенькая маленькая блондиночка, свеженькая, как булочка из печки. Правда, девушка из низов. Она тут же начала вить уютное гнездышко, пестовать меня, находить инвесторов... А потом? Выпустила коготки, острые, как гвозди. Мечтает надеть колечко на свой пальчик. Начала диктовать условия. Но я этого так не оставлю... — Он снова нахмурился. — К черту, все равно я отделаюсь от нее в самое ближайшее время.

Мы сели в такси, я сказал водителю, куда ехать. Фейвел плюхнулся рядом. Его настроение снова переменилось, он уже не хотел бравировать передо мной.

Многое мне еще надо было выяснить, но я не хотел понукать его, пока мы не окажемся в ресторане, поэтому я хранил молчание. Фейвел по дороге спросил меня про Керрит, видел ли я Мэндерли, правда ли, что от особняка уже почти ничего не осталось, но явно пропускал мои ответы мимо ушей. Его удивило только то, что полковник Джулиан все еще жив.

— А я думал, что он давно откинул копыта. Мне удалось как следует наказать этого самодовольного гусака, — заметил он, глядя на мелькавшие мимо нас дома. — За то, что он пытался замести следы и закрыть дело как можно скорее, чтобы выгородить своего друга Макса. От таких меня просто тошнит, старина. Страшно высокомерный тип, но ему это даром не прошло. Пришлось подать в отставку. И после того, как закрыли дело Ребекки, он и носа из своего дома не высовывал. Я знаю, у меня остались дружки в Керрите, и я с ними какое-то время поддерживал отношения. С Робертом Лейном — он был лакеем в Мэндерли. Не дурак выпить, не прочь приударить за рыжеволосыми дамочками. Ты с ним виделся? Но я потерял интерес к нему — началась война и все такое прочее, сам знаешь, старина...

Я верил ему. И теперь понимал, почему полковник и Элли ни секунды не сомневались в том, что Фейвел никогда бы не положил венок из азалий у дверей домика. И теперь я нисколько не сомневался, что это не он прислал полковнику тетрадь. Как я понял, Фейвела занимало только то, что имело отношение к нему самому. Он мог действовать только из желания выгадать что-то, а какую пользу ему могла принести тетрадь, отправленная полковнику? Тем более без подписи, анонимно? Исходя из сказанного, она не могла оказаться у него в руках. Только один человек имел возможность завладеть ею — личная горничная Ребекки. Выждав немного, я спросил Фейвела насчет миссис Дэнверс.

Он рассеянно смотрел в окно, не проявив ни малейшего интереса:

— Дэнни? Понятия не имею. Наверное, ей сейчас лет восемьдесят или девяносто. Да выбрось ее из головы. Если честно, Ребекка умела укрощать ее, но это настоящая ведьма. Никогда не помогала мне, а если и встречалась со мной, то только для того, чтобы поговорить о Ребекке: она любит то, она любит се, и все такое прочее. Никогда не понимала, в каких мы отношениях с Ребеккой. Чем дальше, тем с большим трудом я выносил ее. Кажется, она уехала в Лондон. Наверное, погибла при бомбежках. А могла и умереть от старости. Или от горечи потери. В последний раз, когда я виделся с ней, она едва дышала на ладан. Взгляни-ка...

Мы проезжали площадь Пиккадилли, и он указал на дом, в который когда-то попала бомба. Это место огородили, но за оградой были видны полуразрушенные стены, поросшие травой, камин с отвалившейся штукатуркой, где местами проглядывала кирпичная кладка.

— Почему бы полностью не расчистить это место и не выстроить здесь какое-то новое здание? — высунулся из окна

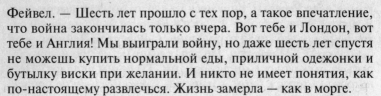

Фейвел. — Шесть лет прошло с тех пор, а такое впечатление, что война закончилась только вчера. Вот тебе и Лондон, вот тебе и Англия! Мы выиграли войну, но даже шесть лет спустя не можешь купить нормальной еды, приличной одежонки и бутылку виски при желании. И никто не имеет понятия, как по-настоящему развлечься. Жизнь замерла — как в морге.

Видишь то здание? Там был ресторан. Один из первых ресторанов, в котором я оказался после приезда в Лондон. Совсем еще желторотым юнцом. И меня встречал Джек Девлин. Привел меня туда, угостил всем, чего душа пожелает, — устрицы, шампанское, коньяк, меня потом выворачивало наизнанку. Но я и представить не мог, что на свете существуют такие прекрасные места: белые скатерти, свечи, блеск серебряных приборов. И тогда я впервые увидел Ребекку. Она сидела за столиком. Не помню, сколько ей исполнилось — четырнадцать, наверное, хотя выглядела она лет на двенадцать, но я не мог отвести от нее глаз. За весь вечер она не произнесла ни единого слова. На ней было черное платье — траур по матери. Черное платье, белая кожа и эти огромные темные глаза... Боже! Поторопи водителя, чего он телится?

Фейвел снова откинулся на спинку сиденья.

Я весь напрягся как струна и боялся вымолвить хоть слово, чтобы не спугнуть его. И только когда машина объехала фонтан с Эросом в центре, я решился.

— Джек Девлин? — переспросил я безразличным тоном.

Фейвел нетерпеливо отмахнулся:

— Джек Девлин — мой дядя. Мать назвала меня в его честь. Он был ее любимым братом.

Я снова сдержался. Я ждал этого момента полгода, так что мог потерпеть еще немного. Машина свернула налево. Показались огоньки Сохо. Фейвел, похоже, слегка протрезвел, посмотрел на меня и ухмыльнулся:

— Хочешь сказать, что ничего не знал о нем? Джек Девлин — отец Ребекки. Во всяком случае, был женат на ее матери. И может быть, он был ее отцом, но этого никто не посмеет утверждать со всей определенностью, старина.

Нет, конечно. Мы вышли из машины. Я не боялся, что Фейвел полезет в карман за бумажником, и сам расплатился с водителем.

17

Выбирая ресторан, я старался избегать тех, куда мы не раз наведывались с Ником и Джулией и где меня могли узнать. Мне не хотелось, чтобы нам мешали и отвлекали Фейвела. Ресторанчик, в который я его привез, несколько изменился с тех пор, как я там оказался в первый раз перед войной, но я не ошибся — место оказалось тихим и уютным (редкий случай в Лондоне), там подавали хорошую еду и предлагали хорошее вино. Каждый столик, накрытый безупречно чистой скатертью, отделялся от другого невысоким барьером — ничего лучше не придумать, если собираешься поговорить с кем-то. В понедельник посетителей было немного, и мы устроились за столиком в углу. Но Фейвелу это не понравилось.

— Зачем забиваться в угол, как крысам? — проворчал он. — Хотя пахнет здесь вкусно. Ты не возражаешь, если я сначала закажу аперитив? Позови официанта...

Официант подал нам меню, Фейвелу принесли бренди, а он тем временем выбирал самые дорогие блюда и снова закурил сигарету. Похоже, он в конце концов остался доволен моим выбором.

— Конечно, — небрежно бросил он, — это не «Савой», но иной раз в таких небольших ресторанах готовят ничуть не хуже, а может быть, даже и лучше. — И, повернувшись ко мне, спросил: — Итак, с чего начнем, старина? С отца Ребекки? С ее мнимого отца? Могу поведать пару забавных историй о нем. Думаю, Девлин сомневался насчет своего отцовства, но помалкивал по этому поводу. Не хотел обижать Ребекку, как мне кажется. Видишь ли, он обожал ее. Он, конечно, не обращал внимания на дочь, пока была жива мать. Но потом... Впрочем, девчонка могла обвести любого вокруг пальца с большой легкостью.

В первый раз за вечер мне стало не по себе. Слишком уж грубо и пошло перетолковывал все факты мой собеседник. Наверное, чтобы они выглядели поярче и посочнее, чтобы вытянуть за них побольше. Но я сумею поставить его на место, если он начнет вымогать деньги. А пока я успел вывести для себя, что Фейвел терпеть не может, когда его перебивают, и решил отдаться на волю прихотливого течения его мыслей. Все, что будет нужно, я успею уточнить потом.

Сделав еще один большой глоток, Фейвел без видимого удовольствия приступил к рассказу:

— Характер у Джека Девлина был еще тот. Недаром его прозвали Черный Джек — как пирата. Отчаянный человек, готов был пойти на все, чтобы урвать свой кусок. И я очень уважал его за эти качества... Я тоже любил рисковать и ставить на карту все, до последнего пенни. Но он оказался более везучим. Ирландцы такой народ — ко многим из них удача всегда поворачивается лицом. При надобности он мог бы обаять и волчицу, и овцу. Когда мы с ним впервые встретились, ему исполнилось тридцать семь. Вулкан, а не человек. И не пытался изображать из себя джентльмена. Высокий, черноволосый, с голубыми глазами. Себе на уме и сам по себе.

Обожал лошадей, знал все их повадки... Мог перепить любого, кто сидел с ним за столом. Те уже падали на пол, а он оставался трезвым как стеклышко, — продолжал Фейвел, вытягивая из пачки очередную сигарету. — Заядлый картежник, — отчего и получил свое прозвище, а не из-за цвета волос. Никому бы не посоветовал садиться с ним за один стол — гиблое дело. Женщинам тоже надо было бы держать с ним ухо востро, но мало кто мог устоять перед ним. В этой части ему не было равных. Думаешь, он хватал и тащил их в постель? Ничего подобного. С ними этот драчун и скандалист держался вежливо и сдержанно, потому что в глубине душе был очень добр. Женщины это чуяли нутром, и это их и привлекало к нему. Летели к нему как мухи на мед. Когда он говорил, чувствовался легкий акцент, любой человек тут же мог догадаться, откуда он. Зато его рассказы благодаря этому становились живыми и смешными. Его слушали, раскрыв рот.

Фигура Джека Девлина вырисовывалась довольно колоритная: обаятельный кельт, любитель плавать на лодках и любитель лошадей. Интересно, как отнесся бы к этому рассказу полковник? Впрочем, словам Фейвела нельзя доверять полностью, он любил все приукрашивать.

— Отец Джека, — продолжал Фейвел, — основал какое-то небольшое, но доходное дельце. Сначала открыл галантерейную лавочку, а затем — самый модный и дорогой магазин женского белья в городе Корке, специализировался на покупке и продаже французских шелков и кружев. Хваткие и деловые родители Фрэнка — католики — отличались набожностью и благочестием. Из восьми детишек, которых они нарожали, выжили пятеро, и они унаследовали семейное дело. Два брата — самые красивые в семье — уехали из города. Дочь Бригитта, моя мать, вышла замуж за мелкопоместного дворянина — помесь англичанина с ирландцем. А самый младший — Джек Девлин, женился, как все считали, крайне неудачно и покинул Ирландию.

Фейвелу приходилось делать над собой усилие — он рассказывал о своем собственном прошлом без всякой охоты.

— Таким образом, наши предки промышляли торговлей, — подвел он черту, когда нам подали первое блюдо. — Не вижу в том ничего дурного. Не знаю, как тебя, но меня воротит от снобов и чистюль вроде моего отца — тоже мне дворянин! К таким относился и Макс де Уинтер. Оба под стать друг другу. Думаешь, после войны об этом и думать забыли? Ничего подобного. А мне на эти глупости наплевать. Я всегда считал себя отчасти социалистом, на свой манер, конечно...

Социалист, который, описывая свою любовницу, не преминул упомянуть, что эта девушка из низов. Глядя на бокал с белым вином, которое мы заказали, Фейвел продолжал изливать свои обиды:

— Отец считал себя аристократом и без устали хвастался своим родовым гнездом — куча камней, и ничего более. Он был младшим сыном. Старший получил и дом и деньги, но что это за деньги?! Когда мой папаша обнаружил, что, несмотря на свое престижное образование, он никому не интересен с пустым карманом, то решился жениться на девушке из богатой семьи. Получив хорошее приданое, он уехал с моей матушкой в Кению. Собирался разбить там кофейную плантацию, а закончил тем, что с трудом устроился в какое-то паршивое учреждение клерком. Джек Девлин не обращал ни на кого внимания и делал то, что считал нужным. И всегда хватал фортуну за хвост. Папаша мой, конечно, задирал нос и уверял, что лучше зарабатывать мало, но честным трудом...

— А каким образом ваш дядя зарабатывал деньги?

— В Южной Африке при желании можно сколотить хорошее состояние, — окинув меня насмешливым взглядом, ответил Фейвел. — А Джек способен был продать и кота в мешке. Я же говорил — он всегда готов был рискнуть. Но сначала он поработал на своего отца — года два или три, потом уехал во

Францию, нашел новых поставщиков шелка и кружев, думаю, где-то в Париже...

Фейвел принялся жадно заглатывать последние куски с тарелки, словно не ел три дня, а я тем временем разматывал клубок полученных сведений. С самого начала я был убежден, что история уходит своими корнями во Францию.

— И с матерью Ребекки Джек встретился во Франции?

— С чего ты взял?

— Кто-то обмолвился, что ее семья оттуда родом. И что там у нее остались родственники. Она предпочитала плавать на яхте, которую пригнала из Бретани, хотя могла купить любую в Мэндерли или Керрите. Ее судно носило французское название. И к тому же в Англии нет свидетельства о рождении Ребекки. Так что она, как и вы, скорее всего, родилась за границей.

— Что ж, ты неплохо поработал, — Фейвел улыбнулся и пыхнул сигаретой. — Что еще удалось нарыть?

— Не так уж и много. — Вспомнив про открытку Маккендрика, я решил пойти ва-банк. Даже если я и ошибаюсь, это неважно. Напротив, я могу подтолкнуть Фейвела на верный путь. — Например, что она в детстве играла в театре, — продолжал я. — Мне кажется, ее мать была актрисой.

Фейвел рассмеялся:

— Неплохо. Как тебе удалось узнать? Ребекка никогда ничего не рассказывала про мать. Макс, наверное, знал. Думаю, Мегера — его бабушка — тоже сумела пронюхать. Она ничего не упускала, эта змея. Но в Мэндерли ни одна живая душа не догадывалась об этом. Представляю, как бы у всех местных аристократов вытянулись лица. Актриса?! Можно сказать, падшая женщина. Они все еще продолжали жить в прошлом веке. Даже Макс во многом оставался викторианцем. Затянутый и застегнутый на все пуговицы. К тому же его собственный отец Лайонел не пропускал ни одной актрисульки, очень был падок до них, как я слышал. Он умер давным-давно, но о его похождениях до сих пор помнят. Через пять минут после прибытия в Керрит тебе всякий поведает о его беспутной жизни. Так что Ребекка крепко держала язык за зубами. Что с того, что она любила французскую кухню и французское вино? Это еще ничего не означает.

Мы замолчали на какое-то время, пока официант убирал

тарелки и подавал второе блюдо. Когда бокал Фейвела снова наполнился, он продолжил с того, на чем остановился:

— Джек Девлин обосновался в Париже, но продолжал много ездить, делал закупки не только во Франции, но и в Италии и Англии. В одну из своих поездок его пути и пути прекрасной Изабель пересеклись. Моя матушка не раз повторяла, что он встретился с ней в понедельник, женился во вторник и оставил ее в среду. Он не мог усидеть на месте, этот Джек. Он был еще молод — ему исполнилось двадцать три года — и влюбился с первого взгляда. Думаю, он говорил правду, когда признавался в этом мне, а потом повторил то же самое и Ребекке.

Он обвенчался с красавицей Изабеллой в маленькой французской церквушке и послал по этому случаю телеграмму моей матери. Месяц он был на вершине блаженства, а потом что-то произошло. Полгода спустя пришла другая телеграмма: красавица Изабель остается во Франции. А Джек, порвав с ней отношения, решил начать все с самого начала и уплыл в Южную Африку...

Он окинул меня долгим взглядом:

— И не спрашивай почему, я и сам не знаю ответа. Это произошло году в 1900-м, потому что он уехал еще до рождения Ребекки, а она родилась в ноябре. Мне исполнилось только три года, так что я ничего не мог понять из тогдашних разговоров, но моя матушка считала, что Джек разбил сердце Изабель. Он никогда не разводился, но и не жил с ней. В течение четырнадцати лет я не встречался со своим дядей. И даже не знал, что у него есть ребенок, пока не приехал в Англию. Наверное, и моя мать тоже не подозревала о существовании Ребекки. А может быть, это оказалось новостью и для самого Джека. Однажды меня осенила эта мысль: что и сам дядюшка понятия не имел, что у него есть дочь.

Тысяча вопросов вертелись у меня на языке, но я крепился и ждал. Фейвел снова жадно принялся за еду и, плохо прожевывая куски, пересказывал, как устраивал свою жизнь в Африке его дядя... Подробности были весьма красочны, и мне они показались достаточно достоверными. Во всяком случае, он явно пересказывал то, что слышал, а не выдумывал их сам. Через несколько лет Джек Девлин наконец нашел свое дело: шахты. Но занялся он ими совершенно случайно.

— Встретил как-то в баре одного старика из Йоханнесбурга, — криво усмехнулся Фейвел, — так он сам рассказывал мне. Старик имел слабость к выпивке и картам. Они сели играть в покер. Джек выиграл. Сначала лошадь, потом пистолет, так что старику уже нечего было ставить на кон, кроме одежды и документа на землю, которая принадлежала ему, — клочок земли в Модерфонтейне, где, как поклялся старик, есть золото...

Они заказали еще одну бутылку шнапса и продолжили игру. Старику выпали хорошие карты, но у Джека Девлина оказались все козыри. Так Джек стал владельцем пары драных штанов, такой же заплатанной рубахи, а также клочка земли. Они пожали друг другу руки. Джек оставил старику его одежду и его коня, но забрал пистолет и документ. Это была самая удачная сделка в его жизни. — Фейвел снова засмеялся. — Там действительно нашли золото. Так Джек в конце концов разбогател. Или делал вид, что разбогател таким образом. У него сохранился тот пистолет или якобы тот самый. Он повесил его на стену над своим письменным столом, который заказал в Беркшире. «Это счастливый пистолет», — говорил он. И до его возвращения в Англию удача всегда сопутствовала Джеку во всех начинаниях... — Он помолчал. — Что-то не так, старина?

— Нет, ничего, — ответил я.

— Не веришь? — Фейвел заметил выражение моего лица и окинул меня насмешливым взглядом. — Разве тебя можно винить за это? Все дело в том, что у Джека была такая манера рассказывать. И даже если это неправда — кому какое дело? Все сводилось к тому, что он стал разрабатывать шахты — добывать не только золото, но и бриллианты — и сколотил большие деньги, очень большие.

Ребекка дразнила его, уверяя, что он нажился на торговле оружием. Что ж, может быть, пистолеты и в самом деле принесли ему удачу. Пистолеты марки «Макс». Вот почему Ребекка, быть может, называла мужа Макс. И кроме меня, разумеется, больше никто не называл его так. А мне нравилось, потому что я видел, как он выходит из себя... Еще винца? Нет? Ну тогда я допью его. Где тут у них мужской туалет, под лестницей? Я скоро вернусь, старина.

Он, пошатываясь, направился в туалет, а я сосредоточился

на только что услышанном. Название «Беркшир», сорвавшееся с его губ, взволновало меня сильнее, чем я ожидал. «Надо будет попытаться еще раз навести его на эту тему», — подумал я. И когда Фейвел вернулся, я попытался восстановить кое-какие факты. Но все пошло иначе.

До того момента у меня оставалось впечатление, что Джек полностью владеет собой, несмотря на количество выпитого, и получает удовольствие, пересказывая историю Джека Девлина. Я даже решил, что эта история давно вошла в его репертуар. Но после возвращения его настроение резко переменилось. Он вдруг побледнел, движения его стали неуверенными. Повалившись в кресло рядом со мной, он смахнул со стола меню.

— Слишком много жирной еды, — буркнул он. — Сегодня она не идет мне впрок. Закажи еще белого вина. Оно всегда хорошо действует на желудок.

Я заказал вина, хотя считал, что с него достаточно и он мог бы обойтись без него, и кофе для себя. Дал ему немного времени, чтобы прийти в себя, и снова приступил к расспросам. Мне хотелось, чтобы он описал первую встречу с Ребеккой и дом в Беркшире. Благодаря лести мне удалось кое-что выжать из него.

— Джек Девлин вернулся в Англию в 1914 году, после окончания войны. Почему он уехал из Африки — не знаю. Может, был сыт ею по горло. Состояние себе он уже сделал, ему исполнилось лет сорок, он был относительно молод. Где и когда умерла мать Ребекки, не знаю. Это произошло внезапно, она тоже еще была молода. Я приехал в 1915 году, как я уже говорил, а Ребекка все еще носила траур. И больше я ничего не знаю про ее мать. Мне до нее дела не было. Я ее никогда не встречал. Меня интересовала Ребекка.

— А могло случиться так, что Девлин вернулся в Англию, потому что мать Ребекки заболела? И как он поддерживал связь с Ребеккой, как нашел ее?

— Думаю, ему написала Дэнни и сообщила, что Изабель больна. Она отыскала его и написала. Она всегда действовала за спиной. И для нее не составляло труда найти его адрес, поскольку Дэнни всегда была в услужении и знала родных Ре-

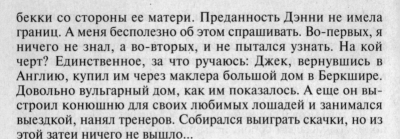

бекки со стороны ее матери. Преданность Дэнни не имела границ. А меня бесполезно об этом спрашивать. Во-первых, я ничего не знал, а во-вторых, и не пытался узнать. На кой черт? Единственное, за что ручаюсь: Джек, вернувшись в Англию, купил им через маклера большой дом в Беркшире. Довольно вульгарный дом, как им показалось. А еще он выстроил конюшню для своих любимых лошадей и занимался выездкой, нанял тренеров. Собирался выиграть скачки, но из этой затеи ничего не вышло...

Когда я приехал, они все уже жили там. Дэнни вела дом, стала самым незаменимым человеком. Это она умела. Она никогда не была замужем. Очень странная женщина. Почему-то к ней — в знак уважения, наверное — обращались, как и ко всем домоправительницам, которых непременно величают «миссис как там»... Черт знает почему...

Отпив глоток очередной порции виски, он продолжил:

— Гринвейз — так называлось это место и так назывался дом. Неподалеку от деревушки под названием Хамптон. Рядом с Ламборном... Когда-нибудь бывал в этих местах, старина?

— Нет, но слышал о них. Моя тетушка выросла в тех местах, неподалеку от Ламборна.

— Красивое местечко. Интересно, сохранился еще тот дом? Я пару раз собирался наведаться туда, чтобы вспомнить прошлое. Там хорошо гулять по холмам. И мне нравилось смотреть, как Ребекка ездит верхом. Она была хорошей наездницей. Абсолютно бесстрашной. И в свои пятнадцать, в амазонке, с хлыстом в руках она производила неизгладимое впечатление. Да, скажу я тебе... — Замечание его повисло в воздухе.

Пора было задавать следующий вопрос.

— Вы говорили о том, что были близки. Когда это произошло?

— Разве я так говорил? Ну да, наверное. — Фейвел помедлил и начал, но говорил не очень уверенно: — Я тогда был еще парнишкой, был полон надежд на будущее, полон оптимизма. Собирался пойти служить во флот. Мне всегда хотелось служить во флоте. Матушка набила мне голову всякой чепухой про то, какая это почетная служба. И я горел желанием сесть на корабль и разбить в пух и прах проклятых немцев.

Вот каким я был тогда наивным. И с воодушевлением строил планы. Ребекка вместе со мной учила азбуку Морзе, и мы переговаривались друг с другом при помощи сигнальных флагов. Это было так забавно и интересно. Она была мне как младшая сестра. И ждала, когда же я надену военно-морскую форму. Для нее я стал героем. Во многом она оставалась ребенком, но мы ладили и часто смеялись над одними и теми же вещами. Мы очень подходили друг другу.

— А потом?

— Дядя Джек приструнил меня и отправил в Дартмут, где я начал проходить подготовку. Когда я готовился к поступлению, мне все очень нравилось, потому что я мог частенько наведываться в Гринвейз. Но в этом чертовом Дартмуте, где учились аристократы... Я не ладил с другими кадетами. И мне не нравилась дисциплина. Одна отрада, что я все же мог изредка навещать Ребекку. А потом меня отправили в первое плавание — гардемарином. И тут-то я по-настоящему разочаровался. С первой же минуты я возненавидел корабль. Шла война, и я мог погибнуть в любую минуту.

Он помолчал, и снова знакомые нотки обиды прозвучали в его голосе.

— А когда я наконец снова вернулся домой, у Ребекки уже не осталось и следа восхищения мною. Она быстро повзрослела, стала красавицей и знала об этом. Дядя Джек избаловал ее. Он хотел во что бы то ни стало воспитать из нее настоящую леди... Амазонка ее совершенно преобразила. Она мчалась на лошади, ее черные волосы развевались по ветру. И она стала смотреть на меня свысока и насмехаться. Я злился. И мы отдалились друг от друга. Никакой серьезной размолвки не произошло. Просто мы стали встречаться гораздо реже. Она училась в то время в школе, рассказывала всякие пустяки про занятия. — Фейвел посмотрел в сторону. — А еще она подложила мне свинью, испортила мои отношения с Джеком. Врала ему про меня. Я разозлился, но потом забыл обо всем.

И снова я почувствовал, что Фейвел оправдывается и у него есть еще что добавить к сказанному, но он вдруг заупрямился.

— Рассказывала она что-нибудь о своем детстве? О жизни с матерью?

— Изредка. Но меня это не интересовало.

— Ее мать француженка? Ребекка выросла во Франции? Когда они переехали в Англию?

— Не думаю, что ее мать француженка. Просто она там встретилась с Девлином. Такое у меня создалось впечатление. И помнится, что Ребекка вернулась в Англию еще маленькой, лет пяти или шести, вроде того.

— А ее мать взяла фамилию мужа: Изабель Девлин?

— Возможно. Она ведь не стала Сарой Бернар. Очень, очень хорошенькая и, думаю, очень, очень бездарная. Ребекка обожала ее. Ни одного плохого слова о матери я от нее не слышал. Она поставила у себя в спальне триптих из фотографий: на одной из них, помнится, Изабель в роли Дездемоны — вершина ее творчества, она играла с каким-то стариком в какой-то захудалой труппе.

Каждый вечер Ребекка ставила цветы перед своим иконостасом, зажигала свечи и, наверное, молилась. В ней осталось много детского, когда я встретил ее в первый раз. В школу она не ходила, мать давала ей уроки, хотя не думаю, что сама получила хорошее образование. Но она была воспитанной, несмотря на то, что выступала на сцене. Могла играть на фортепьяно, и все такое, что положено дамам. Так что Ребекка производила странное впечатление. Помнила наизусть все пьесы Шекспира, но не знала таблицы умножения и вряд ли могла ответить, сколько будет два плюс два. Понятия не имела о простейших вещах ни в истории, ни в географии, пока Джек не нанял учителей. Ему нелегко пришлось с Ребеккой. Она была очень своенравна. Говорила по-французски, как на своем родном языке. И у нее было такое выразительное лицо. Она могла передавать любой акцент, подражать любым голосам, передразнить любую интонацию, даже если слышала человека в первый раз. Наверное, научилась, стоя за кулисами в детстве...

Естественно, дядя Джек был в восторге от нее. И всякий раз подбивал на такие выступления. На мой взгляд, он превратил ее в маленькую обезьянку. После ужина мы садились в гостиной, и он заводил одну и ту же пластинку: «Ребекка, ты не прочитаешь мне какой-нибудь отрывок из пьесы? Для своего любимого старого папочки». Старого? Он находился в расцвете лет. Она тотчас вскакивала, и представление могло продолжаться часами. Я никогда не любил Шекспира — не понимаю, почему все восхищаются им, иной раз совершенно невозможно понять, о чем там идет речь. Но дядя Джек так умилялся. Особенно когда его драгоценная Бекка произносила монолог за монологом. Она представляла, как какой-то старик разрушил свою жизнь из-за дочерей и как умершая жена обернулась статуей.

— «Зимняя сказка»...

— Кажется. Это была его любимая пьеса. «Моя потерянная дочь» — так он называл ее. И таким образом обычно представлял ее новым людям. «Это Бекка — моя давно потерянная дочь. Моя крошка...» Как называли девочку в пьесе?

— Пердита...

— Пердита. Именно так. «Моя маленькая Пердита». И я был вынужден сносить эти глупости. Он стал сентиментальным и поглупел, так мне сейчас кажется.

— Она не смущалась, когда он так говорил?

— Смущалась? Да никогда! Ребекку невозможно было смутить. Она не обращала внимания, что про нее думают другие. И потом, отец никогда не делал ей замечаний, не критиковал. Она обожала его, как обожала свою мать. Я же говорил, в ней оставалось много детского. Если ей приходила в голову какая-то идея, она тотчас воплощала ее в жизнь. А если хотела понравиться, могла очаровать любого. Всегда добивалась своего. И ничто не могло заставить ее сбиться с курса.

— Значит, они с отцом были очень близки? И остались такими до конца? Он был еще жив, когда она вышла замуж?

— Что? — Джек тупо посмотрел на меня. — Нет, конечно, я же говорил...

— Видимо, я что-то упустил.

— Ну тогда повторю еще раз. Джек умер молодым. Через шесть лет после моего приезда. Упал с лошади, когда та мчалась галопом. Это произошло в 1921 году. Дэнни прислала мне телеграмму на корабль, а эти выродки не дали отпуска. Так что я не смог присутствовать на похоронах.

Фейвел какое-то время смотрел в стену, а потом снова схватился за бокал.

— И больше я никогда не бывал в Гринвейзе. Оборвал все связи. Тем более что у них все равно не оказалось денег. Ни пенса — можешь поверить? Девлин потерял все деньги, вложив их куда-то. А банк лопнул. Дом пришлось продать, чтобы расплатиться с долгами. Конюшни, лошади, даже платья Ребекки — все ушло на оплату. Да, это было для меня сильное потрясение, никак не ожидал, что он умрет...

Он снова замолчал, глядя в сторону.

— Видишь ли, я всегда надеялся, что получу что-то в наследство из его деньжат. Конечно, львиная доля пошла бы Ребекке, она совершенно одурманила его. Но я надеялся, что и мне кое-что перепадет, чтобы я мог начать свое дело, когда уйду из флота. Но остался с носом. Ни Ребекка, ни я не получили ни пенни. И тогда мы надолго расстались. Наши пути разошлись. Я написал ей, спросив, оставили ли кредиторы ее драгоценности — ожерелья, серьги, браслеты и прочие штучки. Она вдруг вышла из себя, обозвала меня последними словами. Так это все произошло. И так оборвалась наша дружба. Семь лет мы не виделись, так что не спрашивай, что она делала эти годы, — понятия не имею. А потом я вернулся в Англию и узнал, что она стала хозяйкой Мэндерли. Остальное ты и сам знаешь...

Замолчав, Фейвел погрузился в свои мысли, не заметив, что сигарета уже погасла. Прямо у меня на глазах выражение его лица стало меняться, а на лбу вдруг выступила испарина. Я даже испугался: уж не заболел ли он?

— Ты спрашивал, какая она? Что ж, отвечу. Она была опасна. Масса народу скажет: ах, какая Ребекка была добрая, красивая, внимательная. Но я знал ее лучше других. И понимал, что ей нельзя переходить дорогу. Только попробуй встать у нее на пути, она сметет тебя. Рано или поздно. Да еще устроит все так, чтобы ты понял, кто.

Он нахмурился:

— Странно звучит, да? Начинаешь говорить о прошлом, и кажется, что вроде все ясно, а потом вдруг видишь, что на самом деле существуют и другие объяснения, а не те, которые ты сначала считал верными. Например, записку, которую она мне прислала в день своей смерти. Я ломал голову над ней весь вечер и только потом понял.

— Какая записка?

— Если бы Макс застал нас вместе в домике на берегу, он бы убил и меня, не сомневаюсь. Ребекка знала, что он ненавидит меня. И тогда я подумал: а может быть, она хотела подставить меня? Так что нам всем троим пришел бы конец. Ребекка все равно вскоре бы умерла, Джек Фейвел получил бы сполна, а Макс болтался бы на веревке. Такую она сплела паутину. И мы бы попались в нее...

Разве ты сам не видишь? — Фейвел повернулся ко мне. — Мне повезло, что я получил записку так поздно и не поехал вечером в Мэндерли. И очень жаль, что Дэнни сохранила еженедельник Ребекки, где осталась запись о визите к врачу. Ребекка не хотела, чтобы кто-то узнал про ее поездку, и зашифровала ее. Она не хотела, чтобы кто-то знал про ее болезнь, даже Дэнни. И не хотела, чтобы доктор узнал, кто у него был, она записалась под другим именем. Но свидетельские показания доктора спасли Макса. Он, можно сказать, выскользнул из петли в последнюю минуту. Дьявольская шутка. Ребекка собиралась устроить ловушку для нас обоих. И я только сейчас разгадал ее замысел. Понадобилось двадцать лет, чтобы понять, что она задумала... Хотя это было так ясно...

Мне показалось, что Фейвел упился вдрызг, но в то же время я видел, как он напряженно размышляет и явно верит в свои домыслы. Как ни странно, он говорил без горечи, тон его остался насмешливым, он словно бы переживал нечто среднее между удивлением и восхищением.

— Выходит, Ребекка хотела вашей смерти? — Я постарался усилить нотки недоверия в голосе. — Но зачем?

— Значит, имела на то свои причины. Я же говорил, она не любила, когда кто-то вставал у нее на пути. И была мстительной.

— Но ведь вы были любовниками?

— Так об этом говорили в Керрите, да, старина?

— Мне казалось, что вы сами утверждали это в присутствии нескольких свидетелей, и кое-кто из них еще жив. Фрэнк Кроули, например. И полковник Джулиан. И вторая жена де Уинтера. В ту ночь, в день похорон Ребекки...

Мой тон оказался совершенно неуместным, я тотчас понял это.

— Тебе все известно лучше меня. И тебе не нужны мои объяснения, хотя мне есть что сказать. А теперь я не собираюсь ничего говорить. Во всяком случае, сейчас. — Он скомкал салфетку и откинулся на спинку кресла. — Потребуй счет! Мне тут надоело сидеть. Почему бы нам не пойти куда-нибудь в другое место? Я знаю клуб — тут за углом. Там дают спиртное ночью. Там и договорим. Что скажешь на это?

Мне совсем не хотелось никуда идти, и я попытался отговорить его. Но Фейвел только еще шире ухмылялся. Ему нравилось дразнить меня.

— Хватит с тебя, старина? — спросил он. — Можешь идти куда хочешь, если устал. Но если захочешь продолжать разговор, мы будем вести его там, где я захочу. В конце концов, я расплатился за свой ужин. Услуга за услугу. Но у меня есть к тебе один вопрос...

Меньше всего мне хотелось слышать его вопросы, но Фейвел не собирался отставать от меня. Он требовал: либо мы отправляемся в клуб, либо я убираюсь спать к чертям собачьим. Пришлось подозвать официанта, оплатить счет, после чего мы вышли на улицу.

Я пытался понять, что Фейвелу известно обо мне. И легкое чувство неуверенности вызывало беспокойство, хотя я повторял, что он ничего не может знать, просто интересуется. Но, как вскоре выяснялось, я даже и представить не мог, какой вопрос он собирается задать.

18

Клуб Фейвела, естественно, оказался не за углом, как он уверял, и не в конце улицы, и даже не на соседней. Но мы все же отыскали его: над входом светилась вывеска «Красный Дьявол».

— Вот он, — сказал Фейвел. — Так и знал, что он где-то поблизости...

Он нетерпеливо шагнул вперед, но тут перед ним выросла мощная грузная фигура мужчины в униформе, который проговорил: «Только для членов клуба». Но как только в его руках оказалась пятифунтовая банкнота, молча отступил в сторону, пропуская нас.

Мы вошли в маленькое темное помещение, где рядом с пианистом стояла брюнетка в парчовом платье, с микрофоном в руках. Она исполняла одну из песен Синатры. Дым стоял густой, словно туман. Здесь пахло не только никотином и крепкими спиртными напитками, но и отчаянием. Все посетители были мужчины. Обслуживали нас хищные официанты, здесь подавали только шампанское и заламывали за него в три раза выше его стоимости, как и следовало ожидать.

Я постепенно начинал терять терпение. Игра в кошки-мышки мне надоела, и я догадывался, что если кто-то из посетителей присоединится к нам (а Фейвел явно только того и ждал), то я уже ничего не смогу вытянуть из него. Он сел напротив меня и смотрел мрачно и устало. Шампанское он выпил, как только мы подошли к столику, и теперь находился в тяжком раздумье.

А я решил сменить тактику, сразу взять быка за рога, и спросил, памятуя о той открытке в тетради, известно ли ему хоть что-нибудь о том, что Ребекка в детстве бывала в Мэндерли. Я понимал, насколько этот вопрос далек от того, что мне хотелось бы выяснить, но и этого было достаточно.

Фейвел вскипел:

— Нет, не знал. С чего ты это взял? И что за странную игру ведешь, малый! Вот что я тебе скажу: мне доводилось встречаться с журналистами, и не один раз, с некоторыми я даже довольно близко сходился, если они мне нравились. Ты не похож ни на одного из них. Еще когда я получил твое письмо, я сразу почуял, что дело неладно, и с первого же взгляда понял, что ты не тот, за кого себя выдаешь. Но решил: пусть, зато поужинаю за его счет. Но теперь предлагаю: выкладывай карты на стол. Ты все время лжешь. Сказал, что дважды писал мне. И это все? Не думаю. Хочешь узнать, почему я согласился встретиться с тобой? Потому что ты мне послал вот это. Оно пришло ко мне в прошлую среду, в коричневом конверте. И там не было никакой записки.

В тот самый момент, когда я уже собирался уйти и даже отодвинул стул, Фейвел вынул небольшой конвертик из внутреннего кармана.

— Он лежал в большом конверте, и я не догадывался, что там, пока не распечатал его, — тут со мной чуть инфаркт не случился. Так, значит, ты решил поддеть меня? Но, скажу тебе, не вижу в этом ничего забавного. Я и врагу не пожелаю, чтобы над ним так подшучивали. И что бы ты там ни думал, я не так плох, как другие. Я по-своему любил Ребекку.

Он встряхнул конвертик над раскрытой ладонью и протянул руку вперед. И я увидел очень маленькое колечко, по поверхности которого сверкали бриллиантики.

— Это кольцо Ребекки, я бы узнал его среди тысячи других. Она всегда носила его, не снимая. И это кольцо было у нее на пальце, когда тело вытащили на берег, чтобы провести опознание. Кольцо помогло установить, кто это. Макс устроил похороны и даже не пригласил меня, даже не сказал про них, хотя я был единственным ее родственником. А я просидел в чертовом участке весь день. Я всегда считал, что этот выродок все же похоронил ее вместе с кольцом. Она так хотела, и он должен был знать об этом. Значит, его стянули с пальца и через двадцать лет после случившегося решили послать мне. Зачем? Какое ты имеешь отношение к Ребекке? И как оно у тебя оказалось?

Я смотрел на кольцо, испытывая неодолимое желание прикоснуться к нему. А потом перевел взгляд на Фейвела и понял, что он взволнован не меньше меня. Кем бы он ни был, я не имел права судить его. Как бы ни менялись его отношения с Ребеккой, но в глубине души он был привязан к ней, и я увидел это по выражению его глаз.

И тогда я ответил, что он ошибается. Разумеется, я и словом не обмолвился про другой конверт и про тетрадь, отправленные полковнику точно таким же способом в те же самые дни. Я сказал, что читал описание этого кольца в отчетах следователя, но я не посылал его и не имею понятия, кто бы мог это сделать. И поклялся ему, что говорю правду.

Думаю, Фейвел поверил мне, но его беспокойство только усилилось. Дрожащими руками он засунул кольцо в конвертик и положил его во внутренний карман. После чего допил остатки шампанского и поднялся. Ноги плохо слушались его.

— Мне кажется, этому можно найти какое-то объяснение, — поддерживая его под руку, вслух размышлял я. — Но вам лучше сесть. Если подумать хорошенько, то найдется человек, который мог присвоить кольцо Ребекки, а потом отправить его: тот, кто вынимал тело из воды, патологоанатомом, какой-то полицейский чин. Может быть, они чего-то хотят добиться этим. А может быть...

Я убеждал не Джека, а скорее самого себя. Фейвел продолжать стоять, покачиваясь из стороны в сторону, и казался совершенно больным.

— Я знаю, зачем его послали, — сказал он тусклым голосом. — И знаю, кто послал его. Какая же она беспощадная...

Моя попытка снова усадить его в кресло не увенчалась успехом, он оттолкнул меня и начал с диким видом озираться, вглядываясь в темный угол помещения, а потом провел ладонью по лицу.

— Господи боже мой, — простонал он, — что за чертовщина! Что это за дыра? И откуда эта обезьяна у двери? А эта девчонка... ты только посмотри на эту девчонку. Что я тут делаю? В чем провинился? Выведи меня отсюда!

И Фейвел рванулся к двери, чуть не свалившись со ступенек, когда мы выбрались на улицу. Наверное, сказалось все выпитое за вечер, а может, он пил еще до того, как встретился со мной, чтобы заглушить одолевавшие его страхи. Не исключено, что этот вечер — всего лишь продолжение прежних дней и вечеров беспробудного пьянства.

— Вот... — с трудом ворочая языком, проговорил он и снова достал конверт из кармана. — Забери себе. Не нужно оно мне. Я был бы рад вообще никогда не видеть его. Забери с собой в Керрит в следующий раз, когда поедешь туда. Выбрось его в море. Продай — мне до него нет дела. Не хочу держать у себя...

Он сунул пакетик в мою руку и сжал ладонь. Я попытался отговорить его, но Джек не желал ничего слушать.

— Не хочу, чтобы оно было при мне. И без того дела идут хуже некуда. Или ты берешь, или я сейчас же выброшу его в канаву. — Он прижал меня спиной к забору и, тяжело дыша, смотрел в глаза. Лицо его побелело, как полотно. И я понял, что он выполнит свою угрозу, и поэтому взял конверт.

Фейвел с некоторым облегчением вздохнул и выпрямился.

— Посади меня в такси, — попросил он. — Мне нехорошо. Я знал, что не стоит встречаться с тобой...

Когда показалось такси, я поднял руку и предложил Фейвелу довезти его до дома, но он отказался. Я понял, что он не хочет, чтобы я знал, где он ночует.

После того как машина, мигнув красным огоньком, скрылась за поворотом, я посмотрел на кольцо. Крохотные камушки сверкали при свете фонарей. Я понимал, что оно ненадолго задержится у меня. Фейвел проспится, одумается и потребует его обратно. Будет проще, если я сам зайду к нему в офис завтра утром.

Чтобы немного прийти в себя, я решил пройти через Риджент-парк, но прогулка не освежила ум и не вернула мне ясность мысли.

Домой я добрался около одиннадцати. Миссис Хендерсон уже собиралась идти спать и сообщила, что мне никто не звонил. Что еще больше огорчило меня. Я оставил Элли номер телефона на случай, если полковнику Джулиану вдруг станет хуже. Других поводов для звонка у нее не было, но мне почему-то хотелось, чтобы она позвонила. Мне так хотелось поговорить с ней. Мне нужно было поговорить хотя бы с кем-нибудь.

Приготовив себе кофе, я сел у кухонного стола. Я устал и запутался. Столько всего произошло за такой короткий срок. В ушах еще продолжали звучать обвинения Фейвела. Хотела ли Ребекка, чтобы он умер? Я видел молодую девушку в черном платье в ресторане, которая молча сидела за столиком и не произнесла ни слова за весь вечер. Я видел маленький алтарь из фотографий ее матери. И видел дом в Беркшире, рядом с деревенькой, названия которой Фейвел не смог вспомнить. «Рядом с Ламборном, а может, Хамптоном, что-то вроде того», — сказал он. Деревенька называлась Хамптон-Феррар. Откуда такая уверенность? Да потому что я знал ее — моя приемная мать Мэй выросла там.

Я еще не мог представить себе, как выглядел дом изнутри, или узнать, что произошло внутри, но какие-то смутные образы успели промелькнуть, когда Фейвел начал рассказывать о своей жизни там. Словно сам находился внутри и видел воочию обитателей Гринвейза: юную девушку, подростка и молодого, любящего свою дочь отца.

Я вынул маленькое колечко, которое Ребекка когда-то надела на пальчик и продолжала носить, когда стала взрослой. Колечко с камушками вокруг не носят дети или незамужние девушки. Кто подарил его и что оно значило для нее? Почему

Фейвел считал, что оно приносит несчастье? Что я упустил? А я явно что-то упустил во время разговора, но, как ни старался восстановить услышанное, оно ускользало от меня. И потому душевное спокойствие не возвращалось.

Оставалось только подняться к себе в комнату, чтобы написать отчет за день. Я вышел в холл и уже собирался подняться, когда телефон, стоявший на столе, как раз рядом со мной, вдруг зазвонил. Я даже вздрогнул от неожиданности. Почему-то я вообразил, что это звонит Элли. И если она вдруг решилась позвонить мне в двенадцать часов ночи, значит, что-то стряслось. Я схватил трубку.

Женский голос спросил:

— Это Том Галбрайт?

— Да, говорите, — ответил я. Охваченный тревогой, я с нетерпением ждал сообщения.

Наступила пауза, она тянулась целую вечность, а потом линия отключилась. Я застыл на месте, меня вдруг обуял необъяснимый страх. Но через какое-то время я пришел в себя. Умершие могут напоминать о себе самыми разными способами, но вряд ли они стали бы пользоваться телефоном.

Но и сейчас я не могу выбросить из головы странный звонок. Это была не Элли. Я бы узнал ее голос. Лишь очень узкий круг людей знал этот номер, и еще меньшее число могли догадываться, что я сейчас здесь. Но кто бы это ни звонил, он выбрал самое подходящее время. В тот момент, когда я размышлял над тем, кто я, и никогда еще сомнения не одолевали меня с такой силой, неизвестный голос дал мне возможность определиться с ответом.

Было уже очень поздно, когда я закончил записывать встречу с Фейвелом. Волнение мешало мне сразу же погрузиться в сон, мне чудилось, что я иду по лесу возле Мэндерли и прямо передо мной легко и бесшумно движется женская фигура. Я знаю, что это Ребекка, окликаю ее, пытаюсь догнать, но она всякий раз ускользает. И когда я начал впадать в отчаяние, она вдруг остановилась, подняла руку, на которой сверкнуло колечко с бриллиантами, и поманила меня за собой. В этот момент я проснулся. Было уже светло. Часы показывали шесть утра. Я по-прежнему чувствовал себя настолько разбитым, что уже готов был забросить подальше клубок, который столько времени пытался распутать.

Миссис Хендерсон еще не встала, что меня даже обрадовало: не хотелось разговаривать с ней или с кем бы то ни было. Снова, как и вчера, я сам сварил себе кофе и вышел с чашкой в садик за домом, сел под вишневым деревом, которое посадили Джулия и Ник в день свадьбы. Все его ветви были усыпаны цветами. Легкий ветерок разносил их вокруг, словно это было свадебное конфетти.

И я сказал самому себе: решай — либо продолжать, либо бросить все. И постарайся быть честным с самим собой, хватит делать вид, что это объективное расследование. Я никогда не был беспристрастным. В глубине души я все время чувствовал, что существует некая связь между мной и Ребеккой, несмотря на всю шаткость имеющихся доказательств. Но тогда почему я вдруг после вчерашнего разговора с Фейвелом пришел к заключению, что такая связь определенно существует? Потому что увидел связующую нить, и она породила гнетущее настроение.

Теперь мне уже никуда не скрыться и не спрятаться. Так что я сидел под деревом Джулии и Ника — под свадебным деревом — и медленно проходил по коридору своего прошлого, открывая все запертые двери, включая и ту, что захлопнул много лет назад и запер ее на крепкую задвижку, где я прятал мучивший меня вопрос о родителях. Я открыл дверь сиротского приюта, а затем дверь, которая вела к моим приемным родителям, в дом в Пелинте.

То лето я провел вместе с Эдвином и Мэй Галбрайт. Мне исполнилось одиннадцать лет, когда они усыновили меня. Первая неделя совместного отдыха. Я вел себя как маленький дикий звереныш, которого мучили страхи. Крушил все, что попадалось под руку, потому что знал: пройдет совсем немного времени, и меня, как ненужную вещь, вышвырнут вон из этого уютного домика назад в приют, где мне и положено находиться.

Поэтому я вел себя грубо, упрямился и пытался вывести родителей из себя. Что они будут делать, если я ночью описаюсь в постели? Или начну скверно ругаться? Или украду кошелек Мэй... И если Эдвин поймет, какой я глупый, или Мэй узнает, что я лгун и обманщик, что они решат: отправят назад или попытаются изменить меня? На этой неделе или на следующей? Как загнанная собачонка, я огрызался, рычал, а потом начинал кусаться: я вытворял самые невероятные вещи, чтобы спровоцировать их на то, чего больше всего боялся, — в приюте нас сразу наказывали. Но наказание все же предпочтительнее равнодушия.

Прежде мои приемы всегда срабатывали, но не в этот раз. Мне не удавалось заставить Мэй повысить голос, а Эдвин не пытался замахнуться. А когда я подставил лицо для так и не последовавшей пощечины, я впервые увидел, насколько они потрясены.

Мэй и Эдвин научили меня слову «завтра». Никогда прежде — пока они не взяли меня в Пелинт — я не подозревал, что оно таит в себе столько прекрасных возможностей и что его можно ждать с радостным нетерпением, и уже само по себе ожидание дарит удовольствие. Даже больше, чем испытываешь в тот момент, когда уже идешь по берегу, садишься в лодку и берешь с собой корзинку с едой для пикника. Даже приятнее, чем читать, исследовать замок или старинную церковь, собирать растения для гербария, слушать птиц и пытаться запомнить, как они называются.

Эдвин и Мэй сумели отыскать щелочку, сквозь которую они могли добраться до моей души: они выяснили, на что я откликаюсь. Хотя читал я отвратительно, мне очень нравились разные исторические предания, места, где я ощущал веяние прошлого, и они стали поддерживать мой интерес. Так им удалось приручить меня, но на этом дело не закончилось. Я по-прежнему выжидал. И как-то утром — теперь я могу открыть и эту заветную дверь — Мэй сказала, что она возьмет меня с собой в церковь Мэндерли и покажет, как можно переводить надписи с медных досок прямо на лист.

Предложение прозвучало неожиданно, и это отчего-то насторожило меня. Эдвин не собирался присоединиться к нам, что тоже показалось мне подозрительным. А нарочито бодрый голос Мэй дрожал от волнения. Глядя на ее улыбающееся лицо, я всем существом ощутил какую-то непонятную угрозу и отказался идти, а когда они оба начали настойчиво уговаривать, догадался, что они замыслили. Отвезут меня назад в приют и обменяют на другого мальчика. Вот почему им хочется заманить меня в какое-то странное место.

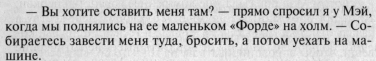

— Вы хотите оставить меня там? — прямо спросил я у Мэй, когда мы поднялись на ее маленьком «Форде» на холм. — Собираетесь завести меня туда, бросить, а потом уехать на машине.

— Том, как ты можешь так думать?! — воскликнула Мэй со вздохом. — Конечно, нет. Как же мы сможем обойтись без тебя?

— Вы хотите сделать мне больно, хотите, чтобы я снова стал несчастным. Хватит. Лучше сразу покончить с этим. Вы избавитесь от меня...

— Должна огорчить тебя, — ответила Мэй. — Тебе не удастся так легко избавиться от нас.

— Скучная церковь. И глупые медные доски! — Я пнул тщательно уложенный Мэй сверток, где лежали бумага и угольные карандаши. — Не хочу идти туда! Не хочу идти с тобой. Старая грымза! Меня тошнит от вас.

— Давай попробуем, Том, — тихо ответила она. — Просто попробуем.

Я посмотрел на Мэй, пораженный ее тоном, и увидел, что она плачет. И я замолчал. Смотрел на дорогу перед собой и грыз ногти. Я вдруг ощутил свою огромную власть и то, как неправильно ею пользовался. И я мог бы и дальше злоупотреблять своей властью: заставить Мэй рыдать, заставить ее страдать, — а мог и остановиться. Выбор оставался за мной. И я думал об этом выборе всю оставшуюся дорогу. В моих силах было причинить кому-то боль?! Никогда прежде я не мог этого сделать. И я испугался — вот почему еще до того, как мы встретились с подругой Мэй, я запомнил эту дорогу.

Когда мы подъехали к крохотной церквушке, она была пуста. Мы с Мэй прошли мимо могильных плит. Солнце ярко светило над нашими головами. Я прочитал несколько имен, вырезанных на плитах, уже покрывшихся лишайниками. Надписи от любящих жен, посвящения любимой маме, мужу или отцу. И я шел, вчитываясь в строки, открывавшие родственные отношения, которых меня по какой-то причине лишили.

Мы прошли к реке. Ее течение было стремительным, и я, бросив ветку, представил, как она будет плыть к морю и достигнет Атлантики. Если я могу обидеть Мэй, это значит, что она неравнодушна ко мне? Значит, я ей дорог?

А потом Мэй показала мне внутреннее убранство церкви: там царил прохладный полумрак. По своему невежеству я сначала отметил, какая она маленькая и тесная. Меня бы, конечно, больше должны были поразить высокие готические своды или огромные толстые колонны. Алтарь закрывала ткань, голубая с золотом.

У нас под ногами находились плиты, под которыми покоились тела давно умерших людей. Склонившись над медной плитой с изображенным на ней рыцарем, я принялся разглядывать его. На нем были латы и забрало, так что я не мог полностью рассмотреть его лицо. Руки в перчатках он скрестил на груди. У ног, тоже закованных в броню, лежала маленькая собачка с хвостом, закрученным колечком. Девиз на знамени у него над головой был написан латинскими буквами. Я не знал латинский, поэтому Мэй прочитала сама. Она сказала, что рыцаря звали Жиль де Уинтер, он умер, вернувшись из Крестового похода в 1148 году. Его жена Маргарита, которая родила ему десять детей (четверо из них выжили), покоилась рядом с ним.

Мэй показала мне, что надо делать. Как закрепить бумагу, чтобы она не скользила по поверхности плиты, и как растирать угольный порошок. Я буквально вырвал у нее из рук коробку с углями, и Мэй, вздохнув, сказала, что она прогуляется по двору, и оставила меня. Я видел, как она посмотрела на часы, и опять догадался, что она что-то замыслила. Вот сейчас она сядет в машину и уедет.

«Пусть не думает, что меня это волнует», — подумал я и начал водить углем по бумаге, но на самом деле я прислушивался, как скрипнула дубовая дверь. Сердце забилось, как барабан, и дурнота подкатила к горлу. Я ждал, когда же услышу звук мотора. Прошла минута, другая. И тогда у меня в голове промелькнула мысль: быть может, она не обманывала меня? Больше всего на свете мне хотелось выскочить на церковный двор и убедиться, что она еще там, но гордость удерживала меня на месте. И я готов был скорее умереть, чем показать, как мне страшно остаться одному.

А руки продолжать водить углем по бумаге. И вдруг проявились ноги, затем туловище... Я смотрел и не верил своим глазам. Он все время был здесь, под бумагой. Я знал это. Но у меня было такое ощущение, словно это я сотворил его. Вот шлем и руки в перчатках, а вот и маленькая собачка с закрученным хвостом. И если прислушаться, то можно услышать сквозь столетия, как она лает.

Меня полностью захватило это занятие, и я даже забыл про Мэй.

Когда я услышал скрип церковной двери, то решил, что это вернулась она. Но потом раздались шаги — слишком легкие и быстрые для Мэй.

Я обернулся. В церковь вошла незнакомая мне женщина — тоненькая и высокая. Обхватив рукой дубовый подлокотник, она смотрела на меня сверху вниз.

— Тебя зовут Том? Так ведь? Как ты быстро успел закончить! — сказала она. — Осталось совсем немного. И как хорошо получилось. Я только что встретила Мэй во дворе церкви, и она мне сказала, что ты здесь. Это моя подруга. — Незнакомка придвинулась поближе и протянула руку: — Меня зовут Ребекка.

Я настороженно смотрел на нее, а потом неожиданно для себя взял ее руку. Я был очень подозрительным — особенно к незнакомым людям. Женщина внимательно рассматривала меня, а я рассматривал ее. Ее волосы, свободно падавшие на плечи, были такие же темные, как и мои. И у нее были самые удивительные глаза, какие я когда-либо видел. В полумраке церкви я не мог понять, какого они цвета: то ли синие, то ли зеленые. А потом решил, что они цвета моря.

На ней был свободный свитер и белые брюки. Я ощущал прохладу ее рук, ее пожатие было сильным и крепким, но я также ощутил дрожь в пальцах и подумал: как странно, что она волнуется не меньше, чем я.

Ребекка села прямо на пол рядом со мной, и после короткой паузы я продолжил свое занятие. Склонившись над плитой, я старался не смотреть на нее. И догадывался: пройдет минута, после чего женщина, как все взрослые люди, начнет задавать вопросы. Растирая уголь, я ощущал под пальцами каждую трещинку и выпуклость. Она не произнесла ни единого слова.

Через некоторое время ее неподвижность и молчание начали беспокоить меня, и я удивленно взглянул на нее. Она просто смотрела на меня своими бездонными, как море, глазами. Может быть, она ворожила? Может быть, это какая-то речная нимфа. Эдвин и Мэй показывали мне книгу с картинками про богов и богинь, читали мне истории о созданиях, которые могут выпрыгивать из воды, которые прячутся в деревьях и бегают наперегонки с ветром. У них были странные имена, которые мне было трудно прочесть, но я запомнил, как они называются. Зефир. Нереиды. Дриады. И я закрыл глаза, чтобы проверить, не исчезнет ли она. А когда снова открыл их, то уже знал ответы на вопросы, которые Ребекка не успела задать мне.

— Сейчас я живу в Шотландии. И мы приехали сюда на каникулы, — проговорил я, продолжая тереть бумагу и искоса глядя на нее. — А до того я жил в приюте. Меня усыновили.

— Я знаю, — ответила она и добавила: — Мэй рассказала мне.

— Мне одиннадцать лет. Обычно в таком возрасте не усыновляют. Почти все хотят усыновить малышей.

— Знаю.

— У меня два имени. Одно, которое дали в приюте. И новое.

И снова украдкой посмотрел на нее, чтобы проверить ее реакцию. Мэй говорила, что я должен этим гордиться. Это означает, что меня выбрали, потому что полюбили меня, но я не очень-то верил ее словам.

— Прекрасно, — сказала женщина, слегка запнувшись. — Всем надо время от времени менять имена, как ты считаешь? Имя должно подходить тебе. И когда ты найдешь такое, то можешь оставить его навсегда. Тебе нравится имя Том?

Я задумался. До сих пор мне не приходило в голову примерять имя, словно перчатку или шапку.

— Может быть, — медленно проговорил я.

— Мне кажется, что оно подходит тебе. Как праздничный костюм, так и имя Томас.

Я повертел эту фразу в уме так и эдак. И, наверное, улыбнулся, потому что она тоже улыбнулась. Лицо ее сразу озарилось каким-то особым светом. Протянув руку, она прикоснулась к моей щеке пальцем. Ребекка словно околдовала меня: я перестал смущаться и не отворачивался, пока она смотрела на меня.

— Ты живешь здесь? — спросил я, когда она наконец отодвинулась.

Ребекка засмеялась:

— Здесь. В церкви? Нет, пока еще нет.

Ее взгляд упал на мои руки. Я постоянно грыз ногти, и по краям остались следы от заусениц. Покраснев как рак, я сжал руки в кулаки, чтобы она не заметила моей слабости.

— Я очень часто грызла ногти, — сказала она доверительно. — И у меня были ужасные руки. Мама говорила, что я похожа на каннибала. Она пошла в аптеку и купила какое-то лекарство. Надеялась, что оно будет таким горьким, что я брошу дурную привычку. Но это не помогло. Я так разозлилась, что стала грызть их еще сильнее...

Теперь я, в свою очередь, посмотрел на ее пальцы. Они были тонкие и длинные, с красиво очерченными ногтями, но коротко остриженными. На левой руке у нее было два кольца. И одно из них сверкало, как солнечные зайчики на воде.

— Могу поделиться с тобой своим опытом, — продолжала Ребекка, словно ей было столько же лет, сколько и мне, и мы знали друг друга целую вечность. — Если тебе хочется грызть их, то грызи! И пусть все идут к черту. Но если тебе хочется остановиться, тогда приложи усилие. Если что-то очень сильно хочется, то можно сдвинуть с места горы. Ты способен сделать все, что угодно...

На меня произвело очень сильное впечатление ее «к черту», особенно потому, что она произнесла это в церкви. До сих пор никто не говорил мне о том, что я могу свершить все, что угодно. В приюте только вера могла двигать горы, и поэтому так важна была молитва. Сколько времени я провел в молитвах? Я молился, чтобы меня усыновили, последние семь лет. Но, может быть, я не молился, а просто очень сильно захотел, чтобы это случилось.

— Все, что угодно? — недоверчиво спросил я.

— Все-все на свете, — ответила она. — Например, в детстве я была очень маленькой, и мне казалось, что я никогда не вырасту. А мне очень хотелось стать высокой, и тогда я очень сильно захотела. И выросла за полгода. Как растут растения в горшках. Это очень легко и просто.

— А ты можешь, например, заставить себя читать лучше, если захочешь?

— Проще не бывает. Щелкни пальцами — и у тебя получится.

Я нахмурился. Ее слова вызывали воодушевление, но мне

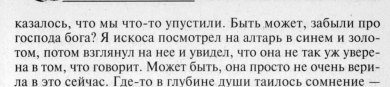

казалось, что мы что-то упустили. Быть может, забыли про господа бога? Я искоса посмотрел на алтарь в синем и золотом, потом взглянул на нее и увидел, что она не так уж уверена в том, что говорит. Может быть, она просто не очень верила в это сейчас. Где-то в глубине души таилось сомнение — печаль поднималась, как прилив.

Я недоверчиво поморщился и указал рукой на надгробие Жиля де Уинтера:

— А как же он? Спорим, ты не сможешь его вернуть. Он ведь умер.

— Нет, ты не прав. — Ребекка вздохнула, не обратив внимания на мой грубый тон. — Ты можешь заставить вернуться и мертвых. Но тут надо быть очень осторожным, Том. Иногда они проявляют себя совсем не так, как ты ждешь. Иной раз лучше оставить их в покое... Что они будут делать тут?

Она говорила очень серьезно, ее выразительные глаза цвета бездонного моря пристально смотрели на меня. И я вдруг ощутил какой-то могильный холод в церкви и вздохнул, подумав про тех мертвецов, что лежали под плитами. Мне кажется, она тоже подумала о них и слегка нахмурилась. И тут вдруг ударили церковные часы. С последним ударом подруга Мэй выпрямилась и протянула мне руку.

— Была рада познакомиться с тобой, Том, — сказала она. — Попроси Мэй как-нибудь привезти тебя ко мне. Я живу в Мэндерли. Мэй знает, где это. Недалеко отсюда. Мы можем поплавать на моей яхте. Она очень надежная и быстроходная. Тебе хотелось бы выйти в море?

Мне очень хотелось оказаться на яхте, и я тотчас обратился с этой просьбой к Мэй. Она явно была рада, что наша встреча с ее подругой прошла хорошо, но к моей просьбе отнеслась как-то рассеянно. Мы стояли на залитом солнцем дворе и смотрели, как скрылась из виду машина.

Я взял руку Мэй в свою, решив, что не стану обижать ее. И еще я решил, что будет лучше, если я заставлю ее полюбить меня, — и, похоже, мое желание сработало. Она вспыхнула от радости и крепко обняла меня.

— Когда мы сможем пойти в гости к твоей подруге и покататься на яхте? — спросил я по дороге домой, а потом неоднократно повторял тот же вопрос.

— Как-нибудь на днях, — неопределенно отвечала Мэй,

бросая короткий взгляд на мужа, но потом, похоже, забывала про свое обещание, хотя я продолжал напоминать о нем.

Почему-то всегда оказывалось, что нам не хватает времени, мы все время чем-то были заняты. Но я догадывался, что это уловки. И мне удалось выяснить, что эта женщина вышла замуж за человека, которого звали Максим де Уинтер, — потомка того самого Жиля, фигуру которого я копировал на плите. А еще — что Мэй познакомилась с Ребеккой, когда той было пятнадцать, а Мэй двадцать. И что они жили по соседству в Беркшире. Но больше мне ничего не удалось вытянуть из моей приемной матери.

Как-то раз Эдвин отвел меня в сторону и объяснил, что мои вопросы огорчают Мэй. У нее создается впечатление, что я отдал предпочтение ее подруге.

— Дай ей время, Том, — попросил он. — Мы узнаем друг друга получше. Мэй очень хочет, чтобы ты был счастлив.

Мне не хотелось огорчать Мэй, поэтому я стал обходить неприятную для нее тему. Вскоре наш отдых подошел к концу, мы вернулись к себе домой в Шотландию.

Больше мы никогда не приезжали в Пелинт и даже в Керрит, и я больше никогда не встречался и ничего не слышал о Ребекке. Но наша встреча надолго запомнилась мне, она была такой необычной и завораживающей. Странная подруга Мэй оказалась права: я стал читать намного лучше и уже не казался таким глупым.

Но однажды мне стало ясно, что люди становятся игрушками судьбы. Прямо на первой полосе газеты я увидел портрет Ребекки. Яхта оказалась не такой надежной, как ей казалось, и их обеих поглотило море.

Прошло время, ее тело обнаружили на борту затонувшей яхты. И снова я прочел в газете отчет о проведенном следствии. И вердикт: самоубийство. Последний акт воли, который может совершить человек. Тогда я подумал, что теперь никогда не узнаю, кем она приходилась мне и почему захотела встретиться в тот день. Сомнений нет — это она настояла на встрече. И вынудила Мэй дать согласие.

Задвинутый в дальний угол памяти эпизод очень редко всплывал на свет божий. Но история все же не завершилась, и моя причастность к ней тоже осталась непроясненной. Эдвин Галбрайт — добрейшей души человек — умер, когда я еще учился в школе. Мэй, к которой я привязался всем сердцем, последовала за мужем через два года после обширного инфаркта. И когда дом в Шотландии наконец продали в прошлом году, я перебирал ее личные вещи и обнаружил письмо, которое Мэй, наверное, сожгла бы или порвала на кусочки, если бы смерть не настигла ее так внезапно.

Я до сих пор ношу листок при себе. Сидя под свадебным деревом, я снова развернул и перечитал его. Обратный адрес: Тайт-стрит, Лондон. Дата — 1926 год. Это письмо Ребекка написала вскоре после свадьбы, за несколько месяцев до нашей встречи с ней.

Дорогая Мэй!

Хорошо, что мы увидимся завтра, потому что меня так опечалило твое сообщение: для женщины непереносима мысль, что ей не суждено родить ребенка. Но ведь это не означает, что ты должна лишить себя радости материнства? Ведь ты можешь усыновить ребенка, чтобы заботиться о нем и любить его. Уверена, что Эдвин не станет возражать, если ты решишься на это.

Так получилось, что я узнала про мальчика, который мечтает о том, чтобы его усыновили. Он сейчас живет в приюте недалеко от Лондона — место ужасное. Его подкинули в младенческом возрасте, мальчика там и окрестили. Он оказался в числе тех, кого крестили на букву Т, — и его назвали Теренс. А фамилию в приютах часто дают по цвету: Блэк, Брайн, Уайт. Его фамилией стала — Грей, но мне кажется, ему больше подходит фамилия Галбрайт.

Уверена, что ты приедешь в приют и попытаешься взять его к себе. С удовольствием сделала бы это сама, но Максиму не понравилась эта идея. Вы будете более заботливыми и внимательными родителями, чем я.

Я знала его мать — бедная женщина сейчас уже умерла. И только совсем недавно выяснилось, что ее сын жив. Она благословит тебя и я тоже, если ты позаботишься о нем. Ты станешь ему хорошей матерью, а Эдвин — прекрасным отцом.

Позвони мне, как только получишь мое письмо, и я скажу тебе, где его найти.

Ребекка.

Каждый раз, перечитывая это письмо, я начинал по-новому истолковывать каждую строчку. Когда я прочел в первый раз, у меня возникло ощущение, что я наконец-то отыскал свою мать. А потом решил, что я нашел подругу моей матери, но что толку: ведь она тоже умерла. Чуть позже я осознал, какие противоречивые желания меня обуревают. Что я готов одновременно поверить и тому, что моя мать — Ребекка, и тому, что она всего лишь ее подруга. Я фантазировал, что она запуталась и не смогла вырваться из силков, а через секунду не мог понять, каким образом такое предположение вообще могло возникнуть у меня. Мне захотелось найти один-единственный ответ, узнать правду.

Но сегодня, сидя под деревом, с которого медленно падали лепестки на страницу, я снова перечитал письмо и увидел еще одно лицо, которое выглядывало из-за плеча моей матери. Черты лица его были расплывчатыми, но я понял, что это мой отец. Я родился в 1915 году, и у меня сохранилось свидетельство о рождении, подписанное приютскими чиновниками. Ошибка могла составить не больше нескольких недель. Но если я — сын Ребекки, значит, она родила меня в четырнадцать лет, когда жила в Гринвейзе с любящим отцом и со своим кузеном, который вызвал у меня отвращение при встрече.

Итак, хочу я продолжать свои розыски? Хочу ли я этого?

Сложив письмо, я сунул его в карман. И вдруг — впервые за утро — услышал движение машин на улице. Да, я хотел добраться до сути. Сердце подсказывало этот выбор, хотя разум выдвигал множество возражений. Это ящик Пандоры, твердил он, и лучше бы его оставить закрытым. Но как бросить все как раз в тот момент, когда я подобрался так близко к разгадке?

19

Решение созрело окончательно, цель определилась, и, вернувшись в дом, я набросал план того, что мне предстояло сделать в Лондоне за оставшееся время. А потом проверил расписание вечерних поездов, чтобы добраться до Лэньона где-нибудь в полночь. Таким образом, весь день я мог посвятить поискам. Первым делом я позвонил Фейвелу, но никто не поднял трубку, наверное, он все еще не пришел в себя после похмелья.

Я устроился в кабинете сэра Арчи, на время заняв его стол, откуда открывался вид на Риджент-парк. После ухода на пенсию сэр Арчи уже не работал за этим столом, но, следуя заведенному порядку, навел на нем полный порядок. Только любимая фотография осталась стоять на прежнем месте — свадебная фотография Ника и Джулии. Рядом с женихом — в роли шафера — стоял я и смотрел мимо камеры. Мне не хотелось, чтобы глаза выдали мое восхищение красотой Джулии и всех тех чувств, которые я испытывал в тот момент. Я повернул фотографию другой стороной, раскрыл журнал, записную книжку и вырезки из газеты.

Сейчас мне больше всего могла бы помочь миссис Дэнверс — ее воспоминания простирались намного дальше, чем воспоминания Фейвела; эта женщина оставалась рядом с Ребеккой и во время ее замужества. Я пытался прощупать Фейвела, знает ли он что-нибудь о местонахождении миссис Дэнверс. Судя по всему, он и впрямь не мог указать даже на сомнительный след, но попытаться все же стоило. Если она когда-то была домоправительницей, значит, и впоследствии могла пойти к кому-то в услужение, стать компаньонкой, поэтому я обзвонил все агентства по найму домашней прислуги, вплоть до самых маленьких. Я давно уже опросил всех бывших служанок в Мэндерли — вдруг кто-то что-то слышал о ней, но и то и другое закончилось неудачей.

Вокруг имени миссис Дэнверс роились только смутные догадки. И все, знавшие ее, в том числе и Фриц, считали, что пожар в Мэндерли — дело ее рук. Она уволилась за день до того, как загорелся особняк, сложила все вещи и исчезла. Больше никто ничего не слышал о ней и никогда с ней не встречался.

Соединяя воедино разрозненные сведения, я всякий раз натыкался на эту личность. Только миссис Дэнверс могла знать, как и чем жила Ребекка до появления в Мэндерли. Она оставалась с девочкой, когда умерла ее мать и когда та перебралась в особняк Гринвейз. Может быть, она что-то знала и обо мне? Кто-то отдал меня в приют в 1915 году, а это было сделано, судя по письму, без ведома Ребекки.

События тех дней лучше всего известны именно миссис Дэнверс. Правда, имелся еще один кандидат: сэр Маккендрик, директор театральной труппы, в которой выступала мать Ребекки. На «алтаре» маленькой Ребекки фотограф запечатлел мать в роли Дездемоны. «Найди мать, и ты найдешь ребенка», — сказал я себе.

Я позвонил в информационный отдел библиотеки Святого Джеймса — одной из лучших библиотек Лондона, — мое любимое место работы. И мне повезло: Маккендрик написал автобиографию. Библиотекарь сказал, что мне придется отыскать ее на стеллажах самостоятельно, и сообщил, как автор назвал мемуары: «На гребне волны», подразумевая, что удача сопутствовала ему.

Радостное предвкушение охватило меня.

Звонок к Фейвелу снова остался без ответа. Потом я позвонил в «Сосны», мне ответила Элли. Не удержавшись, я спросил ее про таинственный звонок, раздавшийся у меня в доме прошлой ночью. Элли ответила, что никому не давала моего номера телефона.

— А почему вы спрашиваете?
— Кто-то позвонил мне, но не оставил своего номера.

И замолчал. Элли могла обратиться ко мне только по имени Грей Теренс. Мне стало неловко: я увиливал от прямого разговора с полковником и его дочерью, и это не могло и дальше продолжаться в том же духе. Я почти готов был признаться в обмане, но признания все же лучше делать, глядя в лицо друг другу, а не по телефону.

Вчера, по словам Элли, полковник немного устал, но сегодня с утра чувствовал себя гораздо бодрее. А завтра по совету доктора его уже можно будет отвезти в больницу, чтобы провести необходимое обследование. На это уйдет весь день, так что Элли позвонит мне завтра вечером. Ее отец будет рад, что я скоро вернусь, он скучает, призналась она, сделав ударение на последнем слове.

Помедлив, я тоже признался, что соскучился по ним. Похоже, Элли это обрадовало, я почувствовал по голосу. Ее настроение передалось и мне. И после разговора с Элли я отправился в библиотеку в приподнятом настроении.

В четверть одиннадцатого я уже стоял перед каталогом и

перебирал карточки, а в десять двадцать возле полок, где должна была стоять рукопись.

Библиотека Святого Джеймса — здание довольно старое, в его коридорах и переходах с непривычки можно заблудиться. Театральный отдел находился в самом конце, за отделом общей истории — за тесно стоявшими книжными шкафами. Как и все остальные шкафы, эти были забиты до отказа и стояли впритык друг к другу. Между ними приходилось протискиваться с большим трудом. Помещения плохо освещались, воздух был спертый из-за того, что окна отсутствовали. Пол и потолок представляли собой железную решетку, так что я мог отчасти видеть и слышать, что происходило в соседних отделах.

Протискиваясь между тесными полками, я дергал за шнурок, чтобы осветить очередную секцию. На означенном в каталоге месте автобиографии Фрэнка Маккендрика не оказалось, и я решил, что ее могли случайно переставить на другую полку — такое случалось, какой-нибудь рассеянный читатель мог поставить ее по ошибке в другой отсек. Пришлось проверять все полки.

Я просмотрел все, что касалось театральных подмостков времен Эдуарда, затем все, что имело отношение к шекспировским представлениям, но там наткнулся лишь на упоминание о Маккендрике — не больше, чем я уже узнал от владельца букинистической лавки Фрэнсиса Брауна. Никаких подробностей о нем самом и участниках его труппы. Меня это начало злить: я знал, что книга должна быть здесь.

И тут я услышал шаги, гулко отзывавшиеся о металлическую решетку пола. Совсем рядом со мной, за соседними шкафами. Я отчетливо слышал, как кто-то, невидимый мне, стал спускаться по такой же витой лестнице. Хлопнула дверь, и шаги затихли.

Я обошел те шкафы и полки, которые имели отношение к моим поискам, раза три, но так и не смог найти нужной книги. Тогда я решил вернуться в главный зал и проконсультироваться с библиотекарем. Но, проходя мимо дальнего темного уголка комнаты, где стоял небольшой столик, заметил еще один шкафчик. В нем помещались произведения не столько для серьезного исследования, сколько для развлекательного чтива. Я уже проходил мимо этого столика и отметил, что на нем ничего не было. А сейчас на нем лежала книга. Подойдя ближе, я понял, что это и есть исчезнувшая со своего места автобиография Маккендрика.

Она лежала раскрытой на нужной мне главе, и я тотчас уловил исходящий от нее знакомый неповторимый запах. Между страниц книги лежал цветок азалии, еще совсем свежий, именно поэтому он источал такой сильный аромат. Создавалось впечатление, что цветок положили совсем недавно. Я невольно обернулся, вглядываясь в пространство между шкафами. Кто-то совсем недавно прошел по этому тесному проходу.

Включив настольную лампу, я сел за стол, осторожно отложил азалию в сторону и стал рассматривать страницу, отмеченную столь странным образом. Справа на ней была помещена фотография Фрэнка Маккендрика в экзотическом костюме. Лицо его было густо намазано темным гримом. Он стоял, склонившись над ложем, на котором, разметав в стороны длинные распущенные волосы, лежала прелестная молодая женщина. Ее рот приоткрылся в немой мольбе. Подпись гласила: «Королевский театр. Плимут. Сентябрь 1914 года. Мое трехсотое выступление в роли Мавра. Дездемона — мисс Изабель Девлин. «Историческое представление, где Фрэнк Маккендрик превзошел самого себя» — к такому выводу пришел корреспондент «Плимутского вестника».

Напротив фотографии я увидел абзац, подчеркнутый карандашом, но все же начал читать страницу с самого начала:

«Я с нетерпением ждал очередного, трехнедельного, выступления на подмостках театра в Плимуте. Там нас встречали благодарные зрители. В репертуар этого сезона вошло девять пьес. В том числе — «Отелло», где должен был состояться мой трехсотый выход в этой роли. Спектакль прошел в субботу вечером. Так как моя жена занемогла, в роли Дездемоны выступила молодая актриса, мисс Изабель Девлин. Она присоединилась к нашей труппе несколько лет назад, ее мастерство заметно выросло за последнее время. У мисс Девлин всегда имелось свое собственное мнение. И она очень часто предлагала весьма неожиданные трактовки роли, которые, увы, не укладывались в привычные рамки постановок шекспировских пьес. А я всегда придерживался мнения, что не стоит отступать от традици-

онных решений и не позволял ей своевольничать во время исполнения.

Мисс Девлин выглядела очаровательно, и исполнение «Песни ивы» в сцене со мной и с Кассио (в тот раз его исполнял мистер Орландо Стефенс, но он вскоре оставил нашу труппу) было очень трогательными. Помнится, в первый вечер мисс Девлин с таким отчаянием боролась со мной, что парик сбился в сторону. Мне даже пришлось успокаивать ее и убеждать не принимать представления всерьез. Ее вера, что Дездемона должна бороться за свою жизнь, показалась мне ошибочной. Дездемона мягкая и податливая натура. И она не считает, что к ней в спальню заявился убийца, она видит в нем прежде всего своего обожаемого мужа.

Мисс Девлин вняла моим наставлениям, о чем свидетельствуют последовавшие затем представления. Критики встретили ее доброжелательно, но моя жена придерживалась другого мнения. Она считала, что голос Дездемоны должен звучать мягче и что исполнительница явно не обладает подлинным драматическим талантом. Несмотря на эти шероховатости, спектакль прошел с триумфом. Мой выход встречали громом аплодисментов, и по сложившейся традиции поклонники преподнесли мне венок. Если бы это не был последний год войны, зрителей, конечно же, было бы намного больше и мы получили бы больше откликов.

Замечу с сожалением, что выступление мисс Девлин в роли Дездемоны оказалось последним, как и вообще ее выходы на сцену. Моя жена, которая относилась к ее способностям гораздо строже, чем я, очень беспокоилась о состоянии здоровья мисс Девлин — оно никогда не было очень крепким, — и нам пришлось отказаться от ее услуг. Вскоре мы узнали о том, что мисс Девлин умерла при весьма трагических обстоятельствах. Она еще находилась в расцвете красоты, «апрель застыл в ее глазах», и она была леди от ногтей до кончика волос, необыкновенно деликатной и воспитанной. Мы с женой не смогли появиться на похоронах, но я скорбел о ней всей душой.

Хочу напомнить также, что дочь мисс Девлин в те годы тоже стала членом нашей труппы — можно сказать членом нашей семейной труппы — и отличалась как исполнительница песен. Она была превосходным Паком в спектакле «Сон в летнюю ночь», и мы всегда занимали ее в ролях мальчиков. Помню, с каким важным видом она переодевалась в принца в «Ричарде III», *и исполнение отличалось изысканностью и утонченностью. Наверное, она получила признание где-то за границей, но моя жена высказывала на этот счет сомнения. «Девочке не хватает самодисциплины и темперамента», — говорила она. Почему-то мы ничего не слышали о ней после смерти ее матери.*

После триумфального завершения сезона в Плимуте мы уехали в Бристоль, но финансовые затруднения, о которых я уже упоминал прежде, продолжали создавать массу сложностей. Так что нам с женой пришлось распустить труппу, и мы стали изыскивать возможности для продолжения постановок...»

Дойдя до конца страницы, я перелистал книгу и вернулся к началу главы, где в полном беспорядке приводился список членов труппы. Там имелось только упоминание об Изабель Девлин и о ее дочери, имя которой не называлось. Но, несмотря на столь туманные сведения, я не сомневался, что речь шла о Ребекке.

Глядя на цветок азалии, я открыл первую страницу книги, где в бумажном кармашке хранилась библиотечная карточка, на которой отмечалось, кто и когда брал ее на прочтение. Мне не составило труда понять, насколько мало кого-то интересовали хвастливые воспоминания мистера Маккендрика. Так, за последние три года ее ни разу не востребовали.

Облокотившись, я сидел, опустив голову, размышляя над очередной загадкой. Кто-то отправил тетрадь Ребекки полковнику Джулиану, в тот же самый день Фейвел получил конверт с ее кольцом, кто-то появился в ее домике на берегу и, возможно, в Мэндерли, если вспомнить выломанные доски в окне особняка. Кто-то брал эту книгу, и совсем недавно кто-то побывал в лавке Фрэнсиса Брауна, где купил открытку с видом Мэндерли.

Кто это? Он или она, несомненно, имеющие доступ к вещам Ребекки. И этот «кто-то» явно хотел разрушить привычную картину. Не только меня обуревало желание докопаться до сути. Теперь я убедился, насколько права Элли. Речь, скорее всего, должна идти о женщине. Так ли уж она неуловима — эта пресловутая миссис Дэнверс? Она указывает направление, мне остается лишь следовать ему.

Куда мне сначала следует поехать? В Гринвейз? Что я там

найду, кроме дома, который давно заселили другие обитатели? А если не туда? Какое еще место связано с Ребеккой?

Минут через пять сам собой пришел нужный ответ. Он лежал на виду, и все утро я подсознательно думал о нем. Я вынул письмо, написанное Ребеккой, письмо, которое в корне изменило всю мою жизнь. Тайт-стрит, 12 — квартира, которую она снимала в Лондоне. Я там уже побывал несколько раз, но никого не застал. Наверное, настало время снова наведаться туда.

Рядом с площадью Святого Джеймса оказалась стоянка такси, и по дороге в Челси я перечитал выписки из мемуаров Маккендрика — его мнение о матери Ребекки. Кое-что показалось мне примечательным, но я в первую очередь сосредоточил свое внимание на датах, сопоставляя с тем, что мне говорил владелец букинистической лавчонки.

В сентябре 1914 года Ребекка и ее мать оказались в Плимуте — ближайшем городе от Керрита и Мэндерли, сейчас поездка на машине занимала бы всего час или около того. В 1915 году Джек Фейвел приехал в Англию из Кении. Ребекка уже была в трауре. Следовательно, в этом промежутке — семь или восемь зимних месяцев, — скорее всего, и умерла мать Ребекки. И тогда миссис Дэнверс увезла ее к отцу в Гринвейз.

Отчего умерла ее мать? Фрэнк прямо говорит о том, что она болела. Возможно, от туберкулеза? В таком случае я мог бы довольно легко установить дату смерти, учитывая, что она носила фамилию Девлин, так что в Соммерсет-хаузе найдется свидетельство о смерти. И если мне не хватит времени, попрошу моего друга Саймона Ланга оказать такую услугу.

Отчего-то мне казалось, что причина смерти Изабель и послужила причиной возвращения Джека Девлина. И отчего-то я сомневался, что это миссис Дэнверс написала Джеку. Она, конечно, была в курсе всех дел, но, скорее всего, это не она отправила письмо. Девлин не требовал развода с женой, значит, вполне возможно, они поддерживали какие-то отношения все это время. Фейвел утверждал, что они прожили вместе полгода, но это еще ничего не значит. И его утверждения, почему они развелись, тоже могут быть ошибочными. Не

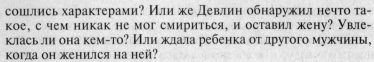

сошлись характерами? Или же Девлин обнаружил нечто такое, с чем никак не мог смириться, и оставил жену? Увлеклась ли она кем-то? Или ждала ребенка от другого мужчины, когда он женился на ней?

Такси остановилось на углу улицы — я хотел пройтись пешком до фешенебельного особняка из красного кирпича с остроконечной крышей. Неподалеку отсюда как-то снимал студию Уистлер. Когда это здание выстроили, здесь в основном селились артисты, художники, музыканты, и, как многие из них, Ребекка снимала квартиру на самом верхнем этаже с широкими арочными проемами окон. Подняв голову, я смотрел на ее бывшую квартиру с противоположной стороны тротуара.

Солнце отражалось от стекол. Оттуда открывался вид на Темзу. Ребекка выбрала такое место, откуда было минуты две ходьбы до реки, как я сейчас понял. А еще я подумал, зачем ей надо было проделывать в ту ночь такой долгий путь до Мэндерли, если темные воды реки — для того чтобы покончить счеты с жизнью — находились рядом.

Перейдя дорогу, я остановился у нужного подъезда и принялся всматриваться в надписи у дверных звонков, как уже делал однажды. Квартира 12, как я помнил, находилась на первом этаже, и, похоже, там никого не было, 12 в — на втором, а 12 с — на самом последнем, нужном мне этаже.

Без всякой надежды я нажал на звонок квартиры 12 с и стал ждать. Я спрашивал Элли про эту квартиру, когда она везла меня на станцию позавчера утром. Неужели прошло так мало времени? У меня почему-то возникло ощущение, что это было месяц назад. Элли была уверена, что Ребекка сняла эту квартиру задолго до замужества, но после свадьбы приезжала сюда очень редко, от случая к случаю, хотя Джулиан утверждал обратное, что последние месяцы она довольно много времени проводила в Лондоне.

Мой палец снова утопил кнопку звонка. И еще я спрашивал Элли о том, что произошло с квартирой после смерти Ребекки. Она ответила, что ее сестра Лили по-прежнему жила неподалеку, часто проходила мимо, и у нее возникло впечатление, что ее не сдавали никому. «Может быть, Ребекка передала свои права на аренду кому-то другому? — предположила Элли. — Кто-то переехал сюда. Тот, кто потом собрал ее вещи». Кто бы мог это сделать? И догадался еще до того, как она ответила: миссис Дэнверс.

Снова миссис Дэнверс. Я опять нажал на кнопку и долго не отпускал ее. Трель раздавалась где-то в глубине дома. И вдруг я услышал, как хлопнула дверь, на лестнице раздались чьи-то шаги. Я напрягся. Входную дверь открыла молодая женщина лет двадцати пяти. Она была одета в черное с ног до головы — в богемном духе. И находилась в прескверном настроении.

— Что толку трезвонить! — сердито сказала она. — Вы можете нажимать кнопку хоть целый день, вам все равно не ответят...

Она помолчала и более внимательно всмотрелась в меня. И вдруг в ней произошла перемена. Улыбнувшись, она смущенно извинилась за то, что обрушилась на меня, объяснила, что живет в квартире 12 в, и поинтересовалась, почему я так долго звоню. Но когда я ответил, что интересуюсь обитательницей квартиры 12 с, она снова занервничала.

— Господи! — воскликнула она. — Вы что-то знаете про нее? Тогда входите. Это целая история. Хотите кофе?

Мы вошли в просторный холл, где пол был выложен черно-белыми плитками. Вверх, плавно изгибаясь, вела красивая лестница. Молодая женщина, прижав палец к губам и бесшумно ступая, провела меня к себе наверх, в свою квартиру. Либо у меня было очень честное лицо, либо я сумел чем-то вызвать ее доверие, либо она просто нуждалась в мужской защите, а почему она ей потребовалась, я понял после того, как она описала происходящее. Как бы то ни было, но через пару минут я уже сидел в ее гостиной.

Молодую особу звали Селина Фокс-Гамильтон. Она обосновалась в этой квартире в январе прошлого года и собиралась покинуть ее при первой же возможности. Она работала в арт-галерее на Корк-стрит и задержалась сегодня дома из-за головной боли после похмелья.

Усадив меня на прогнувшуюся софу, она познакомила меня со своими тремя кошками и начала свой рассказ. Селина не принадлежала к числу нервических особ и не верит в привидения — и никогда не верила, но изменила свое отношение к ним с тех пор, как перебралась в этот дом. Значит, я хочу узнать про то, живет ли кто над ней? Пуста ли она?

— Не совсем, — ответила Селина и передернула плечами. — Она сдана, но съемщики очень странные. Очень.

Видя, что я весь обратился в слух, она села напротив, зажгла сигарету и начала:

— Я переехала сюда по ряду причин, место мне очень понравилось, квартплата чертовски мала, дом хороший, квартира прекрасная, и кошки одобрили выбор. Агент объяснил, что квартирой на первом этаже никто не пользуется, и еще он добавил, что наверху живет одна молодая женщина, но бывает здесь очень редко, так что не причинит особого беспокойства. Меня все это вполне устраивало. А потом я начала замечать какие-то мелочи, и все они выглядели очень странно. Там, наверху, горел свет, когда я поздно возвращалась с вечеринки, но я не слышала ни шагов, ни стука, ни скрипа, я вообще никогда не видела, чтобы кто-то входил или выходил оттуда. И почту никто не получал: ни единого письма или открытки за все время. Ни разу. Согласитесь, что это довольно необычно.

Селина посмотрела на меня с оттенком недоумения, но не ожидая ответа с моей стороны. Видно, ей давно хотелось кому-нибудь рассказать обо всем.

— Тогда я стала наводить справки, — продолжала она. — Здесь на улице живут — и уже довольно давно — художники, и они мне все рассказали о той молодой красивой женщине, которая снимала квартиру наверху двадцать лет назад. А потом она умерла при таинственных обстоятельствах. Кто-то решил, что она покончила жизнь самоубийством, а другие уверяли, что ее убил муж. Она жила в роскошном особняке, который сгорел на другой день после ее похорон...

Как бы там ни было, но, закончив этот рассказ, они поинтересовались: «Ты видела ее?» Можете себе представить, как меня это потрясло? Я не видела ее, я вообще никого не видела, но они говорили, что она появилась — и совсем недавно. Один заявил, будто она стояла у реки — в самом конце улицы, а другой видел, как она выходила из подъезда как-то вечером. «Неужели ты не слышала, как она передвигает мебель? — спросили меня. — Обычно она начинает заниматься этим ночью, вот почему, наверное, агенту удается сдавать эту квартиру с трудом и то ненадолго, и плата поэтому такая низкая. Это началось с той ночи, когда сгорел особняк, со дня ее похорон», — уверяли они. Все эти двадцать лет! И я — семнадцатый по счету жилец, который снимает квартиру после войны.

Селина смотрела на меня округлившимися глазами. Я спросил, поверила ли она всем этим россказням.

— Я не совсем поняла, зачем они мне все это рассказали, — призналась она. — Ведь я действительно ни разу никого не видела, и я никогда не слышала ничего. Но через какое-то время, месяца примерно через три, я начала кое-что замечать. Мои кошки вели себя очень странно. Они прятались и не хотели спускаться в холл, ничто не могло заставить их пройти по этой лестнице... Потом, как-то ночью, я услышала шум. В точности как описывали эти художники, словно по полу тащили что-то тяжелое. То туда, то обратно. И так несколько ночей подряд. И всякий раз очень поздно — в три или в четыре часа утра...

— Вы запомнили, когда все это началось?

— Конечно, 12 апреля прошлого года. Я записала это в своем дневнике.

12 апреля — годовщина смерти Ребекки, но я подумал, что лучше не говорить об этом Селине. Она зажгла следующую сигарету и продолжила свой рассказ. Шум продолжался почти неделю, а потом вдруг прекратился. Целый месяц стояла полная тишина. Селина обрадовалась, что на этом все закончится, но тут произошла неожиданная встреча. В последних числах ноября она вернулась домой раньше обычного. Было уже темно. Уже почти неделю держался холодный влажный туман. Селина вошла в дом, направилась к выключателю и тут заметила фигуру на лестнице.

— Я только мельком увидела ее, — повторила Селина. — В холл падал свет от фонаря над входом, и я широко распахнула дверь, так что туман клубами ворвался внутрь, но лестница тонула в полумраке. И я увидела, как фигура плавно движется, будто скользит. Я так испугалась от неожиданности, что даже ойкнула. А потом в холле зажегся свет, но никого уже не было... — Она помолчала. — Не думаю, что это было привидение, нет. Но я тогда ужасно испугалась и спросила: «Кто там?» или «Что вы тут делаете?» — а может, что-то другое. Она не ответила. А потом я услышала, как закрылась дверь. Вот и все. И больше я ее никогда не видела. И не хочу видеть.

Но это оказалось отнюдь не единственным контактом Селины с жилицей наверху. Было еще два, но они произошли иным, хотя тоже странным, образом.

Примерно через несколько месяцев после встречи с «привидением» шум передвигаемой мебели опять возобновился. Он происходил все чаще и продолжался все дольше, так что Селина решила что-нибудь предпринять.

Однажды под утро, когда ей не удалось сомкнуть глаз всю ночь, набравшись храбрости, она поднялась по лестнице наверх и постучала в дверь квартиры 12 с. У нее не было никаких сомнений, что женщина все еще находится там, скрежет прекратился всего лишь минуты две или три назад, и никто за это время не выходил из дома. Селина собиралась потребовать объяснений, но на ее стук и просьбы открыть дверь никто не отозвался. Селина чувствовала, что женщина там, по другую сторону двери, даже слышала ее дыхание.

Месяц тому назад она настолько устала от этих звуков по ночам, что уже больше не могла их выносить. Жалобы в агентство остались без ответа, и тогда она написала записку — очень вежливую, подчеркнула Селина, — снова поднялась наверх, сунула ее под дверь и ушла на работу. А когда вернулась, то обнаружила на коврике у своей двери конверт, на нем не было ни ее фамилии, ни обратного адреса, даже номера квартиры. Внутри этого конверта лежала ее записка, порванная на мелкие кусочки.

— И вот это по-настоящему испугало меня, — сказала Селина. — Разве это нормально? С тех пор я старалась избегать ее и жду не дождусь, когда перееду отсюда в другое место. Мне страшно оставаться одной в доме с привидением или с сумасшедшей.

Я спросил Селину, удалось ли ей узнать, как зовут обитательницу квартиры, хотя бы ее имя. «Нет, агент отказывался назвать ее». Может ли она описать, как выглядела женщина на лестнице? «Почему-то более всего запомнился аромат духов, которыми пользовалась незнакомка, — свежий, тонкий запах каких-то весенних цветов. Высокая, одетая в черное... Более ничего. Ведь я видела ее какую-то долю секунды».

Я обратил внимание Селины на то, что привидение вряд ли стало бы разрывать записку на мелкие кусочки и оставлять ее на коврике перед дверью, но мне показалось, что это не убедило ее. А потом спросил, не одолжит ли она мне чистый конверт, и вышел в вестибюль. Ничто не могло заставить Селину подойти даже к лестнице, что вела наверх, она осталась у дверей своей комнаты, и я поднялся один.

Тщательно отполированные деревянные перила красивой лестницы заканчивались плавным закруглением на площадке перед массивной черной дверью. И я сразу почувствовал уже знакомый мне слабый аромат. Я вложил в конверт, который дала мне Селина, цветок азалии, найденный в библиотеке, заклеил его и надписал сверху: Теренс Грей, свой адрес и номер телефона в Керрите. Глядя на дверь, я вспомнил слова девушки: «Это началось в ту ночь, когда загорелся особняк, после похорон». Именно в тот день исчезла миссис Дэнверс.

Слабая надежда, но упускать любую возможность не стоило. Я приблизился к двери и сказал:

— Миссис Дэнверс? Вы там? Мне нужно поговорить с вами. О Ребекке...

Полная тишина. Я осторожно постучал — ответа не последовало. Я слышал, как внизу вздохнула Селина.

— Миссис Дэнверс? — повторил я, и на этот раз мне показалось, что услышал какое-то едва уловимое движение по ту сторону двери, похожее на шорох платья, заглушенное ковром. Но мне это могло и почудиться. Просунув конверт под дверь, я выждал несколько минут. Но и на это не последовало никакой реакции.

Мы с Селиной обменялись номерами телефонов, только после этого я позволил себе покинуть дом. На улице снова перешел на другую сторону и встал на тротуаре как раз напротив окон квартиры Ребекки. Солнце все еще отсвечивало от стекол и слепило мне глаза. И если бы женщина стояла у окна, я бы все равно не смог разглядеть ее, зато она могла видеть меня. Я дал ей время изучить меня как следует. И это было трудное испытание — стоять и знать, что за тобой наблюдают.

Ощущение, что за мной наблюдают, не оставляло меня потом весь день, и он прошел безрезультатно. И все мои начинания заканчивались ничем. Селина назвала мне художников, которые рассказали ей про привидение, и дала мне телефон их агента на Тайт-стрит. Агент отказался дать мне какую-либо информацию, кроме той, что их сейчас нет дома. Я потерял напрасно массу времени, опрашивая соседей по Тайт-стрит, пытаясь узнать, известно ли им что-нибудь про обитательницу квартиры 12 с, но все они поселились в этих домах недавно и понятия не имели о других жильцах. Ничем закончился и мой поход в городскую справочную службу Челси, где я надеялся получить сведения, связанные с квартирой 12 с. В списках зарегистрированных жильцов подъезда числилась только Селина...

Решив завершить на этом свои безрезультатные поиски, я перекусил в небольшом кафе сандвичами и вернулся домой. До отхода поезда оставалось немного времени, и сейчас я испытывал нетерпеливое желание как можно быстрее покинуть этот шумный, пыльный, суетный город, вдохнуть свежего морского воздуха и не спеша пройтись по неторопливому Керриту.

По дороге к дому я заехал в известный кондитерский магазин и купил сестрам Бриггс конфеты со сливочной начинкой, как и обещал, и две книги в подарок полковнику Джулиану. На стенде я заметил свою собственную книгу об Уольсингеме и о шпионаже во времена Елизаветы и, поддавшись какому-то порыву, приобрел заодно и ее — для Элли. Уж если я намереваюсь признаться, с кем они имеют дело, то это окажется весомым подкреплением, — так я решил вначале, но, расплатившись за покупку, засомневался, уместна ли она. Ведь книга, перенасыщенная бесконечными ссылками и цитатами, предназначалась исключительно для узкого круга специалистов-историков, сухое исследование вряд ли заинтересует обычного читателя. Неужели именно в таком виде я собираюсь представить ей Тома Галбрайта? Он покажется ей напыщенным и скучным, но, быть может, Элли уже составила о нем именно такое представление.

Но прежде чем начать укладывать вещи, мне необходимо было повидать Фейвела, чтобы вернуть ему кольцо Ребекки, а если удастся, задать еще пару вопросов. Улицы — благодаря тому, что установилась ясная погода, — запрудила оживленная толпа людей, охваченных весенней лихорадкой. По аллеям гуляли, взявшись за руки, парни и девушки, мужчины и женщины; няни толкали перед собой коляски. Воздух был напоен предвосхищением чего-то необыкновенного, как бывает в теплый весенний день. Этим ожиданием веяло и от пестрых женских нарядов, от нежной зелени деревьев и радостных гудков автомобилей.

Но я чувствовал себя одиноким, словно невидимая оболочка мешала мне разделить со всеми общее ощущение подъема. И эта оболочка образовалась из-за того, что я слишком погрузился в прошлое, слишком много времени провел в библиотеках, архивах, рылся в пыльных бумагах. Я верил только документам. Типичная архивная крыса, которая вздрагивает, оказавшись в гуще жизни.

Пытаясь избавиться от этого настроения, я добрался до конторы Фейвела, но она, к моему удивлению, оказалась закрытой. И на звонок колокольчика никто не вышел. Я отметил, что один из автомобилей — «Бентли», выставленный на продажу, исчез. Видимо, Фейвел поехал с покупателем, чтобы показать машину в действии.

Подождав еще минут пятнадцать в надежде, что он вернется, я ушел. «Позвоню ему из Керрита, — решил я, — а до того времени кольцо Ребекки побудет у меня». И по дороге к Риджент-парку я, сунув руку в карман, машинально водил пальцем по его поверхности.

Времени осталось как раз на то, чтобы написать несколько писем и позвонить по телефону. Я опять обратился к Фрэнку Кроули, хотя не сомневался, что и на это — третье по счету — письмо получу вежливый отказ. Позвонил Саймону Лангу и попросил его кое-что уточнить для меня в Соммерсет-хаузе.

Потом связался со своими друзьями и коллегами в Кинге, куда должен был вернуться осенью. Позвонил своему издателю и переговорил с редактором, пообещав встретиться с ним за ленчем в самое ближайшее время, и объяснил, что книга, которую я должен был ему сдать, потребовала от меня больше времени, чем я ожидал. Редактор оказался человеком уравновешенным и спокойным и не стал метать громы и молнии.

Сложив вещи, я попрощался с миссис Хендерсон и отправился на станцию. Мне уже не терпелось оказаться как можно скорее в Керрите, чтобы рассказать Элли и ее отцу, как далеко я продвинулся в своих изысканиях. Я надеялся, что и он

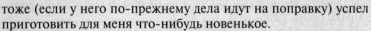

тоже (если у него по-прежнему дела идут на поправку) успел приготовить для меня что-нибудь новенькое.

В поезде было не очень много народу, и я порадовался, что смогу посидеть в одиночестве. Положив сумку на полку, я развернул первую страницу «Вечернего обозрения», купленного мною на вокзале, но не стал читать и отложил его в сторону. Мимо окна проносились предместья города. Прислушиваясь к стуку колес, я невольно принялся перебирать свои впечатления за эти последние два дня: что мне говорили и чего мне не сказали. Умолчание и уклончивость — не менее важная часть в разговорах, чем их содержание.

За окнами поезда, вырвавшегося наконец из города, начало смеркаться, я раскрыл автобиографию Фрэнка и, преодолевая витиеватость стиля, бесконечные повторы и самовосхваления автора, начал читать. И вдруг наткнулся на то, что упустил сегодня утром. Прямо на первой странице всего лишь скупая оговорка, ее можно было легко проскочить, чтобы не увязать в подобных перечислениях, но я успел выхватить слова «постоянные выступления в Плимуте» и не перелистнул страницу:

«По уже заведенной издавна привычке моя жена, я и несколько человек из труппы поселились у Миллисéнт Дэнверс, которая поддерживала образцовый порядок в «Святой Агнессе», где мы одновременно и столовались. Она к тому времени овдовела, ей помогала в работе дочь, и вдвоем они вели хозяйство на том же высоком уровне, что и прежде, не упуская самой последней мелочи. Нигде не было ни пылинки, скатерти сияли белизной, посуда — чистотой. Вспомнив добрые старые времена, мы пригласили ее дочь на представление. Эдит Дэнверс, или Дэнни, как мы все обращались к ней, всегда относилась чрезвычайно одобрительно к нашим постановкам. И у нее было немало друзей в нашей труппе еще с детских лет. Никакие силы не могли помешать ей пропустить очередное выступление труппы».

Так вот откуда взялась Эдит Дэнверс, которая провела вместе с Ребеккой и миссис Девлин, как я был уверен, оставшиеся месяцы до кончины Изабель.

Захватив в салон-ресторан книгу Фрэнка, я продолжал читать ее и во время еды. Но про Эдит больше не упоминалось. Она промелькнула, как огонек в ночи, и снова скрылась во мраке прошлого.

И, глядя в сгустившуюся за окном темноту, я видел свое смутное отражение, которое оставалось неподвижным на фоне постоянно изменяющегося пейзажа. Глаза мои закрылись сами собой — в прошлую ночь мне удалось поспать всего часа два или три, и я почувствовал охватившую меня усталость, но заснуть все равно не смог. Просто впал в какое-то состояние полудремоты или оцепенения, балансирования между сном и бодрствованием, где я поднимался и поднимался по широкой лестнице наверх к черной двери, которую невозможно открыть и которая никогда не открывалась.

Наверное, я все же в конце концов ненадолго заснул, потому что когда дернулся от толчка, то почувствовал себя еще более разбитым, чем до того. Я снова потянулся к газете и развернул ее.

На второй странице следовало короткое сообщение: «Джек Фейвел, совладелец салона по продаже машин в Мэйфер, — читал я, — рано утром попал в аварию. Это произошло на печально знаменитом месте — закрытом повороте между Беркширом и деревенькой под названием Хамптон-Феррар. «Бентли» врезался в стену и тотчас вспыхнул. Два очевидца, которые пасли лошадей, заявили, что машина мчалась на большой скорости и не смогла вписаться в крутой поворот. Фейвел мертв. Полиция ведет расследование».

Поезд дернулся, колеса заскрежетали, но потом, набрав скорость, снова застучали в прежнем ритме. А на меня накатило чувство горечи и вины одновременно. Вынув из кармана кольцо, я долго вглядывался в него. Смерть окрасила наш разговор с Фейвелом в новые оттенки. Вслушиваясь заново в его описания Гринвейза, я увидел Ребекку верхом на лошади.

Случайностью ли оказалась его смерть? Или ему захотелось повторить с зеркальной точностью смерть Максима де Уинтера? И когда два этих человека мчались по дороге, чего они добивались: пытались догнать Ребекку или скрыться от нее? О чем думал и что переживал Фейвел в те часы, когда расстался со мной, и до того, как сел за руль? Скорбел или продолжал пить, чтобы удержать демонов подсознания? Судя по всему, он переживал гораздо сильнее, чем мне казалось, его отчаяние было намного глубже. И мне следовало бы слушать его внимательнее, смотреть на него более пристально, ловить все оттенки выражения на его лице. Теперь кольцо Ребекки осталось у меня — кольцо, которое, как он заявил, приносит несчастье. А я вспоминал тот момент, когда сам видел это кольцо у нее на руке. Ее бездонные глаза смотрели на меня. «Ты живешь здесь?» — «Где, в церкви? Нет. Пока еще нет»...

Плотный сумрак пронизали огоньки на горизонте, мое отражение прижалось ко мне носом к носу. Вскоре после полуночи поезд со скрежетом начал тормозить. А в половине первого мы подъехали к станции. Дежурил один таксист, и он довез меня до дома.

Прежде чем открыть дверь, я несколько минут постоял на ступеньках. Ночь стояла безлунная, черные волны медленно облизывали прибрежную гальку. Ветер усиливался, и начинал накрапывать дождь. Темная полоса леса Мэндерли сливалась с морем, но я все равно смотрел в ту сторону, словно надеялся что-то разглядеть.

Призраки, целый день не отступавшие от меня ни на шаг, уверенно прошли следом за мной в дом, расселись каждый в своем углу и ждали, когда же я снова выну кольцо Ребекки. Бриллианты отразили свет зажженной лампы, и я вдруг поймал себя на мысли: действительно ли это кольцо приносит несчастье? И тотчас же попытался переубедить себя: смешно верить в подобные глупости, как смешно верить в призраков. Ветер за окном шумно вздохнул и толкнул калитку. Задвижка задребезжала.

Завтра я продолжу свои изыскания, но уже без помощи Фейвела и без неуловимой Дэнверс. Пока я не мог представить, в каком направлении мне теперь двигаться, где искать новые, неизвестные еще мне свидетельства. В конце концов, я не мог надолго прерывать свою текущую работу. А ту, за которую взялся здесь, я завершил две недели назад. Оставалось доделать кое-какие мелочи, с которыми я успею справиться завтра. Значит, теперь у меня появится больше времени на то, что, в сущности, и привело меня в эти края. Но это вовсе не означало, что я собираюсь навсегда связать себя с Керритом. Придет минута, когда мне придется сознаться самому себе, что пора оставить все как есть; что темные воды прошлого поглотили Ребекку и мне не удастся донырнуть до того места, где она исчезла.

И вдруг среди монотонного шума волн, порывов ветра и дробных ударов капель дождя о крышу я различил посторонний звук — звук шагов по дорожке перед домом, лязг задвижки на калитке и скрип, словно ее резко распахнули. Я выключил свет и подождал, когда мои глаза привыкнут к темноте, а потом осторожно вышел на крыльцо. Корабль, освещенный огнями, двигался на горизонте, а море вздыхало, подкатывая к берегу, а потом с шуршанием увлекало за собой гальку.

И в одном ритме с прибоем калитка то открывалась, то захлопывалась снова. Наверное, сильный порыв ветра сорвал задвижку. Правда, прежде такого не случалось. Подойдя к ней, я снова закрыл ее и проверил, крепко ли она держится, а потом бросил взгляд на берег.

Смутная фигура скользнула между скал. Сердце мое замерло, словно страх сжал его в кулак. И в голове пронеслась мысль: она вернулась за своим кольцом.

Но уже через секунду я вполне овладел собой: это всего лишь игра света и тьмы, тумана, дождя и ветра. И вернулся в дом.

20

19 апреля, среда. Позвонил Элли — успел застать ее до того, как она уехала с отцом в больницу, — и отправился в библиотеку. Я так ждал этого разговора с ней, но он оказался очень коротким и не принес такого же радостного облегчения, как вчерашний. Голос Элли звучал несколько натянуто, когда она объясняла, что ей надо еще успеть помочь отцу собраться, а он нервничает, поскольку не любит больницы. Его можно понять.

Дождь не унимается, небо затянули тучи, и сильный ветер пронизывает коттедж насквозь. До сих пор спокойное море вспенилось, громадные валы набрасываются на скалы, пытаясь сокрушить их. Тропинка, по которой скрылась привидевшаяся мне смутная фигура, исчезла под водой.

Джереми Боудинник — архивист, кругленький, доброжелательный, убежденный холостяк, с которым я сотрудничал эти полгода, как обычно, подвез меня — он живет неподалеку от сестер Бриггс и работает с местными архивными докумен-

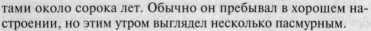

тами около сорока лет. Обычно он пребывал в хорошем настроении, но этим утром выглядел несколько пасмурным.

— Печальный день, Теренс, — сказал он, когда я сел рядом с ним. — Очень печальный. Я буду скучать, в библиотеке без тебя станет намного скучнее. Ты проделал огромную работу по разборке документов де Уинтеров. Если бы члены совета хотя бы попытались раздобыть деньги для оплаты постоянного сотрудника, но они, конечно же, и мизинцем ради этого не шевельнут. Они не понимают, какое огромное значение имеют местные сведения для понимания общего хода исторического процесса. Они урезали наш бюджет так, что дальше некуда, разве только рубашку с меня не сняли...

Знакомый мотив. Долгие годы Боудиннык вел героическую борьбу с местными членами совета. Чаще всего он терпел поражение, но случалось, и одерживал небольшие победы на каком-то отдельном участке фронта. То, что меня приняли на полгода, он считал своей заслуженной победой.

А я считал, что эту единицу утвердили только для того, чтобы оформить и привести в порядок бумаги де Уинтеров в качестве подарка наследникам. И небескорыстного подарка: они надеялись, что те оценят усилия и найдут способ их отблагодарить. Он согласился со мной.

Так что договор со мной подписали только потому, что готовилась выставка архивных материалов на тему «История местной промышленности по добыче олова и каолина». И на расходы по этой тематике не скупились.

Боудиннык тут же начал строить планы об организации следующей эффектной выставки: «История перевозки контрабандных товаров», и я было поверил, что ему удастся продлить договор о штатной единице. Но чиновники при совете поняли его маневр и устояли перед его натиском. Таким образом, срок моего договора истекал через две недели, но Боудиннык никак не мог смириться с этим обстоятельством и всю дорогу клеймил тупоголовых клерков.

Как только мы вошли в библиотеку, он переключился на более насущные вопросы: на что я собираюсь дальше жить? Боудиннак снял очки и принялся усердно протирать их — признак сильнейшего волнения. Глядя на меня близорукими глазами, он признался, что слышал стороной, будто я собираюсь купить домик, который арендовал на это время.

Интересно, кто пустил этот слух? Марджори Лейн? Сестры Бриггс? Полковник Джулиан? Пекарь, аптекарь или слесарь? Или их тети, дяди и племянницы? Да кто угодно! Все, кто жил в Керрите и творил его историю. Все, кто знал, где сосед потерял иголку и чья кошка ходит по крыше, кто всегда наперед угадывает, чем все закончится, и удивляется, почему никто вовремя не прислушался к его предсказаниям.

Как ни странно, на этот раз «ясновидец» как в воду глядел. Я и в самом деле стал подумывать: а не обосноваться ли мне в Керрите? Но Боудинник счел себя ответственным за мое финансовое положение, хотя знал, что я в состоянии позаботиться о себе, но, с другой стороны, мог оказаться в зависимом положении... «Если так пойдет и дальше, то мой коллега протрет свои очки до дыр», — подумал я, догадываясь, что он намекает на возможную женитьбу. Поскольку я не поддержал эту тему, Боудинник вздохнул и решил, что перспектива, набросанная им, выглядит мрачновато, и тут же принялся восхвалять положительные стороны семейной жизни.

Сам он, конечно, не решился пойти на такой ответственный шаг, но вполне осознавал преимущества женатых людей.

— Огонь в камине, уют в доме, — перечислял он, продолжая полировать стекла, — домашняя еда, а рядом всегда твоя вторая половина.

А когда он добрался наконец до достоинств полковника Джулиана и его дочери, я догадался, кого мне наметили в невесты.

— Мы с Элли всего лишь хорошие друзья, — заверил я его.

Но он, конечно, не поверил. А у меня не нашлось убедительных аргументов, чтобы развеять его заблуждение.

Единственное, что он принял, это напоминание о том, что наследство, полученное от тетушки Мэй, дает мне возможность вести достаточно обеспеченную жизнь. Это не было ложью во всех смыслах слова. И, кажется, он немного успокоился, что, впрочем, вряд ли избавит меня от дальнейших расспросов.

Но тут Боудинник принялся разбирать почту и наткнулся на письмо из Канады, присланное адвокатом, который вел дела от имени миссис де Уинтер. Письмо отвлекло Боудинника. Он обрадовался, прочитав короткое послание, и протянул его мне:

— Очень мило с ее стороны. Очень мило.

«Сэр!
Как мы поняли, работа над составлением описи и каталога документов семьи де Уинтер завершена. Наш клиент, миссис де Уинтер, просила нас выразить вам сердечную благодарность за то, что эти бумаги теперь будут находиться в вашем архиве в образцовом порядке.

Сердечно ваши...»

Письмо подписал один из совладельцев адвокатской конторы в Торонто, через которую шла переписка с миссис де Уинтер. Тон его не показался мне «милым». Я подшил письмо в папку, где лежали и другие письма этого самого адвоката, столь же скупые по содержанию, сколь и сухие по форме.

В самом начале — когда я только приступил к поискам — я написал миссис де Уинтер через эту фирму, которая напоминала мне Цербера перед входом в ад, и попросил у нее совета и помощи. Через два месяца я наконец получил долгожданный ответ, который состоял из двух строчек: «Миссис де Уинтер, — сухо уведомили они меня, — не желает обсуждать этот вопрос, и они будут признательны, если вы не станете больше беспокоить ее подобного рода посланиями».

Их ответ не удивил меня. Я догадывался, что вторая жена Максима могла знать всю подноготную смерти Ребекки, и, поскольку ее муж имел к ней непосредственное отношение, я не питал особенных надежд на то, что она охотно начнет помогать мне. «Наверное, следовало бы написать еще раз», — подумал я, закрывая папку, но не мог заставить себя снова взяться за перо, и мысль о том, что я не довел это дело до конца, долго тяготила меня.

Я закончил складывать оставшиеся бумаги и вещи и потом просмотрел по просьбе Боудинника фотографии, которые он подготовил для следующей выставки. И одновременно рассеянно слушал его рассказы о темных делах, которые проворачивали в этих местах контрабандисты, пока он вдруг не упомянул о ныне преуспевающем торговце нелегальными товарами — бывшем лакее, служившем в Мэндерли, Роберте Лейне и его жене — в девичестве Нэнси Манак. В ее семье испокон веку все занимались такого рода махинациями.

— Обращал ли ты когда-нибудь внимание на рыбацкую шхуну Манаков? — спросил он. — Ее нельзя не заметить, она бросается в глаза своей окраской — бирюзовый с алым. Капитан судна, точнее шкипер, — один из пяти братьев Нэнси. Молва утверждала, что строительство таможни и новые пошлины заметно снизят благосостояние семейства. Таможенники уже провели несколько рейдов, и контрабандистам все труднее находить уединенные бухточки и места для хранения незаконно ввезенных товаров.

Боудинник вздохнул, явно сожалея о том, что героическому периоду местного предпринимательства пришел конец.

Но он навел меня на мысль, что домик на берегу, даже сами руины особняка могли служить прекрасным местом для хранения нелегальных товаров. Но, с другой стороны, люди, которые перевозят и торгуют отравой под видом ликеров и вишневых настоек, вряд ли станут плести венки из азалий, только чтобы замести следы и отвести подозрение. Не похоже на них. И все же мысленно я подшил к делу и эти сведения, чтобы попытаться позже взвесить их. Прежде чем уйти, я спросил, не поможет ли мой коллега выяснить один вопрос: сохранился ли сейчас дом на набережной в Плимуте?

Боудинник обожал такого рода вопросы и тотчас принялся за дело. Он начал просматривать карты, газетные вырезки и указатели дорог. Кончилось тем, что ему хватило одного телефонного звонка своему старому другу в плимутский архив, чтобы дать мне исчерпывающий ответ: как и многие здания в городе, этот дом «Святая Агнесса» разбомбили при очередном налете немецкие летчики.

Я ожидал чего-то в этом роде. С другой стороны, еще менее вероятным мне представлялся вариант, что миссис Дэнверс вернется под отчий кров, почти столь же ничтожным, как и шанс, что она скрывается в квартире на Тайт-стрит. Ни тот, ни другой вариант пока не принес мне желаемого.

Дождь лил по-прежнему. Я пересек площадь и подошел к автобусной остановке, досадуя еще сильнее, что оставил свою машину в Кембридже. Расписание, висевшее на остановке, можно было считать фикцией. Теоретически автобус должен был прибыть через двадцать минут, но на практике он мог и уехать двадцать минут назад. Автобусная остановка находилась напротив полицейского участка, где вели расследование по делу о смерти Ребекки. И, стоя под проливным дождем — струйки уже начали стекать мне за ворот, — я вспоминал ту часть следственных материалов, которые касались второй миссис де Уинтер.

Процесс шел уже по накатанной версии до тех пор, пока вдруг не дошла очередь до свидетельских показаний судостроителя Джеймса Табба. Отстаивая свою профессиональную честь, он привел доказательства, что яхта затонула не потому, что буря бросила ее на рифы: на обшивке не нашлось такого рода пробоин. Яхта пошла ко дну, потому что кто-то открыл кингстоны и проделал отверстия в днище.

Максим де Уинтер затруднился дать ответы на вопросы, с которыми к нему обратились для разъяснения. Более того, они вызвали у него смятение, что видели все присутствовавшие в зале. В ту минуту его вторая жена упала в обморок. Все внимание переключилось на нее, и Максим де Уинтер получил время на то, чтобы прийти в себя и подготовиться к дальнейшему опросу. Обморок случился в столь нужный момент, что я нисколько не сомневался: она знала, что ее муж виноват, и пришла ему на помощь. Можно ли ее таким образом считать соучастницей или эта женщина — образец невинности, как считали многие обитатели Керрита?

Получив из Канады враждебный ответ на свой запрос, я с сожалением понял, что выяснить правду насчет ее будет так же трудно, как и выяснить правду о Ребекке. Глядя в ту сторону, откуда должен был подойти автобус, я не заметил, как возле меня остановилась машина и пожилая женщина махнула рукой, приглашая меня сесть. Это была Джоселин Бриггс, которая ездила в Лэньон к друзьям.

— Купила шляпу, — объяснила она, — да заодно набрала и массу всякой мелочи. — Пакеты и сумки в самом деле занимали все пространство на заднем сиденье. — Да вы промокли до нитки! До чего противная погода — я как раз собираюсь зайти выпить чашку кофе. Вы не присоединитесь ко мне? А потом мы подбросим вас до Керрита...

В первую секунду я собирался отказаться, но, когда сообразил, что под словом «мы» подразумевается Джеймс Табб, тотчас согласился.

Зальчик в «Голубом чайнике» был забит до отказа, поэтому мы прошли в заднюю половину кафе — пристройку, где народу оказалось поменьше, и сели за столик, покрытый кружевной скатертью. На окнах висели кружевные занавески, а на полках стояли чашки, блюдца и десертные тарелочки, расписанные букетиками роз. Престарелая официантка в кружевной наколке и фартучке принесла нам домашнее печенье и чашки с ароматным напитком. В этом уютном мирке я чувствовал себя, как иностранец за границей, но зато именно здесь Джоселин сообщила мне нечто такое, что заставило меня забыть и о неловкости, и обо всем на свете.

До того мне никогда не удавалось разговаривать только с одной из сестер. Обычно они встречали меня вдвоем. И вот сейчас я обнаружил, что Джоселин, когда строгая сестра постоянно не одергивала ее, способна на бо́льшую откровенность. К тому же она была более мягкосердной, это я всегда ощущал, и склонной сочувствовать другим. А сегодня я открыл и другие свойства ее характера: у нее было сильно развито чувство материнства.

Выпив кофе, она засыпала меня расспросами:

— А теперь, дорогой мой, признайтесь, чем вы огорчены и обеспокоены — это из-за полковника Джулиана или из-за дорогой Элли? Я уверена, что Артур поправится, он очень волевой человек... Элли сказала, что обследование, которое он должен сегодня пройти, всего лишь рутинная процедура — так положено делать, и ничего более...

Она помолчала, но я понимал, что она не удовлетворена объяснением, которое сама дала за меня.

— Как печально, — с рассеянным видом продолжила она все тем же теплым тоном. — Элли такая сильная натура. И очень самоотверженная. К сожалению, отец — человек сложный и трудный в общении. С ним очень непросто, думаю, что вы и сами успели это заметить. Но его беспокоит ее будущее, конечно, так же, как и нас. Что произойдет, когда он умрет? Ведь мы должны быть реалистами и понимать: рано или поздно это все же случится — мы все там будем.

Она негромко вздохнула и покачала головой:

— Видите ли, если что-то случится с Артуром, что делать

бедной Элли? Жить одной в таком большом доме? Скорее всего, «Сосны» придется продать — и на его месте выстроят какое-нибудь современное здание. Я говорила Элинор: «Надеюсь, мы не доживем до этого момента и не увидим перемен». — Она похлопала меня по руке. — Будем надеяться, что это случится не столь скоро. Расскажите мне про вашу поездку в Лондон, что там вас так огорчило?

Немного помедлив, я, непонятно по каким причинам, быть может, под влиянием симпатии и мягкости, или давней моей приязни к ней, или общей атмосферы благожелательности, царившей в кафе, выложил все. Я был намного откровеннее, чем до сих пор, и даже объяснил, почему так упорно занимаюсь этими поисками, почему они так задевают меня, как значимы для моего самоощущения и о том разочаровании, которое я испытал уже не раз, упираясь в тупик. Я не рассказал всего, но Джоселин многое угадала. Она слушала предельно внимательно и ни разу не перебила меня.

А когда мое сбивчивое эмоциональное повествование подошло к концу, Джоселин вздохнула:

— Мы с Элинор с самого начала догадывались, как много это значит для вас и что это такое — попытка воскресить мертвых, расспрашивая о прошлом. Мы отчасти пережили нечто подобное с Элинор, когда попробовали восстановить собственную семейную хронику: в семье многое скрывают друг от друга, и не всегда возможно добиться правды. Вам подсовывают мифы и легенды, которые вы слышали в детстве и поверили им, а потом... Впрочем, это не имеет значения.

Она отвернулась, и я подумал: интересно, о ком она пыталась навести справки в своей семье. «Воскрешение мертвых», как она верно сказала, — вот чем я занимался все это время.

— Даже если вы найдете миссис Дэнверс, — продолжала Джоселин, — что вам это даст? Конечно, у нее еще могут оставаться какие-то вещи, принадлежавшие когда-то Ребекке, но я не уверена, что разговор с ней поможет вам. Эдит всегда отличалась странностями. Моя сестра относилась к ней, как к своего рода вампиру, поскольку Эдит никогда не жила своей собственной жизнью и словно бы подпитывалась энергией Ребекки. Для нее существовала одна тема для разговора — Ребекка. Говоря о ней, она переживала неестественное воодушевление, словно наркоман, получивший свою дозу. Только в такие минут она оживлялась... Правда, надо сказать, Эдит Дэнверс с детства отличалась странностями.

Слова ее поразили меня как гром среди ясного неба. Ни в ее словах, ни в словах ее сестры никогда не проскальзывал даже намек на то, что они знали Эдит Дэнверс до ее приезда в Мэндерли.

— С детства? — невольно повторил я следом за ней.

— Да, ведь она начинала служить у нас. Поступила одной из горничных к маме. Мы тогда жили в «Сант-Винноуз», — запнувшись, продолжила Джоселин. — Но задержалась у нас недолго, маме она чем-то не приглянулась, да и остальная прислуга не ладила с ней. Эдит исполнилось лет шестнадцать или пятнадцать, она была ненамного старше Элинор. И мама взяла ее, так сказать, на пробу, поскольку любила ее мать.

— Она знала мать Эдит? Миллисент Дэнверс?

— Конечно, и очень хорошо. Миллисент служила у нас долгое время и ушла только после того, как вышла замуж — она уже была в годах — и переехала в свой дом, который после смерти мужа стала сдавать приезжим. А до того как обзавелась своей семьей, служила у нас няней и даже ухаживала за моей мамой: старшей из сестер Гренвил. Кроме моей мамы, Евангелины, была еще бедная Вирджиния, которая вышла замуж за Лайонела де Уинтера и очень рано умерла, а еще младшая — Изольда. Сестры славились своей красотой. И есть даже известная картина художника Сарджента, на которой изображены они все вместе. Картина называлась «Три грации». Она висела в Мэндерли и очень нравилась Максиму. Благодаря Сардженту остался лишь один портрет его матери, вместе с сестрами. Ребекка тоже, помнится, восхищалась им. Как жаль, что он сгорел. — Джоселин горестно покачала головой. — Таким образом, Миллисент вырастила всех сестер, моя мать обожала ее. И продолжала поддерживать связь со своей няней, оставалась в курсе всех ее дел после того, как та вышла замуж. Вот почему мама согласилась взять Эдит, правда, как я говорила, это ничем не кончилось. Девушка отличалась трудным характером. Еще чашечку кофе? А печенье? Вы совсем не едите, а оно такое вкусное.

Она смотрела на меня с простодушным видом, но я все никак не мог осознать всю безыскусность ее признания.

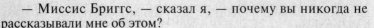

— Миссис Бриггс, — сказал я, — почему вы никогда не рассказывали мне об этом?

— Но вы ведь никогда не спрашивали нас о миссис Дэнверс, — мягко ответила она. — Вы никогда по-настоящему не объясняли, что именно хотите найти, а мы с Элинор не решались вмешиваться. До сегодняшнего дня я не осознавала, насколько важны для вас эти разыскания, вернее, *почему* они настолько важны для вас. Но теперь многое прояснилось. Хотя вряд ли я сообщу что-то новое. И вряд ли мои рассказы помогут отыскать Эдит...

Джоселин нахмурилась.

— Мне бы только хотелось добавить еще кое-что к сказанному, — продолжала она. — Даже если вам удастся с ней встретиться, не принимайте ее слова слишком близко к сердцу и не особенно верьте ей. Возможно, я ошибаюсь, но мне кажется, что она никогда по-настоящему не понимала Ребекку. С ее слов создается впечатление, что Ребекка всегда была несгибаемой и жестокой, что она не позволяла никому вставать на ее пути. Но у меня сложилось другое впечатление. Конечно же, Ребекка умела добиваться своего, конечно же, ее отличала сильная воля, но это давалось ей дорогой ценой. Недаром в ее глазах всегда пряталась грусть, как мне казалось. Тонкие люди не могли не ощущать ее, хотя Ребекка никогда ни о чем не рассказывала...

Она посмотрела мне в глаза:

— И я невольно задумываюсь: знала ли она о том, что не в состоянии выносить ребенка, или это ей стало известно только после того, как она побывала у врача в Лондоне?

Я замер. Ее слова прозвучали для меня откровением, и я не сразу сумел справиться с охватившим меня волнением. Глядя в лицо Джоселин Бриггс, я видел, что она смотрит на меня с сочувствием:

— Так вы не знали об этом? — негромко переспросила она. — А мне казалось, что Артур сказал вам. Видите ли, бедная Ребекка не могла родить. И это не имеет никакого отношения к болезни, которую уже много позже обнаружил лондонский специалист. Это у нее было врожденное — недоразвитая матка, насколько мне известно. И даже если бы ее не поразил рак, она все равно никогда не смогла бы зачать ребенка. Как вы помните, она дважды была на приеме у врача.

Между этими визитами был промежуток — неделя. При первом посещении у нее взяли анализы, пробы и сделали рентгеновские снимки. А когда она пришла через неделю, врач сообщил ей диагноз: неоперабельная раковая опухоль. И он же сообщил ей, что она никогда не могла зачать ребенка. Почему-то мне кажется, что она об этом догадывалась... — Джоселин снова помолчала. — Если бы вы попросили Артура, он бы показал вам свидетельство врача, я сейчас уже не помню во всех тонкостях, как там все сказано. Мы с Элинор в свое время читали эту выписку.

Она порозовела от смущения. Я понимал, что Джоселин было чрезвычайно трудно обсуждать столь деликатный вопрос с мужчиной, и ей пришлось сделать над собой усилие. Она смогла заставить себя говорить прямо, без обиняков, только по той причине, что угадала мои сомнения. Джоселин знала, что меня усыновили. И когда во время разговора с ней я вдруг перестал следить за собой, она увидела, какие надежды я питаю, и сочла необходимым заранее предупредить, что радужные мечты могут развеяться. Джоселин проделала все это с необыкновенным тактом, и все равно мне не удалось скрыть чувства разочарования.

На ее лице — как в зеркале — отразилось то, что я переживал в ту минуту. Какую-то долю секунды я совершенно забыл, где я и с кем. Потом почему-то вдруг поднялся и стал прощаться с ней.

Но она положила ладонь на мою руку:

— О, мистер Грей... Теренс! Пожалуйста, подождите, не уходите. Наверное, мне не следовало этого говорить, но мне показалось, что вы должны знать все, как оно было на самом деле.. Что же я наделала! Элинор будет вне себя от негодования. Видите ли, вы очень похожи на Ребекку — вот что самое странное. Другие люди могли не замечать этого сходства, но я поразилась при первой же встрече. У вас такие похожие глаза. И когда я сегодня увидела вас на остановке... Вы были такой печальный, и мне показалось, что ваше сходство еще более усилилось. До невозможности... И мне хотелось, чтобы вы знали. Это невозможно...

Кажется, я стал ссылаться на какую-то неотложную встречу, о которой случайно забыл. Джоселин все поняла и не стала настаивать.

— Конечно, конечно. Но не могли бы вы заглянуть к нам сегодня вечером? Или завтра? Я объясню Элинор, что я наделала. Нам надо непременно поговорить. Пожалуйста, простите меня... — На ее глаза навернулись слезы.

Я шел к выходу, не замечая других посетителей, натыкаясь на них, и, выйдя на улицу, под дождь, пошел, сам не зная куда, проклиная свою глупость. Зачем-то я еще пытался тешить себя иллюзиями, что могла произойти ошибка, но по глазам Джоселин видел, что она права. До сих пор я не представлял, насколько незаметно успел проникнуться верой, что моя мать — Ребекка, но она не могла быть ею.

Миновав рыночную площадь, я едва не угодил под колеса автобуса. Он затормозил в последнюю минуту. Я вошел в салон, сел возле окна, и снова мое бледное отражение смотрело куда-то сквозь меня.

От этой поездки в памяти не осталось ничего. Сойдя на своей остановке, я не пошел к дому, а спустился по тропинке к морю. Волны неистово бились о камни. В Атлантике бушевал шторм, и эта бухточка послушно отзывалась на то, что происходило в океане.

Глаза и лицо покрылись мелкими солоновато-горькими брызгами. Сколько я так простоял — не помню. Мне хотелось отгородиться от всего мира, закрыться и дать себе передышку. Но как только я повернул ключ в двери и переступил порог, раздался телефонный звонок.

Это был Саймон Ланг. Многословно и напыщенно он принялся излагать, чем завершился его поход в Соммерсетхауз, где он разыскивал сведения про Изабель Девлин.

Ему удалось довольно быстро обнаружить свидетельство о ее смерти, а заодно и восстановить все, что относилось к ее рождению и замужеству. При желании он мог бы раскопать и более отдаленных ее предков.

— Пожалуйста, ближе к делу, Саймон, — взмолился я.

— Ну хорошо, хорошо. А что с тобой? Почему ты говоришь со мной так грубо? Я сделал тебе одолжение, выполнил твою просьбу... А сейчас бери ручку, Том.

Притянув к себе блокнот, я начал записывать.

Достопочтенная Изабель Девлин умерла 6 февраля 1915 года в возрасте 42 лет, ее смерть зарегистрировали в Ламборне, в местном отделении города Беркшир. Она умерла в доме, который назывался Гринвейз, в деревне Хамптон-Феррар. Человек, который засвидетельствовал личность умершей, — Эдит Дэнверс, ее домоправительница. Род занятий — жена Джека Шеридана Девлина.

Никакого упоминания о том, что она выступала на сцене, как я отметил.

Заключение ламборнского врача вызвало у меня временный столбняк. Изабель Девлин умерла не от туберкулеза. Теперь я понял, почему Маккендрик так уклончиво описывал состояние ее здоровья в последние месяцы. Причиной смерти Изабель стал сепсис, который развился после рождения ребенка. Роды убили ее.

— Прежде чем ты спросишь, отвечу — ребенок выжил, — продолжал Саймон Ланг. — Я тотчас же навел об этом справки. Ни одного свидетельства о смерти ребенка под фамилией Девлин не зарегистрировано в период между 15-м и 16-м годом. После смерти Изабель вообще не зарегистрировано ни одного умершего новорожденного.

— А ты проверял свидетельства о рождении?

— Конечно, мозги у меня пока еще неплохо работают. Не так хорошо, как мне хотелось бы, но меня и это вполне устраивает. Я проверил все свидетельства о рождении, выданные в Ламборне с декабря по февраль. Урожай на младенцев в тот период был небогатый, и я просмотрел их все до единого. И среди них нет ни одного на имя Девлин. «Странно, — подумал я. Ребенок куда-то исчез». И стал проверять снова. Вариант за вариантом, Том, и наконец наткнулся, я нашел его!

— Его?

— Мальчика. Дата рождения — февраль 1915 года, одним словом, через пять дней после смерти Изабель. И он зарегистрирован как незаконнорожденный. Отец — неизвестен, мать — тоже. Через два дня после смерти Изабель — 8 февраля. Его назвали Теренс Грей и оформили документы на его имя в Ламборне, в местной больнице. Кто-то сдал его туда. Потому что отцом мальчика был не господин Джек Девлин. Но я не сомневаюсь, что мальчик — сын Изабель. Это единственное свидетельство о рождении, выданное в тот промежуток времени. Я снял копии с двух свидетельств и выслал их тебе. А теперь скажи, как я поработал?

Я ответил, что никто не смог бы справиться с этим лучше,

чем он, а потом, повесив трубку, долго смотрел на пенистые гребни волн.

Теперь я понимал, каким образом в моей жизни появилась Ребекка и чем объясняется мое сходство с нею, о котором до сегодняшнего дня мне никто не говорил. Я снова раскрыл книгу Маккендрика, проглядел его записки, пытаясь припомнить досконально, что мне рассказывал Фейвел, что я узнал от него про Изабель Девлин. Она вышла замуж во Франции, и Джек Девлин оставил ее. Потом она стала актрисой и верила, что Дездемона способна оказывать сопротивление Отелло, когда тот начал душить ее. Она пела «Песню ивы» нежным голосом, но не умела выступать на публике, не знала, как удержать ее внимание. У нее были прекрасные золотистые волосы, она умела любить всем сердцем, забывая обо всем на свете, не выгадывая и не рассчитывая, что получит взамен, и она умерла при родах в начале войны. А дочь соорудила маленький алтарь и молилась на прекрасный образ матери.

Как мало фрагментов для того, чтобы составить цельную картину. Не в силах усидеть дома, я вышел наружу и пошел пешком вдоль берега к маленькой церквушке в Мэндерли, где когда-то встретился с дочерью Изабель — моей сводной сестрой.

Миновав пустой церковный двор, я спустился к реке, где мы когда-то стояли с Мэй. Река пенилась и бурлила, вода несла глину размытых берегов и мусор прямо в океан. Мой взгляд упал на могилу — простой гранитный камень для черноглазой и черноволосой Сары Карминов и ее бедного сына Бена. Но я уже не видел, где и каким образом история Сары пересекается с историей Ребекки. Она оказалась лишь боковым побегом.

Дождь барабанил по каменным могильным памятникам, и я вернулся к церкви, распахнул деревянную дверь. Это место нисколько не изменилось со времен моего детства. Место, где двадцать пять истекших лет представлялись столь скромной цифрой в сравнении с сотнями минувших веков. Голубая с золотом ткань все еще покрывала алтарь. И прах мертвых по-прежнему покоился под церковным полом. Мне показалось, что они ждали меня.

Я пробрался между дубовых скамеек, взглянул на неясное изображение Жиля де Уинтера и снова перенесся в детские годы. Прикоснувшись пальцем к холодной маленькой собачонке у ног рыцаря, я посмотрел ему в глаза и подумал, что бы я мог сказать Ребекке в тот день, если бы знал, кто она. Сейчас я произнес их мысленно, хотя через двадцать пять лет она вряд ли могла услышать меня.

Ребекка убедила меня, что воля может свершить чудеса, и я попытался силой своего желания вырвать ее из лап смерти, забыв про ее предостережение — стоит ли такое проделывать. Мне так хотелось увидеть ее снова, и каким бы туманным и недоступным ни был тот мир, в котором она сейчас оказалась, я хотел, чтобы она очутилась здесь. На этот раз ей не удастся ускользнуть от меня, как это произошло с Эвридикой.

Я тихо повторял ее имя, и мне показалось, что в церкви произошло какое-то незаметное движение. Словно ворвался поток ледяного воздуха. И я почувствовал, что Ребекка где-то рядом, ее тень обожгла меня. Поднявшись с колен, я вышел из церкви. И посмотрел на кладбище. Дождь лил как из ведра, он слепил меня, но я чувствовал, что она здесь, где-то близко, и шагнул на узкую тропинку, что вела в Мэндерли.

Одежда уже промокла насквозь, и какая-то часть сознания твердила мне, что я веду себя как сумасшедший, но я отмахнулся от назойливого голоса и зашагал дальше. И чем сильнее лил дождь, тем тише звучал этот голос. Сильный ветер заставлял меня клониться вперед, вода заливала глаза, мокрые ветви хлестали по лицу, цеплялись за одежду. Я остановился там, откуда мог одновременно видеть и особняк, который вырисовывался смутным силуэтом, заштрихованным струями дождя, и домик на берегу, к которому подкатывались грозные морские валы. Влажный горьковатый соленый воздух пахнул мне в лицо. На море не было видно ни одного корабля. Я шагнул вперед, на самый край утеса. Чайки с пронзительными криками носились над бушующими волнами, и детская боль, которая эхом продолжала отзываться во мне, постепенно начала спадать. Ко мне пришло спокойствие.

Знакомая тропинка привела меня в Керрит. Бледная луна

начала подниматься из-за моря. И при ее свете я различил возле дома смутный женский силуэт. Высокая и стройная женщина шла от меня к дому. Распахнула калитку и поднялась по ступенькам к двери. Я подумал, что это Ребекка, и побежал. Это означало, что я все же еще не совсем успокоился, как мне казалось, потому что даже не обратил внимания на машину, стоявшую у дороги. За моей спиной хлопнула калитка, и я, как слепой, шагнул на дорожку. Женщина повернулась ко мне лицом. Это была Элли.

Я испугал ее не меньше, чем испугался сам. Она что-то невнятно воскликнула при виде меня.

— Как вы напугали меня, — проговорила она, глядя на мою промокшую одежду и слипшиеся пряди волос, с которых стекала вода. — Я не слышала, как вы подошли, из-за шума ветра. Вы промокли насквозь — я даже не сразу узнала вас. Можно мне войти?

Я открыл дверь, потом нащупал выключатель и зажег свет. Элли остановилась на пороге, не глядя на меня.

— Что-то произошло? — спросил я. — Что случилось, Элли? Как отец?

— Надеюсь на лучшее, потому что результаты всех анализов и проверок еще не готовы. Они начали с утра, пришли к выводу, что у него сейчас аритмия, и оставили на ночь в больнице. Я вернулась в «Сосны» взять его пижаму и кое-что из мелочей, сейчас снова поеду в больницу. Они разрешили мне остаться там. Я настояла, просто сказала, что не уйду, и все! Они уверяли меня, что это самое обычное обследование. Если они еще раз произнесут слова «самое обычное обследование», я не знаю, что сделаю. Наверное, закричу...

Она опустила голову и вздохнула. Голос ее звучал как обычно, и я не сразу осознал, что она плачет.

— Элли, не надо плакать, пожалуйста... — Я положил руки ей на плечи. — Я пойду вместе с тобой. Позволь мне пойти...

— Нет. Я хочу остаться с ним наедине. — Она отодвинулась. — Позвони завтра. Мы вернемся домой ближе к обеду. Но... все же я зашла не случайно. Мне надо кое-что передать тебе... — Она приподняла полу мокрого плаща и достала коричневый конверт. Точно такой, в котором лежала тетрадь Ребекки.

— Его прислали отцу сегодня утром, как раз перед нашим

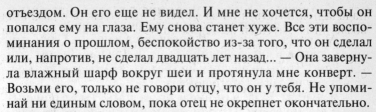

отъездом. Он его еще не видел. И мне не хочется, чтобы он попался ему на глаза. Ему снова станет хуже. Все эти воспоминания о прошлом, беспокойство из-за того, что он сделал или, напротив, не сделал двадцать лет назад... — Она завернула влажный шарф вокруг шеи и протянула мне конверт. — Возьми его, только не говори отцу, что он у тебя. Не упоминай ни единым словом, пока отец не окрепнет окончательно.

— Прочесть? — переспросил я.

Мне кажется, она услышала надежду, прозвучавшую в моем голосе, и нахмурилась.

— Да. Прочти. Это настоящий документ. Ты всегда мечтал добыть подлинное свидетельство, сложить кусочки прошлого, чтобы получилась общая картина. И потом написать книгу. Это ведь то, чем ты занимаешься?

Наступило молчание. Она отвернулась от меня, и я не мог видеть выражения ее лица.

— Элли? Ты знаешь? И как давно тебе это стало известно?

— Господи, неужели ты принимал меня за идиотку? Если хочешь кого-то убедить в своем обмане, не смешивай его с правдой. Лучше уж лгать с самого начала до самого конца... Так мне кажется.

Она приоткрыла дверь и выглянула наружу. Покрывало дождя поредело и стало более прозрачным.

— Зачем надо было упоминать про Кембридж? Ты же знал, что там работает моя тетя Роза. Такие вещи очень легко уточнить или проверить.

— Может быть, по той причине, что не думал, будто кого-то эти сведения заинтересуют, — уклончиво ответил я.

— Меня интересуют. Я хотела знать, с кем мы имеем дело. Я хочу знать, кто становится нашим так называемым другом. Почему он пытается сблизиться с моим отцом. Какое-то время я выжидала и не торопилась ничего выяснять. Целую неделю я просто размышляла над этим. И надеялась: он позвонит нам перед отъездом и объяснит все сам. Я везла тебя в тот день на станцию и думала, что ты расскажешь мне обо всем по дороге. Но когда ты зашел в вагон и так и не произнес ни слова, я позвонила Розе, дала ей твое описание и попросила кое-что уточнить. Ты человек необычный и запоминаешься с первого взгляда. Так что выяснить, с кем мы имеем дело, не составило труда. В Кинге у Розы много старых знакомых и друзей. Так что ей хватило пары телефонных звонков...

— А! Теперь я понял. — Я повернулся к ней. — Один звонок ее другу в Кинг, а другой — мне, в Лондон. Значит, это была Роза? Чтобы окончательно убедиться. А ты мне сказала, что никому не давала этого номера...

— Я солгала. Разве я не имела права лгать? Ты же обманывал нас все это время. Ты заставил моего отца полюбить тебя, вошел к нему в доверие. И все это время вводил нас в заблуждение. Ты приходил в наш дом под вымышленным именем...

— Это не вымышленное имя. Не совсем... — Я помедлил. — Элли, позволь мне пойти с тобой, чтобы я мог тебе все рассказать. Мне хочется объясниться — я уже почти готов был признаться, когда мы говорили вчера по телефону...

— Сейчас нет ничего проще, чем говорить это. Вчера? Как удобно. Что ж, а сейчас у меня нет времени на то, чтобы выслушивать объяснения. Мне надо идти. И к тому же я очень хорошо представляю, как тебе не терпится открыть конверт.

— Не уходи. Вот посмотри: я купил это для тебя вчера. — Я подошел к столу, вынул свою книгу и протянул ее Элли. Она молча смотрела на нее, но я не видел ее глаз.

— Ты купил ее для меня? Вчера? Ты не обманываешь?
— Нет, Элли.
Она подняла голову, и я увидел, как переменилось выражение ее глаз.

— Но почему вчера? Почему не раньше?
— Никаких особенных причини на то не было. Просто я решил, что больше не могу притворяться. Книгу читать незачем. Она очень скучная и нудная, написана сухо, там полно сносок...

— Но я привыкла к сноскам...
Мы стояли и смотрели друг на друга. Ее искренние, правдивые глаза потеплели, она улыбнулась, затем, неожиданно поддавшись порыву, подошла и поцеловала меня.

— Какой ты соленый, — сказала она. — Сколько часов ты провел у моря? И промок до нитки, мистер Грей, мистер Галбрайт, Том... Как мне теперь называть тебя?

Я что-то попытался произнести, схватил ее за руки, но она выскользнула из моих объятий и устремилась к двери:

— Этот коттедж такой холодный, здесь можно превратиться в сосульку. — Она озабоченно посмотрела на меня. — Прими мой совет: переоденься в сухое, разожги камин и только после этого садись читать...

Стоя на ступеньках, я смотрел, как пелена дождя размывает ее фигуру, пока она не превратилась в смутную — словно привидение — тень. И я думал о том, как она меня поцеловала. А потом решил, что нет смысла все время возвращаться к этой сцене.

Войдя в дом, я взял пакет, который передала мне Элли, и принялся рассматривать его. Тот же самый почерк, что и в той тетради, которую получил полковник в первый раз. Конверт пришел ровно через неделю. Элли открыла его и проверила, что там лежит.

Я вытащил еще одну черную тетрадь. И заметил, как при этом от нетерпения дрожат мои пальцы. Открытки в тетради не оказалось, зато все страницы были исписаны. Черные чернила. Размашистые заглавные буквы. Кое-где чернила немного расплылись — то ли от слез, то ли от брызг морской воды.

Мне пришлось сделать над собой усилие, чтобы закрыть тетрадь, но я внял совету Элли. В доме стоял собачий холод, и я запросто мог простудиться. Переодевшись, я затопил камин. Потом задернул занавески, включил настольную лампу, придвинул ее поближе и сел за стол.

Кто отправил этот конверт?

Та ли эта тетрадь, в которой Ребекка делала записи, когда к ней пришел полковник? Действительно ли здесь содержится описание ее жизни, как она собиралась сделать когда-то? Вспоминая рассказы Артура, я представил себе комнатку, где она скрывалась от всех, и подумал о том, что Ребекка вошла в мою жизнь, навсегда изменив ее.

Испытывая самые противоречивые чувства: надежду, сомнения, страх и уверенность — теперь-то все должно проясниться, — я открыл тетрадь и начал читать.

Часть 3
РЕБЕККА
Апрель 1931 года

21

«Какой сегодня холодный день — море зеленое и сверкает, как бутылочное стекло, а небо чистое и голубое. И сегодня я думаю о тебе целый день, мой дорогой.

Макс ушел, я свободна и рано утром убежала сюда, к себе. Завтракать в этой гробнице на серебряных тарелках, пока Фриц важно ходит туда-сюда, — нет, это выше моих сил. Утром я не могу есть: только чашка кофе и кусочек поджаренного хлеба, а потом надо садиться за стол, писать письма, приглашения, составлять меню, заранее расписать все по часам и минутам. В десять мы с Джаспером отправились на прогулку в лес — уже появились первые азалии. И только чайки составили нам компанию.

Мы спустились с ним на берег, я стала бросать Джасперу палки, он прыгал за ними в воду, а потом нес их мне и встряхивался — от него разлетались алмазные капли, такие большие, как градины. Они переливались на солнце, как камешки на моем кольце.

Когда-нибудь я приведу тебя сюда, моя любовь, и покажу самые укромные уголки на берегу. Скалу, которую облепили розовато-лиловые мидии, словно это ноготки русалок. Место, куда волны наносят ветви, там я собираю и сушу их, чтобы топить печь. Я покажу тебе, где глупыш каждый апрель вьет гнездо и откладывает одно-единственное белое яйцо.

А еще я тебе покажу затон, где так глубоко, что можно утонуть. Сегодня я посмотрела в него и увидела твое отражение. Водоросли превратились в твои волосы, ты прищурился — это были ракушки, и протянул мне навстречу открытую ладонь — морскую звезду. Прибой поет тебе колыбельную, твои кости будут такими же крепкими, как кораллы, ты будешь быстрый, как рыба. Двигайся, мой дорогой. Торопись, и ты скоро родишься. Мне так хочется прижать тебя к груди и показать тебе Мэндерли. Скоро все это станет твоим.

Более подходящего места для привидений мне еще не доводилось встречать. Ты чувствовал сегодня их присутствие? А я чувствовала. Их привлекает море — как оно шепчет, как оно накатывает на берег, как шуршит песок. Моя мама — она тоже проведала нас и танцевала босиком на волнах, а волосы — цвета старого золота — раздувались на ветру. Когда она распускает их, они доходят до пояса. Отец тоже показался, но он прятался за скалами, такой высокий, в черной одежде. Во мне течет их кровь — светлое и темное — и в твоей тоже, мой любимый, мой единственный.

И мы с тобой тоже как привидения, нас никто здесь не видит — ты знаешь об этом? Но и та, другая Ребекка тоже здесь. Правда, императрица никогда не спускается на берег. Она стояла наверху в своих шелках и меховой накидке. Она родилась в доме, который назывался «Святая Агнесса», и мы до сих пор вместе. Когда надо, я всегда могу позвать ее. Но иной раз она своевольничает — и это тревожит меня. Будь с ней поосторожнее, не переходи ей дорогу. Несмотря на то, что она такая обаятельная. У нее взгляд острый, как бритва, а из кончика пальцев вырывается огонь, она способна подкрадываться тихо и незаметно, как змея. И я зову ее госпожа Медея.

Она приходила и сегодня, искала способ отомстить, как мне кажется. Месть как дрова для огня, — она питает ее. И эта девочка пришла с ней. Бесцветная девочка, которая, глядя на Мэндерли, думала, что будет жить здесь.

Я вспоминала, как эта невзрачная девчонка в первый раз появилась здесь и побежала к берегу моря. День был светлый и радостный, море — прозрачным и безмятежным. И я подумала: «Чего бы это мне ни стоило — я заполучу Мэндерли». Я еще была такой маленькой тогда — до того, как научилась расти, и грызла ногти, мне тогда исполнилось тринадцать лет, почти четырнадцать, но я выглядела лет на десять. И такая непривлекательная! Мамы не было рядом, она уже была смертельно больна, хотя никто не сказал мне об этом. Что касается отца, то я знала только его имя, он тогда еще не проявился в моей жизни — и я была одна: некрасивая и неумная, лишенная воли, просто малосимпатичная девчонка, и я стояла здесь на тропинке в необычно жаркий осенний день, и желание переполнило меня с такой силой, что даже заболело сердце и перехватило дыхание.

И тут по тропинке к бухте спустился Макс. Я слышала о нем, но увидела в первый раз. Он приехал с фронта, на нем была военная форма. И он должен был уехать уже сегодня. Его отец умирал в своей комнате, служанки суетились в доме, его бабушка отдавала распоряжения. «Мне не хватает слуг, — жаловалась она. — Как я могу управлять домом без лакеев?»

Солнечные лучи упали на Макса, и пуговицы на мундире засверкали. Револьвер висел в кобуре. У него были карие глаза и мужественное лицо: сын и наследник. Я посмотрела на него и подумала: «Вот!»

Моя любовь, мне столько еще надо рассказать тебе.

Эти призраки немного сердят меня — особенно эта девочка, потому что я знаю, что можно ждать от нее. Честно признаюсь тебе, в последнее время я довольно часто чувствую усталость и слабость. Мне требуется столько сил, чтобы вырастить ребенка. У него образуются косточки, сухожилия, формируется нервная система. И тогда я прихожу сюда, ложусь отдохнуть и жду, когда ты подашь знак: ударишь меня кулачком или ножкой в живот. Мне этого очень хочется. Прошло уже четыре месяца, а ты такой тихий — это беспокоит меня.

Я стараюсь есть больше обычного, ведь я такая хрупкая, это не очень хорошо для тебя. Чтобы приободриться, сейчас заварю чай, съем печенье, и мне станет получше. А теперь я разожгла камин, и собранные мною в бухте ветви горят так ярко. Оставшаяся на них соль придает языкам пламени то голубоватые, то зеленоватые, то желтовато-изумрудные оттенки. Начался прилив, и ветер стучится в окно. Я задернула занавески и зажгла лампу, чтобы тебе стало уютнее и теплее. На полу лежит пушистый ковер, и на нем у камина спит Джаспер. Мне так хорошо внутри этого домика — как тебе внутри меня, мой хороший.

Через несколько дней мне непременно надо будет съездить к врачу в Лондон. Надо было бы сделать это намного раньше, но я почему-то побаивалась. Я твердила себе: это слишком хорошо, чтобы походить на правду, а если я договорюсь о приеме, то месячные могут снова возобновиться. И я выжидала, пока и без всякого врача не убедилась: сомнений нет. И я теперь чувствую тебя под сердцем. Но мне надо теперь убедиться, что ты растешь здоровым и крепким. Сегодня после обеда меня вдруг охватила печаль, я вспомнила про свою мать, которая умерла, подарив жизнь моему сводному брату. Однажды мы встретились с ним здесь, в церкви, — очень нервный мальчик, с такими же, как у меня, глазами, а голову он держал точно так же, как моя мать, и подбородок такой, как у нее. Она никогда не видела его, а он ее. И мне вдруг стало страшно. А вдруг и с нами такое же случится?

Но я сильная и здоровая. Я никогда ничем не болела и даже не знаю, что это такое — лежать в постели, вот только эти последние несколько месяцев. Как жаль, что матери не бессмертны. Боги, а иногда и мужья начинают завидовать их радости и причиняют им вред. Я ничего не придумала — просто такое случается, мой дорогой.

А мне не хочется, чтобы ты рос без моей защиты. И мне не хочется, чтобы посторонние — те, кто не любил и не понимал меня, — рассказывали тебе про меня всякую чушь. Мне хочется, чтобы ты знал, кто я. Я хочу, чтобы ты знал, где найти меня. Знай: я такая же настойчивая, как тень отца Гамлета с его словами об отмщении. И если тебе захочется встретиться со мной, ты найдешь меня в Мэндерли, и я не буду обращать внимание на крик петуха и не буду ограничивать себя тесными временными рамками — от полуночи до рассвета.

Клянусь: пройди вдоль берега моря, и ты найдешь меня. Остановись у камня — и ты увидишь меня. Прислушайся к шуму за окном. Слышишь, как стучит ветер — это бьется мое сердце. Когда бы ты ни пришел — я всегда буду там рядом с тобой. Но если завистливые боги задумают выкинуть какой-нибудь фокус — вот она я, моя любовь, это мое наследие — моя история.

Я родилась в домике у моря, не таком большом, как дворец Мэндерли, это был серый дом среди скал и так близко от моря, что ты мог слышать его пение днем и ночью вместо колыбельной.

Первое, что мне запомнилось, — свет лампы в комнате и моя мать Изольда, которая баюкала меня, покачивая и тихо напевая. Второе, что отложилось в моей памяти, — как я убежала от мамы и проползла по песку до моря. Оно было живым, и мне захотелось окунуться в него, войти внутрь. Я дотронулась до блестящей зеленой волны, но она еще не успела накрыть меня с головой, как мама схватила меня и подняла вверх.

Она научила меня, как будет по-французски *море* и *мать* — и они звучат для меня похоже. И море было для меня живым существом. И море и мама были такими красивыми и могучими и наблюдали за мной. Осталось ли до сих пор это ощущение? Может быть.

Наш домик находился в Бретани, неподалеку от церкви и приблизительно в полумиле от шато, где жил кузен моей мамы. Скромная рыбацкая деревушка, жители которой хранили в памяти много романтических историй об этих местах. Некоторые считали, что здесь отец сэра Ланселота выстроил когда-то дворец. Отец Ланселота, хочу напомнить тебе, король бриттов.

В отличие от мамы мне кажется, что это так близко отсюда. Понадобилось всего два дня, чтобы пригнать оттуда сюда мою яхту. Встань на утес в юго-западной части — и ты увидишь место, где я родилась. Можно заглянуть за линию горизонта — это очень просто. Когда-нибудь я научу тебя этому.

Мы жили там очень уединенно — мама и я. Мне нравился наш дом и деревушка, и я часто вспоминаю эти места. Они являются мне в снах. Там всегда светило солнце, я просыпалась на рассвете, и меня охватывало радостное предчувствие грядущего — бесконечно долгого — дня. Я могла делать, что мне вздумается: мама предпочитала отдыхать и мечтать, писала письма или читала, иной раз она занималась со мной — учила буквам, мы вместе читали поэмы, иногда она играла на пианино, которое выписала из Англии. Оно было слишком большим для нашего зала, и влажный морской воздух не очень-то подходил для инструмента. Однажды мама заплакала, потому что нужен был мастер, который мог бы настроить его, но на расстоянии нескольких миль не нашлось никого, кто мог привести его в порядок.

Весь долгий летний день я бегала босиком. С моей подружкой Мари-Хелен мы пили молоко на кухне, а потом снова спешила из дома на берег моря. Я плавала как рыба и даже могла поймать креветку в камнях. Я играла с деревенскими ребятишками. Как-то в воскресенье я отправилась в Масс. Мама вручила мне свои коралловые четки (но не смогла передать мне своей веры в бога), когда мне надо было пойти в церковь к причастию. Священник, глубокий старик, был моим хорошим другом, я потребовала, чтобы на меня надели белое платье и вуаль, как на невесту. Он покачал головой, засмеялся и сказал, что я настоящая маленькая язычница.

Мне нравилось смотреть, как рыбаки выгружают с лодок корзины с фиолетовой макрелью, огромных крабов, которые смотрели черными глазами, и таинственных лобстеров, у которых подрагивали усы. Мари-Хелен учила меня не только ловить рыбу, но и жарить ее, и печь на углях, готовить лобстеров и обдавать кипятком мидий. Удовольствие от этой еды портила только мысль о насилии, которое волей-неволей совершаешь при этом.

И потом, в Мэндерли, я вспоминала рецепты Мари-Хелен, и друзья Макса поражались необычной еде, которую подавали у нас. Они спрашивали, где я всему научилась, а я улыбалась и отвечала, что это все дело рук умелицы миссис Дэнверс. Она и в самом деле научилась у меня готовить многие блюда, когда мы жили в доме под названием Гринвейз. А иногда, когда мне хотелось подразнить Макса — он очень боялся, что кто-нибудь узнает о моей прошлой жизни, — я ссылалась на свою кузину из Франции и говорила, что это наш семейный рецепт...

Но у мамы на самом деле там жили родственники. Раз в неделю мы наносили им визит. Им принадлежал дом, в котором мы жили. И мама, встряхнув своими золотистыми волосами, много раз повторяла, что мы не должны забывать, чем им обязаны. Они сняли этот дом, когда мы уехали из Англии, и благодаря им у нас была крыша над головой. «Постарайся вести себя хорошо, Бекка, — просила она, — и не ерзай, когда Люк-Жерард начнет рассказывать свои истории».

Каким же занудным был этот кузен Люк. Тогда он еще не был особенно старым, всего лишь лет сорока пяти, но мне он казался дряхлым и немощным. А дом, в котором он жил со своей матерью графиней и пятью собаками, производил впечатление развалин. Графиня всегда ходила только в черном и постоянно молилась. Шесть блюд на ленч, поданных на саксонском фарфоре, с какими-то сложными соусами, которые готовил их повар, — и дядя Люк, закончив трапезу, промокал рот салфеткой и начинал свои бесконечные занудные истории. А его мать, щедрость которой измерялась чайными ложками, всякий раз начинала твердить, в каком сложном положении оказалась моя мама. И что она снова обсуждала ее положение со священником и молилась, чтобы бог послал ей вспомоществование.

Мерзкая ханжа. Единственное, чего нам тогда не хватало, так это денег. Эта зависимость доставляла графине огромное наслаждение. «Она сказала, что мне надо научиться экономить, — призналась мне как-то мама, когда мы вышли оттуда, — что я должна отказаться от шелковых платьев, от кружев, от книг, перестать завивать волосы и одеваться, как она — строго и скромно, — если хочу попасть на небеса. Представляешь, Бекка?»

Но она не всегда вела себя так мерзко, и, если чек из Англии задерживался (кто посылал деньги, я не знаю, мама говорила, что это ее старшая сестра Евангелина, но я почему-то не поверила ей), нам приходилось туго. Тогда мама шла на кухню и вздыхала. «Наверное, не стоит готовить суп, Мари-Хелен, — говорила она. — И мы вполне можем обойтись без фруктов. Фрукты, наверное, очень дорогие».

Мари-Хелен поднимала брови, но ничего не отвечала. Мама не знала, что фрукты нам дарит отец Мари-Хелен, а Мари-Хелен и помыслить не могла, что на обед можно обойтись без супа. И по-прежнему у нас на столе дымились чашки с ароматным супом, лежали дыни и вишни, нам приносили яйца с фермы... Когда приходил очередной чек, щеки мамы снова розовели, и она забывала о том, что надо экономить, и мы могли расплатиться за все услуги.

Очередной чек и очередной подарок... Нам часто присылали подарки — они приходили регулярно. Кто-то знал, как мама любит хорошие вещи, что у нее слабость, которую сама мама считала «легкомысленной». Кто-то досконально изучил ее вкус: она получала перчатки из тончайшей кожи, шелковые кружева, как-то она получила лайковые туфли с перла-

Тайна Ребекки

мутровыми пряжками, и они привели ее в неописуемый восторг.

Она получала в подарок то шаль, то вышитое белье, изящные носовые платки с ее именем — и еще она получала из Англии письма. Мама запирала их в свой маленький секретер и, перечитывая, грустно вздыхала. Однажды ей пришла открытка с изображением огромного красивого дома. И мама сказала мне, что это Мэндерли. Я полюбила дом с первого взгляда — это был дворец моей мечты. Я выдумала массу историй про этот дворец и населила его своими героинями. Но у мамы Мэндерли вызывал другие чувства. Ее сестра Вирджиния когда-то была хозяйкой этого дома — но она уже умерла. «Нас с тобой изгнали, Бекка. Тебя и меня. Это мое наказание. Вот как обстоит дело, моя дорогая».

Но я не обращала внимания на ее слова. Я знала, что печаль и дурное настроение вскоре улетучатся. И даже если мы изгнанники, что с того? Нас изгнали в рай, как я считала. И в этом раю Мари-Хелен готовила чудесную еду, а ее кузина мыла, чистила, стирала и гладила ночные рубашки мамы с монограммой «ИД».

Как рано я поняла, что мы — женщины — поклоняемся Дому. Это не только место, где мы живем, но это Храм. И всей душой полюбила ритуалы, которые проводились в этом храме. Мари-Хелен вела службу по строго заведенному порядку и не терпела отступлений даже в мелочах. Деревянные перила всегда должны были быть отполированы, стекла сияли, а накрахмаленные скатерти хрустели. И каждый день посвящался определенному обрядовому действию: вторник — рынок, пятница — рыба, понедельник — стирка, воскресенье — обедня.

И я до сих пор благодарна Мари-Хелен за то, что она сделала меня жрицей этого Храма.

Только в семь лет я обнаружила, что наш райский уголок очень маленький. За его пределами существует другой мир. Это произошло на берегу, когда один из деревенских парнишек — он был намного старше нас — стал ходить за мной и дразнить, а то вдруг швырял в меня камень и спрашивал: «Где твой отец? Куда он делся?»

Я ответила ему, что мой отец умер, что он плыл на корабле в Южную Африку и теперь лежит на дне моря, и его укачивают волны Атлантического океана. Что его глаза стали жемчугами, а кости превратились в кораллы. Первое мое актерское выступление, еще до того, как мы присоединились к труппе Маккендрика и я впервые вышла на подмостки.

Как же хохотал этот мальчишка! Он схватил меня за волосы, поцеловал в губы и сорвал платье. Он сказал, что я гордячка, что мои глаза раздражают его и что в аду есть особый котел, где варят таких, как я. Я вцепилась зубами ему в руку так, что у него пошла кровь. А он ударил меня по лицу, и искры брызнули у меня из глаз. Очнулась я на песке, он навалился на меня сверху, схватил за шею и сжал так, что я не могла вздохнуть. Он извивался, лежа на мне, дергался и куда-то протискивался.

А когда все это закончилось, он заявил, что я грешница, и стал просить у меня прощения. В первый раз я поняла, какие глупые существа мужчины, какие они жалкие. И возненавидела этого парня. Будь я сильнее, я бы могла сбить его с ног, но он был вдвое старше и втрое сильнее меня. Но я расцарапала ему все лицо и прокляла его. Вот когда на свет появилась вторая Ребекка: она сказала ему, что он проклят навеки и что мой утонувший отец поднимется с морского дна и схватит его.

С того дня парнишка избегал встреч со мной. А три месяца спустя он утонул, отправившись порыбачить на отцовской лодке: наклонился, чтобы вытащить рыбу, но море было бурным, он упал и запутался в сетях. Та Ребекка поблагодарила отца, от которого, по словам матери, ей достались в наследство черные волосы, за то, что он не стал откладывать месть на отдаленное будущее. По деревне, а люди там жили очень суеверные, поползли слухи, что у меня дурной глаз. Дядя Люк сердился и возмущался, графиня пришла в отчаяние, а мама выглядела очень озабоченной.

Вскоре после этого мы вернулись в Англию. Может быть, из-за того утонувшего парнишки, а может быть, из-за того, что перестали приходить деньги. Мама не объясняла мне ничего, она была гордой и не любила расспросов. «Что нам беспокоиться, Бекка, — говорила она. — У меня есть друзья. И больше я не стану прятаться и скрываться. Я хочу показать тебе Англию. Мы с тобой завоюем ее, моя дорогая».

Однажды я рассказала Максу об этом случае. Он заранее

продумал все, что связано с бракосочетанием. Но мне хотелось, чтобы мы поженились там, где я выросла, в крохотной деревушке на берегу моря. Чтобы нас обвенчал старый священник, называвший меня маленькой язычницей. Мари-Хелен приготовила бы свадебное угощение, а скучный кузен Люк произнес бы тост под бдительным оком своей матери графини, которая была сущей ведьмой.

Я так живо представляла себе эти картины и не догадывалась, чем все это обернется. Сразу, как только мы приехали, выяснилось, что старый священник уже умер, графиня тоже, Мари-Хелен овдовела и переехала в другое место, кузен Люк совсем свихнулся, и его держали в запертой комнате. Начались сложности и с оформлением документов: я не была истинной католичкой, а Макс был законченным протестантом, так что в церкви нас не могли обвенчать, только зарегистрировать наш брак в мэрии. А еще мы могли вообще отказаться от этой затеи.

Я, конечно, расстроилась, хотя, в общем, не придавала значения таким мелочам. Все эти церемонии ничего для меня не значили, по мне, пусть хоть шаман обвенчает нас. Но Макс относился к подобного рода вещам иначе. И когда мы оказались в деревушке, где прошло мое детство, его начали одолевать сомнения.

Я познакомила его с рыбаками, с родственниками Мари-Хелен. Мне казалось, что они уже забыли про «дурной глаз», что они откроют нам свои сердца. Но Макс... Макс говорил по-немецки, а я по-французски, вот в чем дело, мой дорогой. Кровь предков заговорила в нем, и вся фамильная гордость начала восставать: «Что я тут делаю, не совершил ли я ошибку?» — и все в таком же роде.

Макса привлекала моя дерзость, моя непохожесть на других. Это вызывало у него восхищение. Но когда он сам окунулся в гущу жизни, то испугался. Ему сразу захотелось оказаться на привычной крокетной площадке, чтобы снова чай подавали точно к ленчу, чтобы все шло привычным, размеренным ходом, — это были боги, которым он поклонялся и которые вызывали у меня только скуку. В этом мы были полной противоположностью друг другу.

В мэрии уже все подготовили к тому, чтобы зарегистрировать наш брак. Но Макс начал спрашивать: «Дорогая, что по-

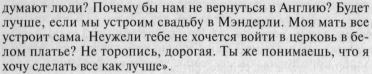

думают люди? Почему бы нам не вернуться в Англию? Будет лучше, если мы устроим свадьбу в Мэндерли. Моя мать все устроит сама. Неужели тебе не хочется войти в церковь в белом платье? Не торопись, дорогая. Ты же понимаешь, что я хочу сделать все как лучше».

Он казался таким огорченным. И вдруг я поняла правду: если я сейчас заупрямлюсь, он запаникует и тогда откажется от всего, и, может быть, даже бросит меня, как произошло с моим отцом и матерью. А мне не хотелось повторять ее судьбу. Он поклялся, что любит меня, и я верила ему. И поскольку любила Мэндерли всем сердцем, то я решилась.

Сумрачным вечером мы спустились к берегу, и я решила показать ему, кто я на самом деле. Наверное, предсвадебная лихорадка толкнула меня на этот шаг. И я показала ему свой мир: опасное море, белоснежный песок, мстительного отца, золотоволосую маму, лайковые перчатки и медальон, наш дом-храм, пианино, на котором мама не могла сыграть сонату Моцарта, потому что некому было настроить его.

Мне казалось, что он все поймет. И, кажется, я не ошиблась в Максе. Он сказал, что обожает меня, я клянусь, он это произнес и посмотрел на меня своими карими глазами. Он назвал меня «повелительницей моря», а когда морской туман накрыл нас, обнял, отбросил капюшон и начал целовать меня. «Мы пойдем в мэрию завтра, — пообещал Макс, — как тебе хотелось: мы и теперь уже муж и жена». Он понял, почему мне так хотелось сыграть свадьбу именно здесь, почему это было так важно для меня. «Что бы ты ни попросила у меня, я все сделаю, — пообещал он. — И так до самой смерти, моя дорогая. Возьми меня за руку, Ребекка! Я клянусь тебе!»

Я взяла его за руку, волны накатывались на берег, и тогда — как не вовремя! — всплыло это воспоминание. Я рассказала ему про парня, как он дразнил и как оскорблял меня. Как я укусила его до крови и как он ударом кулака сбил меня с ног. И как на моей юбке появилось алое пятно, как от него воняло рыбой и как он тяжело дышал и извивался на мне.

Я так хотела, чтобы он все понял, но Макс не смог. Выражение его глаз стало меняться. Сначала я увидела недоумение, затем отвращение, а затем — в самой глубине — вспыхнуло какое-то странное возбуждение. Ты знаешь, что оно означает? У него появилось точно такое выражение, как у того

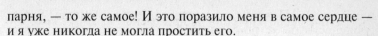

парня, — то же самое! И это поразило меня в самое сердце — и я уже никогда не могла простить его.

Разумеется, он вскоре овладел собой, но ему пришлось привлечь весь джентльменский набор. Макс даже попытался успокоить меня, но сейчас, спустя столько лет, я не нуждалась в утешении. Все предрассудки его круга всплыли на поверхность. Он заявил, что это самое ужасное, что могло случиться с ребенком. Это отвратительно и безобразно, и он восхищен тем, что я нашла в себе смелость рассказать ему обо всем.

Сколько банальных пошлых фраз он произнес... Он считал, что я стыжусь случившегося?! Как ему могло прийти такое в голову? Он положил руки мне на плечи и заявил, что с ним я всегда буду в безопасности, потому что он будет рядом, чтобы защитить меня. И это тоже было неправдой — я в тысячу раз сильнее его и сама способна защитить себя: стоит ли напоминать о том, что тот парнишка утонул!

И я ему сказала об этом, но Макс, конечно, не поверил. Он целовал мои глаза, губы и, если бы не было так холодно, тотчас же повалил бы меня на песок. Вместо этого Макс отвел меня в гостиницу, а потом пришел в мою комнату и весь дрожал, когда ложился сверху. Я видела, что его возбуждает образ того парнишки, что он пытается изгнать его, но ему также хотелось на какое-то время стать им. И мы как бешеные катались по простыням, сминая их.

А на другой день мы отправились в мэрию, и нашими свидетелями стали два случайных прохожих. В моем свадебном букете были белые розы с острыми шипами, и я укололась. Макс слизнул кровь с моего пальца. А потом мы выпили красное вино в гостинице, снова легли в постель, и море исполнило в нашу честь свадебный гимн. Макс утратил свою привередливость — во всех смыслах — и прошептал мне на ухо: «Мы никому не расскажем, как прошла наша свадьба. Это останется нашей тайной».

Меня это привело в восторг, я завернулась в простыню и отбросила назад волосы: «Это мое свадебное платье, а это длинный шлейф. Его несли четыре девушки — подружки невесты — и два мальчика. Хор пел ангельскими голосами. В шато зажгли свечи. И когда наступило время разрезать свадебный торт, нож сверкнул в руках моего кузена. Он произнес тост, а Макс короткий спич на прекрасном французском. Он сказал...»

Я замолчала. Макс тоже замер и пристально смотрел на меня: «Свадьба станет нашей тайной, а не обманом», — уточнил он, и я наклонилась, чтобы поцеловать его. Теперь на моем пальце два кольца. Одно новое — обручальное, а другое — кольцо с бриллиантами, что его немного сердило.

Макс отстранился от меня: «Разумеется, нам придется чем-то поступиться, в чем-то солгать, но я даже не представлял, как хорошо ты умеешь обманывать, — проговорил он. — Ты так убедительно описала все, чего на самом деле не было, что я почти поверил тебе».

Беспокойство. Я тотчас почувствовала его. И увидела, как на поверхности сознания всплывает то один, то другой вопрос: «Рассказала ли я ему всю правду? И все ли я ему рассказала? Кто, кроме этого подростка, еще мог быть на берегу? Когда, где, с кем и сколько».

Поверь мне, дорогой, такие вопросы убивают любовь и доверие. Их нельзя задавать, и еще хуже — отвечать на них. Ревность — неестественное состояние ума. Вслед за вопросами приходит сомнение. Я не пыталась уклониться или оттянуть время. И это произошло на третий день нашего свадебного путешествия, когда мы приехали в Монте-Карло и отправились на прогулку в горы. Под утесом, на котором он допрашивал меня, бились волны.

Правда и ложь — близнецы, и желание живет бок о бок с ними — я всегда знала это, но Макс пришел в ярость. Я смотрела на его побелевшее лицо и знала, что уже никогда не вернется то, что было. «Столкни меня!» — мысленно попросила я его, потому что видела: он подумал о том же самом.

Как странно устроен мужской ум. Как работает мужская логика? Почему они все выворачивают наизнанку? Сначала они выдвигают какую-то идею, а потом выходят из себя, когда мир (а в моем случае — женщина) не укладывается в эти рамки.

У меня создалось впечатление, что я отвечала очень осмотрительно. Но я не стала скрывать, что у меня были любовники — ведь мне исполнилось двадцать пять лет, и в этом ничего ужасного не было. Макс тоже не был девственником, почему же я должна смущаться, что не хранила целомудренность до встречи с ним?

Но я умолчала про свою мать, я всегда называла ее Изабель, как было написано в свидетельстве о смерти. Я обходила вопросы об отце, хотя всегда считала, что черноволосый Девлин и есть мой отец, тщательно вырезала куски из моего рассказа относительно Гринвейза и только упомянула про существование кузена Джека Фейвела. Поскольку я тогда рассердилась, я могла сгоряча упомянуть о ком-то из родственников, но основного Макс, конечно, не узнал. Но дело было не в этом. Как я поняла, я совершила ошибку намного раньше: когда поделилась с ним воспоминаниями о том парне на берегу. Вот где была зарыта собака! И наше сражение не на жизнь, а на смерть началось именно в тот момент.

Макс так и не смог забыть про него. И, желая уязвить меня, всегда припоминал тот случай и говорил, что жалеет его. Он заявил, что это не вина парня, а что я сама виновата. Что во мне взыграла дурная кровь и я завлекла несчастного. И я не отрицала ничего, какой смысл? Пусть он думает и считает что хочет; но его догадки раскалили меня, во мне копился заряд, как в грозовых тучах, — еще немного, и извилистая стрела молнии ударит вниз.

Я не пыталась переубедить его, когда он начал сострадать тому парню, что утонул в море. «Это ты сама утопила его, — сказал он, — а не сети. С самого детства ты была порочной, развращенной натурой». Английский джентльмен пришел к тому же мнению, что и французские темные крестьяне: у меня дурной глаз. И что даже господь бог не поможет тому мужчине, который окажется рядом со мной.

«Тот парень стал всего лишь твоей первой жертвой», — утверждал Максим. Иной раз я замечала в его глазах ревность, как у Отелло, и со временем она вспыхивала все чаще и чаще.

Неделю назад я застала его за чисткой оружия. Мне показалось, что я прочла его мысли: ему хотелось навсегда заставить меня умолкнуть. Но если Макс полагает, что пуля в состоянии сделать это, он ошибается.

Что бы он ни задумал, мой голос всегда будет звучать в его ушах. Сейчас он не может убить меня, но желание появилось, и оно сжигает его.

Но я беременна. А беременную женщину не может коснуться меч палача, какое бы страшное преступление она ни совершила. Ты это знаешь? Их щадят. И Макс тоже пощадит меня. Ему нужен сын, он сокрушается из-за того, что у него нет наследника. Это толкает его время от времени покидать монашеское ложе в своей спальне и приходить ко мне. Он расчесывал щеткой мои длинные черные волосы, мы обнимались и думали о том, как все могло сложиться иначе. Я не всегда ненавидела его, и он не всегда испытывал ненависть, мы угадывали это чувство по огоньку, который вспыхивал и заставлял нас обоих сгорать от жара...

В последний раз это произошло год назад. А теперь я отрезала свои волосы и ношу короткую стрижку.

Кажется, я потеряла нить — это от охватившей меня слабости. Или легкой грусти, которая подступает ко мне вместе с отливом.

Я гадала: если бы я — правдами и неправдами — родила Максу наследника, что произошло бы? Изменилось бы что-нибудь?

Наверное, нет. О моя любовь, как я устала, у меня совершенно нет сил. Хочется молчать и одновременно выговориться, хочется, чтобы смерть заговорила через меня, но для этого нужно проявить огромную силу воли.

Наверное, я ненадолго заснула. Идет дождь. Подожди, ты слышишь? Придется прерваться. Потом продолжу свое описание, мое солнце. Я расскажу, что я предприняла, чтобы попасть в Мэндерли, и как я впервые встретила Макса, сына и наследника, в военной форме...

Но сейчас я закрою свою тетрадь и спрячу ее. Опять кто-то шпионит за мной. Джаспер зарычал и поднял голову, и я слышу чьи-то шаги по гальке».

22

«Мой гость ушел. Заслышав шаги, я подумала, что это может быть Макс, который вернулся пораньше и решил прийти сюда, чтобы застать меня на месте преступления, — он надеется, что рано или поздно ему это удастся. Потом решила, что это Бен, который частенько бродит по берегу. Макс сказал, что он разыскивает свою младшую сестру, которая утонула где-то здесь среди скал. Бен постоянно заглядывает ко мне в окно. Я предупредила его, что, если он будет подглядывать, отправлю его в сумасшедший дом. Он напоминает мне того парня во Франции. Терпеть его не могу. Он вызывает отвращение.

Но это оказался Артур Джулиан, мой дорогой полковник, который надевает на балы-маскарады костюм Кромвеля, моего защитника. «Гулял по берегу, увидел огонек в окне и решил заглянуть», — сказал он. Это мой единственный истинный друг, и я очень внимательна к нему. Сегодня я знала: один неверный жест, одно неверное слово, и он потеряет власть над собой, признается в своих чувствах ко мне. Но я слишком люблю его, чтобы так рисковать, — и мы потом оба пожалели бы о содеянном. Поэтому я выверяла каждое свое слово. Несмотря на «развращенность до мозга костей», я никогда не кокетничала с ним и не давала поводов для признания, даже во сне. Я так привязалась к нему, меня восхищает его чувство чести, одиночество, его устаревшие ныне манеры, и мне было бы жаль невольно причинить ему боль.

Только он один во всей округе, не считая матери Максима, знает, кто я. Еще ни одна душа не связала ту худосочную девочку, оказавшуюся в этих местах в 14-м году, с нынешней женой Макса. Никто не усмотрел между ними ничего общего, настолько разительной оказалась перемена. Им такое и в голову не приходит. Артур тотчас меня узнал.

Когда нас впервые познакомили, встреча была очень короткой. А потом мы встретились только десять лет спустя — он только что вернулся из Сингапура. Я вбежала в дом из сада и увидела его: он пришел, чтобы засвидетельствовать свое уважение и стоял в огромной гостиной Мэндерли. На мне было белое платье и брошь в виде бабочки, которую подарила мне мама. Мы пожали руки, он посмотрел на брошь и сразу узнал, кто я. И даже если он не узнал меня, то узнал мой талисман.

Но не промолвил ни слова — меня это восхитило. Мало кто обладает столь редким даром — хранить тайну. Как-нибудь я поблагодарю Артура за умение просто молчать.

Сегодня он пробыл совсем недолго. После его ухода я

снова немного задремала и теперь чувствую себя лучше. Я заперла дверь — из-за ветра и дождя — и снова продолжаю. Это твое наследие, малыш.

Как я тебе уже говорила, первые семь лет я жила на одном месте, зато следующие семь мы непрерывно переезжали. Я привыкла выступать на сцене, и мне потом очень пригодились эти навыки. Наша труппа перебиралась то на север Англии, то юг, то в восточную ее часть, то в западную. Мы постоянно собирали и разбирали наши корзинки и чемоданы, пересаживались с одного поезда на другой. Девять выступлений за неделю, сборы, прощание и... снова дорога.

«Мы как цыгане, Бекка», — говорила мама и смеялась над тем, в каком ужасе пребывала ее сестра Евангелина. «Но я не хочу жить на подачки, ждать их милости! — восклицала она. — Я сама зарабатываю себе на хлеб. Но дело не только в этом. Она не понимает, что такое Шекспир! Это ведь не то же самое, что скакать на сцене какого-нибудь мюзик-холла!»

Представь, мой малыш, что значит жить в театральном мире! Видеть проделки шутов, героические подвиги, примеры жертвенной любви, коварные выходки врагов, готовых на все, лишь бы завоевать престол и отвагу, с которой человек идет на смерть ради чести. Сегодня ты оказываешься в веселой Венеции, завтра — в знойном Египте, послезавтра — в напыщенном Риме. Лучшей школы и придумать невозможно. Ни один гувернер не способен охватить такой полет мысли, передать столько оттенков чувств и описать исторические события так, словно ты сам пережил их.

И настал день, вернее, вечер, когда я тоже впервые вышла на подмостки, потому что директор нашей труппы Фрэнк Маккендрик поручил мне роль мальчика в одной из пьес. А когда я не была занята в спектакле, я устраивалась в своем любимом уголке за кулисами и жадно вслушивалась в эти яркие, выразительные строки, ставшие крылатыми выражения, и запоминала их. Они навсегда оставили след в моей душе и продолжают освещать ее и сейчас. Я угадывала скрытый смысл слов, их сокровенную суть. Макс всегда считал, что слово означает то, что оно означает. Любовь — это любовь, а ненависть — это ненависть. Он забивается в тесной комнатушке чувств да еще запирает дверь в нее. Я с ним согласна. Слова — только приглашение к долгому путешествию, и оно, как я осознала, может заканчиваться там, откуда начинается, в одном и том же месте: в городе Плимуте, на набережной, в доме «Святая Агнесса».

Как только мы оказались в Англии, мамина бравада тотчас слетела. Она строила столько планов, лелеяла столько надежд. «Прощай, моя юность!» — сказала она, когда мы заперли за собой дверь нашего дома. И глаза ее увлажнились при виде скалистых берегов. Но как только мы уехали из Сант-Мало, что-то произошло. Сложности начались после того, как мы пересекли Ла-Манш. Никто не приехал встретить нас, она написала, что мы остановимся в отеле Портсмута просто так, на всякий случай. Нам и в самом деле пришлось направиться туда, но письма, которого она ждала в ответ на свое, не оказалось и там.

Я по сей день не знаю, кто должен был приехать туда. Может быть, ее сестра или тот, кто всегда присылал денежные переводы и восхитительные подарки. Кто бы это ни был, но мы крепко сели на мель. И мама никак не могла найти подходящих слов, чтобы объяснить мне происходящее. «Мы как незваные гости, — сказала она, оглядывая неуютную, тесную комнатенку, в которой нас поселили. — Но мы не должны позволять им так обращаться с нами. Я распоряжусь, чтобы растопили камин, прислали ужин и немного вина. И здесь сразу станет уютнее».

Мама обладала поразительной способностью нравиться, очаровывать людей. И через семь лет отшельнической жизни не утратила своего дара. Вскоре в камине вспыхнули дрова, для нас накрыли стол, мама выпила два бокала красного вина, чтобы подкрепиться, а я выпила один, наполовину разбавленный водой. А потом мы вынули все, что у нас было, и пересчитали: хватало только на семь дней жизни при самой строгой экономии. «Целая неделя, Бекка. Да мы с тобой богачи!» Она уложила меня спать, но я не могла заснуть. Мама не ложилась до полуночи, она вынула свой дорожный бювар и принялась писать письма. Утром мы отправили их на почте и стали ждать ответа.

Прошло пять дней, и наступили изменения. Но не те, которых ждала мама. Посетитель пришел в одиннадцать утра, когда мама еще спала. Она писала накануне до самого рассвета, поэтому я спустилась вниз, чтобы посмотреть, кто же приехал: Евангелина или мамин поклонник? Я даже представляла, какой он — высокий, темноволосый, богатый и элегантный, может быть, с усами.

Но это была не мамина сестра и не герой-любовник в перчатках. В холле стояла высокая худая женщина, одетая в черное с головы до ног: в черной шляпе на черных волосах и с пронзительным взглядом угольно-черных глаз.

Она застыла в холле, прямая, как статуя. «Какая странная», — подумала я, взглянув на нее. При всей ее неподвижности чувствовалось, что внутри она вся как сжатая пружина часов, которая заставляет двигаться стрелки, и эта пружина либо пережата, либо заржавела.

Мы некоторое время молча рассматривали друг друга. У нее был какой-то нездоровый, желтоватый цвет лица, словно у восковой фигуры. Но после того, как она рассмотрела меня, на ее щеках заиграло нечто вроде румянца. Она судорожно сжала пальцы в дешевых перчатках. Опустив глаза, я заметила, что чулки ее аккуратно заштопаны. Все свидетельствовало о ее бедности, но прямая спина и упрямая линия рта намекали на то, что она очень гордая. А ее глаза, — тоскующие о чем-то, страждущие чего-то, как шупальца потянулись ко мне.

И голос, когда мы заговорили, тоже показался мне до чрезвычайности странным. Сначала я вообще не поняла, на английском ли языке она говорит или на каком другом. Только потом я узнала, что это диалект западной части Англии. Фразы звучали отрывисто и резко, скрипучий голос разрывал и кромсал предложения, как торговка потрошит рыбу. В нем отсутствовали эмоции, но они угадывались за каждым словом, как мины, готовые взорваться от неосторожного прикосновения. И я подумала, как будет интересно попробовать передразнить эту манеру говорить.

— Ребекка Девлин... Ребекка Девлин, — сказала она, сжав мою руку. — Дай мне посмотреть на тебя. Бедный ребенок. Какие у тебя темные волосы — я сразу так и подумала. Скажи маме, что я здесь. Скажи ей — Миллисент отправила меня сюда сразу, как только получила письмо. Скажи ей...

— Кто ты такая? — довольно резко оборвала ее я, потому

что терпеть не могла, когда меня называли «бедным ребенком».

Обычно людей обижал такой грубый тон, но эта женщина, напротив, вдруг посмотрела на меня обожающим взглядом, словно ей доставило удовольствие то, как я поставила ее на место. В ее глазах читалось подобострастие, переходящее в фанатичное восхищение. И оно мне не понравилось.

— Копия матери! Теперь я увидела сходство между вами! Меня зовут Эдит Дэнверс. И моя мать нянчила твою маму, когда та была маленькой. Неужели она не рассказывала?

Я более внимательно рассмотрела ее. Мама очень редко что мне рассказывала из своего прошлого, должна признаться.

— Твоя мама должна помнить меня, — продолжала Эдит. — Тебе надо только сказать: Дэнни ждет внизу. Мы уже приготовили для вас комнату в «Святой Агнессе», и, если мама примет наше предложение, я с радостью помогу упаковать вещи.

Поднявшись наверх, я разбудила маму и передала ей услышанное. Глаза у нее при имени Дэнни округлились.

— О боже! — воскликнула она. — Эдит прилипчива как банный лист. Ее мать — милейшая женщина, но дочь! К сожалению, нам в нашем положении не из чего выбирать. Придется идти вниз. Подай мне, пожалуйста, платье. Нет, нет, не это старое. Я надену шелковое, чтобы произвести впечатление...

И после того как я помогла ей причесаться и уложить волосы, она выглядела такой величественной, уверенной в себе и прекрасной. Какая же она была актриса! Нет, боюсь, что не на сцене. На подмостках она всегда оставалась немного напряженной и постоянно следила за собой. Но за пределами сцены она умела сыграть любую роль, и ей всегда удавалось очаровать кого угодно. Ни единой фальшивой ноты, никакой неискренности ни одна душа не могла уловить, когда она хотела выдать себя за кого-то. И в тот день она спускалась по лестнице, как графиня, и обратилась к восковой фигуре, застывшей внизу, с великодушной приветливостью. Никому в эту минуту не пришло бы в голову, что она терпеть не может Эдит!

Напряженная, застывшая маска на лице Дэнни при виде мамы вдруг начала таять, как лед под лучами солнца. Глаза увлажнились, и она с трудом заговорила от переполнявших ее чувств. Какая вассальная зависимость! Мне даже стало ее жаль.

— О, мисс Изольда, — сказала Дэнни. — Не верю своим глазам... Как долго мы не виделись. Мама сказала, если мы хоть что-то можем сделать...

— Дражайшая Миллисент — я так буду рада повидаться с ней, — ответила мама. — Ты, конечно же, поможешь нам собрать вещи. У тебя это так хорошо получается, я помню, а я даже представить себе не могу, что выдержу еще одну ночь в этой ужасной гостинице...

— Конечно, мадам, — услужливым тоном тотчас отозвалась Дэнни. Так определились наши отношения на последующие семь лет.

С торжествующим видом Дэнни ввела нас в «Святую Агнессу» — и это оказалась вовсе не церковь, как я сочла из названия, а очень чистый, очень опрятный дом, где все было продумано до мелочей. Миллисент утверждала, что у него порядок, как на корабле, но по бристольской моде.

Дом располагался на некотором возвышении, так что можно было видеть Плимут и то, как по морю движутся военные корабли. На спинке каждого кресла лежали кружевные салфеточки, горшочки с азиатскими ландышами стояли на всех подоконниках, и там подавали английские блюда. Как только мы вошли, Миллисент тотчас угостила нас горячими тостами с селедочной икрой, а потом познакомила со своим мужем — довольно старым мужчиной со вставными челюстями, опрятно одетым и с платком вокруг шеи. Он болел какой-то странной болезнью, и ему незаметно подавали виски.

Эдит разливала чай, и я видела, что она стыдится того, что нам подали тосты с селедочной икрой, что у отца вставные зубы и что у матери передник в рюшечках.

— Дорогая, ты забыла про вытиралочки, — спохватилась Миллисент.

— Салфетки, мама, — процедила сквозь зубы Эдит. — Я их уже достала. Терпеть не могу запах этой икры.

И я подумала, если мы останемся здесь, я умру от голода.

Но мама держалась непринужденно и весело, хотя я уже к тому времени научилась различать тревожные сигналы. Она теряла присущее ей присутствие духа и могла в любое время снова впасть в тоску.

Каждый день после обеда она надевала свое лучшее голубовато-серое платье и тончайшие перчатки. Слегка румянила щеки, сдвигала прелестную шляпку чуть-чуть набок, что ей очень шло — вуаль она не носила, — и с очень решительным видом отправлялась куда-то.

Эдит Дэнверс уже успела вернуться в тот дом, где она работала в услужении, а я оставалась с Миллисент — необычайно сердечной женщиной. Она достала лавандовую воду и капнула мне ее на запястье — у меня осталось впечатление, что от воды пахнет кошками. Она позволяла мне приходить к ней на кухню и помогать, открыла свой секрет варки овощей — с небольшой щепоткой соды. Я стояла возле табуретки, на которой Миллисент устанавливала тазик с горячей водой, и перемывала грязные тарелки после еды. Или возле стола, на котором она ежедневно устраивала жертвоприношение целой грудой овощей и по ходу рассказывала мне разные истории, описывала, например, своих жильцов. Это были два клерка — один из них часто уходил в плавание, другой был заядлым театралом.

Но она никогда ничего не говорила про моего отца Девлина — увы, она ни разу даже не упомянула его имени, зато с упоением перечисляла мне всех предков по материнской линии, а это был довольно древний английский род.

Мама — младшая в семье, где было три прелестные дочери. К сожалению, младшая немного припоздала, обронила Миллисент непонятную для меня фразу. Старшая сестра стала леди Бриггс, живет в красивом доме под названием «Сант-Винноуз» не очень далеко отсюда, и у нее две милые дочки — Элинор и Джоселин. Ее муж богат, как Крез. Но он родом не из такой знатной семьи, как его жена и как моя мама, — по одной из ветвей Гренвилы находятся даже в родстве с королевским домом. К сожалению, это не единственный недостаток Бриггса — он довольно упрямый, узколобый человек, но он был состоятелен, а в молодости считался привлекательным. Вот Евангелина и отдала ему свое сердце. Как у всех женщин рода Гренвилов, у нее был решительный характер, и она отличалась настойчивостью.

— Вторая сестра, ныне уже покойная, сделала самую выгодную партию — вышла замуж за соседа, владельца Мэндерли, — рассказывала Миллисент, мелко кромсая овощи. — Бедная Вирджиния — пусть она покоится с миром — родила двух детей: Беатрису и Максимилиана — сына и наследника. Но ей не дано было увидеть, как растет ее ненаглядный сыночек, у нее началась лихорадка, когда ему исполнилось три года. Умерла в одночасье! — вздохнула Миллисента. — И его воспитала бабушка. Бедняжка Вирджиния никогда не была строгой, даже с детьми. Она была такой чувствительной и впечатлительной — и я всегда говорила, что Мэндерли не для нее. Слишком мрачное место. Туда только на экскурсии ходить. И слишком близко от моря. А во время шторма... Скажу тебе, Ребекка, ты бы не захотела оказаться там во время шторма.

— Я видела фотографию Мэндерли, — ответила я. — Кто-то прислал ее маме. И мне показалось, что это очень красивый дом.

Миллисент отложила нож.

— Да, красивый, — несколько взволнованно ответила она и покраснела, — по-своему... Смотря на чей вкус.

— Наверное, мама сегодня отправилась туда, — продолжала я, испытующе глядя на нее. Я сгорала от нетерпения узнать, куда она направилась, поскольку знала, что не дождусь от нее признания. — Мне так кажется. А что ты думаешь?

Миллисент возразила, она считала, что это было бы неразумно: ведь там умерла бедная Вирджиния, так что этот особняк вызовет у нее только самые печальные воспоминания, так что лучше не ходить туда. Но чем больше пыталась разуверить меня Миллисент, тем меньше я верила ей.

— Ты была в Мэндерли? — спросила я у мамы, когда та наконец вернулась.

Мы сидели в спальне. На стене висело распятие, а в углу разинул черную мраморную пасть камин. Она вернулась бледной и утомленной и тотчас легла в постель. Но когда я задала свой вопрос, мама, будто ее подкинуло пружиной, вскочила и начала расхаживать по комнате:

— Нет, конечно! С чего ты взяла? Как тебе это вообще пришло в голову? Кто тебе подсунул эту идею? Ради бога, Бекка, мне и без того хватает волнений!

— Никто не подсовывал. Просто Миллисент рассказывала мне про твою сестру Вирджинию, и я решила, что...

— Забудь, — резко сказала мама. — Бедная Вирджиния умерла. Я ненавижу этот дом. И всех его обитателей. В том числе Лайонела с его ведьмой-матерью. Она так третировала мою сестру и всегда терпеть не могла меня. Она постаралась, чтобы сделать меня несчастной. Старая карга! Глупая злая старуха. Даже если она постучится перед смертью ко мне в дверь, я ей не открою. Почему она не умерла много лет назад, она так давно овдовела, и почему она не последовала за своим мужем?! Я от всей души желаю ей смерти. И тогда бы все сразу изменилось. Мы с Лайонелом были друзьями, когда я была еще молода, а бедная Вирджиния всегда болела. Он так переживал из-за нее... Мы бы и сейчас остались с ним друзьями, если бы не его ведьма-мать...

— Но как ты могла дружить с ним? Ты же сказала, что ненавидишь его?

— Мы могли бы снова стать друзьями, не перебивай меня, Бекка... А сейчас он болен — так мне говорили. И уже очень давно болен... Что же мне теперь делать? Куда нам податься? Мы не можем оставаться здесь, у нас осталось так мало денег. Мне нечем заплатить Миллисент. Не станем же мы жить здесь из милости, из милости моей собственной няни. Евангелина не может — или не хочет — помочь нам. Она заявила, что я не должна появляться в родном доме. Моя собственная сестра обращается со мной, как с прокаженной... И с этим ничего не поделаешь. Ее не переделаешь. Как же нам быть?

Она разрыдалась и снова рухнула на кровать, отвернувшись к стене, на которой висело распятие. Я никогда не видела ее прежде в таком состоянии и почувствовала, как вся дрожу. Мне не удавалось ничего придумать, как помочь ей. Если бы я знала правду, мне было бы легче...

Поэтому я просто приготовила маме чай, плеснула в него успокоительных капель, потом села рядом и начала гладить ее, пока она не заснула. Да, я пошла на это, мой дорогой! А когда убедилась, что сон ее крепок, отыскала серебряный ключик — он хранился в шкатулке с драгоценностями, — отперла ящичек ее дорожного письменного прибора и достала письма, перевязанные розовой ленточкой.

Сначала он писал каждую неделю, потом каждые две недели, затем каждый месяц, и вдруг последовало долгое молчание. К тому времени, как мне исполнилось четыре года, приходили короткие записки каждые полгода. Последнее письмо было залито мамиными слезами, оно пришло около года назад.

Письмо было не очень длинное, к счастью, написанное по-детски крупными буквами, так что я могла разобрать каждое слово. И я вся затрепетала.

Я тебе открою, что мне удалось узнать: человек, который так обожал мою маму, — был Лайонел де Уинтер, муж ее умершей сестры, мой дядя. Он писал маме очень давно — еще задолго до моего рождения. И он писал ей еще тогда, когда мой отец Девлин был жив — за месяц до того, как он отправился в свое роковое плавание. Разве имел право Лайонел называть замужнюю женщину «моей любимой»? — подумала я. Если бы мой отец узнал об этом, он бы убил его на месте.

Интересно, замечала ли мама, как со временем изменился тон писем? И задевало ли это ее? Вместо «любимой» он стал писать «моя дорогая девочка», затем «дорогая Изольда». Сначала он «рвался к ней», «и днем и ночью думал только о том, как бы увидеться», затем ему «очень хотелось повидаться с ней, когда обстоятельства изменятся», через какое-то время он стал говорить, что «попытается встретиться», наконец пообещал, «что всегда готов прийти на помощь и, чтобы подбодрить ее, будет посылать ее любимые вещицы».

В последние годы он в основном жаловался. Лайонел устал сражаться на домашнем фронте, и его раздражение выливалось и на «его дорогую Изольду»: неужели она не понимает, что мужчины терпеть не могут без конца объясняться, это становится невыносимым. От его воли ничего не зависит, и он ни в чем не виноват. Да, он понимает, как ей трудно и что иногда она чувствует себя одинокой, но в ее миленьком домике во Франции не так уж и плохо. И если она вернется в Англию, начнутся разговоры. В особенности если она вернется с ребенком. Люди начнут судачить, придут к неверным заключениям, и ее все будут избегать. Он заканчивал советом выбросить эту идею из головы.

Я украла это последнее письмо, чтобы, перечитывая его, подпитывать свою ненависть. И только это письмо и сохранилось, потому что остальные были уничтожены после смерти мамы. Наверное, это Дэнни постаралась. И я понимала, что этот человек — жалкая и ничтожная личность. Эти письма матери писал Лайонел де Уинтер — отец моего мужа.

«Моя дорогая, хочу сказать тебе от всего сердца, что всегда обожал тебя и буду обожать до конца дней. Ты самый дорогой мне человек во всех смыслах, но ты такая упрямая. Хотя я всегда откровенно предупреждал: преграды между нами воздвиг не я, Изольда. Конечно, сейчас проще всего сказать: ты была совсем юной и влюбилась безоглядно, но мое предательство удручает меня намного больше, чем тебя. Я чувствую свою вину, дорогая, и не пытаюсь снять с себя ее груз. Ты помнишь тот день в домике на берегу?

И ты, похоже, еще не понимала или не представляла во всей полноте, что меня мучает: больная, вечно жалующаяся жена, мегера-мать, одиночество и скука. Жизнь казалась такой гнусной. И я не мог не откликнуться на твою молодость, веселость и сострадание ко мне. Все мужчины испытывают потребность, и если не могут удовлетворить ее законным путем, то способны встать на опасную дорогу. В этих случаях винить мужчину нельзя.

Я пообещал, что постараюсь все устроить, и собирался сделать это, но обстоятельства помешали. Нет, я не «похоронил тебя заживо», как ты считаешь, Изольда, — ты жила довольно комфортно, насколько я понимаю. И это твоя семья решила разделить нас после смерти Вирджинии. Это они вынудили тебя уехать во Францию. Ни я, ни моя мать не отвечаем за это решение, хотя я знаю, что ты почему-то перекладываешь вину на нас. Потом ты так стремительно и необдуманно выскочила замуж. Меня уязвил твой шаг, от которого я тебя настойчиво отговаривал, если употреблять самые мягкие выражения. Попробуй вспомнить сама, это могло бы изменить положение.

Я тебе ничем не обязан, дорогая, и по сравнению с твоей собственной семьей оказывал тебе намного больше внимания и заботы.

К тому же вынужден признаться, что все это время я был нездоров. Несколько месяцев я лежал, испытывая мучительную боль, что вызывало у меня депрессию. И я написал завещание, чтобы таким образом обеспечить твое будущее, насколько это в моих силах. Поверь, это было очень непросто. Тебе должно перейти поместье и большая часть денег, я поставил подпись, и поверенный заверил ее печатью. Думаю, что ты примешь это с благодарностью и перестанешь сердиться и обижаться на то, что я не в состоянии переплыть Ла-Манш и повидаться с тобой, и если ты попытаешься вникнуть, то поймешь, почему.

Если со мной что-то случится, ты ни в чем больше не будешь нуждаться. Я не забыл про тебя, хотя ты уверяешь меня в обратном! Но, умоляю, не упоминай об этом в своих письмах. В доме есть люди (ты знаешь, кого я имею в виду), которые способны просматривать личные письма. На самом деле, Изольда, я даже думаю, что будет намного лучше, если ты станешь писать реже. Твои письма такие длинные, мое сердце сжимается от боли, когда я дочитываю их до конца. Ты высказываешь в них столько недовольства, особенно если я не в состоянии быстро отвечать на них. Ты ведь представляешь, сколько на мне висит дел. Все последнее время мне приходилось проводить в конторе, разбираясь с делами и в том числе с вдовой Карминов — она доставляет много хлопот.

А теперь — выше голову! Стань снова моей улыбающейся девочкой. Я посылаю дивные перчатки для моей прелестной, для моей шаловливой Изольды! Фриц уже приготовил посылку, и скоро она окажется у тебя».

До чего же я ненавидела этого человека! И его жалкие оправдания, и его столь же жалкие обещания, с его увещеваниями и покровительственным тоном. Теперь все мое прошлое будто вывернулось наизнанку. Разве из-за расстроенного фортепьяно плакала мама? Скорее всего, она плакала из-за таких вот посланий.

Гнев, возмущение, обида вспыхнули в моем сердце. Мне хотелось собрать все безделушки, все его подарки и швырнуть ему в лицо. Разорвать перчатки, достать медальон, открыть его, вытащить оттуда локон рыжих выцветших волос, разбить медальон молотком, а эту прядку сжечь. Теперь я знала, кому она принадлежит. Как же я возненавидела его: он обманул доверие моей мамы и разрушил ее жизнь. Но я не собиралась позволить ему оставить все, как есть. Я должна была отомстить за мать, и теперь я знала, что скажу дяде Лайонелу.

Но внешне я сохраняла ледяное спокойствие, как сверкающее лезвие ножа. Сложила письма в конверты, завязала пачку и сунула в столик. Положила на место ключи и медальон, а когда наступил вечер, я воззвала к моему отцу Девлину, как я уже обращалась к нему в Бретани. Чтобы пропитаться гневом и ненавистью, какие охватывают воинов, — чтобы наложить проклятие на Лайонела де Уинтера, его дом и его отпрыска до скончания века.

Тогда меня не волновало, что я богохульствую и могу сама обречь себя на вечные муки. В ту минуту я не думала об этом, мой дорогой малыш. Я знала все про любовь, но ничего не знала про секс и тому подобное. Только несколько лет спустя моя мама посвятила меня в некоторые интимные подробности: «Мне исполнилось шестнадцать лет, Бекка, когда у меня появился первый возлюбленный, — призналась она. — Я была еще девочкой и ничего не знала. Он был женат, но я обожала его. Он сумел внушить мне доверие...»

Какой-то смутный червячок сомнения или беспокойства все же грыз меня изнутри, но я сумела отогнать их. И пусть они не беспокоят и тебя тоже. Они улетучатся. Второй Девлин вернется, восстанет со дна морского, и я войду с ним в комнату Гринвейза. Я унаследовала от него цвет волос, его кровь течет в моих жилах, ирландское везение тоже перешло мне, так что проклятье минует меня, и оно минует и тебя, моя любовь.

А вот Лайонел не сумел уйти от проклятья: он умер, как того заслуживал, — медленной, мучительной смертью.

В тот день кончилось мое детство. Теперь, оглядываясь назад, я это отчетливо понимаю. С того дня я как-то сразу повзрослела и взяла в свои руки бразды правления, потому что руки моей матери ослабели. Мне кажется, что в тот день, когда она отправилась с визитом, ее унизили, и произошло это в доме Евангелины. Позже я убедилась, что не ошиблась в своих догадках. Теперь я больше всего боялась, как бы она не надумала пойти в Мэндерли — ведь ее отчаяние было так велико, — и страшилась, что там она переживет еще больший удар по своей гордости. Необходимо было найти какой-то способ зарабатывать деньги.

Как женщина может заработать деньги? — спрашивала я везде и всех, кого только можно: в том числе и мужа Миллисент, который, по ее словам, относился ко мне, как к члену семьи. Он работал плотником в Плимуте на корабельном дворе, и ему нравилось сидеть в садике возле дома и мастерить для меня маленькие кораблики. Я тоже буду строить для тебе такие же, мой малыш. У него были сильные, крепкие руки и мягкое сердце, он умер от эмфиземы, но он не мог помочь мне найти выход. Он ответил мне, что у мужчин есть профессия, они знают ремесло, а женщины нет. Но особенно трудно зарабатывать деньги таким женщинам, как моя мать. Ведь она леди.

Миллисент считала, что занять место гувернантки или компаньонки неприлично. И как-то раз, когда Дэнни пила с нами чай, Миллисент упомянула о каком-то заведении, где шьют платья, и некоторые из работавших там женщин были очень воспитанными.

Дэнни отшвырнула салфетку и побагровела от возмущения.

— Мама, не говори глупостей! — резко сказала она. — Не забивай ребенку голову таким вздором. Ты с ума сошла!

Можешь себе представить тот мир, где женщина, поступившая на работу, роняла себя в глазах общества? Это же безумие! Но с тех пор он не очень сильно изменился, этот мир. Удивительно! И в глубине своего сердца я не могла примириться с его правилами. Все в нем направлено на то, чтобы закрепостить женщину, превратить ее в рабыню.

Несколько лет спустя, когда умер мой отец Девлин, и я осталась без копейки, и ничего, кроме долгов и кредиторов, у меня не оказалось, я плюнула на все и начала сама зарабатывать деньги. Мне ни до кого не было дела, и я даже готова была скрести полы, если понадобится. Но я была другой, чем моя мать: я выросла в Бретани, прошла выучку у Мари-Хелен. Я росла свободной и независимой, как дикарка, и я всегда знала, что мой храм — это мой дом, и я спасусь, исполняя свои собственные религиозные обряды, которым обучилась с детства.

Но мама относилась к другому миру и была совершенно не приспособлена к выживанию в нем. Ее воспитывали как леди — и это изуродовало ее душу, поверь мне.

Деньги, деньги, деньги! Вот чем я была озабочена целый месяц. Миллисент спрашивала: «Что тебя беспокоит?» Она уверяла, что я выполняю работу за двух служанок, что я режу овощи, как заправский повар, и ее муж поражался тому, сколько дел я успеваю сделать за день. Но я знала, что это неправда. Они просто были очень добры к нам. Но я не хотела снисходительности и не хотела жить за чужой счет. Деньги, деньги, деньги! Я шла спать, закрывала глаза и мысленно представляла толстый кошелек, набитый гинеями.

Однажды я спустилась вниз, и там оказался наш спаситель. Приехали актеры. И с ними Маккендрик. Я возвела его в рыцарское достоинство намного раньше, чем он получил его на самом деле. Он от рождения был рыцарем с добрым, великодушным сердцем. Высокий, статный — настоящий джентльмен. Он красил свои седые волосы, и надо было видеть, как он произносил торжественным, несколько напыщенным тоном — так что соседи могли слышать: «Доброе утро!» Его жена, которая приходилась ему близкой родственницей, была толстая и отвратительная, — как я ненавидела эту женщину с тупым, завистливым взглядом тусклых зеленовато-желтых глаз.

«Я избранник!» — заявлял он через каждые две минуты в разговоре со своими собеседниками. Предполагалось, что он пойдет служить по церковной линии, но его призвала к себе муза театра. Какое-то время он учился в Оксфорде вместе с Генри Ирвингом. «Кто вы сегодня, мистер Маккендрик?» — спрашивала я его по утрам после завтрака.

«Сегодня я Гамлет, мисс Ребекка», — отвечал он, подмигивая мне, и с царственным видом взмахивал рукой. Он был то Гамлетом, то Брутом, то Ричардом III, то Макбетом. Вот так и должна протекать наша жизнь, любовь моя: кому-то суждено каждое утро выбирать, кем ему быть. А затем он приступал к репетициям. На подготовку роли у него уходило не очень много времени — почти все члены труппы исполняли свои роли из года в год, поэтому выучили их наизусть.

Мало кто знал, что за броней скрывается мягкое сердце, но я почувствовала это. Я угадала, что он питает слабость к истинным леди, особенно к леди, которые находятся в отчаянном положении. Конечно, эта слабость подпитывалась долей снобизма, его прельщал древний род Гренвилов. И я тотчас заметила, как изменились его манеры, когда его представили моей маме: молодая красивая вдова из хорошей семьи, оказавшаяся в трудном положении... Это подействовало на Маккендрика неотразимым образом. Он с таким прочувствованным видом поднес к губам руку мамы, что его отвратная жена тотчас насторожилась. Но я увидела луч света в нашей темнице. И поняла, как нам надо обойти эту женщину. Поднявшись наверх, я начала разбирать наши книги. Не прошло и недели, как я устроила представление в гостиной Миллисент, где стояли азиатские ландыши, где повсюду были салфеточки, а из окна можно было видеть проходившие мимо бухты военные корабли.

Бросив прощальный взгляд на Ланселота, леди приготовилась умереть:

«Сбылось проклятье! —
Воскликнула леди Шалотт. —
Зеркало разбилось,
И трещина прошла по моему сердцу!»

До чего же я любила эту поэму. Мама столько раз читала мне ее вслух и с такими проникновенными интонациями! Нас завораживал стихотворный ритм. После того как мою декламацию встретили с одобрением, я обратилась к Маккендрику и объяснила, что у нас возникли временные денежные затруднения. И половина дела была сделана! Уговорив его пройтись по набережной, я по дороге прочла наизусть монолог Пака и внушила ему мысль, что за одну цену он получит сразу двух актеров, мимоходом упомянув, что он может оказать услугу леди, как и полагается рыцарю. Вложив свою руку в его большую ладонь, я предложила ему составить заговор, чтобы его жена не смогла нам помешать...

— Да. Это правда, увы, это так! — задумчиво покачал он головой.

Но моя мать отказалась. Пойти выступать на сцену? Ей даже в голову не могла прийти такая сумасшедшая идея! Но я незаметно и настойчиво направляла ее. Ведь это только на время — на очень короткое время, — повторяла я. А если она не выйдет на сцену, представление придется отменить, и труппа потеряет сбор.

— Я снимаю перед вами шляпу, мисс Ребекка, — протянул Маккендрик, глядя на меня сверху вниз с высоты своего огромного роста. — Вы настоящий Яго. Вы маленький Ричард III. Вы бессовестный мошенник. Вы заговорщик и ниспровергатель — настоящий Пак. — Он прошелся туда-сюда, потирая лоб, и посмотрел на меня так, как смотрит тень отца Гамлета, и затем вынес решение, достойное Фортинбрасса. Я чуть не зааплодировала.

— Договоримся, мисс, — сказал он и пожал мне руку. — Заключим соглашение. Твоя мама может стать украшением нашей труппы. У нее прекрасные манеры, и она очень красивая. Попытаюсь убедить миссис Маккендрик, моя дорогая. А ты попытаешься убедить свою маму. Победу разделим пополам. Ты говоришь — неделя?

— Три дня, — ответила я, думая только о деньгах.

— О, нетерпеливая юность! — ответил этот великодушный человек, подмигивая мне.

Мы вели наступление с мистером Маккендриком с двух флангов. И нам удалось добиться своего за два с половиной дня. Мама изменила свое имя на Изабель, чтобы не позорить семью. И в первую же неделю я сыграла в Плимуте роль обреченного принца (обреченные принцы стали моим коронным номером). Мама сыграла леди Макбет, а затем Гермиону — жертву ревности и зависти. Получив первый гонорар, мама купила мне в подарок брошь в виде бабочки — теперь у меня два талисмана. Когда-нибудь я передам их тебе.

Мама пустилась в это сомнительное предприятие, как моряк, рискнувший поднять паруса своего корабля в бурю. Кроме меня, никто не смог бы убедить ее пойти на это. Год спустя, когда она вышла на сцену в роли Дездемоны, моя мать все еще продолжала твердить членам труппы, что она — временный человек среди них.

Она ждала, когда к нам придет удача, но удача все не приходила. Впереди ее ждала смерть. Единственное утешение: до последней минуты она не знала, что с ней произойдет».

23

«Какие это были жаркие дни, мой дорогой.

Ни ветерка, ясное чистое небо целую неделю. И у меня не было ни секунды, чтобы сделать запись в дневнике: в доме полно гостей, из-за этого долго не удавалось ускользнуть в свой домик, Макс ревниво следил за мной. У него снова испортилось настроение — наверное, из-за того, что я на день съездила в Лондон. Его раздражает, что я уезжаю и остаюсь там. Он не находит себе места. Но мне необходимо было повидаться с врачом, а я не могла сказать об этом Максу, так что он оставался при своих подозрениях. Но ему трудно понять, что эта квартира — как логово, где я прячусь от всех. У него создалось убеждение, что это притон, где я веду развратную жизнь.

Фамилия доктора — Бейкер, он прекрасный гинеколог, его дом находится в Блумсбери, позади Британского музея. Из-за нетерпеливого желания поскорее встретиться с ним я приехала слишком рано. Чтобы убить время, прошлась по музею. В огромных пустынных мраморных залах чуть не заблудилась. Звук каблуков разносился эхом так, что у меня даже возникло впечатление, будто кто-то идет за мной следом. Остановившись возле каменных саркофагов, я рассматривала нарисованные лица фараонов. Незаметно для себя я добралась до небольшого помещения, в котором лежали мумии. Египтяне вынимали сердца мертвецов и, завернув их особым образом, укладывали в ногах. Кто-то рассказывал мне, что мумии пеленают как младенцев. Казалось, что они наблюдали за мной! Мне стало не по себе, и я решила, что лучше скоротаю оставшееся время в приемной Бейкера.

Я раскрыла книгу — единственное, что оказалось у меня, — «библия» Макса «Луга и поля», раз десять прочла одну и ту же статью, но не запомнила из нее ни слова. Наконец меня пригласили в приемную доктора, она была довольно прохладной, его перо скрипело по бумаге. Мое сердце забилось, как птичка, — так я вдруг разволновалась...

Назначая встречу, я почему-то назвалась миссис Дэнверс — довольно глупо, конечно, но мне почему-то показалось, что если я назову свое собственное имя, то Макс каким-то непостижимым образом проведает об этом. И всякий раз, как доктор обращался ко мне, я невольно оборачивалась, думая, что сейчас увижу Дэнни за моей спиной, — вот насколько я была не в себе. И одновременно меня переполняла радость, мой любимый, хотелось запомнить все до последней мелочи, каждое сказанное им слово, самые незначительные фразы, потому что наступил поворотный момент в моей жизни. Эти часы принадлежали нам с тобой. Я уже была не одна.

Но все пошло не так гладко, как мне хотелось, хотя я понимала, что доктора обязаны соблюдать предосторожность. А мой врач оказался очень серьезным и строгим человеком. Сначала он задавал вопросы, затем начал проводить обследование. И мне было больно. Матерь божия, избавь меня от тревожных мыслей!

Врач выслушивал твое сердце, и мне так хотелось схватить его стетоскоп и тоже послушать его.

— Когда мой малыш начнет двигаться? — спрашивала я. — Почему я по-прежнему такая худая?

Он посмотрел на висевший на стене календарь, снял резиновые перчатки и очень спокойно ответил, что я не должна тревожиться. Во-первых, все зависит от числа, когда произошло зачатие, а во-вторых, чтобы удостовериться окончательно, мне надо сделать рентген.

Сначала я отказалась. Где-то мне попадалась статья о том, что рентген опасен для ребенка. Но доктор Бейкер убедил меня, что на этой стадии развития плода это еще не представляет опасности, и попросил приехать через неделю, после чего сможет ответить на все мои вопросы.

Медсестра провела меня в специальную комнату, надела мне на грудь защитный фартук и направила жирный блестящий глаз аппарата на живот.

— Какая у вас изящная фигура, миссис Дэнверс, — восхищенно воскликнула она и вышла на то время, пока меня должны были просвечивать.

А потом я принялась расспрашивать ее, когда женщина в положении начинает полнеть и когда я смогу ощутить твои движения. Волшебное счастье материнства! Мне хотелось обрести спокойствие, чтобы я смогла кормить тебя грудью, своим собственным молоком.

Она ответила, что у каждой женщины беременность протекает по-своему. И у таких худеньких женщин с мальчишеской фигурой, как у меня, живот вырисовывается обычно на пятом месяце.

— Так что не волнуйтесь из-за этого, — успокоила она меня, видя мои переживания. У нее были такие широкие (в отличие от меня) бедра — с такой фигурой очень легко вынашивать младенца. Рядом с ней, пока она брала у меня кровь из пальца, чтобы врач произвел над ней свои магические заклинания, я чувствовала себя какой-то чахоточной.

Целую неделю мне придется ждать следующего визита!

Я вышла на весеннюю улицу. Зеленые листики только проклюнулись из почек. В садах начали зацветать вишневые деревья.

Я зашла в магазин, где продавали все необходимое для новорожденных, и накупила тебе приданое: ночную сорочку в кружевах и шаль, такую тонкую, что ее можно было протянуть сквозь обручальное кольцо, пинетки, ботиночки, серебряную погремушку с кораллами и два десятка мягких, нежнейших подгузников — в общем, всего понемногу. Это было только самое начало, но мне так хотелось порадовать себя и представить, что я буду ощущать, когда начну по-настоящему закупать все необходимое. Но тогда я даже опьянела от счастья. Продавцы упаковали мои покупки в коробки, и я привезла их в мою лондонскую квартиру, а потом почти полдня любовалась, перебирая их.

А потом меня увлекло другое занятие. Взяв ручку, я исписала целую страницу именами, но не смогла остановить выбор ни на одном. А как бы тебе хотелось, чтобы тебя назвали? Я это узнаю тотчас, как только тебя положат мне на руки.

Ну а теперь я собираюсь выполнить указания врача и медсестры: не тревожиться и не волноваться. Раскрыв записную книжку, я проверила числа и решила, что ты мог быть зачат несколькими неделями позже, чем мне сначала казалось. Как и предполагал доктор Бейкер. Вот почему ты все еще не двигаешься. Мне надо еще немного выждать и не торопиться.

Сначала я считала, что ты был зачат в лондонской квартире, но теперь поняла, что это произошло в моем домике на берегу залива зимней ночью, когда я так томилась от одиночества. Светила полна луна, и небо казалось таким необъятным.

Я рада, что это произошло здесь. И выбрала для этого подходящего мужчину — чуть более грубоватого, чем мой лондонский любовник. Мне запомнился в ту ночь только огонь, горевший в камине. Что еще? Что у него были темные волосы и задумчивые глаза. Он был поэт, ирландец по происхождению. Впрочем, все это совершенно неважно и не имеет никакого значения, как и все остальное. Не беспокойся, никаких осложнений из-за него не возникнет. Я сразу его предупредила: наша первая встреча будет и последней.

Ты должен знать, что он очень похож на Макса — этот мужчина на один день, вернее — на одну ночь. И я приняла все меры предосторожности: мне не хотелось задеть или оскорбить своего мужа. Ты должен считаться его ребенком, мой дорогой. Я не позволю, чтобы кто-то мог заподозрить в тебе незаконнорожденного. Хотя многие предки Макса родились, как говорят в народе, не на той простыне, никого это, в сущности, не волновало. Боковые побеги, как считают садовники, лишь укрепляют ствол.

И если, предположим, я была дочерью Лайонела, я на всякий случай не хочу, чтобы в твоих венах дважды смешалась голубая кровь де Уинтеров. Разборчивый Макс и помыслить не может об инцесте, так что тем самым я оказала ему услугу, избавив от кровосмешения. И к тому же тем самым, быть может, мне удастся избавить тебя от проклятия над домом Уинтеров, которое я сама — девочкой — произнесла в «Святой Агнессе». Вместо сожаления о содеянном лучше действовать.

А что мне еще остается делать? Большинство женщин ощущали бы себя несчастными на моем месте: я вышла замуж за кусок айсберга. И если в моем сердце засел осколок, как в сердце маленького Кая, то ничего удивительного — я оказалась в таком же Снежном королевстве. Мой малыш, я бы хотела сейчас изложить тебе свое кредо: существует только одна законная связь — и эта связь должна быть продиктована любовью, а не передаваться по мужской линии.

Я люблю Мэндерли, и я люблю тебя. То, чем стал Мэндерли сейчас, — моя заслуга. Я обвенчалась с Мэндерли и довела здесь все до совершенства. Когда я пришла сюда в первый раз, здесь царило запустение. Я распахнула окна и впустила воздух в затхлые помещения, и я не желаю, чтобы это пропало впустую. Запомни: твои права идут по женской линии. Ты мой наследник, и твои права обеспечиваю я.

Мэндерли стал моим владением, и здесь госпожа — я! Каждый камешек на берегу и каждая травинка готовы подтвердить это. И я свергаю существующее правление ради всех женщин, которые прошли через этот дом, которые вынашивали, рожали и воспитывали детей, утратив свое имя, и о которых напоминают только портреты на стенах галереи и записи в семейной хронике. Я поднимаю знамя ради давно умерших и умерших совсем недавно, которые лежат в усыпальнице де Уинтеров и чьи голоса разговаривают со мной. Я совершаю это ради Вирджинии, моей мамы и ради себя — потому что я просто жена, дополнение к мужу, — тех, кого лишили всех прав. Я — жена Мэндерли, и он принадлежит мне, как я принадлежу ему.

Оружие готово к бою, мне предстоит выдержать одну или две схватки. Обида еще кипит в груди, и я использую ее огонь, чтобы выковать победу. Вместо меча и копья я пущу в ход хитрость и гнев. Это женщины-то слабый пол? Я так не думаю, мой малыш.

Сейчас я совершенно спокойна. Никто и ничто не в состоянии помешать мне. В прошлом году я решила, если муж не хочет, чтобы я родила от него ребенка, то я обойдусь без него. В этом году я поняла: если муж попытается помешать — я убью его.

Но сначала я прямо спрошу Макса: «Ты хочешь наследника или нет? И не вздумай заговаривать о разводе». Впрочем, он и не помышляет о нем, его ужасает мысль о возможном скандале. Но меня насторожил пистолет, который смазывал Макс. Я скажу ему: «Знаешь ли ты, что я держу ключ от комнаты, где хранится оружие, в маленьком прелестном ящичке? Подумай об этом, мой муж, и запомни: способов умереть — бесчисленное количество. Случайный выстрел? Падение с утеса? Не жди от меня женской покорности, Макс, и почаще оглядывайся, смотри, что у тебя за спиной, потому что я жду ребенка, который станет наследником Мэндерли».

Гнев — это горючее, мой дорогой, когда-нибудь поймешь на своем примере. Чистый ацетилен, спирт или октан. И это топливо я тоже передаю тебе, но это такая могучая энергия, из-за которой я иной раз начинаю дрожать от нетерпения.

Я прогулялась с Джаспером в Керрит. На прошлой неделе Табб занялся моей яхтой, я попросила его побыстрее привести ее в порядок. Он пообещал, что через сутки я смогу отправиться на ней к своему домику на берегу. И поскольку он, в отличие от большинства мужчин, всегда держит данное слово, завтра я покатаю тебя. Помолюсь, чтобы погода выдалась удачной: это будет твой первый выход в море. И я тебе покажу его красоту в лунном свете.

А тем временем все гости разъехались, Макс отправился в контору к Фрэнку Кроули. Возвращаясь из Керрита, я проходила мимо, услышала их голоса и подумала: интересно, что они сейчас обсуждают?

Должна тебе признаться: однажды та злая, испорченная Ребекка позволила себе пофлиртовать с Фрэнком — я разозлилась на Макса из-за его отказа. Знай, что злость толкает на дурные поступки. Проснувшись утром в одиночестве в своей огромной кровати, я распахнула занавески и стала прислушиваться к шуму моря и решила: я покажу им! И к тому же меня не оставляла мысль понять: кто такой Фрэнк — святой или евнух?

Ни то и ни другое. Ничтожество с душой, застегнутой на все пуговицы. Как она, несчастная, ухитряется дышать? Я не заходила с ним слишком далеко, все было так невинно, как у школьников: вздохи, взгляды и пара записок. Но он настолько серьезно отнесся к самому себе, что тотчас отправился к Максу, признался в прегрешении и попросил отставку. Какое прегрешение? Что за самомнение? Конечно, Макс не подписал бумагу, и Фрэнк остался. Но я высмеяла его за то, что он слишком серьезно отнесся к легкому флирту, и он никогда не простил мне этого.

Проходя мимо конторы, я вдруг подумала: а что, если они там обсуждают не проценты от залогов, а строят заговор против меня? Что меня вовсе не удивило бы. Подозрительность Макса в последний год возросла, стоило мне только отлучиться в Лондон, как он впадал в депрессию. В его чувствах ко мне любовь и ненависть настолько переплелись, что распутать их сможет только моя смерть. Но все же он не из той породы людей, которые способны совершить убийство. Ему нужен кто-то, кто бы поддержал его, кто смог бы направить его руку, но вряд ли и Фрэнк отважится на такой решительный поступок. Он слишком нерешителен. Только я сама могла подтолкнуть Макса на это. Мне проще всего вынудить его совершить убийство. Не так давно я уже подводила его к роковой черте. Ложе смерти привлекательнее ложа одинокой жены.

Но что, если они продумывали, как устроить несчастный случай? В таком случае Максу понадобится Фрэнк, который помог бы ему спрятать концы в воду. Поскольку мой друг Артур Джулиан — полицейский судья, и он проведет тщательное расследование, он это так не оставит. Вот почему Максу нужен человек, который прикроет его, утаит правду. Не исключено, что именно сейчас они обсуждают подробности.

Придвинувшись ближе к окну, я замерла. Слов мне не удалось разобрать, но меня вдруг потрясло, что я подслушиваю. Каким образом мы с Максом докатились до этого? С чего все началось? Нельзя ли все изменить и начать сначала?

Я успела привыкнуть к ненависти, но сегодня мне стало не по себе. И хотя я попыталась вернуть себе мужество и решительность, но иной раз мне не всегда удается справиться со своими чувствами. Страшная боль внизу живота пронзила меня, я была уверена, что сейчас у меня начнется кровотечение.

Забыв обо всем на свете, я с трудом добралась до своего домика, моя любовь, на свой защищенный клочок земли. К счастью, оказалось, что крови нет. Боль прошла, стало намного лучше, силы вновь вернулись ко мне. И меня уже ничуть не трогала мысль об их заговоре. Стоит мне только сказать о том, что я беременна, что я ношу ребенка, и у них уже не поднимется на меня рука. Они не посмеют причинить мне вреда. Беременная женщина — святее всех святых.

Теперь я защищена волшебной силой. Какое это чудо природы — дитя!

Сегодня я решила описать тебе, что произошло семь лет назад, перед самой войной. Такого жаркого лета никто не мог припомнить. Наша труппа переезжала из города в город по всей Англии. Маккендрику присвоили рыцарское звание, но оно не могло обеспечить нужного количества зрителей. Он постарел, многие наши лучшие актеры покинули труппу, и наши постановки заметно поблекли. Сборы были так малы, что мы все согласились на то, чтобы нам урезали плату.

К тому моменту, когда мы добрались до Плимута, шел уже первый месяц войны. Многие считали, что к Рождеству она должна закончиться. Предварительная продажа билетов и здесь показала, что выручка будет невысокой. Но Маккендрик все еще верил в свою звезду. И решился дать «Генриха V», поскольку надеялся, что пьеса несет необходимый заряд патриотизма. Но даже эта постановка, в которой англичане выступают победителями в войне, не дала сборов.

— Ну что ж, — объявил Маккендрик, — тогда мы поставим на субботу «Отелло». Трехсотое выступление в этой роли — вот увидишь, мы поразим их, милочка...

Несмотря на всю свою непрактичность, Маккендрик понимал, что его толстая стареющая жена не подходит для роли Джульетты или Розалинды. В «Генрихе V» моя мама играла французскую принцессу Екатерину, но это была отнюдь не главная роль. Но даже и этот эпизод ей позволили играть по той причине, что она великолепно говорила по-французски, даже миссис Маккендрик пришлось признать, что лучше моей мамы никого не найти.

И вот глава нашей труппы решил, что в «Отелло» прелестную златовласую Дездемону должна сыграть моя мама. И ее имя появилось на афишах до того, как он сообщил о своем решении жене. Когда я увидела выражение злости, ревности и зависти в ее глазах в ту минуту, то поняла, что не миновать беды. «Заболела? — услышала я ее яростный шепот, когда она разговаривала с нашей костюмершей. — У меня немного першит в горле, из-за чего я охрипла, но это скоро пройдет. Нет, заболела не я, а ее высочество! Прошу тебя, Клара, если ее милость будет выступать, достань то платье из зеленой парчи».

Летом с мамой происходило что-то непонятное. Она стала нервной и вспыльчивой, потеряла аппетит, хотя вес ее продолжал увеличиваться. И парчовое платье Кэтрин стало ей тесным. И почему-то она все время раздражалась на нашего Орландо Стефенса, который играл Кассио. Со мной она не делилась, я вошла в переходный возраст, и маму это тоже раздражало. Одеваться она стала в другой комнате. И Клара, которая помогала мне бинтовать грудь, когда я выступала в роли мальчиков, сказала: «Когда ты выбросишь красный флаг, приходи ко мне, я объясню тебе, что надо делать. Это скоро произойдет. Ты станешь взрослой».

Я понятия не имела, что означает «выбросить красный флаг», и мама тоже не объяснила мне, но я знала, что красное — это что-то опасное. Меня сердило то, что у меня появились груди. Если они станут больше, то мне придется навсегда распрощаться с ролями принцев. Что мне тогда делать? Мне нравились мои обреченные принцы: я училась у них умирать. Я часто умирала на сцене, и умирала очень красиво, как уверяли меня все.

Когда мама узнала, что ей придется играть Дездемону, ее настроение переменилось в одну секунду. Глаза снова сияли, брови больше не хмурились. Она стала прежней — такой, какой я ее любила и восхищалась. И я тотчас забыла и про свои бинты, и про свое беспокойство о завтрашнем дне. Мы вместе с ней повторяли слова ее роли и пели «Песнь ивы» душным вечером в Плимуте. «У нее предчувствие, что она умрет, тебе так не кажется, мама? — спросила я, мама нахмурилась, посмотрела на море и ответила. — Возможно, Бекка. Может быть, моя дорогая».

И я смотрела, как умирает моя мама: снова и снова. Откинувшись на спинку шезлонга, мы вслух размышляли, как именно это мог сделать ревнивый муж: задавить подушкой или задушить ее собственными руками? Шекспир не оставил ремарки. И мама почему-то решила, что он должен набросить на Дездемону подушку.

— Куда лучше ложиться головой, Бекка, в эту сторону или в ту?

Почему-то Дездемона должна произносить свой монолог после того, как публика считала, что она уже умерла, что замолкла навеки. И этот монолог беспокоил маму. Она считала, что сначала надо сделать какой-то выразительный жест, затем резко подняться. «Это будет настоящей игрой! И моя Дездемона должна закричать. Она не будет покорной. Ее всегда играли неправильно, Бекка. Ведь эта молодая женщина пошла против воли отца и сбежала с мавром. Она сильна духом, это не покорная овечка — и за это мавр полюбил ее. Поэтому перед смертью она должна сопротивляться».

Ее слова меня опечалили, поскольку я разделяла каждое сказанное ею слово, но знала, что Маккендрик и слышать не захочет о такой трактовке роли. И он сделал все, чтобы ее попытки настоять на своем не заметили зрители. Он встал так,

Тайна Ребекки

чтобы загородить ее от глаз публики, и держал наготове подушку, чтобы закрыть ей рот во время монолога. Но и без того слабый — в отличие от Маккендрика — голос мамы едва доходил до третьего ряда, о чем она не подозревала.

Я смотрела, как она умирает, снова и снова, и сердце мое обливалось кровью. Часы на камине в доме «Святая Агнесса» громко тикали, шли минуты — и судьба ей оставила только пять месяцев жизни, о чем никто из нас не знал. Каминная полка из черного мрамора и черная пасть камина. Но никакая репетиция не сможет подготовить тебя к смерти наяву, мой дорогой. И когда мама закрыла за собой дверь, уйдя в вечность, я была потрясена. Это произошло так быстро. Я словно окаменела и даже думать не могла. Дэнни закрыла ей глаза и накрыла простыней.

— Не делай этого, — попросила я. — А кто это там плачет? Я слышала плач младенца.

И Дэнни ответила:

— Тс-с, никакого младенца нет, с чего ты взяла? Это ты сама плакала, дорогая. Посиди рядом с ней, а потом мы с тобой поднимемся наверх, там тебя кто-то ждет...

Это был Девлин — он вернулся с того света. Но я забегаю вперед. И еще расскажу тебе обо всем подробно.

Представь мрачный туннель. И мы шли по нему пять месяцев. На одном его конце — моя мама; на сцене все еще горят газовые рожки. А на другом его конце — мой отец, и мы с ним в доме, который называется Гринвейз — он находится далеко от моря. А вокруг идет война, которую надеялись выиграть к Рождеству. Все наши женщины принялись вязать шарфы и перчатки для наших храбрых мальчиков, сражающихся на фронте. Мужчин, способных держать в руках оружие, уже призвали в армию.

Мама так закричала перед смертью — как она закричала во время первого исполнения своей роли в «Отелло», и мне кажется, Маккендрик никогда не мог простить ей этого. Мы с Дэнни сидели рядом в зале, и глаза ее наполнились слезами, когда Дездемона замолчала. За эти слезы я простила ей все, что произошло потом.

Я стиснула ее руку, потому что боялась за маму. Все у меня

внутри сжалось в тугой комок, и мне вдруг стало плохо. А через какое-то время я поняла, что у меня началось кровотечение. Вот это и называется «красным флагом»? Я стала думать: как долго будет идти кровь и не умру ли я из-за этого? Кто умрет раньше — Дездемона или я?

На следующей неделе мы ставили «Генриха IV». Орландо Стефенс играл Хотспера — ему от роду было написано играть Хотспера, на мой взгляд. Лихой, открытый сердцем, пылкий дурачок. Каждую минуту его осеняла новая идея, и ни одну из них нельзя было исполнить. Мы с мамой в тот раз смотрели спектакль, стоя за кулисами рядом с костюмерной. И, еще не успев переодеться, Орландо объявил, что хочет на прощание поужинать с нами сегодня вечером. Мама побелела как мел и упала в обморок. Орландо дал ей выпить бренди, а я побежала за нюхательной солью. Когда я вернулась, он обнимал ее, называл своей «милой» и уверял, что будет писать ей каждый день. Ему удалось сдерживать обещание два месяца: он стал добычей червей, храбрый Перси — погиб в первом же сражении в ноябре от отравления ипритом.

Что же означала эта сцена, мой дорогой? Я была настолько невежественна в этих вопросах и даже не представляла, когда должен родиться ребенок. Но, сложив вместе кусочки загадочной картины, я все поняла. Но и тогда еще продолжала видеть все как бы в несколько искаженном свете. Сейчас я ношу в себе ребенка, как моя мать носила его в себе тогда, и спрашиваю себя: был ли отец ребенка моложе ее на двадцать лет? И подозревала ли она о том, что с ней творится?

Возможно. Но есть и другой вариант. Маккендрик всегда питал к маме глубокую симпатию, с первой их встречи, и сразу стал помогать ей... Время от времени появлялся еще один мужчина, который говорил, что обожает ее, и которому она, кажется, отдавала предпочтение. Мама никогда не могла устоять против мужской страсти, против натиска любви. Она никогда не думала о возможных последствиях — шла туда, куда влекло ее собственное сердце.

И я любила ее за эту щедрость души. Но до чего же плохо она разбиралась в характерах людей, и особенно мужчин. Моя дорогая мамочка безоговорочно доверяла им. Она осталась невинной до самого дня смерти — намного более невинной, чем я. Но я получила жестокий урок на песчаном берегу Бретани, и я всегда знала, что мужчины — это враги.

И, как только Орландо уехал, силы мамы быстро истощились, она то и дело теряла сознание. И я знала, что ни моя воля, ни доброта Маккендрика уже не смогут защитить ее от злой, завистливой и ревнивой жены нашего директора. Когда сезон подошел к концу и вся труппа собралась ехать в Бристоль, наступил переломный момент. Смущенный Маккендрик объявил, что сборы принесли очень мало дохода, что денег не хватает, что надо экономить и что мне теперь уже трудно исполнять роли принцев, а маме тоже трудно выходить на сцену...

— Боюсь, что нам придется расстаться! — объявил он, пятясь к выходу из гостиной «Святой Агнессы». — Несмотря на все мои нежные чувства к вам и моей милочке... — Он сунул руку в карман плаща.

— Я не позволю! — воскликнула мама, и на щеках ее вспыхнул лихорадочный румянец. — Фрэнк, ты очень добрый человек, но я не могу!

Нас снова бросили. Поэтому я не стала проявлять такую же щепетильность, как моя мама, ведь мы оставались без всяких средств к существованию, и вышла следом за Маккендриком. Он наклонился ко мне, поцеловал в обе щеки, назвал милочкой в последний раз, попросил не забывать его и писать почаще, после чего вынул из кармана чек на десять гиней для нас с мамой. Чек этот банк отказался оплатить, а сэр Маккендрик ни разу не ответил мне ни на одно письмо, но я не держу на него зла. Он и мошенник, и одновременно герой — таких на земле немного, они вроде единорогов.

А потом в доме поднялась суматоха, все бегали. Приходил доктор. Миллисент выглядела потерянной, а мама плакала, сморкаясь в свой кружевной платочек. Меня к ней не пускали. Я отправилась погулять по набережной, смотрела на военные корабли и разговаривала с чайками за неимением лучшего собеседника.

Миллисент заявила, что я еще ребенок и не могу понять, что произошло, а мама не хочет, чтобы я волновалась. Но я уже перестала быть ребенком, хотя еще не стала женщиной.

И уже не могла быть страдающим принцем. Ощущение странной неопределенности не покидало меня.

Но мне удалось выяснить, что Дэнни куда-то уехала, сама приняв решение, и, кажется, наслаждалась тем, что спасала мою мать. Она всегда, как по мановению волшебной палочки, появлялась именно тогда, когда требовалось какое-то решительное действие. Вернувшись, она объявила, что мама серьезно больна и что местные доктора не смогут ей помочь. Поэтому ее необходимо поместить в хорошие условия, чтобы она поправилась. Дэнни пообещала, что будет находиться при ней. А я тем временем должна буду погостить у своей тети Евангелины в ее прекрасном доме.

Оказывается, сестра навещала мать накануне и обещала оплатить все расходы на ее лечение, а мне будет очень полезно пообщаться с двумя ее девочками — Элинор и Джоселин. Они настоящие леди, и я смогу поучиться у них хорошим манерам.

Какая наглость! Недаром Дэнни отвела глаза. Если у меня есть тетя и двоюродные сестры, почему же я до сих пор понятия не имела об их существовании? Со дня моего рождения прошло четырнадцать лет, а они не давали о себе знать. Я сжала кулаки так, что ногти впились в ладони. Именно Евангелина держалась с мамой как с прокаженной. И если Евангелина решилась взять меня к себе, то это может означать самое страшное: что мама находится при смерти.

Не дослушав Дэнни, я бросилась наверх в ту комнату, вымытую до блеска, куда перенесли маму. Она лежала на кровати бледная, осунувшаяся, с кругами под глазами. Сборник стихов Теннисона лежал рядом с нею. Я упала ей на грудь, мама крепко обняла меня, мы обе залились слезами.

— Дорогая, — сказала она, — я люблю тебя всем сердцем, ты знаешь это. Только ты одна имеешь для меня значение во всем мире, и я никогда не обманывала тебя. Обещаю — я не умру. Моя болезнь не такая уж и серьезная. Просто мне надо отдохнуть и набраться сил. И скоро мы снова будем вместе, клянусь тебе...

Меня привезли в «Сант-Винноуз» и никому не объяснили, кто я и откуда взялась: просто дальняя родственница по линии Гренвилов. Ни единого слова не говорилось о моей маме, словно ее не существовало на свете. Только когда мы оставались с Евангелиной наедине, это становилось возможно. Если бы ее муж в этот момент не отправился в какое-то долгое плавание за границу, меня никогда бы не взяли в дом.

Меня поселили в холодной мансарде, запретили разговаривать со слугами. И я должна была ждать, когда меня позовут пить чай, когда мне разрешат сесть или встать. Мне не разрешали распускать волосы, и, выходя на улицу, я должна была непременно надевать перчатки и шляпу, брать зонтик. Мне нельзя было гулять одной где хочется. Разве только в саду. И мне не позволяли бегать, громко говорить, и вообще я должна была разговаривать только тогда, когда заговаривали со мной.

Мой дорогой, у меня было ощущение, что я попала в тюрьму, где умираю заживо. Два раза в неделю Дэнни присылала отчеты о состоянии мамы и объясняла, что мама слишком слаба, чтобы писать самой. Только гнев позволял мне держать себя в руках.

Не могу сказать, чтобы ко мне не проявляли доброты. Просто они посадили меня в клетку, вовремя кормили и, просунув пальцы сквозь прутья решетки, гладили шкурку, поражаясь тому, какая я дикая и какие у меня странные замашки для девочки моего возраста. Я готова была в любой момент укусить за палец того, кто кормил и гладил меня, чтобы они знали, как я умею рычать и какие у меня острые зубы. Но я сдерживала свои дикарские порывы.

Какие глупые люди! Мне ничего не стоило за неделю, передразнивая их, освоить их правила поведения. Их выговор дался мне очень легко, заучить движения и жесты было так же просто, как любую роль на сцене. И Евангелина, успокоившись, стала все смелее выпускать меня из клетки.

Сначала меня вывела на поводке старшая сестра. Элинор проходила курсы медицинских сестер, чтобы оказывать помощь раненым в госпитале в Эксетере. В один из своих редких приездов домой она взяла меня с собой в Керрит и, удовлетворенная моим поведением, пообещала отвести к их давней знакомой, старой миссис Джулиан и ее сыну Артуру.

— Он прекрасный человек, — говорила Элинор, поднимаясь быстрым шагом на холм. — Всего лишь два дня назад он вернулся из армии, его жена ждет первенца. И я хочу узнать, как она себя чувствует.

Но я не заметила ни единого признака присутствия его жены. Наверное, они стеснялись ее показывать, как я теперь понимаю. Но капитан Джулиан и в самом деле оказался очень привлекательным человеком: высокий, стройный, подтянутый — в нем сразу чувствовалась военная выправка, — с голубыми глазами, в которых светился ум. Мне он понравился с первого взгляда.

Нас угостили чаем в саду — между пальмой и араукарией. Элинор разговаривала суховато и сдержанно, но я понимала, что на самом деле она испытывает какие-то чувства к полковнику Артуру. Когда-то, как я узнала потом, она питала надежды на взаимность, которым не суждено было сбыться, и теперь старалась скрыть, насколько это ее уязвило.

Я вела себя как примерная девочка: не болтала ногами, ничего не говорила, будто меня здесь нет. Почти превратилась в невидимку.

И снова в разговоре ни разу не промелькнуло имя моей мамы. Рядом с нами пышно цвели розы — каждая размером с детский кулак. Миссис Джулиан, заметив мой взгляд, объяснила, что это знаменитые розы из сада Гренвилов, но Элинор тотчас переменила тему...

Капитан Джулиан держался со мной очень галантно. Похвалил мою брошку, и тут уж я не стала сдерживать себя и ответила, что мне ее подарила мама.

А когда мы встали из-за стола, капитан Джулиан повел меня в кабинет своего дедушки, от пола до потолка заставленный книгами. Артур показал мне коллекцию бабочек, которую он собирал в детстве, и одна из них расцветкой очень напоминала мою брошь. Он поймал ее на дереве в лесу Мэндерли, когда ему было семь лет. Не такая редкая и ценная, как «парусник» или «адмирал». Но ему нравился ее пронзительный синий цвет. Бедные бабочки. Их усыпили хлороформом и пронзили сердца булавками. Они заполняли десятки специальных ящичков, закрытых стеклами.

Артур достал одну из коробок. Там лежала синяя бабочка с переливающимися на свету крыльями. Он подарил ее мне. Она довольно долго хранилась у меня и куда-то делась лишь во время переезда в Гринвейз, а может быть, я нарочно выбросила ее, точно не помню.

— Молодец, Ребекка, — похвалила меня Элинор, когда

Тайна Ребекки

мы уже спускались с холма. — Когда захочешь, можешь вести себя образцово.

— Привыкла играть на сцене, — ответила я насмешливо. — Семь лет я выступаю в шекспировских спектаклях, а сыграть сцену чаепития не так уж трудно.

— Думаю, что нет, — ответила она спокойно. Элинор, как я отметила, была неглупой девушкой. Сколько же ей тогда было лет — наверное, двадцать пять. — Время от времени всем — не только тебе — приходится исполнять какую-то. Например, медсёстры в госпитале тоже вынуждены разыгрывать сценки, чтобы скрывать правду от больных. — Она нахмурилась, помедлила и со вздохом закончила: — Так что не придавай этому слишком большого значения. А теперь идём домой, дорогая. Постарайся не шаркать ногами.

Это был мой первый выход в гости, первый выход в иной мир. Но репетиция не скоро повторилась. Элинор вернулась в госпиталь, младшая сестра — пухленькая Джоселин — время от времени вступала со мной в разговоры, но она была влюблена в какого-то офицера, которого направили служить во Францию. И она каждый день писала ему письма и иногда брала меня с собой на почту. Прежде чем бросить конверт в ящик, она целовала его на счастье. У неё было доброе сердце, но все её мысли были заняты молодым офицером, и общение с ней не приносило той пользы, на которую так надеялась Дэнни. Мои осторожные вылазки пугали Джоселин.

— А ты помнишь мою маму? — спрашивала я. — Ты встречалась с ней в детстве?

Джоселин краснела, смотрела на меня округлившимися голубыми глазами и растерянно отвечала, что не помнит мою маму и что ей не разрешают говорить о ней, а отец запретил вообще произносить её имя в доме.

— Но почему? — гневно топнула я ногой. — Почему? Ведь она из рода Гренвилов! Гренвилы ведут свой род от королевской семьи. А родословная твоего отца не представляет собой ничего...

— Папе не понравился мужчина, за которого она вышла замуж, — проговорилась Джоселин. — И пожалуйста, не говори так о папе. Это очень нехорошо — ведь мама так добра к тебе.

— Вот тебе за твою маму! — завопила я, вцепившись ног-

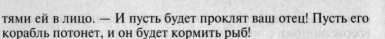

тями ей в лицо. — И пусть будет проклят ваш отец! Пусть его корабль потонет, и он будет кормить рыб!

Джоселин вырвалась и убежала от меня. А потом я узнала, что она собрала вещи и уехала погостить к своим друзьям до конца недели. И снова меня заперли в клетку и начали дрессировать. Каждое утро обязательные уроки с тетей Евангелиной: я не имею права дурно отзываться о хозяине дома, я должна относиться к нему с уважением, и так далее, и тому подобное... Она не наказывала меня, нет. Евангелина пыталась переубедить меня словами. Мы устраивались с ней на веранде, друг напротив друга. Стояли теплые осенние дни. Евангелина вышивала на пяльцах, а я разбирала шелковые нити по моткам.

— Я пыталась переубедить ее, — говорила Евангелина. Иголка так и порхала в ее руке, не замирая ни на минуту. Но Изольда всегда отличалась упрямством и своеволием. Не слушала никаких увещеваний и совершала такие рискованные поступки!

— А почему ее прогнали во Францию? — спросила я.

— О боже! Что за выражения ты выбираешь? Просто твоя мама чувствительная натура и очень переживала из-за смерти своей сестры Вирджинии. Ей надо было прийти в себя где-то в отдалении от этих мест. Поэтому она уехала во Францию. Потом вышла там замуж. Передай мне, пожалуйста, лиловые нитки, дорогая. Я хочу вышить еще один цветок, и надо добавить новый оттенок.

Передав ей нужные нитки, я снова спросила:

— А мама сейчас при смерти?

— Нет. Нет, конечно! — Евангелина резко выпрямилась и обняла меня за плечи. — Не думай так. Еще несколько месяцев, и она выздоровеет.

— Через сколько?

— Видимо, к Новому году она поправится окончательно. Но, может быть, к февралю. Не очень долго, моя милая.

Недолго? Это же целая вечность! Три месяца в клетке, три месяца безделья. И кроме того, я не верила Евангелине. Дэнни написала, что мне еще пока не стоит приезжать, что маму скоро перевезут в другой санаторий, рядом с Беркширом, и я догадывалась, что это означает. Раз уже эти двери однажды захлопнулись за ней, никто не сможет распахнуть их. И она отправится в мир иной, к моему отцу — Девлину, чтобы там воссоединиться с ним. Он позвал к себе свою жену. И я начала бояться его.

Догадалась ли Евангелина, о чем я подумала в тот момент? Наверное, потому что начала все настойчивее переубеждать меня. Она достала старые куклы Джоселин, играла мне на фортепьяно музыкальные пьески, достала откуда-то с полки почитать глупую детскую книжку, пресную, как овсянка, в то время как я мечтала о шекспировском мясе и вине. Она учила меня играть в бридж и однажды, когда терпение ее истощилось, принесла мне толстую черную тетрадь с завязками. И сказала, что точно такая же была в детстве у моей мамы. И поскольку я очень необычная девочка и у меня такое же богатое воображение, как и у моей мамы, может быть, я начну вести дневник или начну записывать какие-нибудь истории?

Тетрадь заворожила меня. И после обеда, когда Евангелина внизу принимала гостей, я зашла в классную комнату, взяла ручку и чернильницу и подумала: «Опишу историю жизни моей мамы и свою. А когда она выздоровеет, подарю ей».

Но я не слишком продвинулась в своих намерениях. Я вложила в нее свою фотографию из спектакля «Сон в летнюю ночь» — я ею очень гордилась, и мама специально заказала ее. Открытку с видом Мэндерли я купила в тот жаркий день, когда Элинор брала меня с собой в Керрит. Я успела написать только заголовок: «История Ребекки» — и сделала росчерк в конце — словно это хвост питона или анаконды...

Я помнила все, что происходило там, во Франции, на берегу моря, но не могла писать об этом. Меня одолевал страх за маму. И когда я на миг представила, что произойдет, если она вдруг уйдет к папе, холодные капли пота выступили у меня на лбу, строки начали расплываться перед глазами. Я так скучала без нее.

Поэтому остальные страницы остались пустыми. Я завязала тесемки и спрятала тетрадку подальше. И может быть, незавершенность работы стала причиной смерти мамы? Может быть, в этом моя вина?

Я ее сохранила, эту тетрадку. Теперь она лежит передо мной на столе. После обеда я достала ее, чтобы снова взглянуть на первую страницу. Как все изменилось! Тогда я не могла начать, а сейчас не могу остановиться. Меня гонит вперед нетерпение — хочется, чтобы ты знал все, мой дорогой. Воспоминания роем поднимаются со дна и кружатся вокруг. Но не стоит писать так много и так быстро. Эти воспоминания поглощают меня.

Но я надеюсь, что теперь ты представляешь, какой была моя мама. Слышишь ли ты ее голос? Я ее слышу очень хорошо. И другие голоса тоже. Но мне осталось уже не так много, чтобы дописать до конца. Пора заканчивать. Чуть позже я расскажу тебе, как впервые увидела Мэндерли, как мой отец Девлин восстал из мертвых — и как я победила, заполучив в мужья того, кого хотела. Это настоящая волшебная сказка, как у братьев Гримм. Но сейчас, мой любимый, уже поздно. Море блестит серебром.

Пойду ужинать. Мне надо время от времени появляться в Мэндерли. А завтра допишу остальное. Сначала, рано утром, съезжу в Лондон к врачу, а потом возьму тебя с собой на яхту и там закончу свое описание, обещаю».

24

«Вот и закончилось наше первое с тобой плавание. Я показала тебе, как выглядит Мэндерли со стороны моря.

Ты увидел две скалы, которые называют Сцилла и Харибда, проплыл между ними в открытое море и, наверное, впервые почувствовал дыхание океана. Его мощный пульс и ритм опьяняют, но помни: оно не всегда ласковое и покорное, каким ты видел его сегодня ночью. Его настроение может измениться мгновенно.

Ртутный блеск воды. Стоит мне увидеть его, как я тотчас вспоминаю ту ночь, когда стояла за кулисами и слушала слова Оберона: «Я знаю берег дальный...» Нет-нет, не будем снова возвращаться к тому времени. Наверное, там водятся сирены, и, поджидая меня, они поют свои песни...

Сегодня при лунном свете их песни протяжны и зазывны. В детстве я тоже слышала их, но тогда они взывали к другим чувствам. Они умеют менять настрой своих песен. Они звали меня к себе, когда умерла мама, а потом — когда разбился отец, упав с лошади. Они подсказали мне, где стоит бутылка, которая поможет добраться до них, и я выпила целую пинту их отравленных обещаний до дна, сначала заперев дверь на ключ. Но предусмотрительная Дэнни выломала дверь, меня отвезли в больницу, и когда я пришла в себя, то не жалела о том, что мне не удалось встретиться с ними. Я начала строить планы, как мне выйти замуж за Макса.

В прошлом году, плавая на яхте, я снова услышала их голоса, и они едва не заманили меня к себе, но это произошло до того, как появился ты. Так что не беспокойся: я знаю, насколько холодна и безжалостна вода. И теперь я, как Одиссей, найду способ, чтобы не слушать их, и закрою глаза, чтобы не видеть их цепких протянутых рук. Я не поддамся их обманчивым речам, мой милый. Во всяком случае, не сейчас, когда я везу на борту такой драгоценный груз.

И теперь моя яхта, которую старший сын Мари-Хелен так назвал в мою честь, стоит на якоре в бухте. Она быстрая, подвижная, ею легко управлять в одиночку. И она может выдержать любую бурю. Мы с тобой сможем доплыть на ней даже до Ньюфаундленда. Нам предстоит увидеть массу интересного.

Ну а пока... пока Дэнни уложила вещи в сумку. Я завела будильник и поставила у изголовья, чтобы не проспать. Надо выехать в Лондон в пять часов утра, сначала зайти в парикмахерскую — я хочу выглядеть как можно лучше, — мне потом придется пойти в клуб, мой слишком серьезно ко всему относящийся врач велел приходить не раньше двух. Как жаль. Я бы с радостью примчалась к нему на рассвете, поскольку изнываю от беспокойства, и вся трудность в том, что мне не хочется, чтобы Макс знал, куда и зачем я еду.

В моем домике на берегу высокая влажность из-за близости к морю, поэтому, закончив писать, я спрятала тетрадку в жестяную коробку из-под печенья, потом закрыла дверь и пошла вверх по тропинке. Жемчужного цвета небо лишь слегка окрасилось розоватым цветом. Аромат азалий настиг меня на середине пути, к вечеру он становится более насыщенным, чем утром. Мэндерли лежал передо мной во всей своей красе. На первый взгляд — очень гостеприимный и радушный. Но у этого дома много настроений, и они быстро меняются, как и здешняя погода. Мне никто не верит, даже Макс.

Сбросив туфли, я пошла босиком по траве, слушая пение птиц и не тревожась из-за завтрашнего. Страхи и надежды отступили, я чувствовала твою тяжесть у себя в утробе, и всю меня переполнило состояние необыкновенного счастья.

Дэнни приготовила мне ванну, расчесала и высушила волосы, и, перекусив, с ощущением особенной чистоты и покоя, я прошлась по галерее. Проходя мимо портретов, я приветствовала женщин этого дома: Каролину де Уинтер, которая причинила семейству столько беспокойства, и «Трех граций»: сестер Гренвил — Евангелину, Вирджинию и Изольду.

Наверное, будет лучше предупредить Максима о том, что я завтра еду в Лондон, в присутствии слуг. В доме масса народу, но ближе к вечеру наступит момент, когда мы останемся наедине. И это настоящая пытка: все равно за нами наблюдают десятки глаз, и мы обязаны играть каждый свою роль.

— Так скоро? — спросил Макс. — Не прошло и недели, как ты вернулась оттуда.

— Именно. Ровно неделя тому назад, — ответила я.

— И ты собираешься там остаться на ночь? — спросил он, чтобы мой ответ услышали Фриц и его лакеи-помощники, стоявшие в тени. Его ледяной взгляд обратился ко мне. Голос Макса казался спокойным, но внутри он весь кипел от гнева. — Меня беспокоит, что тебе придется проделать такой долгий путь туда и обратно, — продолжил он. — Это очень утомительно. Как бы чего не случилось. Так недалеко до аварии.

— Я никогда не гоню, — напомнила я.

— Вначале все водят машину осторожно, а потом теряют бдительность.

Все эти выражения тщательно подбирались, чтобы у слуг сложилось нужное ему представление. Меня это выводило из себя, о чем Макс очень хорошо знал. Когда мы наконец остались одни, а в Мэндерли это случается так редко, я прямо спросила его:

— Если тебе хочется сослать меня в Лондон на день, неделю или месяц, почему бы тебе не сказать это при Фрице, зачем вилять?

Его ответ ничем не отличался от прежних отговорок: зачем посвящать слуг в свои секреты?

— Но почему мы должны скрывать свои истинные чувства, Макс?

Молчание.

Мы сидели в библиотеке, где давно устоялись чисто мужские запахи: сигар, собак, кожи, старого бренди и застарелой враждебности. Макс отгородился от меня газетой — его новый прием. Теперь мне приходится прилагать много усилий, чтобы дождаться от него человеческой реакции. Но он боится повторения того, что случилось однажды, и мы оба знаем почему. Гнев слишком широко распахивает дверь, а по другую ее сторону затаился секс. Он и сейчас, как необузданный зверь, чутко сторожит каждое наше движение.

Сидя в кожаном кресле напротив Макса, я закурила сигарету. Часы тикали, страницы газеты с шорохом переворачивались, и вдруг меня охватило странное чувство, что я умерла, что я не существую. Может быть, Ребекка де Уинтер превратилась в невидимку?

Я оглядела комнату, в которой, как хотел того Макс, все осталось неизменным, — единственное место, где я не приложила своих рук. На полках стояли толстые солидные фолианты — сотни томов. Писательниц можно было пересчитать по пальцам, основное население — солидные особи мужского пола. И они задыхались под тяжестью собственного веса и от тесноты на полках.

А что означает узор на турецком ковре, как расшифровать это послание из прошлого? И какой смысл таится в узорах на портьерах, которые повесили еще во времена прадедушки?

Сколько десятилетий тут ничего не меняли? Бедная Вирджиния сидела в этом самом кресле. И бабушка Макса — тоже, пока я не убедила ее забрать свою долю наследства и устроиться отдельно. Наверное, в это кресло с трепетом присаживалась и прабабушка Макса. А до нее еще другая. Все жены де Уинтеров.

Как же я оказалась в этом ряду?

Расскажу тебе все по порядку.

5 ноября 1914 года, в день моего рождения (он совпадает с днем, когда сжигается чучело Гая Фокса), я впервые оказалась в особняке. Я очень надеялась, что ради праздника мне разрешат навестить маму, но услышала все тот же ответ: пока нельзя. Зато Евангелина вдруг предупредила меня, что мы едем в Мэндерли, чем поразила меня в самое сердце. Пару раз

она «выводила меня на поводке» в Керрит, но чтобы дело дошло до Мэндерли — этого я помыслить не могла.

Подготовка заняла больше часа. Меня раздели и принялись скрести мочалкой, потом уложили волосы, которые теперь падали на плечи, как змейки. Потом водрузили на голову шляпу, еще раз проверили ногти, они, конечно же, были обкусаны, но мне на руки натянули перчатки. Мои собственные платья все отвергли и остановили выбор на старых нарядах Джоселин. Большей победы они не могли добиться: я выглядела как чучело.

Когда горничная полностью закончила свое дело, меня свели вниз, чтобы Евангелина бросила на меня последний взгляд. Кажется, она даже возгордилась от того, какой разительной перемены ей удалось добиться... Пока она не приподняла мой подбородок и не посмотрела мне в лицо: сначала на выражение моих глаз, а потом на рот, и вздохнула. Что-то беспокоило ее.

Чем ей не понравился мой рот? Пылкий Орландо как-то сказал, что у меня такие же манящие губы, как у мамы, и что они просят поцелуя. Маму его слова страшно рассердили, и она ходила мрачная весь вечер. Разве не разрешается иметь рот, созданный для поцелуев? И что не так с моими глазами? Поскольку Евангелина продолжала смотреть на меня, я сказала:

— Ничего не поделаешь. Эти глаза достались мне от рождения.

— С ними все в порядке, дорогая, — ответила Евангелина огорченно. — Я просто думала... о выражении твоих глаз. Они такого необычного цвета, но иной раз в них проступает нечто бесстыдное. Юная леди не должна так смотреть. И если она заметит твое выражение, ей это не понравится.

— Тогда я буду смотреть на свои туфли, — сказала я. — Если хотите, я буду разглядывать их носы.

Евангелина попросила меня не дерзить, мы сели в автомобиль, за рулем которого сидел водитель в униформе, и помчались по дороге: вверх, вниз, снова вверх. Наконец замелькали деревья, потом перед нами раскрылись ворота, и мы двинулись по длинной дороге — дороге моей мечты. Гравий скрипел и шуршал под колесами автомобиля. И когда Евангелина отвернулась в другую сторону, я вынула свою брошку и приколола волшебный талисман к платью.

Мы поднялись в дом с северного входа, куда я вошла десять лет спустя уже как жена Макса. И тогда я уронила свою перчатку, чтобы Фриц нагнулся и поднял ее, — моя личная месть за те перчатки, которые он покупал, паковал и отсылал маме, — подарки от мерзавца. Тогда еще Фриц не был дворецким. Другой цербер вышел нам навстречу, и, когда мы вошли внутрь, на нас дохнуло сыростью веков, словно мы вошли в холодные круги ада.

Гостиная — прежде она выглядела иначе: ужасные старые шторы задернуты, тусклый свет едва озарял помещение. И нам навстречу шла та самая мегера, что преследовала и терзала мою мать. И я уже больше не могла смотреть в пол, я подняла глаза и посмотрела прямо на эту Медузу Горгону.

Но вот что странно: стоило мне посмотреть на нее, как я полюбила эту ведьму. Быть может, во мне заговорил голос крови? Или что-то другое: мне кажется, ты тоже сразу будешь угадывать, с кем имеешь дело: с другом или врагом. В ту минуту я сразу поняла: этой женщине можно доверять, она будет говорить прямо, что думает, в ней ощущалась могучая жизненная энергия. Она не боялась выглядеть грубой. Как я заметила, ее совершенно не интересовала Евангелина, она тотчас куда-то отослала мою тетушку. Горничная проводила ее наверх, к Беатрис, которая нянчила ребенка.

— Ну, — сказала Горгона, как только дверь закрылась, — знаешь, почему ты здесь? Потому что я хотела посмотреть на тебя. Дай-ка я рассмотрю тебя как следует.

Она подошла ко мне и начала внимательно разглядывать меня, почти в точности как это совсем недавно проделывала Евангелина.

— Так, так, — проговорила миссис де Уинтер, придерживая мой подбородок, — маленький боец, как я погляжу. Хорошо. Очень хорошо. Терпеть не могу женщин, которые позволяют топтать себя. Женщины — сильный пол, если ты еще этого не знаешь, то запомни раз и навсегда. Здесь всем управляю я — надеюсь, что ты уже слышала об этом. Если бы не я, все давно пошло бы прахом. Сын совершенно не приспособлен для этого, безмозглый баран. И он умирает — говорила ли тебе об этом Евангелина?

— Нет, — сказала я и обрадовалась, услышав эту новость и по-прежнему смело глядя в глаза Горгоне.

Высокая, крепко сложенная, с высокомерным взглядом голубых глаз: только протяни ей палец, и она тут же съест тебя целиком. Шестьдесят? Семьдесят? Она рано овдовела, еще в молодости, говорила Евангелина, и я поверила. Такая могла извести мужчину за неделю. И меня это подкупало.

— Ваш сын по завещанию оставил деньги для моей мамы, — сказала я. — И если он умирает, то вам надо заставить его изменить завещание. Маме не нужны его деньги, как и мне. Мы даже пальцем не прикоснемся к ним.

— В самом деле? Я смотрю, ты не привыкла ходить вокруг да около. Но Изольда могла передумать. И откуда ты узнала про завещание моего сына, мисс?

— Украла письмо и прочла его.

Откинув голову назад, она расхохоталась:

— Очень хорошо. Лучше не придумаешь. Надо всегда знать, что происходит вокруг, — я тоже так считаю. Сколько тебе лет?

— Скоро исполнится четырнадцать.

— Да? — Она нахмурилась и какое-то время молчала, разглядывая меня с ног до головы. И я понимала, что она пытается понять, действительно ли в моих жилах течет кровь ее сына. А может быть, пыталась примерить мне будущую роль.

Я видела, теперь она уже не сомневается, что я не имею отношения к Лайонелу, что не из его семени произросло это деревце, потому что через какое-то время лицо ее прояснилось. Она подошла к столику, стоявшему на тонких выгнутых ножках, взяла фотографию в серебряной рамочке и обратилась ко мне со странной непонятной улыбкой:

— Мой сын... Что ты о нем думаешь?

Мой дорогой, сколько времени мне требовалось смотреть и размышлять, чтобы понять, кто он такой? Мне даже не хотелось смотреть на эту фотографию, потому что я успела нарисовать его образ по его письмам: надутый индюк. Самоуверенный и самодовольный, бледные волчьи глаза, редкие прядки волос, ухоженные усики, жилет обтягивает округлое брюшко, толстые пальцы.

Откинув назад черные волосы — волосы моего отца Дев-

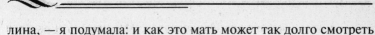

лина, — я подумала: и как это мать может так долго смотреть на него?

— Я бы не стала доверять такому, — вслух проговорила я. — Он подлый. И ни один, даже самый умелый портретист, — процитировала я строки из пьесы, догадываясь, что она не поймет, откуда они, — не смог бы выявить признаков ума на его лице.

— Вот как ты считаешь? — Она нахмурилась, как туча, действительно не расслышав цитаты в моей фразе. Моя догадка оказалась верной — Горгона не из тех женщин, которые много читают. — Я не согласна, — возразила она. — Не подлый, скорее слабый. Самодовольный эгоист. Он разочаровал меня, но он мой сын, поэтому я прощаю ему все. И стараюсь делать все для того, чтобы ему было лучше. Затираю грязные следы, который он оставляет после себя, — вот для чего нужна мать, на мой взгляд. Единственный ребенок. Очень требовательный с детства. И я не могла ему ни в чем отказать...

Взгляд ее ушел в себя, и она на какое-то время застыла, погрузившись в воспоминания, совершенно забыв про меня.

— А теперь расскажи о себе. — Она так резко подняла голову, что я чуть не вздрогнула от неожиданности. — Я угадываю черты лица твоей матери. У тебя такой же рот. Изольда всегда была своевольной и сама решала, как ей поступать. Мне это нравилось в ней. Она так отличалась от Вирджинии. На мой взгляд, Лайонел выбрал не ту сестру. И хотя Изольда была еще совсем юной, она ему приглянулась. «Подожди немного, пока она подрастет», — посоветовала я ему, но он не хотел слушать. Вирджиния оказалась слишком мягкой и податливой. Тебе это не грозит, мисс. А кто твой отец? Мне рассказывали про него всякие небылицы.

— Мой отец Джек Шеридан Девлин, — быстро проговорила я. — Ирландец. Любитель приключений. И вскружил маме голову в один день. Они встретились в понедельник, а уже во вторник поженились. И я унаследовала от него цвет волос, цвет глаз и его темперамент. Он умер. Его корабль потерпел крушение на южной оконечности мыса в Южной Африке. Он отправился туда, чтобы мы могли жить обеспеченной жизнью.

— Вижу, вижу. — В ее голосе звучало сомнение. До того

дня я не знала, что означает этот взгляд. Но, наверное, даже у такой ведьмы есть сердце, и она не хотела сбивать меня с толку, рассеивать мои заблуждения. Но мне это не понравилось. Я не хотела, чтобы меня жалели.

Повернувшись к окну, она заметила, что сквозь щель между занавесей пробивается тонкий лучик солнца, подошла и задернула их, лучик исчез.

— Не слишком ли много вопросов для первого дня? Я была рада познакомиться с тобой, мисс. Передавай привет своей маме, когда встретишься с ней. — И, глядя на мою брошь, она спросила: — Кто это напялил на тебя шляпу? Она просто уродует тебя.

— Евангелина.

— Сними ее, дитя мое. Можешь выйти и побегать где захочется. Молодым людям это нравится. Когда выйдешь, то заметишь тропинку. Мой внук Максим сейчас отправился погулять. Всех наших слуг забирают в армию, поэтому пойди и представься ему сама. Пойдешь этой тропинкой и доберешься до моря. Мне кажется, ты должна любить море.

— Да. Очень.

— Тогда беги, а я пока переговорю с Евангелиной.

Я вышла, тут же нашла тропинку, про которую она говорила. Быстро миновала безобразный сад, где цветы росли по линеечке, будто стояли в шеренге, как солдаты. И я бросилась бежать, сорвав с головы отвратительную шляпу. Я бежала со всех ног, глубоко вдыхая соленый морской воздух. Зачем она расспрашивала меня про мать и отца? Пусть бы лучше говорила о том, что скоро ее сын Лайонел умрет. И если я побегу еще быстрее, то ветер высушит слезы.

Перед глазами у меня все мелькало: быстрее, быстрее, еще быстрее. И когда я поднялась на вершину холма, откуда тропинка спускалась вниз, и швырнула шляпу, ветер, подхватив, принялся играть ею, а потом, когда ему надоело, швырнул ее на гальку.

Теперь мой взгляд прояснился, и я впервые увидела этот великолепный берег моря. Аквамаринового — с легким розоватым оттенком — цвета воду и белые пенистые гребешки. Волны то набегали на берег, то снова отступали, нашептывая мне какие-то несбыточные надежды.

И комок, тугой комок, в который сжалось мое сердце,

начал таять. Я обернулась и посмотрела на Мэндерли сквозь стволы деревьев. А потом снова посмотрела на волны и поняла, что я пришла к себе домой. Я говорила на языке этих волн и понимала язык трав и деревьев, птиц и насекомых.

Смогу ли я сделать так, чтобы это стало моим? Смогу ли я вырвать Мэндерли из рук де Уинтеров? Вот истинная месть за пережитые моей мамой унижения. Самый лучший подарок для нее. Но как этого добиться? Нахмурившись, я задумалась.

Именно в тот самый момент — само небо помогало мне — я увидела молодого человека, одетого в униформу. Он стоял в тени домика на берегу, но упавшие на него солнечные лучи высветили его фигуру. Сын и наследник! Вот кто это был. А рядом с ним двое детишек. Высокий, неряшливо одетый мальчик и худенькая девочка. Завернув уголки передника, она держала в нем что-то довольно весомое, но я не могла разглядеть, что именно.

Наверно, он приказал им уйти. Мальчик понурил голову, а девочка отпустила края фартука, и из него высыпались ракушки. А потом они, взявшись за руки, побежали к деревьям — в ту сторону, куда он им показал, и скрылись в чаще. Сын и наследник, заложив руки за спину, направился к отвесной скале.

Я смотрела на его походку. Он был без фуражки, и я отметила, что у него темные волосы. На боку — портупея, начищенные сапоги блестели на солнце.

«Вот!» — сказала я себе.

Он не видел меня, пока не добрался до вершины. Задумался о чем-то. Мало кому нравится, когда осознаешь, что все это время на тебя кто-то смотрел. Я тотчас представилась ему, сказала, что меня зовут Ребекка и что меня привезла сюда леди Бриггс. Он быстро пожал мне руку, но я его не заинтересовала. Он по-прежнему был погружен в свои мысли и почти не слушал меня. Как бы выяснить, чем он так озабочен? Думал ли он о своем отце, который умирал где-то в глубине дома, или колебался, не зная, как поступить: то ли идти дальше, то ли задержаться на несколько минут и переброситься со мной ничего не значащими замечаниями. Наконец он нашел третий вариант: остановившись неподалеку, Максим повернулся и молча стал смотреть на море.

— Что это были за дети? — спросила я.

— Дети? — удивился он, но потом сообразил, о ком идет речь. — Бен и Люси... Карминов. Их мать работала у нас служанкой они безвредные, но бабушка не любит, когда они тут вертятся.

— А вы? — спросила я. — Вам тоже не нравится? Но ведь это морской берег!

— Верно, но это *наш* берег. — Он бросил в мою сторону короткий взгляд. — Частное владение.

— А вы владеете только берегом или и морем тоже? Я не верю, что море может кому-то принадлежать. Это богохульство.

— Вы правы, — сказал Максим со вздохом, вынул сигарету и прикурил. — Мне это тоже иной раз кажется непонятным. Почему бы тогда не предъявить права на небо? И воздух? Но уж так все сложилось издавна. И останется таковым навсегда.

Он снова замолчал, а я стала разглядывать его. Для Максима я оставалась гадким утенком, какими бывают девочки в переходном возрасте, — всего лишь родственница Евангелины, и ничего более. Почти невидимка. А преимущество невидимки в том, что ты имеешь возможность рассматривать кого хочешь и сколько угодно. И я могла свободно разглядывать его. Правильно очерченное лицо — лицо впечатлительного человека, и хорошие руки. Но более всего меня заворожил пистолет.

— Он заряжен? — спросила я после паузы, во время которой, уверена, он успел позабыть о моем существовании.

— Что? — переспросил Максим, выйдя из задумчивости. — Нет, не заряжен.

— Можно мне посмотреть на него?

— Нет, нельзя. Оружие — опасная вещь. Это не игрушка для маленькой девочки.

— Но я никогда еще не видела пистолета. Я не прикоснусь к нему, обещаю.

Мне кажется, он несколько удивился. Снова вздохнул, потом расстегнул портупею, вынул пистолет и показал мне, как его надо заряжать, и даже сунул пулю в ствол. Солнечные лучи упали на дуло и отразились от него. Он был гладкий и совсем не старый.

— А если выстрелить из него? — спросила я. — Вы сможете убить из него немца?

— Сильно сомневаюсь в этом, — сухо ответил Максим. — Во время атаки я поднял свой отряд, мы выбежали из траншеи и бросились на противника. Они открыли огонь из пулеметов, а я начал стрелять из своего револьвера. Но револьверная пуля в отличие от пулеметной летит не очень далеко. И у меня было всего шесть пуль. Ни одна из них не достигла цели. У меня возникла уверенность, что меня непременно убьют. Два моих самых близких школьных друга уже погибли. Мне дали месяц отпуска. Но по-настоящему я еще не сражался.

— А вы научитесь убивать?

— Если хватит времени научиться.

Поражаюсь, как это я тогда сдержалась и не ляпнула ему, что он так же глуп, как и его отец. Он не умрет. Он не имеет права умереть. Потому что у меня есть свой замысел, и ему предстоит принять в нем участие. Вряд ли Максим поверит мне, что непременно выживет, потому что я не хочу, чтобы он погиб. И поэтому я промолчала. А он вернул оружие на место в портупею. Представляешь? Тот самый пистолет, который он накануне чистил и смазывал. Все это время он хранился у него. Я никогда не спрашивала, убил ли он хоть одного немца из этого пистолета. Макс не любил говорить про войну, а я никогда не настаивала. Так что вполне может быть, что он научился убивать, а может, и нет.

— Мне надо идти, — сказала я после очередной паузы и оставила его стоять на тропинке.

Он смотрел на утес, о который бились волны. И забыл обо мне, как только я отошла. Но зато я запомнила все. Бегом я добежала до дома, где Евангелина и миссис де Уинтер о чем-то разговаривали.

Мы встретились с этой старой бестией спустя много лет. Мне уже исполнилось двадцать пять: высокая, очень сильно изменившаяся — жена Макса.

— Ты девочка-бабочка? — спросила она меня после ужина, когда мы остались наедине. Старуха рассматривала меня своими голубыми глазами весь вечер. Максим и единственный гость, Фрэнк Кроули, сидели за другим столом и пили портвейн. Наступил самый ответственный момент, когда старая миссис де Уинтер должна была оценить невестку. На следующий день должны были состояться настоящие смотрины, и в доме ждали приезда Беатрис.

Горгона оглядела меня с ног до головы, оценила мое дорогое изысканное бархатное платье, которое купил Макс, цвета рубина — цвета крови, разгоряченной огнем.

— Ты хорошо замаскировалась, моя дорогая, — вынесла свое суждение старуха, — даже я не сразу узнала тебя. Но ты так внезапно исчезла и появилась снова, как по мановению волшебной палочки. Маленький боец. Но твои глаза нельзя спутать. Ну что, ты уже успела сделать Макса подкаблучником?

— Нет, — ответила я, — мне не нравятся такие приемы. И мне они не нужны.

— Ни за что не поверю. — Она окинула меня острым взглядом. — Жене требуются три качества: красота, ум и способность рожать детей. Ты красива. Очень красива, и это уже почти опасно. Несомненно, умна. Я видела, какая ты наблюдательная, уже при первой встрече. Способна ли ты рожать? Помнится, Изольда не страдала бесплодием. Не будем забывать и про ирландского любителя приключений. Старые фамилии нуждаются время от времени в притоке свежей крови. Несколько необычная родословная, но неплохая. Все подходит. — Миссис де Уинтер нахмурилась, помолчала немного и пробарабанила какой-то марш кончиками пальцев по столу. — Конечно, я могу расстроить эту помолвку, как я уже расстроила одну, когда Макс остановил выбор не на той девице. Тебя это беспокоит?

— В сущности, нет, — ответила я.

Горгона опустилась на софу, и я села рядом.

Сколько ей было? Семьдесят? Восемьдесят? Она все еще оставалась настоящей Горгоной, но она уже выдохлась. А я молода, и к тому же Макс безумно влюблен в меня.

Сначала я охотилась за ним, а теперь он задыхался от любви ко мне. Мне всегда нравилось слово «навеки». Он предпочитал говорить «навсегда». И уверял, что только меня одну он может любить. Макс говорил, что я ему нужна и что он будет защищать меня. Он хотел быть со мной весь день и всю ночь. И он хотел быть во мне весь день и всю ночь. Иногда у него не хватало терпения раздеться. «Быстрее, моя дорогая, — торопил он и глухо стонал от возбуждения. — Быстрее, быстрее». Он уверял, что всегда мечтал о таких маленьких грудях и о такой бледной коже, зарывался носом в мои черные волосы, и их аромат пьянил его. Он говорил, что всякий раз тонет в моих глазах. И что умрет, если не женится на мне, если я откажу ему.

Зная это, я испытывала легкое сострадание к миссис де Уинтер. Время способно подрубить даже такую несгибаемую женщину, как она. Поэтому я старалась обращаться с ней помягче.

— Если вы попытаетесь разлучить нас, то потерпите поражение. Я подхожу вам больше всего, — прямо заявила я. — Но в любом случае не советую вам и пытаться. Вам уже трудно управлять Мэндерли, вы постарели. Нужен кто-то, кто взял бы бразды правления в свои руки. И это большое облегчение — передать их в *нужные руки*.

Она откинула голову и рассмеялась, как уже однажды смеялась.

— Очень прямо. Как при первой нашей встрече. Кто прямо говорит — прямо идет к цели. Максим знает, что ты дочь Изольды? Знает ли кто-нибудь об этом?

— Нет. Я дочь Изабель. Дочь актрисы.

— Ну так и оставайся ею, моя дорогая, — подытожила она. — Я не выдам твою тайну, если тебе так удобнее. А как насчет отца? Максим не допытывался? Он очень привередлив.

Я смотрела на ее изборожденное морщинами лицо и размышляла: сказать ли ей, что отец вернулся, когда умерла мать, и что он умер, когда я достигла совершеннолетия? Объяснить, что его любовь сделала меня сильной? Нет. Не стоит. Я видела, что она забыла, как его звали, а мне не хотелось снова напоминать ей.

Устремив свой взгляд в темный угол, она спросила:

— А как ты встретилась с Максимом? Ты появилась на сцене так внезапно. Каким образом ты подтолкнула судьбу в нужном направлении? Лично я так всегда поступала. Мужчину нужно заставить обратить на себя внимание.

Мне не было необходимости лгать ей, поэтому я описала кое-какие случаи, но далеко не все из них, мой дорогой. Я оказалась в Нью-Йорке с одним из своих поклонников, который увивался вокруг меня после смерти отца, — он оказался особенно настойчивым. Ему не терпелось познакомить меня со своими предками-аристократами, которые прибыли в Америку на первом легендарном корабле. Вся суть была толь-

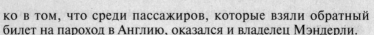

ко в том, что среди пассажиров, которые взяли обратный билет на пароход в Англию, оказался и владелец Мэндерли.

Я продала ожерелье, которое подарил мне мой поклонник, теперь у меня появились собственные деньги, но на билет в первый класс все равно не хватило. Ожерелье мне не нравилось — холодные камни слишком туго охватывали мою шею, не давая дышать. Оно душило меня. И я уехала, даже не попрощавшись со своим поклонником, настолько он приелся мне.

На корабле я не прилагала ни малейшего усилия для того, чтобы самой познакомиться с наследником Мэндерли, не пыталась подойти к его столику — я знала, что в том нет нужды. После смерти отца я пребывала не в лучшем расположении духа, но за последние годы успела убедиться, какой властью обладаю над мужчинами. Из маленькой Бекки я превратилась в ту, какая есть, — в Ребекку.

Наследник Мэндерли еще не успел жениться. Я в этом не сомневалась, ведь он ждал меня. За годы, прошедшие после нашей встречи, он изменился к лучшему. Его имя появлялось на обложках журналов. Мы уже встречались несколько раз на вечеринках, иногда я слышала, что он уехал незадолго до моего появления, но меня это не беспокоило. Я сама становилась популярной личностью и знала: рано или поздно, в том или ином месте, но мы встретимся — и тогда он заметит меня, это было неизбежно.

И действительно, на корабле встреча наконец состоялась. Во время двухдневного плавания по бурному морю почти все пассажиры заперлись в своих каютах и никуда не выходили, а я стояла на палубе, держась за поручни, и смотрела на серые пустынные волны Атлантики. Дул резкий порывистый ветер, и я не слышала, как Максим подошел ко мне сзади. Он выглядел таким же, как и тогда, минус форма и портупея с револьвером. Ему уже было около тридцати.

— Надеюсь, вы не собираетесь прыгнуть в воду, — сказал он, и я ответила серьезно и спокойно, точно таким же тоном, каким он спрашивал меня:

— Нет, не сейчас.

Я не носила шляпы и перчаток. Он посмотрел на мое лицо и на руки, сжимавшие поручень, и заметил на моем пальце обручальное кольцо. И в тот же миг выражение его лица изменилось, он выглядел таким удрученным, что мне захотелось утешить его:

— Это кольцо подарил мне мой отец, и я ношу его в память о нем.

— На том пальце, где все носят обручальные кольца? — спросил он, нахмурившись.

— Оно очень маленькое, и на другой палец его невозможно надеть, — объяснила я. И у него возникло желание надеть на этот палец настоящее обручальное кольцо — его собственное, — так он рассказывал мне впоследствии.

— А что произошло потом, дорогая? — спросила старая Горгона, сидевшая рядом. Но я не ответила ей — это уже ее не касалось.

С тех пор мы с ним не разлучались. Мы ужинали вдвоем, за одним столиком, пианист наигрывал модную джазовую мелодию, корабль раскачивался на волнах.

Я сказала ему, что стану называть его Макс, потому что слово «Максим» означает пулемет, и мне это не нравится, мне больше нравится марка пистолета, который умещается в ладони. И мне кажется, Максу понравилось новое имя, оно даже стало оказывать на него влияние. Он пришел ко мне в каюту в первый же вечер, обычно он так не вел себя с женщинами — я уверена, — и мы проговорили всю ночь, ни разу даже не прикоснувшись друг к другу.

А на рассвете вышли на мокрую палубу, и нам хватило одного взгляда, чтобы понять: все уже решено между нами — и обручение, и дальнейшая совместная жизнь. Бедный Макс, он чувствовал себя таким одиноким, долго искал родственную душу и не мог найти ее. В отличие от меня ему очень трудно было принять новый, послевоенный мир, где все развивалось с такой стремительностью. Как его беспокоило, что я неверно истолкую его поведение, боялся, что сочту все это лишь временным увлечением — «корабельным романом», призванным скрасить монотонное путешествие, тревожился, что я сочту его соблазнителем.

— Я питаю совершенно иные чувства, — проговорил он, стоя в моей каюте с видом растерявшегося юнца.

И я ответила, что понимаю его, поскольку догадывалась, что полночи он спорил сам с собой, пытаясь свергнуть моральные догмы. Но меня саму томило нетерпение. На мне было модное платье — очень соблазнительно обрисовывавшее фигуру, оно облегало меня, как шкура змеи. И «молния» тянулась вдоль спины до поясницы. Взяв Макса за руку, я прижала его пальцы к замочку «молнии». Платье соскользнуло вниз и упало на пол, образовав маленькую заводь. Какую-то долю — ничтожную долю секунду — я помедлила, а потом перешагнула через эту заводь к нему навстречу. И все, что потом произошло между нами, я не открывала ни единой душе — только тебе, мой дорогой.

Мы с ним оба бились в судорогах страсти, как две пойманные в сети рыбины. Наверное, эта страсть меня и ослепила на какое-то время, потому что я не обратила тогда внимания на то, каким чувством собственника он обладал. Мне никогда не приходило в голову рассматривать женитьбу как, например, покупку корабля, и разве я могла представить, что он воспринимает это именно таким образом. Если бы я догадалась о том сразу, то сказала бы ему, что мысль, будто кто-то может владеть другим человеком, — глупая и бессмысленная. Я подарила Максу столько приятных, чувственных переживаний, о существовании которых он только подозревал, но никогда не испытывал ничего подобного. Я отдала ему свое тело, а еще свое сердце и ум, что случается очень редко.

Мы с ним доходили до состояния транса, когда исчезает окружающий мир. Я вела честную игру и дождалась, когда Макс сам поймет, что ему нужно. В итоге я дала ему обещание стать Ребеккой де Уинтер еще до того, как корабль пришел в Саутгемптон. То, что я задумала в четырнадцать лет, сбылось. Но я не сомневалась, что завладею этой фамилией, — имя Ребекка очень хорошо сочеталось с де Уинтер. Звучно и красиво. Я отвергла даже некое подобие мысли о том, что я стану миссис Максимилиан.

Все эти уточнения я не стала выкладывать Горгоне, и мне удалось сбить ее со следа, я умею это ловко делать, мой дорогой. Существует масса ухищрений, которыми я тебя научу со временем пользоваться, когда ты хочешь выложить не всю правду, а только часть ее. Миссис де Уинтер слушала очень внимательно, и какая-то смутная тень пробежала по ее лицу, как и при первой нашей встрече. Ее беспокоил Макс, но и я ее пугала. Она погрузилась в задумчивость

— Почему вы так смотрите на меня? — спросила я.

— Потому что теряю власть, — ответила она, покачав головой. — А ты не такая стойкая, какой пытаешься казаться.

Я пропустила ее замечание мимо ушей. Дело не только в том, что она постарела, с возрастом она стала несколько сентиментальной. «Я не стойкая? Да я тверда, как гранит, — подумала я. — Ты ошибаешься, бабуля».

— И ты хотела именно этого? — спросила она в конце разговора. — Ты уверена, что хотела именно этого? Мэндерли нужна хозяйка, ты знаешь. И это — жертвоприношение.

И почему-то при этих ее словах дрожь прошла по моему телу. Она употребила слово «жертвоприношение» в обычном смысле этого слова. Быть может, хотела всего лишь напомнить о своем сыне и тех проступках, что он совершил. Но перед моим мысленным взором предстала вереница невест, которых вели к жертвенному алтарю, и там они совершали обряд таинства.

Что ж, девственность — тоже жертвоприношение на алтарь семейной жизни, как всем известно. Но моя сила заключалась в другом, и у меня было оружие посильнее, чем девственность. Чистота так мало значит для укрепления супружеских отношений, во всяком случае, примеры истории это доказывают. Мэндерли не представляет для меня опасности, я это утверждаю не из гордыни, а исходя из фактов.

Я ответила ей, что именно этого и хотела и к этому стремилась.

Горгоне ничего не оставалось, как одобрить выбор внука. Что было мне на руку, но я могла бы обойтись и без ее благословения. Макс настолько влюбился в меня, что, если бы она отвергла меня, он бы отверг ее. Но он уверял, что перед его бабушкой не стояло такого выбора, и сердился, когда я заговаривала на эту тему. Какие странные существа мужчины! Правда их почему-то раздражает. Ему казалось, что это бросает тень на его самостоятельность.

Круг замкнулся. Меня приняли как невесту, и спустя три месяца, в февральский день, мы отправились с ним через Ла-Манш в мою деревушку во Франции. С неба падал соленый дождь. Макс гладил мой дождевик и целовал глаза, когда мы вышли с ним на утреннюю прогулку к морю и восхищались друг другом.

А когда я вернулась назад, в Мэндерли, чтобы вступить во

владение им, наступила весна, как и сейчас, деревья цвели, они стояли, как невесты, в пышном белом одеянии. Земля просыпалась после зимней спячки, деревья источали живительные запахи. Несмотря на возникшие разногласия во время свадебного путешествия, я с радостным предвкушением взялась за обновление особняка. И первое, что я потребовала сделать, открыть все окна нараспашку — одно за другим. Я пригласила в гости ветер с моря. И была уверена, что забеременею этой же весной. Но я ошиблась.

Моя радость, моя любовь, как поздно это произошло! Сегодня, когда я дописывала конец главы и начала новую, на меня нахлынул такой вал отчаяния и сомнений! Но утром все пройдет. Самые трудные и опасные для меня сейчас часы — это полночь.

Как трудно описать свою жизнь, втиснуть ее в строчки предложений. Намного сложнее, чем я ожидала. Как ты мог заметить, я создала легенду из своего отца, но он действительно появился в моей жизни таким странным образом. Словно и в самом деле восстал из мертвых. Он никогда не объяснял мне причину размолвки с матерью и то, почему он уехал в Южную Африку. Он уверял, что навсегда сохранил привязанность к моей матери и всегда, как мог, заботился о ней, и тотчас откликнулся, когда пришло известие о ее болезни. Но насколько все это было правдой? Я никогда не видела ни одного письма от него, и мама не была больна, она была беременна, хотя я это узнала только десять лет спустя.

Все лгали мне: мама уверяла, что мой отец умер. Дэнни сообщила, что мать умерла от чахотки, они скрыли от меня появление моего сводного брата, и я до сих пор не знаю: заставил ли мой отец сдать ребенка в приют, или это сама Дэнни приняла такое решение. Несколько лет спустя Дэнни все же призналась мне — вскоре после моего замужества, вскоре после того, как я появилась в Мэндерли. Тогда ли это произошло, когда я поняла, что так и не забеременела в те сроки, которые наметила для себя? Наверное. И, наверное, я рыдала. Не помню. И она рассказала мне про моего сводного брата — сына моей матери.

Она доказывала, что приют — полностью ее идея, но я не поверила ей. Боюсь, это дело рук Девлина. Мне кажется, ребенок был в этом огромном доме, когда я приехала в Гринвейз и мама умерла. И я не сомневаюсь, что слышала его плач, когда села подле ее кровати...

Дэнни ошибалась. Я тогда не могла плакать. Я оцепенела, на меня нашел какой-то столбняк. Я стала спящей разгуливать по ночам.

Девлин оказался жестким человеком. И его беспокоила мысль, действительно ли я его дочь. И если бы он счел, что во мне течет не его кровь, он сдал бы меня в приют, как и моего брата.

В тот день я спустилась по лестнице вниз, в комнаты мамы, и он тоже оказался там. Он пристально посмотрел в мои — его — черные глаза и на мои волосы — его волосы: я была плоть от его плоти. Я шагнула к нему, он схватил меня за плечи и притянул к себе; он вглядывался в мое лицо: осколок его скалы — вот чего он хотел увидеть, и, когда это произошло, как сразу изменилось его выражение. Он обнял меня, достал колечко и надел мне его на палец.

Мой дорогой, я не могу писать о нем. Не хочу. Какое-то время я преклонялась перед ним, а он восхищался и преклонялся передо мной.

— Я сделаю из тебя настоящую леди, Бекка! — восклицал он. — И пусть они все провалятся к чертям!

Но я никогда и никому не позволяла лепить из меня то, что им хочется. Ни ему, ни Максу — ни одному человеку в мире. Мой отец попробовал взнуздать меня: нанял гувернанток, накупил платьев, учил танцевать. Не верь мужчинам, дары приносящим, потому что они всегда потом потребуют расплатиться за них. А цена всегда одна — свобода.

В Гринвейзе меня ревниво опекали. Я стала папиной принцессой, и он заточил меня в башне из слоновой кости. Он был таким заботливым, таким нежным, что прошло несколько лет, прежде чем я осознала, что он забрал ключ от входной двери и никогда не отдаст его мне. Сначала от меня отлучили моего двоюродного брата Джека. Меня он не слишком интересовал: льстивый и нерешительный, что я очень скоро разглядела, с банальным складом ума — и его слабодушие в конце концов погубит его.

Мой кузен Джек — сын любимой сестры отца, и его пригласили на какое-то время в Гринвейз — до тех пор, пока он не стал поглядывать на меня. А потом схватил под лестницей и поцеловал. Я чуть не взбесилась от злости и расцарапала ему лицо. И когда отец увидел эти длинные царапины, он сразу все понял. И Джеку сказали «до свидания». Я не грустила, что он уехал, и никогда не думала, что он вдруг ни с того ни с сего объявится в Мэндерли, претендуя на родственные отношения. Почему-то он считал, что в его несчастьях виновата именно я, а потом принялся чернить меня в глазах Макса, и рана начала гноиться.

Правильно поступил мой отец, что, не медля ни секунды, выставил его из дома. Это неблагодарная тварь. Впрочем, отец не выносил не только Джека, но любую мужскую особь, которая появлялась на горизонте.

— Что они толкутся тут? — возмущался он. — Я не потерплю их, Бекка.

Моя подруга Мэй — очень хорошая, умная девушка, но, к сожалению, не очень миловидная, жила в особняке неподалеку от нашего дома, и мне разрешалось время от времени навещать ее. Но у нее было три брата. Отец не выносил их. Мэй так сердечно относилась ко мне — какое счастье, что я смогла отблагодарить ее со временем, — но об этом я расскажу в другой раз. Отцу нравилась Мэй, но, стоило мне выйти прогуляться с ее братьями, поговорить с ними больше минуты или поехать кататься верхом, он тотчас начинал следить за нами. Потом злился и напивался.

— Скажи, что любишь своего старого папочку, Бекка! — требовал он.

Но что бы я ни говорила, какие бы выражения ни употребляла — ничто не приносило ему удовлетворения.

Глупый фигляр! Он вытаскивал револьвер, клал его на стол и смотрел на трофеи, привезенные из Африки, — шкуры львицы и газели, украшавшие стены.

— Будь проклят этот таксидермист! — возмутился он, когда я однажды провела пальцем по львиной морде. — Как он паршиво исполнил свою работу.

Я всмотрелась пристальнее: отец очень хорошо стрелял. Меткость принесла ему известность. Великий белый охотник — он умел убивать очень чисто: только крошечное отверстие указывало, где прошла пуля. И мастер, обрабатывавший шкуру, все же не смог скрыть следы дырочки, откуда вытекла жизнь животного.

Чем же я занималась эти семь лет, что жила в доме отца? Отвечу тебе, хотя это не так уж интересно: он научил меня играть в карты — я до сих пор играю как профессионал. Никогда не садись со мной за покер. Я чувствую пальцами все шероховатости поверхности и сразу могу угадать, какая карта тебе выпала.

Он рассказывал мне про шахты — это узкие длинные ходы, в которые человек заползает, как червяк, и лежит на животе, потому что не может повернуться. Время от времени эти ходы с деревянными подпорками не выдерживают тяжести и обрушиваются, погребая заживо тех, кто оказывается внутри. Почему-то мне казалось, что под землей очень холодно, но там стоит удушающая жара — как в печке. Рядом с золотыми жилами селятся особые бактерии, они там кишмя кишат, — через слюну проникают в тело человека, селятся в кишечнике, в легких, проделывают ходы в сердце и размножаются в аорте. Если случайно поранишься под землей, рана загноится и будет гноиться годами, уверял меня отец. Иной раз ее вообще нельзя залечить, как бы ты ни ухаживал за ней, как бы часто ни менял повязку и сколько бы лекарств ни заглатывал.

Интересно? Это мое послание тебе. Послание в запечатанной бутылке. Брось его в море и жди, в каком месте его прибьет к берегу, отец.

Но хватит о Девлине. Слишком значительная фигура, мое перо не в силах описать, обрисовать его целиком, и он не уместится на страницах тетради. Он не всегда выступал таким глупым фигляром, точно так же, как и Маккендрик. Иной раз он претендовал на роль Просперо, а в другой раз — Марка Антония. У моего отца Девлина было сердце льва, и он сражался до конца. Но что бы тебе ни пытались внушить, мой дорогой, — его убили кредиторы. И долги.

Он не мог сказать мне правду в лицо. Ему было стыдно признаться, каким образом он позволил вовлечь себя в эти

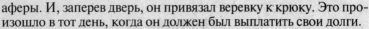

аферы. И, заперев дверь, он привязал веревку к крюку. Это произошло в тот день, когда он должен был выплатить свои долги.

В тот день, когда мне исполнилось двадцать один год, как я уже писала тебе. В день моего совершеннолетия. С тех пор я никогда не праздную своего дня рождения.

Все, мой дорогой, на этом я заканчиваю. Я подошла к последней странице тетради. И мне бы не хотелось заканчивать ее на таком печальном аккорде.

Пусть все призраки прошлого исчезнут. Нас с тобой ждет будущее. И мне хочется только одного: чтобы ты знал, как я дорожу тобой, как сильно люблю тебя. И сколько счастья ты принес мне в эти последние недели, когда я чувствовала в себе твое присутствие и строила планы.

Ты родишься в последние дни лета — самое чудесное время года. Наступят теплые погожие дни. Ты родишься в Мэндерли, в комнате с видом на море, и сразу услышишь его шум. Море... Мое море. Я буду нянчить тебя, заботиться о тебе и всегда смотреть на тебя.

И все плохое в себе я отброшу навсегда. Я стану лучшей матерью в мире, ты будешь купаться в любви, и я уверена, как только Макс увидит, он тоже полюбит тебя с первого взгляда. Ты станешь его долгожданным сыном.

Уже два часа ночи, а через три часа мы выедем с тобой в Лондон и уже будем в пути. Я заведу новую тетрадь и запишу туда все, что пропустила: некоторые из отцовских историй, кое-что про Макса. Я расшифрую тебе страницы моего замужества, как написанные для слепых, по системе Брайля.

Какая усталость вдруг навалилась на меня. Джаспер беспокойно смотрит своими печальными глазами, и мне кажется, он догадывается, что я собираюсь уехать. Он всегда чувствует это.

Занавески раздвинуты, чтобы первые лучи солнца разбудили меня. Будильник стоит у изголовья. Ты слышишь, как он тикает? Мне пора лечь и поспать немного, мой дорогой».

Часть 4
ЭЛЛИ
Май 1951 года

25

«Какие это были жаркие дни, мой дорогой», — вспоминалось мне сегодня. Я сижу в саду и пишу письмо Тому Галбрайту. Очень трудно подобрать нужные выражения. А мне нужно описать, что произошло вчера, и еще многое другое. Чувства мои все еще в смятении, и я все еще продолжаю называть его «мистер Грей».

Только после того, как я перечитала дневник Ребекки, мне удалось преодолеть внутреннюю скованность. У меня такое впечатление, что он сумеет угадать, что некоторые мои интонации и предложения навеяны чтением ее записок. Он точно так же, как и я, понимает, что эта небольшая черная тетрадь — саркофаг, в котором хранится сердце Ребекки.

Я вынесла письменный столик в сад, где когда-то маленькая Ребекка пила чай с моим отцом и Элинор, которой тогда исполнилось двадцать семь лет, и с моей ласковой бабушкой, которую я уже не застала в живых. Справа от меня пышно цветут знаменитые гренвилские розы. Их ароматом пропитано все вокруг. И в таком красивом месте нельзя чувствовать себя несчастным.

Но печаль Ребекки перекинулась на меня, как заразная болезнь. И хотя уже прошло почти полтора месяца с тех пор, как я впервые прочла страницы ее дневника, грусть не покидает меня. Мне удается отогнать ее только на короткое время, а потом она снова незаметно подкрадывается и устраивается на облюбованном месте у меня в груди. Ребекка пленила меня точно так же, как много лет назад пленила отца. И все время я мысленно возвращаюсь к одному и тому же: догадывалась ли она о том, что вынашивает не ребенка, а свою смерть?

Пробежав глазами первые абзацы, которые я так стремительно написала, я обратила внимание на то, какой у меня разборчивый почерк. Не то что у Ребекки. Собственная аккуратность раздражает меня. Если я все же закончу это послание и отправлю его Тому, мне кажется, его заинтересуют в первую очередь те части, которые будут касаться описания поездки в Лондон. А что еще способно привлечь его внимание? Ничем не примечательные рассказы ничем не примечательной женщины, которая имеет весьма косвенное отношение к этой истории. До чего же мне надоело быть хорошей, примерной дочерью, невидимой и бессловесной тенью.

Боюсь, что дело кончится тем, что скомкаю эти бумаги, пойду на кухню и суну их в печь.

Кстати, Ребекка тоже в первый свой приход в Мэндерли чувствовала себя невидимкой. Только впоследствии, когда она снова встретила Максима, все изменилось. Жаль, что она не объяснила, каким образом ей удалось так измениться. Впрочем, красивой женщине это гораздо легче сделать.

После прохождения всех обследований в клинике под руководством доктора Латимера отец начал принимать новые лекарства и сейчас лежит наверху, отдыхает после обеда. Тетя Роза, которая приехала из Кембриджа, сидит в кабинете отца и вычитает корректуру книги о трагедии якобинцев. Тема отличается от той, над которой она закончила работать, глава в словаре Вебстера — об эротизме смерти в Средневековье. На ее долю выпали описания способов убийства. Во время завтрака мы обсуждали кровосмесительные страсти между близкими родственниками, задушенными бриллиантовыми ожерельями, и о смертельно опасных поцелуях, пропитанных ядом. В статье перечислялось такое количество смертей, но они почему-то не поражали и не удивляли ее. Все то время, пока я писала письмо, Роза успела обнаружить ошибки, вынесла их на поля, и теперь статья превратилась в некое подобие египетского манускрипта.

Устав слоняться по дому, я решила прогуляться и остановилась возле Розы. Она, целиком погруженная в работу, заметила меня не сразу.

— Собираюсь пойти погулять с нашим псом, — сказала я. — Он так растолстел и обленился, ему полезно побегать. Я вернусь, когда папе надо будет приготовить чай...

— Иными словами, ты собралась в Мэндерли, — ответила Роза, не поднимая головы. — Не волнуйся, я не скажу Артуру, куда ты пошла. А что ты пишешь, Элли? И почему сожгла эти пять страниц? Если ты и дальше будешь так мешкать, то мистер Галбрайт вернется из Бретани раньше, чем ты успеешь закончить свои излияния.

— Ничего страшного, — ответила я. — Если я не успею закончить до его возвращения из Бретани, то всегда смогу написать ему в Кембридж. Вернувшись из Франции, он не останется в Керрите, а сразу направится в Кембридж. Как я тебе уже говорила, он сдал свой коттедж. И я не изливаю ему свою душу.

— Он уже подвел черту. Его поиски самого себя окончены. И тебе тоже пора определиться.

— Спасибо за совет, Роза.

— Мне понятно, как тебе сейчас трудно, — сказала она, перевернув страницу, — но вряд ли отцу принесет пользу твое беспокойство из-за него. А вот, пришпилив мистера Галбрайта или еще кого-нибудь, ты бы...

— Я не собираюсь пришпиливать Тома Галбрайта.

— Нет? Тогда непонятно, почему ты перестала походить сама на себя. Стала такой странной. Ну ладно, иди гулять, раз уж собралась. Мне трудно сосредоточиться, когда ты вздыхаешь и смотришь на море. Не мешкай, Элли.

Я свистнула Баркеру, помогла ему забраться в машину. Я не стала спорить с Розой. Она человек очень умный и могла бы разбить все мои возражения в одну секунду. Но все же она намного лучше разбирается в старинных манускриптах, чем в жизни. Она никогда не выходила замуж, у нее нет детей, и я не могу представить, что она хоть раз в жизни в кого-то влюблялась.

Тетя привыкла относиться ко мне покровительственно, поучать и наставлять на путь истинный, но теперь у меня есть новый наставник, сказала я себе, сворачивая и проезжая мимо бывшего коттеджа Тома. «Встань возле моря, и ты услышишь меня», — повторила я, нажимая педаль и устремляясь по дороге к Мэндерли.

Оставив машину возле ворот, я прошла внутрь и по дороге вдруг осознала, что Ребекка написала свою историю для меня. Что ее слова обращены ко мне, я это почувствовала сразу, как только прочла тетрадь.

Сбежав по тропинке вниз, к морю, я уже не сомневалась, что если найду ее, то все сложные узлы, которые сковывали каждое мое движение в прошлом и стали бы мне серьезной помехой в будущем, развяжутся сами собой.

Сейчас мне столько же лет, сколько было Ребекке, когда она ушла из жизни. Но в глубине души я ощущаю себя юной, двадцатилетней девушкой, бесстрашной, невинной и доверчивой — опасная смесь душевных качеств.

Моя мама умерла после родов. Отец уехал — это было военное время, он занимался дешифровкой кодов и посланий в засекреченном отделе — «тянуть свою лямку», как он любил повторять, и у меня создалось впечатление, что он без особой охоты пошел туда. После пережитых боевых схваток это безопасное местечко представлялось слишком пресным и скучным. Оказаться вдруг там, где ходят люди с набриолиненными волосами, намного моложе тебя по возрасту, но более дряхлые душой.

После моей трехлетней свободной жизни в 45-м году в Керрит вернулся отец — как-то сразу постаревший: смерть матери, а затем гибель любимого сына Джонатана подорвали его здоровье. И я поняла, что не смогу оставить его одного. Решение я приняла внезапно и никогда не жалела о нем. В Керрите всегда говорили о том, как у меня развито чувство долга, что я пожертвовала собой ради него. Но жертвовать — ужасное слово, как сказала Ребекка, и не стоит его употреблять в данном случае. Я люблю своего отца, и поэтому о самопожертвовании нет и речи, хотя никто этому не верит.

Но как я провела эти три года? Записалась в добровольцы, носила форму, училась печатать и отдавать честь, возила офицеров на джипе, проходила строевую подготовку. И еще я влюбилась в американского офицера, который остановился в Плимуте. Влюбилась первый раз в жизни, и мои чувства были такими же острыми и свежими, как первые стрелки дроков, которые они выпускают на мысу.

Он вырос на голубых холмах Виргинии — для меня это звучало точно так же экзотично, как если бы он родился в Исламабаде или Пекине. Он подарил мне капроновые чулки, свое сердце (как он уверял меня) и обручальное кольцо, которое я носила на шее, повесив его на шнурок. Он считал, что лучше не афишировать наши отношения, гораздо лучше хранить их в тайне от других. Там, среди голубых гор Виргинии, его ждала жена и двое детей, но они каким-то образом стерлись из его памяти в тот момент. В конце войны он написал мне письмо и все объяснил. Он писал, что и в самом деле строил планы связать свою жизнь со мной, он не лукавил тогда, в самой глубине сердца он верил, что все как-то устроится. Надеюсь, что он не лгал... Мне бы не хотелось думать о нем плохо.

И я не думала. А зачем? Я рада, что так получилось. Целых полгода я жила такой наполненной жизнью. Я жила в полном смысле этого слова. И редко кому выпадает такое долгое — по человеческим меркам — счастье.

Мы с Баркером закопали его колечко в лесу Мэндерли несколько лет назад. И я даже провела обряд очищения: мы устроили костер из его писем, очень маленький костер — он не так много успел написать их, так что мне уже тогда следовало обратить внимание на тревожные симптомы. Но я была такой наивной. «Терпи и неси свой крест, — сказала я себе, — и постарайся в следующий раз быть более привередливой». Но искушение долго не приближалось ко мне, наверное, ползло, как улитка в гору. Пока соблазн, приняв облик высокого, мужественного, неразговорчивого шотландца, не настиг меня. Человека, который появился под вымышленным именем, который выдавал себя не за того, кто он есть на самом деле. И для которого я стала невидимкой.

«Как же мне заставить себя проявиться?» — вопрошала я у моря и у скал сегодня после обеда. Ребекка в отличие от меня, даже будучи мертвой, доказывала, что она жива. Не получив ответа на свой вопрос, я поднялась с валуна и пошла по гальке к домику на берегу. Баркер следовал за мной по пятам. Ко мне вернулась уверенность. Воздух замер в неподвижности, даже слабого дыхания ветерка не ощущалось. В зеркальной глади залива отражалось небо — я никогда не видела его таким. Над нами кружились чайки. В этой, северной, части бухты утонула Люси, младшая сестра Бена.

Глядя на ровную гладь воды, я попыталась понять, где это произошло. Том настойчиво пытался выяснить ее судьбу. «Только напрасно тратил время», — ревниво подумала я, испытывая знакомое чувство нетерпения и разочарования.

Он расспрашивал о Люси живущих поблизости фермеров и рыбаков, но люди в здешних местах не любят, когда посторонние пытаются проникнуть в их жизнь. За Томом пристально наблюдали с первого же дня его приезда, но я понятия не имела о том, сколько толков вызвали его привычка гулять по ночам и частые визиты в Мэндерли. Только на этой неделе, когда я столкнулась с Марджори Лейн, мне стало известно об этом. Марджори не могла удержаться, чтобы не высказаться по поводу отъезда Тома: «Как жаль, правда, Элли? А мы так надеялись... Надеюсь, что ты не очень огорчена?»

Именно она посоветовала братьям Манак — целое поколение их родственников принадлежало к числу честных контрабандистов — не спускать глаз с Тома, и это именно она или же сестра ее мужа, Роберта Лейна, пустила слух, будто его прислала таможенная и налоговая служба. Это отчасти объясняет, почему Том всякий раз натыкался на стену молчания, когда пытался поговорить с местными жителями. Но суть не только в этом. Очень многое зависело от его собственного поведения. Если ты хочешь, чтобы люди открылись тебе, надо сначала открыться самому. А он такой скрытный человек — как рак-отшельник. И когда в ответ на самые невинные вопросы — где он родился или откуда приехал — Том замыкался, то и они тоже, в свою очередь, закрывали створки раковины. Неужели он этого не заметил?

Отец мог бы ему все рассказать про Люси, если бы Том спросил у него. И я тоже — ведь это события не столь давнего прошлого. Все считали Люси, как и Бена, незаконнорожденной дочерью Лайонела, хотя я не уверена, что это правда. Половина жителей Керрита уверяют, что они его потомки. С раннего детства Люси болела, ее часто лихорадило, она плохо росла. В семь лет ее отправили жить к тетушке, откуда она сбежала и вернулась сюда, к брату. А утонула в девять лет — через несколько месяцев после того, как повстречалась Ребекке.

Она соскользнула со скалы, когда собирала ракушки. Это была ее страсть. И все они — разбросанные в большом количестве на берегу — стали маленькими надгробными памятниками бедной девочке. Но похоронили ее в церковном дворе Мэндерли. Надгробный камень зарос мхом, и прочесть ее имя почти невозможно. Я привела Тома к надгробию, но, если бы он попросил, могла бы сделать это значительно раньше. Я бы могла помочь ему сложить фрагменты загадочной картинки намного быстрее, обратись он ко мне за помощью.

Неужели мои свидетельские показания не вызывают ни малейшего доверия?

Но я объясняю его поведение только тем, что я существо женского пола, а Тому очень трудно разговаривать с женщинами. Ему кажется, что они иррациональны и слишком доверяются интуиции. А для него чувства не значат ничего. Он не вслушивался в то, что я ему говорила, как не вслушивался в рассказы Джоселин и Элинор. А ему следовало бы. Более того, я даже не уверена, что он по-настоящему прислушался к словам Ребекки. В этом смысле Том, несмотря на ученую степень, невежда, как и многие мужчины. Он не замечал очевидных вещей. Да, женщины любят сплетничать, распускают слухи, передают всевозможные россказни. Но однажды я дам ему совет: будь внимательнее — именно женщины лучше всего умеют хранить секреты.

Рядом с домиком я заметила следы костра, кто-то жег ветви деревьев и высушенные солнцем коряги. Кончиком туфли я коснулась еще теплой золы и ощутила едва уловимый запах гари. Баркер потрусил в тень возле дома и лег. Я открыла дверь. Внутри после залитого солнцем берега было темно и прохладно. И странное ощущение опасности — почти такое же, как неделю назад на Тайт-стрит, — вдруг охватило меня.

После визита Тома здесь все изменилось. Братья Манак успели перегрузить свои запасы ликера и переправить их в надежное место, но таможенники и налоговая полиция обыскали все укромные уголки, которые можно было приспособить под складские помещения. В том числе и этот домик. Они, конечно, ничего не нашли. Но Джоселин и Элинор слышали, что агентам по недвижимости, которые отвечали за Мэндерли, выразили недовольство: их обязали повесить замки. Так что вскоре сюда нельзя будет беспрепятственно войти. Я успела вовремя. Кое-какие работы уже начались, как я смогла заметить, когда мои глаза привыкли к темноте. Но я надеялась, что они еще не закончились и я смогу найти то, что принадлежало Ребекке.

Полуразвалившаяся мебель, которую мне описал Том, уже исчезла, наверное, ее сожгли на берегу в костре. Дверь, что вела в пристройку, где лежало снаряжение для яхты, сняли с петель. Жаль, что я не взяла фонарика. Но и в полумраке я сумела разглядеть, что там тоже ничего не осталось. Шагнув вперед, я наткнулась на липкую паутину и тотчас отступила назад.

И снова оказалась в той комнате, где Ребекка писала свои записки. Везде лежал слой пыли и копоти от камина. Сердце мое взволнованно забилось. Я была уверена, что стояла на том самом месте, где стояла Ребекка, когда ее убили. И почти зримо увидела, как это случилось, словно сама Ребекка описала все в подробностях.

Она сама вынудила Максима убить ее — такой способ самоубийства выбрала Ребекка. В записках ее не один раз появлялась фраза, что только она могла бы заставить мужа пойти на такое. И я поверила ей. При желании Ребекка умела очень больно задеть человека. Поцеловал ли он ее перед тем, как убил? Сумела ли она убедить его, что, только убив, он завладеет ею навсегда? Закрыв глаза, я представила эту трагическую сцену и невольно вздрогнула.

Ребекка была уверена, что Максим тоже умрет. Она бы не позволила ему ускользнуть, не потерпела, чтобы он снова женился, привел в Мэндерли другую женщину, которая родила бы ему наследника. Нет, никогда. Она надеялась, что Максим застрелится или зачахнет от горя. Она надеялась увлечь его за собой в мир иной. И добилась своего.

Мэндерли остался без наследника, дом лежит в развалинах. И хотя Максим пытался устроить свою жизнь и уехал из Мэндерли со второй женой, все равно смерть настигла его. Назвать ее несчастным случаем нельзя в такой же мере, как и смерть Ребекки. Она с того света продолжала охотиться за ним. Машина врезалась в железные ворота Мэндерли в тот момент, когда ей — через столько лет — удалось окончательно соблазнить его, и они наконец воссоединились, чтобы не разлучаться никогда.

Но как Максим убил ее: зарезал, задушил, ударил или выстрелил в нее из револьвера, который она при их первой встрече так внимательно рассматривала? И каким образом ей удалось вынудить его нажать на курок? Начала говорить про своих любовников? Или заявила, что беременна от другого? Что владельцем Мэндерли станет тот, в чьих жилах течет чужая кровь? Неужели Максим выстрелил после того, как узнал, что она вынашивает ребенка?! Тогда это действительно страшный грех. Ребекка права: если какое действие заслуживает кары, так именно это.

Волны снова глухо ударились о стены домика. Мне стало не по себе, словно я так же отчетливо ощутила такую же волну некогда совершенного зла. Но уверенность, что я нахожусь на расстоянии вытянутой руки от правильного ответа, отступила. Вряд ли моя догадка так уж верна. В лучшем случае — еще одна версия. Стоит ли кому-нибудь рассказывать о ней? У отца, считавшего Ребекку безвинной жертвой, это могло вызвать недовольство или обиду, а у Тома — насмешку.

Том убежден, что она покончила жизнь самоубийством, выстрелив в себя из револьвера Максима, и оставила записку Фейвелу, чтобы он приехал и вызвал полицию.

Такое впечатление, что Том не слышал, о чем говорила сама Ребекка. Ему казалось, что текст нуждается в перепроверке, которая устранит противоречия. Именно для этого он отправился со своим другом в Бретань.

Стоя в центре комнаты, я постаралась отогнать мысли об отце и Томе Галбрайте; что мужчины понимают в любви к семейному очагу, в страстном желании иметь ребенка? Не внешние поступки, а внутренние мотивы — вот чему надо придавать значение. И в эту минуту я слышала голос Ребекки так явственно, словно это говорила я сама. И мне захотелось, чтобы она признала меня, чтобы знала, что все же не осталась без наследника. И этим наследником становилась я — Элли. И сегодня она должна была сказать мне что-то очень значимое.

Где ее последняя тетрадь? Она должна быть. Я чувствовала, что она непременно должна быть, с того самого момента, как прочла последние страницы ее записок. Ребекка не из тех людей, которые оставляют свои истории незавершенными. Она не стала бы хранить молчание. Где-то лежит третья тетрадь с ее последними, финальными фразами.

Отправляясь в Лондон, я надеялась найти ее там, но она могла оказаться где-нибудь еще — здесь, в домике на берегу. И, возможно, хранилась в тайнике все эти годы. Этим и объясняется то, что таинственная личность, которая выслала два первых дневника, не отправила третьего.

По словам Тома, он тщательно обыскал здесь все. Но я уже не раз убеждалась, насколько невнимательным он может быть. Вполне возможно, что он искал не там, где следовало бы. И не заметил того, что лежало прямо перед ним.

Во-первых, поскольку он не верил, что в домике может оказаться еще одна тетрадь. Том считал, что после встречи с врачом Ребекка думала только о смерти. И через несколько часов добилась желаемого.

Я смотрела на обветшавшие, пришедшие в негодность вещи, оставшиеся после Ребекки. Шкаф, про который упоминал Том, пока находился на прежнем месте. Треснувшее зеркало висело на одном гвозде, и в нем отражалось мое собственное лицо, разъятое на кусочки. На полу валялась одна из моделей корабля, сделанных Ребеккой. Остальные, по всей видимости, сожгли в костре. Я подняла уцелевшую и покачала ее на руках, как младенца.

В углу комнаты стояли заржавевший примус и металлический чайник без крышки. А рядом — большая картонная коробка, покрытая пылью, набитая газетными вырезками — слишком влажными, чтобы их можно было сжечь. Они успели покрыться плесенью. Там, внутри, лежала пустая чернильница и поломанные перья. Что некогда было исполнено жизни и смысла, превратилось в ненужный хлам.

Но за этой картонной коробкой пряталась другая, прислоненная к стене, металлическая прямоугольная коробка с округлыми краями, и сквозь ржавчину на ее поверхности все еще проступали остатки краски. Поистине, если хочешь спрятать что-то, используй обыденную, повседневную вещь.

Баркер встал, зашел следом за мной в домик и заскулил у самой двери. Я подняла жестяную коробку из-под печенья и без труда открыла ее. Внутри лежали четыре книги: Теннисон в истрепанной обложке, два тоненьких издания шекспировских пьес «Отелло» и «Ричард III», а также написанная моим дедушкой работа «История приходов окрестностей Керрита и Мэндерли. Прогулки по достопамятным местам».

Я прихватила все это вместе с деревянной моделью корабля, не испытав даже малейших угрызений совести, потому что тем самым спасла их от участи сгореть в костре. И принесла с собой в «Сосны». Сейчас, когда я пишу эти строки, они лежат на моем письменном столе. Несколько часов я провела, рассматривая свою добычу, потому что знала: они выведут меня куда надо. И сколько же сокровищ таилось внутри! Теперь у меня тоже есть свои талисманы.

Два маленьких томика Шекспира в сафьяновых переплетах относятся ко временам Маккендрика. Все они испещрены пометками, отмечены галочками, указаниями о вступлениях и выходах.

На томике Теннисона — почти совсем стертая выгравированная надпись на форзаце: «Моему любимому мужу от Изольды, 25 июля 1900 года». К этому моменту мать Ребекки находилась на шестом месяце беременности, а Девлин уже отправился в Южную Африку.

На книжке моего прадедушки тоже сохранилась надпись-посвящение, написанная рукой моего отца: «Ребекка, надеюсь, это заинтересует тебя. С наилучшими пожеланиями в день рождения 7 ноября 1929 года от Кромвеля, он же Артур Джулиан!»

И то, что скрывалось за нарочито бодрым тоном, заставило мое сердце сжаться. Бедный папа. Эту книгу не читали. Вся она покрылась бурыми влажными пятнами, но корешок ее явно ни разу не разгибали. Тем не менее, перелистывая страницы, я, к своему изумлению, обнаружила листок бумаги с эмблемой Мэндерли. На этой странице рукой Ребекки были выведены две колонки: имена мальчиков с левой стороны и девочек — справа. Этот листок она исписала в лондонской квартире после покупки детских вещей.

Имена шли в алфавитном порядке. «Мое будущее — в алфавитном порядке. И я положу его в отделение для бумаг». Среди двенадцати выбранных имен я обнаружила свое собственное — Эллен.

Уже полночь. Слышится неумолчный шум моря. Я заразилась манерой Ребекки думать и чувствовать и поэтому воспринимаю свое имя в этом списке как знак. Я приму его как принятие меня. Как подарок, которого я ждала. И тотчас без колебаний отказалась от мучительной для меня попытки написать Тому письмо — в этом способе есть нечто уклончивое и неестественное.

Повествование начнется с записок моего отца, а я опишу свое отношение к ним. И как же мне назвать их? Очень соблазнительно выглядит первое, что сразу просится на кончик пера: «История Элли», но вряд ли я воспользуюсь этим вариантом. Слишком претенциозно и напыщенно.

26

Начну с самого начала — начну с дождя. Роза всегда уверяла, что во время чтения возникает некая взаимосвязь между читающим и текстом произведения. И очень многое зависит от ума того, кто листает страницы книги. Если говорить обо мне, то, читая тетрадь Ребекки, я вошла в состояние, которое можно определить одним словом: восприимчивость.

Вручив их (нечитанные) Тому Галбрайту, я поехала в больницу к отцу с пижамой и бритвой. Доктор Латимер, закончив осмотр, заявил, что собирается задержать отца не просто на ночь, как он предполагал сначала, а на целую неделю, чтобы провести ряд обследований. Под дождем я отправилась домой — взволнованная и обеспокоенная. «Дворники» метались то влево, то вправо, как сумасшедшие, но переднее стекло оставалось мутным и расплывчатым. Фары высвечивали шоссе только метра на полтора-два, а дальше все скрывалось в туманном мраке.

Мне не давало покоя слово «неделя». Что оно означало на самом деле? Может быть, слишком серьезный и важный мистер Латимер таким образом просто попытался тихонько устранить меня. Он сказал: на время. Но разве вся наша жизнь не временное состояние — от рождения и до смерти? Вопрос, в сущности, только в том, насколько временное. Сколько осталось моему отцу: год, месяц, неделя, часы или минуты? В «Соснах» стояла пугающая пустота, и на мои шаги отзывалось эхо. Дождь барабанил по крыше, окна словно задернул серый занавес, я не могла разглядеть ни холмы, ни море — они исчезли из виду.

Мы с Баркером сели рядышком на кухне, желая только одного, чтобы не зазвонил телефон. Из желобов с шумом лилась вода. Роза призналась, что во время перелетов никогда не спит: чтобы удержать самолет в воздухе. Я никогда не летала на самолетах, но сегодня очень хорошо понимала, что она имела в виду: я не спала всю ночь, чтобы мне не позвонили из больницы. И совсем забыла про Тома и про тетрадь.

Когда утром я выехала из дома, дождь все еще не унимался.

— Ничего не случилось? Как отец? — спросила я у ночной сестры. Она ответила, что отец держится молодцом и никаких происшествий за ночь не случилось.

Но она ошибалась. Казенные учреждения меняют людей, особенно таких старых, как мой отец, с устрашающей быстротой. И, увидев отца после первой проведенной в больнице ночи, я была подавлена. Больничная одежда оказалась ему мала. И сам он сразу стал каким-то образом меньше. Человек, на которого я всегда с детства смотрела снизу вверх, вдруг сразу уменьшился. Передо мной оказался больной старик со слабым сердцем, и он отличался от остальных пациентов палаты только незначительной разницей в симптомах. На него уже подействовала безликая атмосфера заведения.

Медики развили бурную деятельность возле него, а отец лежал, опутанный проводами и присосками, которые впились в его наполовину выбритую грудь. Для меня он был целой вселенной, но эта вселенная вдруг сузилась до размеров металлической кровати, окруженной цветной занавеской. На какую-то долю секунды, пока отец еще не успел осознать моего присутствия, я заметила страх и растерянность, промелькнувшие в его глазах. Но потом он взглянул прямо на меня, и, пока мы смотрели друг на друга, все, что нам было необходимо сказать друг другу, было сказано без слов. Накрыв своей рукой мою, он тихо произнес:

— Элли... моя милая Элли.

И я оставалась в палате до тех пор, пока медсестра не потеряла терпение и не выпроводила меня в помещение для посетителей, где горела люминесцентная лампа. И до тех пор, пока не закончилось обследование, я продолжала нести очень важное дежурство. На желтом столике лежали истрепанные и зачитанные журналы, где печатались кулинарные рецепты, приводились образцы для вязания и вышивания, выкройки платьев и советы, как переделать джемпер, как помочь ребенку, когда у него режутся зубки. Будь они написаны на санскрите, я бы запомнила из них ровно столько же. Чтобы не потерять отца, — как мне казалось, это было единственное верное средство, — я все время пыталась восстановить его прошлое. Но прошлое не желало подчиняться и все время норовило выскользнуть из моих рук, как спутанный клубок, в котором перемешано второстепенное и важное.

Я видела женитьбу моих родителей, ободранные обои в доме, который мы снимали в Сингапуре, медаль, которую отец спрятал в ящик стола. Маму — молодой и здоровой и умирающей. Вспомнила, как мой брат читал стихи, и отец заметил, что не мужское это занятие — увлекаться поэзией. Я в свои восемь лет с любовью вышиваю кисет для табака ко дню рождения отца и, полная радости, мчусь по холмам Керрита на велосипеде. Моя сестра Лили, запустив на всю громкость граммофон, слушает блюз. А толстый щенок Баркер грызет наши носки. Машина Ребекки подъезжает к нашему дому. За закрытой дверью слышатся голоса — обиженные и печальные. Лицо отца, когда он получил телеграмму о смерти Джонатана.

И это вся жизнь? Но я любила отца не только за эти отрывочные воспоминания — особенно сейчас, когда больница подбиралась к нему, намереваясь уничтожить его индивидуальность, стереть все то, что отличало его от других. Я злилась на себя и, вне всякого сомнения, на доктора Латимера, когда он наконец вышел переговорить со мной.

Он недавно переехал сюда из одной замечательной лондонской больницы, где обслуживание пациентов было поставлено на самом высоком современном техническом уровне, и оказался намного моложе, чем я думала, — около сорока лет. Высокий, но все же чуть ниже Тома Галбрайта; многие женщины наверняка сочли бы его привлекательным: темные волосы, спокойные и внимательные серые глаза. Но я уже заранее настроилась против него, возможно, меня сердило, что именно он настаивал на том, чтобы оставить отца в больнице. Медсестры пели ему дифирамбы, возносили его хирургическое мастерство до небес, повторяли как молитвы хвалебные отзывы о нем в медицинских кругах. Но, видя, как суетятся вокруг него няни и медсестры, я решила, что он самодовольный дурак.

Сейчас я изменила свое мнение о нем. Доктор Латимер оказался умным человеком и понял, что меня сердит, почему я настроена против него, и не пожалел времени, чтобы развеять мои страхи. Он провел со мной намного больше времени, чем я ожидала, и объяснил досконально, зачем нужны все эти обследования и что они дадут. Он говорил спокойно, уверенно и достаточно оптимистично, хотя несколько раз употребил слово «если», как все врачи, когда говорят о результатах анализов и обследований. К моему удивлению, он постарался кое-что выяснить и обо мне: сколько мне лет, где я училась и так далее, задал несколько сугубо личных вопросов о нашей жизни в «Соснах», которые мне не показались не столь уж существенными для лечения.

— Мы живем очень тихо и уединенно, — объяснила я ему. — Стараемся никуда не выходить и очень редко кого принимаем у себя. Мои обязанности состоят из повседневных мелочей: приготовить нужную еду в нужное время. Прогуляться после обеда. Отец весь погружен в прошлое, и это неблагоприятно воздействует на него. Я пытаюсь отвлечь и развеять его. Иногда мы играем в карты, или я читаю ему...

Латимер очень внимательно слушал. Представив, насколько глупо все это звучит, я покраснела.

— А кто выбирает книги для чтения? — спросил он с легкой полуулыбкой. Видя симпатию в его спокойных серых глазах, я солгала. Мне не хотелось, чтобы меня жалели.

Поразительно, чего может добиться врач. Наверное, потому что мы воспринимаем их отчасти как священников, как людей, наделенных особой властью, потому что все еще продолжаем верить в их мудрость и интуицию, в их проницательность. Сама не заметив, как это произошло, я рассказала Латимеру такие вещи, которые ни с кем не обсуждала до того, — о бессонных ночах, о кошмарах, которые донимали отца.

— Понимаю, — кивнул Латимер и что-то коротко записал в блокноте. Позже (кстати, что тоже было достаточно странно) он так же спокойно спросил меня: «Не терзает ли что-то вашего отца?» Эта фраза настолько ошеломила меня, что мой собственный ответ вылетел у меня из памяти.

Все закончилось тем, что доктор Латимер попросил меня, чтобы я как следует отдохнула, и не позволил мне приезжать чаще одного раза в день — после обеда — ровно на час, чтобы проведать отца. После чего я вернулась домой.

Дождь лил как из ведра и продолжался до конца недели. И в моей жизни наступил странный перерыв, который нарушил однообразный уклад прежних лет. Я слонялась по дому, не зная, чем заняться, и в таком состоянии я находилась в тот день, когда в дверях появился белый, как мел, Том Галбрайт с черной, как маленький гробик, тетрадью Ребекки, которую он прятал под блестящим от дождя макинтошем.

Он хотел, чтобы я прочла записки. Но первым делом он признался, кем является на самом деле и какое он имеет отношение к Ребекке и к тем событиям, которые она описывает. Из-за стольких лет пребывания в приюте ему трудно было говорить правду и держаться непринужденно. Он всегда вел себя так, как если бы страшился перешагнуть черту и сблизиться с кем-нибудь, опасаясь, что его тотчас отвергнут. Может быть, поэтому, а может, почему-то еще он словно боялся «быть узнанным», как будто это знание могло дать другому человеку власть над ним.

С таким же трудом ему далось объяснение, почему он первым делом — после прочтения записок — пришел именно сюда, в наш дом, и что он выяснил насчет своего рождения и своих родителей. Он говорил быстро, холодно и сдержанно — опять же, наверное, им руководил защитный рефлекс.

Меня и удивил, и обрадовал его рассказ. Для такого человека, как он, который жил без семьи, не зная, кто его отец и мать, эти записки — лучший подарок в жизни. И мне до сих пор кажется, что, окажись я на его месте и узнай вдруг, что моя мать — Изольда, женщина с прекрасными волосами, щедрым сердцем и такая храбрая, я бы босиком побежала по волнам. И я думала, что его должно обрадовать то, что он находился в родстве с Ребеккой, даже если совсем не в том виде, как представлял. Когда у него восстановилась кровная связь с прошлым, когда Том узнал, кто он, откуда и что у него теперь есть своя семья и своя собственная семейная хроника, — это так утешительно после стольких лет розысков.

— Значит, Джоселин и Элинор твои родственницы, — сказала я. — Твои кузины. Это же просто поразительно! Они будут в восторге. Когда ты собираешься рассказать им все? Или ты уже рассказал?

— Нет, и не знаю, стоит ли? Во всяком случае, пока. Мне еще о многом надо подумать...

Конечно, я еще не прочла тетради Ребекки, осадила я себя, и поэтому не представляю, что еще там есть, помимо того, что рассказал Том. Особенно в том, что касается его самого. Для меня он по-прежнему оставался закрытым и непроницаемым. В то время как я сама — как на ладони. И, глядя ему в лицо, я осознавала, что не понимаю его чувств, его эмоций, его переживаний. Я была из обычного мира. Он принадлежал к другому. Я думала о смерти, а он — о рождении. Как преодолеть разделяющую нас преграду?

Разговор шел в кухне и напоминал какой-то длинный сон, и я даже потеряла ощущение времени и, наверное, не смогла бы сказать, какой сейчас год. Водоворот времени унес нас в прошлое. Глядя на смятение, написанное на его лице, я со всей ясностью осознала: только любовь может полностью излечить его и вернуть к жизни. И уже почти готова была открыться ему и сказать, какие чувства питаю к нему, — прямо и откровенно, как я обычно делаю. Словно стояла на краю утеса и приготовилась прыгнуть прямо в бездну. Но, слава богу, мне каким-то чудом удалось заставить себя остаться на месте — промолчать.

Том отодвинул кресло и встал. И я тоже встала. Лапы Баркера дернулись во сне. Два чувства боролись во мне: страх за Тома и злость на саму себя за свое поведение. И, мне кажется, он догадался. Какое-то время он сосредоточенно смотрел на меня, как и я на него. А потом вдруг обнял меня. Через мгновение я начала целовать его — единственный способ растворить его броню. До этого я поцеловала его однажды — сама не знаю, как и почему, когда вручала ему тетрадь. Но это было легкое, ни к чему не обязывающее прикосновение губами. Сейчас я целовала его по-другому.

Мой опыт в этой области невелик, но я сразу почувствовала вкус отчаяния на его губах. На этот раз Том ответил поцелуем на поцелуй, и он продолжался довольно долго. А потом он вдруг отстранился от меня как-то странно и очень резко, словно устыдился своей слабости, и сразу ушел.

После этого мы не раз встречались с ним, Том рассказывал все, что ему удалось узнать, но при очередной встрече я увидела, что барьеры снова на своих местах.

Наверное, ему все еще мешает печать отверженности, что не важно для меня, но очень много значит для него. Но чем далее, тем явственнее проступали границы, за которые мне никогда не перейти. И наконец я все поняла: он любил кого-то другого, вот почему у него возникло ощущение вины. Какие-то смутные намеки проскальзывали в его речи, но Том не привык разговаривать с женщинами в открытую, а я и не думала расспрашивать его, поэтому прошло несколько недель, прежде чем я услышала ее имя. Когда он начал доверять мне как настоящему другу, что уже само по себе стало большим шагом вперед, мы больше ни разу не поцеловались, с его точки зрения, это, конечно же, выглядело изменой.

Сразу после его ухода я открыла тетрадь Ребекки и дочитала — уже глубокой ночью — до незавершенного конца, впитывая каждое слово. И эта крылатая девочка вручила и мне два прозрачных крыла. Я физически ощутила их у себя за спиной, но, к своему удивлению, выяснила потом, что никто не переживал того же ощущения, что и я.

Наверное, виной всему мой склад ума. Если бы скептичная Роза потребовала описать, что я испытываю и переживаю, я бы не смогла дать внятного ответа. Смерть и рождение, как обложка книги, стискивали меня с двух сторон. Ребекка писала о рождении, когда на самом деле умирала. Смерть, любовь, ненависть — вот личины, под которыми мог выступить убийца, но энергия, исходящая от записок, подействовала на меня, на мою неуверенность, на мои надежды. И в самом центре циклона, который закружил меня, никто не сумел бы остаться беспристрастным, — так объяснила бы я Розе, если бы ей вздумалось спросить меня о моих переживаниях...

Том предложил мне переписать записки Ребекки — сделать с них копию. Он убедил меня, сказав, что тетрадь прислали отцу, и поэтому мы должны вручить ее, когда он окрепнет. Я согласилась. И еще он добавил, что ему надо будет очень многое перепроверить. Он впервые произнес слово «перепроверить».

Слово мне не понравилось — меня даже передернуло. Но я видела, насколько близко воспринимает все события Том, ведь они имели непосредственное отношение к нему самому. Поэтому я согласилась, помимо всего прочего, чтобы хоть чем-то занять себя и отвлечься от беспокойных мыслей.

Всю последнюю дождливую неделю я провела за этим занятием. Я могла бы воспользоваться своей портативной пишущей машинкой, я научилась печатать, когда служила в армии, а еще я работала в юридической конторе на почасовой оплате — до того, как состояние отца ухудшилось, — так что я довольно сносно умела печатать.

Но мне не хотелось перепечатывать воспоминания Ребекки. Переписанная от руки история приобретала какой-то иной оттенок. Все равно как если бы я пересказала чьи-то слова, мой почерк каким-то образом изменил содержание текста Ребекки. Словно я ее перевела с одного языка на другой, и странность каких-то фраз и предложений стала еще более очевидной. Читательница я внимательная, что уже не раз отмечала Роза, поэтому сразу заметила кое-какие расхождения в тексте, пропуски и нестыковки, но меня это нисколько не волновало: я их воспринимала как присущее ей свойство. Но после того как я переписала тетрадь своей рукой, эти бреши и противоречия вдруг выступили более явственно: то, что я принимала за безыскусность, сейчас выглядело намеренным и сделанным с умыслом.

Какие-то отдельные намеки и ссылки на самом деле выглядели попыткой утаить правду, желанием замутить воду. И это еще больше убедило меня в том, что должна существовать третья тетрадь и что ответы найдутся именно в ней.

Взяв на себя скромную роль переписчика и зная, что оригинал собирался увезти Том, а копию — отдать отцу, я позволила себе сделать только одну небольшую вольность в том месте, где Ребекка говорила о том, что, если она вдруг исчезнет или умрет, ее верный Артур Джулиан проведет тщательное расследование. Я опустила эту фразу. Отец и без того ощущал себя виноватым перед ней: это замечание могло причинить ему боль, а мне хотелось уберечь его от этих переживаний.

К тому времени, когда я полностью закончила переписывать тетрадь, прошла неделя, и я невольно начала ждать от анонима очередного хода. Кольцо с бриллиантами отправили Джеку Фейвелу в тот же день, когда и мой отец получил первый пакет. Неизвестный действовал очень методично, и мне почему-то казалось, что в среду утром должен прийти третий конверт. Гуляя по холмам с Баркером, я высматривала почтальона. Но он принес лишь бланк налоговой декларации по годовым доходам, который пора было заполнять, и счет из овощной лавки. Ничего не пришло и на следующий день.

Я была огорчена и разочарована. Меня сжигала нетерпеливая жажда узнать больше. Занимаясь «перепроверками», Том вернулся в Лондон — пробовал отыскать ускользнувшие от его внимания источники. И я с нетерпением ждала его возвращения, но все же более всего мне хотелось прикоснуться к первоисточнику, вступить в контакт с самой Ребеккой. Переписывание — странное занятие. Ребекка незаметно стала мне другом и доверенным лицом, и я невольно попала под ее обаяние. Тем более что ощущала себя одинокой без отца и представляла, насколько более одинокой я могу вскоре оказаться. Хотелось, по примеру Ребекки, научиться бесстрашно хватать судьбу за гриву и удерживаться на скаку.

И когда, вынимая очередную корреспонденцию, я снова не обнаружила ничего связанного с Ребеккой, мое терпение истощилось. Я решилась пройти в кабинет отца, чтобы прочесть то, что он успел собрать и разложил для прочтения на столе как раз перед отъездом в больницу. Он, конечно, не простит меня за то, что я начала листать его бумаги, но ведь он и не брал с меня обещания, что я не дотронусь до них.

Перебраться через баррикады книг было непросто. Какое-то время я кружилась вокруг стола, не решаясь прикоснуться к отцовской подборке. Баркер, старчески постанывая, устроился на коврике перед камином и следил за мной понимающим взглядом. Мне пришлось сделать над собой последнее усилие, чтобы справиться с охватившими сомнениями.

Бедный папа! Ничего странного в том, что он так оберегал свой «архив», как он называл собранные им материалы. Неудивительно, что он отказывался показывать все это Тому или мне. Его гордость была бы уязвлена, потому что подборка выглядела очень жалкой, если не сказать — ничтожной. Отец только делал вид, что накопил нечто значимое. «Архив» состоял из нескольких приглашений в Мэндерли, нескольких записок Ребекки с предложением участвовать в благотворительных сборах, самых обычных программок об очередных парусных гонках в Керрите, в которых она всегда принимала участие, рецептов блюд, которые готовили в Мэндерли и которые мама просила переписать для себя.

Осознавая, что злоупотребляю доверием отца, я продолжала рыться в его бумагах. И единственное, что, как мне казалось, заслуживало интереса, — фотография четырех со вкусом одетых женщин за чаепитием в саду Мэндерли. На обратной стороне рукой моего отца были записаны имена «Трех граций» — сестер Гренвил — и Мегеры — бабушки Макса.

Миссис де Уинтер выглядела как правительница своего небольшого государства; лицо Евангелины скрывала широкополая шляпа, Вирджиния полуотвернулась, а прекрасная шестнадцатилетняя Изольда сидела на траве у ног Вирджинии. Удивительные золотистые волосы были распущены и свободно падали ей на плечи. Достав отцовскую лупу, я внимательно всмотрелась в лицо Изольды. Она, казалось, была чем-то обижена и, нахмурившись, смотрела в сторону камеры, ее губы слегка приоткрылись. На всех фотографиях всегда отсутствует тот, кто делает снимок. Кто это был? Лайонел?

Кроме этой фотографии, у меня вызвала интерес небольшая пачка писем от Максима. Большинство из них казались одинаково сухими, но в конце пачки я наткнулась на самое последнее, написанное торопливо и небрежно и отправленное в Сингапур.

Дорогой Джулиан,

рад был узнать, что ты намереваешься вскоре вернуться с семьей в Керрит. Не беспокойся насчет того, что «останешься без дела». Как только ты вернешься, увидишь сам, что здесь открылось множество комитетов, которые с радостью будут сотрудничать с тобой. В суде тоже много вакансий, поэтому, если надумаешь, только скажи, и я замолвлю за тебя слово — так что место тебе найдется непременно.

А сейчас хочу сообщить тебе важную новость. Я женился и тем самым опроверг все слухи о том, что собираюсь остаться закоренелым холостяком. Ее зовут Ребекка. Наконец-то я нашел ту, которую смог назвать женой. Ее отец (он уже умер) искал счастье в Южной Африке, вкладывал деньги в разработку шахт. У нас есть общие знакомые, и наши пути пересеклись, хотя Ребекка предпочитала вращаться в модной артистической среде, которую я обычно избегал. Впервые я заметил ее прошлым летом на нескольких лондонских вечеринках, но удобного случая быть ей представленным не выпадало. Ребекка одна из самых красивых женщин, что мне довелось когда-либо встречать, и она поразила меня сразу же, при первой встрече.

Но я даже не стану пытаться описывать ее, никакие слова не смогут сделать этого. К тому времени, когда ты вернешься, мы уже поженимся — собираемся отметить это торжество во Франции, где у Ребекки остались родственники, и, может быть, проведем медовый месяц в шато в ожидании солнечных дней, до приезда в Монте-Карло. Мы вернемся весной, когда Мэндерли выглядит лучше всего. Так что ты получишь возможность собственными глазами убедиться в ее неотразимости и в том, какой я счастливец, что выиграл эту награду в трудном соревновании. Мне кажется, что Беатрис вряд ли сразу одобрит мой выбор — ты же знаешь ее норов, но зато моя бабушка сразу признала Ребекку. И если бы даже у меня оставались какие-то сомнения (а у меня их не было), поддержка бабушки смела бы все преграды.

На прошлой неделе я впервые привез Ребекку в Мэндерли и сильно нервничал. И представь, она тотчас влюбилась в эти места, как только увидела их. Очень глупо, но я боялся, что ей наши окрестности покажутся глушью по сравнению со столицей, где она привыкла общаться с самыми интересными людьми. Не всякому по вкусу пришелся бы Мэндерли, и многих женщин этот громадный дом мог бы обескуражить, но, как я уже успел заметить, Ребекку ничем не испугаешь.

Все здесь выглядело таким запущенным. Во время войны я забросил все хозяйственные дела, переложив их на плечи Кроули, и только благодаря ему удается как-то поддерживать относительный порядок. Но, глядя на дом, у меня просто опускались руки, я не мог понять, с чего начинать в первую очередь. Отец умер, в последние годы он тяжело болел и ни во что не вникал. И тем не менее Ребекка не унывает. Она считает, что все наладится самым лучшим образом, и берет это на себя.

Мне трудно в одном письме рассказать обо всех переменах, которые произошли в моей жизни благодаря появлению в ней Ребекки. Помнится, ты как-то сказал, что женитьбу можно сравнить с безопасной, надежной гаванью. Но я бы выбрал другое сравнение — у меня такое ощущение, словно выходишь в открытое море. Не знаешь заранее, что может случиться. И это придает силы. Любить и знать, что ты любим, — такая радость, но одновременно меня терзают опасения... — расплата за долгие сомнения в том, что существуют романтические отношения, так мне кажется. Все, над чем я насмехался, теперь переживаю сам и в результате не могу написать тебе связного и обстоятельного письма. Так что прости меня.

Приезжай побыстрее и приходи к нам в гости, но будь готов к неожиданностям: Ребекка не похожа ни на одну из женщин. Она бесстрашна, как мужчина, и далеко не столь благовоспитанна, как большинство молодых леди нашего круга. Она все *высказывает прямо, без обиняков, отчего здешние дамы невольно вскидывают брови от удивления. Но те, кто хорошо меня знает, ты, например, тотчас поймут, почему я ни секунды не медлил, когда наконец встретил ее благодаря счастливой случайности на корабле, когда возвращался из Америки. И хочу сообщить тебе кое-что — и это останется только между нами...*

Я перевернула страницу, но окончания не нашла. Перебрав все бумаги, я убедилась, что окончание письма Максима исчезло бесследно. Так я и не узнала, что же собирался поведать Макс де Уинтер моему отцу.

Спустя несколько недель после того, как я призналась, что рылась в его бумагах, я спросила отца, куда делось окончание. Он ответил: письмо было написано так давно, что он забыл, о чем шла речь в последних строках. Кажется, Максим признавался, что мать Ребекки — актриса. Вряд ли отец стал бы сознательно лгать мне, но сейчас я размышляю: почему он тщательно отбирал все оставшиеся материалы? Не подчищал ли он по каким-то известным только ему причинам, что могло бросить хотя бы легкую тень на друга и его жену? И не уничтожил ли он и другие документы, как уничтожил это письмо, чем и объясняется скудность собранных им материалов?

Глядя на пепел у каминной решетки, я, конечно, не могла бы угадать, когда и что сгорело в его темной пасти, мы разводили огонь каждый вечер до отъезда отца в больницу.

Роза приехала побыть с нами, после того как папу выписали из больницы, и я временно отложила свои записки. Доктор Латимер отказался от операции, потому что новые лекарства, которые, кажется, не давали побочных эффектов, принесли хороший результат. Сказался и больничный режим: диетическое питание строго по часам, специальные упражнения и отсутствие каких-либо волнений. И я пришла к выводу, что болезнь отца вызвана его переживаниями, чувством вины за прошлые ошибки. И, посвятив Розу в послание некоего анонима, взяла с нее и с Тома обещания, что они и словом не обмолвятся о присланном недавно дневнике Ребекки.

Это оказалось намного легче, чем мне представлялось, отчасти потому, что Том часто выезжал в Лондон, а отчасти из-за того, что у отца появилась новая любимая тема разговоров, как я вскоре обнаружила. Отец весьма критично относился к врачам и лекарствам, но Латимеру он поверил и восхищался им. И это выражалось в том, что он проглатывал все прописанные ему пилюли, что при всяком удобном случае начинал нахваливать своего лечащего врача, и в том, наконец, что он пригласил его в «Сосны». Латимер оказался не только прекрасным специалистом, но и очень начитанным человеком, его политические взгляды отличались левым уклоном, но не мешали вносить оживление в беседу.

Благодаря его заботам отец заметно окреп в последнее время, и это было результатом не только воздействия таблеток. Латимер сумел заставить его расслабиться, отвлекал от тягостных размышлений непринужденной беседой, а когда надо, умел вызвать его на доверительный разговор, который тоже приносил отцу огромное облегчение.

После развода и трудностей, связанных с переменой места, Латимер собирался начать жизнь заново и пока что снимал временное пристанище, чтобы со временем выбрать дом поблизости от моря. С ним приехали два его сына — Майк и Кристофер. Отец успел с ним как-то быстро подружиться, хотя был противником разводов, считая, что они идут от испорченности. Особенно это мнение утвердилось после многолетней связи моей сестры Лили с женатым мужчиной, и я еще ни разу не замечала, чтобы старомодные представления отца за последнее время изменились, он переживал из-за разрыва отношений с ней, но своих убеждений не менял.

Надо сказать, что и я тоже ощутила на себе влияние Латимера, во всяком случае, он заинтересовал меня. Доктор стал навещать нас два раза в неделю под видом гостя, но я понимала, что это отчасти жульничество: он не столько надеялся развлечься в нашем обществе, сколько маскировал свое профессиональное наблюдение. Что касается отца, то и его отношение к Латимеру тоже было не столь уж бескорыстным, как он прикидывался. К своему удивлению, я поняла, что отец подводит Латимера к мысли купить «Сосны».

Всякий раз, как тот приходил, отец начинал водить его по нашему участку. И превозносил виды, открывающиеся отсюда, и деревья, что мы высадили. Даже приводил его на кухню и нахваливал нашу плиту, хотя она чуть не каждую неделю выходила из строя, но об этом он умалчивал. Не вспоминал и о том, что крыша начала протекать и что рамы покосились и закрывались с трудом.

— Отсюда видно море, Латимер, — повторял он, наверное, в десятый раз. — И за ним можно наблюдать из окна весь день.

Фрэнсис Латимер ничего не упускал, и его явно беспокоила ветхость дома, как мне кажется, его забавляла похвальба отца, но он прекрасно владел собой и смотрел на все с невозмутимым видом, как настоящий игрок в покер. Как-то раз, когда мы стояли в самом конце нашего участка, где его отгораживала невысокая стена, он заметил, с каким выражением я смотрю на отца, который пел песнь песней по поводу красоты панорамы, и отметила легкую тень удивления, промелькнувшую на интеллигентном лице врача, и он поспешил согласиться: «Да, действительно, вид необыкновенный, просто незабываемый».

Удивило меня и то, как решительно отец взял быка за рога. Он давно говорил, что после его смерти «Сосны» надо продать — это даст мне средства к существованию. Наша развалюшка была единственной нашей ценностью, и отец верил, что я смогу безбедно жить на деньги, вырученные от продажи дома. Но я думала иначе, я считала, что должна сама позаботиться о себе, и в этом наши представления с Ребеккой совпадали, мы обе считали, что женщина должна сама зарабатывать себе на жизнь. Я собиралась пойти в университет, получить степень и затем найти работу, но никогда не говорила о своих планах отцу. Это могло задеть его гордость.

Но мне никогда не приходило в голову, что отец надумает продавать дом до своей смерти. Он всегда повторял, что его вынесут отсюда ногами вперед. Я не могла взять в толк, почему он вдруг переменил решение, пока не догадалась, что идея пришла в голову доктору Латимеру. Но отец нигде не смог бы прижиться после «Сосен»: ни в бунгало, ни на крыше американского небоскреба. «Сосны» для него были тем же самым, что и Мэндерли для Максима. Перемена могла просто убить его.

И во время очередного визита доктора я прямо сказала Латимеру, что думаю на этот счет. Мне не хотелось, чтобы он питал ложные иллюзии, похоже, что ему и в самом деле приглянулся наш дом. Настойчивая идея отца стала меня беспокоить. Пребывание в больнице сильно изменило его. Он выглядел крепче, здоровее, бодрее, его вспыльчивость и обидчивость заметно уменьшились, но он стал рассеянным и забывчивым. Меня радовало, что он стал спокойнее, но он перестал быть тем, каким я его знала. Наверное, среди тех лекарств, которые он принимал, какое-то средство было успокоительным.

Но Фрэнсис Латимер и сам знал, что переезд подействует на отца самым угнетающим образом, и не собирался, по его словам, ничего предпринимать сейчас — он хорошо понял это, пока они вели с отцом долгие разговоры в больнице. И у меня уже тогда создалось впечатление, что доктор знает о том, что творится в душе отца, больше, чем я, поскольку отец говорил с ним обо всем более открыто. Правда, Фрэнсис попытался переубедить меня, но врачи, как и священники, тоже обязаны сохранять тайну исповеди больного, так что я не очень поверила ему.

Внимательно глядя мне в глаза, Фрэнсис предупредил, что я должна быть готова к тому, что поведение отца может измениться.

— Люди меняются, Элли, — добавил он с горячностью, поразившей меня.

Мы сидели на каменной кладке нашего забора, глядя на воду, и Фрэнсис выглядел несколько более озабоченным, чем обычно. И мне кажется, в тот раз я впервые увидела в нем не только врача, но и мужчину, и почувствовала, что его что-то тревожит.

— А разве вы не находите, что и сами изменились, Элли? Господи боже мой, и я тоже изменился. Два года назад, после развода... — Поколебавшись, Фрэнсис вдруг взял меня за руку. — Не совершайте роковой ошибки, считая, что люди остаются такими, какие они есть в данную минуту. Они не статисты. Особенно старые люди, — негромко проговорил он. — В таком возрасте они оказываются на пограничной территории, не доступной ни вам, ни мне. Ваш отец — замечательный человек и очень храбрый. Он прожил долгую жизнь. И если он сейчас становится спокойнее, чем был, то это истинное благословение, поверьте мне.

После этого разговора Фрэнсис стал нравиться мне еще

больше, хотя меня несколько огорчило, с какой легкостью ему удалось вытеснить из сердца отца Тома и добиться его расположения. Такая перемена казалась мне недолгой. И ненадежной. Но сказанное доктором оказало на меня воздействие, и я поняла, что не имею права скрывать от отца записки Ребекки.

После того как Том и Роза согласились с моим мнением, я отдала отцу копию дневника — примерно через месяц после его возращения из больницы. За ночь до того я не могла найти себе места, не могла заснуть и все перелистывала страницу за страницей, выискивая те строки, которые могли задеть отца. И в конце концов нашла место, которое решила изъять из дневника, — удалила всю ту часть, где Ребекка описала свою жизнь с отцом в Гринвейзе.

Многое в этом фрагменте не сходилось: почему она написала его таким жестким тоном, почему так много внимания уделила шахтам? Почему представила все таким образом, будто ее заперли в башню? Иной раз Ребекку несколько заносило в сторону, иной раз она, как мне казалось, слишком вольно истолковывала события. Поэтому я решила отдать отцу дневник без этой сомнительной части.

В последнее время отец спал очень мало, но тем не менее чтение дневника затянулось. Прошло почти полмесяца, а он все еще не закончил его. Как-то раз, когда он заснул с дневником в руках, сидя на солнышке, Роза осторожно вынула из его рук тетрадь и, наверное, за час успела дочитать ее до конца. Но, во-первых, Роза — профессиональный читатель. И к тому же записки не затрагивали лично ее, как отца. Ниточки паутины не тянулись от нее в прошлое и не цепляли ее.

— Чисто по-женски, — прокомментировала она, закрыв последнюю страницу.

— Опиши, каким был Максим, — попросила я ее как-то раз, когда сидела на кухне и пыталась представить то отдаленное время, когда шла Первая мировая война и Роза была еще юной, привлекательной девушкой и, как утверждала молва, привлекала к себе внимание Максима. Роза довольно многое знала и про Ребекку.

— Который Максим? — повторила Роза, разрывая листья салата для ужина. — Мой или Ребекки? Или его второй жены? Или твоего отца? Надо сначала выбрать.

— Твой, — ответила я. — Не тяни кота за хвост.

— Он мне нравился. Очень был привязан к Мэндерли, но всегда мечтал путешествовать. Я не была влюблена в него, как и он в меня, хотя ему казалось, что он питает ко мне какие-то чувства. Я ответила на твой вопрос?

— А ты вообще-то когда-нибудь влюблялась, Роза? — спросила я, задумчиво глядя на море. В тот день как раз в очередной раз вернулся Том из поездки в Беркшир, где находился дом Джека Девлина — Гринвейз, и готовился к другой поездке — на этот раз во Францию. В Бретань. Мы договорились встретиться вечером. Он обещал после этого непременно заехать к нам, но я знала, что все кончится тем, что мы просто попрощаемся и я пожелаю ему счастливого пути.

— Конечно, влюблялась, и очень сильно, в одного студента по имени... Хелен. Сейчас она умерла. А потом несколько лет любила женщину по имени Джейн Тернер — она поселилась в моей лондонской квартире еще до того, как я начала сдавать ее студентам. Ты встречала ее пару раз, когда была еще совсем молоденькой, помнишь ее?

Я повернулась, глядя на Розу во все глаза, и напрягла память: это была тихая женщина в твидовом костюме, с головой погруженная в науку. Разливая чай, она спрашивала меня о том, какое направление я выбрала для занятий. Я как раз сдавала приемные экзамены в Кембридж, и поэтому Джейн подарила мне свою книгу про Шарлотту Бронте — она все еще валяется у меня где-то. Какой же слепой я оставалась все это время!

— Боже мой! — воскликнула Роза. — Неужели ты считала, что я все это время вела монашеский образ жизни? Ты меня обижаешь. Ничего привлекательного в этом нет, уверяю тебя. Но объект любви зависит от вкуса. Кто-то предпочитает яблоки. Другие — апельсины. А кто-то — и то и другое. Ты считаешь, что вкус имеет отношение к морали? Твой отец, очевидно, так считает, но от тебя я ожидала большего. И может быть, я терпеть не могу яблоки, потому что он любит апельсины? Или это безнравственно отдавать предпочтение одному фрукту и не принимать остальных? Я так не думаю. Очнись, Элли, и почисти картофель.

Я послушно принялась за работу и, срезая кожуру с картофеля, думала про Ребекку. А какие фрукты любила она? Ни об одной любовной связи с женщинами она не упомянула, но в ее истории полно всевозможных пропусков и смутных намеков, и к тому же она считала, что мужчины — ее враги. И теперь мне казалось, что кое-какие пробелы я смогу восполнить. Роза могла бы помочь мне, но ее, к сожалению, как мне показалось, совершенно не интересовала судьба Ребекки.

— И тех и других? Или никого? Не могу тебе сказать. Хотя мне показалось, что она старается не выказывать своих истинных пристрастий. Очень трудно понять, что она на самом деле любила, если не считать Мэндерли.

Какой иной раз непонятливой бывает Роза.

— Какая глупость! — возразила я, выкладывая картофелины в соус. — Она любила свою мать. И своего отца. И мне кажется, она любила и Максима тоже, хотя не хотела в том признаваться...

— До чего же ты наивная! — вздохнула Роза и, посмотрев на меня с удивлением, поцеловала в лоб. — Надо будет провести семинар на эту тему как-нибудь на днях. Ты совершенно заржавела. — И она подтолкнула меня к дверям. — Позови отца ужинать, через пятнадцать минут все будет готово. Он снова пошел с Баркером прогуляться по саду.

После дневного жара летний вечер встретил меня прохладой, с моря веял легкий бриз, флажки на яхтах трепетали, а сами они покачивались на воде, как лебеди. Далеко разносилось эхо от голосов перекликавшихся моряков. Закатное небо окрасилось в нежно-розовый цвет.

Отец взял в привычку сидеть на каменной кладке стены, а его верная неизменная тень — Баркер — устроился у его ног. Вытянув свою палку, отец сидел совершенно неподвижно и смотрел на море. Наконец-то он дочитал до конца записки Ребекки. Я сразу догадалась об этом по его увлажнившимся глазам. А на лице застыли печаль и смирение. Хотя отец повернулся в мою сторону, заслышав шаги, но какое-то время смотрел и не видел меня. Я протянула ему руку, он крепко сжал ее и привлек меня ближе к себе. И мы сели рядышком, глядя на прибой внизу. Я молчала, удивляясь его спокойствию.

Я так боялась, что чтение записок взволнует его, снова вызовет в памяти демонов прошлого, но не заметила ни малейших признаков тревоги. Вот уже больше недели он крепко спал по ночам, не просыпаясь от кошмаров, которые в этом году, до больницы, преследовали его постоянно. Особенно один, который повторялся в нескольких вариантах, но суть его сводилась к тому, что отец ехал в снежную пургу на чёрной машине по длинному извилистому подъезду к Мэндерли. И хотя он держал в руках руль, машина двигалась сама по себе, мотор работал совершенно беззвучно, а рядом с ним, на пассажирском сиденье, лежал маленький гробик. Отец осознавал, что обязан был доставить его в целости и сохранности.

Но каким-то образом этот гробик начинал сползать к краю, и оттуда слышался жалобный детский голосок: «Выпусти меня! Выпусти меня!» Потом он становился все более настойчивым и требовательным. Узнав голос Ребекки, отец пытался затормозить, но машина его не слушалась. Тогда он пытался расстегнуть брошь в виде бабочки, которая скрепляла верхнюю и нижнюю части, но застежка не поддавалась. Плач и причитания переходили в громкие ужасные завывания, и отец в ужасе просыпался. Иногда он звал меня, иногда Ребекку.

Он забывал, что уже пересказывал мне этот сон, о котором я никому не говорила, но, похоже, в последнюю неделю кошмар оставил его. И пока он читал дневник, я бросала в его сторону пытливые взгляды, боясь, что прежние страхи снова начнут изводить его, но не заметила никаких тревожных признаков. Прочитав несколько страниц, он погружался в забытье, словно смотрел какой-то собственный фильм и сравнивал его содержание с содержанием прочитанного. Иной раз он покачивал головой, как если бы не соглашался с чем-то, но чаще всего он отвечал женщине, которую любил, словно ее слова долетали до него издалека, из воображаемого мира.

Как-то он заметил:

— Да, старая миссис де Уинтер была именно такой, но моя бабушка считала, что она больше рычит, чем кусает. А вот няня Тилли называла ее Мегерой. Тилли приехала из Лондона и ухаживала за мной после смерти отца. Странно, почему все это вдруг вспомнилось мне.

А на какой-то из страниц отец вдруг всплакнул, не объяснив почему, но вскоре снова взбодрился.

— Я всегда думал, что она девочка-бабочка, — проговорил он. — Я с самого детства помнил Изольду. И рад, что Ребекка взяла с собой синюю луговую бабочку и даже хранила какое-то время.

Ни особенно сильных переживаний, ни гнева — я была поражена. Многие высказывания Ребекки шли вразрез с тем, что рассказывал отец. У нее не хватило ни терпения, ни желания больше строк уделить ему, но его это не задело. А в тот вечер, сидя и глядя на море, он наконец-то заговорил и даже спросил, какое впечатление произвели на меня эти записи.

— Бедный ребенок, — продолжил отец. — В такое же время года она приходила сюда пить чай. Элинор отвела меня в сторону и попросила не спрашивать у девочки про ее мать. Какой ершистой она мне показалась. И она стала отважной женщиной. Мало кто из женщин справился бы с Мэндерли, он бы отверг многих, но Ребекка покорила его. В детстве я ненавидел его. И ненавидел Лайонела. До меня доходили слухи о его связи с Изольдой, и одно время я боялся, что...

— Что?..

— Нет, ничего, — помедлил он и отвернулся. — Я помнил, как он умирал и как он выглядел перед смертью. Я был свидетелем, когда подписывали завещание. Мне нечем гордиться, но теперь уже ничего не изменишь. — Он вздохнул и похлопал меня по руке.

Через какое-то время отец заговорил вновь, мысленно следуя по дорожке, что уводила в прошлое. Иногда эта дорожка пересекалась с тем, что описывала Ребекка, проявляя неточности. И даже по ходу его рассказа события начинали меняться, обнаруживая, что каждое из них имеет несколько граней, которые придают новые оттенки повествованию.

— Не думаю, что Ребекка говорила это, папа, — мягко проговорила я в ответ на один из его рассказов. Он улыбнулся и покачал головой.

— Неужели? — спокойно переспросил он. — Ну да, я начинаю заговариваться. Впрочем, все это не имеет значения. И мне было приятно слышать ее голос после стольких лет молчания. Но зачем мне все это сейчас? Все давно прошло и ушло. Я стар, к чему тревожиться о том, что случилось много лет тому назад. Лучше мне задуматься о том, что происходит сейчас. Какие у тебя планы, Элли?

Для отца все отдалилось, а для меня — приблизилось. Мы поужинали — по новому распорядку довольно рано, а потом я оставила отца играть в карты с Розой. Поднявшись наверх, я переоделась в новое платье, отбросив в сторону сомнения, села в машину и поехала к Тому.

Он предлагал съездить в церковь Мэндерли и пройтись к реке. И пока мы с ним гуляли, он рассказал несколько чрезвычайно важных моментов, которые имели отношение к его поездке в Гринвейз.

27

— Девлин — отец Ребекки — никогда бы не пошел на самоубийство, Элли, — сказал Том, не глядя в мою сторону.

Мы шли рядом мимо заросших травой холмиков кладбища к негромко шумевшей внизу реке.

Наступило время отлива, и речка превратилась в тоненький ручеек, птицы выискивали в иле корм. Мой отец мог бы назвать их всех, но я не знала и половины. Когда мы подошли ближе, стайка вспорхнула, закружилась на месте, переливаясь в солнечных лучах серебристо-черным цветом. Не сговариваясь, мы присели на берегу, поросшем лютиками, и я, сорвав длинный стебелек травы, принялась закручивать его вокруг пальца, как обручальное кольцо. После паузы Том продолжил:

— И к тому же я проверил его свидетельство о смерти. Версия Ребекки отличается от той, что я услышал от Джека Фейвела, вот почему я счел нужным уточнить детали. Теперь у меня нет сомнений.

Какой же он дотошный и основательный. Том не просто проверял, он перепроверял по два-три раза каждый факт. По документам и по свидетельствам очевидцев. Он просмотрел не только свидетельство о смерти Девлина, но и прочитал некрологи в местных газетах, записи следователя, послал письмо семейству, которое купило Гринвейз после смерти Джека. Эта семейная пара уже была в преклонном возрасте, но все еще жила там. Том обошел фермы и конюшни, поговорил с людьми, которые помнили, когда умер Девлин, он побывал на могиле, где бок о бок похоронены Джек Девлин и Изольда-Изабель.

— Памятник из черного мрамора? — спросила я. С его точки зрения, праздный вопрос, но мне он почему-то пред-

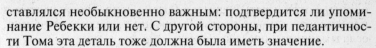

ставлялся необыкновенно важным: подтвердится ли упоминание Ребекки или нет. С другой стороны, при педантичности Тома эта деталь тоже должна была иметь значение.

— Памятник? Да. Черный мрамор с золотыми буквами. Вполне во вкусе Девлина. — Он нахмурился. — Ты слушала, что я рассказывал, Элли?

— А какое имя на нем выбито? Изабель или Изольда?

— Изабель. Элли, я знаю, это огорчит тебя, потому что ты придаешь слишком много значения написанному Ребеккой. Но я все перепроверил. Для меня это так много значит, что я не хотел оставить ни одного белого пятна.

— Расскажи еще раз, — попросила я, хотя помнила каждое его слово. И опять принялась обворачивать палец травинкой. Мне нужно было выиграть время, чтобы обдумать все и взвесить.

И Том повторил все с самого начала. Действительно, ошибки быть не могло. Джек Девлин погряз в долгах и находился на грани разорения и банкротства. Он умер в день рождения Ребекки, когда ей исполнилось двадцать один год. Все это верно. Но он не повесился, а погиб в результате несчастного случая. Выехал покататься на лошади ранним утром в сопровождении Ребекки и парнишки-конюха. Когда они проехали примерно милю, лошадь Девлина вдруг понесла.

Погода была ясной, но земля после мороза — скользкой. Не самое лучшее время для прогулки верхом. И лошадь сбросила Девлина на обледеневшую землю. Он сломал шею. И два других седока ничем не могли ему помочь. Когда они подъехали, он уже был мертв. Ребекка так была потрясена, что ее избавили от допросов, но конюх — Ричард Слейд — дал показания. У следователя не было сомнений, как и у присяжных, — все сошлись на том, что смерть произошла в результате несчастного случая.

— Ричард Слейд, — продолжал Том, — парнишка из местных, двадцати лет от роду, проработал у Девлина уже четыре года и был на хорошем счету. Непонятно, почему он вдруг явился в суд снова, чтобы объявить себя виновным в несчастном случае. Потом он запил. Его приняли на работу новые владельцы Гринвейза, но он занимался делами спустя рукава. Не прошло и года, как его уволили, а в канун смерти Девлина он повесился в конюшне на балке.

— Почему? — спросила я, зная, что человек, сидевший рядом со мной, все перепроверил несколько раз.

— Я просмотрел все документы. Два брата Ричарда Слейда все еще живут там, и мне удалось поговорить с ними насчет того несчастного случая. Джек Девлин был прекрасным наездником, и мне хотелось узнать, сел ли он на необъезженную лошадь в тот день, как уверял меня Фейвел. Выяснилось, что нет. «Почему его лошадь могла вдруг понести?» — спрашивал я их. Ричард Слейд не ответил на этот вопрос во время дознания. И его братья тоже.

«Есть много причин, из-за которых лошадь может вдруг обезуметь», — подумала я. «Мой отец пытался взнуздать, оседлать и стреножить меня», — вспомнила я строки из дневника Ребекки.

— Такое случается и с самыми опытными наездниками. Что тут странного? На что ты намекаешь?

— Ни на что.

Том по-прежнему смотрел в сторону. Теперь начинался прилив, и река снова стала шире и полноводнее. Какое-то время мы сидели молча, пока Том не заговорил:

— Зачем Ребекка пошла на это? Зачем объединила две истории в одну? Смерть отца и смерть конюха? Не могу понять. В дневнике написано: «Он проверил все и посмотрел на меня...»

— Она тогда была убита горем, Том, — ответила я. — Находилась в невменяемом состоянии после смерти отца, даже пыталась покончить жизнь самоубийством. И ей трудно было снова возвращаться к тому происшествию. Это сразу видно по ее записям. Ей удалось заставить себя сделать это, только избегая подробностей. А может, она считала, что несчастный случай был подстроен им самим. Своего рода форма самоубийства. Что вполне возможно. Так что косвенно она все равно сказала правду. Ребекка так частенько поступает — или мне кажется, что она прибегает к такому приему.

— Это один вариант. Другой — проще. Она лжет.

Его слова ошеломили меня. И рассердили. Мне запомнились слова Ребекки: «Надо расплачиваться за свои долги».

— Ты сам не веришь в это обвинение, — резко ответила я. — На каком еще обмане ты ее поймал? Получается, что и отец, и конь стали ее жертвами? Такое впечатление, что ты пытаешься встать на чью-то сторону.

— А ты нет? — так же резко спросил он.

Рано или поздно люди принимают чью-то сторону. Я не один раз следила за бракоразводными процессами, которые проходили в Керрите. Либо черное, либо белое; одни считали виноватым только мужа, другие винили исключительно жену.

— Нет, я не пытаюсь встать на чью-то сторону и вынести суждение, — повторила я. — Я просто пытаюсь услышать Ребекку.

— Разве не тем же самым занимаюсь и я?

— В данный момент нет. В тебе заговорило предубеждение.

— Да, видимо, я позволил прошлому вторгнуться в настоящее, — как всегда сдержанно говорил Том. — Моя приемная мать, Мэй Галбрайт, сделала все, чтобы держать меня подальше от Ребекки, — только теперь я осознал почему. Одна встреча, и все. Я долго ломал над этим голову. Мэй не относилась к числу собственниц или ревнивиц. И я предполагал, что она удерживала меня от общения с Ребеккой, чтобы сохранить все в тайне, но сейчас думаю иначе: может быть, она старалась держать меня подальше от Ребекки, чтобы уберечь?

— От чего?

— Многие мужчины, оказавшиеся рядом с Ребеккой, заканчивали свою жизнь трагическим образом, — ответил он. — Тот парень в Бретани утонул или его утопили? Максим. Ее отец. Конюх двадцати одного года от роду. Даже братья моей приемной матери — помнишь, Ребекка упомянула, что у Мэй было три брата? Все они умерли молодыми. Один в Первую мировую войну, второй сорвался со скалы. Третий покончил с собой незадолго до того, как Мэй усыновила меня. Иными словами, вскоре после того, как Ребекка вышла замуж. Не хочу сказать, что у нее был «дурной глаз», но это была какая-то роковая женщина, и она, несомненно, многим желала смерти...

— Нельзя обвинять Ребекку в том, что паренек погиб в Первую мировую войну — тогда погибли миллионы, — тут же бросилась я защищать Ребекку. — Даже представить себе не могла, что подобная мысль придет тебе в голову.

— И мне тоже, — ответил Том, и тень улыбки промелькнула у него на губах. Он поднялся. — Но давай больше не будем говорить на эту тему, Элли. Я решил — хватит гадать. Мне надо поехать в Бретань. Есть еще сотни вопросов, на которые здесь нельзя найти ответа. Сегодня я исписал два листа вопросами. Например, можно ли считать Джека Девлина отцом Ребекки? Почему он оставил ее мать? Узнал ли что-нибудь Максим о родителях Ребекки? Учитывая, какой смертью умер Лайонел...

Я не дала ему закончить перечисление:

— Девлин — отец Ребекки, в этом нет сомнения. И мне кажется, что он узнал, что Лайонел был любовником Изольды — ему могли попасться на глаза его письма. Тогда он решил, что ребенок, которого ждет Изольда, может быть не его, и уехал...

— Один вариант прочтения, но есть и другие. — Том пристально посмотрел на меня, помедлил, словно размышлял над тем, стоит ли продолжать этот разговор, а затем его тон изменился. — Прости, — уступил он. — Конечно, во мне заговорило предубеждение. Вернемся в церковь?

Я видела, что ему не хочется больше говорить на эту тему, — очень мудрое решение. Мы уже были на грани ссоры, и мне не хотелось портить последний вечер, проведенный вместе. Мне не хотелось, чтобы Ребекка встала между нами в тот момент, когда осталось так мало времени до расставания.

Том протянул руку и помог мне подняться. Похоже, его тоже огорчило, что между нами проскочила тень непонимания. Именно в этот момент его тон изменился, или мне так сейчас кажется, когда я оглядываюсь назад.

По дороге к церкви мы обогнули могильные холмики. Стояла необыкновенная тишина, и мне хотелось насладиться прогулкой, поэтому я шла очень медленно. И боялась посмотреть в его сторону, чтобы не выдать чувства, охватившего меня. Его можно было бы определить только словом «тоска», которое сердило меня саму. Мне хотелось утаить свои чувства и мысли, как это делал Том, проявить такую же сдержанность, что разрушало настроение еще сильнее, чем ссора.

В молчании мы проходили мимо надгробных плит. Серебристая лента реки сверкала внизу. Церковные часы отбили час, и я спросила Тома, когда он собирается вернуться в Кембридж и о его работе. К моему удивлению, он ответил очень обстоятельно. А я пыталась представить его почти монашескую комнатку на первой лестничной площадке в Кинге, всю заставленную книгами, и библиотеку, где он склонившись над фолиантами, проводил бо́льшую часть времени.

Если в будущем я не смогу встречаться с ним, то по крайней мере смогу представить, чем он занимается в ту или иную минуту. И его образ в Кембридже отчасти сливался с моими собственными воспоминаниями о тех местах, когда я однажды зимой навещала Розу. Башенки возвышались в тумане, снег лежал на берегу реки, из-за восточного ветра стоял холод, и огни в здании колледжа светили зазывно и заманчиво. Мне вспоминалось все это как мираж, но я ему ничего не сказала.

Мы вошли в церковку и миновали надгробную плиту де Уинтеров. Я взялась за дубовые поручни, думая о том маленьком мальчике, о глазах цвета моря и о том, как Ребекка стояла рядом с Томом. И мы оба — я почувствовала это — жалели об утраченной возможности.

Когда мы прошли мимо купели, где, как я надеялась, крестили бы моих будущих детей, я с трепетом прикоснулась к ее краям, и мы снова вышли на церковный двор, залитый мягким светом. В груди теснились слова, которые мне бы хотелось сказать Тому, но я сдержала себя.

А он рассказывал мне о человеке, который должен был присоединиться к нему в Бретани, — Николасе Осмонде, с которым он подружился еще в студенческие времена. Круг интересов Осмонда относился к средневековой Франции и романской традиции, он читал курс лекций в Сорбонне. Николас недавно овдовел, его жена умерла год назад от лейкемии.

Том замедлил шаги, когда мы уже стояли у выхода. Я насторожилась, потому что почувствовала нечто большее за простым упоминанием...

— Как печально, — услышала я свой собственный голос, каким обычно говорят в таких случаях, — и как это опечалило его и вас. Она была и вашим другом, Том?

— Да, я хорошо ее знал. Мы все трое были очень близки. Ее болезнь оказалась такой внезапной и такой скоротечной.

— Как ее звали? — спросила я, стараясь сохранить ровный тон и не глядя на него.

— Джулия, — ответил он, и я почти физически ощутила всю степень его переживаний, которые он пытался скрыть, и на долю секунду, пока Том не успел отвернуться, посмотрела на его лицо и сразу поняла, почему какое-то время я оставалась для него невидимкой, — это не имело отношения ко мне лично.

На какую-то долю секунды мне стало легче и захотелось спросить его — самые обычные в таких случаях, глупейшие вопросы, вертевшиеся на языке: красивая ли она была, отвечала ли она ему взаимностью — жена его друга? Произошло ли между ними что-то или их отношения не получили развития? Но мне удалось удержаться, я не имела права спрашивать его о таких вещах, и он бы не стал отвечать на них, да и лучше было бы ничего этого не знать. Кое-чему я успела научиться за прошедшие месяцы и осознала, что невозможно противостоять тому, что забрала смерть. То, что оказалось по ту сторону, нельзя изменить, и поэтому оно обладает особенной властью.

И хотя переживания переполняли меня, я не вымолвила ни единого слова. Я вела его между высоких и более скромных надгробий к тому месту, откуда в просвете можно было увидеть море.

— Перед уходом хочу показать тебе могилку Люси, — сказала я. — Помнится, ты не смог найти ее. Вот она, Том.

Уже стало смеркаться. Я быстро шла впереди Тома, чувствуя, что перебила его и не дала ему договорить того, что он намеревался сказать мне. Но мне не хотелось слушать его. Трава была высокой, тропинка сузилась, и я не сразу нашла холмик. Но при виде могилы я даже отступила на шаг от неожиданности. Кто-то успел побывать здесь до нас, и побывал совсем недавно. Кто-то выполол сорняки, очистил надгробный камень от мха и прямо перед ним положил подношение: не цветы, а ракушки. Целая горка ракушек. «Наверное, полный передник», — подумала я, невольно вздрогнув.

Опустившись на колени, я дотронулась до них. Здесь лежали гребешки, блюдечки, моллюски, мидии, тарпаны и совсем крошечные ракушки, похожие на ноготки наяд.

Я провела пальцем по волнистым узорам, подняла одну и поднесла к уху, прислушиваясь к таинственному шуму моря, который раковины хранили в себе, накопив за долгие годы, а потом положила ее на место.

Рядом со мной стоял Том, и я знала, что он думает о том же — о венке азалий, оказавшемся возле домика Ребекки.

— Кто-нибудь из родственников Люси остался здесь поблизости? Или друзья. Кто мог принести это сюда?

— У нее не осталось родственников. И друзей тоже. Она умерла почти сорок лет назад, Том.

— Но кто-то помнит ее, — негромко сказал он. — И меня это радует, Элли.

Меня это тоже обрадовало. И, как мне показалось, объединившее нас чувство могло разрушить привычное для Тома состояние закрытости.

Я довезла его до коттеджа, где все книги уже были упакованы. От этого дом сразу поскучнел и утратил уют.

И Том впервые показал мне кольцо Ребекки, выложив его на ладонь, а я подумала: какое же оно узенькое и какими тонкими должны были быть ее пальцы.

А потом он налил мне виски, мы сели снаружи, глядя, как исчезают последние лучи солнца, и маленькие бриллианты вспыхивали им в ответ — кольцо лежало между нами на каменных ступеньках.

— Я написал подруге Фейвела про кольцо, — сказал Том после долгой паузы. — Она ответила, что оно приносит несчастья, и отказалась забрать его. Что мне с ним делать, Элли? У меня такое чувство, что я не имею права забирать его.

— А почему бы нет? — Теперь я была намного спокойнее. — Если кто и имеет право на него, так это ты. Ребекка была бы рада.

— Элли?.. — Его голос вдруг дрогнул. Я слишком поздно заметила, как в нем борются два чувства: желание открыться и страх выразить свои чувства. — Элли, мне бы хотелось, чтобы ты узнала до моего отъезда...

— Кажется, я догадываюсь сама, — быстро ответила я, положив руку ему на плечо. Мне не хотелось, чтобы он начал рассказывать про Джулию, я бы не вынесла этого. — Не надо ничего объяснять, Том. Правда. Мы ведь друзья, так ведь?

— Конечно, и это очень много значит для меня. И я хочу, чтобы ты поняла, как сильно я изменился здесь за это время. Это ты заставила меня измениться, Элли...

— Я? — повернувшись к нему, переспросила я удивленно.

— Без сомнения. — Он помедлил и осторожно взял мою руку в свою. — Ты обладаешь такими качествами, которыми я восхищаюсь и которым завидую. Искренность, прямота, правдивость — как бы мне хотелось перенять у тебя хотя бы часть их. Мне всегда с таким трудом удается выразить свои чувства. Я не умею быстро сближаться с людьми. Но мне известна эта моя слабость, поэтому хочу объяснить кое-что, прежде чем мы попрощаемся. Мне хочется быть таким же честным.

— Нет, Том, я не была кристально честной, поверь, — ответила я. — И тоже не очень хорошо скрываю свои чувства..

— А зачем тебе их скрывать? — мягко спросил он. — И зачем мы делаем это? Ради самозащиты или ложной гордости? Я большой мастер самообороны... — Том помолчал. — И должен сказать, Элли, только не перебивай меня. Год назад я понял, что это такое, любить и не быть в состоянии выразить свое чувство. И я знаю, как это больно. И я понимаю, какие надежды питает человек, когда ждет ответных слов признания, и какая это радость — узнать, что тебе отвечают взаимностью...

Я чувствовала сердцем, с каким трудом ему давалось каждое слово.

— Я знаю, что неопределенность причиняет боль, как ничто другое. И мне не хотелось бы, чтобы между нами осталась недоговоренность. Ты мне нравишься, я искренне восхищаюсь тобой, Элли. И надеюсь, что мы навсегда останемся друзьями. Я постараюсь не совершить ничего такого, что могло бы разрушить эти узы. Но я хочу, чтобы ты знала: я питаю более глубокие чувства к другому человеку — и это невозможно изменить. Я любил этого человека с юности и даже теперь, когда мы так далеко друг от друга, продолжаю испытывать то же самое. Ты меня понимаешь?

— Да, конечно, Том. Я только хотела бы... пожелать...

Я замолчала. Чего я хотела пожелать ему? Счастья? Конечно же, чтобы он не был таким одиноким и таким печальным. Когда-нибудь, в будущем, рано или поздно он встретит такую женщину, которая сумеет в отличие от меня пробудить в нем глубокие чувства. Мне этого не удалось. Я не смогла выразить того, что промелькнуло в уме, но он уловил, о чем я думала.

— Элли, я испытываю подобное по отношению ко всем женщинам и хочу, чтобы ты поняла меня, — продолжал он. — Для меня увлечься кем-то — все равно что совершить предательство. Поэтому мы можем только дружить.

Никогда до сих пор Том не говорил так взволнованно.

Я догадалась, что он заранее продумывал свою речь, подбирал слова, но чувства захлестывали его. Наверное, он считал, что я лелею какие-то надежды. Теперь я знала, что Джулия умерла. Наверное, я еще буду какое-то время смутно надеяться на что-то, но сейчас я стала сильнее, я была вооружена. И я испытывала к нему благодарность, хотя сердце пронзила острая боль разочарования, поэтому, когда он снова заговорил, я поняла, что есть еще что-то, в чем он собирается признаться, и перебила его.

— Том, больше ни слова, — быстро проговорила я, допила остатки виски и поднялась. — Я все поняла, правда. И я представляю, как все это тебе трудно было высказать. Рада, что ты отважился. Ты пытался уберечь меня от больших переживаний, поверив мне, высказал все прямо. Я очень благодарна тебе за это. И не бойся потерять мою дружбу ни сейчас, ни в будущем. Друзьям ничего не надо объяснять и не надо перед ними извиняться... Так мне говорит моя тетя Роза... И если кто-то и должен просить прощения, так это я. Не в моих привычках раздавать поцелуи, надеюсь, ты понимаешь меня.

— Конечно. И ни секунды не сомневался, Элли. — Он тоже поднялся.

Но я не в состоянии была слушать слова утешения о том, что я заслужила лучшего и что однажды я встречу человека, который оценит меня, и я сделаю его счастливым. Том оказался более умным и чутким, он не стал заговаривать об этом, и за его молчание я преклоняюсь перед ним. Он придвинулся ближе ко мне. В нем боролись самые разные чувства: восхищение и нерешительность. Наконец он повернул меня к себе, держа за плечи.

Я угадывала присутствие призрака за его спиной и не хотела обижать Тома, поэтому выверяла каждое слово и действие. Мы очень тепло попрощались. Я пообещала наведываться в его коттедж и проверять почту. А он пообещал, что непременно заедет навестить меня и моего отца после возвращения из Франции. Сказал, что будет скучать без нас, и я поверила, что это правда, и, наконец, когда я собралась уходить, он притянул меня к себе и поцеловал.

И я навсегда буду помнить этот поцелуй: нежный и полный сожаления — поцелуй брата. Сейчас я поместила его в душе на место погибшего на войне брата. Мне предстояло самой излечиться от влечения к нему и самой себе выписать лекарство вроде тех, что прописывали отцу. Я проглотила самые распространенные в таких случаях пилюли: отвлечение — они дали побочный эффект. Но я уговаривала себя, что необходимо выждать. И верила, что время — лучший лекарь, а еще я верила, что разлука тоже лечит, что она не дает поселившемуся в сердце чувству расти. Скажу сразу — это обман, сказки старой бабушки.

Через неделю после отъезда Тома я получила от него открытку с видом на бретанскую деревушку, а еще через три дня заехала в его коттедж проверить почту, и там меня застал звонок телефона. Звонила молодая женщина, про которую мне рассказал Том. Ее звали Селина Фокс-Гамильтон, он познакомился с ней на Тайт-стрит.

Она была возбуждена и огорчилась, что не застала Тома — Теренса Грея, как она назвала его, но, когда я объяснила ей, кто я такая, мы с ней проговорили довольно долго. И я решилась завтра съездить в Лондон, чтобы повидаться с Селиной, и не только с ней.

Переночевать я могла в доме Розы и вернуться на следующий день. И снова меня охватило странное волнение от предчувствия чего-то необычного. Если доверять словам Селины, а я поверила ей, то завтра же я узнаю, кто эта таинственная личность, что посылает нам конверты. И если повезет, то в самое ближайшее время у меня в руках окажется последняя тетрадь Ребекки.

28

Я выехала самым ранним поездом и вскоре после полудня оказалась в Лондоне. С прошлого года, когда у отца случился сердечный приступ, я ни разу не выезжала, и вид знакомой дороги вызвал чувство подъема и радости, меня радовала сама по себе перемена. Прижавшись к окну, я наблюдала, как предместья незаметно перетекают в городские окраины и как мы въезжаем в самый центр — сердце города. Шум и толкотня на Паддингтоне показались непривычными и веселыми.

На мне было полосатое платье с длинной юбкой, которое

отец купил на мой прошлый день рождения. В Керрите оно казалось модным и нарядным, но в Лондоне — довольно старомодным, впрочем, меня это не волновало. Я помнила прежние свои маршруты передвижений по городу и поэтому не хотела сверяться по карте, чтобы не выглядеть глупой провинциалкой. День выдался жарким, подземка напоминала адское пекло. Выйдя на Слоан-сквер, я направилась к Тайт-стрит, пытаясь представить, каково это — жить в столице, где можно ходить в театры, на концерты и в картинные галереи хоть каждый день. Как это замечательно, хотя я, наверное, скучала бы без моря.

Чувствуя себя свободно и радостно, я шагала по тротуару и заранее придумывала выражения, в которых буду описывать этот день Тому Галбрайту, когда он вернется из Франции, а я начну рассказывать об открытии, сделанном во время его отсутствия. И это радостное состояние не покидало меня все время, пока я не дошла до Тайт-стрит. Только когда показался дом, стоявший на берегу реки, настроение начало меняться. Эта улица вызвала воспоминания о моей сестре Лили, по которой я до сих пор очень сильно скучала, и я немного занервничала, предугадывая, что мне предстоит пережить.

Возле дома стоял небольшой фургончик, и я сразу догадалась, что тоненькая девушка в джинсах, стоявшая перед входом и отдававшая распоряжения грузчику, и есть Селина. Том очень скупо ее описал, как я поняла, когда подошла ближе: у нее были длинные темные волосы, правда, сегодня она собрала их в хвост, и еще сразу обращали на себя внимание интересно подкрашенные глаза. Том отозвался об этом несколько пренебрежительно, но я собиралась попробовать сделать то же самое. Главное в Селине то, что она была на редкость привлекательной, о чем Том не удосужился упомянуть.

Она несколько растерялась при виде меня, и я догадывалась почему. Наверное, я казалась ей очень старомодной. Но я сразу почувствовала к ней расположение, как и она ко мне. Грузчик закончил укладывать вещи и уехал. Селина пригласила меня в дом, усадила рядом с кошками, чтобы мне было не скучно, а сама отправилась варить кофе. А я начала воображать, каково это жить в отдельной квартире, приходить и уходить, когда тебе хочется. И мне очень нравился вид опустевшей белой комнаты.

— Чайник надо запаковывать в последнюю очередь, а распаковывать — в первую, — сказала Селина, возвращаясь ко мне. — Ты ничего не имеешь против кошек? Они здесь стали очень раздражительными и нервными. Ждут не дождутся, когда мы уедем, как и я сама. Не могу поверить, что мне наконец-то удастся вырваться отсюда...

Она уселась прямо на пол, зажгла сигарету и принялась меня внимательно рассматривать.

— Значит, статный мистер Грей отправился в Бретань? Тебе с ним повезло? Мои попытки кончились полным провалом, но мы только один раз поговорили с ним, а потом я отправила открытку. И раза два позвонила. Так что результат у меня нулевой. Я уже начала подумывать, не утратила ли я привлекательности, но теперь, когда увидела тебя, поняла, что у меня не было никакой надежды. Ты с ним... ну ты знаешь, о чем я...

— Нет, — ответила я и, подумав, добавила: — К сожалению.

— Ну и черт с ним! Их как собак нерезаных, — беспечно бросила Селина. — Конечно, большинство из них беспородные. — Она усмехнулась. — Сигарету?

Я не отказалась, потому что иногда покуриваю, когда мне хочется выглядеть более современной, а Селина принялась рассказывать о своей новой квартирке и о работе в галерее. По ее словам выходило, что проще занятия не бывает. Она появляется там раз в неделю и занимается одной говорильней.

— Ты тоже могла бы там работать, Элли, — сказала она беззаботно. — Симпатичной девушке легко найти место. Это просто. А у меня не работа, а забава. Ничего сложного в ней нет, в основном я посылаю приглашения и организую частные выставки. А ты не подумываешь случайно о том, чтобы перебраться в Лондон? Намного проще снимать квартиру вдвоем. К сожалению, в отличие от этой квартиры моя новая намного дороже.

Я объяснила, почему пока ничего не могу загадывать заранее. А если с отцом что-то произойдет, то я уже наметила себе, чем займусь, — поступлю в Кембридж, если, конечно, меня еще примут.

Селина с недоверием оглядела меня с ног до головы.

— Не делай вид, что ты синий чулок! — воскликнула она. — Ни за что не поверю. Тогда уж лучше идти в монастырь.

Тайна Ребекки

Никогда до сей поры я не думала о себе таким образом, но тут поняла, что в словах Селины есть доля правды. Сказалось влияние Розы, и я стала страстной читательницей. Но я не считала, что Кембридж — это монастырь. Там я могла бы многому научиться, получить профессию, возможность зарабатывать деньги, хотя, видимо, Селину такая перспектива мало привлекала. Мы поболтали с ней и на эту тему. Я спросила ее о том, как ей удается придавать своим глазам такой длинный египетский разрез, она тут же достала специальный карандаш для глаз и показала, как это делается. Наконец после получасовой легкомысленной болтовни — я изголодалась по такой болтовне и наслаждалась ею бесконечно — мы с ней перешли к делу. Более подробно, чем мы обсуждали это по телефону, когда она описала, какие изменения произошли за последнее время, из-за чего я и ринулась в Лондон.

За неделю до нашего с ней разговора пришел конверт с адресом квартиры наверху. Насколько Селине известно — единственный конверт, который пришел за все эти долгие годы. Она обнаружила его на полу, когда пришла с работы: коричневый конверт, на котором было написано: «Миссис Дэнверс». Селина повертела его в руках и положила на полку для почты в холле. В тот же день она пыталась дозвониться до Тома, но ответа не дождалась.

Четыре дня спустя конверт продолжал лежать на том же самом месте, хотя она знала, что квартира наверху не пуста, пугавшие ее звуки передвигаемой мебели продолжались почти беспрерывно.

На пятый день Селина рискнула подняться по лестнице и постучала в черную дверь. Она стала звать обитательницу квартиры, обращаясь к ней по имени: миссис Дэнверс, но ответом, как всегда, было молчание. Но там явно кто-то прислушивался к ее словам, и Селина сказала, что на имя миссис Дэнверс пришло послание и что она оставляет его за дверью.

Еще через два дня, подталкиваемая любопытством и желая узнать, чем все закончилось, Селина снова поднялась по лестнице наверх. Конверт оставался на том же самом месте, где она его положила. В тот день она снова позвонила Тому, и трубку взяла я.

А нынешним утром, незадолго до моего приезда, Селина

еще раз поднималась наверх — конверт исчез, так что его, по-видимому, забрали.

— Это означает, что она там, — продолжала Селина. — Но как только я положила конверт, она вдруг затихла. Целых три ночи — ни единого звука! — Селина поморщилась. — А я, наверное, из-за того, что уже привыкла к шуму, не могла выносить эту тишину — она казалась мне ужасающей. Я думала: а вдруг она там умерла? Или задумала что-то еще...

Она передернула плечами:

— Ты еще не передумала, Элли? Может, я все же останусь, пока ты поднимешься наверх? Я задержусь ненадолго, в конце концов, она все равно не откроет дверь, так что тебе понадобится немного времени: только подняться и спуститься.

Я осмотрела лестницу, что вела наверх: она была плохо освещена, кроваво-красного цвета лужица ковра растеклась на верхней лестничной площадке. И я поняла, почему Селина и ее кошки боялись проходить мимо. Но я знала, что не добьюсь ничего, если не останусь в этом доме один на один с загадочным призраком.

— Мне кажется, что, если она услышит, как ты уезжаешь, или увидит из окна, у меня будет больше шансов на то, что она отзовется, — ответила я. — Быть может, ты права, и она не откроет дверь. Но если и откроет, то зачем ей нападать на меня?

Мои доводы не убедили Селину.

— Она не в своем уме — это единственное, что я знаю совершенно точно.

— Если это та женщина, про которую я думаю, то она никогда и не была нормальной.

В конце концов мне удалось убедить Селину. Я помогла ей упаковать последнее, что еще оставалось в квартире, и усадить кошек в плетеные корзинки. Селина отдала мне свой ключ от входной двери, и я пообещала рассказать, что тут произойдет. Мы обменялись адресами. И, подхватив корзинки с жалобно мяукающими кошками, Селина вышла, нарочито громко хлопнув входной дверью. Я слышала, как истошно вопят ее кошки, пока она садилась с ними в такси. Их голоса затихли вместе со звуком мотора, когда машина повернула за угол.

Мне показалось, что в холле сразу стало холодно. Слабый

свет озарял черно-белые кафельные плиты, что изгибались следом за поворотом лестничной площадки. Воцарилась зловещая тишина. Лампочка у входной двери покрылась слоем пыли, отчего свет казался еще более тусклым. У меня создалось впечатление, что и воздух тоже весь пропитался пылью, и я не ощущала ни единого движения воздуха.

Том Галбрайт не получил ответа от обитательницы квартиры, и то же самое могло произойти со мной, если я не подберу нужных слов. Что станет заветным ключом в данном случае? Записки Ребекки помогут мне найти их.

Из-за черной двери доносился ощутимый запах чего-то паленого. И хотя я знала, что меня никто не может видеть, ощущение, что за мной пристально наблюдают, не исчезало. Но черная дверь — внушительная и прочная — не имела «глазка».

Посчитав до десяти, я осторожно постучала и проговорила:
— Дэнни, ты там? Позволь мне войти. Мне надо поговорить с тобой.

Тишина. Воздух за моей спиной сгустился. Может быть, это была всего лишь игра воображения, но запах гари стал более явственным. Пришлось сделать усилие, чтобы заставить себя постучать еще раз. И я заговорила более резким, более повелительным тоном:
— Дэнни, сейчас же открой дверь! Я не собираюсь торчать на площадке весь день. Открой немедленно!

Последовала пауза, и я услышала слабый шорох, который описывал Том, как бывает, когда ткань задевает о мебель. Затем что-то щелкнуло и заскрежетало, звякнули крючки, и наконец щелкнул замок.

Дверь медленно распахнулась. Открывшееся мне пространство было залито ярким светом, потому что окна располагались на западной стороне, и этот неожиданно яркий свет после полумрака лестничной площадки почти ослепил меня, к ним добавились страх и возбуждение, так что я не сразу смогла разглядеть стоявшую передо мной фигуру.

У женщины, силуэт которой я видела, были абсолютно белые волосы, туго затянутые назад, но отдельные выбившиеся из пучка пряди падали на плечи, как у неряшливой девчонки. Она стояла неподвижно, как смерть или восковая фигура. Но, как и описывала Ребекка, в ней ощущалась неукротимая энергия. Она попыталась заговорить, ее бледные губы беззвучно шевельнулись. Еще когда я была девчонкой, эта женщина одевалась по моде прошлого века, и точно так же она была одета и сейчас. Словно ее календарь остановился на отметке «1918 год». Длинная черная юбка едва приоткрывала щиколотки. И к своему удивлению, следуя примеру семилетней Ребекки, я опустила глаза и посмотрела на ее чулки — они были дырявые. Худоба ее производила устрашающее впечатление, но я знала, что передо мной миссис Дэнверс.

Казалось, что она, трепеща от возбуждения, смотрит куда-то за мою спину. Какое-то мгновение она все еще оставалась неподвижной, а потом дернулась, наклонилась ко мне — очень близко — до ужаса близко. Боже! Она принюхивалась ко мне!

А я уловила ее запах — как только она шевельнулась. От нее повеяло каким-то почти могильным тленом. И от ее дыхания, и от ее одежды. Видела ли она меня? Я в этом не уверена. Ее глаза затягивала мутная белая пленка, словно какая-то кожица, — катаракта!

— Руку, дайте мне вашу руку! — сказала она глухим отрывистым голосом, без интонаций, каким говорят длительно молчавшие люди.

Я испугалась, но протянула ей руку. Миссис Дэнверс крепко схватила ее, и какой-то резкий звук вырвался из ее горла. Пальцы скользнули по тыльной стороне ладони, и ее лицо изменилось. У меня была узкая ладонь и довольно тонкие пальцы, быть может, не такие тонкие, как у Ребекки, но, наверное, сила ее желания вновь встретиться со своей любимицей была так велика, что она уже не могла больше ждать, она готова была обмануться.

Издав душераздирающий крик, испугавший меня, она бросилась целовать мои пальцы. Я тотчас вырвала руку, и снова прямо у меня на глазах произошло еще одно преображение. Мне кажется, что я почти ощущала, как движутся заржавленные шестеренки, приводившие в движение механизм. Подавив эмоции, дрожа от напряжения, миссис Дэнверс вернулась к образу верной служанки.

— Наконец-то! Наконец-то! — хрипло проговорила она. — Я знала, что вы придете. Я знала, что вы не покинете меня. Я уже все приготовила к вашему приходу, как вы любите. Ваши любимые цветы, ваша любимая мебель, картины и книги. Помните свой любимый чай? Я припасла его. Осталось только вскипятить воду, входите, входите. Как прошло ваше путешествие, мадам?

Я и слова не успела вымолвить, как миссис Дэнверс почтительно отступила в сторону, пропуская меня внутрь. И я перешагнула порог заветной комнаты с таким ощущением, будто я лунатик. Окна в комнате высокие и широкие, полукруглые вверху, как обычно бывает в студиях, так что я могла видеть улицу. Но я не уверена, что сейчас смогу описать, кого и что я там разглядела. Я вошла, испытывая смешанные чувства жалости к ней и одновременно страха, потому что это очень страшно сталкиваться лицом к лицу с человеком, давно потерявшим рассудок и обладающим в то же время такой сильной волей.

— Вы снова отрастили волосы, — сказала миссис Дэнверс, подводя меня к креслу, — я очень рада. Мне больше нравились длинные волосы. Вы помните, как я расчесывала их щеткой? «Давай, Дэнни, — говорили вы мне, — энергичнее, не бойся, тяни до самых кончиков!» Я наведалась в Мэндерли после своего отъезда, но мне удалось прихватить оттуда только кое-какие мелочи, не очень много. Но ваше любимое шелковое платье я нашла. И плащ для прогулок тоже. Не такой дорогой, как остальные, но вы отдавали ему предпочтение — он здесь. Правда, ваше кольцо, ваше колечко с бриллиантами, я искала его, искала, но нигде не смогла найти. — И она заплакала.

— Миссис Дэнверс, — сказала я как можно спокойнее. — Вы больны, присядьте...

— Сейчас приготовлю вам чай, — сказала она, взяв себя в руки. И я не могла понять, слышала ли она меня или отказывалась слышать. — Сейчас подам чай. Я вернусь через минуту, мадам. А потом покажу вам кое-что — это удивит вас...

Мне не удалось задержать ее, она повернулась и вышла. И я услышала легкие шаги и шуршание юбки по ступенькам. Комната раскалилась от жары, от духоты и спертого воздуха кружилась голова. Кресло, в которое она меня усадила, побила моль. Я огляделась.

Потолки в студии были вдвое выше, чем в обычной комнате, и снизу виднелись балочные перекрытия. Когда-то стены были белыми и, видимо, подчеркивали высоту, а сейчас они пожелтели и стали шероховатыми. Мебель стояла так, словно только что станцевала какой-то безумный танец: ничего удивительного, ее так часто передвигали с места на место во время ритуальных ночных перестановок, что уже невозможно было представить, где что стояло когда-то. Столы были перевернуты вверх ножками, картины стояли лицом к стене, а книги сложены так, будто кто-то готовился отразить осаду, они перегораживали комнату на отдельные квадраты. И я вспомнила, как Ребекка превозносила идею культа Дома. Вот и все, что осталось от того, чему она поклонялась?

Протиснувшись между стопками книг, я подошла к тому углу комнаты, где стояло фортепиано. Из-под него что-то выскользнуло. Я невольно вздрогнула, но заставила себя сделать еще один шаг. Зловоние стало еще ощутимее, и я почувствовала, как сжимается желудок. Нутро фортепиано — оно стояло открытым — было выпотрошено, а струны порваны. Такое впечатление, что кто-то разрезал их ножом, а потом пытался беспорядочно связать снова и, когда это не удалось, с корнем вырвал те, что поддались. Внутри инструмента образовался спутанный клубок металлических кишок. То ли мыши, то ли крысы попали в эту ловушку, сдохли, и теперь от них остались серые лохмотья шкурок — от них-то и исходило зловоние.

К горлу снова подкатил комок тошноты, и я поскорее отступила. Кто это сделал? Миссис Дэнверс?

— Не сердитесь из-за него, мадам! — услышала я ее голос за спиной. — Коли вы здесь, мы его быстренько настроим. Я пыталась сделать это сама, как тот мастер, что приходил сюда, но у меня не получилось, и потом я подумала: а вдруг вам понравится играть именно на таком? Когда я пришла сюда сразу после вашего отъезда, все здесь было так красиво, кроме пианино. Я знаю, вы это сделали после того, как побывали у врача? «Но стоит ли тогда приводить его в порядок?» — думала я. И решила подождать, пока вы сами не распорядитесь насчет его. О! — вдруг вскрикнула миссис Дэнверс таким отчаянным голосом, что я повернулась и увидела, как напряглось ее лицо: — Я приготовила чай, но совсем забыла про лимон... Я должна была его купить... Как я могла забыть?! — Горю ее не было предела.

А когда я произнесла «миссис Дэнверс», похоже, она расстроилась еще больше, так что, испытывая к ней глубокую жалость и понимая, что утешит ее, я начала называть ее Дэнни и похвалила за то, что она приготовила вкусный чай: она налила в заварку холодную воду.

— Зажечь огонь, мадам? — спросила миссис Дэнверс, оглядывая комнату с растерянным видом.

Она не чувствовала страшной жары, которая стояла в запертом помещении, обращенном окнами на запад, под раскаленной от солнца крышей. Мне пришлось успокоить ее снова, сказать, что мне не холодно, и я повернулась взглянуть на камин. Она жгла в нем книги — единственное, чем она могла обогреться долгими зимними месяцами.

На решетке скопилась куча пепла. Некоторые книги остались полуобгорелыми, с оборванными переплетами. На каминной полке стояла изысканная китайская фарфоровая фигурка, а рядом с ней — остановившиеся часы. Зеркало за ними было занавешено простыней.

— Вы не представляете, мадам, как все полыхало! — сказала миссис Дэнверс, глядя через мое плечо на камин. — Все эти деревянные перекрытия, балки и мебель! Пламя стояло стеной, как бы вам и хотелось. Зарево можно было видеть за несколько миль, словно громадный маяк. Рев стоял страшный. Огонь перекинулся с такой быстротой от одной части дома к другой — вы не поверите. И я сказала себе: это моя дорогая госпожа устроила им! Ребекка никому не позволит превзойти себя. И потом я пришла сюда. «Вы будете заботиться об этой квартире, миссис Дэнверс», — сказал он мне. Он так старался забыть вас, но я знаю, он так и не смог вытравить вас из памяти. Даже если бы переженился на сотне женщин зараз, он не смог бы найти вам замену. Вы оставили на нем вечную печать, я это видела, когда посмотрела в его глаза. Это его и убило — как ему было обойтись без вас?

Хотите покажу вам сюрприз? Это пришло на другой же день или на следующей неделе — не помню точно. Сначала азалия, затем вот это. Я знала, что это предвестники, и поняла, что скоро появитесь и вы сами. Не могу выразить своей радости, я знаю, что мне недолго осталось ждать. Посмотрите, мадам.

Миссис Дэнверс схватила меня за руку и потащила за собой. И хотя сил у нее оставалось очень мало, ее воля творила чудеса. Я прошла следом, куда она увлекала меня, и увидела последнее доказательство того, что прошлое существовало, последнее свидетельство, которое я могла обнаружить в этом ужасном месте, лежавшее на единственном столе, который стоял, а не был перевернут вверх ножками.

Это были две красивые коробки, когда-то белые, а теперь пожелтевшие. Миссис Дэнверс подняла крышки и сорвала оберточную бумагу. Внутри лежала детская одежда: распашонки, ночные сорочки, пинетки и ботиночки, такого тонкого плетения шаль, что могла проскользнуть в обручальное колечко. Крошечные перламутровые пуговки, кружева, сплетенные вручную тонкими крючками, — приданое для младенца, которому никогда не суждено было родиться. Я узнавала их по описанию, но все вещички пожелтели от времени или были попорчены молью. А поверх шали лежала брошь — голубая эмалевая бабочка, и рядом с ней, заботливо отложенный в сторону, коричневый конверт, в котором прислали эту бабочку, с надписью: «Миссис Дэнверс», выведенной уже знакомым мне почерком.

Я смотрела на детское приданое и на брошь, не в силах притронуться к ним. В ту же самую секунду, как дверь студии открылась, я поняла, что миссис Дэнверс никогда бы не смогла отправить кому бы то ни было ни кольцо, ни дневник. Уже хотя бы потому, что не смогла бы разбить цепи привязанности, приковавшие ее к Ребекке, расстаться с чем-то, принадлежавшим госпоже — властительнице ее души. И не потому, что была слишком слаба. «Это все должен был сделать человек другого типа», — думала я, глядя на брошь — талисман Ребекки.

Дурнота подкатила к горлу, меня не оставляло ощущение, что я в ловушке. Сейчас мне уже было безразлично, кто посылал все эти вещи и зачем он это делал. Я мечтала об одном: как бы поскорее вырваться отсюда, от этой женщины, и глотнуть свежего воздуха.

Но как я могла бросить ее здесь? Просто уйти и забыть, что она останется в пустом доме, беспомощная и одинокая? Мне стоило огромных усилий посмотреть на нее, и все же я заставила себя сделать это. Она была тяжело больна — физически и душевно. Сколько лет она пряталась здесь? Чем питалась? На что жила?

— Дэнни, — тихо спросила я, — как тебе удалось продержаться? Ты ходила в магазин? Откуда ты брала еду?

Она посмотрела на меня, как на неразумного ребенка.

— Консервы, — ответила она, — все полки забиты ими. Я работала вплоть до последнего года, мадам. Людям нужны домоправительницы и компаньонки. Но я всегда оставляла вам записки, чтобы вы знали, где меня найти. И о будущем я позаботилась, я очень экономно тратила деньги и, когда была покрепче, чем сейчас, ходила в лавки и делала закупки. Вся беда в том, что я не знала, когда именно вы вернетесь, мадам. И сейчас я еще иной раз выбираюсь, но уже не так часто, как раньше... — Миссис Дэнверс поморщилась: — Днем, когда *она* уходила, эта шпионка снизу. Выждав, когда она уйдет, я выходила из дома. Мне не нравится, когда на меня смотрят. Но в последнее время становилось все труднее и труднее. Боль усилилась. И мои глаза теперь уже не те, что раньше. Наверное, вы заметили, мадам. — Она повернулась ко мне своими затянутыми белой пленкой глазами. — Но все же я вижу вас, я помню это платье. Твой отец купил его, когда мы жили в Гринвейзе.

— Дэнни, ты ходила к врачу? Он тебя осматривал? Есть кому поухаживать за тобой, если станет плохо?.. — Я помедлила. — Или ты считаешь, что я должна за тобой ухаживать?

Если бы я не добавила последней фразы, она бы перестала верить мне, но эти слова убедили ее.

— Да, да, — закивала она. — Я что-то приболела в прошлом году, мадам. Стала так уставать, что даже не могла есть, и боль меня терзала. Пришлось показаться доктору. Меня положили в больницу на месяц. До января. И он отдал мне мою медицинскую карту и выписал лучшие лекарства. Где же они? Куда я их положила?

Вот почему установился период спокойствия: она попала в больницу.

Наконец миссис Дэнверс отыскала свою карту: в вазе, полной ракушек, на том же самом столе, где стояли коробки с приданым для младенца. Заодно она прихватила и брошку и, к моему величайшему смущению, приколола ее к моему платью. Она с детским простодушием и доверчивостью протянула мне карту, и я поняла, что на нее действует только приказной тон. Сразу сказывалась прежняя привычка подчиняться.

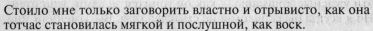

Стоило мне только заговорить властно и отрывисто, как она тотчас становилась мягкой и послушной, как воск.

С не меньшей настойчивостью миссис Дэнверс убедила меня посмотреть «мою комнату», которую она обихаживала все эти годы. Распахнув дверь, я заглянула в большую, просторную, почти квадратную комнату, в которой стояла огромная кровать. Шторы были спущены, и в комнате царил полумрак. Здесь в отличие от гостиной все оставалось в том же порядке, как при Ребекке. Словно она и в самом деле только что вышла и вскоре вернется домой.

Серебряные щетки для волос на туалетном столике, триптих из фотографий в потемневшей серебряной рамке, про которые Тому рассказывал Джек Фейвел. Я как завороженная медленно подошла к ним. И действительно обнаружила под слоем пыли на том самом алтаре, который воздвигла Ребекка в Гринвейзе, Изольду-Изабель (ее вечного двойника) «в интересном положении», в роли Дездемоны, и, наконец, самую последнюю — место ее захоронения.

— Такая красавица и такая одаренная, — раздался за моей спиной глуховатый голос. — Когда она умерла, у меня кровь застыла в жилах. Никогда не забуду той минуты. Она отпечаталась в моей памяти как клеймо.

О чьей смерти она думала: Изабель, Дездемоны или Ребекки? Трудно угадать, тем более что у меня начала кружиться голова, и все происходящее в комнате я воспринимала отчасти как галлюцинацию. Я пригляделась к кровати, и то, что мне издали показалось тончайшим муслином, на самом деле оказалось паутиной.

Закрыв дверь, я приказала миссис Дэнверс лечь и отдохнуть. Я видела, как усилия, которые она прилагает, истощают ее последние запасы. Заставив ее опереться на мою руку, довела до маленькой сумрачной комнатки, скорее напоминающей чулан. Я думала, что эту комнату Ребекка сняла, когда приехала в Мэндерли, но я ошиблась.

— Помните, как мы пришли сюда после смерти отца? — спросила она, глядя перед собой, когда я прикрыла ее ветхим покрывалом. — Я привезла свои сбережения, а вы продали браслет и сказали мне: «На это мы купим себе убежище, Дэнни». Я нашла эту комнату и купила ее. Как вы тогда болели, я места себе не находила от беспокойства. Ночь за ночью эти ужасные кошмары — как он гонится за вами, ваш отец. Но я всегда была рядом и не смыкала глаз. Вы заменили мне дочь, моя маленькая девочка, и вы знали, что я никогда не покину вас, что бы ни произошло. «А теперь мне пора починить себя, — сказали вы. — Сначала одно, потом другое, и потихоньку я приду в себя. Ты поможешь мне, Дэнни, и мы сделаем все так, что ни один шов не будет заметен». И вы справились. Я любила вашу мать, но она ничто по сравнению с вами. Я не знаю никого, у кого было бы столько же храбрости и силы воли.

Слезы навернулись ей на глаза. Взяв миссис Дэнверс за руку, я стала убеждать ее отдохнуть. Сначала она отказывалась, но потом все-таки подчинилась мне. Я попыталась приоткрыть окно, чтобы впустить свежий воздух, но оно не сдвинулось ни на миллиметр. Я попробовала отыскать телефон, но его не оказалось. Добравшись до кухни, я отвернула кран, чтобы набрать воды, и открыла дверцу кухонного шкафа. Там рядами стояли консервные банки, некоторые из них относились еще к довоенному времени. Мне кажется, я чуть не зарыдала при виде этих запасов.

Когда я вошла со стаканом воды, глаза миссис Дэнверс были закрыты. Я так и замерла в дверях, но потом заметила, как поднимается и опускается ее грудь, она еще дышала.

Многих людей пугает вид больных, они не знают, что делать, когда сталкиваются с ними, — болезнь вызывает отвращение, им хочется отойти подальше. Но я прошла через все это, и мое отношение стало иным: я выхаживала мать и отца и совершенно забыла, что такое брезгливость. Поэтому я подошла к кровати и взяла миссис Дэнверс за руку, объяснила, что выйду ненадолго, но скоро вернусь, и что я возьму с собой ключ от комнаты.

Не думаю, что она слышала, что я говорила, и не уверена, что она понимала, о чем идет речь, но я рада, что взяла ее за руку, памятуя, что произошло потом. Миссис Дэнверс сжала ее очень крепко, с силой, удивившей меня. Ее затянутые белесой пеленой глаза открылись, и она посмотрела куда-то в пустоту позади меня. Все ее силы ушли на то, чтобы принять меня, поговорить со мной и приготовить холодный чай. Теперь она пыталась что-то сказать. Губы шевелились, но звука я не слышала. Тень радости промелькнула на ее лице, а потом глаза закрылись — она заснула.

Подробности того, что произошло затем, несущественны. Мне удалось найти ее врача, упросить его уделить мне время, убедить, что нужно немедленно принять какие-то меры, и, хотя он пытался отказаться, я привела его с собой в дом. Он сделал миссис Дэнверс укол, а потом мы перешли с ним в студию. Безумие пациентки его не волновало, наверное, он столько навидался за годы своей работы в Лондоне, что привык ко всему.

Не обращая внимания ни на что вокруг, он сказал, что у миссис Дэнверс рак, и болезнь зашла слишком далеко, когда она обратилась к врачу, хирургическая операция, которую он провел в октябре прошлого года, мало чем могла ей помочь, но временное облегчение все же принесла — на несколько месяцев ей стало получше. Она пролежала до января этого года. Он хорошо помнил все даты. А я внимательно следила за каждым сказанным им словом: это означало, что Селина не могла видеть на лестнице в ноябрьский туман миссис Дэнверс. Это был кто-то другой.

Сверившись со своими заметками, доктор сказал, что видел ее в последний раз в феврале в хирургическом отделении и, когда она не пришла в назначенное время, решил, что она уже умерла или уехала из Лондона. Его поразило, что она сумела продержаться три месяца, а меня — нет.

Я знала, что удерживало ее, я знаю, кто удерживал ее по эту сторону бытия. И догадывалась, что теперь конец близок. Теперь ей было легче умирать, теперь она знала, что воссоединилась с Ребеккой. Чувствовала ли я сожаление из-за того, что невольно обманула ее? Нет, конечно. Я провела последние десять лет своей жизни бок о бок с болезнью и старостью. И я знала, что правда может причинить боль, а обман принести успокоение.

Миссис Дэнверс так и не проснулась, она не пришла в сознание, и я была рада: это было милосердием божиим. Ее забрали в больницу Челси, но, когда я пришла туда на следующий день, все еще с брошью, приколотой к платью миссис Дэнверс, мне сказали, что она не дожила до утра. Она умерла в три часа ночи — самое опасное время, как считала Ребекка.

После этого мне захотелось побыстрее уехать из Лондона.

Тайна Ребекки

Ночевать я пришла в дом Розы и проговорила всю ночь с молодыми девушками и женщинами, которые там снимали комнаты. Видимо, мне удалось скрыть свои чувства, потому что никто из них не догадался, что я пережила днем, и они доброжелательно и охотно делились со мной своими новостями: о занятиях, об экзаменах, где и как они занимаются, с кем проводят вечера, какие здесь устраиваются вечеринки. И, похоже, верили, что их рассказы помогут мне влиться в их мир, присоединиться к ним. Я кивала и улыбалась, но чувствовала, как этот мир отдаляется от меня все дальше и дальше, словно они разговаривали со мной по ту сторону прозрачной непробиваемой стены. Я не могла преодолеть ее и встать рядом с этими молодыми женщинами. Я оставалась по другую сторону, где рядом со мной постоянно находились старость, болезни и смерть.

Нехорошо жалеть об этом, но я легла в постель, опутанная сетями желания, мечты и чувства долга.

Когда я вышла из больницы, мне хотелось одного: как можно быстрее сесть на поезд и оказаться дома, рядом с морем и попытаться забыть это мучительное состояние раздвоенности. Но я уже успела договориться о встрече с художниками, которые жили в том же доме, что и моя сестра Лили, и которые пересказывали Селине истории про привидение. Они по-прежнему жили на Тайт-стрит. И поскольку я уже договорилась с ними заранее и они ждали меня, я не стала отменять встречу.

Они заселяли большой дом, который облюбовали представители богемы, невдалеке от дома Ребекки. Насколько я помнила, здесь всегда толпился народ, гости то приходили, то уходили, здесь одновременно присутствовали жены, любовники, бывшие возлюбленные и бывшие жены. Целый выводок детей не мог понять, кто отец и кто их мать, потому что они как-то незаметно сменяли друг друга.

Мне показалось, что со времени моего последнего посещения здесь произошли кое-какие перемены, как раз перед войной, когда Лили уехала с женатым мужчиной в Америку, чтобы начать там новую жизнь. Но потом я убедилась, что им удалось сохранить все тот же сумбурный, цыганский стиль жизни, который заворожил меня в подростковом возрасте. На стенах по-прежнему так же плотно висели броско написанные полотна. На кухне, где постоянно ели и редко убирали, по-прежнему со стола не сметали крошки и не всегда вовремя выбрасывали остатки еды с тарелок, которые следовало бы хорошенько отмыть с чистящими порошками. Круглый кувшин рассекала щель, проходившая по розовой собаке и малиновым щенкам. И я могла слышать звуки скрипки наверху и крики детей в саду.

Они провели меня в сад, который походил на Эдем, каким он мне и запомнился, — огромный сад в центре Лондона, какие бывают только в загородных домах. Заросший, неухоженный и прекрасный. Его переполняли запахи роз и цветущих апельсиновых деревьев. Меня расцеловали и затискали в объятиях, познакомили с новыми обитателями дома и представили старым. Усадили за расшатанный столик, над которым стоял раскрытый малиновый японский зонтик. Осы кружились над блюдом с яблоками, из рога изобилия выкатились сливы.

Женщина, которую я не сразу узнала, с густыми, волнистыми золотисто-рыжими волосами в стиле прерафаэлитов, принесла крепкие сигареты и кувшин с красным вином. Она была заметно беременной, погруженной в какие-то свои мысли и прекрасной. Она носила крестьянскую юбку и небрежно наброшенную на плечи шелковую шаль, вышитую цветами и бабочками. Я с завистью смотрела на нее сквозь свой бокал. Улыбнувшись, она вернулась на кухню. При всей свободе, царившей в доме, как я успела заметить, женщины здесь исполняли роли муз и служанок одновременно.

В этот солнечный ясный день я смотрела на прежних друзей Лили, которые одно время были и друзьями Ребекки. Все в доме оставалось прежним, и они оставались такими же, изменилось одно — я помнила их молодыми, а теперь им перевалило за пятьдесят.

Трех самых ближайших друзей Лили, на которых и держался весь этот караван-сарай, как на атлантах, звали «Три Р»: Ричард, Роберт и Райнер. Первые два — художники, а Райнер — скульптор. Они сидели со мной за столом, курили сигареты, наливали вино в бокалы... и рассказывали истории про Ребекку, которые я слышала от Лили несколько лет назад и которые они повторяли сейчас. Эти забавные истории изменялись со временем, приукрашивались, совершенствовались, становились более трогательными, веселыми, пока не превратились в мифы. И хотя все они — прекрасные, остроумные рассказчики, прерывая друг друга, смеялись и спорили, кто из них помнит лучше, а кто путает, кто на самом деле присутствовал, а кто нет, — все эти рассказы были бессмысленными. И в буреломе выдумок и истинных фактов я вдруг начинала различать смутную фигуру и думала: «Да, это она — Ребекка», но затем ее тень снова расплывалась в тысяче забавных подробностей.

Я надеялась, что они хоть что-то запомнили об этом ирландском поэте, который появился на один месяц в жизни Ребекки, и помогут ухватить кончик ниточки. Но напрасно. «Ты имеешь в виду этого известного фотографа, наверное? Или богатого американца, которому она вскружила голову? Ну тогда, значит, шотландский граф. Готспур с Севера, как его называли, но он задержался ненадолго. Наверное, тот остроумнейший и нахальный новеллист, как его там звали? Ах, поэт!»

Нет, они не помнили ирландца, не помнили поэта, который бы приходил сюда. Ни один мужчина не мог устоять против чар Ребекки. «Мы все в нее были влюблены — каждый в свое время. Все в нее влюблялись», — признался Роберт, которому однажды показалось, что ему улыбнулась удача, но ненадолго, о чем он, впрочем, вспоминал без всякой горечи. «Она была восхитительная женщина, блистательная — и всегда поступала, как ей заблагорассудится. Ах, эти славные времена нашей юности, роз и вина!» — вздохнул Райнер, поднял свой бокал и улыбнулся.

А потом они переключились на другие забавные случаи из жизни, тасуя имена знаменитостей и безвестных теперь уже людей. Ричард пошел в дом, порылся в бумагах и отыскал карандашный набросок Ребекки, который он как-то сделал. Он был прекрасным портретистом. И набросок был прекрасным, но почему-то Ребекка на нем не походила на саму себя.

Перед отъездом из Керрита я выписала на листок множество вопросов, которые мне хотелось задать, чтобы выяснить, чем Ребекка занималась в тот промежуток времени — четыре года после смерти отца и до встречи с Максимом. Она сама написала, что начала зарабатывать, но каким образом? Хотелось бы узнать и кому она отдавала предпочтение, и вообще влюблялась ли в кого-нибудь. Но более всего хотелось получить ответ на изначальный вопрос: какой она была? Что произошло в этот отрезок времени, о котором она никогда не упоминала: между Гринвейзом и Мэндерли?

Получила я то, чего ждала? Конечно, нет. Ричард и Роберт — убежденные пацифисты — не принимали участия в Первой мировой войне, они отправились на ферму отца Роберта в Суссекс, а после окончания войны переехали сюда. И они помнили, что Ребекка появилась на Тайт-стрит три года спустя. Они помнили, как она болела — один утверждал, что это продолжалось несколько месяцев, другие с жаром отрицали это и доказывали, что прошел почти год, прежде чем она выздоровела и стала вызывать у других женщин ревность, зависть и чувство соперничества.

Ричард считал, что Ребекка устроилась во французское посольство в отдел социальной помощи; Роберт доказывал, что она помогала двум женщинам-модельерам, подбрасывала свежие идеи для ателье, и их дело какое-то время процветало; Райнер упомянул про какого-то богатого покровителя, который играл на бирже и ссужал ее деньгами. Все трое сходились в том, что красота Ребекки служила ее главным оружием в продвижении наверх, но не меньшее значение имели ум, обаяние, ее удивительная манера говорить, она становилась подлинным украшением всех ошеломляющих джазовых вечеринок.

— Она была музой! — восторженно воскликнул Райнер, который выпил вина больше остальных. — И даже один ее вид вызывал вдохновение!

— Ах, эти глаза! Эти колдовские опасные глаза, — промолвил Ричард, а может, Роберт — я забыла.

И они дружно плели паутину, в основе которой лежала ностальгия о прошлом, а нити — из вымысла.

Поднявшись из-за стола, я подошла к детишкам, которые возились в дальнем конце сада, — грязным, как цыганята, пухленьким и голодным, как щенята. Они одновременно бросились на кухню в поисках еды, и спокойная, неторопливая беременная женщина, которую я уже видела, начала резать им хлеб, выложила фрукты на стол, взяла кувшин и разлила из него молоко в стаканы. Дети толкались вокруг нее, а когда я проходила мимо, она взяла меня за руку.

— У тебя ее брошь, — сказала она низким голосом, обернувшись к группе мужчин, сидевших в саду и споривших о событиях, которые могли произойти в 1921 году или 1922-м, а может быть, и не происходивших никогда.

Она оказалась старше, чем мне вначале показалось. Что-то в ее манере говорить или что-то, промелькнувшее в ее глазах, заставило меня остановиться.

— Вы ее знали? — спросила я, видя, как ее лицо вдруг осветилось.

— Одно время очень хорошо, — ответила она, снова оглянулась на мужчин и, тепло улыбнувшись, добавила: — Лучше, чем кто-либо другой.

Потом она снова повернулась к детям, и вскоре после того я покинула этот чудный дом.

Я снова вышла на жаркую Тайт-стрит. Ключ от квартиры Ребекки был все еще у меня, и я могла бы войти туда и осмотреть то, что ей принадлежало. Воровски порыскать, поискать последнюю тетрадь, хотя была уверена, что не найду ее, забрать фотографии с алтаря... Но я не могла заставить себя снова перешагнуть порог. Правильно я сделала или нет, но я оставила все как есть. Пусть кто-то другой занимается и этой комнатой, и вещами, которые там лежат. Пусть кто-то другой соберет все эти культовые вещи. Вчера я имела возможность видеть наглядно, что происходит с теми, кто одержим прошлым. Я видела женщину, которая растворилась в прошлом. И мне уже не нужны были талисманы.

Я завезла ключ врачу-хирургу и уехала из Лондона. В оконном стекле то и дело появлялось мое отражение, как только мы въезжали в тень. И я видела брошку-бабочку, приколотую к моему платью. Почему-то я не чувствовала себя прежней. Мне казалось, что я стала другой.

Когда я пыталась проанализировать, что видела и слышала во время этой поездки, картина распалась на отдельные фрагменты. Получалось, что Ребекка набросилась на пианино, когда пришла от врача? Почему-то вспомнилось пианино, которое было у нее в детстве в Бретани, со струнами, которые надо было подтянуть. Чем дальше мы ехали на запад, тем сильнее нагревался вагон. Задвижка на раме оказалась сломанной, и окно нельзя было открыть, в вагоне установились жара и духота.

Теперь я поняла, почему Том Галбрайт прекратил свои поиски. Мне надо было последовать его примеру. Все самое важное про Ребекку я уже выяснила, а мелочи не имели значения. Мне можно было бы гордиться тем, что удалось выяснить, но я пришла к выводу, что прошлое — прихотливо: иной раз ты преследуешь его, а в другой момент осознаешь, что оно преследует тебя, и, когда это происходит, тебе уже трудно избавиться от него. Не обращать на него внимания невозможно.

— Хорошие новости, — сообщила мне Роза, приехавшая встретить меня на станцию. — Твой мистер Галбрайт звонил вчера из Бретани. Через четыре дня он приезжает сюда и собирается навестить нас со своим другом...

— Он не мой, — ответила я, опуская боковое стекло. — Перестань называть его так. До чего же жарко.

— И Фрэнсис Латимер придет сегодня к нам на ужин. Я договорилась с рыбаками. Мы приготовим форель.

— Сегодня? Роза, но я так устала. У меня такое впечатление, что я ехала целую неделю в этом поезде. Чья это была идея? Твоя или папы?

Роза с сочувствием посмотрела на меня:

— Неужели ты настолько плохо меня знаешь? Конечно, Джулиана.

И затем почти до самого дома моя тетя не вымолвила ни слова. Мы ехали по узкой дороге, которая петляла вдоль берега и живой изгороди — такой густой и высокой, что казалось, будто мы очутились в зеленом туннеле. Запахи летнего дня наполнили машину. Уныние, охватившее меня, отступило. Я рассматривала жимолость и дикий шиповник, которые выискивали каждый просвет в изгороди, чтобы тотчас заполнить его.

Мысль о том, что Том скоро приедет, вызвала радостный подъем.

Мы подъехали к подножию холмов за Керритом, и перед нами открылась панорама океана со сверкающей кромкой горизонта.

— Да, кстати. У нас была гостья, — вспомнила Роза. — Какая-то женщина приехала вчера после обеда, когда отец отдыхал. Мне она показалась немножко странная. И я не стала рассказывать ему про нее.

— Женщина? Кто такая? И чего она хотела?

— Не знаю. Я ее не узнала, а она не представилась. Очень уклончивая. Хотела повидаться с отцом.

— Она никак не назвалась? Странно. А как она выглядела?

— Ничего примечательного, — ответила Роза. — Одета немодно: какое-то серое платье, серые волосы — как мышь.

Наверное, кто-то из церковного прихода, решила я, или из бесчисленных благотворительных комитетов, которые пытались привлечь моего отца. И тотчас забыла об этом визите и не осознавала всей его важности еще несколько дней. Но в тот момент меня занимали совсем другие мысли и чувства, я думала о возвращении Тома, и какое мне было дело до какой-то неизвестной, ничем не примечательной женщины?

29

Весть о том, что Том возвращается, разлетелась по Керриту с невообразимой быстротой. Оказалось, что об этом известно уже всем в округе. Я отправилась к аптекарю, чтобы купить лекарства для отца, и там мне улыбались с понимающим видом. А за день перед приездом Тома и его друга я приехала в Керрит запастись едой для ужина, который задумала устроить Роза, и, видя, как продавщица мысленно примеряет на меня свадебное платье, постаралась как можно быстрее улизнуть оттуда. Но вырваться из когтей Марджори Лейн оказалось куда труднее. Она выскочила из своего благоустроенного домика, когда я проходила мимо, и схватила меня за руку.

— Я знала, что он вернется! — воскликнула она. — Завтра, я слышала. Как это замечательно! Кто-то мне говорил — не помню точно, — что он производит впечатление бесчувственного человека, но я их тотчас осадила. Я сказала им, что Элли не умеет скрывать своих чувств. И мистер Грей должен догадываться о том, что она чувствует — все это видят как божий день. И он будет последним дураком, если не вернется. И я им говорила: «Помяните мои слова — он непременно вернется». Скажи мне, Элли, между вами уже все решено? Что вы решили насчет отца?

— Вы ошибаетесь, — сказала я, — все эти слухи — полнейшая чепуха. Он приедет не больше чем на день. Просто короткий визит, в основном чтобы повидаться с отцом. Извините меня.

— Ну, конечно, Элли. — Марджори Лейн тут же сменила тему разговора: — Как твой дорогой отец? Я так неожиданно нагрянула к нему. Твоя тетя еще не рассказала? Она так сухо держалась со мной, я понимаю почему: мне не удалось скрыть своего потрясения, когда я увидела твоего бедного отца... Такая быстрая перемена... Наверное, мне следовало сдержаться и не выдавать истинных переживаний, но ты ведь знаешь, Элли, я обычно говорю то, что у меня на языке. Мне всегда так нравился полковник со всеми его маленькими причудами. И сердце мое сжалось, когда я увидела, как Артур похудел и какой он стал рассеянный. Теперь это продлится недолго, сказала я Джоселин, надеюсь только, что наша Элли уже приготовилась к этому. Ты уже собираешься продать «Сосны»? Сорока принесла на хвосте, что мистер Латимер проявляет интерес к вашему дому. Но его привлекает не только дом, так ведь? Конечно, он в разводе. Но ты ведь знаешь обо всем, надеюсь?

— Разумеется, знаю. И еще я знаю, что папа заметно окреп в последнее время благодаря заботам мистера Латимера. Мне правда пора идти, миссис Лейн.

— Марджори, дорогая! Не люблю ненужных церемоний. Все мои друзья зовут меня Марджори.

— Но я буду продолжать вас звать миссис Лейн, — ответила я и поспешно распрощалась.

Ее замечание оставило во мне занозу, чего она и добивалась. Я отправилась к сестрам Бриггс, нисколько не сомневаясь, откуда распространились все эти новости по Керриту.

Мне повезло — я застала Элинор одну. Гораздо легче общаться с сетрами Бриггс, если беседовать с ними по отдельности. Когда они вдвоем, почти невозможно вставить слово в разговоре. Джоселин отправилась повидаться с друзьями, а Элинор возилась в своем дивном садике и выпалывала сорняки. Она, как мне показалось, обрадовалась мне, усадила в тени террасы и налила холодного лимонада домашнего при-

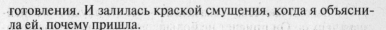

готовления. И залилась краской смущения, когда я объяснила ей, почему пришла.

— Боже мой, неужели они все разболтали! Эта ужасная миссис Лейн во всем виновата. Лично я держала язык за зубами и ни словом не обмолвилась про Тома Галбрайта, и даже о том, кто он на самом деле. Он взял с нас обещание, что мы не станем никому рассказывать. Нет, это, наверное, Джоселин виновата. Ей так нравится Том, даже до того, как нам стало известно, кто он на самом деле, мы сразу приняли его. Такой заботливый молодой человек — всегда привозил шоколадные конфеты со сливочной начинкой из Лондона, и как только он догадался, что это наши любимые! И к тебе мы так привязаны, Элли. Когда мы узнали, что он возвращается в Керрит, радости нашей не было предела... Наверное, Джоселин обронила какой-то намек. А люди начали валить все в кучу, строить предположения, каждый добавил по зернышку... — Она быстро взглянула на меня. — И кто знает, может быть, они и правы.

— Нет, Элинор, они ошибаются. И очень сильно. Мне бы хотелось, чтобы они перестали о нас судачить. Ты могла бы заставить их остановиться. Я уже сыта по горло. Мы с Томом всего лишь друзья, и не более того. Я вообще не собираюсь выходить замуж. И совершенно счастлива, что у меня никого нет. Разве в этом есть что-то плохое? Я привыкла. Меня это устраивает.

— Конечно, Элли. И больше не будем говорить на эту тему. Не волнуйся, я скажу им все, что надо. Интересно, что расскажет Том про Бретань, какие новости он привез оттуда? Он тебе говорил, что показал нам главу из дневника Ребекки? Не сам дневник, как ты понимаешь, а копию — ту часть, где она описывала свое пребывание в «Сант-Винноуз», ее замечания про нашу мамочку и так далее.

— Нет, не знала, вы не говорили мне.

— И на то были причины. Мы просто не представляли, что сказать по этому поводу. Моя дорогая, говоря по правде, Джоселин страшно расстроилась, и ей не хотелось даже слышать это имя. Когда Ребекка жила в Мэндерли, нам она так нравилась, мы и понятия не имели, что она имеет какое-то отношение к той странной девочке, которая одно время жила в доме. Но мы, в сущности, почти и не встречались. А потом

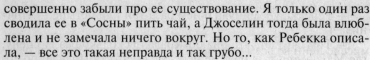

совершенно забыли про ее существование. Я только один раз сводила ее в «Сосны» пить чай, а Джоселин тогда была влюблена и не замечала ничего вокруг. Но то, как Ребекка описала, — все это такая неправда и так грубо...

— Неправда в чем?

— Она написала, что ее поселили в холодной комнате наверху и она плакала от возмущения и обиды. Но это неправда. Маме такое и в голову бы не пришло. Поселить ее вместе со слугами наверху? Какая чепуха. Она спала в детской, Джоселин помнит это очень хорошо, или в лучшей гостевой комнате. И там не было холодно, мама всегда следила, чтобы разжигали камин. Ребекка уверяет, будто ее нарядили в какое-то ужасное платье в тот день, когда повезли в Мэндерли, но она приехала к нам в обносках, из которых успела вырасти. Маме хотелось, чтобы девочка выглядела получше, и она отобрала несколько платьев Джоселин и была уверена, что они ей понравятся...

— Может быть, Ребекка перепутала какие-то мелочи. Когда ее привезли, она переживала за мать, думала только о ней. И, кстати, Ребекка подчеркивает, что Евангелина хорошо с ней обращалась.

— А как могло быть иначе! Мама была добрейшей женщиной и пыталась устроить ее получше. Конечно, вся эта ситуация выглядела очень сложной, но и девочка не пыталась ничего облегчить. Поверь мне, дорогая! Ребекка была трудным ребенком, грубая и резкая, очень гордая и заносчивая — она забила себе голову какими-то дикими идеями, повадки ее отличались странностью, а как она разговаривала! Однажды вдруг заявила, что все мы «будем прокляты!». Нас это так задело. Что она имела в виду, Элли?

Я знала, что Ребекка имела в виду, но не собиралась говорить об этом Элинор.

— Нам вполне хватило одной этой главы, и мы сказали Тому, что не хотим читать дальше. Если Ребекка так несправедлива и так все путает на этих нескольких страницах, один господь знает, чего она наговорила на других. У Тома тоже возникло много сомнений. Он согласился с нами и сказал, что прочитал очень внимательно ее записки и обнаружил в них много умолчаний и приписок. Особенно в том, что касается пистолета.

— Ребекка упомянула о нем раза три или четыре,— уточнила я.

— Том считает, что она обыграла несколько раз ту сцену, где Максим чистил оружие перед ее смертью. Правда, по его мнению, кое-что из сказанного никогда нельзя будет перепроверить — это так удобно для нее. Если исходить из написанного, получается, что Максим заранее обдумывал убийство. Никогда в это не поверю. Мы иной раз обсуждали, каким образом его могли вовлечь во всю эту историю. Но никогда не сомневались, что если он и совершил убийство, то в приступе ревности, поддавшись чувству, а не задумывал его хладнокровно. А что ты думаешь, дорогая?

— Все зависит от того, где и как убили Ребекку, — ответила я, тщательно выбирая слова. — Если ее убили в домике на берегу и воспользовались чем-то, что оказалось под рукой, то это было сделано в припадке ревности. Но если он взял с собой оружие, тогда это предумышленное действие.

Я замолчала и, нахмурившись, стала смотреть на море. Меня немного обидело, что Том обсуждал свои сомнения с сестрами Бриггс, но даже словом не обмолвился об этом при мне.

— В любом случае мы никогда не узнаем этого, — продолжала я, повернувшись к Элинор. — Если бы тело Ребекки нашли сразу, тогда можно было бы точно определить, как и отчего она погибла.

— И все равно я не понимаю, при чем тут пистолет, — настаивала на своем Элинор. — Я ничего не понимаю в огнестрельном оружии, но я знаю, что такое раны. Ты же помнишь, во время войны я работала сестрой милосердия в больнице. И когда меня отправили во Францию, выхаживала раненых и насмотрелась всякого. И я объясняла Тому: при выстреле пуля непременно повредила бы кость. Следы такого ранения ни с чем не спутаешь. О том же самом думал и Том, поэтому поговорил с патологоанатомом в Лондоне, и тот подтвердил мои слова: очень странно, что не обнаружили и следа пули. Несмотря на то, что тело столько времени пробыло под водой, он должен был остаться. Особенно если пуля пробила череп или прошла сквозь грудную клетку. Ребра были бы повреждены. И если этого не нашли, значит, выстрел произвели в мягкие ткани. Другими словами — в живот.

— В живот? — Я повернулась к ней. Элинор, не читавшая дневник целиком, не могла понять смысла сказанного, а я понимала.

— Вот именно. И, судя по тому, что нам рассказал Том, огнестрельное оружие не имеет никакого отношения к ее смерти. Максим был на фронте, он с детства владел оружием. И знал, если хочешь убить кого-то легко и быстро, то должен стрелять либо в голову, либо в сердце. А выстрел в живот ведет к долгой, мучительной смерти. Поэтому Том считает, что Максим к этому непричастен. Должна сказать, что я с ним в этом согласна.

— Самое иезуитское предположение, какое я когда-либо слышала в своей жизни, — горячо отозвалась я, потому что рассердилась на Тома, знавшего все эти подробности. Но сообщила мне их Элинор, а не он сам. Перед моим мысленным взором вдруг предстала Ребекка, истекающая кровью на полу домика. Когда она умерла? Сразу или после того, как он отвез ее на яхту и затопил? — Что с тобой произошло? Ты ведь всегда восхищалась Ребеккой...

— До того, как прочитала ее дневник и эти строки о нашей маме и о нашем доме. Это не просто неточности, мне не понравился ее тон. Все эти замечания про собак, конуру и прочее. Это так нехорошо, Элли, говоря по правде. Ехидно, зло, совершенно не по-женски... — Она помолчала и, слегка порозовев, добавила: — Как себя чувствует Артур? Мне бы не хотелось, чтобы он расстроился из-за всего этого...

— Он уже дочитал дневник до конца, но не расстроился. Сейчас он стал намного спокойнее ко всему относиться, чем прежде. И Ребекка неизменно отзывается о нем с большой теплотой.

— Хорошо, что хоть о ком-то она отозвалась с теплотой, — проговорила Элинор, фыркнув. Видимо, чувствуя мое напряжение, она решила сменить тему. И рассказала о том, что сыграло впоследствии решающую роль, но тогда я этого не поняла.

— Впрочем, оставим все это, — продолжила она. — Ты уже слышала последние сплетни в Керрите? У нас появилось привидение. Внучок Джеймса Табба видел ее на церковном кладбище как раз на другой день после...

— Очередное привидение? Ничего не слышала. Я ведь

только что приехала. Мы с Томом заходили на кладбище, но привидения не заметили...

Я не обратила внимания на ее рассказы о привидениях в Керрите — привычное дело, тем более что находилась все еще под впечатлением ее слов о Томе. Почему-то я сердилась и на Элинор и уже собиралась уходить, когда она добавила:

— Наверное, мальчику это почудилось, но он очень испугался и рассказывал, что очень странная женщина вдруг поднялась из-за надгробного памятника и поманила его рукой. Он бросился домой со всех ног и всю ночь глаз не мог сомкнуть от ужаса.

— Странная женщина. Чем?

Элинор улыбнулась:

— Никто ничего толком сказать не может. Наш новоявленный призрак был весь в сером: серое платье, серые волосы. Ничем не запоминающееся привидение. Правда, жена бакалейщика вспомнила, что видела ее у ворот Мэндерли, а Дженифер Лейн — помнишь ее — рыжеволосая девушка, дочь Роберта Лейна, любимая няня Фрица, как мне говорили, — она тоже призналась, что видела незнакомую женщину, которая стояла в саду и смотрела на реку. Но она видела ее какую-то долю секунды, а когда снова повернулась, та уже исчезла. Чушь какая-то! Тебе уже пора? Подожди, я посмотрю, куда мы поставили кувшин с чатни. — Элинор имела в виду кисло-сладкую индийскую приправу к мясу, которую отец полюбил со времен службы в Индии.

Но я не стала дожидаться, когда Элинор найдет приправу, и заторопилась домой, потому что вдруг вспомнила про гостью, которая навещала нас. Миновав Керрит, я притормозила на вершине холма, откуда был виден наш дом. В одну секунду загадочные обрывки сложились в цельную картину.

Мне вспомнились описания Элинор внешности привидения и места, которые оно выбирало для прогулок. Вспомнила про венок азалий у домика на берегу и горсть ракушек на могиле Люси, дневники Ребекки и кольцо с бриллиантами, брошь-бабочку и наши попытки угадать, у кого все это могло храниться. Мы считали, что у миссис Дэнверс. Но если она отпадает, кто оказывается следующим, а на самом деле единственным кандидатом?

И еще мне припомнилось описание Ребекки, когда она

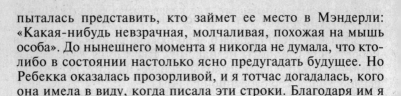

пыталась представить, кто займет ее место в Мэндерли: «Какая-нибудь невзрачная, молчаливая, похожая на мышь особа». До нынешнего момента я никогда не думала, что кто-либо в состоянии настолько ясно предугадать будущее. Но Ребекка оказалась прозорливой, и я тотчас догадалась, кого она имела в виду, когда писала эти строки. Благодаря им я угадала, о ком идет речь сейчас.

Бегом спустившись с холма, я буквально влетела в кухню, где Роза готовила ужин.

— Роза, — запыхавшись, сказала я, — опиши мне снова ту женщину, что приходила накануне. Как она выглядит?

— Ну... самая обычная женщина. Довольно приятная, но только она немного нервничала. Бесцветные волосы, приблизительно лет сорока.

— У нее что-то было в руках?

— Нет, только сумка.

— Ты уверена? Больше ничего? Никакой книги или папки?

— Уверена, только сумка, но довольно внушительная. Такая, как у меня.

Я посмотрела на сумку Розы, лежавшую на стуле. Поскольку Роза никуда не ходила без книги, она выбирала объемистые сумки. Теперь я уже окончательно перестала сомневаться, кто приходил к нам, кто посылал тетради Ребекки и ее вещи. Эта женщина призвана была развеять все наши последние сомнения.

Наспех проглотив ленч, я принялась помогать Розе готовиться к завтрашнему дню, когда должны были прийти Том и его друг. Я машинально нарезала огурцы и сваренные вкрутую яйца для окрошки — излюбленное блюдо Розы летом, и все это время думала только о том, как бы мне ускользнуть из дома. Я собиралась отправиться на розыски таинственной гостьи.

В три часа, когда отец лег отдохнуть, я, улучив наконец удобный момент, усадила Баркера в машину и отправилась в Мэндерли.

Я прождала часа два, рассматривая берег и поглядывая на дом, но невзрачное и ничем не примечательное привидение так и не появилось. Разочарованная и раздосадованная, я отправилась домой и по пути проехала мимо дома престарелых, где обитал Фриц. Он сидел в кресле на колесиках, дежурил на

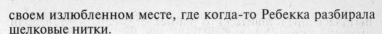

своем излюбленном месте, где когда-то Ребекка разбирала шелковые нитки.

Задержавшись ненадолго, я попросила рыжеволосую дочь Роберта Лейна описать незнакомку. Разумеется, в пересказе Элинор все выглядело несколько иначе, но и то, что я услышала, не принесло особенной пользы.

Вернувшись в «Сосны», я загнала машину в гараж и вошла в дом через заднюю дверь. Роза сидела на кухне, поставив перед собой книгу, и читала, отрывая хвостики у клубники. Увидев меня, она сказала:

— Эта женщина здесь. Она пришла около часа тому назад. Отец пригласил ее к себе, и сейчас она там, наверху, в его кабинете...

— Он не представил ее тебе? Не пригласил с собой?

— Как видишь, нет, — ответила Роза и снова погрузилась в чтение.

Я стремительно вышла в сад, Баркер последовал за мной. Окно в кабинет отца было открыто. Я слышала негромкую женскую речь, но не слышала ответных реплик. Отстегнув брошь-бабочку, которую я носила после возвращения из Лондона, я сунула ее в карман и поднялась по ступенькам наверх.

— А вот и моя дочь, — проговорил отец, и я услышала облегчение, прозвучавшее в его голосе. Он быстро поднялся, я подошла к нему, положила руку на плечо, удерживая на месте, и повернулась к гостье.

Она сидела напротив отца. В симпатичном сером летнем платье в скромный цветочек. Ее прямые бесцветные волосы были разделены прямым пробором и ровно подстрижены, как у школьниц, — это все описывали, рассказывая про нее, и, она, видимо, не собиралась менять стиль. Она сидела на кончике кресла с прямой спиной, сложив руки на коленях, как обычно держатся люди, которые приходят наниматься на работу. Женщина посмотрела на меня внимательным и ясным взглядом, как это часто делают застенчивые люди, чтобы не выказывать своей слабости.

Когда она впервые появились в Мэндерли, она была очень юной и вела себя как выпускница школы, такой ее запомнили в Керрите. И двадцать лет спустя они продолжали обсуждать ее застенчивость, неловкие расспросы про Ребекку, то, что она была вдвое моложе своего мужа и годилась ему в дочери.

Но эта постаревшая женщина мало чем отличалась от прежних описаний. С возрастом она немного располнела. Лицо уже покрылось легкими морщинками, но ее прекрасные ясные глаза остались такими же. Рядом с ней на столике лежала пара летних перчаток, а под ними знакомая черная тетрадь: я знала, что это последняя тетрадь Ребекки.

— Позвольте вам представить мою дочь, — сказал отец.

И я услышала предостерегающие нотки в его голосе.

— Миссис де Уинтер, это моя дочь Элли. Элли, познакомься, это жена Максима де Уинтера.

Еще когда мы пожимали друг другу руки, я уже догадалась, что жене Максима не терпится уйти побыстрее, очевидно, ей не хотелось продолжать разговор в моем присутствии. И я заметила, что она подыскивает подходящий предлог, чтобы подняться, но, похоже, ей так и не удалось освоиться со светскими правилами общения, и она выпалила первое, что ей пришло в голову.

— Элли? Как поживаете? — бодро спросила она. — Конечно, конечно, мы никогда не встречались, но, мне помнится, ваш отец рассказывал про вас: вы играли в гольф, не правда ли? Ну да, в гольф. И вы были хорошим игроком...

— Это моя старшая сестра играла в гольф, — ответила я, взглянув на отца.

Лили никогда не отличалась особыми успехами в гольфе и терпела эту скучную игру, только чтобы познакомиться с мужчинами. Непонятно, с чего миссис де Уинтер взяла, что та была хорошим игроком.

Наша гостья нахмурилась, встряхнула головой, а затем все таким же неестественно бодрым тоном поправила себя:

— Теперь я вспомнила. У вас было две дочери. Она писала стихи, да? И вы даже к этому слишком серьезно относились...

— Брат писал стихи в детстве, — поспешно сказала я, заметив выражение отца. Мне надо было остановить ее раньше, чем она успеет нанести еще одну болезненную рану. — Его убили во время войны.

Наступило молчание. Миссис де Уинтер посмотрела на меня с недоумением, словно никак не могла поверить, правду ли я сказала ей, а потом покраснела.

— Очень жаль. Мне не следовало этого говорить, простите

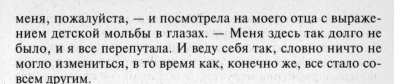

меня, пожалуйста, — и посмотрела на моего отца с выражением детской мольбы в глазах. — Меня здесь так долго не было, и я все перепутала. И веду себя так, словно ничто не могло измениться, в то время как, конечно же, все стало совсем другим.

— Понимаю, — сказал отец тоном, который означал совершенно противоположное, и наклонился потрепать Баркера, только чтобы скрыть свои чувства. — Но вообще-то я не разговаривал с вами о своих детях, — грубовато добавил он.

— Нет, говорили. — Она залилась краской. — В тот день, когда вы приехали в Мэндерли к ленчу. Мы беседовали о Дальнем Востоке, и вы упомянули про своих детей. — Миссис де Уинтер посмотрела на меня. — У меня отвратительная привычка: стоит человеку заговорить о чем-то, как я выстраиваю целую историю. Иногда очень странным образом: услышу отрывок фразы, произнесенной кем-то в кафе, ресторане или в коридоре отеле, — и представляю всю их жизнь. Иной раз ничего общего с их подлинной жизнью мой вымысел не имеет, но иной раз все совпадает. Максим любил поддразнивать меня по этому поводу...

Она вдруг резко замолчала и нервно сжала колени руками.

— Какая милая собака, — продолжала гостья, и мне сразу стало жаль ее, когда я услышала эти растерянные интонации. — Жаль, что у меня никогда не было собак. Такие верные друзья. У них не бывает плохого настроения, они всегда так рады видеть тебя и никогда не покинут нас. О боже, неужели прошло уже столько времени? Мне пора идти. Завтра я возвращаюсь в Лондон, а потом улечу в Канаду. Мне надо еще собрать вещи, а я всегда так долго вожусь с ними. Никогда не помню, куда и что положила. Это всегда сердило Максима...

Она взволнованно посмотрела на меня, схватила перчатки, сумку и поднялась. Отец тоже встал. Я видела, как посерело его лицо от усталости. И прочла его безмолвное обращение ко мне.

— Миссис де Уинтер приехала сюда на автобусе, — проговорил он. — Она остановилась в отеле на берегу — ты знаешь его. Элли будет рада отвезти вас назад.

Миссис де Уинтер начала вежливо отказываться, но я не

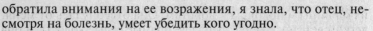

обратила внимания на ее возражения, я знала, что отец, несмотря на болезнь, умеет убедить кого угодно.

Какое-то время мы ехали в машине с опущенными стеклами в полном молчании. И я заговорила с ней, только когда мы миновали Керрит:

— Миссис де Уинтер, я прочитала дневник Ребекки, который вы прислали отцу. И я знаю, что должна быть третья тетрадь. Вы оставили ее?

— Да, разумеется. Представляю, что вы думаете обо мне, — вдруг быстро заговорила она. — Это так неприятно, когда какой-то неизвестный человек присылает тебе какие-то бумаги — теперь я понимаю. Мне хотелось сначала вложить сопроводительное письмо, но потом я вдруг осознала, что не знаю, о чем писать. Я не была уверена, помнит ли меня ваш отец вообще. Многие здесь забыли меня. В отличие от Ребекки я такая неприметная личность.

Она бросила на меня взгляд, словно колебалась, продолжать ли дальше, и сдвинула брови.

— Мне не хотелось оставлять эти записи у себя. А Ребекка несколько раз написала, что полковник Джулиан ее единственный близкий друг. И я подумала, что он будет рад получить их. Только потом мне стало известно, что он пережил инсульт, кто-то в магазине заговорил об этом, и я почувствовала себя виноватой. И решила, что должна исправить свою ошибку. Но, кажется, только усугубила дело. Не надо было упоминать про вашего брата.

Мне показались убедительными ее оправдания, хотя я и не очень доверяла ее словам.

— Думаю, что отец все понял, — сказала я, притормаживая, когда мы подъехали к воротам Мэндерли. Несчастный случай с Максимом произошел как раз в этом месте. Я покосилась на миссис де Уинтер, она смотрела на голубоватые тени деревьев, лицо ее побледнело и осунулось.

— Вы не спешите, мисс Джулиан? — вдруг спросила она. — Не возражаете, если мы немного пройдемся? Мне не следовало приезжать сюда, но я так часто видела эти места во сне. Сейчас со мной такое частенько случается, сама не знаю, где нахожусь — во сне или наяву.

Я остановила машину. Слезы в ее голосе я услышала раньше, чем увидела их на ее глазах. Миссис де Уинтер выбралась из машины и подошла к воротам. Она отвернулась от меня, легкий ветерок с моря трепал ее прямые седые волосы, и она крутила свое обручальное кольцо на безымянном пальце — единственное украшение, которое она носила.

Выждав несколько минут, она достала из сумки ключ от ворот, но у меня создалось впечатление, что ей не хочется открывать их самой. И я вышла помочь. Выражение отчаяния на ее лице меня поразило. Она выглядела, как потерявшееся дитя, и время, оставившее свои следы на лице, придавало этому детскому горю еще большую остроту.

— Я собиралась рассказать вам про эти тетради, — сказала миссис де Уинтер, облокотившись о ворота и глядя на деревья. — То есть вашему отцу, — уточнила она, — но потом мы заговорили о чем-то другом. Может быть, вы объясните ему? Я нашла их после смерти Максима, точнее, я наткнулась на металлическую коробку, лежавшую в запертом ящике письменного стола дома, который мы купили в Англии. Такой красивый дом — настолько далеко от моря, насколько это возможно в нашей стране, и довольно большой — я надеялась, что у нас будут дети... — Она осеклась. — Вы знали, что мы перебрались в Англию после окончания войны, мисс Джулиан?

— Да, слышала, миссис де Уинтер.

— Я забрала эту коробку с собой в Канаду, — продолжала она так, словно не слышала моих слов. — И долго не открывала ее. Она была заперта, а ключ куда-то затерялся. Но мне хотелось знать все, что имело отношение к Максиму, и поэтому я продолжала хранить эту коробку в надежде, что ключ однажды сам собой отыщется. И в прошлом году я все же открыла ее: сорвала замок отверткой и даже порезала себе руку. Я так тосковала по Максиму... Печаль эта накатывалась волнами. Иной раз становилось чуть получше, а в другие дни она была невыносимой, я просыпалась такой потерянной. Я не ожидала, что найду в коробке ее записи. Надеялась, что там окажется что-нибудь, что будет напоминать мне о моем муже. Старые фотографии, записи его детства, возможно. Мне и в голову не приходило, что это имеет отношение к Ребекке. Его первый брак принес ему столько несчастья, он был на краю пропасти. И меньше всего я ждала, что наткнусь на то, что имело к ней отношение. Я была потрясена.

Миссис де Унтер отступила от ворот, я открыла их, и она шагнула вперед. Помедлив, я двинулась следом. Деревья впереди образовали зеленый туннель, а я шла и думала про кошмары моего отца, про этот черный гробик. Миссис де Уинтер шла некоторое время молча, сосредоточенно глядя перед собой. Подойдя к поваленному дереву, она села, я опустилась рядом с ней. Она выбрала то же самое место у поворота, где любил сидеть мой отец, отсюда виднелось море. Но она, казалось, не слышала шума волн. Помолчав немного и собравшись с силами, она продолжила:

— В коробке лежали три общие тетради, тоненькое колечко с бриллиантами и голубая брошь в виде бабочки. Их значение я поняла после того, как прочла дневник. Я перечитывала его вновь и вновь и сейчас могу повторить наизусть. Мне всегда хотелось знать, какой была Ребекка на самом деле. Теперь я знаю.

— Миссис де Уинтер, если вам не хочется, вы можете ничего не объяснять. Я вижу, что вам это мучительно...

— Сначала мне было больно, — честно призналась она, — и я очень расстроилась, потому что не могла понять, зачем Максим забрал эти вещи. Он ненавидел все воспоминания, связанные с ней. Тогда почему же он хранил все это? Вот что мучило меня. Я перестала спать, меня начали одолевать кошмары, точно так же, как и в первое время после моего приезда в Мэндерли... И тогда я решила приехать сюда. Мне надо было встретиться лицом к лицу со своим прошлым. Так поступила бы на моем месте Ребекка. И если она могла, то почему я не в состоянии решиться? Зачем я трусливо делаю вид, будто ничего не было?

Все еще пряча от меня глаза, она объяснила, зачем приехала в Англию. Сначала ей хотелось найти как можно больше сведений о Ребекке, потому что ее рассказ оставлял впечатление выдумки. Придя в библиотеку, миссис де Уинтер нашла автобиографию Маккендрика, чтобы сделать кое-какие уточнения. И вот тогда она поняла: это не лечит, а только усугубляет печаль.

Тогда пришло решение избавиться от всего, что принадлежало Ребекке. Но просто порвать тетради и выбросить вещи не поднималась рука. И миссис де Уинтер решила отправить записки Ребекки и ее вещи тем людям, которых, как ей казалось, это могло заинтересовать. Дневники — моему отцу, кольцо — Джеку Фейвелу, потому что кольцо привез из Южной Африки его дядя. А брошь — миссис Дэнверс, которая помнила мать Ребекки. Но эту женщину оказалось очень трудно найти. Она встретилась с миссис Дэнверс случайно, когда стояла на Тайт-стрит и смотрела на дом Ребекки. Миссис Дэнверс вышла из подъезда. И хотя она сильно постарела, миссис де Уинтер сразу узнала ее: «Я никогда бы не смогла забыть ее. Из-за нее я чувствовала себя такой несчастной в Мэндерли. Если бы ее там не оказалось, мне жилось бы намного лучше...»

Ее слова больше скрывали, нежели объясняли, и я представила, как долго и как часто миссис де Уинтер стояла у дома Ребекки в Лондоне. Но она ничего не сказала про азалии... И как только я подумала об этом, миссис де Уинтер словно прочла мои мысли и сказала, что оставила венок у домика на берегу. А в другой раз — ракушки на могиле Люси. И больше всего меня удивили ее доводы.

— Они были в чем-то очень похожи. Ни та и ни другая так и не выросли, не повзрослели. Мне было очень жаль девочку, именно тогда я и подметила сходство между ними и начала симпатизировать Ребекке. Это так печально, быть настолько уверенной и убежденной в своей правоте и настолько обманываться — вы согласны?

— Обманываться?

— Да. — Лицо ее осветилось. — Ребекка нарассказала столько историй о своей силе воли, она постоянно твердила о ней. Но ведь она не смогла заставить Максима полюбить ее. Это меня Максим любил, а не ее. Она утверждала, что заставит всех запомнить себя, но с тех пор, как Максим уехал, он очень редко вспоминал о ней. И я в конце концов поняла, почему он хранил все эти вещи — он очень жалел ее, как и я. Кольцо отца, брошь матери: Ребекка навсегда осталась ребенком — вот к какому выводу я пришла. Ей нравилось думать, что она сделала саму себя, но на самом деле она так и не повзрослела. В эмоциональном смысле уж точно. И даже почерк у нее остался детский. Вам так не кажется? — Миссис де Уинтер напряженно посмотрела на меня.

— Я бы не назвала его детским, — ответила я, — скорее старомодным.

— А у меня такое впечатление, что несформировавшийся, как у ребенка. И вся эта глупая история — тоже сказка, где появляются великаны-людоеды и действуют проклятия. Меня это удивило. Почему-то я ожидала, что она более мудрая.

Миссис де Уинтер нахмурилась:

— Наверное, потому, что она была не совсем обычной, не совсем нормальной женщиной, если судить по тому, как она вела себя и что писала? И я смогла представить, почему жизнь Максима превратилась в ад. Он хранил верность высоким идеалам, а у нее вообще никаких идеалов не существовало. Ее цинизм и бессовестность ужасали Максима. Его привлекал совсем другой образ жизни, чем тот, который она навязала ему. Он стремился к покою, тишине, уединению, к общению с очень узким кругом друзей, чего Ребекка не понимала или не принимала. Ее голова была забита романтическими выдумками. Я же говорю: она осталась ребенком на всю жизнь. Инфантильной. И это меня разочаровало. Оказалось, что она не настолько интересна, как я себе представляла.

Миссис де Уинтер задумчиво посмотрела на меня:

— Ребекка описала какие-то фантастические выдумки, душераздирающие, трогательные истории — на самом деле они скучные и бессодержательные. Это звучит жестоко, но это так. Она оказалась бесплодной в самых разных смыслах этого слова и была лишена даже самого естественного чувства привязанности. Ее сердце оставалось холодным. Не по-женски холодным. И когда я это поняла, мне стало намного легче, я стала сильнее, мисс Джулиан. Вот почему Максим никогда не любил ее по-настоящему...

Еще в самом начале разговора мне уже стало не по себе, а теперь я рассердилась. У меня не возникло впечатления, что Ребекка всегда была бессердечной, бесчувственной, циничной и беспринципной, а Максим столь уж благородным. Он мог извратить все события, чтобы как-то оправдаться перед самим собой. Он убил жену и избежал наказания за это преступление. И эта женщина с милым лицом, сидевшая рядом со мной, могла знать правду о тех событиях, а если так, то она стала соучастницей. И ее представление о том, любил ли Максим Ребекку, не совпадало с моим.

— Миссис де Уинтер, — спросила я негромко, — мне бы хотелось узнать правду. Скажите, это ваш муж убил Ребекку?

— Да. — Она, к моему величайшему удивлению, ответила, ни на секунду не замявшись. — Теперь я могу в этом признаться, поскольку Максим умер и его не смогут наказать. Но я бы не стала использовать слово «убийство». Максим стал орудием в ее руках. Она совершила самоубийство, но переложила вину на его плечи. Максим направился к домику на берегу, когда она вернулась из Лондона, чтобы выяснить, не привезла ли она с собой одного из своих любовников — двоюродного брата Фейвела. И на всякий случай Максим взял пистолет, о котором писала Ребекка, чтобы просто припугнуть их. Он решил, что больше не станет терпеть ее выходки. Она вела себя самым бесстыдным образом, рассказывал он мне. Его не заботило, что Ребекка вытворяла в Лондоне, но он не желал, чтобы она привозила с собой мужчин в Мэндерли...

Она помолчала:

— Но Ребекка оказалась одна и начала дразнить, злить Максима, выводить его из себя, задевая самые болевые точки. Она заявила, что ждет мужчину, отца своего ребенка, и собирается впоследствии выдавать его за ребенка Максима. Она заявила, что этот незаконнорожденный ребенок унаследует Мэндерли, и все будут ликовать, потому что так давно ждали наследника. И в конце концов Максим вышел из себя, выхватил револьвер и выстрелил ей в сердце. Она умерла тут же, на месте. А потом он вымыл пол в домике: там было много крови — рассказывал он. Принес воды с моря и вымыл все. А потом перенес Ребекку на яхту, чтобы затопить где-нибудь в глубоком месте.

Но что-то пошло не так, я не знаю, что именно. Во-первых, он, конечно, был потрясен случившимся. А во-вторых, ветер усилился — Максим много лет не управлял парусами, — яхта потеряла управление, и тогда он открыл кингстоны и проделал дырки в полу. Яхта перевернулась и пошла ко дну как раз возле рифов — слишком близко от берега. Если бы ему удалось добраться до более глубокого места, все сложилось бы иначе. Яхту никогда не нашли бы, и мы бы остались жить в Мэндерли. И сейчас бы жили здесь. И у нас были бы дети и будущее. Я часто думаю о будущем, которое у нас могло быть и которого мы лишились. Сейчас я сидела бы в гостиной Мэндерли и слышала их голоса, как они перекликаются в саду и зовут Максима...

Миссис де Уинтер резко обернулась, словно и в самом деле услышала голоса детей, потом наклонила голову, закрыла лицо руками и беззвучно заплакала. Выплакавшись, она достала из кармана носовой платок и вытерла глаза. К моему удивлению, ей довольно быстро удалось успокоиться, и, когда она снова повернулась ко мне, лицо ее обрело прежнее выражение безмятежности. И это выражение задело меня сильнее, чем то, что она говорила.

— Я объяснила это все вашему отцу сегодня, — сказала миссис де Уинтер. — Без всякого сомнения, он все перескажет вам, когда вы вернетесь домой. Но я предпочитаю, чтобы вы все услышали непосредственно от меня. Это очень важно — понять подробности случившегося. Ребекка в ту ночь лгала Максиму, зная, что у нее не будет ребенка. Она знала, что скоро умрет. И нарочно провоцировала Максима, чтобы он убил ее. Ребекка просто использовала его, мисс Джулиан. Она бы умерла через несколько месяцев, как говорил врач, — так что Максим просто пощадил ее, избавил от мучительных страданий, от долгой агонии...

— Но ведь его не это заботило в тот момент, миссис де Уинтер.

— Знаю. — Она не обратила внимания на мой тон. — Но это не умышленное убийство. Суд не признал бы его убийцей, если бы присяжные узнали, как вела себя Ребекка и до какой степени она унижала его. Но так сложилось, что до процесса дело не дошло. И за это мы навсегда остались благодарны полковнику Джулиану. Я знаю, что у него не нашлось ни одного доказательства против Максима. Но и мне, и Максиму казалось, что он догадывался обо всем. Но ваш отец сострадательный человек, поэтому я и пришла сегодня к нему. Сказать, насколько я была ему признательна. Мы с Максимом прожили пятнадцать лет, как вы знаете. Если бы ваш отец оказал давление на следователя, нам бы никогда не довелось прожить их вместе, у нас бы не было этих пятнадцати лет счастья. И мне хотелось, чтобы он знал это, прежде чем я уеду из Англии и до того, как он...

— До того, как он умрет, миссис де Уинтер?

— Что ж, можно сказать и так,— кивнула она. — Он болен и уже немолод. И мне не хотелось оставлять его в неведении. Мне не хотелось оставлять это при себе.

Я думала несколько иначе, чем она. Поднявшись, миссис де Уинтер какое-то время еще смотрела на Мэндерли, а потом, словно приняв решение, повернулась и медленно зашагала к воротам. Голова ее чуть-чуть склонилась к плечу, словно она прислушивалась к звукам, которых не слышала я. Иной раз она смотрела куда-то вдаль и улыбалась тому, кто шел ей навстречу. Быть может, она видела будущее, в котором ей было отказано, но она все же сумела пережить его хотя бы таким образом.

А я размышляла о неблаговидном толковании роли отца в этой давней истории, которое выслушала от нее. Ее версия тоже основывалась на домыслах, на том, что она узнала от Максима. И в этом варианте осталось множество белых пятен. Как мог мужчина, имевший дело с огнестрельным оружием, взять его с собой лишь для того, чтобы припугнуть Ребекку и ее любовника? Он мог сказать, что выстрелил прямо в сердце, но куда на самом деле попала пуля? Может ли человек, которому попали в сердце, залить кровью весь пол? Как только сердце останавливается, то и кровь перестает течь. Что на самом деле сказала Ребекка Максиму, из-за чего он потерял над собой контроль? Упоминание миссис де Уинтер о том, что все ждали появления наследника, навело меня на новые размышления. Два брака, и ни одного ребенка? Может быть, Ребекка бросила в лицо мужу обвинение в сексуальной несостоятельности?

Обсуждать эти вопросы с женщиной, что шла рядом со мной, было бы не только бессмысленно, но и жестоко. И ее ясность не такая безмятежная, как это казалось, и доверительность не такая полная, как она пыталась ее представить. Она слишком хорошо владела собой.

Миссис де Уинтер миновала ворота, даже не взглянув на них. А когда мы оказались в машине, снова вернулась к разговору о дневнике.

— Я догадалась, когда муж обнаружил эти записки, мисс Джулиан, — сказала она после того, как мы снова выехали на дорогу и лес образовал сплошную стену слева от нас. — После пожара в Мэндерли, в ту последнюю ночь, что мы были здесь, до отъезда в Европу. Максим захотел пройтись один, попрощаться с родными местами, и я видела, что он направился к берегу. Его не было несколько часов. А когда он вернулся, его туфли были в песке, и я поняла, куда он ходил. Лицо его побледнело, он ничего мне не сказал, но я поняла: произошло что-то ужасное. Как я теперь понимаю, он вошел в этот домик и наткнулся на дневники Ребекки. Все ее вещи оставались на своих местах, туда никто не заходил, словно Ребекка вышла погулять и вернется с минуты на минуту. А ведь прошел год с тех пор, как она умерла...

Она искоса посмотрела на меня: ее пальцы снова нервно стиснули колени.

— Как вы думаете, зачем он хранил эти тетради? Или почему он сохранил их? Это кольцо — оно было у нее на пальце, когда достали тело. Благодаря ему и обручальному кольцу ее и опознали. Почему Максим оставил то, которое Ребекке подарил ее отец, и не оставил своего?

Я задумалась и вспомнила слова самой Ребекки. После того как Максим увидел кольцо на ее пальце, в нем взыграло желание надеть на ее палец другое. И он добился своего. Но мне не хотелось огорчать вдову.

— На этот вопрос мог бы ответить только ваш муж. Неизвестно, какой смысл он придавал этому кольцу.

— Впрочем, это не имеет никакого значения, — сказала миссис де Уинтер неожиданно резко. — Все это уже ничего не значило для Максима. Говорю вам: он никогда не любил Ребекку, он ее ненавидел. Как только понял, кто она такая на самом деле, он уже не мог даже находиться рядом с нею. Если бы вы знали Максима! Его могла по-настоящему привлечь только женщина, для которой он стал бы защитником, мягкая, чистая, невинная... — Она покраснела.

— Но, может быть, существует различное понимание чистоты, — ответила я как можно более мягко. — И мне Ребекка представляется чистой, если судить по ее запискам. Она была такой, какой была, и поэтому не может быть и речи об измене.

— Боюсь, что я не совсем вас понимаю, — ответила она упрямо. — И половины того, что она написала, я не воспринимаю. В любом случае она заслуживает жалости и сострадания, ее нельзя ни в чем винить. Но она не имела понятия о беспристрастности, ее описания полны глупых преувеличений... Например, она пишет, что Максим благодаря ей пережил сильное душевное волнение и что это сам по себе дар. Ничего абсурднее придумать нельзя. Его никогда не привлекала суета. Мир, покой, размеренная жизнь — вот что ему было по душе. Если вы повернете здесь, то мы как раз окажемся у отеля, мисс Джулиан...

Впереди замерцали огни. Здание располагалось прямо на берегу моря — маленький, скромный, вполне традиционный отель, который обычно выбирали люди старшего возраста.

— Я остановилась здесь под своей девичьей фамилией, — призналась миссис де Уинтер, когда мы подъехали к месту парковки. — Предпочитаю, чтобы меня не узнали. Мы с Максимом всегда жили сами по себе. Зачем это нужно, чтобы люди знали, кто ты на самом деле, если ты приезжаешь на короткое время? И к тому же люди всегда любят допытываться... выспрашивать подробности...

Она помедлила:

— Я так тоскую по своему мужу. У меня было одно-единственное желание в жизни — сделать его счастливым. И я знаю, что мне это удалось. Чувствую это сердцем. Мы редко разлучались, и он стал полностью зависеть от меня. Но мы не так много разговаривали, так что иной раз я чувствовала себя одинокой. Вот почему мне по душе такие маленькие отели, как этот...

Миссис де Уинтер повернулась ко мне, лицо ее снова озарилось.

— Сразу вспоминаю такие же маленькие отели, где мы с ним любили останавливаться во Франции. Иной раз, сидя здесь на террасе, я представляю, что Максим сидит рядом со мной, и я рассказываю ему всякие истории про остальных жильцов. Он делает вид, что ему скучно, отвечает грубовато, как это случалось с ним. Но я знаю, его дух здесь, рядом со мной, и что он не скучал, а просто дразнил меня. Он счастлив, он очень счастлив, как мы всегда были...

И вдруг миссис де Уинтер резко повернулась, как уже происходило с ней не раз. Словно ее кто-то окликнул.

— Вы слышите? — спросила она меня нервно. — Мне показалось, кто-то позвал меня...

Я ответила, что ничего не слышала, но она, похоже, не поверила мне.

— Должно быть, чайки кричали, — торопливо проговорила она. — Или еще какая-то морская птица. Они умеют издавать такие тоскливые звуки. Ну что ж, мне пора идти. Предстоит долгое путешествие. И как только я вернусь в Канаду, то оставлю все позади — раз и навсегда. Хочу начать все с самого начала. Больше выходить на люди, встречаться с ними. Может быть, даже начну работать. Мне нет необходимости зарабатывать на жизнь. Максим заранее обо всем позаботился, но мне нравится быть полезной людям. Может быть, приму участие в каких-то благотворительных акциях. Им всегда нужны добровольные помощники.

Обычная безмятежность снова вернулась к ней, но глаза оставались потерянными. И я уловила панические нотки в ее голосе. Мне стало ее жаль, и она, должно быть, заметив это, тотчас покраснела, схватила перчатки, сумочку и открыла дверь, чтобы поскорее ускользнуть.

— Вы были так добры. — Она сжала мою руку. — Вы так внимательно меня слушали. И я была рада снова повидаться с вашим отцом. Надеюсь, что я правильно сделала и не очень утомила его... Господи, уже половина седьмого. Как летит время! Мне надо идти. Спасибо вам еще раз. До свидания, мисс Джулиан.

Я смотрела ей вслед: ничем не примечательная пожилая женщина. И вскоре она смешалась с другими постояльцами отеля — такими же немолодыми парами, которые возвращались с прогулки.

На террасе миссис де Уинтер замедлила шаг. При вечернем освещении ее серое платье стало отливать перламутром, и она посмотрела на море. Я проследила за ее взглядом, а когда снова повернулась в сторону террасы, она уже исчезла.

Развернувшись, я снова поехала в сторону холмов. Опустив окна, я нажала на газ, машина рванула вперед. Мне хотелось оставить миссис де Уинтер позади как можно быстрее, чтобы я уже не могла вернуться к ней. Потому что впереди меня тоже ожидало такое же одиночество. Я надеялась на любовь, как и большинство людей, но если помнить, что ожидает овдовевшую женщину, то ее участь ничем не отличается моей.

Представляла ли она, поставив перед собой задачу сделать мужа счастливым, сколько долгих одиноких дней ее ожидает впереди? Постаралась ли она сделать так, чтобы ее любовь обернулась для мужа компенсацией за убийство? Если любовь способна довести женщину до такого, то это может вызвать только отторжение. Тяжело было слушать вторую жену

Максима, зная, что вскоре прочту то, что пишет первая, — третья тетрадь ждала меня в «Соснах».

Оставив машину во дворе, я быстро поднялась прямо в кабинет отца. Он сидел там вместе с Розой, и они о чем-то оживленно разговаривали перед моим приездом. Роза выглядела задумчивой и расстроенной, лицо отца побледнело и осунулось. Не говоря ни слова, отец протянул мне тетрадь. Я взвесила ее на ладони. И сразу почувствовала разницу между этой тетрадью и второй — этот маленький черный гробик был намного легче.

Я развязала тесемки и открыла обложку. На первой странице, наполовину надорванной, стояла дата: 12 апреля. День, когда Ребекка умерла. Под датой, выведенной рукой Ребекки, находилась запись, сделанная явно в момент сильнейшего душевного волнения. Только одно слово: *МАКС*.

Под ней отрывки первого предложения — они были еще различимы, я видела знакомые очертания букв, но слезы размыли их настолько, что невозможно было ничего разобрать.

Остальная часть страницы была вырвана вместе еще с несколькими листами. А те, что остались в тетради, были пусты. Последние слова, обращенные к мужу, кто-то вырвал и уничтожил. Последнего послания не осталось, и последних слов тоже. Ребекка хранила молчание.

— Кто это сделал? — спросила я возмущенно, стараясь унять дрожь в руках. — Максим?

— Возможно, — вздохнул отец. — Или миссис де Уинтер, хотя она это отрицает.

— Но это могла сделать и сама Ребекка. Все равно этого уже никогда не выяснить. Но я знаю, кому бы я отдала предпочтение из этой троицы, — сказала Роза. — Очень глупо: ничто не говорит громче, чем молчание, — добавила она.

30

Ночью отец спал крепко и спокойно, даже похрапывал, а я долго не могла заснуть.

Утром я принесла ему завтрак в постель, но оказалось, что он уже успел встать. Я ждала, что он начнет меня расспрашивать про миссис де Уинтер, но вновь убедилась, насколько решительно он отгораживался от всего, что имело отношение к прошлому. За предыдущую неделю ему удалось освоить трудное искусство забывать. Он полностью сосредоточился только на подготовке к ленчу, к приезду Тома и его друга Николаса Осмонда. И готовился весьма тщательно: разложив несколько костюмов и галстуков на кровати, он придирчиво рассматривал их.

— Хочу выглядеть представительно. Кстати, ты ведь знаешь, что к нам должен присоединиться и мистер Латимер — я тебя, кажется, предупреждал. Он несколько оживит нашу беседу. А теперь взгляни женским глазом, который костюм лучше — этот или тот?

Отец прекрасно знал, что не упоминал о том, что пригласил Фрэнсиса. И предложил мне на выбор два одинаково тяжелых твидовых костюма. Если сейчас, в девять часов утра, уже было довольно тепло, то можно себе представить, насколько повысится температура к ленчу. Я попыталась склонить отца к более легким костюмам, которые сохранились еще со времен его пребывания в Сингапуре, но он решительно отказался от них. И я догадывалась почему: ему невыносима была мысль, что кто-то заметит, как сильно он исхудал за последнее время. А плотная тяжелая ткань скрывала худобу. Мне пришлось смириться, и я указала на зеленоватого оттенка костюм.

— То, что надо, — удовлетворенно сказал отец, приподнимая его. — В котором часу прибывают наши мальчики?

— Часов в двенадцать, папа. Что-то около того.

— «Что-то», «около»... — проворчал он. — В наше время люди были более пунктуальными, если им назначали время встречи. Да, мне еще надо подумать насчет выпивки. Что осталось в наших погребах? Кажется, у нас еще имеется пара бутылок этой настойки, но я почему-то никак не мог отыскать их...

Я поспешила вниз и спрятала бутылки в самое надежное место, а потом мы с Розой вынесли обеденный стол в сад.

— Он наденет твидовый костюм, — сказала я, устанавливая вазу с цветами на белую скатерть, и воздух сразу пропитался нежным ароматом. — Роза, какой сегодня чудесный день! — невольно воскликнула я.

— Ты очень хорошо выглядишь, — отозвалась она. — Надеюсь, сегодня отец не доставит нам хлопот. Когда я выставлю заливное, сделай вид, что не заметила там чеснока. Ты же знаешь, как к этому относится отец. Если, конечно, мистер Галбрайт сдержит свое обещание и привезет чеснок...

Том — человек слова. Он приехал со своим другом на какой-то экзотической, как я поняла, спортивной марки машине в двенадцать часов пять минут. Они приехали с парома из Сант-Мало рано утром и привезли фрукты из Франции, которые нельзя было приобрести в Керрите, бутылку шампанского, несколько сортов молодого вина, гроздья винограда, связки розового чеснока, пучки острого пахнущего чабреца, ароматного розмарина и майорана, пакет кофе в зернах и в изысканной коробке, перевязанной ленточкой, домашней выпечки бисквитное печенье в виде пальмовых листьев.

Роза тотчас, как только корзина с подарками оказалась на кухне, занялась приправами. А я, с удивлением окинув взглядом щедрые дары, перевела взгляд на Тома.

За две недели пребывания во Франции он совершенно преобразился: загорел, стал улыбчивым, и я сразу почувствовала, насколько теперь с ним легче и проще общаться. А его друг? Я ожидала увидеть ученого сухаря, опечаленного вдовца, но Николас Осмонд оказался, быть может, самым красивым мужчиной, какого я когда-либо видела в своей жизни и какого я вряд ли еще увижу: золотистого цвета волосы, золотистая кожа и сапфирового цвета глаза. Когда он стоял на одном месте, что случалось довольно редко, слегка изогнувшись и упираясь рукой в бедро, то в памяти сразу всплывали картины художников эпохи Возрождения. Ему не место было на нашей кухне. Он должен был идти с лилией в руках к Деве Марии.

Даже Роза дрогнула, когда их знакомили. Она выглядела несколько ошеломленной и быстро отвернулась, делая вид, что нужно как можно быстрее заняться приношениями, что куда уложить: на лед, в пергамент или в солому.

— Можно мы откроем шампанское, мисс Джулиан? — спросил Осмонд, озарив комнату улыбкой. — Оно еще не успело нагреться, один из официантов на пароме дал нам свежий лед этим утром. Отпразднуем нашу встречу. Какой чудесный дом! Что за дивный день! Мисс Джулиан — нет, я не могу к вам так обращаться. Можно я буду называть вас просто Элли? Элли, а где ваш отец? Как он? Я так давно хотел встретиться с ним. Том мне столько рассказывал про полковника Джулиана. У меня такое впечатление, будто мы знакомы...

Я знала, где мой отец. Он прятался в кабинете. Я привела его вниз.

— Рад снова видеть вас, Том, — сказал отец, пожимая ему руку.

А потом его познакомили с залетевшим к нам по ошибке ангелом. Я видела, что отец делает над собой усилия, чтобы не поддаться его обаянию. Я видела, как его взгляд остановился на золотистых волосах, которые завивались крупными волнами и доходили почти до плеч. Я видела, как взгляд холодных глаз остановился на расстегнутой на груди рубашке без галстука. Его собственные рубашка и костюм были застегнуты на все пуговицы.

Но ледяные кристаллы таяли под флюидами, распространяемыми Осмондом на всех присутствующих.

— Наконец-то мы встретились, полковник Джулиан. Том мне столько рассказывал о вас, — начал Осмонд и тут увидел Баркера. — Какой великолепный пес! Мне нравятся такие собаки. Помесь с ньюфаундлендом? В детстве у меня был такой же — очень умные псы, мы везде ходили с ним вместе. Это Баркер, так ведь? Нет, старина, не вставай!

И Баркер, который всегда сторонился незнакомцев, поднялся на свои истерзанные артритом лапы. Осмонд подошел к псу и подал ему руку. Баркер обнюхал ее, посмотрел на Осмонда и лизнул его ладонь. И Осмонд, встав на колени, потрепал огромную голову Баркера. Я посмотрела на отца. Льдинки в его глазах растаяли, и он широко улыбнулся. «Ангел, — сказала я себе, — покорил и его».

Это был удивительный ленч. Вспоминая теперь о нем, я почти не могу привести подробностей и, конечно, не могу припомнить ничего, что бы тогда подсказывало, насколько круто вскоре переменится моя жизнь.

Перед тем как мы сели за стол, Том отвел меня в сторону, взял за руку и без свойственного ему стеснения и замешательства рассказал, что он решил сделать с кольцом Ребекки — оставить его там, где оно должно быть.

— Не поедешь ли со мной и Николасом после обеда в

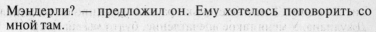

Мэндерли? — предложил он. Ему хотелось поговорить со мной там.

— Я так рад снова видеть тебя, Элли, — сказал Том, обнимая меня за плечи. — Нам столько надо наверстать...

Действительно, мы уже столько упустили. И ожидание предстоящего разговора добавило новых красок к и без того нарядному столу. Сколько же длился этот ленч? Наверное, часа два. Но они прошли в каком-то золотом тумане, и мы совершенно не замечали времени.

Я вижу, как сейчас, отца, который сидел между Розой и Осмондом. И я вижу себя между Томом и Фрэнсисом, который приехал чуть позже, когда закончил прием в амбулатории. И помню, что мы подавали к столу: Роза прекрасная кулинарка, и на этот раз она тоже была на высоте. Окрошку, заливное из рыбы — свежих лососей, пойманных утром. Отец ел заливное, не выразив недовольства, даже не обратив внимания, что оно заправлено чесноком. Помню клубнику, бисквитное печенье в виде пальмовых листьев и крепкий ароматный кофе. И вино, которое пахло летом, и тень от дерева, которая покачивалась над белой скатертью. А еще я чувствовала что-то неуловимое, и оно называлось счастьем.

За этим ленчем я поняла, какой это великий дар — обаяние. Когда люди говорили про Ребекку, они пытались объяснить природу ее магического воздействия на окружающих, но я с трудом понимала их. Сегодня я ощутила силу обаяния личности на себе. Я бы и представить не могла, что это такое, насколько мощным, неотразимым притяжением оно обладает и какое это редкое качество, если бы не встретилась с Николасом Осмондом.

Обычно при слове «обаяние» возникает впечатление чего-то искусственного — своего рода манипулирования людьми. Но истинное обаяние — это дар богов. Оно всегда, в любую минуту, в любую секунду остается очень естественным. И в чем-то сродни магии, устоять против него невозможно.

Николас Осмонд — как и Ребекка — не прилагал ни малейшего усилия, чтобы очаровать окружающих, но от него исходила какая-то живительная энергия, которая заражала всех вокруг. И, глядя на Николаса, — а не смотреть на него было невозможно (наверное, точно так же от Ребекки было невозможно отвести глаз), — ты видишь, как все вокруг меняется. Обыденное превращается в необыкновенное, свет становится кристально ясным, словно на нас струится какой-то дополнительный отблеск, преображавший все вокруг. И у меня возникло ничем не объяснимое ощущение, что Ребекка смотрит на нас.

Даже не помню, о чем именно мы говорили. То ли про деревушки, то ли про девушек, про юг или вьюгу, про мол или пол... Даже наблюдательный Фрэнсис попался — я это поняла, потому что за час узнала про него больше, чем за все то время, что он навещал нас. Он готовился встретить Тома в штыки, когда их знакомили. Наверное, наслышался от керритских сплетниц про меня и про Тома, или отец что-то говорил про него. Но за столом его враждебность улетучилась, хотя я заметила, что он внимательно присматривается к Тому и его другу.

Присутствие Фрэнсиса, как всегда, привело отца в наилучшее расположение духа. В нем проснулось чувство юмора, от его раздражительности не осталось и следа. Он пересказывал истории про Сингапур, которые я не слышала уже лет десять. Он съел всю свою порцию с наслаждением и не отпустил ни единого критического замечания насчет поданных блюд.

— Мне не стоит, — сказал он, удерживая руку Тома, когда тот собрался подлить ему еще вина. — По распоряжению врача... Я бы рискнул пригубить второй бокал, но он сидит напротив и не сводит с меня глаз. Так что...

— Вовсе нет. Я слежу совсем за другим, — улыбнулся Фрэнсис, и они с отцом обменялись понимающими взглядами. Словно наслаждались какой шуткой, смысл которой нам был неизвестен.

— Знаете что, Осмонд, — сказал отец с великодушным видом, когда еду убрали со стола и он собирался уйти к себе, чтобы отдохнуть, как ему было преписано. — Приезжайте к нам еще. Уговорите Тома приехать на выходные. Если погода окажется хорошей, Фрэнсис отвезет вас порыбачить, он учит Элли грести. Вам найдется где разместиться. В нашем доме столько свободных комнат. И мало какие из них используются. Элли, убеди их...

Брови Розы взметнулись вверх, кроме нее, еще никто не останавливался в «Соснах» после войны. Шесть приглашений на обед за последние десять лет — рекордная цифра. А я нахмурилась: не потому, что не могла припомнить, когда это Фрэнсис учил меня грести (это было всего два раза), а потому, что не могла понять, зачем отец произнес эту фразу.

Я вошла в дом, чтобы проследить, не нужно ли что отцу. Я открыла окна в его комнате и опустила занавески. И увидела Фрэнсиса внизу, в саду. Он отошел от остальных и остановился возле каменной ограды, глядя на море. И я видела, как он вдруг развернулся и пошел назад, словно его что-то взволновало. Он мельком посмотрел на часы, взглянул на окна отцовской комнаты. Солнце било ему в глаза, поэтому я не могла понять, видел он меня или нет.

Баркер устроился на коврике. Отец наконец расстался со своим твидовым пиджаком и с башмаками. Лег на кровать, сразу закрыл глаза, и мне показалось, что он заснул. Я на цыпочках двинулась к дверям, но только подошла к ним, как он открыл глаза и посмотрел на меня.

— Мне бы хотелось, чтобы ты определилась, Элли, — проговорил он. — Только об этом я сейчас и думаю. И когда ты сделаешь выбор, я умру со спокойным сердцем. Я не протяну ноги, пока не успокоюсь насчет тебя. Надеюсь, ты понимаешь это.

— В таком случае тебе еще предстоит прожить очень много лет, — ответила я.

— Не потерплю такой наглости, — ответил отец и вздохнул. — Слышишь, опять начинается прилив.

Я уже собралась выйти, но остановилась. Совершенно неожиданно слезы и одновременно прилив счастья нахлынули на меня. Вернувшись к кровати, я поцеловала отца в лоб.

— Ленч нам удался, Элли. — Его глаза закрылись. — Мне понравился этот парень — Осмонд. Вдовец... ему только надо немного подстричь волосы. Галбрайт тоже в отличной форме. Я едва смог узнать его, когда он вошел. Латимер в восторге, никогда не видел его таким довольным. И зачем только Роза положила чеснок в заливное, оно и без того получилось. Когда вы поедете в Мэндерли?

Я пропустила мимо ушей слова, сказанные в полудреме, и ответила только на последний вопрос, сказала, что мы собираемся выйти прогуляться после обеда. А потом Николас и Том отправятся к сестрам Бриггс, а я вернусь домой к чаю. А Фрэнсис останется, мы собирались с ним снова поплавать.

— Ты славная девочка, Элли, — сказал отец и похлопал меня по руке. — Конечно, очень своенравная — всегда была — и оставайся такой же. Живи своим умом, будь такой же независимой, каким был я, и не открывай карты кому попало. Твоя мать тоже была сдержанной. Она бы гордилась тобой, я знаю. И я горжусь тобой. Не представляю, что бы я делал без тебя. Короче говоря... А теперь иди...

Я подождала, пока не убедилась, что он спокойно заснул, а потом быстро спустилась вниз. День стоял чудесный, солнечный и ясный, море оставалось спокойным, небо безоблачным. Я потрогала брошь Ребекки, которую приколола к своему голубому платью утром. Мне хотелось кружиться или петь.
— Ты выглядишь такой счастливой. Это тебе очень идет, Элли, — отметил Фрэнсис с улыбкой, когда я прошла мимо него.
— Но я на самом деле счастлива, — ответила я.
— Куда мы поплывем сегодня, к реке или к океану?
— К океану! — сказала я и танцующим шагом пошла дальше. Я знала, мой ответ доставит ему удовольствие, я видела, как переменилось его лицо. Я оставила его в саду с Розой, а сама села в низкую скоростную машину рядом с ангелом. Том с трудом разместился позади нас. Верх машины оставался открытым, и воздух упруго ударил в лицо. Я никогда не ездила в спортивном автомобиле и не представляла, что это настолько возбуждает.

Мы с быстротой молнии пронеслись мимо бывшего коттеджа Тома, затем стрелой взлетели на холм и устремились к заросшему деревьями Мэндерли, как вкопанные остановились у железных ворот, распахнули их и пошли по дороге
— Ты взял с собой кольцо, Том? — спросил Осмонд.

Том кивнул, и я увидела, как они обменялись короткими и многозначительными взглядами.
— Не верится, что я смогу увидеть Мэндерли собственными глазами, — проговорил Осмонд. — Встретимся на берегу, хорошо? — И он скрылся между деревьями.

А я невольно напряглась. Я осталась наедине с Томом и не сомневалась, что они сговорились об этом заранее. Если бы Том оставался таким же сдержанным, каким был всегда, я бы чувствовала себя иначе, но уверенность и в эту минуту не покинула его.

Мне бы хотелось знать, что послужило причиной такой резкой перемены — он производил впечатление мужчины, принявшего какое-то важное решение. И теперь примирился с самим собой. Но я быстро забыла об этом, когда мы заговорили, шагая по тропинке меж деревьев. Я начала рассказывать ему о том, что произошло за время его отсутствия: описала встречу с миссис Дэнверс и миссис де Уинтер, рассказала про книги, найденные в домике, про листок бумаги с именами детей, о брошке-бабочке и последней тетради с предусмотрительно вырванными страницами.

Том слушал внимательно и задавал вопросы, которые я ожидала от него услышать. Но к тому моменту, когда мы подошли к месту, где заканчивались деревья и светило солнце, я заметила, что между нами словно бы возникла дистанция. Даже когда я рассказала ему о разоблачительных признаниях миссис де Уинтер, он отозвался как-то до странности вяло. Без всякого энтузиазма. Ему было интересно, что я рассказывала ему, но не так, как это было раньше. Казалось, его мысли заняты чем-то другим и находятся где-то в другом месте. Несколько раз Том посмотрел на меня с симпатией, но так, словно издалека.

Я решила, что рассказываю слишком подробно и перечисляю слишком много вопросов, которые возникали в связи с новыми сведениями. Может быть, ему не терпится самому рассказать про поездку в Бретань и про то, что он там открыл?

— В Бретани? Как я уже говорил за ленчем, мы чудесно провели время. — В этот момент мы вышли на солнце и, не сговариваясь, посмотрели на море. — Берег там очень похож на этот, и я сразу понял, почему у Ребекки возникло ощущение, будто она вернулась к себе домой. Мы с Никки нашли несколько прелестных рыбачьих деревушек, совершенно не тронутых цивилизацией. И церкви там очень интересные...

— Но ты побывал в той деревушке, где она жила? — перебила я нетерпеливо.

— Разумеется, но сначала мы поездили по округе. Ник не сразу определился, так что мы ехали по берегу довольно медленно. И оказались на месте только через неделю.

— Ты ждал целую неделю? А я тут сгорала от нетерпения. Том, скажи, ты нашел эту деревушку, ее дом?

— Да, совсем крохотное селение. Их дом стоял особняком. И когда открываешь дверь, то ступаешь прямо на песок — в точности как описывала Ребекка. Но дом стоял пустой, с забитыми ставнями, так что невозможно было заглянуть внутрь. Мы надеялись, что сумеем отыскать ключ. Один из рыбаков, похоже, охранял дом. Но нам так и не удалось найти его. Наверное, мы разминулись.

— А где вы остановились? Побывали ли в церкви и шато ее кузины? Кто-нибудь из членов семьи Мари-Хелен еще жив? Может быть, сын, который и дал название яхте Ребекки?

— Мы выбрали маленький отель, точнее, дом для гостей. Жена хозяина готовила великолепные блюда. Она попала под обаяние Ника, как и все остальные люди, ты сама имела возможность в этом убедиться, так что у нас оставалось, в общем-то, не очень много свободного времени. Никого из семьи Мари-Хелен нам не удалось найти. Ее сын погиб во время Второй мировой войны. И мы так и не смогли установить, как и почему утонул тот парень, про которого писала Ребекка. Но я и не надеялся на это, собственно. Берег там довольно опасный, и ежегодно происходит столько несчастных случаев и столько людей утонуло...

Что-то тут было не так. «И это говорит человек, который все проверял и перепроверял по нескольку раз?» — насторожилась я.

— Но мы не напрасно потратили время, — продолжал Том, глядя через мое плечо в сторону домика на берегу.

Я обернулась и увидела стоявшего в отдалении Николаса Осмонда. Солнце озаряло его золотистые волосы.

Мы с Томом пошли к нему по тропинке. Начался прилив, и вскоре рифы исчезли под водой.

— Надеюсь, что нет, — кивнула я, чувствуя, как радостное настроение покидает меня, несмотря на все мои попытки удержать его. — Я была бы так рада побывать там и увидеть все своими глазами...

Том взял меня за руку.

— Почему ты говоришь так печально? — с улыбкой спросил он. — Все там выглядит в точности, как описывала Ребекка, можешь поверить. Никаких разночтений и противоречий... — Он помедлил и мягко продолжил: — Но почему-то такие места лучше представлять мысленно. Воображение дарит нам гораздо больше подробностей, так любит повторять Никки.

Ракушки под нашими ногами похрустывали, мы наступали на створки, и они ломались под нашей тяжестью, пока мы шли к домику. Земельные агенты уже закончили свою работу: окна домика были забиты досками, а на двери болтался большой висячий замок. Мне вспомнился разговор с миссис де Уинтер, состоявшийся накануне, который не изменил ничего. Она дала ответы на многие вопросы, но те, которые остались, были намного важнее.

Мы развернулись и направились в обратную сторону. Я ускорила шаги, Том продолжал идти чуть медленнее, и между нами образовалось свободное пространство.

Сбросив сандалии, я пошла по кромке берега, которую лизали волны, а заодно и мои босые ступни. И меня переполняло обещание чего-то. Остановившись, я стала смотреть на море, где утонула яхта. Тело Ребекки долго лежало в воде прямо напротив того места, где я сейчас стояла. И когда-то для Тома это имело такое же большое значение, как и для меня. Но теперь... теперь у меня было такое ощущение, что для него это уже не столь важно. Он отдалился, и я ощущала это. И, наверное, Том поступил правильно. Может быть, я придавала случившемуся слишком большое значение, потому что вся моя повседневная жизнь выглядела размеренной и ограниченной.

Поверила ли я этому? Я смотрела на волны. Нет, не поверила. Прошлое очень значимо. И мертвые очень много значат для нас. И подобного отступничества я не ожидала от Тома.

— Ты утратил интерес к этой истории, — горько сказала я. — Тебя все это уже не так волнует, как прежде. Поэтому ты решил выбросить кольцо Ребекки сегодня? Ты хочешь, чтобы море поглотило его навеки, а ты вернешься в Кембридж и навсегда забудешь об этом. Для тебя это всего лишь эпизод, я знаю.

— Но чем ты подавлена? Возьми мою руку. — Том придвинулся ближе. — Я больше не мог жить таким опустошенным, каким был прежде, — это нездоровое состояние. И приезд в Бретань, разговоры с Ником убедили меня в этом окончательно. В эту поездку я понял, что для меня самое главное. Я не могу проводить большую часть своего времени, размышляя об умерших. Тебе тоже не следует. Я хочу жить своей жизнью и думать о будущем. Теперь у меня такое ощущение, словно я наконец осознал, кто я есть, словно я обрел себя. Ответ на вопрос, кто ты такой, дадут не родители, которые произвели тебя на свет, а сам человек. Вот к чему я пришел наконец. Элли, посмотри на меня, пожалуйста. Мне надо непременно тебе кое-что сказать...

Я повернулась к нему. Он смотрел мне под ноги с сосредоточенным видом, и на его лице светилась нежность, которой я не замечала прежде.

— Послушай, Элли, — начал Том, — я сильно изменился. И меня изменила эта поездка в Бретань. Все последнее время я находился под сильным влиянием Ребекки, и ты влияла на меня... даже более того. Месяц назад я бы не посмел признаться тебе в этом. И две недели тому назад я попытался, но не смог. А теперь могу. И более того, я не считаю нужным ничего скрывать...

Он замолчал. Ник начал спускаться с утеса и окликнул Тома. Тот обернулся. Я пыталась проследить ход его мыслей, но мое сердце оказалось более понятливым. Две недели назад я еще не смогла полностью избавиться от смутной надежды, и во мне вновь вспыхнула радость, но тут я увидела выражение лица Тома.

Он смотрел на своего друга, и оно менялось. И я поняла, что это означает, — или начинала догадываться. Я увидела выражение любви — мне следовало заметить его значительно раньше. И в самом деле, когда любовь настолько сильна, ошибиться невозможно. Она светилась в его глазах, и я даже отступила назад — такое от него исходило сияние.

Я снова посмотрела на Ника, на его золотистые волосы и поняла: если Том так сильно переменился, ко мне это не имеет никакого отношения, так же как на него не оказало никакого влияния чтение записок Ребекки. Он мог так думать, но на самом деле перемены произошли благодаря златоволосому ангелу. И мне кажется, Том понял, что ему больше ничего не надо объяснять, он увидел, что я все осознала.

— Элли, — сказал он вопросительно, — теперь ты поняла? Мне следовало признаться тебе, но я не знал, какой отклик в твоей душе это вызовет. Если я сделал что-то не так или если невольно ввел тебя в заблуждение...

— Нет, конечно, нет, — быстро ответила я. — И я очень рада за тебя. За вас обоих. Я ведь уже говорила прежде: мы с тобой друзья. И, надеюсь, останемся ими и в дальнейшем.

И как только я проговорила это, тотчас осознала, что это истинная правда. Я была рада за них. Боль все еще осталась в моей груди, мне еще не удавалось полностью выбросить Тома из своего сердца, хотя я и пыталась, и я стыдилась своей тупости, но все это было несущественно по сравнению с той радостью, которую я переживала за Тома и его друга. И она поможет мне полностью залечить рану.

Я обняла Тома, и, когда Ник подошел ближе, я обняла и его.

— Кольцо, кольцо! — воскликнул Ник, который воспринял мое объятие как добрый знак. — Быстрее. Еще минут десять, и волны полностью закроют скалы.

Мы побежали по помосту, а потом перебрались на скалы: Том впереди, а мы с Николасом за ним.

— Я вижу, что Том все сказал. Ты не огорчена? — спросил Осмонд, глядя на меня своими синими глазами.

— Нет. Из-за чего?

— Большинство так ведут себя. Это считается неприличным, очевидно. — Он запнулся, глядя на Тома, шедшего впереди нас. — Я всегда любил его, с первой минуты нашего знакомства. И я уверен, что моя жена знала это, хотя я никогда не признавался ей в своих чувствах. Как и Тому. Я не такой отважный, как он. В этом между нами большая разница. Я привык скрывать, кто я есть, и считал, что, женившись, смогу переделать себя, стать таким, каким меня хотят видеть другие. И я пытался...

Он снова помедлил, а потом лицо его озарилось.

— А потом Том написал мне и спросил, не хочу ли я поехать вместе с ним в Бретань. И как только я распечатал письмо, то сразу понял, о чем он на самом деле меня спрашивает. Он предоставлял мне возможность понять себя. И я дал себе слово, что больше никогда не стану лгать себе. Я сделал выбор.

— Идемте, — позвал нас Том, успевший добраться до скал. Осмонд положил мне руку на плечо и заглянул в глаза:

— Ты огорчилась? Ты все еще любишь его?

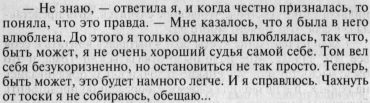

— Не знаю, — ответила я, и когда честно призналась, то поняла, что это правда. — Мне казалось, что я была в него влюблена. До этого я только однажды влюблялась, так что, быть может, я не очень хороший судья самой себе. Том вел себя безукоризненно, но остановиться не так просто. Теперь, быть может, это будет намного легче. И я справлюсь. Чахнуть от тоски я не собираюсь, обещаю...

— Чахнуть от тоски не самое лучшее, что можно придумать, — ответил Осмонд, улыбнувшись. — Я наблюдал за тобой во время ленча, и мне показалось, что утешение находится совсем рядом. Идем, Элли.

И, обняв меня за плечи, он повел меня к скалам. А я думала над словом «утешение». Перепрыгивая с камня на камень, мы отошли как можно дальше от берега и остановились возле Тома. Он достал из кармана тоненькое колечко Ребекки.

Течение, обогнув мыс, устремлялось в океан. Позади нас кипели и бушевали, ударяясь о скалы, волны, которые стремились обрести свободу. Там разбилась яхта «Я вернусь», оттуда до Ребекки доносилось пение сирен...

Над нами кружились и кричали чайки. И полуразрушенное здание Мэндерли темнело среди деревьев. Солоноватый ветер дул нам в лицо, и все пахло свежестью и дышало обновлением. Я отодвинулась немного в сторону от Тома и Никки. Сорок лет назад Ребекка впервые пришла сюда и заговорила на языке этих вод, ветра и деревьев.

Колечко сверкнуло в руках Тома, и я подумала о том, кто ей подарил его, когда и что оно значило для нее. И попыталась впитать всю ее храбрость, целеустремленность, готовность все начать сначала...

Вода еще ближе подступила к скалам. Том подбросил колечко как можно выше вверх, оно сверкнуло в последний раз и скрылось в голубовато-зеленых волнах. И я решила, что больше не должна приходить сюда, с этим покончено.

На обратном пути нам пришлось делать более рискованные прыжки — над водой торчали только самые гребешки скал. Когда мы дошли до машины, жара спала. Том и Ник довезли меня до Керрита и остановились у домика сестер Бриггс. Молодые люди зашли попрощаться с Элинор и Джоселин, а я, довольная тем, что могу побыть одна, отправилась пешком через городок и холмы к «Соснам». У меня не было никакого предчувствия, что вскоре случится, хотя представляла я себе этот момент много раз.

Глядя на цветущие кусты роз, я пыталась впитать в себя все, что видела. Мне надо было отказаться от Тома, и это было очень трудно. Маленькие лодочки внизу покачивались на волнах, и я позволила своему воображению представить будущее, которое еще выглядело туманным и неопределенным, но я знала, что за линией горизонта открываются новые дали. Я смотрела на трепещущий океан и вдруг поняла, что кто-то зовет меня по имени. Я подняла глаза и увидела, что Роза стоит у ворот «Сосен», ее лицо побелело от волнения:

— Элли, Элли! — кричала она. — Скорее!..

Я взбежала на холм, промчалась по садовой дорожке, мимо роз, между пальмой и араукарией к двум фигурам, застывшим в странных позах в дальнем конце сада. Фрэнсис Латимер стоял на коленях у каменной стены. Отец лежал на земле, прислонившись к стене, и его лицо... его лицо совершенно переменилось.

Я не могла вымолвить ни слова, не могла закричать. Упав на колени, я обняла отца. Его глаза все еще были открыты, он еще дышал, хотя с трудом. И я знала, что он ощутил, что я рядом с ним, и, мне кажется, почувствовал мое прикосновение, хотя по его лицу было видно, что он отправился в путешествие, откуда никто не возвращается и куда я не могла последовать за ним.

Отец уже видел, что приближается к месту назначения, и это путешествие отнимало остаток сил и энергии, требовало от него все внимание. Поэтому он не смотрел на меня. Но все равно я знала — он почувствовал мое присутствие, и это облегчило ему последний переход. Напряженное усилие прошло, рука дернулась и затихла в моей руке. С его губ сорвалось какое-то слово — наверное, мое имя, но ему не удалось внятно выговорить его.

Потом он вздохнул и успокоился в моих объятиях. Я ждала, когда отец снова заговорит, потому что знала, он должен заговорить, потому что это было очень важно. Поток любви, переполнявший мое сердце, был таким мощным, что он мог оживить его, и я еще крепче обняла отца и попробовала направить этот поток в него. Я видела, что он заснул, и не могла понять, почему он заснул с открытыми глазами. А потом Фрэнсис осторожно положил мне руку на плечо и сказал:

— Все кончено. Он ушел, Элли...

— Нет, — сказала я. — Ты ошибаешься.

Он не ошибся, но это произошло так тихо, что я не могла ощутить, когда отец переступил заветный порог. Между одним вдохом и выдохом, пока я обнимала его, он ушел навсегда. Я не могла понять этого, пока Роза, которая все это время держала дверь закрытой, не выпустила тень моего отца. Его безмолвного друга. И Баркер залаял. Впервые в жизни.

Это произошло три месяца назад. Погода все еще остается теплой, но я уже начинаю ощущать ароматы осени по утрам.

Я приучилась жить одна, без отца. Никаких открытий больше не произошло после его смерти, никаких спрятанных писем, никаких документов, которые могли бы ответить на мои вопросы или устранить чувство неопределенности. И я была даже рада этому. Горе помогло мне осознать, что неопределенность, недосказанность несут в себе больше правды. После утраты отца и вся история Ребекки утратила смысл, но осталось ее влияние.

После похорон пришло много писем от людей, знавших отца. Иной раз я узнавала человека, которого они описывали, но чаще всего нет. Но я уже подготовилась к этому, пока занималась изучением истории жизни Ребекки, следов, оставленных ею в людской памяти.

«Сосны» купил Фрэнсис Латимер, с которым я очень сблизилась после смерти отца. Он привык иметь дело со смертью в больнице, привык к печали и горю и знал, какой это долгий и извилистый путь — пережить потерю близкого человека.

Летом мы много времени проводили вместе с ним и с его детьми — гуляли, плавали на яхте, устраивали пикники. И они помогали мне излечиться. Никто не смог бы помочь мне так, как помог Фрэнсис.

Меня всегда опекал отец, заменивший мне, в сущности, и мать. Он не давал мне вникать в денежные проблемы, убеждая, что это не женское дело, так что я пребывала в полном невежестве в этих вопросах и вряд ли смогла бы вынести весь груз счетов, налогов, взносов, оформления бумаг — все, что неизбежно следует за смертью. Мне вдруг пришлось вникать в такие подробности с юристами, банками и судебными исполнителями, которые часто выходили из себя из-за того, что я никак не могла взять в толк, что от меня требуется, что я никак не могу найти строчку, где должна поставить подпись. Их совершенно не волновала «моя хорошенькая слабенькая головка» — как один из них прямо заявил мне, — которая никак не могла сразу охватить все эти «мужские премудрости».

Фрэнсис оказал мне неоценимую помощь. Он объяснял мне все, и, когда я не понимала, объяснял еще раз с самого начала, проявляя бесконечное терпение. И если я видела, что иной раз он удивляется, глядя на меня, словно мы играли в какую-то игру, я выбрасывала эти мысли из головы: мне они казались проявлением неблагодарности с моей стороны.

— Не смейся надо мной, Фрэнсис, — сказала я ему однажды. — Это очень серьезно, я должна разобраться во всем.

— Конечно, должна, — ответил он и задумчиво посмотрел на меня. — Это очень необычно, Элли. Многие женщины предпочитают отдаваться на волю течения. — Он помолчал. — На волю отца или мужа.

— Но, может быть, я не похожа на остальных женщин, — ответила я, наверное, чуть резче, чем следовало.

— Теперь я согласен, — сказал он негромко, взял меня за руку и поцеловал ее. Это короткое движение означало, что он готов взять меня под свою опеку, готов встать на мою защиту — и это почему-то испугало меня. Словно я снова оказалась на прежнем рубеже.

Фрэнсис был очень умным и проницательным, он знал, что я «своенравная», как, поддразнивая, сказал мне отец, и понимал, что открытое противостояние заставляет человека обороняться. И поэтому, когда я описала ему, что собираюсь присоединиться к Розе и поехать в Кембридж, куда она вернулась после похорон, он спокойно, даже сочувственно выслушал меня, но очень умело перевел разговор на другое.

В следующий раз мы снова обсуждали мои планы на будущее, когда складывали книги отца в кабинете: часть из них я собиралась оставить себе, но большую часть отдать на распродажу. Я складывала в стопку томики Фомы Аквинского. Осиротевший Баркер лежал на коврике у камина и дремал. Фрэнсис, помогавший мне, вскоре должен был уехать в больницу. Его пальцы быстро вязали один узел за другим. Он почти не слушал, что я ему говорю. Или мне так казалось. Мне следовало догадаться, что быстрота, с которой он связывал стопки, означала не только спешку, нехватку времени, но и то, что мои слова причиняли ему боль. Теперь я вижу, насколько все было бы очевидно для любой другой женщины.

Но я продолжала описывать, что мне предстоит сдать экзамены этой осенью, определиться, на какой факультет пойти, и получить степень на будущий год. Я пыталась объяснить, насколько это важно, пыталась передать, что думала и чувствовала, когда навещала Розу, каким рисовалось мне будущее, когда шла мимо горящих окон студенческого общежития.

Ощутив вдруг его нетерпение, я заторопилась, короче и суше перечисляя, чего жду от себя. Наконец-то я заставлю свои мозги шевелиться, пока они не заржавеют окончательно, как давно не работавшая машина, что через три года я стану доктором наук и смогу...

— Что, Элли? — спросил Фрэнсис, перестав завязывать узел.

— Еще не знаю, — ответила я, встретившись со взглядом его умных глаз. Я все еще не видела и не понимала, что происходит. Меня переполнял поток чувств, хлынувших прямо из сердца. — Просто передо мной открывается столько возможностей, Фрэнсис. Все может случиться. И у меня теперь появилась возможность выбирать. За всю свою жизнь я впервые могу сама сделать выбор. Мне еще никогда не представлялась такая возможность. Ты понимаешь меня?

— Да, теперь у тебя есть выбор. — Он сказал это так резко, что я даже вздрогнула.

А потом он быстро подошел ко мне и встал рядом, облокотившись на стопку книг, кажется, Остен или Бронте, впрочем, это не имеет значения, а я выронила из рук толстый, в кожаном переплете том из сочинений Шекспира. Баркер заворчал. И я увидела выражение глаз Фрэнсиса. Даже для такого неискушенного человека, как я, они сказали все.

Притянув меня к себе, он без свойственной ему мягкости поцеловал меня. Как давно я не испытывала такого состояния. Я забыла, насколько острым и сильным бывает желание и как оно мгновенно разливается по всему телу, охватывая тебя всю. Десять минут спустя, когда я все еще находилась в объятиях Фрэнсиса, стоя посреди пустой пыльной комнаты, среди моря книг и солнечных зайчиков, которые, отражаясь от волн, прыгали по стенам, он предложил мне выйти за него замуж.

Мы смотрели друг на друга, и лица у нас были одинаково бледными.

— Выходи за меня замуж, Элли, — сказал он.

Я вся дрожала. Его пальцы тоже. Это произошло за неделю до того, как я должна была покинуть отцовский дом, а он въехать в него.

Когда тебе неожиданно предлагают что-то важное, то очень трудно размышлять, и Фрэнсис знал это. Он воспользовался этим приемом с безжалостностью, которой я не ожидала от него.

— И как только ты будешь произносить слово «думать», я буду целовать тебя, Элли, — пообещал он. — Я не хочу, чтобы ты думала. Тебе не надо думать. Я люблю тебя. И если ты еще не осознала, что тоже любишь меня, то скоро в этом убедишься. Я заставлю тебя полюбить себя. Целый месяц я ждал этого момента, проявлял терпение, выдержку и устал от этого до смерти. Ты меня понимаешь?

— Думаю, да, — вынуждена была ответить я.

До чего соблазнительны такие игры, но это было больше, чем игра. И мне нельзя было позволять ему брать меня приступом. Когда я оказывалась рядом с Фрэнсисом, мне хотелось только одного. Но как только оказывалась вдали, я желала чего-то бóльшего. Меня манили какие-то смутные надежды, и я начала спрашивать себя, как бы назвала это Ребекка — свобода или воля? Но потом нашла более точное определение: независимость. До чего же Фрэнсис невзлюбил это понятие! И как только я произносила его, он выходил из себя. Он тотчас начинал горячо убеждать меня, что мечтает заботиться обо мне, защищать меня...

И я тотчас слышала голос Ребекки, который отвечал на те же самые обещания Максима.

— Обо мне заботились всю мою жизнь, Фрэнсис, — сказала я ему, — а я могу позаботиться о себе сама.

И тогда он выложил козырную карту — и зачем он это только сделал!

— Твой отец хотел, чтобы ты вышла за меня замуж, Элли, — напомнил он мне. — Дорогая, он знал, что я могу сделать тебя счастливой. Мы с ним обсуждали наше будущее, и не раз.

Это тронуло меня, но и испугало. Я начала оттягивать время. Наконец мы решили, что я дам окончательный ответ в тот день, когда должна буду сдать ему «Сосны». И тогда я купила билет в Кембридж на утренний поезд. Если я не воспользуюсь им, то он уже никогда не пригодится мне.

Но прежде чем принять окончательное решение, мне надо было в последний раз побывать в Мэндерли.

Я завела будильник, но проснулась сама до его звонка. Ожидание разбудило меня еще до рассвета. Мы с Баркером неторопливо шли по лесным зарослям Мэндерли. Кусты ежевики клонились к земле под тяжестью спелых ягод. Солнце начало подниматься за темным силуэтом развалин дома. Мы спустились к берегу. Море оставалось спокойным, и в тени вода отливала металлическим блеском.

Присев прямо на траву, я подставила лицо свежему ветру и не стала, как прежде, наблюдать за призраками, обитавшими в этих местах. Прикоснувшись к броши, которую я приколола к блузке, я, вместо того чтобы обращаться к прошлому, как это делала до сих пор, попыталась представить будущее, взвесив две возможности. Одну — на левой ладони — любовь, и на правой — независимость, не подключая к этому свои чувства.

Готова ли я к тому, чтобы стать женой Фрэнсиса? В этом случае я сразу получала то, к чему стремились все женщины. В том числе и детей. Мне бы хотелось, чтобы у меня были дети. А на другой ладони — то неизвестное, что ждало меня впереди. Я могла поехать в Лондон, найти работу и жилье, разделив плату за квартиру с Селиной. После смерти отца я получила от нее письмо, в котором она убеждала меня приехать. На деньги, которые я выручила от продажи «Сосен», я могла бы вести какую мне захочется жизнь и там, где захочется. Передо мной открывались широкие возможности: уплыть в Америку или Африку и посмотреть, что из этого получится.

Положив руку на голову Баркера, я смотрела на море.

И поняла, что это преступление — не использовать возможности, которые дарит свобода.

И я знала, что бы мне посоветовал выбрать отец, я имела возможность проверить судьбу, несмотря на то что он ушел из жизни — вернее, именно поэтому. Мне все еще хотелось порадовать его.

Вкус темных ягод ежевики, прохладных из-за росы, был удивительно свежим, и на пальцах остались темные следы от сока.

Я все проделала очень аккуратно. Сложила свои последние вещи, включая и фотографии Ребекки и фотографию моей матери со смятыми уголками, которую нашла в бумажнике отца. И, наконец, детскую тетрадь Ребекки. Но прежде чем уложить ее, я посмотрела на пустые страницы, на которых была записана история, которую только она одна могла прочесть. И почувствовала, что там рассказывается и моя собственная история. Провела пальцем по росчерку пера под буквами, закрыла тетрадь и захлопнула чемоданчик.

Потом прошла по пустым комнатам, задержалась в отцовском кабинете, где стояли пустые шкафы. Здесь я дождалась прихода Фрэнсиса и здесь отказала ему.

Это было очень трудно сделать: он был хороший человек, привлекательный и честный мужчина. И меня тянуло к нему. Если бы не это, то решение далось бы мне значительно легче.

Он воспринял это хуже, чем я ожидала. Впервые Фрэнсис утратил свое спокойствие, и это меня огорчило.

— Слишком быстро, да? — спросил он. — Элли, пожалуйста, скажи мне это. Наверное, мне следовало бы еще выждать, прежде чем признаться тебе? Но бог мне судья, я больше не могу ждать. Я хочу спросить тебя про тот день, когда мы впервые заговорили с тобой в больнице. Уже тогда я готов был предложить тебе выйти за меня замуж. Неужели ты не почувствовала?

Я молча смотрела на него. Нет, я не почувствовала. Мне даже в голову такое не приходило. И я сказала:

— Фрэнсис, пожалуйста, попытайся меня понять. Мне так трудно. Я не готова стать женой. Мне тридцать один год, и я только что перестала быть дочерью.

— Но я не прошу тебя стать просто женой, я прошу тебя стать *моей* женой, — сурово сказал он, и я увидела, как ему тяжело. — Дорогая, подойди ко мне. Посмотри на меня. Не уезжай. Я люблю тебя. Послушай, милая...

Я слушала. Я слушала Фрэнсиса, мужчину, которого отец выбрал для меня, и прислушивалась к другим голосам, которые так много наговорили мне за последние месяцы: ко второй миссис де Уинтер, которая мечтала только о том, чтобы сделать своего мужа счастливым; и к Ребекке, которая предупреждала: берегись мужчин, дары приносящих, потому что они потребуют за них плату. И чем больше я их слушала, тем более запутывалась в своих мыслях. Это была настоящая какофония.

Но я уже сделала выбор, и поэтому было бы слабостью отступать. И когда Фрэнсис немного успокоился, а я еще больше утвердилась в своем решении, я отказала ему во второй раз.

Наступило продолжительное молчание. Он отошел от меня, и все у меня в глазах расплылось. Я подумала: сейчас 1951 год. Что случится со мной, куда и к чему я приду во второй половине этого столетия? Тикали часы. Фрэнсис медленно повернулся и посмотрел меня.

— Хорошо, — сказал он наконец. Наверное, он был удивлен. Наверное, он был рассержен. — В таком случае я подожду, а потом снова сделаю тебе предложение, Элли.

— Нет, нет! Не надо. Я могу проявить слабость...

— В этом суть, — сухо продолжил он и вывел меня за руку наружу к детям, которые ждали его в машине. Фрэнсис знал, как я привязалась к ним, так что отчасти решил воспользоваться и этим.

Мальчики поздоровались со мной и побежали в дом. Я слышала детские голоса в доме, которые не раздавались в этих комнатах почти двадцать лет. Слышала их гулкие шаги по полу, не смягченные коврами, я слышала, как они громко засмеялись в спальне. Они распахнули окно и выглянули наружу.

Я тоже посмотрела на море прощальным взглядом, потом застегнула ошейник на шее Баркера и повернулась спиной к своему дому и к этим детям.

Я отправилась на станцию — навстречу моей новой жизни, работать и жить в своей комнатке в Кембридже. Баркер сидел у меня в ногах на заднем сиденье такси. Мы спустились с холма в Керрит, проехали по родным улочкам, но из-за слез я не могла их разглядеть. Коттеджи, гавань и станция моего детства, я могла бы пройти по ней с закрытыми глазами.

Открыв окно, я впустила свежий ветер с моря и почувствовала себя сильнее. А когда мы миновали подъем, откуда открывался вид на Мэндерли, слезы мои уже высохли. Кровь зашумела, радостный восторг охватил меня. И это была очень мощная, пьянящая, как вино, энергия.

Когда мы миновали подъезд к воротам, я наклонилась к водителю.

— Остановитесь здесь, пожалуйста, — попросила я. — На одну секунду.

Я вышла и подбежала к воротам. Солнце играло на листьях, как бриллиант, рассылая блики, и я почувствовала дуновение будущего. Сердце забилось чаще, руки дрожали. Отсюда я не могла видеть море, но сегодня я могла слышать его.

Правильный ли я сделала выбор? Или совершила ошибку? «Ведь это только начало, — подумала я, — и оно принесло мне радость». Первый раз в жизни я не должна была ни перед кем отчитываться. Я не была ни дочерью, ни женой. С этого момента, к худу это или к добру, я полностью определяла свое будущее.

Баркер, стоявший рядом со мной, заскулил, и у него поднялась шерсть на загривке. Я потрепала его, успокаивая, а когда выпрямилась, то увидела, я совершенно в этом уверена, как кто-то двигался ко мне между деревьев. Фигурка была легкой и стремительной, видение длилось лишь одну секунду, всего лишь яркая вспышка света, но она придала мне уверенности.

Последний привет мне — я не сомневалась, что это было именно приветствие, — хотя это могла быть и просто игра воображения.

Я выждала какое-то время и, когда окружающее обрело прежние очертания, вернулась в машину и попросила водителя ехать на станцию.

Литературно-художественное издание

Салли Боумен
ТАЙНА РЕБЕККИ

Редактор *Н. Котельникова*
Художественный редактор *С. Киселева*
Технический редактор *Н. Носова*
Компьютерная верстка *Т. Комарова*
Корректор *З. Харитонова*

ООО «Издательство «Эксмо».
107078, Москва, Орликов пер., д. 6.
Интернет/Home page — www.eksmo.ru
Электронная почта (E-mail) — info@ eksmo.ru

По вопросам размещения рекламы в книгах издательства «Эксмо»
обращаться в рекламное агентство «Эксмо». Тел. 234-38-00

Книга — почтой: **Книжный клуб «Эксмо»**
101000, Москва, а/я 333. E-mail: bookclub@ eksmo.ru

Оптовая торговля:
109472, Москва, ул. Академика Скрябина, д. 21, этаж 2
Тел./факс: (095) 378-84-74, 378-82-61, 745-89-16
Многоканальный тел. 411-50-74. E-mail: reception@eksmo-sale.ru

Мелкооптовая торговля:
117192, Москва, Мичуринский пр-т, д. 12/1. Тел./факс: (095) 932-74-71

ООО «Медиа группа «ЛОГОС».
103051, Москва, Цветной бульвар, 30, стр. 2
Единая справочная служба: (095) 974-21-31. E-mail: mgl@logosgroup.ru

ООО «КИФ «ДАКС». 140005 М. О. г. Люберцы, ул. Красноармейская, д. 3а.
т. 503-81-63, 796-06-24. E-mail: kif_daks@mtu-net.ru

Книжные магазины издательства «Эксмо»:
Москва, ул. Маршала Бирюзова, 17 (рядом с м. «Октябрьское Поле»). Тел. 194-97-86.
Москва, Пролетарский пр-т, 20 (м. «Кантемировская»). Тел. 325-47-29.
Москва, Комсомольский пр-т, 28 (в здании МДМ, м. «Фрунзенская»). Тел. 782-88-26.
Москва, ул. Сходненская, д. 52 (м. «Сходненская»). Тел. 492-97-85
Москва, ул. Митинская, д. 48 (м. «Тушинская»). Тел. 751-70-54.

Северо-Западная Компания представляет
весь ассортимент книг издательства «Эксмо».
Санкт-Петербург, пр-т Обуховской Обороны, д. 84Е
Тел. отдела рекламы (812) 265-44-80/81/82/83.

Сеть магазинов «Книжный Клуб СНАРК» представляет
самый широкий ассортимент книг издательства «Эксмо».
Информация о магазинах и книгах в Санкт-Петербурге по тел. 050.

Вы получите настоящее удовольствие, покупая книги в магазинах ООО «Топ-книга»
Тел./факс в Новосибирске: (3832) 36-10-26. E-mail: office@top-kniga.ru

Всегда в ассортименте новинки издательства «Эксмо»:
ТД «Библио-Глобус», ТД «Москва», ТД «Молодая гвардия»,
«Московский дом книги», «Дом книги в Медведково», «Дом книги на ВДНХ».
Книги издательства «Эксмо» в Европе: www.atlant-shop.com

Подписано в печать с готовых диапозитивов 19.03.2003.
Формат 84 × 108 $^1/_{32}$. Гарнитура «Таймс». Печать офсетная.
Бум. газ. Усл. печ. л. 21,84. Уч.-изд. л. 23,4.
Тираж 7100 экз. Заказ 9628

Отпечатано в полном соответствии
с качеством предоставленных диапозитивов
в ОАО «Можайский полиграфический комбинат»
143200, г. Можайск, ул. Мира, 93.